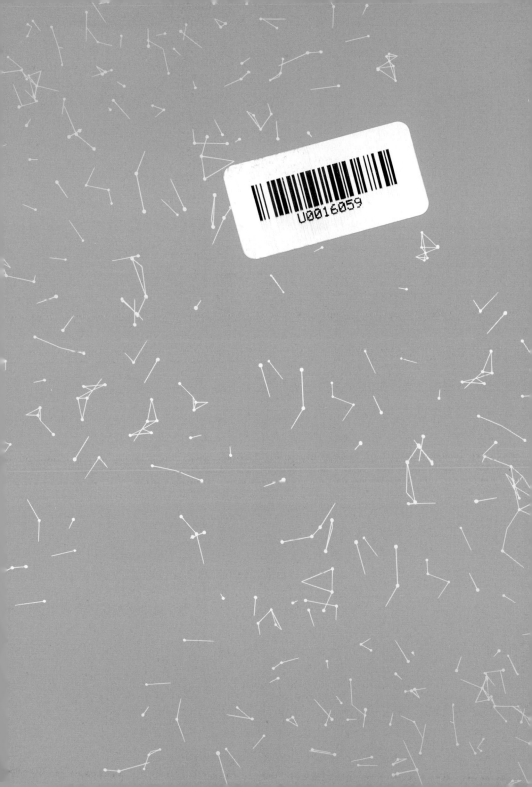

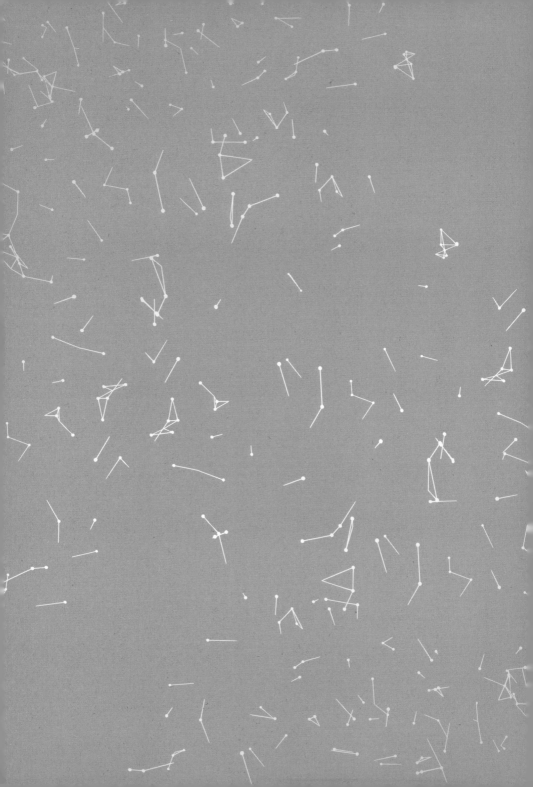

FLICKAN SOM LEKTE MED ELDEN

玩火的女孩

STIEG LARSSON

史迪格・拉森｜著　顏湘如｜譯

他們如此向史迪格・拉森致敬

二〇〇五　瑞典書店協會最佳小說
二〇〇六　玻璃鑰匙獎（斯堪地那維亞最佳犯罪小說）
二〇〇六　最佳瑞典犯罪小說獎
二〇〇六　全瑞典讀書俱樂部會員票選年度大書（獎金三萬克朗）
二〇〇七　瑞典遠景商會年度作家
二〇〇八　玻璃鑰匙獎
二〇〇八　英國獨立電視第三頻道罪案驚悚大獎年度最佳國外作者
二〇〇八　南非最佳平裝書波克獎
二〇〇九　美國安東尼大獎最佳首作
二〇〇九　西班牙司法總委員會頒獎肯定拉森對抗家暴的努力
二〇〇九　拉森獎設立，每年頒發給發揚拉森對抗暴力不公精神的個人或團體（獎金二十萬克朗）
二〇一〇　獲選為《今日美國》的年度作家
二〇一二　獲選為瑞典烏麥歐榮譽市民

各界好評

本書最突出的，就是作者同時處理眾多角色與情節、張力卻絲毫不減的能力。拉森是我遇過對「厭女症」最反感的作家，但他也是最厲害的說故事高手。這本小說會讓讀者緊張到正襟危坐、不敢放鬆。

——《週日泰晤士報》

當一位作家寫出了像莉絲·莎蘭德這樣一個如此複雜又迷人的人物，我們能做的只有感激得低頭行禮致敬。

——瑞典《耶夫勒日報》

警告！一本令人上癮的驚悚小說，嘗到的人都會入迷！

——《Elle》雜誌

《玩火的女孩》是極少數寫得比第一集更好看的續集小說……這是本要讓你大快朵頤的書。

——英國《觀察家報》

書中充滿了事件、刺激、角色、豐富的細節與情節眞相，但全書的步調絕不緩慢，情感極具張力，也完全沒有無聊的時刻，還有令人震驚的最高潮。

——「Euro Crime」網站書評

拉森的小說讀來精采過癮，故事的鋪陳，細緻的筆觸，極具張力的情節，讓人一頁翻過一頁地進入作者創造的情境中，不肯將書放下。

《龍紋身的女孩》已顯示拉森本人對女性遭受性暴力問題的關注，在本書中，拉森則將觸角伸及了同樣不爲人知的非法性交易問題。從拉森筆下對瑞典社會性交易犯罪醜聞的調查，看似重視人權的瑞典，竟是平均每人從俄羅斯與波羅的海諸國引進最多娼妓的國家之一。這種非法交易牽涉的利益與受害人都不多，也因而極易受到政府與司法體系的忽略，甚至染指。但女孩們卻因此被強暴、被人用毒癮酒癮控制，這比其他顯而易見的犯罪事件，更令人（特別是女性）感到切膚之痛。而這樣的犯罪事實，在各個國家上演著，也同樣不易受到人們的重視。拉森用一個情節緊湊豐富的故事，冷靜縝密的筆調，突顯出國家機器對人權的漠視甚至迫害，身爲讀者，不禁對作者濃厚的社會關懷情操而深深感動。

本書另一個叫人迴盪的部分則是，讀到書中主角莎蘭德所遭遇的種種指控，而忍不住爲她吶喊的同時，不禁也要自問：當全世界的人都在猜疑你的朋友的時候，我們是否還能、並願意不馬上做出評斷，甚至挺身伸出援手，提供一個願意了解的機會？

我想，拉森的作品能在全世界都受到讀者的高度肯定，除了絕佳的說故事技巧之外，作品中引人深思、觸動人心的社會與道德議題，更是令人難以忘懷的特色。就如同他筆下的記者，是作家，也是社會哲學家。可惜的是，拉森已於二〇〇四年病逝，不然一定有更多更好的作品帶給世人。

我非常推薦他的作品。

——殷琪（大陸工程公司董事長）

「來自俄羅斯的愛」是《玩火的女孩》一書中，所提到一部犯罪學博士論文的題目，「很明顯是向伊恩．佛萊明的經典小說致意。」作者拉森如是說。

拉森筆下的莉絲．莎蘭德，魅力一如佛萊明筆下的詹姆士．龐德，是整部小說的核心。擁有殺人執照的龐德風流倜儻，追求物欲的生活顛覆了傳統情報員形象，惟忠貞愛國的情操不變，是曾經從事情報工作的佛萊明的性情延伸與寫照；電腦駭客莎蘭德同樣特立獨行，遊走在法律與道德邊緣的行動充滿破壞性，嫉惡如仇、爲正義而戰的性格強烈，與記者出身的拉森頗有呼應之處。

在故事選材上，拉森的格局便較佛萊明繁複許多，一來是因爲佛萊明小說以單一任務性質居多，並聚焦在國與國之間的間諜行動上，二來是拉森所處的時代背景趨多元複雜，龐大的資訊量與人員場景的調度更顯繁瑣。以《玩火的女孩》爲例，同時鋪陳《千禧年》雜誌進行的「來自俄羅斯的愛」非法性交易調查報導，以及莎蘭德重返瑞典生活進而揭開她不堪回首的陰慘童年，利用特殊事件讓兩線交錯陳述，使故事呈現緊湊豐富。

有趣的是，現今諸多推理／犯罪小說作家容易犯下的毛病與錯誤，拉森似乎顯得自制自知，巧妙運用卻不陷入陳腐的窠臼。就拿莎蘭德「電腦駭客」的身分與技術來說，我戲稱是電玩或漫畫中非常好用的「大絕招」——猶如大力水手的菠菜，前面如何被痛扁屈辱都無妨，開罐下嚥後就可以反敗爲勝。但顯然拉森並不願如此方便，甚至深深埋下伏筆，跟隨莎蘭德身世的揭露而逐一展現，連同故事中相關角色的描述，不但案件藏謎，連每一個人的過去、每一個人的互動，都顯得有故事可說，進而牽動讀者的閱讀情緒—不只想知道事件的眞相，更想知道人物的遭遇，大大增強了戲劇效果。

要是拾起一讀便不忍釋手，別說我沒提醒過你。

——冬陽（資深推理評論人）

《玩火的女孩》有著續集故事常有的各種元素：交代了主角群更多的後續發展，出現一位只知其名、卻幾乎沒人見過的神祕罪犯，破案關鍵跟女主角的過去有關，而且死的人確實更多，陰謀內幕層級更高。但是，拉森的呈現方式絕對不同，不是你見識過的老套（比方說，對於主角群的後續發展，重點很意外的並不在於愛怨癡纏，而是莎蘭德第一次調整她與人往來的方式，試圖建立長期的穩定友好關係）。而且，在他的故事中，現實感、浪漫的想像力與理想主義達成了一種微妙的平衡；從情節安排跟角色塑造上，就可以看見雙方面的融合。

雖然本集案件跟首作中的案件並無直接關係，主題卻是一脈相承：一樣關注性暴力、性別／性向的歧視與偏見，甚至在新支線之中，也可以看到關於這個議題的反響：即使是警方調查小組裡的女性幹員，查案之餘還是必須忍受來自同僚的壓力與羞辱，明知沒道理還必須忍氣吞聲；女主角莎蘭德也曾是性暴力的受害者。這些都是赤裸裸的現實，但可堪告慰的是，看見這一切的記者布隆維斯特仍舊努力要把眞相公諸於世。身在台灣的我，總覺得記者最常踢爆的「內幕」就是某某藝人的新歡是何許人，看到布隆維斯特時，不免心生懷疑：眞的有這種記者嗎？這是不是一種太過浪漫理想化的形象？但轉念一想，他的創造者拉森本人就是「這種記者」啊！

拉森塑造出的莎蘭德，也是殘酷現實與浪漫想像的結合。她的遭遇顯示出公權力也有遭到濫用的時刻，表現「異於常人」，就會承受許多來自社會的誤解與壓迫，這導致她對公家單位與社會採取一種堅決不信任的態度（無獨有偶，瑞典作家卡琳·亞弗提根在小說《失蹤》裡，也塑造出一位對公權力徹底不信任的堅強女主角；瑞典小說裡爲何頻頻出現這類型的質疑？或許只有對瑞典了解透徹的人才能分析了）。然而莎蘭德卻具備特殊的身心能力，智慧高超到能夠把高等數學當成消遣，還是技巧熟練的駭客，體能和搏擊能力則足以對付身高體重遠超過她的彪形大漢——這聽起來太夢幻了是嗎？但是，我想大多數讀者會很願意說服自己，這樣的人有可能存在，因爲她滿足了大家對於公義的渴望：我們多麼希望看到貌似受害者的「弱」女子，能夠出人意表地擊倒恃強凌弱的壞人啊！

當然，我們知道自己並沒有莎蘭德的超強能力，我們身邊可能也沒有布隆維斯特——我們甚至不好意思表示自己有正義感，因爲那聽起來太「不切實際」了。然而拉森毫不羞赧地寫出了這對毫不做作的主角，不但滿足我們的夢想，甚至讓我們更有勇氣面對現實。

——顏九笙（推理小說書評人）

從看完第一本《龍紋身的女孩》到這一本《玩火的女孩》，我一直有著和《龍紋身的女孩》書中的《週日泰晤士報》書評有著相同的感覺，我個人應該要對拉森這位作家同時致敬也致哀，因爲這位瑞典的犯罪驚悚小說作家讓我們看到了極爲精采且扣人心弦的推理作品，卻這麼天不假年地在五十歲就英年早逝了。

強烈建議讀者閱讀本書《玩火的女孩》之前，應該是要先看過第一集《龍紋身的女孩》較爲恰當。並不是《龍紋身的女孩》比《玩火的女孩》好看，反而《玩火的女孩》是很少見在系列作品中，續集能夠比第一集還要好看的作品；之所以推薦在《玩火的女孩》之前先看《龍紋身的女孩》，是因爲第一集中對主角的性格描述最爲清楚。尤其女主角莎蘭德的性格，在《龍紋身的女孩》中更是表露無遺，看她如何在困境中對付欺負她的惡質律師，看她如何以高超的行動技巧和電腦專長幫助男主角布隆維斯特擺脫進退維谷的困境，看她的直率與脆弱心靈，有了這些印象做基礎，都將會使得讀者在閱讀《玩火的女孩》的時候更能體會，莎蘭德爲何會因爲一連串的惡意設計，成爲瑞典的全民公敵。

有人曾經批評推理小說只是不切實際的腦力遊戲罷了。但是本書的作者拉森利用了他個人新聞記者的豐富資歷和經驗，將他個人在生涯中看到的社會黑暗面和國家官僚的各種不當處置，都利用其創作加以針貶。這一方面也就是有點類似於日本社會派推理小說的做法，但是拉森卻是讓書中男女主角個人特質極爲明顯，反而成了另一種名偵探的形象魅力。而這種形象魅力再加上拉森說故事的能力極強，因此我個人不論是在《龍紋身的女孩》或是《玩火的女孩》的閱讀經驗，都是一旦打開書頁就是一口氣讀完才能歇手。

看完《龍紋身的女孩》和《玩火的女孩》，我個人更加期待第三集的出版，但卻也同時對於拉森只有這三部作品傳世，感到不捨與遺憾！

——杜鵑窩人（推理評論家）

電腦駭客與新聞記者的互動相當有趣；在莎蘭德濃濃的抗拒及逃避之外，其實只是最純粹情感的表現，而布隆維斯特在其中更展現無與倫比的耐性及包容心。至於其他人的過往，也一併在探查的過程中被挖掘，使得謎團愈來愈清晰，事件亦因此愈滾愈大。

虛浮的道德、空泛的正義，極爲低度的社會資本在書中飄移，然而看似道德淪喪之地，果眞沒有一點正義得以伸張嗎？站在充斥無可奈何氣氛的冷漠世界，《玩火的女孩》訴說著更多的可能性，在經歷部分人的嘗試和努力之後，還是可能保有一絲的溫暖。當然，背後必得付出不計其數的代價，有可能是有形的，也可能是無形的，但更多是不願回想的恐懼與憎恨。

那些受到性侵害及暴力對待的婦女們，在私人的生活網絡及底層社會無法超脫，而黑暗、殘暴的因子更不時蹂躪著無力反抗的弱勢族群；這些施暴者可謂衣冠禽獸，仰仗著看似堅不可摧的社會地位爲非作歹、爲所欲爲。幸虧作者在描繪受害者的人生之餘，投射重視的心態及關懷的情緒，並且代替已經腐朽的司法體制給予施暴者重重一擊。書中看似是對瑞典社會的苛刻批評，其實顯現出來的是作者深厚的人性關照和期許。

本書擁有緊湊動態的情節、峰迴路轉的劇情，以及驚悚刺激的鏡頭；透過心情的暴露與旁觀者的詮釋，突顯各個角色的性格，而各式各樣的人群互動也正豐富了本書。延續《龍紋身的女孩》的寫作力度與精采度，你，準備好翻開這本書了嗎？

——余小芳（暨南大學推理同好會顧問）

充塞北歐冷冽氛圍的一流犯罪小說。讀者我，翻著翻著，額頭冒出了汗珠。當然不是因爲高雄的酷熱，而是因小說情節緊湊迫人。我想，女主角的刻畫，絕對令人印象深刻。

——藍霄（推理小說耽讀者）

這是一本非常精采的小說。作者把一個具有叛逆個性，且對周遭、對命運、對不公平待遇永不妥協的女孩刻畫得絲絲入扣，讓讀者都不禁爲她所受到的對待而義憤塡膺，更對她的復仇而大聲稱快！

——范立達（新媒體從業員）

翻閱第一頁後，應該沒有人能停下來，大家都想知道結局。我是這樣看完全書的，相信你也一定是如此。闔起書後，我又急著打電話給出版社詢問：第三集何時出版……

——張大魯（攝影家）

比《龍紋身的女孩》更驚豔，一開場就緊緊吸引住讀者的目光。跟著故事裡的每個眼神動作、每個細節情境，如同走進巨大的未知迷漩，一頁一頁讓人屏息凝神、充滿期待！

——石青如（作曲家）

看這部「非常立體」的犯罪小說，得有看犯罪電影的心理準備，它的綿密與節奏，值得爲它排一整天的行程，馬拉松式地享受。

——邱瑗（台中國家歌劇院總監）

《玩火的女孩》作爲「千禧系列」承先啓後的關鍵，精采程度猶勝《龍紋身的女孩》！特別推薦給講究閱讀的娛樂性、知識性和批判性的妳/你！

——Fran（台灣讀者）

與拉森的前一本書一樣，本書極具說服力，又有精心安排的懸疑緊湊劇情。書中有許多可怕又毫不妥協的情節（對許多讀者來說一點也不成問題），龐大的篇幅或許不利，但拉森的書迷們絕對不會錯過任何一個字，且將會迫不及待地想接著看第三集。

——Barry Forshaw（英國亞馬遜網路書店讀者）

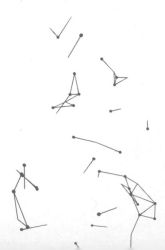

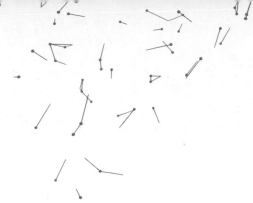

楔子

她被皮繩綁在一張鐵架床上，仰躺著。繩帶橫勒住胸腔，雙手被銬在床邊。

她早已放棄掙脫。雖然清醒，卻閉著眼睛。如果睜眼，她會發現自己身處黑暗中，只有門上方滲入一絲微弱亮光。嘴裡好像有口臭，眞希望能刷刷牙。

她豎耳傾聽，若有腳步聲就表示他來了。不知道時間已經多晚，但感覺得到已經太晚，他不會來看她了。這時床忽然震動一下，她不由得睜開眼睛，似乎是大樓某個角落裡的某架機器啓動了。幾秒鐘過後，她卻又不敢肯定那是否是自己的幻想。

她在腦中又記下一天。

這是被囚禁的第四十三天。

她鼻子發癢，於是轉過頭靠在枕頭上摩擦。身上流著汗，房裡又悶又熱。她穿著一件簡單的睡衣，卻整個擠成一團壓在身子底下。如果略微移動臀部，可以用拇指和食指捏住一邊的睡衣，一次往下拉個幾公分。另一邊她也依樣畫葫蘆。但後腰部下方仍有一處不平整的縐褶。床墊有凹凸不平的硬塊。被隔離大大提升了她的感官靈敏度，否則她是不會注意到的。皮繩綁得並不緊，她可以變換姿勢側躺，但還是不舒服，因爲如此一來得有一隻手始終被壓在身側，整隻手臂會不停地失去知覺。

她並不害怕，卻感覺到一股巨大的、鬱積的憤怒。

她同時也爲一些不快的想像感到苦惱，不知自己會有何下場。眞痛恨這種無助感。無論多麼努力想集中精神在其他地方，以便打發時間並轉移對自己處境的注意力，恐懼仍一點一滴地滲出，彷彿一大片毒氣盤桓在身旁，隨時可能侵入毛孔毒害她。她發現阻止恐懼接近的最有效方法，就是幻想一些能帶給她力量的事物。於是她閉上眼睛，想像汽油的味道。

他坐在車內，車窗搖下來。她跑向車子，從窗口擲入汽油，點燃火柴。僅一轉眼，火焰竄起，他掙扎著扭動身子，發出恐懼痛苦的尖叫。她可以聞到肉體的燒焦味，以及座椅上塑膠與椅墊化成炭的刺鼻惡臭。

她想必打了個盹，所以沒聽到腳步聲，但門開啓時她十分清醒。門口的燈光刺得她睜不開眼。

他到底還是來了。

他很高大。不知道多大年紀，但有一頭紅棕色亂髮和稀疏的山羊鬍，戴著黑框眼鏡。身上還有鬍後水的味道。

她討厭他的味道。

他站在床尾，注視著她好一會兒。

她討厭他的沉默。

從門口的燈光只能看見他的身影。這時他開口說話了。他的聲音深沉、清晰，像個學究似的強調著每一個字。

她討厭他的聲音。

他說今天是她的生日，祝她生日快樂。口氣中沒有不友善或諷刺，不帶任何情緒。她心想他應該帶著微笑。

她討厭他。

他靠上前來，走到床頭邊，將溼溼的手背貼在她的額頭上，手指沿著髮際撫摸而下，很可能是想表達善意。這是他送給她的生日禮物。

她討厭他的觸摸。

她看見他的嘴巴在動，但隔絕了他的聲音，不想聽，不想回答。她聽見他提高聲量，似乎因爲她毫無反應而動怒了。他提到互信，幾分鐘後閉口不語。她無視於他的凝視。於是他聳聳肩，開始調整她的皮繩。他將她胸前的繩帶微微拉緊，然後彎身俯視著她。

她猛然扭向左側，遠離他，行動盡可能地突如其來，皮繩也繃到極點。她將膝蓋往自己下巴的方向抬，使勁踢他的頭，由於是瞄準他的喉結，於是腳尖碰到他下頷底下的某個部位。只可惜他早有準備，側開了身子，因此只是輕撞一下。她試圖再踢一次，但已經踢不到。

她雙腿一軟，落在床上。

床單垂到地板上。她的睡衣也撩到臀部上面。

他動也不動地站了好久，一言不發。然後繞到床尾，把腳綁得更緊。她試著抬高雙腿，但他抓住她一邊腳踝，用另一手壓下她的膝蓋，再用皮繩綁住腳。接著走到床的另一邊，將另一腳束縛住。

此時她已徹底無助。

他拾起地上的床單爲她蓋上，靜靜地看了她兩分鐘。在黑暗中，她可以感覺到他的興奮，儘管他並未顯現出來。他肯定勃起了，毫無疑問。她知道他想伸手摸她。

他隨後轉身離去，順手將門帶上。她聽見門閂的聲音，其實根本多此一舉，因爲她完全無法脫離這張床。

她躺了幾分鐘，瞪著門上方那細細的一線光亮。接著她動一動，試著感覺皮繩的鬆緊。膝蓋可以稍微往上抬，但皮繩和綁腳繩馬上就繃緊了。她全身放鬆，乖乖躺著，眼神放空。

她等候著，心裡想到汽油罐和火柴。

她看見他全身淋滿汽油，並確實感覺到自己手裡有一盒火柴，搖一搖，有空隆空隆的聲音。她打開盒子，挑了一根火柴。他似乎說了什麼，但她堵住耳朵不去細聽。火柴擦過時，她看見他臉上的表情，聽見硫磺的摩擦聲，彷彿一陣拖長的雷鳴。她看見火柴迸出火焰。

她露出一抹殘酷的微笑，硬起心腸下定決心。

今天是她十三歲生日。

第一部

不規則方程式

12/16 ► 12/20

方程式根據其未知數的最高次方（指數值）來分類。指數若為一，便是一次方程式。若為二，便是二次方程式，依此類推。一次以上方程式中的未知數，可能會有多個數值，這些值稱為根。

一次方程式（線性方程式）

$3x-9=0$（根：$x=3$）

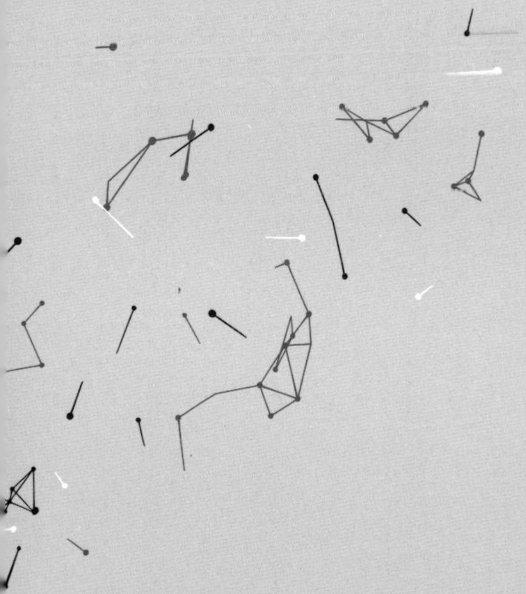

第一章

十二月十六日星期四至十二月十七日星期五

莉絲．莎蘭德將太陽眼鏡拉到鼻尖上，透過遮陽帽沿底下的細縫窺視。她看見三十二號房的女房客從飯店側門出來，朝泳池邊一張白綠條紋的躺椅走去，目光盯著地面，行進的步伐似乎有點不穩。

莎蘭德只遠遠地見過她。她猜想這名女子約莫三十五歲，但外表看起來卻可能介於二十五至五十歲，一頭及肩棕髮，鵝蛋臉，從身材看更活脫是郵購內衣型錄中的模特兒。她穿著黑色比基尼和涼鞋，戴著紫色鏡片的太陽眼鏡，說話操南美口音。她將黃色遮陽帽丟在躺椅旁邊，向艾拉．卡麥克酒吧的酒保打了個手勢。

莎蘭德把書放下來擺在腿上，啜一口冰咖啡，然後伸手拿一包香菸。她沒有轉頭，目光移向天邊的地平線，卻只能透過一群棕櫚樹和飯店前的杜鵑看見加勒比海的一角。有一艘遊艇正往北駛向聖露西亞或多明尼加。更遠處，隱約可見一艘灰色貨輪往南朝圭亞那方向前進。一陣微風吹來，使得上午的熱度尚可忍受，但她感覺到一滴汗水流進眉毛。莎蘭德不喜歡曬太陽，這幾天總是盡可能地躲在涼蔭下，即便此時也是坐在露台的遮陽篷底下，但仍黝黑得像顆胡桃。她穿著卡其短褲和一件黑色小可愛。

酒吧的喇叭流洩出奇怪的鋼鼓音樂，她聆聽著，雖然分辨不出史凡─英瓦斯①和尼克．凱夫②的差別，但鋼鼓就是令她著迷。能用油桶演奏已經夠不可思議了，竟然還能奏出舉世無雙的音樂，實在叫人難以置信。她覺得那些聲音彷彿具有魔力。

她莫名地煩躁起來，又看看那名女子，她正從侍者手中接過一杯橘子色的飲料。

這不關莎蘭德的事，但她實在不明白這女子爲何不走。自從這對男女來了以後，連續四個晚上，莎蘭德都聽到隔壁房間上演著聲音模糊的恐怖片，有哭聲和低沉、激動的聲音，偶爾還有很明顯的巴掌聲。打人的男子——莎蘭德猜測應該是她的丈夫——有一頭深色直髮，古板的中分髮型，似乎是到格瑞那達來做生意。至於是什麼生意，莎蘭德一無所知，只是他每天早上都會穿西裝打領帶，提著公事包出現在飯店酒吧，喝完咖啡後便到外頭攔計程車。

傍晚時分，他會回到飯店，或是游泳或是和妻子坐在泳池畔。兩人一塊吃晚餐，表面上看起來平靜無波、十分恩愛。女子或許多喝了幾杯，但酒醉後的她並不惹人厭。

每晚正當莎蘭德拿著一本關於數學奧祕的書上床時，隔壁房間的騷動就開始了。那聽來不像是嚴重的施暴，就莎蘭德隔著牆壁所聽到的感覺，他們的爭吵是反反覆覆、沉悶不已。前一天晚上，她忍不住好奇跑到陽台上去，從隔壁敞開的落地窗聽那對男女在吵些什麼。男子在房裡來回踱步了一個多小時，嘮嘮叨叨地說自己根本不値個屁，配不上她，並一再強調她肯定覺得他是個騙子。不會，她會回答，她沒有這麼想，然後試圖安撫他。他變得更激動，似乎抓住她不停搖晃。最後她只得說出他想要的答案……**沒錯，你是個騙子**。他一聽立刻以此爲藉口痛斥她，罵她臭婊子。若有人用這個字眼罵莎蘭德，她一定會採取反擊措施。雖然對象不是她，她卻也思考良久，不知該不該採取某些行動。

莎蘭德驚詫地聽著這怨毒的爭吵聲，最後就在一記聽似掌摑聲中戛然而止。當時她正打算到飯店走廊上去踢隔壁房門，房裡卻忽然安靜下來。

此刻她仔細打量池邊的女子，可以看到她肩膀上有輕微瘀傷，臀部有一處擦傷，此外卻無其他傷痕。

幾個月前，莎蘭德在羅馬的達文西機場撿到一本《大衆科學》雜誌，裡面有篇文章讓她對球面天文學這個晦澀主題產生莫名的迷戀，甚至衝動地前往羅馬的大學書局，買了幾本相關的重要著作。然而，爲了能夠理解球面天文學，她必須埋首於更高深的數學奧祕中。最近這幾個月的旅程當中，她也去了其他大學書局尋找更多書籍。

她的研究毫無章法可言，也沒有任何確切目標，至少在她逛進邁阿密大學書局，買下帕諾博士所寫的《數學次元》（哈佛大學出版社，一九九九年出版）之前是如此。接著她隨即南下佛羅里達礁島群，開始遊歷加勒比海諸島。

她去了瓜德魯普（度過極其鬱悶的兩夜）、多明尼加（輕鬆有趣，五夜）、巴貝多（在一家美國旅館度過一夜，深感不受歡迎）和聖露西亞（九夜）。本想多待幾天，卻和一個笨蛋小混混交惡，後者時常出沒於她下榻的僻靜旅館的酒吧，最後她忍無可忍，拿起一塊磚頭砸他的頭，然後付清帳款離開旅館，搭上渡輪前往格瑞那達的首都聖喬治。在買船票前，她從未聽說過這個國家。

十一月某天上午十點，她在一場熱帶暴風雨中登陸格瑞那達。從《加勒比海旅行家》雜誌中，她得知格瑞那達又名「香料島」，也是全世界最主要的肉豆蔻產地之一。島上居民十二萬人，但另有二十萬名格瑞那達人住在美國、加拿大或英國，這多少暗示了他們家鄉就業市場的情形。地形多山，中央有一座休火山名為「大湖」。

格瑞那達是英國昔日眾多小殖民地之一。一七九五年，一名有法國血統的黑人農場主朱利安·費東受法國大革命啓發，帶頭造反。政府派軍隊前來，無數暴民若非遭射殺、吊死便是成了殘廢。殖民政府最感震驚的是，就連所謂「小白人階級」的貧窮白人，也加入費東的叛亂行動，根本不管種族分界。叛亂被鎮壓了下來，但始終沒有抓到費東，他逃入大湖的山區，成了羅賓漢之類的傳奇人物。

約莫兩百年後，一位名叫莫里斯·畢修普的律師於一九七九年發動一場新的革命，旅遊指南說他是受到古巴與尼加拉瓜等共產獨裁政權的煽動。但是莎蘭德遇見身兼教師、圖書管理員與浸信會牧師等職的菲利浦·坎伯爾後，對此事卻有了不同角度的看法。她到格瑞那達的最初幾天投宿在坎伯爾的賓館，聽聞的

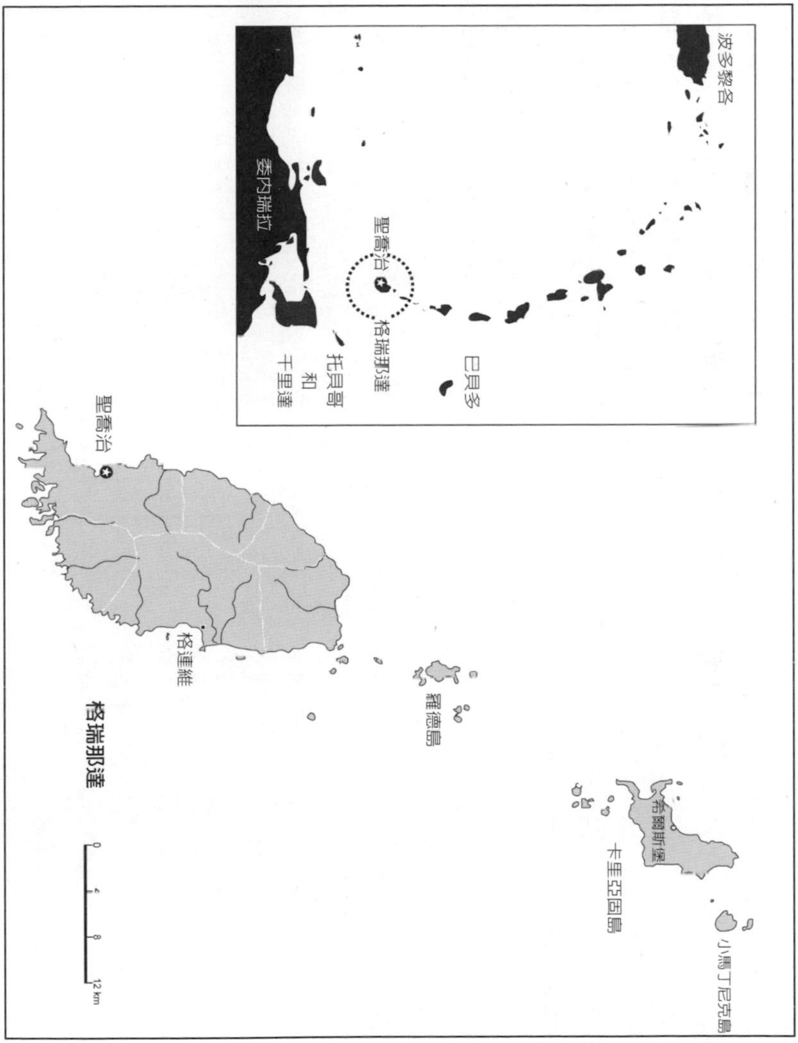
波多黎各
委內瑞拉
聖喬治
格瑞那達
托貝哥
和
千里達
巴貝多
聖喬治
格運維
格瑞那達
羅德島
希爾斯堡
卡里亞固島
小馬丁尼克島
0
4
8
12 km

重點是：畢修普是個受愛戴的群衆領導人，他所罷黜的則是一個瘋狂的獨裁者，一個迷戀幽浮、甚至還在任內將微薄的國家預算撥出一部分去追蹤飛碟的瘋子。畢修普遊說議員支持經濟民主，並爲該國創立兩性平等法。後來他在一九八三年遇刺身亡。

繼該事件後又有一百多人遭到屠殺，其中包括外交部長、婦女事務部長與數名資深工會領袖。接著美國便入侵該國，奠定了民主制度。然而這對格瑞那達而言，卻象徵著失業率從六％上升到接近五〇％，古柯鹼交易也再次成爲唯一最大的收入來源。坎伯爾聽了莎蘭德旅遊指南中的描述，驚愕地連連搖頭，並提醒她入夜後應該盡量避免接觸哪些人或接近哪些地區。

對於類似的忠告，莎蘭德通常是聽而不聞，但卻因爲愛上格蘭安西海灘而免於接觸到格瑞那達的犯罪分子。這座海灘就在聖喬治南邊，人口稀少，綿延數哩長，她可以在這裡散步好幾小時，毋須和任何人說話，甚至連個人影也見不到。她搬到「礁島群」——格蘭安西少數幾間美國飯店之一——待了七個星期，除了在海灘上散步、吃一種名叫格尼帕的水果之外，幾乎無所事事；這水果讓她想起瑞典的醋栗，她覺得很美味。

此時是淡季，礁島群飯店的住房率幾乎還不到三成。只有一個問題，那就是隔壁房間隱隱約約的暴力不僅擾亂她的平靜，也使她無法專心研究數學。

麥可．布隆維斯特按了莎蘭德位於倫達路公寓的門鈴。他並不期望她會開門，但已經習慣大約每星期會上這兒來看看有無任何改變。他掀起信箱蓋，裡面依舊是成堆的垃圾郵件。由於時間已晚，光線太暗，看不出自從上次來過之後，郵件數量又增加多少。

他在樓梯頂端站立片刻才失望地轉身離開。不慌不忙地回到自己位於貝爾曼路的住處後，煮了一點咖啡、翻翻晚報，接著才看夜間新聞節目「Rapport」。不知道莎蘭德的行蹤讓他又氣惱又沮喪，內心感覺到一股不安的情緒翻騰，也自問不下千次：究竟發生了什麼事？

他曾邀請莎蘭德到沙港小屋過聖誕假期。他們一起散步許久，平靜地討論兩人過去一年所捲入的戲劇化事件所帶來的影響。布隆維斯特事後回想起來，認爲自己當時提早經歷了中年危機。他因爲誹謗而被判入監服刑兩個月，記者的職業生涯進入低潮，創辦的雜誌《千禧年》多少受到拖累，他也辭去了發行人的職位。但就在此時一切有了轉機。他接受企業家亨利．范耶爾委託代寫傳記，並認爲這是一種報酬豐厚得荒謬的治療形式，不料竟演變成一段追捕連續殺人犯的可怕過程。

在追捕人的過程中，布隆維斯特認識了莎蘭德。他下意識摸摸繩結在他左耳後方留下的淡淡疤痕。莎蘭德不只幫助他追蹤到凶手，還救了他一命。

她屢屢展現出驚人的特異才能，例如過目不忘的本領與不可思議的電腦技能。布隆維斯特自認爲幾近於電腦白癡，而莎蘭德對電腦的掌控卻有如與魔鬼簽了契約。他後來才發現她是世界級的駭客，而且在一個致力研究最高層級電腦犯罪——但並不只是打擊犯罪——的特定國際團體中，她還是個傳奇人物。網友們只知道她叫「黃蜂」。

正因爲她能夠輕易侵入他人電腦，才取得了資料，讓他在專業上遭受的羞辱得以轉變成後來的「溫納斯壯事件」。直到一年後，這則獨家報導仍是國際刑警調查經濟犯罪的研究對象，而布隆維斯特也仍繼續受邀上電視的談話性節目。

一年之前，他對於這則新聞深感滿意——無論就復仇或名譽重建而言。但滿足感很快便減弱了。才短短幾星期，他已經對記者與經濟警察重複提出的問題感到厭倦無比。「**很抱歉，但我不能透露消息來源。**」當英語報《亞塞拜然時報》某位記者大老遠來到斯德哥爾摩，又問了相同問題時，布隆維斯特再也忍無可忍。他將訪談次數砍到最低，最近幾個月也只通融一次，是TV4電視台「She」節目的女記者說動了他，而且完全是因爲調查顯然已經進入新的階段。

布隆維斯特之所以配合TV4的女記者，還有另一個因素。她是第一個大肆報導這則新聞的記者，《千禧年》雜誌若非透過她晚上的節目發表新聞稿，恐怕也無法如此轟動。直到後來，布隆維斯特才知道爲了播出這則報導，她費了九牛二虎之力才說服主編。電視台裡有莫大的阻力，不讓《千禧年》「那個小丑」有任何出鋒頭的機會，即使到了播出的當口，她都還不敢確定公司的律師團會放行。有幾位比她資深的同事都不贊成，還告訴她如果判斷錯誤，她的事業就完了。她始終堅持自己的立場，結果這則報導成了年度最佳新聞。

第一週的新聞都由她自己播報，畢竟她是唯一深入研究過這個主題的記者，但約莫在聖誕節前不久，布隆維斯特發現該新聞中所有新的發展全都轉由男性記者播報。過年前後，布隆維斯特聽到傳聞說她遭受排擠，藉口是處理如此重大新聞，理應交由經驗豐富的財經記者，而不是隨便一個來自哥特蘭或貝里斯拉根這種鄉下地方的小女生。當TV4再次來電，布隆維斯特便坦白表示，除非由「她」提問，否則他不接受訪談。沉寂了幾天之後，TV4的男士們終於投降。

布隆維斯特對溫納斯壯事件逐漸失去興趣之際，莎蘭德也剛好從他的生活中消失。他還是無法理解發生了什麼事。

他們在聖誕節過後兩天分手，接下來整個星期都沒有見面。除夕前一天，他打電話給她，沒有人接。除夕當天，他去了她的公寓兩趟，按了門鈴。第一次屋內亮著燈，但她沒有應門。第二次屋內沒有亮燈。新年元旦他又打電話給她，仍然無人接聽，只收到電話公司的訊息說該用戶無法接聽。

接下來的幾天當中，他見過她兩次。由於電話聯絡不上，他便在一月初到她的公寓去，坐在前門旁邊的階梯等候。他帶了一本書，固執地等了四小時，她終於在晚上快十一點時從大門走進來，抱著一個棕色箱子，一見到他便猛地停下腳步。

「嗨，莉絲。」他闔上書，招呼道。

她面無表情地看著他，眼神中毫無熱情或甚至友情。接著從他身旁走過，將鑰匙插入門孔。

「妳不請我喝杯咖啡嗎？」他問道。

她轉身低聲說道：「滾開！我再也不想看到你。」

說完砰地一聲關上門，他聽見她從裡面將門鎖上，不禁感到迷惑。

三天後，他從斯魯森搭地鐵到中央車站，當列車在舊城區停下時，他從車窗看見她就站在不到兩公尺遠的月台上。瞥見她時，車門正好關上。她凝視著他五秒鐘，目光直穿而過，就好像他是個透明人，當車子開始移動，她也掉頭走出他的視線。

這樣的暗示再明顯不過，她不想和他有任何牽扯。她堅決地將他從自己的生命中剔除，就像刪除電腦裡的檔案，毫無解釋。手機號碼改了，也不回電子郵件。

布隆維斯特嘆了口氣，關上電視，走到窗邊凝望外頭的市政府。

也許不應該時常到她的公寓去。布隆維斯特的態度向來是：只要女方明白表示不想再有牽扯，他就會走自己的路。在他看來，若不尊重這樣的訊息就等於不尊重女方。

布隆維斯特和莎蘭德曾經發生過關係。是她採取主動，而且持續了半年。如果她決定就這樣結束——和開始一樣地突如其來——布隆維斯特也沒有意見，反正是她作的決定。如果他算是前男友的話，他可以輕而易舉地扮演好這個角色，只不過莎蘭德對他的決絕實在令人驚訝。

他並不是愛她——他們幾乎是截然不同的兩個人——但卻很喜歡她也很想念她，儘管有時候她確實令人著惱。他原以爲他們是互相喜愛。總之，他覺得自己像個笨蛋。

他在窗前站了許久。

最後終於下定決心。既然莎蘭德如此蔑視他，就連在地鐵站相遇也不肯打個招呼，那麼他們的情誼顯然已經結束，傷害已無法彌補。他不會再試著聯絡她了。

莎蘭德看看手錶，這才發現儘管靜靜地坐在涼蔭下，仍流了滿身汗。時間是上午十點半。她背下一個長達三行的數學公式，闔上她正在看的《數學次元》，然後拿起桌上的鑰匙和香菸包。

她的房間在四樓，也是飯店的頂樓。她脫掉衣服，走進淋浴間。

連接天花板的牆壁上有一隻二十公分長的綠色蜥蜴瞪著她看，莎蘭德也瞪了回去，但並未出聲噓走牠。這島上到處都是蜥蜴，會從敞開的窗戶的百葉窗、門縫底下或浴室的通風孔爬進來。她喜歡這種不吵人的伴。水近乎冰涼，她沖了五分鐘讓自己涼快些。

回到房間後，她赤身面對掛在衣櫥門上的鏡子，吃驚地檢視自己的身體。她依然只有四十二公斤重、一百五十四公分高，這點她無能爲力。四肢細瘦如洋娃娃，手掌小小的，臀部也幾乎沒有肉。

但現在她有胸部了。

她長這麼大，胸部始終扁平，像是沒有發育。她自認爲看起來很可笑，赤身裸體時也總是感到扭捏。如今，一眨眼間，她突然有了胸部。當然不是一對巨乳——這也不是她想要的，否則在她乾瘦的身上出現這種胸部應該很可笑——而是兩個大小中等、渾圓結實的乳房。隆乳手術很成功，比例也適當，但她的外觀與自信卻產生天壤之別。

她在熱那亞市郊一家診所待了五星期，進行隆乳手術，造就出新的胸部。那間診所與所裡的醫師絕對是全歐洲名氣最響亮的。她的醫師名叫亞莉珊卓拉·佩里尼，是個冷靜理智得令人著迷的女性；她告訴莎蘭德說她胸部發育不全的情形異常，因此隆乳可視爲醫療行爲。

手術後的復原十分疼痛，但胸部的外觀與觸感都非常自然，到現在已經幾乎看不到疤痕。對自己的決定，她一刻也未曾後悔，甚至感到滿意。即便已過了六個月，每當赤裸著上身經過鏡子前面，她還是會忍不住會停下來，並很慶幸能改善自己的生活品質。

在熱那亞診所住院那段期間，她也將身上九處刺青除去了一處，就是脖子右側那隻二·五公分長的黃蜂。她很喜歡自己的刺青，尤其是右邊肩胛骨上的那條龍。不過黃蜂太顯眼，讓人很容易記得她或指認她。莎蘭德可不希望被人記得或指認。刺青以雷射方式清除，現在用食指觸摸脖子還能感覺到微微凸起。近看可以發現原本刺青的地方比其他曬黑的肌膚略白一些，但若是很快一瞥，什麼也看不出來。她在熱那亞總共花了十九萬克朗③。

她負擔得起。

她穿上內褲和內衣，不再對著鏡子作白日夢。離開熱那亞的診所兩天後，她走進內衣店，這是她二十五年來第一次買內衣，因爲以前從來不需要。從此以後，她變成二十六歲了，現在穿上胸罩的她確實心滿意足。

她穿上牛仔褲和黑色T恤，衣服上有句標語寫著：「**這可是個合理警告**」。找到涼鞋和遮陽帽後，將一只黑袋子甩上肩頭。

經過大廳時，她聽見一陣細語聲，原來是一小群房客聚在櫃檯前。她於是放慢腳步，豎起耳朵。

「**到底有多危險？**」一名黑人女性操歐洲口音大聲地問。莎蘭德認出她是十天前抵達的一個倫敦住宿團的團員。

弗瑞迪．麥班一臉憂慮。他是櫃檯經理，頭髮已漸花白，每次見到莎蘭德總會露出友善的微笑。他告訴他們說所有房客都會收到指示，只要完全遵照指示行事，就不用擔心。接著又是一連串的質問。

莎蘭德皺起眉頭走到酒吧，看見艾拉．卡麥克站在吧檯後面。

「那是怎麼回事？」她用拇指指向大廳櫃檯。

「瑪蒂達恐怕會來。」

「瑪蒂達？」

「就是幾星期前在巴西外海形成的颶風，昨天直接掃過巴拉馬利波，蘇利南的首都。誰也不確定她接下來的行進方向，很可能會往北朝美國前進。但如果繼續沿著海岸往西走，那麼千里達和格瑞那達便會遭殃。所以風可能會有點大。」

「我以爲颶風季節已經過了。」

「是過了沒錯，通常是九月和十月。但現在很難說，因爲氣候變化、溫室效應等等的，很麻煩。」

「好吧。不過瑪蒂達什麼時候會來？」

「就快了。」

「我應該做此什麼嗎？」

「莉絲，颶風可不是鬧著玩的。七〇年代有一個颶風在格瑞那達造成重大災情。我當時十一歲，住在大湖山區通往格連維的一座城鎮，我永遠忘不了那天晚上的情景。」

「嗯。」

「不過妳不用擔心。星期六就留在飯店附近。把妳不想弄丟的東西打包好，像是妳老是不離身的那台電腦，萬一接到指示要躲進避風地窖，才能馬上帶著走。就是這樣了。」

「好。」

「妳要喝點什麼嗎？」

「不用了，謝謝。」

莎蘭德沒說再見便走了。艾拉微微一笑，也不計較。她花了幾個星期的時間才終於習慣這個怪女孩的特立獨行，也才了解她並非傲慢，只是與眾不同。不過她付錢喝東西從來不囉嗦，通常都十分清醒，少與人交際，也從未惹過麻煩。

充滿想像力的彩繪迷你巴士是格瑞那達的主要交通工具，但乘車沒有固定的時間表、也沒有其他可依循的章法。接駁車只跑白天，入夜後若沒有自己的車，便幾乎動彈不得。

莎蘭德在通往聖喬治的路上只等了幾分鐘，便有一輛巴士靠站。司機是拉斯達信徒④，車上音響正大聲播放著〈No Woman No Cry〉。她充耳不聞，付了錢，擠到一個頭髮灰白、身軀龐大的女人和兩個穿著學校制服的男孩中間。

聖喬治所在之處是一個U形海灣，形成了內港卡雷納吉。海港周圍環繞著陡峭山丘，山上散布著房舍與老舊的殖民建築，魯伯特堡壘則遠遠地高踞在一座懸崖頂端。

聖喬治是個緊密而扎實的市鎮，街道狹窄，並有許多巷弄。房屋沿著山邊往上蓋，除了市區北部邊緣一個板球場兼競賽跑道的場地之外，幾乎找不到一塊平坦土地。

她在港口下車，走過一道短短的陡坡，來到位於坡頂的麥金泰電器行。在格瑞那達出售的產品，幾乎全都從美國或英國進口，所以售價要比其他地方貴上一倍，但至少店裡有冷氣。

她為她那台蘋果 PowerBook（G4鈦書，十七吋螢幕）訂購的備用電池終於到了。在邁阿密時，她買了一台配備有摺疊式鍵盤的PDA掌上型電腦，可以用來收發電子郵件，放在背包裡攜帶容易，省得還要拖著 PowerBook 到處跑，但用PDA的螢幕來代替十七吋螢幕實在太簡陋。原來的電池已經退化，只用半小時就得充電，若是想坐在池畔的露台上，簡直麻煩透頂。而且格瑞那達的電力供應也還有很大的進步空間，在此地的幾星期當中，便經歷過兩次長時間停電。她用黃蜂企業的信用卡付款，將電池塞進背包後，再度回到正午的熱氣中。

她去了一趟巴克萊銀行，提領三百美元，然後到市場買了一把紅蘿蔔、六個芒果和一瓶一．五公升的礦泉水。現在袋子重了許多，等她回到港口時已經又餓又渴。起先她想去「肉豆蔻」，卻見餐廳門口已有大排長龍的等候隊伍，便又繼續走到位於港口另一頭，較安靜的「龜甲」。她坐在露天座上，點了一盤炸烏賊配薯條，和一瓶土產啤酒「加勒比」，接著隨手拿起被丟在一旁的報紙《格瑞那達之聲》，瀏覽了兩分鐘。其中只有一篇頗具戲劇性的文章值得一看，除了警告瑪蒂達颶風可能來襲，還附了一張房屋毀損的照片，提醒民眾上次颶風侵襲本島時所造成的災害。

她摺起報紙，剛喝下一大口啤酒，忽然看見住在三十二號房的男人從酒吧走到露天座來，一手提著棕色公事包，另一手拿了一大杯可口可樂。他的視線從她身上掃過但沒認出她，之後便坐在露天座另一端的長椅上，凝望遠方的海水。

莎蘭德發現他的神魂似乎完全出竅，動也不動地坐了七分鐘，然後才舉起杯子喝了三大口。放下杯子，又繼續凝視大海。過了一會，她打開袋子，拿出《數學次元》。

莎蘭德這輩子都深愛著解題與猜謎。九歲那年，母親送給她一個魔術方塊。她的能力受到考驗，但受挫的時刻才幾乎不到四十分鐘，她便理解其中的運作模式。從此以後，解魔術方塊對她來說再也不是難題。她也從未錯過每天報紙上的智力測驗 —— 給你五個怪異的圖形，你得解出第六個圖形爲何。她總能一眼便看出答案。

▲　▲　▲

上小學後，學了加減法，乘除與幾何則是自然的延伸。她能夠加總餐廳的帳單、開立發票，還能依發射的角度與速度計算出砲彈的軌道。很簡單。但在讀到《大衆科學》裡那篇文章之前，她從不曾對數學感興趣，甚至沒想過乘法表也是數學。那只是某天她在學校裡只花一個下午就背起來的東西，卻始終不明白爲何老師要一再地叨念一整年。

後來很突然地，她感覺到在這些理論與公式背後，必定存在著不可改變的邏輯，這個念頭引領她來到大學書局的數學區。但一直到開始讀《數學次元》，她眼前才開展出一個全新的世界。數學其實就是一個有著無數變化的邏輯謎題 —— 是可以解答的謎。其要領並不在於解答算數問題 —— 五乘以五永遠都是二十五 —— 而是在於了解各種規則的組合，進而能夠解答任何一個數學問題。

嚴格說來，《數學次元》並非教科書，而是一本厚達一千兩百頁、講述數學歷史的大部頭書籍，內容從古希臘時期一直延伸到近代人爲了了解球面天文學所作的努力。它被視爲《聖經》，就如同丟番圖[5]的《算術》在治學嚴謹的數學家眼中的崇高地位（不論過去或現在）。當她在格蘭安西海灘飯店的露台上首次翻開《數學次元》時，便被誘入一個數字的魔法世界。寫這本書的作者很懂得利用一些奇聞軼事與驚人的問題寓教於樂。從阿基米德到今日加州噴射推進實驗室的數學，她都能理解，並吸收了他們用來解題的方法。

畢達哥拉斯於西元前五世紀整理出的公式（$x^2 + y^2 = z^2$），讓她頓悟了。在那一刻，莎蘭德才了解到自己在中學時期某堂課 —— 這是她所上過極少數的課程之一 —— 背下來的內容意義爲何。**在直角三角形**

中，斜邊平方等於兩股平方和。此外，歐幾里得於西元前三百年左右的發現也令她十分著迷：完全數恆等於**兩數相乘，其中一數爲二的次方數，另一數爲二的下一個次方數減一的差**。這比畢達哥拉斯的公式更精密，她可以看到無窮的組合。

$$6 = 2^1 \times (2^2 - 1)$$
$$28 = 2^2 \times (2^3 - 1)$$
$$496 = 2^4 \times (2^5 - 1)$$
$$8128 = 2^6 \times (2^7 - 1)$$

她可以無止境地推算下去，而且找不到任何能推翻這個法則的數字。這種邏輯正好投合莎蘭德對於「絕對」的感覺。她繼續研讀阿基米德、牛頓、馬丁·葛登能等十多位一流數學家的理論，完全沉醉於純粹的愉悅中。

接著來到探討皮耶·德·費瑪的章節，他所提出的數學謎題「費瑪最後定理」讓她震驚了七星期。但這點時間不算什麼，因爲將近四百年來數學家們都被費瑪逼瘋了，一直到一九九三年才終於有個名叫安德魯·懷爾斯的英國人成功解開謎底。

費瑪定理是個有趣、簡單的課題。

皮耶·德·費瑪，一六〇一年出生於法國西南部的波蒙德洛馬涅。他甚至稱不上數學家，只是個熱愛數學並將它當成嗜好的公務員，但卻是公認有史以來最傑出的自學數學家之一。他和莎蘭德一樣，很喜歡解各種難題與謎題。而最令他感到有趣的則是設計問題卻不提供解答，讓其他數學家傷腦筋。哲學家笛卡兒給費瑪取了許多難聽的綽號，而他的英國同僚約翰·華里斯則稱他「那個該死的法國人」。

一六二一年，出版了丟番圖《算術》的拉丁文譯本，裡面完整編輯了畢達哥拉斯、歐幾里得與其他古代數學家所提出的數論。費瑪便是在研究畢達哥拉斯的公式時，忽然靈光乍現發明了這個不朽的問題。他將畢達哥拉斯的方程式稍作變化，將（$x^2 + y^2 = z^2$）式中的平方改爲立方（$x^3 + y^3 = z^3$）。

問題是新的方程式似乎沒有任何整數的答案。因此費瑪只是在理論上動了點手腳，卻將一個具有無數完美解答的公式變成一條毫無出路的死胡同。他的定理正是如此——費瑪聲稱在無限的數字宇宙中，沒有任何一個整數的立方可以等於兩個整數的立方和，而且只要數字的次方數大於二——也就是除了畢氏方程式之外——皆可適用。

其他數學家很快便同意這個說法。經過測試與錯誤，他們可以自己證明找不到任何數字得以推翻費瑪定理。只不過問題在於即使計算到世界末日，他們也永遠無法檢驗完所有存在的數字——數字畢竟是無限的——因此數學家們並不能百分之百確定下一個數字也不能推翻費瑪的定理。在數學領域中，任何主張都必須以數學方式證明，以有效而精確的公式表達。數學家站上講台後，必須能夠說出：「結果是如此，**因爲……**」

費瑪出於習慣，對同僚們提出了惹人厭的考驗。這位天才在他《算術》那本書的書頁空白處寫下問題，並以幾行字作結：「Cuius rei demonstrationem mirabilem sane detexi hanc marginis exiguitas non caperet.」。這幾行字在數學史上永垂不朽：「**對此命題我有非常精闢的證明法，但空白處太小寫不下。**」

假如他的用意是爲了將同儕逼瘋，那麼他成功了。自一六三七年以後，幾乎每個有自尊心的數學家都會花時間，有時則是花大量時間，試圖找出費瑪的證明。一代代的思想家都未能破解，直到最後懷爾斯終於提出衆所期盼的證明。在此之前，他已經苦思這個謎二十五年，最後十年更幾乎投注了所有時間。

莎蘭德感到茫然。

她其實對答案並不感興趣，重點在於解答過程。若有人將謎題擺在她面前，她就解題。在她了解推理原則之前，解開數字之謎需要花很長時間，但總能在翻看答案前作出正確解答。

所以當她讀到費瑪定理時，便拿出紙來開始塗寫數字。但找不到證明法。

她不屑於看解答，因此跳過了提供懷爾斯解答法的章節，繼續將《數學次元》看完，也確信書中提出的其他問題對她而言並無超高難度。接下來她日復一日地重新研究費瑪的謎題，心情也日益急躁，很好奇費瑪的「精闢證明」到底是什麼。她從一條死巷走到另一條。

三十二號房的男人起身走向出口時，她抬頭看了一下。他在那兒坐了兩小時又十分鐘。

艾拉將杯子放在吧檯上。她早已察覺那種插著可笑陽傘的粉紅色蹩腳飲料，不合莎蘭德的口味。她總是點同樣的飲料——蘭姆可樂。平常她點的無非是拿鐵、幾杯蘭姆可樂，或是加勒比啤酒，只有一晚例外，那天她有點奇怪，喝得爛醉，艾拉只得叫服務生攙她回房。她照例坐在吧檯的最右端，打開一本書，裡頭似乎充滿密密麻麻的數字，在艾拉看來，她這種年紀的女孩會選讀這種書眞是有趣。

她也注意到莎蘭德似乎一點也不想被人搭訕。極少數幾個落單男子曾獻過殷勤，卻都遭到和善但堅定的拒絕，其中有一次還不是非常和善。遭到無禮打發的男人叫克利斯．麥凱倫，是當地一名流氓，很可能會對人大打出手。因此當他煩了莎蘭德一整晚，最後不小心絆一跤跌進泳池時，艾拉也不太爲他操心。値得讚賞的是，麥凱倫並未記恨。第二天晚上他又來了，非常清醒，並說想請莎蘭德喝一杯啤酒，她略一猶豫後接受了。從那時起，每當他們在酒吧相遇，彼此總會禮貌地打招呼。

「一切都好嗎？」

莎蘭德點點頭，端起杯子。「瑪蒂達有什麼消息嗎？」

「還是往我們這邊來，這個週末可能會很慘。」

「什麼時候會知道？」

「老實說得等她過境後才會知道。她可能朝格瑞那達直撲而來，卻在最後一刻轉向北方。」

這時她們聽到一陣笑聲，稍嫌大聲了點，轉頭一看原來是三十二號房的女子，她丈夫顯然說了什麼有趣的話。

「他們是誰？」

「Dr. 傅比士嗎？他們是從德州奧斯丁來的美國人。」艾拉說到「美國人」時，口氣有點嫌惡。

「看得出來他們是美國人，不過他們來這裡做什麼？他是家醫科醫生？」

「不，不是醫生，是博士。他是爲了聖瑪利亞基金會來的。」

「那是什麼？」

「他們爲資優兒童提供教育資助。他是個德高望重的人，正在和教育部商討一個企畫案，打算在聖喬治創立一間高中。」

「這個德高望重的人會打老婆。」莎蘭德說。

艾拉瞄了莎蘭德一眼，走到吧檯另一頭爲幾個當地顧客倒酒。

莎蘭德待了十分鐘，一直埋首於《數學次元》中。她早在進入發育期之前便知道自己有過目不忘的本事，也因此和同學們迥然不同。這點她從未向任何人透露——除了一時脆弱而向布隆維斯特吐露之外。《數學次元》的內容她已經記得滾瓜爛熟，之所以抱著書到處跑，主要是因爲它象徵著與費瑪的實質連結，此書彷彿成了某種護身符。

但今晚她卻無法集中精神在費瑪或他的定理上，腦海中只看見傅比士博士在卡雷納吉呆坐不動，凝望著遠方海面的同一點。

她知道事情不太對勁，至於爲什麼知道，她也說不上來。

最後她闔上書本，回到房間，打開 PowerBook。上網不需要花腦筋。飯店沒有寬頻，不過她有內建的數據機，可以連接上她的 Panasonic 手機，之後便能收發電子郵件。她打了一個訊息給〈plague_xyz_666@hotmail.com〉：

這裡沒寬頻。需要關於聖瑪利亞基金會某個傅比士博士與他妻子的資料，住在德州奧斯丁。

只要有人找到資料，給五百美金。黃蜂

她附上自己的PGP公鑰，並以「瘟疫」的PGP鑰匙加密後傳送出去。她看看時鐘，七點半剛過。她關閉電腦、鎖上房門後，沿著海灘走了四百公尺，經過通往聖喬治的道路，來到「椰子」後面一間簡陋小屋前，敲了敲門。喬治．布蘭現年十六歲，是個學生，志願是要當律師或醫師，又或者是太空人。他和莎蘭德一樣乾瘦，也只比她高一點。

莎蘭德是在搬到格蘭安西的第二天，在海灘上認識他的。當時她坐在幾棵棕櫚樹下，看一群孩童在水邊踢足球。正當她沉迷於《數學次元》時，這個男孩來到離她幾公尺外的沙地上坐下，顯然沒有注意到她在那裡。她靜靜地觀察他——一個瘦削的黑人男孩，穿著涼鞋、黑色牛仔褲和白襯衫。

他也打開一本書，埋首其中。他和莎蘭德一樣，看的是數學書籍《基本概要－4》，並開始在一本練習簿中塗寫起來。五分鐘後，莎蘭德輕咳一聲，他嚇得跳起來，連忙為自己打擾對方而道歉，就在他轉身離去前，莎蘭德開口問他是否正在演算複雜的公式。

是代數。不到一分鐘，她便指出他計算當中一個錯誤。半小時後，他們一塊完成了他的作業。一小時後，就把他教科書的下一章全部看完，她還像家教老師一樣向他解釋算術運算背後的要訣。他看著她，眼神中充滿敬畏。過了兩小時，他說出母親住在多倫多，父親住在島上另一頭的格連維，而他自己則住在海灘過去一點的一間小屋。他在家裡排行老么，上面有三個姊姊。

莎蘭德發現有他作伴異常輕鬆，這種情形十分罕見。她幾乎從不曾為了閒聊而與陌生人攀談，不是因為害羞，而是因為對她而言，談話有一種簡單的功能：**藥房要怎麼去？**或是**房間住一晚多少錢？**談話還有一種職業的功能。還在米爾頓保全公司替德拉根．阿曼斯基擔任調查員時，若非為了探查眞相，她從不想多說話。

另一方面，她不喜歡談論私事，因為到最後總會演變成打探她視為隱私的領域。**妳幾歲？——你猜。**

妳喜歡小甜甜布蘭妮嗎？——誰？妳覺得卡爾．拉森⑥的畫怎麼樣？——我從來沒想過。妳是同性戀嗎？——滾開。

這男孩有點笨拙又害羞，但很有禮貌，他試著想讓談話內容有深度，卻無意與她競爭或刺探她的生活。他似乎和她一樣，很孤單。對於格蘭安西海灘上降臨了一位數學女神，他好像毫無疑惑地便接受了，也很高興她願意和自己作伴。太陽沉下地平線後，他們起身，一同走向她下榻的飯店，他指了指自己那間簡陋的學生宿舍，並怯怯地問能不能請她來喝杯茶。

小屋裡有一張胡亂拼湊成的桌子、兩張椅子、一張床和一個木頭衣櫥。屋內只有一盞桌燈照明，電線連到「椰子」。另外有個簡單的爐子。他請她吃用塑膠盤裝盛的米飯配蔬菜，甚至大膽地請她抽當地的禁菸，她也接受了。

莎蘭德實在無法不注意到，她的存在讓他過於震撼以至於不知該如何對待她。她一時心血來潮，決定讓他來引誘她，不料過程卻變得拐彎抹角、拖拖拉拉，他當然明白女方的暗示，卻不知道如何反應。最後她終於失去耐性，粗魯地將他推倒在床上，脫去自己的襯衫和牛仔褲。

這是她在義大利動手術後，第一次在別人面前赤裸身體。離開診所時，她感到恐慌，過了好長一段時間才相信沒有人在盯著她看。通常她根本不管別人怎麼看她，至於現在爲什麼覺得緊張，她也不去多想。

對於她的全新自我而言，年輕的布蘭可以說是最佳的開始。最後（經過幾番鼓勵），他好不容易解開她的胸罩，接著立刻關燈之後才開始脫自己的衣服。莎蘭德看得出來他害臊，隨即又將燈打開。當他開始笨手笨腳地摸她時，她很仔細地觀察他的反應。過了好些時候，見他確實以爲這胸部是眞的，她才放鬆心情。但話說回來，他不太可能有多少比較的機會。

莎蘭德事先並未計畫在格瑞那達找一個青少年情人，這只是一時衝動，當天深夜離開時，她也沒想到自己會再回來。但第二天他們在海灘上相遇，她發現有這個笨拙的男孩陪伴挺舒服的。她在格瑞那達住了七個星期，布蘭成爲她生活中不可或缺的一部分。白天他們不會碰面，但日落前會在海灘上共度幾個小時，晚上則在他的小屋裡獨處。

她發現當他們兩人走在一起，看起來就像兩個青少年。甜蜜的十六歲。男孩顯然覺得生活變得有趣得多，因爲遇見一個會教他數學與情欲的女人。

他打開門，露出歡喜的笑容。

「你想要有人作伴嗎？」她問道。

凌晨兩點剛過，莎蘭德離開了小屋。她覺得身體裡面暖洋洋的，因此沒有走上回礁島群飯店的路，而是沿著海灘散步。她一個人走在黑暗中，知道布蘭就在身後一百公尺處。

他總會這麼做。她從未在他那裡待上一整夜，而他則經常堅稱女人家不應該獨自走夜路回飯店，並堅持自己有義務陪她回去，尤其她又經常待到很晚。莎蘭德會靜靜聽著他的反對，然後以一句堅定的「不用」結束談話。**我想去哪裡就去哪裡，想什麼時候去就什麼時候去。不用，我不需要人護送。**第一次發現他跟在自己身後時，她確實很生氣。但現在卻覺得他想保護她的心意很體貼，因此便假裝不知道他在後面，也不知道他一見她走進飯店大門就會掉頭回去。

她好奇地想：如果她遭受攻擊，他會怎麼做？

她會使用放在背包外側口袋的鐵鎚，這是先前在麥金泰五金電器行買的。有一把好的鐵鎚，應該就能應付大多數的人身攻擊了，莎蘭德心想。

這天是滿月，天空星光燦爛。莎蘭德抬起頭，認出了地平線附近的獅子座α星。差不多快到飯店露台時，她忽然停下來，因爲隱約瞥見飯店下方的水邊有個人影。這是她頭一次在入夜後看見海灘上有人。那人約在一百公尺外，但莎蘭德立刻便知道月光下的人是誰。

正是三十二號房那位德高望重的傅比士博士。

她快走三步躲進樹影中，轉過頭時，布蘭也不見了。水邊的人影緩緩地來回踱步，一面抽著香菸，偶爾會停下來彎下腰，彷彿在檢視沙地。這齣默劇持續了二十分鐘後，他才轉身快步走向臨海灘側的飯店入口，然後消失不見。

莎蘭德等了幾分鐘，才走下去到傳比士博士剛才所在之處。她慢慢地繞了半圈，查看沙灘，卻只看到小石子和一些貝殼。數分鐘後她放棄搜索，走回飯店房間。

她趴在陽台欄杆上，從隔壁房間的落地窗往裡看。四下靜悄悄的，晚間的爭吵顯然已經結束。片刻過後，她從背包拿出幾張紙，用來捲布蘭給她的大麻菸，然後坐在陽台的椅子上，邊抽菸邊凝視加勒比海黑沉沉的海水思忖著。

她有如進入高度警戒狀態的雷達。

---

①Sven-Ingvars，一九五六年組成的瑞典流行搖滾樂團。

②Nick Cave（1957-），七〇年代末期澳洲的龐克獨立地下樂團領導者。

③在二〇〇四年十二月，十瑞典克朗相當於一．一歐元、〇．八英鎊、一．六美元。

④一九三〇年代源自牙買加的一個政治宗教運動，尊衣索比亞前皇帝海爾．塞拉西一世為救世主，相信黑人終能得到救贖。

⑤Diophantus（約 246-330），因為引用符號來代表數，所以被世人稱為代數之父。

⑥Carl Larsson（1853-1919），瑞典畫家和室內設計師。

第二章

十二月十七日星期五

尼斯．艾瑞克．畢爾曼律師放下手中的咖啡杯，透過赫敦咖啡館的窗子看著史都爾廣場上的人潮。行人一一從他眼前經過，川流不息，他卻一個也沒看進眼裡。

他在想著莉絲．莎蘭德。他經常會想到莎蘭德。

每次想到她總是怒火中燒。

莎蘭德毀了他，他絕對忘不了。她取得掌控權，羞辱他、虐待他，還在他身上留下無法抹滅的記號。就在性器上方，面積約莫一本書大小。她將他銬在床上，向他施虐，在他身上刺了「**我是隻有性虐待狂的豬，我是變態，我是強暴犯**」等幾個大字。

斯德哥爾摩地方法院將莎蘭德裁定爲法定失能，並指派他爲監護人，使得她免不了要依賴他。第一次見面後，畢爾曼便對她抱有幻想。他也說不清楚，但似乎是受她誘惑所致。

他，一個五十五歲的律師，做這樣的事理應受到譴責，無論用什麼標準都無法爲自己辯護。這點他當然心知肚明。但是自從兩年前的十二月，第一眼見到莎蘭德，他便抗拒不了她。法律、最基本的道德觀、他身爲監護人的責任，一切都已不重要。

▲　▲　▲

她是個奇怪的女孩——已經完全長大成人，外表卻很容易讓人誤以爲她還是個孩子。他控制著她的生活，她凡事都得聽他的。

即使她有意提出抗議，也會因爲有一次不良紀錄，讓她的可信度大打折扣。何況他也不是強暴純真少女——從檔案可知她性經驗豐富，甚至堪稱性生活糜爛。有一份社工報告中還提到，莎蘭德十七歲時可能曾經從事過性交易。另外，曾經有位巡警看到一個年紀較大的醉漢和一個年輕女孩同坐在丹托倫登公園的長凳上，便上前盤查，女孩拒絕回答問題，男子則因爲醉得太厲害，根本無法提供清楚資訊。

在畢爾曼眼中，結論很簡單：莎蘭德是社會最底層的妓女。零風險。就算她膽敢向監護局檢舉，也不會有人相信她對他的指控。

她是最理想的玩物——成熟、性關係混亂、社會適應不良，而且得由他擺布。

這是他第一次占自己當事人的便宜。在此之前，他從沒想過對任何有業務往來的人示愛。若想滿足性需求，總是召妓解決。他向來謹慎低調，出手也大方，問題是妓女沒有真感情，純粹只是假裝。他只是付錢給女人，讓她呻吟、送秋波：她扮演著自己該扮演的角色，卻虛假得有如街頭賣藝。

婚後多年來，他也曾試圖掌控妻子，但她只是配合演出，那也是假的。

莎蘭德成了最佳的解決之道。她無力抵抗。她沒有家人，沒有朋友，是真正的受害者，此時不下手更待何時。

有機可乘，盜賊自來。

不料她竟突如其來地毀了他。他作夢也想不到她具有這種反擊的力量與決心。她羞辱他、虐待他，幾乎將他徹底毀滅。

從那以後將近兩年的時間，畢爾曼的生活起了巨大變化。自從那天晚上莎蘭德進入他的公寓後，他便麻木了，幾乎無法清晰地思考或果斷地行動。他將自己封閉起來，不接電話，甚至無法與固定的當事人保持聯繫。兩星期後，他仍繼續請病假，處理事務所信件、取消所有會議、盡力安撫氣急敗壞的當事人等等，便全權交給祕書。

每天，他都得面對身上的刺青，最後終於將浴室門上的鏡子取下。

夏初時分，他回到事務所上班，大多數當事人都轉給了同事，只保留一些由他負責處理業務上的法律信件、但毋須參與開會的公司客戶。如今，眞正有往來的當事人就只剩下莎蘭德 —— 他每個月都要寫一份詳細的收支表和報告交給監護局。他完完全全按她的吩咐行事：報告內容沒有一件屬實，並清楚顯示她不再需要監護人。每份報告都讓他想起她的存在，痛苦萬分，但別無選擇。

夏秋兩季，畢爾曼都在無助而憤怒的情緒中苦思。到了十二月，才振作起精神到法國度假，也趁機前往馬賽郊區一間美容整形診所，詢問有關去除刺青的效果。

醫師爲他檢視腹部時，難掩驚訝神色，最後提出一項建議。他說，雖然可以用雷射治療，但刺青面積太廣、針也刺得太深，唯一可行的做法恐怕也只有進行一連串皮膚移植手術。那不僅昂貴也很費時。

過去兩年間，畢爾曼只見過莎蘭德一次。

在攻擊他進而掌控他的生活那天晚上，她拿走了他辦公室與住處的備份鑰匙。她說過，她會看著他，會在他最意想不到的時候突然現身。一段時間後，他幾乎開始認爲那只是威脅的空話，但仍不敢換鎖。她的警告非常清楚 —— 只要一發現他又和女人上床，就會將他強暴她的那捲九十分鐘錄影帶公諸於世。

一年前元月的某天，他忽然莫名其妙在凌晨三點驚醒。打開床頭燈後，赫然看見她站在床尾，嚇得差點狂叫出來。她就像幽靈般乍然出現，離他不到兩公尺，臉色蒼白、面無表情，手裡拿著電擊棒。

「早安，畢爾曼大律師。」她說道：「很抱歉這麼早吵醒你。」

天哪，她以前來過嗎？在我睡覺的時候？

看不出她是否故弄玄虛，畢爾曼清清喉嚨，正打算說話，卻被她一個手勢制止。

「我叫醒你只有一個原因。不久我將會離開很長一段時間，你還是要每個月寫報告，但副本不要用郵寄的，而是傳到這個 hotmail 信箱給我。」

她說著從夾克外套掏出一張摺疊的紙，丟到床上。

「如果監護局想和我聯繫，或是臨時發生什麼事需要我出席，就寫電子郵件到這個信箱。明白了嗎？」

他點點頭。「我明白……」

「別說話，我不想聽到你的聲音。」

他咬牙忍耐著。先前他一直不敢企圖找她，因為她曾威脅過，如果他這麼做就要把錄影帶送交相關單位。因此他思考了好幾個月，萬一她主動聯繫時該說些什麼。其實他根本無法為自己辯護，只能試著打動她人性的一面。他會試圖說服她——只要她給他開口的機會——說他當時是一時喪失理智，說他真的很後悔，希望能加以彌補。只要能說服她，只要能多少降低一點威脅的危險性，就算跪倒在地他也願意。

「我有話要說，」他用可憐兮兮的聲音說道：「我想求妳原諒……」

莎蘭德靜靜地聽完他的懇求，然後將一隻腳蹺到床尾，鄙夷地瞪著他。

「你聽好了，畢爾曼：你是個變態，我沒有理由原諒你。但只要你潔身自愛，在法院撤銷我的失能宣告那天，我就會放你自由。」

她一直等到他垂下雙眼。**她非要我卑躬屈膝不可**。

「我一年前說的話還是有效。你不照做，錄影帶就會送到警局裡。只要你不依照我的吩咐聯繫我，我就公布錄影帶。我若死於意外，錄影帶會曝光。你要敢再碰我一次，我就殺了你。」

他相信她的話。

「還有一件事。我放你自由之後，你愛怎麼做都行。但在那之前，你不許再踏進馬賽那家診所。你開始治療，我就再替你紋一次身，而且這次會刺在額頭。」

這妖女到底怎麼會知道診所的事？

一轉眼她人不見了，隱約可以聽見她轉動前門鑰匙的喀嗒聲，剛剛彷彿是幽靈來訪。

在那一刻，他開始痛恨莎蘭德，強烈的程度有如熾鐵在腦中燃燒的熱焰，也讓他從此一心只想毀滅她。他幻想著殺死她，隨意地想像她趴在自己腳邊求饒的景象。但他不會饒恕她。他會兩手勒住她的脖子，掐到她喘不過氣來，還要挖出她的眼球和心臟，要讓她從此從地球表面消失。

矛盾的是就在這同一刻，他覺得自己的身心好像又開始運作起來，也發現自己內心情緒有一種驚人的平衡。他滿腦子都是那個女人，清醒的每一刻都想著她。但他也開始恢復理智思考。如果要想辦法毀滅她，就得理清自己的思緒。他的人生出現了新的目標。

他不再幻想她的死亡，而是開始著手計畫。

在赫敦咖啡館裡，布隆維斯特端著兩杯熱騰騰的拿鐵走到總編輯愛莉卡・貝葉的桌邊，中途還從畢爾曼律師背後不到兩公尺處經過。但他和愛莉卡都沒聽說過畢爾曼，自然也都不知道他人在現場。

愛莉卡皺起眉頭將菸灰缸推到一旁，騰出空間放咖啡。布隆維斯特將夾克披在椅背上，一手拉過菸灰缸，點了根菸。愛莉卡討厭菸味，狠狠地瞪他一眼。他便轉頭往另一邊吐煙。

「我還以為你戒菸了。」

「暫時重拾惡習。」

「我以後不再和有菸味的男人上床了。」她甜甜一笑，說道。

「沒關係，還有很多女孩不像妳這麼特別。」布隆維斯特也微笑以對。

愛莉卡翻了個白眼。「說吧，有什麼問題？我和小夏約好二十分鐘後在劇院碰面。」小夏就是夏蘿妲・羅森柏，一位童年友人。

「那個實習女生讓我很困擾。」布隆維斯特說：「我不介意她是妳某位女性朋友的女兒，但她還要在編輯部待八個星期，我恐怕忍耐不了那麼久。」

「我有注意到她瞄你的飢渴眼神。當然了，希望你行為像個紳士。」

「愛莉卡，那女孩才十七歲，智商更只有十歲，說不定還是我高估了。」

「她只是對你印象很深刻，或許也帶一點英雄崇拜吧。」

「昨晚十點半，她來按我樓下大門的電鈴，說是帶了一瓶酒想上來。」

「糟了。」愛莉卡說。

「是糟了沒錯。要是我再年輕二十歲，也許會毫不猶豫，但現在的我隨時都要滿四十五歲了。」

「別提醒我。我們可是同年。」

溫納斯壯事件讓布隆維斯特有了一點名氣。過去一年來，他受邀到許多完全意想不到的地方、聚會與活動場合。有各式各樣的人會送他飛吻，而他們以前甚至不曾握過手。其中多半不是媒體人——媒體人他全都認識，而且若非與他交好便是交惡——而是所謂的文化界人士，現在這些三流名人都想和他裝熟。如今，眾人紛紛爭相邀請布隆維斯特當午宴或私人晚宴的來賓。「聽起來很吸引人，只可惜我已經有約。」便成為他例行的答覆。

他的明星地位有一個缺點，就是謠言接二連三地傳出。有個熟識的朋友便關心地提及他所聽到的傳聞，說有人看見布隆維斯特出現在某家勒戒診所。其實從青少年時期至今，布隆維斯特總共只吸過六根大麻菸，以及十五年前和荷蘭某搖滾樂團的女歌手嘗試過一次古柯鹼。至於酒精方面，他也只曾在私人晚宴或聚會上喝得爛醉。在酒吧裡，通常頂多只會喝一大杯烈啤酒，此外他也喜歡酒精濃度中等的啤酒。而家中酒櫃裡有伏特加和幾瓶單一純麥威士忌，全是別人送的，他享用的次數簡直少得可憐。

布隆維斯特目前單身，偶爾風流的事實，無論是朋友圈內或圈外都是眾所周知，這也招來了更多流言。他長期以來與愛莉卡的外遇關係，經常是人們臆測討論的話題。最近則傳出他勾搭的女人不計其數，並且利用新的名人身分進攻斯德哥爾摩的夜店。某位名不見經傳的記者甚至還曾鼓勵他尋求協助，治療他的性成癮症。

布隆維斯特確實有許多短暫的男女關係。他知道自己還算好看，卻從來不自認爲是萬人迷。只是時常有人說他有一種讓女人感興趣的特質，愛莉卡也說過他會同時散發出自信與安全感，能讓女人感到自在安心。和他發生關係並非受到脅迫也不複雜，卻能享受到性愛的刺激。依布隆維斯特的說法，那是理所當然的。

布隆維斯特與他熟識且喜愛的女性最能保持良好關係，因此早在二十年前，當愛莉卡還是年輕女記者時兩人便發展出戀情，並非偶然。

然而，目前的名聲讓女人對他興趣大增的情形，已經到了怪異的地步。最令人驚訝的則是，年輕女性會在意想不到的情況下，突然對他示愛。

不過穿著迷你裙、身材火辣的少女不會讓布隆維斯特感到興奮。從年輕時候起，他的女性友人多半都比他年紀大（有時還大上許多），經驗也較豐富。隨著時間過去，年齡差異也慢慢拉近。莎蘭德確實讓他踏岔了一步。

這正是他急著要和愛莉卡見面商量的原因。

《千禧年》雇用了一個新聞學校畢業生當實習生，算是作一個人情給愛莉卡的某位友人。這沒什麼大不了，反正每年都會雇用幾個實習生。布隆維斯特向女孩禮貌地打了聲招呼後，很快便發現她對新聞業幾乎毫無興趣，只是「想上電視」，根據布隆維斯特的猜測，目前在《千禧年》工作也算是跨出了一大步。

她會把握每個能與他密切接觸的機會，他雖然假裝沒有察覺她的大膽示好，卻反而促使她加倍努力。這種情形的確變得很累人。

愛莉卡聽了放聲大笑。「我的老天，眞沒想到你竟然在公司被性騷擾！」

「愛莉卡，這是個累贅。我絕對不想傷害她或讓她尷尬，但她幾乎和一頭發情的母馬沒兩樣。我擔心她接下來不知道還會搞出什麼花樣。」

「她迷戀你，只是太年輕，不知道如何表達。」

「妳錯了。怎麼表達，她清楚得很。她的分寸有點扭曲了，看我不上鉤，她還會生氣。我可不需要新一波的謠言，把我搞得像個淫亂好色、想要獵取性交對象的搖滾明星。」

「好啦，不過先讓我弄清楚問題重點。昨晚她只是去按你家門鈴而已嗎？」

「還帶了一瓶酒。她說去朋友家參加派對，剛好就在附近，還試圖假裝她出現在我們大樓，純粹是巧合。」

「你怎麼說？」

「我當然沒讓她進來。我說她來得不是時候，我有朋友在。」

「她有什麼反應？」

「她很沮喪，不過還是離開了。」

「那麼你要我怎麼做？」

「讓她別再煩我。我打算星期一好好跟她談談，不是她停手就是我把她踢出去。」

愛莉卡思索片刻。「讓我跟她談吧。她想找的是朋友，不是情人。」

「我不知道她想找什麼，不過……」

「麥可，她的情形我也經歷過。我來跟她談。」

凡是過去一年內看過電視或讀過晚報的人，都聽說過麥可．布隆維斯特，畢爾曼也不例外，但在赫敦咖啡館卻並未認出他來，而他也全然不知道莎蘭德和《千禧年》之間的關係。

何況，他太專注於自己的思緒，根本無暇留意周遭情形。

自從心智痲痺的狀態解除後，他便不斷繞著同一個難題打轉。

莎蘭德手上有一捲遭受他性侵的錄影帶，是她用隱藏式攝影機錄下的，還逼他看過。絲毫沒有空間能讓他作出有利的辯解。萬一錄影帶被送到監護局，或甚至落入媒體手中——但願不會發生這種事——他的事業、自由和人生就完了。他知道加重強姦、剝削弱勢者、傷害與加重傷害，會有什麼樣的刑罰，恐怕至少得入獄六年。若遇上滿腔熱血的檢察官，也許還會以某一段影帶內容為由，將他依殺人未遂罪起訴。

他只不過是在強暴過程中，興奮地用枕頭壓住她的臉使她窒息。此時的他是眞心希望自己當時沒有鬆手。

他們不會相信她從頭到尾都在玩花樣。她用那雙小女生般的可愛眼眸勾引他，用一個有如十二歲少女的身軀誘惑他，是她煽惑他強暴她。他們絕對不會明白她其實是在演戲。她早已計畫好……

他要做的第一件事就是取得錄影帶，並想辦法確認沒有其他拷貝。這是問題的關鍵。

他敢百分之百肯定，像莎蘭德這種妖女這些年來一定會樹敵。也許有人曾經或正在試圖找她麻煩，但不同於這些人的是，畢爾曼律師有一個絕對優勢，他有管道可以取得她所有的醫療紀錄、社福報告與精神病學評鑑。瑞典只有極少數人知道她的祕密，畢爾曼便是其中之一。

他答應擔任她的監護人之後，監護局複製給他的個人資料只有十五頁，主要內容包括她成年生活的描述、一份由法院指定的精神科醫師所寫的評估摘要、地方法院讓她接受監護的判決，以及她前一年的銀行帳戶明細。

他一再反覆地閱讀這份資料，然後開始有系統地蒐集關於莎蘭德生活的資訊。身為律師，他極善於從公家機關的紀錄中擷取情報。而身為她的監護人，則可以深入有關她醫療紀錄的層層機密。與莎蘭德有關的文件，只要他想要就拿得到。

然而他還是花了幾個月時間，才從最早的小學報告、社工報告、警方報告到地方法院的副本，一點一滴地拼湊出她的一生。他曾和耶斯伯．羅德曼（也就是在莎蘭德十八歲生日時建議她入院治療的精神科醫師）討論過她的狀況。羅德曼給了他該案例的摘要。每個人都提供了幫助。社福局一位女士甚至讚賞他如此用心地了解莎蘭德生活的每一面。

另外，他還在監護局檔案室一個積滿灰塵的箱子裡，找到兩本堪稱資料金礦的筆記本。內容是由畢爾曼的前任監護律師霍雷爾．潘格蘭整理的，他顯然比任何人都了解莎蘭德。潘格蘭每年都會盡責地呈交一份報告給監護局，但畢爾曼猜想莎蘭德很可能並不知道潘格蘭自己也另外作了詳細紀錄。自從潘格蘭兩年前中風後，筆記本便進了監護局，至今似乎還沒有人讀過裡面的內容。

這是正本。沒有跡象顯示曾經有人拷貝過。太好了。

潘格蘭對莎蘭德的描述和從社福局報告中推論的結果截然不同，因為他一直密切注意著她一路的辛苦轉變，從桀驁不馴的青少年、成熟女子到米爾頓保全的雇員——這是潘格蘭透過關係替她找到的工作。畢爾曼從筆記當中得知，莎蘭德絕不是遲鈍的打雜小妹，專門負責影印和煮咖啡，而是有眞正的工作，確實在為米爾頓執行長阿曼斯基執行調查任務。潘格蘭與阿曼斯基顯然彼此熟識，偶爾會交換關於他們所保護的女孩的消息。

莎蘭德這輩子似乎只有兩個朋友，而且這兩人都自認為是她的保護者。如今潘格蘭已經出局。阿曼斯基還在，可能會是個威脅。畢爾曼決定避開阿曼斯基。

筆記本解釋了許多。畢爾曼因此明白了莎蘭德何以對他瞭若指掌，雖然怎麼也想不通她怎麼會知道他上了法國的美容整形診所，但關於她的謎團大多已經解開。她利用探查別人的生活來謀生。他立刻對自己的調查行動產生新的警惕，既然莎蘭德能進入他的住處，若在家裡放置任何與她相關的資料恐怕不妥。於是他將所有文件資料整理好，收進一個紙箱，帶到他位於史塔勒荷曼附近的避暑小屋，後來他在此獨思的時間愈來愈長。

莎蘭德的資料他看得愈多，愈深信她精神有問題。一想起她是如何將他銬在床上，便不由得打起寒顫。當時畢爾曼完全受她控制，如果將來讓她找到正當理由，他毫不懷疑她會言出必行地殺死他。

她缺乏社會抑制，這是某份報告下的結論。那麼他還能作出更進一步或兩步的結論：**她是一個病態、凶殘、不正常的王八蛋。一顆拔去保險栓的手榴彈。一個婊子。**

▲ ▲ ▲

潘格蘭提供了最後一把關鍵之鑰。有幾次他記錄了他與莎蘭德之間的談話內容，非常私密，像寫日記一樣。**一個老瘋子**。在其中兩段談話中，他用了「當『天大惡行』發生後」的字眼，這用語應該是直接借用莎蘭德的說法，卻不清楚影射什麼事件。

畢爾曼寫下了「天大惡行」幾個字。在寄養家庭那幾年？某人遭受攻擊？答案應該就在他手邊這些資料當中。

他翻開莎蘭德十八歲時的精神病學評鑑報告再讀一遍，這已是第五或第六遍。他的理解當中一定遺漏了些什麼。

他有她小學的筆記節錄，有一份表明莎蘭德的母親無法照顧她的宣誓書，還有她十幾歲時住過的幾個寄養家庭的報告。

她十二歲時發生了某件事，逼得她發瘋。

她的傳記中還有其他缺漏。

令他大感意外的是莎蘭德有一個雙胞胎姊妹，在他先前取得的資料中從未提及。**天哪，竟然還有一個**。不過他怎麼也找不到關於另一個姊妹的下落。

父親不詳，至於母親爲何無法照顧她，也未多作解釋。畢爾曼猜想她大概是病了，使得接下來的整個過程就這麼開始，也包括在兒童精神病院度過的那段時期。不過現在可以肯定莎蘭德十二、三歲時，發生了某件事。**天大惡行**。是某種創傷。但「天大惡行」有可能是什麼？潘格蘭的筆記裡無跡可循。

最後他終於發現精神病學評鑑報告中提到的一份附件不見了——是一九九一年三月十二日的一份警方報告。從他在社福局檔案室拷貝的副本可以看出，有人手寫在邊緣空白處。當他要求調閱報告，卻被告知文件蓋有「奉殿下令列爲極機密」的章，但他可以向相關的政府部門提出申請。

畢爾曼陷入了困境。事實上，有關一個十二歲小女孩的警方報告被列爲機密並不令人意外，或許有各種保護隱私權的原因。但他是莎蘭德的監護人，有權調閱任何與她相關的文件。取得這樣的報告，為何還得向政府部門提出申請？

但他還是遞出了申請書。兩個月後接獲通知，申請遭到駁回。一份將近十四年前、有關一個如此年輕的女孩的警方報告，究竟有什麼不得了的內容，竟被列為極機密？它又可能對瑞典政府造成什麼威脅？

他再度重看潘格蘭的筆記，試圖從中理出「天大惡行」可能象徵的含意，但找不到線索。一定是潘格蘭與受監護人口頭上討論過，卻始終沒有寫下來。提到「天大惡行」的地方，是在第二本筆記的末尾，或許潘格蘭根本來不及在中風前，對這一連串顯然十分重要的事件作出自己的結論。

潘格蘭從莎蘭德十三歲生日那天起擔任她的受託人，又從她滿十八歲起變成她的監護人，因此「天大惡行」發生不久，莎蘭德被送往兒童精神病院後，他便涉入了。一切來龍去脈他可能都很清楚。

畢爾曼又重新翻閱監護局的檔案，這回要找的是由社福局為潘格蘭擬定的詳細任務內容。乍看之下，頗令人失望：只有兩頁的背景資料。莎蘭德的母親無法養育女兒，兩個孩子被迫分開，卡蜜拉．莎蘭德透過社福局被安置在一個寄養家庭，莉絲．莎蘭德則被關入聖史蒂芬兒童精神病院。沒有提到替代方案。

為什麼？只有一段神祕的陳述說明：「有鑑於一九九一年三月十二日的事件，社會福利局決定……」

接著又再次提到那份列為機密的警方報告，不過這裡有負責寫報告的警員姓名。

畢爾曼震驚地看著這個名字。是他熟悉的名字。他確實非常熟悉，而這個發現也讓整件事有了全新的轉變。他還是花了兩個月才取得報告，而且用的方法相當特別。報告共有四十七頁A4大小的紙張，另有十二頁左右的附註，是六年期間陸續補充的。最後是照片。和名字。

老天哪……不可能。

還有另一個人也有理由和他一樣痛恨莎蘭德。

他有一個盟友了，但卻是他最想不到、最不可能的一個人。

▲ ▲ ▲

一個黑影落在赫敦咖啡館的桌上，驚醒了正在發呆的畢爾曼。他抬起頭，看見一個金髮……巨人，只能這麼形容。他畏縮幾秒鐘後，才恢復鎮定。

那人俯視著他，身高不只兩公尺，身材也出奇地壯碩。無庸置疑，是個健美先生，身上看不到一丁點的肥肉，給人非常驚人的印象。兩側的金髮理平了，只剩頭頂一撮短短的亂髮；有一張鵝蛋形的臉，柔和得怪異，幾乎像個孩子；不過那雙冰藍色的眼珠卻一點也不溫和。他穿著半長的黑色皮夾克、藍色襯衫、黑色褲子，打了黑色領帶。畢爾曼最後才注意到他的手。如果他的其他部位是特大號，這雙手就是超大號。

「畢爾曼律師嗎？」

他略帶歐洲口音，不過聲音很尖，畢爾曼幾乎忍俊不住，好不容易才保持適中表情點點頭。

「我們收到你的信了。」

「你是誰？我想見的是……」

這時，擁有超大號雙手的男人已經坐到畢爾曼對面，並打斷他的話。

「你只能見我。說說你想要什麼。」

畢爾曼遲疑了一下。任由一個陌生人擺布的感覺，實在很不舒服，但不得不如此。他提醒自己，對莎蘭德懷恨在心的不只有他一人，現在得募集盟友。於是他低聲說明自己的計畫。

第三章

十二月十七日星期五至十二月十八日星期六

莎蘭德七點醒來、淋浴後，到樓下櫃檯找麥班，問他有沒有海灘車可以租用一整天。十分鐘後她付了訂金，調整好座位與照後鏡，發動測試一下，最後檢查油箱裡有沒有油。她走進酒吧，點了一杯拿鐵和起司三明治當早餐，還買一瓶礦泉水隨身帶著。吃早餐時，她就在一張餐巾紙上塗塗寫寫，思考費瑪的（$x^3 + y^3 = z^3$）。

八點剛過，傅比士博士來到酒吧，臉上剛剛刮過鬍子，身穿黑色西裝、白色襯衫，打著藍色領帶。他點了蛋、吐司、柳橙汁和黑咖啡。八點半，他起身走到外頭等計程車。

莎蘭德保持適當距離地跟在後面。傅比士在卡雷納吉起點的「海景畫」下方下車，然後沿著海邊溜達。她從他身旁駛過，將車停在港口濱海步道的中央附近，耐心地等他經過才又重新展開跟蹤。

到了下午一點，莎蘭德已經滿身大汗，雙腳腫脹。這四個小時內，她就在聖喬治的街道間上上下下地走，雖然腳步悠閒，卻一刻也沒停過。陡坡開始對她的肌肉產生影響。當她喝完最後一滴礦泉水時，不禁對傅比士的體力感到訝異，心裡正開始想要放棄計畫，他卻忽然轉向朝「龜甲」走去。她等了十分鐘，隨後也走進餐廳，坐在露天座上。他們倆都坐在和前一天相同的位子，而他也同樣一邊喝著可口可樂，一邊凝視港口。

傅比士是格瑞那達極少數穿西裝打領帶的人。他似乎並不覺得熱。

三點，他付了錢離開餐廳，打斷了莎蘭德的連串思緒。他不慌不忙地沿著卡雷納吉走，接著跳上一班前往格蘭安西的迷你巴士。

莎蘭德將車停在礁島群飯店外五分鐘後，他才下巴士。她回到房間，泡了個冷水澡，整個身子在浴缸裡伸展開時，卻緊皺著眉頭。

這辛苦的一天——腳到現在都還發疼——給了她一個明確的訊息。傅比士每天早上全副武裝、提著公事包離開飯店，但一整天卻只是無所事事地殺時間。無論他在格瑞那達做什麼，總之絕對不是籌畫興建新學校，但他卻想讓人覺得他是爲了公事來到島上。

那麼何苦如此大費周章呢？

在這方面，他唯一想有所隱瞞的人應該就是他的妻子，她可能以爲丈夫在白天裡忙得不可開交。但爲什麼呢？難道是交易沒談成，他過於心高氣傲不肯承認？或者這次來到島上根本是另有目的？在等某樣東西、某個人嗎？

莎蘭德收到四封電子郵件。第一封是瘟疫寄的，就在她寫給他之後的一小時。郵件加密，還問了個問題：「妳真的還活著嗎？」瘟疫不太喜歡寫那種閒話家常、感性的信，就這一點而言，莎蘭德也一樣。

另外兩封是在凌晨兩點左右發送。一封來自瘟疫，仍以加密處理，告訴她有個名叫畢波的網友——似乎住在德州——馬上就接受她的調查要求。瘟疫附上了畢波的信箱帳號和ＰＧＰ鑰匙。幾分鐘後，畢波用一個 hotmail 信箱帳號寄信給她，信上只說會在二十四小時內送出關於傅比士夫妻的資料。

第四封還是來自畢波，在當天傍晚送出。信中有一個加密的銀行帳號和一個ＦＴＰ位址。莎蘭德打開網址，發現一個三九〇ＫＢ大小的壓縮檔，便在解壓後儲存。那是一個資料夾，裡面包含四張低解析度的照片和五個 Word 文件檔。

有兩張是傅比士博士的獨照，一張是傅比士與妻子在某齣舞台劇首演時的合照，第四張則是傅比士站在一個教會的布道壇上。

第一個文件檔包含七頁的內容，是畢波的報告。第二個檔案有八十四頁，是從網路上下載的內容。接下來兩個檔案是掃描《奧斯丁美國政治家》剪報的OCR文件，而最後一個檔案則是簡介傅比士博士所屬的南奧斯丁長老教會。

莎蘭德除了熟記〈利未記〉之外——前一年她碰巧有機會研讀《聖經》中有關懲罰的章節——對於宗教歷史的認識，恐怕連皮毛都說不上，只是約略知道猶太教、基督教長老教會與天主教教堂之間的差異，卻又不知道猶太教的聚會所稱爲會堂。有一度她很擔心自己得鑽研神學細節，但轉念一想，傅比士博士屬於哪種宗教組織干她屁事。

李察·傅比士博士，亦即李察·傅比士牧師，現年四十二歲。南奧斯丁教會的首頁顯示教會中有七名職員，名單上第一人是丹肯·柯雷格牧師，照片中的他身材魁梧，一頭蓬鬆灰髮，灰白的大鬍子梳理得很整齊。

傅比士排名第三，負責教育事項，名字旁邊還括弧註明「聖水基金會」。

莎蘭德讀了該教會的宗旨簡介。

「**我們將會以祈禱與感恩來服務南奧斯丁的民衆，爲他們提供美國長老教會所護衛的安定、神學與充滿希望的觀念。作爲基督的僕人，我們爲人們提供一個必要的避難所，並讓他們能夠藉由祈禱與洗禮來贖罪。讓我們因上帝的愛充滿喜樂。我們的責任是移除人與人之間的屏障，消弭阻礙，讓人們得以了解上帝愛的訊息。**」

簡介底下有教會的銀行帳號，以及懇求民衆將對上帝的愛化爲行動的聲明。

從畢波簡明的生平介紹中，莎蘭德得知傅比士出生於內華達州派恩布魯夫，曾經做過農夫、商人、學校行政人員、新墨西哥州某家報社的駐地記者、某個基督教搖滾樂團的經理，之後在三十一歲時進入南奧斯丁教會。他是合格的會計師，也讀過考古學。畢波沒能找出他在哪裡獲得博士學位。

傳比士在教會裡認識了潔若婷・奈特，農場主威廉・奈特的獨生女，也是南奧斯丁教會的信徒。兩人在一九九七年結婚，之後傳比士在教會中便開始福星高照。他成了聖瑪利亞基金會的主導人，目標是「將上帝的基金投注於教育計畫，幫助有需要的人」。

傳比士曾兩次被捕。一九八七年二十五歲那年，因爲一起車禍被控加重傷害，但法院判他無罪。莎蘭德從媒體報導的片段看來，他確實是無辜的。一九九五年，他被控侵呑由他管理的基督教搖滾樂團的錢。那次也獲判無罪。

在奧斯丁，他成了有名的公衆人物，也是該市教育局的一員。他是民主黨員，十分熱心公益，還會募款資助清寒學童的教育。南奧斯丁教會幫助的對象以西語家庭爲主。

二〇〇一年，傳比士在聖瑪利亞基金會負責的財務工作，被質疑有違法情事。根據某報報導，傳比士涉嫌在投資基金中放入過多基金會資產，不符法令規定。教會出面反駁這項指控，在這場論戰中，柯雷格牧師更以堅決的態度支持傳比士。他沒有被起訴，稽核結果也無任何不妥。

莎蘭德仔細研究畢波對傳比士本身財務狀況所作的摘要。他年收入六萬美元，算是高薪，但他本身卻無資產。他們財務狀況穩定多虧了潔若婷。她父親於二〇〇二年去世，女兒獨自繼承了至少四千萬美元的遺產。他們夫妻倆沒有小孩。

因此傳比士得仰賴妻子。莎蘭德心想，對一個習慣毆打妻子的人而言，這似乎是不利的處境。

她登入網路，送了一個加密訊息給畢波，感謝他的報告並將五百美元轉入他的帳戶。

她走到陽台趴在欄杆上。太陽快下山了，一陣微風吹得防波堤沿岸的棕櫚樹梢窸窣作響。格瑞那達已經開始感受到瑪蒂達外圍環流的影響。莎蘭德依照艾拉的建議，將電腦、《數學次元》、盥洗用品包和一套替換的衣服裝進肩背包，放在床邊地板上，然後到樓下酒吧，點了一道魚和一瓶加勒比啤酒當晚餐。

唯一值得一提的是，傳比士博士換上了淺色的網球衫、短褲和球鞋，來到酒吧向艾拉詢問瑪蒂達的動向，但似乎並不特別擔心。他用金鍊子將十字架掛在脖子上，看起來精力充沛，甚至相當迷人。

▲ ▲ ▲

在聖喬治閒晃了一天毫無所獲，莎蘭德已經精疲力竭。晚餐後她出去散散心，但風勢變得猛烈，氣溫也驟降，因此九點前便回房間爬上了床。窗戶被風吹得空隆空隆響，她本想再看一會書，卻幾乎馬上就睡死了。

轟然一聲巨響將她驚醒，看看手錶：十一點十五分。她踉蹌著下床，打開陽台的落地窗，卻被強風吹得倒退一步。她緊拉落地窗側柱，小心地踏出陽台，四下觀望。

吊在泳池邊的幾盞燈搖來晃去，在花園裡上演著精采的影子戲。有幾名房客站在圍牆旁邊，透過牆上的洞望向海灘，還有些人聚集在酒吧附近。北方可以看到聖喬治的燈光。天上烏雲密布，但沒有下雨。黑暗中看不見大海，但洶湧的波濤聲比平日大了許多。氣溫降得更低了。自從來到加勒比海，她頭一次冷得發抖。

她站在陽台上，忽然聽見有人大聲敲門，便用被單裹住身子去開門。只見麥班一臉憂色。

「很抱歉打擾了妳，不過暴風雨好像要來了。」

「瑪蒂達？」

「瑪蒂達。」麥班說：「今晚稍早已經到達托貝哥外圍，我們接獲消息說災情嚴重。」

莎蘭德搜索著她的地理學與氣象學知識庫。千里達和托貝哥位於格瑞那達東南方兩百公里。一個熱帶風暴的半徑可能大到一百公里，暴風眼可能以三十至四十公里的時速移動。也就是說瑪蒂達隨時都可能來到格瑞那達門前。一切只看它前進的方向了。

「不會有立即的危險，」麥班說：「但不能掉以輕心。我要妳把重要物品裝進袋子裡，然後到樓下大廳來。飯店會供應咖啡和三明治。」

莎蘭德洗了把臉讓自己清醒過來，穿上牛仔褲、鞋子和法蘭絨襯衫，揹起背包。離開房間前，她去打開浴室的門和燈。綠蜥蜴不在那裡，想必爬到下面某個洞裡去了。眞聰明。

進到酒吧，她依然坐在老位子，看著艾拉指揮員工並用熱水瓶裝熱飲料。過了一會，她走到莎蘭德這邊來。

「嗨，妳好像剛睡醒。」

「我是睡了一下。現在怎麼樣了？」

「還在等。外海有個大風暴，我們收到千里達送來的颶風警報。如果風力增強，瑪蒂達又往這個方向來，我們就得進地窖。妳能不能幫個忙？」

「妳要我做什麼？」

「大廳有一百六十條毯子要搬下去，還有很多東西要收進來。」

莎蘭德幫忙搬毯子下樓，還將泳池畔的花瓶、桌子、躺椅與非固定物品拿進來。當艾拉滿意地說這樣就可以了，莎蘭德走向面對海灘的牆洞，並往黑漆漆的外頭跨出幾步。海浪發出懾人的澎湃聲，迎面而來的風力道過於凶猛，她得兩手環抱才能站得直。牆邊的棕櫚樹搖擺不定。

她回到室內，點了一杯拿鐵坐在吧檯。已經過了午夜。房客與員工間的氣氛充滿焦慮，大夥壓低聲音交談，偶爾望向地平線，等待著。礁島群飯店共有三十二名房客和十名員工。莎蘭德發現潔若婷坐在櫃檯旁的一張桌邊，神色緊張地啜飲著飲料。她丈夫卻不見人影。

莎蘭德喝了咖啡，又再次開始思考費瑪定理時，麥班走出辦公室，站在大廳中央。

「請各位注意！我剛接到消息，有一個颶風級風暴剛剛侵襲小馬丁尼克島，所以現在要請所有人馬上進地窖去。」

麥班阻擋了諸多提問，帶領著房客從櫃檯後面的階梯下到地窖。小馬丁尼克是格瑞那達的一個小島，距離南方的本島僅數海浬遠。莎蘭德瞄了艾拉一眼，見她走向麥班，立刻豎耳傾聽。

「情況有多糟？」

「無法得知，電話不通了。」麥班低聲說。

莎蘭德走下地窖，將袋子放在角落的一條毯子上，略一思索後，又逆著人潮回到大廳。她找到艾拉，詢問需不需要幫忙。艾拉搖搖頭，顯得有些憂心忡忡。

「瑪蒂達是個潑婦。我們只能等著瞧了。」

莎蘭德看著一群人匆匆忙忙衝進飯店門口，共有五個大人和十個左右的小孩。麥班也收留他們，帶他們到地窖的階梯去。

莎蘭德頓時心生恐懼。

「我想現在應該每個人都進入自家的地窖了吧。」她故作鎮定地說。

艾拉看著那家人走下階梯。

「很不幸，我們這是格蘭安西少數幾個地窖之一。待會很可能還會有更多人來避難。」

莎蘭德以銳利的目光看著她。

「那其他人怎麼辦？」

「妳是說沒有地窖的人？」她露出苦笑。「就在自己家裡抱成一團，或是找間棚屋避一避。他們只能相信上帝。」

莎蘭德二話不說，立刻轉身跑過大廳，衝出大門。

喬治．布蘭。

她聽見艾拉在背後喊她，但沒有停下來解釋。

他住的破屋子，大風一吹就會倒。

來到通往聖喬治的道路時，她腳步踉踉蹌蹌，身體被強風撕扯著，這時她開始小跑步。強勁的逆風讓她幾乎連站都站不穩，但她仍頑強地前進。到小屋只有四百公尺，卻花了將近十分鐘。一路過來，一個人也沒看見。

忽然間竟下起雨來，好像從消防水管噴灑出的冰水。就在同一時刻，她轉進小屋的方向，看見他那盞煤油燈在窗內不停搖晃，發出亮光。轉瞬間她已全身溼透，視線幾乎只剩兩公尺遠。她使勁地敲門。布蘭開門後瞪大了雙眼。

「妳在這裡做什麼？」爲了壓過風聲，他扯著嗓門喊。

「走吧，你得跟我去飯店，那裡有地窖。」

男孩似乎受到驚嚇。門被風吹得砰一聲關上，他花了幾秒鐘才又強行打開。莎蘭德抓住他的T恤，把他往外拖。她抹去臉上的雨水，握緊他的手開始往前跑。他也跟著跑。

他們走海灘小徑，這比彎進內陸的大路短了大約一百公尺。走到半路，莎蘭德才發現也許不該走這條路，因爲海灘上毫無遮蔽。風雨猛烈地打在他們身上，中途有幾次不得不停下來。沙和樹枝在空中翻飛，風聲呼號十分嚇人。經過一段彷彿漫無止境的時間後，莎蘭德終於看見飯店的圍牆，於是加快腳步。正當他們來到大門前，安全無虞之際，她轉頭看向海灘，驀地停了下來。

在暴風雨中，她看見大約五十公尺外的海灘上有兩個人影。布蘭拉住她的手臂，想將她拖進門內。但她掙開布蘭的手，扶在牆邊試圖看清海邊的情景。有那麼一、兩秒，人影消失在雨中，但忽然間一記閃電照亮整片天空。

她已經知道那是傅比士夫妻倆。他們所在之處，正是前一夜她看見傅比士來回踱步的地方。

當第二記閃電打下來，傅比士似乎拖著不斷掙扎的妻子。

所有的拼圖都到位了。財務上的依賴、在奧斯丁違法斂財的指控、他的不安踱步與在「龜甲」靜坐不動的時刻。

他計畫謀殺她。四千萬的賭注。暴風雨是他的掩護。這是他的機會。

莎蘭德轉身將布蘭推進門內，自己則四下張望，發現夜間警衛常坐的那張搖搖晃晃的木椅，沒有在風暴來臨前被清理掉。她拿起椅子使盡所有力氣往牆上一砸，然後抓起一根椅腳作爲防身之用，便直奔海灘而去，布蘭嚇得不斷在她身後尖叫呼喊。

她幾乎就要被凶猛的陣風吹倒，卻仍咬緊牙根，在風雨中一步步奮力前進。就在即將來到那對夫妻所在處時，又一道閃電照亮海灘，她看見潔若婷跪倒在海邊，傅比士注視著她，一隻手臂高高舉起，手裡似乎握著像鐵管的東西。她看見他的手臂劃成弧形，往他妻子頭上砸落。潔若婷不再掙扎。

傅比士始終沒看到莎蘭德到來。

她用椅腳打中他的後腦杓，他隨即趴倒下去。

莎蘭德俯身抓住潔若婷，不顧大雨的鞭打，將她的身子翻轉過來，手上立刻沾滿鮮血。潔若婷的頭皮有一道傷口。她重得跟鉛塊一樣，莎蘭德無助地環顧四周，不知該如何才能將她拖到飯店牆邊。這時布蘭出現了，不知大吼些什麼，在暴風雨中莎蘭德聽不清。

她瞄向傅比士，只見他背向著自己，但手腳已將身子撐起。她抓起潔若婷的左手臂繞過自己的脖子，並示意布蘭負責另一手，兩人開始費力地撐扶她沿著海灘往上走。

走到一半，莎蘭德覺得已經精疲力竭，體內好像一點力氣也不剩。忽然有一隻手按住她的肩膀，她的心漏跳了一拍，連忙放開潔若婷，一轉身便踢向傅比士的胯下。他痛得跪了下去。莎蘭德緊接著又踢他的臉。她看到布蘭驚恐的表情，花了半秒鐘安撫之後，重新拉起潔若婷往前拖行。

幾秒鐘後她轉過頭去，發現傅比士蹣跚地跟在十步之後，只不過在強風中搖搖擺擺像喝醉酒似的。

又是一道雷電劈空而下，莎蘭德瞪大了眼睛。

一股恐懼感令她無法動彈。

傅比士身後，一百公尺的外海處，她看見了上帝的手指。

在瞬間電光中凝結的影像，一道深黑色的氣柱高高聳起，隨後消失無蹤。

瑪蒂達。

不可能。

颶風——沒錯。

龍捲風——不可能。

格瑞那達這一帶沒有龍捲風。

一場怪異風暴出現在不可能有龍捲風的地區。

龍捲風不可能發生在海面上。

這在科學上說不通。

這是一種獨特現象。

它是來帶我走的。

布蘭也看見龍捲風了。他們互相大喊著要對方快一點，卻又聽不清彼此的話。

再二十公尺就到牆邊了。十公尺。莎蘭德絆了一跤，跪倒下去。五公尺。到了牆門，她再次回頭看，正好瞥見傅比士彷彿被一隻無形的手拖曳入海，消失不見。她和布蘭拖著他們的包袱進入牆門，踉蹌走過後院，莎蘭德聽見暴風雨中有窗戶破碎的爆烈聲，還有金屬板扭曲時的尖銳咻咻聲。一塊板子就從她鼻尖凌空飛過，下一秒鐘則是背上一陣疼痛，像是被硬物擊中。到了大廳後，風勢才變小。

莎蘭德攔下布蘭，抓住他的衣領，並將他的頭拉過來，在他耳邊大喊。

「我們在海灘上發現她，沒看見她丈夫，懂嗎？」

他點點頭。

他們抬著潔若婷走下地窖階梯後，莎蘭德用腳踢門。麥班打開門，先是瞪著他們，之後才把他們拉進去，將門關上。

暴風雨原本令人難以忍受的呼號聲，瞬間轉弱變成背景裡吱吱嘎嘎、隆隆低迴的聲響。莎蘭德深吸了一口氣。

艾拉用馬克杯倒了一點咖啡。莎蘭德幾乎已經累垮，甚至無法抬起手去接。她全身無力地坐在地板上，背靠著牆壁。不知是誰替她和男孩裹上毯子。她渾身溼透，膝蓋下方被割了一道很深的傷口，血流不止。牛仔褲裂開了十公分長，她卻絲毫記不得是何時發生的。她麻木地看著麥班和兩名房客照料潔若婷，在她頭上纏綁帶。還依稀聽到這裡一句、那裡一句，知道這裡頭有個醫生，也發現到地窖擠滿了人，除了飯店房客，還有外人來此避難。

片刻過後，麥班走到莎蘭德面前蹲下。

「她不會有生命危險。」

莎蘭德一語不發。

「發生了什麼事？」

「我們在牆外的海灘發現她。」

「我數過地窖裡的房客，少了三個人，就是妳和傅比士夫妻。艾拉說暴風雨剛到的時候，妳像發瘋似的跑出去。」

「我去找我朋友布蘭。」莎蘭德朝友人點了點頭。「他住在大路過去那邊的一間小屋，現在八成已經被吹倒了。」

「妳這麼做很勇敢，但也太愚蠢。」麥班覷了布蘭一眼說道：「你們倆有誰看到她丈夫嗎？」

「沒有。」莎蘭德不疾不徐地說。布蘭瞄她一眼，也搖搖頭。

艾拉偏斜著頭，眼神銳利地注視莎蘭德，莎蘭德則面無表情地回看她。

潔若婷在凌晨三點左右恢復意識，那時莎蘭德已經頭倚著布蘭的肩膀，睡著了。

很神奇地，格瑞那達安然度過了那一夜。破曉時分，麥班讓房客們離開地窖，風暴已然平息，代之而來的卻是莎蘭德生平未見的大豪雨。

礁島群飯店將需要大大整修一番，飯店本身和海岸沿線都飽受蹂躪。泳池旁艾拉的酒吧整個都沒了，還有一個露台遭到破壞。飯店正面的窗戶全被吹落，某個外延部分的屋頂折成兩段，大廳更是滿地碎片慘不忍睹。

莎蘭德帶著布蘭一路搖搖晃晃地上樓回房，並在空空的窗框掛上一條毯子擋雨。布蘭直盯著她看。

「說我們沒看到她丈夫，比較不用多作解釋。」他還沒開口問，莎蘭德便說。

他點了點頭。她匆匆脫掉衣服丟在地板上，拍拍身旁的床沿。布蘭又點點頭，也脫了衣服爬到她身邊躺下。他們幾乎一倒頭就睡著了。

當她中午醒來，陽光已射穿雲層縫隙。她身上每塊肌肉都疼痛不已，膝蓋更腫得幾乎無法彎曲。她溜下床去沖澡，那隻綠蜥蜴又回到牆上。她穿上短褲和小可愛，一拐一拐地走出房間，沒有叫醒布蘭。

艾拉還在忙，雖然看起來疲憊萬分，卻已將大廳的酒吧準備好，運作起來了。莎蘭德點了咖啡和三明治，從大門旁邊爆裂的窗戶看到一輛警車。就在咖啡送來的時候，麥班從櫃檯旁邊的辦公室走出來，後面跟著一個穿制服的警員。麥班看見她，對警察說了幾句話，便一同走到莎蘭德的桌邊。

「這位是佛格森警員，他想問妳幾個問題。」

莎蘭德禮貌地向他打招呼。這位佛格森警員顯然也度過漫長的一夜。他拿出記事本和筆，寫下莎蘭德的名字。

「莎蘭德小姐，我聽說昨晚颶風侵襲時，妳和一位朋友發現了李察・傅比士的太太。」

莎蘭德點點頭。

「你們是在哪裡發現她的？」

「就在圍牆大門下方的海灘上。」莎蘭德說：「我們差點被她絆倒。」

佛格森將她的話記下。

「她有沒有說什麼？」

莎蘭德搖搖頭。

「她昏迷了？」

莎蘭德理所當然地點點頭。

「她頭上有一個很深的傷口。」

莎蘭德又點頭。

「妳不知道她怎麼受傷的嗎？」

莎蘭德搖頭。佛格森見她不回答，氣惱地嘟噥了幾句。

「那時候有一大堆東西飛來飛去，」她很幫忙地說：「我的頭也差點被一塊木板砸到。」

「妳的腳受傷了？」佛格森指著她的繃帶問：「怎麼回事？」

「我一直到進了地窖才發現，也不知道怎麼回事。」

「當時有個年輕人和妳在一起。」

「喬治·布蘭。」

「他住在哪裡？」

「在『椰子』後面的一間小屋，就在去機場的路上。我是說如果小屋還在的話。」

莎蘭德沒有附帶說，布蘭這時正睡在她樓上房間的床上。

「你們有沒有看見她丈夫，李察·傅比士？」

莎蘭德搖搖頭。

佛格森警員似乎想不出其他問題，便闔上記事本。

「謝謝妳，莎蘭德小姐。我得寫一份死亡報告。」

「那個女的**死了**？」

「妳說傅比士太太？沒有，她人在聖喬治醫院。她顯然得感謝妳和妳的朋友救了她一命，不過她丈夫死了，兩小時前在機場的停車場發現他的屍體。」

南邊六百公尺。

「他被砸得很慘。」佛格森說。

「太不幸了。」莎蘭德沒有顯出特別震驚的表情。

麥班和佛格森警員走了以後，艾拉來到莎蘭德桌旁坐下，還端來兩杯蘭姆酒。莎蘭德露出狐疑的眼神。

「昨天折騰了一夜，妳需要恢復一下體力。我買單。全部的早餐都由我買單。」

兩人對望著，然後碰杯說了一句「乾杯」。

接下來有好長一段時間，在加勒比海和全美國的氣象研究中心都以瑪蒂達作爲科學研究與討論的重點。在這個區域，像瑪蒂達這種規模的龍捲風幾乎是絕無僅有。漸漸地，專家們一致認爲，是因爲極其罕見的氣象鋒面聚集而形成一種「假龍捲風」——也就是其實不是龍捲風，只是看似。

莎蘭德並不在意理論上的說法。她知道自己看到什麼，也決定以後絕不再擋瑪蒂達任何同類的路。

昨晚，島上許多人都受了傷。只有一人死亡。

永遠也不會有人知道，傅比士究竟被什麼迷了心竅，竟在強力颶風最猛烈的時候跑出去，也許只是單純的無知吧，這似乎是美國遊客的通病。潔若婷無法作任何解釋，因爲嚴重的腦震盪，對於當晚的情形只剩片段記憶。

另一方面，她還爲自己成爲寡婦而悲傷不已。

第二部

來自俄羅斯的愛

1/10 ► 3/23

方程式通常會包含一個或數個所謂的未知數，常以 x、y、z 等表示。未知數的值若能使方程式的等號成立，便稱爲滿足該方程式，也就是方程式的解。

例 如：

3x + 4 = 6x − 2 （x = 2）

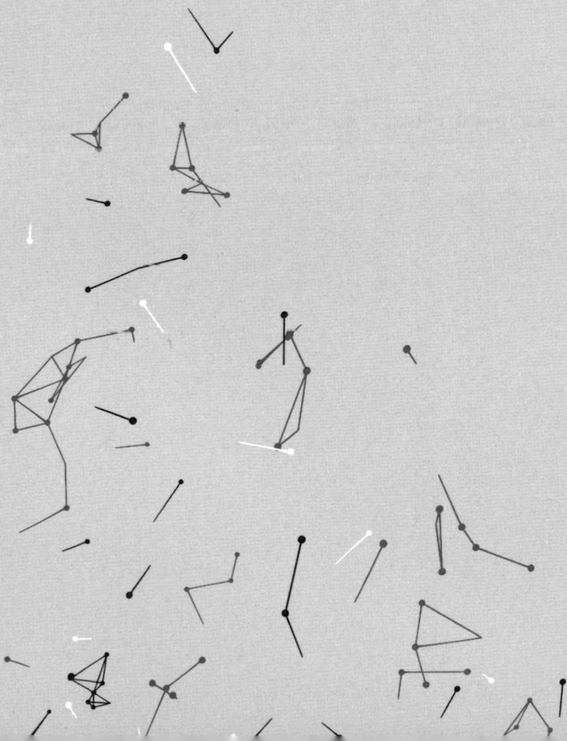

第四章

元月十日星期一至元月十一日星期二

莎蘭德在中午降落斯德哥爾摩的亞蘭達機場。扣掉飛行時間，她在巴貝多的格蘭特利・亞當斯機場待了九個小時，因爲有某位乘客貌似阿拉伯人，在他被帶走接受訊問，並解除可能遭到恐怖攻擊的威脅之前，英國航空拒絕讓飛機起飛。等她抵達倫敦的蓋特威克時，已經錯過轉往瑞典的班機，只得等候一夜，重新安排航班。

莎蘭德覺得自己很像一串在太陽底下曬了太久的香蕉。她全部的行李只有一只隨身袋，裡面放了PowerBook、《數學次元》和一套換洗衣物。在海關處，她通過毋須申報的綠色門，到機場外搭乘接駁巴士時，歡迎她回家的卻是一陣冰冷的傾盆大雨雪。

她猶豫了一下。長這麼大，她一直都得選擇最便宜的選項，到現在還沒能適應自己擁有三十多億克朗的事實，那是她利用網路手法結合老派卻有效的詐欺術盜取來的錢。又溼又冷地待了一會之後，她心想去他的守則，便招手攔計程車，把倫達路的住址給了司機之後，隨即在後座入睡。

直到計程車停在倫達路上，司機搖醒她時，她才發現給的是舊地址，便說自己改變心意了，請他繼續開到約特坡路。她用美元給了司機一大筆小費，下車時卻踩到排水溝裡的積水，不禁咒罵一聲。她穿著牛仔褲、T恤和一件薄夾克，腳上穿著涼鞋和短棉襪，小心翼翼地走到7-ELEVEn去買一些洗髮精、牙膏、肥皂、克菲爾發酵乳、牛奶、起司、蛋、麵包、冷凍肉桂捲、咖啡、立頓茶包、一罐醃漬菜、蘋果、一大包比利牌厚皮披薩和一包萬寶路淡菸，最後用 VISA 卡結帳。

再回到街上時，她一時不知該往哪走。可以沿史瓦登街往上走，也可以順著賀錢斯街往斯魯森方向去。走賀錢斯街的缺點是，得經過《千禧年》辦公室大樓門口，恐怕會撞見布隆維斯特。最後她決定不刻意避開他，便朝著斯魯森走下去——雖然這樣走比較遠一點——然後從賀錢斯街右轉上摩塞巴克廣場，再橫越廣場，經過梭德拉劇院前面的「姊妹」雕像，接著爬上上坡的階梯到菲斯卡街。她停下來抬頭看著公寓大樓沉思，總覺得這裡不太像「家」。

她四下看了看。這是位於索德毛姆島中央一個偏僻的地點，沒有直達的運輸工具，正合她意，而且很容易觀察在這附近走動的人。夏季期間顯然很多人喜歡到這裡散步，但冬天裡只有辦正事的人才會出現。此時幾乎一個人也見不到——當然更不會有她認識的人，或任何可以合理地預期會認識她的人。莎蘭德將購物袋放在泥濘的地上，掏出鑰匙。搭著電梯直達頂樓後，打開了門牌上寫著「V．庫拉」的門。

莎蘭德獲得一筆鉅款，因而下半輩子（又或是在三十億克朗應該可以維持的時間內）不愁吃穿之後，首先做的事之一就是找公寓。房地產市場對她來說是新的經驗，以前花錢頂多只是買一些臨時要用的物品，要不是付現就是分期付款。而其中最大的支出就是各式電腦和那台川崎輕型機車。摩托車花了七千克朗，相當便宜；但零件的花費幾乎一樣多，而且還花了幾個月將整輛車拆解重整。她原本想要一輛車，但為了謹慎起見還是沒買，因為不知道該如何分配預算。

她知道，買公寓又是不同的買賣。一開始她先上《當日新聞》電子報看分類廣告，這本身就是門學問。她看到的訊息是：

一臥十客／餐廳，地點佳，近梭德拉站，兩百七十萬克朗或最高出價者。管理費每個月五千五百一十元。

三房十廚，公園景觀，赫加里，兩百九十萬克朗。

二又二分之一房，十四坪，浴翻新，一九九八年新管路。哥特蘭街。一百八十萬克朗。管理費每月兩千兩百元。

她隨意撥了幾個電話，卻根本不知道要問什麼，不久自覺太過愚蠢便連試都不試了。不過她在元月第一個星期天出門去，看了兩間開放參觀的公寓，一間遠在萊梅斯島的溫德拉佳路，另一間在霍恩斯杜爾附近的海倫堡街上。萊梅斯那間是個明亮的四房公寓，位於大樓內，可以看到長島和艾辛根。住在這裡她應該會滿意。海倫堡街上那間髒亂不堪，而且只能看到隔壁的建築物。

問題是她無法決定要住在哪一區、要什麼樣的公寓，又或是關於新家應該提出哪些問題。倫達路那間十五坪的公寓是她童年的住所，從來沒想過要換，而且透過當時的受託人潘格蘭律師的協助，她也在滿十八歲時獲得了公寓的所有權。她一屁股坐到工作室兼客廳裡那張凹凸不平的沙發上，開始沉思。

倫達路公寓面向一個院子，屋內空間狹窄，一點也不舒服。從臥室窗口看到的是一面山形牆外觀的防火牆，從廚房看到的則是鄰街建築的背面和地下儲藏室的入口。從客廳可以看見一盞街燈，和一棵樺樹的少許枝枒。

新家的第一要件就是得有景觀。

她這裡沒有陽台，總是很羨慕較高樓層的富有鄰居，可以在暖天裡坐在自家遮陽篷底下喝冰涼啤酒。因此第二個條件就是要有陽台。

公寓該是什麼樣子呢？她想到布隆維斯特的家——位於貝爾曼路，改裝過的頂樓公寓，二十坪，開放式空間，可以看到市政府和斯魯森水閘。她曾經很喜歡那裡。她想要一個舒適、家具不多、容易整理的公寓，這是第三個條件。

多年來她的居住空間始終狹小。廚房僅僅三坪，只夠擺一張小餐桌和兩張椅子；客廳六坪，臥室四坪。因此新家的第四個條件是要有很多空間還要有衣櫥。她希望能有正式的工作室，和一個能讓整個人好好舒展的大臥房。

這裡的浴室是個沒有窗戶的小空間，地面鋪著方形水泥板，有個用起來不舒服的簡單淋浴間，而牆上的塑膠壁紙則是無論如何都洗不乾淨。她希望有磁磚和一個大浴缸。希望洗衣機就在家裡，而不是在地下室某處。希望浴室氣味清香，希望能打開窗戶。

接下來她上網研究房屋仲介提供的選擇。第二天，她起了個大早去找諾貝爾房屋，有人說這是斯德哥爾摩信譽最好的仲介公司。她穿著黑色舊牛仔褲、靴子和黑色皮夾克，站在一個櫃檯前，面對著一名年約三十五歲的金髮女子，她剛剛登入了諾貝爾房屋網站，正在上傳公寓照片。最後終於有個矮矮胖胖、頭上紅髮稀疏的中年男子走過來。她問他現在有什麼樣的公寓出售，他驚訝地看了看她之後，用長輩的口吻說道：

「我說小女孩，妳父母親知道妳打算搬出去嗎？」

莎蘭德冷冷地瞪著他，直到他不再咯咯地笑。

「我要找一間公寓。」她說。

那男子清清喉嚨，求救似的瞄向止在打電腦的同事。

「好的。請問妳想找什麼樣的公寓？」

「我想要的公寓大概是位在索德，有陽台，看得到水景，至少四個房間，一間有窗戶的浴室，和一間儲藏室。還要有一個可以上鎖的空間，讓我停放摩托車。」

打電腦的女子這才抬起頭來，盯著莎蘭德。

「摩托車？」頭髮稀疏的男子問道。

莎蘭德點點頭。

「能請問……妳尊姓大名嗎？」

莎蘭德說出姓名後，也反問他的名字，他說他叫約欽・培森。

「重點是，在斯德哥爾摩買一棟共管式公寓相當昂貴……」

方才莎蘭德只問他有什麼樣的公寓出售。

「請問妳從事哪一類的工作？」

莎蘭德想了一想。按理說她是自由業者，實際上她只替阿曼斯基和米爾頓保全工作，但過去這一年卻又不太像是這麼回事。她已經三個月沒替他做任何事了。

「目前我沒有特別的工作。」她回答。

「那麼……我想妳還在學囉？」

「不，我不是學生。」

培森走出櫃檯，十分親切地摟著莎蘭德的肩膀，送她來到門口。

「這個嘛，莎蘭德小姐，我們很歡迎妳過幾年後再回來，但妳得多帶點錢來，光是小豬撲滿是不夠的。老實說，妳一個星期的零用錢恐怕買不起房子。」他無惡意地捏捏她的臉頰。「所以呢，以後再來吧，我們會試著幫妳找一間小套房。」

莎蘭德在諾貝爾房屋外面的街上呆站了幾分鐘，心不在焉地想著：如果有個瓶裝汽油彈從展示窗飛進去，不知道這位小培森先生會作何感想？接著她便回家，打開她的PowerBook。

她只花十分鐘就侵入了諾貝爾房屋的內部電腦系統，剛才櫃檯後面那個女職員開始上傳照片前打了密碼，正巧被她看見。接著又花三分鐘發現，女職員用的電腦原來也是公司的網路伺服器——**妳還能愚蠢到什麼地步呀？**——再三分鐘便侵入他們網路系統上全部十四台電腦。過了大約兩小時，她已經看完培森的資料，並發現過去兩年來，他有七十五萬克朗左右的祕密收入沒有向國稅局申報。

她下載了所有必要的資料，用位於美國某伺服器的匿名電郵帳號發了電子郵件給稅務機關，然後便將培森先生給拋諸腦後。

接下來一天的時間，她繼續瀏覽諾貝爾房屋的待售房屋資料。最貴的一間是位於瑪利夫雷德郊外的小豪宅，但她不想住在那裡。純粹爲了賭一口氣的她，選擇了第二高價位的房子——一間大公寓，就位在摩塞巴克廣場旁。

她詳細檢視了照片與平面圖，最後認定這絕對符合她的條件。前屋主曾是艾波比集團的總裁，因爲領取了幾十億克朗的黃金降落傘補償金而備受批評與爭議，如今已淡出社交圈。

當天晚上她打電話給傑瑞米．麥米倫，也就是直布羅陀的麥米倫—馬克斯律師事務所的合夥人。他們以前便打過交道；麥米倫設立了幾家郵政信箱公司，以其名下的帳戶管理莎蘭德一年前從貪腐的資本家漢斯艾瑞克．溫納斯壯那裡盜取來的財富，收取的手續費連律師自己都覺得豐厚。

這回她再次雇用麥米倫，指示他以黃蜂企業的名義，和諾貝爾房屋商談購買位於摩塞巴克廣場附近、菲斯卡街上那間公寓的事宜。花了四天時間，最後商定的價格讓她驚訝地雙眉高揚，還要外加麥米倫五％的律師費。週末之前，她便帶著兩箱衣物和床組、一個床墊和一些廚房用具搬進新居。她睡了三個星期的床墊，在這期間一面搜尋整形手術的診所、處理一些未解決的公務細節（包括夜訪某位名叫畢爾曼的律師），並事先付清舊公寓的租金，以及電費與其他每月開銷。

隨後便訂了前往義大利診所的行程。治療完畢出院後，她坐在羅馬一間飯店房間裡，想著接下來該怎麼辦。本該回到瑞典展開新生活，但卻有各種因素讓她一想到斯德哥爾摩就難以承受。

她沒有眞正的職業，繼續待在米爾頓保全也看不見未來。這不是阿曼斯基的錯，他大概會希望她做全職，變成公司裡一個有效率的小螺絲釘。但已經二十五歲的她缺乏學歷，她實在不想到了五十歲，還在賣命調查企業界的騙子。這是有趣的嗜好，但不能做一輩子。

讓她猶豫著不肯回斯德哥爾摩的另一個原因，是那個男人——布隆維斯特。在斯德哥爾摩，她和小偵探布隆維斯特可能會不期而遇，此時此刻這是她最不希望發生的事。他傷害了她。她知道他不是有意的，也一直表現得很不錯，怪只怪她自己「愛上」了他。最後這句話用在「**大賤人莉絲．莎蘭德**」身上還眞是矛盾。

布隆維斯特以風流出了名。她頂多只是個有趣的消遣，在需要的時候、在沒有更好的選擇的時候，他一時憐憫的對象。但他很快地又轉向更有意思的伴侶。她不禁咒罵自己不該卸下心防，讓他闖進自己的生活。

再度恢復理智後，她已切斷和他之間的所有聯繫。要做到並不容易，但她硬是鐵了心。最後一次見到他時，她站在舊城區地鐵站的月台上，而他正搭著地鐵要進市區。她凝視著他整整一分鐘，最後確定自己對他已毫無留戀，否則那種感覺將會有如失血至死。去你媽的。車門關閉那一瞬間，他看見她了，還用搜索的目光看著她直到列車啓動，她也同時掉頭走開。

她不明白他爲何如此固執地試圖保持聯繫，好像在負責什麼該死的社福計畫似的。見他如此摸不著頭緒，更令她氣惱。每當見到他寄來的電子郵件，就得強迫自己看也不看就刪除。

斯德哥爾摩一點也不吸引她。除了米爾頓保全的兼差工作、幾個被拋棄的性伴侶和昔日搖滾團體「邪惡手指」的女成員之外，她在自己家鄉幾乎一個人也不認識。

如今她唯一還帶有些許敬意的人就是阿曼斯基。她對他的感覺很難界定。每當發現自己被他吸引，總不免略感吃驚。要不是他已經結婚多年，又那麼老、那麼保守，她或許會考慮向他示愛。

於是她拿出日記翻到地圖的部分。她從未去過澳洲或非洲，雖然在書上讀到過，卻從未見過金字塔或吳哥窟，從未搭過行駛於香港的九龍與維多利亞之間的天星小輪，也從未到加勒比海浮潛或坐在泰國的沙灘上。除了幾次因業務需要，在波羅的海諸國和鄰近的北歐國家，當然還有蘇黎世和倫敦短暫停留過之外，她幾乎不曾離開過瑞典，或者更正確一點，是幾乎不曾離開斯德哥爾摩。

過去她根本負擔不起。

她站在羅馬的飯店房間窗口俯視加里波底路。這座城市彷彿一堆廢墟。這時候她作出了決定，便披上夾克，到樓下大廳詢問附近有沒有旅行社。她買了一張單程機票前往特拉維夫，接下來幾天穿梭在耶路撒冷的舊城區，並造訪阿克薩清眞寺與哭牆。她看見街角有一些荷槍的士兵，心生疑慮，隨即飛往曼谷，繼續旅行直到年底。

只有一件事她非做不可，就是前往直布羅陀，還去了兩次。第一次是爲了深入調查她選擇爲她管錢的人，第二次則是看他是否做得稱職。

經過如此漫長的時間後，打開菲斯卡街的自家門鎖，感覺很奇怪。

她將購買的東西和肩背包放在玄關，按下四位數密碼解除保全，然後脫掉溼透的衣服丟在玄關地板上，赤裸著身子走進廚房，插上電冰箱插頭，將食物放好之後，才進浴室沖澡十分鐘。晚餐吃了一塊用微波爐加熱的比利牌厚皮披薩和一個切片的蘋果。然後打開一個搬家用的箱子，找到一個枕頭、幾條床單和一條毯子，由於已經封箱一年，味道有點怪異。最後將放在廚房隔壁房間裡的床墊鋪設好。

她頭一沾枕不到十秒鐘便入睡，而且一睡便是十二個小時。起床後啓動了咖啡機，身上裹著一條毯子，也沒開燈就坐在靠窗座位上抽菸，一面看著動物園島和鹽湖令人目眩神迷的燈光。

莎蘭德回家後第二天行程滿檔。一早七點，她便鎖上公寓的門，離開樓層前還先打開樓梯間一扇氣窗，將備份鑰匙繫在她事先綁在牆面排水管夾鉗上的一條細銅線上。經驗告訴她隨時都得準備一把備份鑰匙，有備無患。

外頭的空氣冰冷。莎蘭德穿著一件薄薄的破牛仔褲，其中一個後側口袋下方裂了一道縫，還能看見裡頭的藍色內褲。身上穿著T恤和保暖的高領羊毛衫，但羊毛衫領口的接縫已經開始磨損。另外她也找到那件肩膀處有鉚釘、但已磨損的皮夾克，並決定找個裁縫師補一補口袋內幾乎已不存在的襯裡。她腳上穿的是厚襪與靴子。整體而言，相當舒適暖和。

她沿著聖保羅街走到辛肯斯達姆，再到倫達路上的舊住處。首先先查看川崎機車是否仍安然停在地下室。她拍拍機車坐墊後才上樓，進門時還得推開門後成堆的垃圾郵件。

先前她不知道該如何處置這間公寓，因此一年前離開瑞典時，最簡單的做法就是設定自動轉帳付清定期帳單。公寓裡還有家具，是她長時間從垃圾處理站和大型廢棄物當中辛苦蒐集來的，另外還有幾個有缺口的馬克杯、兩台舊電腦和大量紙張。但沒有一樣有價值。

她從廚房拿出一個黑色垃圾袋，花五分鐘挑揀郵件，絕大多數都直接扔進了塑膠袋。有她的幾封信，主要是銀行帳戶明細和米爾頓保全的稅單。接受監護的好處之一，就是根本毋須自己處理報稅事宜，而由於平常毋須作這類的聯繫，因此一出現便格外醒目。除此之外，一整年下來只累積了三封私人信件。

第一封來自一名叫葛莉妲．莫蘭德的律師，她是莎蘭德母親的遺囑執行者。信上說母親的產業已處理完畢，莎蘭德與妹妹卡蜜拉各繼承了九千三百一十二克朗。該筆金額已經存入莎蘭德小姐的銀行戶頭，麻煩她確認一下。莎蘭德將信塞進夾克的內側口袋。

第二封是阿普灣療養院院長麥可森好意來信提醒，已將她母親的私人物品整理裝箱，請她與療養院聯絡，看要如何處置這些東西。信末並強調，年底前若未接獲莎蘭德或她妹妹（他們沒有她的地址）的消息，由於院中空間寶貴，他們只能將物品丟棄。她發現這封信是六月寄的，便拿出手機打電話。箱子還在。她為了自己沒能早點答覆表達歉意，並答應隔天就去領取。

最後一封信是布隆維斯特寫的。她思索片刻後決定不拆信，直接丟進袋子。

她將還想留下的各種物品與小東西裝入另一個箱子，搭計程車回到摩塞巴克。接下來她化了妝、戴上眼鏡和一頂及肩的金色假髮，並將一本伊琳．奈瑟持有的挪威護照放進袋子。她照著鏡子打量自己，覺得奈瑟和莎蘭德有些相似，但仍是截然不同的人。

在約特路上的伊甸咖啡館草草吃了一個布里起司三明治、喝了一杯拿鐵當午餐後，她走到環城大道上的租車中心，用奈瑟的名義租了一輛 Nissan Micra，開到孔根斯庫瓦的宜家家居總店，在裡頭逛了三小時，將需要的商品型號記下來。她很快作了幾個決定。

她買了兩張沙色椅套的 Karlanda 沙發、五張 Poäng 扶手椅、兩張上了透明漆的圓形樺木茶几、一張 Svansbo 咖啡桌和幾張 Lack 備用小桌。她向儲物部門訂了兩個 Ivar 系統儲物櫃組合和兩個 Bonde 書櫃、一個電視架和一個 Magiker 附門儲物組合。最後又挑了一個 Pax Nexus 三門衣櫥和兩張小型 Malm 書桌。

她花了許多時間挑選床鋪，最後選定 Hemnes 床框附帶床墊與床頭櫃。爲了保險起見，她還買了一張 Lillehammer 的床準備放在客房。雖然不打算邀請任何人來過夜，但既然有客房，陳設布置一下也無妨。

新公寓的浴室裡已經有一個藥品櫃、浴巾收納櫃，還有前屋主留下的洗衣機。如今只需再買一個便宜的洗衣籃。

不過她眞正需要的其實是廚房家具。稍加考慮後，決定買一張 Rosfors 餐桌，除了以堅固的山毛櫸木製成，還有強化玻璃桌面，另外又買了四張彩色餐椅。

還有工作室也需要家具，她看了一些不可思議的「電腦工作站」，有設計巧妙的層架用來陳列電腦主機與鍵盤，但最後仍搖搖頭，只訂了一張普通的 Galant 書桌和一個大型資料櫃，書桌是樺木貼皮，桌面傾斜、四角渾圓。她還花了不少時間挑選辦公椅——她肯定會長時間坐在上頭——結果選了最貴的一張，Verksam 款式。

她穿越了整個賣場，買齊了床單、枕頭套、毛巾、羽絨被、毯子、枕頭、第一套不鏽鋼餐具、一些陶器、鍋碗、砧板、三塊大地毯、幾盞工作檯燈，以及大量的文具——檔案夾、資料盒、字紙簍、儲物箱等等。

付款用的是黃蜂企業的信用卡，並出示奈瑟的證件。同時她也付費請他們送貨並組裝。總共花費了九萬克朗多一點。

她在下午五點以前回到索德，還有時間到阿克索森家電行，很快地買了一台十九吋的電視和一台收音機。最後趕在霍恩斯路上某家店關門前，溜進去買了一台吸塵器。在瑪利亞哈倫市場，她又買了拖把、洗碗精、水桶、清潔劑、洗手皂、牙刷和一大包衛生紙。

她很疲倦，但血拚以後很滿意。先把所有東西塞進租來的 Nissan Micra，然後整個人癱在霍恩斯路的爪哇咖啡館。她向鄰桌借來一份晚報，得知目前仍由社會民主黨主政，而她不在的這段期間，瑞典似乎並未發生什麼大事。

她在八點以前到家，趁著天黑將東西卸下車再搬上V．庫拉的公寓，全部先堆在玄關，接著卻花了將近半小時找停車位。忙完後，她在足以容納三個大人的按摩浴缸裡放水泡澡，有一度忽然想起布隆維斯特。在當天上午看到他的來信前，已經好幾個月沒想到他了，不知道他現在是否在家，那個叫愛莉卡的女人又是否在他那裡。

過了片刻，她深吸一口氣，面朝下將頭埋入水中。她雙手放在胸前，用力地捏自己的乳頭，還憋氣憋了好長時間直到胸口開始隱隱作痛。

布隆維斯特到的時候，總編輯愛莉卡看看時鐘，他遲到了將近十五分鐘。這是每個月第二個星期二上午十點整，例行召開的企畫會議，除了提出下一期暫定計畫的梗概之外，也會先決定接下來幾個月的雜誌內容。

布隆維斯特爲自己的遲到道歉，喃喃作了解釋，但沒有人聽到，也沒有人至少打聲招呼。在場的除了愛莉卡，還有編輯祕書瑪琳．艾瑞森、合夥人兼美術指導克里斯特．毛姆、採訪記者莫妮卡．尼爾森，以及兼職的蘿塔．卡林姆和亨利．柯特茲。布隆維斯特一眼就發現實習生不在，但愛莉卡辦公室的小會議桌旁卻多了一張新面孔。她會讓外人參與《千禧年》的企畫會議，此事極不尋常。

「這位是達格．史文森，」愛莉卡介紹道：「自由作家。我們要向他買一篇文章。」

布隆維斯特與他握手致意。達格金髮藍眼，理了個小平頭，還有三天沒刮的鬍碴。年約三十，身材好得令人眼紅。

「我們每年通常會有一、兩期的主題特刊，」愛莉卡接續剛才的話題說：「我希望能在五月號用這個故事。印刷廠已經預約好四月二十七日，所以有整整三個月可以撰文。」

「那麼主題是什麼？」布隆維斯特一面從保溫瓶倒出咖啡，一面大聲問道。

「上個星期，達格帶了篇故事大綱來找我，所以今天我才請他來一起開會。接下來由你說明好嗎，達格？」愛莉卡問道。

「非法交易。」達格說：「我指的是性交易。在這個案子裡，主要是來自波羅的海諸國與東歐的女孩。請容我從頭說起，我正在寫一本有關這個主題的書，所以才會找上《千禧年》——因爲你們現在也有出版書籍的作業。」

每個人似乎都覺得好笑。千禧年出版社至今只出版過一本書，就是布隆維斯特一年前所寫、關於億萬富翁溫納斯壯的金融帝國的鉅著。目前該書在瑞典已經印到第六刷，並已翻譯成挪威文、德文和英文，不久法文版也即將上市。由於這個故事已經家喻戶曉，並在每份報紙上曝光過，因此書的銷售量十分驚人。

「我們的書籍出版事業做得並不大。」布隆維斯特謹愼地說。

就連達格都忍不住微微一笑。「我明白。但你們確實有能力出書。」

「還有許多更大的公司可以出書。」布隆維斯特說：「制度健全的公司。」

「那是當然。」愛莉卡說道：「但我們早在一年前就開始討論，也許能在正規作業之外，針對特定的消費群兼營出版業。我們曾在兩次董事會上提出這個想法，大家都抱持樂觀態度。我們考慮的出版量很小——每年三或四本——內容則是各種題材的報導，換句話說就是典型的新聞出版品。而這本書將是個好的開始。」

「非法交易。」布隆維斯特說：「說給我們聽聽。」

「關於非法交易的題材，我已經到處打探了四年。我是透過女朋友才開始追蹤這個主題，她名叫蜜亞．約翰森，是犯罪學家也是研究兩性議題的學者，之前曾在犯罪防治中心工作，寫過一篇有關性交易的報告。」

「我認識她。」瑪琳忽然說道：「兩年前她發表一篇報告，比較男女在法院受到的待遇差異，當時我訪問過她。」

達格笑了笑。「那的確造成了轟動。不過她已經研究調查非法交易五、六年了，我們也是因此才認識。當時我正在寫有關網路性交易的報導，聽說她對此有一些了解。她確實如此。長話短說：我們兩人開始合作，我是記者，她是研究員。過程中我們也開始約會，一年前就住在一起了。她正在寫博士論文，今年就要口試。」

「這麼說她在寫博士論文，而你……？」

「我將她的論文改寫成大衆版，同時加入我自己的調查結果。另外還有一個較短的版本，就是我向愛莉卡提出大綱的那篇文章。」

「OK，你們分工合作。故事內容呢？」

「我們的政府制定了很嚴苛的性交易法，我們的警察理應負責讓人民守法，而法院理應將性罪犯判刑——之所以稱呼這些男人、這些嫖客爲性罪犯，是因爲買春已是違法行爲——還有我們的媒體會針對這類主題寫一些憤憤不平的文章，等等等等。同時，瑞典是平均每人從俄羅斯與波羅的海諸國引進最多娼妓的國家之一。」

「你可以證實嗎？」

「這不是祕密，甚至不是**新聞**。新聞是，我們見到了十來個女孩並採訪她們，其中大多數是十五到二十歲。她們從東歐的貧困社會被誘騙到瑞典來，以爲能找到工作，不料竟落入寡廉鮮恥的性交易黑手黨的魔爪。那些女孩所經歷的事，就連電影裡都不能上演。」

「OK。」

「這可以說是蜜亞的論文重點，但不是書的重點。」

所有人都聚精會神地聽著。

「蜜亞訪問女孩，而我則是列出供應者與基本顧客。」

布隆維斯特面露微笑。他從未見過達格，但立刻便感覺到他是自己喜歡的記者類型——能夠一標中的。對布隆維斯特而言，跑新聞的金科玉律就是凡事總有必須負責的人。也就是壞人。

「你發現了有趣的事實嗎？」

「例如，我可以提出證據證明司法部某位參與草擬性交易法的官員，至少曾經剝削兩名透過性交易黑手黨仲介前來瑞典的女孩，其中一個才十五歲。」

「哇！」

「這個故事我斷斷續續追了三年。書裡面會有嫖客的個案研究。有三名警察，其中有一個是祕密警察，還有一個是刑警。另外有五名律師、一名檢察官、一名法官，以及三名記者，其中之一寫過關於性交易的文章。在私底下，他對一個十幾歲、來自塔林的少女充滿強暴幻想——這個案例就不是你情我願的性愛遊戲了。我還在考慮要不要指名道姓。我有無懈可擊的佐證。」

布隆維斯特吹了一聲口哨。「既然我又成了發行人，我想仔仔細細地把證據資料看過一遍。」他說：「上一次我太草率，沒有查證來源，結果蹲了三個月的牢。」

「如果你們想刊登這則故事，你想要的資料我都能提供。不過賣這則故事給《千禧年》，我有個條件。」

「達格希望我們連帶出書。」愛莉卡說。

「沒錯。我希望它像炸彈一樣爆開來，而現在《千禧年》是國內最值得信賴也最敢直言的雜誌。我想沒有其他任何出版社敢出這種書。」

「也就是說不出書就沒有文章了？」布隆維斯特問道。

「我覺得聽起來真的不錯。」瑪琳說道。柯特茲也喃喃地附議。

「文章和書是兩回事。」愛莉卡說：「雜誌方面，麥可是發行人，要負責內容。至於書的出版，內容由作者負責。」

「我知道。」達格說道：「我無所謂。書出版之後，蜜亞會向警方檢舉我所提到的每個人。」

「那會惹出天大的風波。」柯特茲說。

「那還只是故事的一半。」達格說道：「我也分析了一些利用性交易賺錢的網絡。我說的是組織犯罪。」

「有誰涉入呢？」

「這正是最可悲的地方。性交易黑手黨是一群不知名的下流胚子，開始調查之初，我並不知道會有何發現，但我們——或至少是我——多少覺得這個『黑手黨』是屬於社會高層的一群人。這個印象很可能是從一些美國黑社會電影來的。你所寫的溫納斯壯的故事，」達格轉向布隆維斯特說道：「也顯示事實偶爾正是如此。不過溫納斯壯可以說是個例外。我發現的這夥人根本是冷血、有性虐待狂、幾乎不會讀寫的廢物，說到組織與策略思考更是低能。他們和飛車黨或某些更有組織的團體有所關連，但基本上運作性交易的全是一群混蛋。」

「這些在你的文章裡都說得很清楚。」愛莉卡說道：「我們爲了打擊性交易，每年在法案、警力和司法體系上面花費數百萬克朗的稅金……結果他們連一群笨蛋都搞不定。」

「這對人權是莫大傷害，目前牽涉到的女孩都屬於社會低下階層，不是法律制度在乎的對象。她們不會投票，除了談買賣所需的字彙外，對瑞典話幾乎一竅不通。所有與性交易有關的犯罪事實，九九．九％沒有報警，報警處理的也幾乎從不曾被起訴。這肯定是瑞典犯罪世界中最大的一座冰山。如果他們處理銀行搶案也如此無動於衷，結果會如何？眞叫人不敢想像。不幸的是我得到一個結論：若非刑事司法體系不願插手，這些交易活動根本一天也無法存活。來自塔林與里加的少女受攻擊，不是需優先處理的事項。妓女就是妓女。那是制度運作的一部分。」

「而且無人不知。」莫妮卡說。

「那麼你們覺得如何？」愛莉卡問道。

「我喜歡。刊登這則故事會惹來麻煩，這也正是成立《千禧年》的初衷。」布隆維斯特回答。

「這也是我還繼續留在雜誌社工作的原因。發行人偶爾總得跳崖一次。」莫妮卡說。

大夥聽了都笑起來，除了布隆維斯特之外。

「他是唯一一個瘋狂到足以勝任發行人職務的人。」愛莉卡說道：「這篇會刊在五月號，你的書也會同時出版。」

「書寫好了嗎？」布隆維斯特問。

「還沒。大綱都完成了，但內容只寫一半。如果你們同意出書，並先預付我一筆錢，我就可以全力開工。調查工作幾乎都已結束，如今只需再補充一些細節——其實只是再查證已知的東西——以及當面質問我打算揭發的嫖客。」

「我們的做法會和溫納斯壯那本書完全一樣。版面設計一星期，」克里斯特點著頭說：「印刷兩星期。三、四月進行對質，最後總結成十五頁的專文。原稿會在四月十五號以前整理好，那麼就有時間查證所有來源。」

「合約要怎麼訂呢？」

「我擬過一份出書合約，但恐怕還得再和我們的律師談談。」愛莉卡皺皺眉頭。「不過我建議簽一份二月到五月的短期約。我們不會多付錢。」

「我可以接受。我只需要一份基本工資。」

「另外出書部分，扣除費用後的盈餘大概是五五分，你覺得如何？」

「好極了。」達格說。

「工作分配。」愛莉卡說：「瑪琳，這份主題特刊我要妳負責企畫，下個月起這就是妳的第一要務，妳要和達格合作編輯。蘿塔，這麼一來從三月到五月，妳就得擔任臨時編輯祕書，而且要做全職。時間許可的話，瑪琳或麥可會支援妳。」

瑪琳點頭答應。

「麥可，我要你擔任本書的編輯。」愛莉卡隨即看著達格。「也許你看不出來，麥可其實是個很棒的編輯，也很會作調查。他會用放大鏡仔細檢視你書中的每字每句，絕不會放過任何細節。你希望我們出版你的書，我感到很榮幸，但我們《千禧年》有特殊的問題。外面有一、兩個對手巴不得看到我們垮台，如果我們冒著招惹麻煩的風險出這樣的書，就得有百分之百的正確率，不能有絲毫閃失。」

「我也不希望出任何差錯。」

「很好。但是你能忍受整個春天，都有人在你背後盯著，並從各方面提出批評嗎？」

達格露出苦笑，看著布隆維斯特。「放馬過來吧！」

「如果要做主題專刊，就需要更多文章。麥可，我要你寫有關於性交易的財政狀況。每年的交易金額有多少？誰能從中獲利，錢又到哪去了？能不能找到證據證明有一部分錢進了國庫？莫妮卡，我要妳查一查一般性侵害的情形。去找婦女的庇護所、研究人員、醫生和社福人員談談。你們兩個和達格要負責撰寫附文。柯特茲，你去訪問蜜亞，這件事不能由達格自己做。人物特寫：她是誰、在研究什麼、得到哪些結論？我還要你去找出警察報告，作個案分析。克里斯特，照片。我還不知道要怎麼呈現，想一想。」

「這恐怕是最簡單的主題了。賣弄點藝術，沒問題。」

「我想補充一點。」達格說道：「警界有少數人做得非常盡心盡力。也許可以訪問其中幾個。」

「你有名字嗎？」柯特茲問。

「還有電話呢！」達格說。

「好極了。」愛莉卡說道：「五月號的主題是性交易。我們要點出非法性交易是違反人權的犯罪行為，我們必須揭發這些罪犯，並像對待全世界任何地方的戰爭罪犯、暗殺部隊或施虐者一樣地對待他們。現在，開工吧！」

第五章

元月十二日星期三至元月十四日星期五

莎蘭德駕著租來的 Nissan Micra 轉進阿普灣的車道，這是十八個月來第一次造訪療養院，感覺有點不熟悉，甚至於陌生。打十五歲起，她每年都會來療養院兩次，探望自從「天大惡行」發生後便住進這兒來的母親。母親在阿普灣住了十年，後來也在最後一次致命的腦出血後在此過世，享年僅四十三歲。

安奈妲．蘇菲亞．莎蘭德一生最後的十四年間，不時會有輕微的腦溢血發作，因而無法照顧自己，有時甚至連女兒也認不得。

一想起母親，莎蘭德便會陷入一種無助又如黑夜般晦暗的情緒中。十幾歲時，她曾幻想著母親會好起來，她們也將能夠建立某種關係。那是她內心的想法，腦子裡卻明白這種事永遠不可能發生。

她母親又瘦又小，但外表絕不像莎蘭德如此病態。事實上，母親相當美麗，身材也很曼妙，就和她妹妹卡蜜拉一樣。

莎蘭德並不願想起妹妹。

對莎蘭德而言，她們姊妹倆的天差地別是人生的一個小玩笑。她們是雙胞胎，出生時間相差不到二十分鐘。

莉絲先出生。卡蜜拉則生得美麗。

她們的差異實在太大，簡直不太可能是出自同一個娘胎。若非基因出了差錯，莉絲也會和妹妹同樣豔麗動人。也很可能同樣瘋狂。

從小卡蜜拉就很外向、有人緣，學校表現也很傑出；而莉絲則是冷漠而內向，對老師的提問幾乎從不作答。卡蜜拉成績非常好，莉絲則一向很差。小學時期，卡蜜拉便已經和姊姊保持距離，甚至連上學也不走同一條路。老師和同學們發現，這兩個女孩從不打交道，從不坐在一起。自八歲開始，她們便就讀同年級的不同班。十二歲時發生了「天大惡行」，她們被分送到不同的寄養家庭。十七歲生日過後，她們便不曾再見面，而那次碰面的結果是莉絲眼睛瘀青，卡蜜拉嘴唇腫脹。莉絲不知道卡蜜拉現在住在哪裡，也沒有試圖打聽過。

在莉絲眼中，卡蜜拉是個不眞誠、墮落且掌控欲望很強的人，但被社會宣布爲失能的卻是莉絲。

她拉上皮夾克拉鍊後，冒雨走向大門口，中途在一張長凳旁停下來，環目四顧。十八個月前，她正是在此處見母親最後一面。當時她正要到北部幫助布隆維斯特追蹤一名連續殺人犯，忽然臨時起意來了療養院一趟。母親一直顯得焦躁不安，而且似乎不認得莎蘭德，只是緊抓著女兒的手，用一種困惑的眼神望著她。莎蘭德急著要離開，掙脫之後擁抱了母親一下，便騎著機車走了。

阿普灣的院長阿涅絲．麥可森熱情地迎接她，並帶她到儲藏室，找到了紙箱。莎蘭德抱起箱子，只有兩、三公斤重，就遺物而言並不多。

「我感覺妳總有一天會回來。」麥可森說道。

「我出國去了。」莎蘭德說。

她謝過院長爲她保留了箱子，然後抱著箱子回到車上，隨即開車離去。

中午剛過不久，莎蘭德便回到摩塞巴克。她將母親的箱子原封不動地放在玄關一個櫃子裡，便又離開公寓。

她打開前門時，一輛警車緩緩駛過。莎蘭德小心地觀察警察在自己住處外的動靜，見他們並未留意她，便也將他們拋到腦後。

她到 H&M 和 KappAhl 百貨公司，給自己添置新衣。她挑了各式各樣的基本服飾，有長褲、牛仔褲、上衣和襪子。雖然對昂貴的設計師服裝不感興趣，但能夠不加思索，一口氣買下六、七件牛仔褲，她確實很高興。這一趟最奢侈的花費是在 Twilfit 專櫃，買下的內衣褲足以放滿一整個抽屜。在這裡挑的也是基本款式，但難為情地找了半小時後，又選了她認為很性感、甚至於色情的一套，以前她作夢也沒想過要買這種內衣褲。當天晚上她試著穿上後，自覺愚蠢無比。她照著鏡子只看到一個瘦弱、紋身的女孩，穿著怪異可笑的內衣褲。脫下後，隨手便扔進垃圾桶。

此外，她還買了幾雙冬天的鞋子、兩雙輕便的室內鞋，以及一雙高跟的黑色靴子，讓自己看起來長高幾公分。她還找到一件很不錯的冬裝夾克，是棕色麂皮材質。

她煮了咖啡、做了一個三明治，然後將租來的車開回環城大道附近的車廠。走路回到家以後，她在窗邊坐了一整晚，沒有開燈，只是望著鹽湖的水。

蜜亞切了起司蛋糕，每一塊上面還裝飾著一球覆盆子冰淇淋，先端給愛莉卡和布隆維斯特，接著才放下給達格和自己的盤子。瑪琳堅持不肯吃甜點，只用花卉圖案的舊式瓷杯喝黑咖啡。

「這是我祖母的瓷器組。」蜜亞看見瑪琳在檢視杯子，便說道。

「她擔心得要命，深怕打破杯子。」達格說：「只有非常重要的客人來訪，她才會拿出來用。」

蜜亞微笑道：「我小時候和祖母同住過幾年，這組瓷器可以說是她唯一留下的東西。」

「真的很美。」瑪琳說：「我的廚房百分之百都是宜家家居的東西。」

布隆維斯特根本不在乎什麼花卉咖啡杯，倒是帶著評估的眼光瞥向盛放蛋糕的盤子，一面考慮是否該將腰帶放寬一格。愛莉卡顯然與他有同感。

「我的天哪，我應該也要拒絕甜點才對。」她悔恨地瞄了瑪琳一眼，卻仍堅定地拿起湯匙。

這應該是個單純的工作聚餐，一方面鞏固已經達成協議的合作方案，一方面繼續討論主題專刊的企畫。達格提議到他的住處隨便吃點東西，蜜亞做了一道糖醋雞，卻是布隆維斯特從未嚐過的美味。用餐時，他們喝光了兩瓶香醇的西班牙紅酒，吃甜點時，達格又問有沒有人想來一杯愛爾蘭 Tullamore Dew 威士忌，只有愛莉卡愚蠢地婉拒了。達格隨後取出酒杯。

這是位於安斯赫得的一間一房公寓。男女主人已經交往數年，卻直到一年前才大膽決定同居。

他們在下午六點左右碰面，到了八點半上甜點時，冠冕堂皇的聚餐原因連提都還沒提。不過布隆維斯特確實發現自己很喜歡這對主人，和他們在一起十分愉快。

最後愛莉卡終於將話題導向他們前來討論的主題。蜜亞將論文列印出來，放在愛莉卡面前，令人訝異的是題目相當諷刺：「來自俄羅斯的愛」，很明顯是向伊恩．佛萊明①的經典小說致意。副標題則是「非法交易、組織犯罪與社會的反應」。

「你們必須認清我的論文與達格正在寫的書之間的差異。」她說：「達格的書是一種論證，針對的是從非法交易中獲利的人。而我的論文是統計、田野調查、法律條文，以及社會與法院如何對待受害者的研究。」

「妳是說那些女孩。」

「通常是介於十五到二十歲的少女，勞工階級，教育程度低，家庭生活多半不穩定，許多人甚至在童年時期便受到某種虐待。她們來到瑞典的原因之一，就是聽信了一堆謊言。」

「性交易商人的謊言。」

「在這方面，我的論文有一種性別的觀點。研究人員很少能以如此清楚的性別界線來界定角色。女孩——受害者；男孩——組織者。這是唯一一種以性別角色本身爲犯罪前提的犯罪形式，不過有少數一些女人獨立作業，並從性交易中獲利則是例外。這也是社會接受度最高，又或者是社會最疏於防範的一種犯罪形式。」

「可是瑞典確實有非常嚴苛的非法交易與性交易法。」愛莉卡說道：「難道不是嗎？」

「別說笑了。每年有數百個女孩——這顯然沒有公開的數據——被送到瑞典來賣春，也就是說讓她們的身體受到規律的強暴。當非法交易法實施後，在法庭上作了幾次測試。第一次是二〇〇三年四月，被告是那個動過變性手術的瘋狂老鴇。最後當然是無罪釋放。」

「我以為她被判刑了。」

「她被判刑是因為開妓院，但非法交易的指控，被判無罪。重點是，受害的女孩們同時也是指控她的證人，後來消失回到波羅的海諸國。國際刑警組織試圖追蹤她們的下落，但經過幾個月的努力後，認為是找不到了。」

「她們怎麼樣了？」

「沒事。電視節目『透視內幕』去了塔林進行後續追蹤。記者才花了一下午就找到其中兩人，她們和父母同住。第三個女孩則搬到義大利去了。」

「換句話說，塔林的警察效率不彰。」

「在那之後，確實有幾個被判刑的案例，但每個被判刑的人若非因其他罪行被捕，就是笨到家了，無法不被逮捕。法律純粹只是用來裝飾門面，並未被執行。現在的問題是，」達格說道：「罪行除了加重強姦外，通常還連帶傷害、加重傷害並可能致死，有時候還有違法監禁。許多穿著迷你裙、化著濃妝被帶到郊區別墅的女孩，每天就過著這樣的生活。重點是像這樣的女孩別無選擇，要是不出去和那些齷齪老頭性交，就可能被皮條客虐待折磨。這些女孩跑不掉，因為她們不會說這裡的語言、不懂法律，也不知道能跑到哪去。她們不能回家，因為護照被拿走了，在那個妓院老鴇案中的女孩，則是被鎖在一間公寓。」

「聽起來像奴役集中營。那些女孩到底有沒有賺到錢？」

「有啊。」蜜亞說：「她們通常要工作幾個月後才能獲准回家，而且可以拿到兩萬至三萬克朗，這在俄羅斯是一筆不小的金額。不幸的是她們經常會染上酒癮或毒癮，照這樣的生活方式，錢很快就會花光。

這個系統因此得以生生不息，因為過不了多久她們又會回來，而且可以說是自動回到虐待者身邊。」

「這一行每年的營業額有多少？」布隆維斯特問道。

蜜亞瞄了達格一眼，思索片刻後才回答。

「很難提出正確的答案。我們反覆計算過，但這些當然多半是估計數字。」

「跟我們說個大概吧。」

「好，例如我們知道那個因為拉皮條被起訴、卻被判無罪的老鴇，在兩年內從東歐帶進三十五名女子，待的時間從幾個星期到幾個月不等。審判過程中發現，她們在這兩年期間賺進了兩百萬克朗。我算了一下，一個女孩一個月大約可以賺六萬克朗。假設其中約有一萬五千是費用——交通、服裝、食宿等等，她們的生活並不享受，可能得和一群女孩擠在賣淫集團提供的公寓裡——剩下的四萬五千克朗，集團拿走兩萬到三萬，首領塞一半——就說一萬五吧——到自己口袋，剩餘的再由手下的司機、打手等等平分。女孩的酬勞是一萬到一萬二克朗。」

「每個月？」

「假設一個集團有兩、三個女孩為他們賣命，每個月大約可以賺進十五萬。一個集團成員約有兩、三人，他們便以此為生。強制性交的進帳狀況大致如此。」

「總共大概有多少人呢……根據妳的推測。」

「隨時大約都有一百名賣淫的女孩，多少稱得上是非法交易的受害者。也就是說在瑞典每個月的總收入在六百萬克朗左右，每年約為七千萬。這只包括因非法交易受害的女孩。」

「聽起來像是蠅頭小利。」

「**的確**是蠅頭小利。但為了賺這麼一點小錢，卻得有一百名左右的女孩被強暴。一想到這個，我都快氣瘋了。」

「妳這個研究人員好像不怎麼客觀哦！不過有多少爛人靠這些女孩生活？」

「我估計大概有三百人。」

「聽起來似乎不是無法克服的問題。」愛莉卡說。

「我們通過了法案，媒體也大驚小怪地報導，卻幾乎沒有人確實找這些東歐女孩談過，對她們的生活也毫無概念。」

「那是怎麼辦到的？我是說實際作業。要毫不引人注意地將一個十六歲女孩從塔林帶過來，應該非常困難。她們到了以後，又怎麼運作呢？」布隆維斯特問。

「我一開始調查的時候，本以爲有個非常完善的組織，利用某種專業黑手黨的手法，將女孩們神不知鬼不覺地誘拐過邊界。」

「結果不是嗎？」瑪琳問道。

「業務方面有組織，但我得到的結論是：裡面其實有許多小規模、毫無組織的集團。什麼亞曼尼西裝、跑車就別提了——其中有一半俄國人或波羅的海人，一半瑞典人。集團首腦大概都是四十歲，教育程度很低，一輩子問題不斷，對女人完全抱持石器時代的想法。集團內的階級順序分明，手下通常都很怕他。他很暴力，經常處於精神恍惚狀態，只要有人不聽話就會被打個半死。」

莎蘭德在宜家家居買的家具，在三天後的早上九點半送達。兩個極其魁梧的人和一頭金髮、操著濃濃挪威口音的奈瑟握手致意後，立刻開始搬運箱子，由於電梯太小，來來回回跑了好幾趟，接著組裝桌子、櫃子和床，花了一整天的時間。奈瑟還到索德哈拉納市場外帶一些希臘餐點，讓他們當午餐。

宜家家居的人在下午四、五點左右離開。莎蘭德脫掉假髮，在公寓裡晃來晃去，不知道自己會不會喜歡這個新家。餐桌看起來太高雅，不像眞的。廚房旁邊的房間有分別通往玄關和廚房的門，是她的新客廳，擺了摩登的沙發，窗邊還有扶手椅環繞著一張咖啡桌。臥室她很滿意，並坐在 Hemnes 床架上試試床墊的軟硬。

她坐到工作室的書桌前，欣賞鹽湖的景致。**對，這樣的擺設很好。我可以在這裡做事。**不過要做什麼事，她也不知道。

莎蘭德利用晚上接下來的時間整理物品。她鋪了床，將毛巾、床單和枕頭套放進專用的櫥櫃，打開袋子拿出新衣，掛進衣櫥。儘管買了那麼多東西，卻只塡滿一小部分的空間。她將檯燈放到定位，碗盤、陶瓷器與餐具也分別收進廚房的櫃子和抽屜。

她不滿意地看著空空的牆壁，心想得去買幾張海報或畫。又或是掛毯。擺一盆花也不錯。隨後她打開從倫達路搬來的紙箱，將書放到架上，而早該扔掉的雜誌、剪報和舊調查報告則放進工作室的抽屜。舊T恤和破了洞的襪子順手丟棄，毫無不捨。忽然間她發現一個假陽具，還放在原來的包裝盒內。她面露苦笑。那是蜜莉安②送給她那許多荒誕的生日禮物之一，她根本已經忘了自己有這個東西，也從未試用過。現在她決定彌補自己的疏忽，便將假陽具放到床頭櫃上。

她頓時變得嚴肅起來。**蜜莉安**。內心不由得一陣愧疚。她和蜜莉安的穩定關係持續了一年，後來爲了布隆維斯特，她沒作任何解釋便拋下她，沒有說再見，也沒有告知出國的打算。她也沒有向阿曼斯基道別，或是向「邪惡手指」的女團員們透露任何事。她們一定以爲她死了，否則就是根本忘了她——她從來不是團體中的核心人物。

就在此刻她忽然想到自己也沒有向格瑞那達的布蘭道別，不知道他會不會在海灘上尋找她。她想起布隆維斯特說過，友情奠基於尊重與信任。**我不斷地消費我的朋友**。她心想不知蜜莉安還在不在，應不應該試著去聯絡她。

從傍晚一直到將近深夜，她都在工作室裡整理文件、裝設電腦、上網。她迅速地查看一下投資情形，發現自己比一年前更富有了。

她例行性地檢查畢爾曼的電腦，信件中並未發現任何足以懷疑他不循規蹈矩的地方。他的工作與私生活似乎都縮小到半停滯狀態，不僅鮮少使用電子郵件，上網也多半在瀏覽色情網站。

直到凌晨兩點，她才離線，進到臥室，將衣服脫下披在椅背上，然後在浴室照了好久的鏡子，檢視自己瘦巴巴又不對稱的臉和那對新的乳房。還有背上的刺青——很美，是一條紅、綠、黑交錯的蟠龍。在外旅行的這一年來，她讓頭髮留到肩膀長度，但離開格瑞那達前夕，卻拿了把剪刀剪了，現在仍是七橫八豎的。

她感覺到自己的人生已經產生某種非常重大的改變，或者正在改變。也許是手上有了數十億克朗，不用再錙銖必較。也許是遲到的成人世界正急著擠進她的生活。也許是因爲母親去世，讓她了解到童年已經結束。

在熱那亞的診所做隆乳手術時，必須取下一個乳環。後來她除去下嘴唇的唇環，在格瑞那達島上又除去左側的陰唇環——陰唇擦傷了，而現在的她也無法想像自己當初怎麼會在這個地方穿洞。

她打了個呵欠，取下已經穿了七年的舌釘，放在洗臉槽旁邊架上的一個碗缽裡，嘴裡頓時覺得空空的。現在除了耳環之外，她身上只剩下兩個地方穿洞：一個是左眉的眉環，一個肚臍飾環。

最後她終於鑽進新的羽絨被裡。新買的床非常巨大，感覺彷彿躺在足球場邊緣。她拉起被子把自己裹起來，沉思良久。

---

① Ian Fleming（1908-1964），英國知名小說家，代表作為詹姆士·龐德系列小說。「來自俄羅斯的愛」即為他第五本小說的書名。中譯本書名為《俄羅斯情書》。

② 即在《龍紋身的女孩》一書中的「咪咪」。

第六章

元月二十三日星期日至元月二十九日星期六

莎蘭德來到斯魯森附近、米爾頓保全所在的辦公大樓，從地下室搭電梯直達七樓，也就是米爾頓所占三層樓當中的頂樓。她用幾年前盜製的卡片鎖打開電梯門。走進未亮燈的走廊時，很自然地瞄了一下手錶。星期日，凌晨三點十分。夜間警衛會坐在五樓的警報中心，離電梯很遠，她幾乎可以肯定這層樓除了她不會有別人。

她的驚訝一如往常，保全公司對自己的保全系統竟會犯下如此基本的失誤。

過去一年間，七樓的改變並不大。她先去看了自己原來的辦公室，那是阿曼斯基安置她的一個小隔間，就在走廊上一面玻璃牆後面。門沒鎖。除了有人在門內放了一個裝廢紙的紙箱外，其他完全沒變：辦公桌、辦公椅、垃圾桶、一個（空）書架和一台過時的 TOSHIBA PC，硬碟小得可憐。

莎蘭德看不出任何跡象顯示阿曼斯基已將辦公室騰給他人使用，雖覺得是好預兆，卻也知道沒有多大意義。這樣的空間幾乎沒有任何用處。

莎蘭德關上門，走過整條走廊，確認沒有夜貓子待在任何一間辦公室。來到咖啡機旁稍作停頓，按了一杯卡布奇諾，然後用盜製的卡片鎖打開阿曼斯基辦公室的門。

裡頭也一如往常，整潔得叫人生氣。她先很快巡視一圈，檢查了書架後，才坐在桌前打開他的電腦。

她從夾克內側口袋取出一片光碟，放進硬碟，接著啓動一個名叫 Asphyxia 1.3 的程式。這是她自己寫的，唯一的功能只是將阿曼斯基電腦中的ＩＥ網頁瀏覽器升級爲較新版本。過程約五分鐘。

更新完畢，取出光碟，以新版的ＩＥ重新啓動電腦。這個程式無論外觀或實際運作都和原始版本一模一樣，只不過稍微大一點點、速度也大約慢個百萬分之一秒。所有的安裝都和原來一樣，包括安裝日期在內，因此不會留下新檔案的痕跡。

她打了一個伺服器在荷蘭的ＦＴＰ位址，出現一個指令畫面。按下「複製」，名稱打上「阿曼斯基／米保」，再按「完成」，電腦立刻開始將阿曼斯基的硬碟複製到荷蘭的伺服器。畫面上有個時鐘顯示整個過程需要三十四分鐘。

傳輸進行之際，她從書架上一個罐子裡拿出阿曼斯基辦公桌的備份鑰匙，利用接下來的三十分鐘翻閱阿曼斯基放在右手邊最上層抽屜的資料，以得知他目前最重要的工作內容。當傳輸完畢電腦鈴響後，她依照原來的順序將資料放回。

然後，她關上電腦和桌燈，隨手帶走已喝完的咖啡杯。她依原路離開米爾頓保全，時間是凌晨四點十二分。

她走路回家後，坐在 PowerBook 前面，登入荷蘭的伺服器，啓動複製的 Asphyxia 1.3 程式。這時出現一個視窗，詢問硬碟名稱。總共有四十個不同選項，她一一往下拉。其中有「尼斯畢爾曼」的硬碟，她通常每隔一個月就會去看一看。看到「麥可布隆／筆電」和「麥可布隆／辦公室」時，她停頓了一下，這些圖示都已經一年多沒點進去了，有些猶豫該不該刪除。後來決定原則上還是應該保留——既然都已經費功夫入侵一台電腦，就這樣刪除不免愚蠢，何況也許有一天整個程序得從頭來過。另外一個名爲「溫納斯壯」、許久未曾開啓的圖示也是一樣。那個人已經死了。最後建立的「阿曼斯基／米保」的圖示，在清單的最底下。

她原本可以早一點複製他的硬碟，不過一直沒有這麼做，因爲當時在米爾頓工作，輕易便可取得阿曼斯基想要隱瞞其他人的資訊。她侵入他的電腦並無惡意，只是想知道公司現在接了哪些案子，想了解一下情況。她點了一下，一個名爲「阿曼斯基硬碟」的新檔案夾立即開啓。她測試看能不能進入硬碟，並檢查是否所有的資料都在。

她看了阿曼斯基的報告、財務報表和電子郵件，直到早上七點才終於爬上床，睡到中午十二點半。

元月最後一個星期五，《千禧年》舉行了年度大會，出席的有公司會計、一名會計師與四名合夥人：愛莉卡（三〇％）、布隆維斯特（二〇％）、克里斯特（二〇％）與海莉·范耶爾（三〇％）。瑪琳則以雜誌社工會主席的身分代表其他員工前來開會，工會成員包括瑪琳、蘿塔、柯特茲、莫妮卡與行銷主任桑尼·馬紐松。這是瑪琳第一次參加董事會議。

他們從四點開始，開了一小時的會，大多時間都在討論財務報表與稽核結果。很明顯可以看出《千禧年》基礎穩固，與兩年前陷入危機的情形不可同日而語。根據會計報表，公司獲利兩百一十萬克朗，其中大約有一百萬來自布隆維斯特所寫有關於溫納斯壯事件的書。

衆人也同意愛莉卡的提議，將其中一百萬另設基金，以便將來應急之用；提撥二十五萬作資本投資，例如購買新電腦與其他設備，以及編輯室的修繕費用等等；另外拿出三十萬作爲加薪之用，還可以和柯特茲簽訂全職合約。剩餘部分，每位股東可分得五萬克朗的紅利，並將十萬克朗平均分給四名員工，不分專任或兼職。桑尼沒有分到獎金。根據合約，他可以從賣出的廣告中抽取佣金，累積下來他可是所有員工當中收入最高的。這些提案全都無異議通過。

布隆維斯特提議刪減自由稿件的預算，以便增加一名兼職記者。他心裡想到的是達格。如此一來，他可以《千禧年》爲自由撰稿的基地，將來若是進展順利，便可聘爲全職人員。但愛莉卡表示反對，原因是倘若沒有大量自由稿件，雜誌社不可能存活。海莉也支持她的看法；克里斯特則是棄權。最後決定不碰自由稿件的預算，但可以研究一下能否調整其他費用。大家都希望達格加入團隊，至少當個兼職的撰稿人。

接下來簡短討論了未來的管理與發展計畫。愛莉卡再次當選下一年度的董事長，隨後便宣布散會。

瑪琳自始至終未置一詞。她和同事們能得到兩萬五千克朗的分紅，已經超過月薪，她感到很滿意。

年度大會結束後，愛莉卡召開合夥人會議。因此其他人離開會議室後，愛莉卡、布隆維斯特、克里斯特和海莉繼續留下。愛莉卡宣布開會。「議程上只有一個事項。」她說：「海莉，根據亨利和我們的協議，他的共有權效期是兩年，如今期限就快到了，我們得決定妳——或者應該說亨利——在《千禧年》中的股權變動。」

「我們都知道我叔公之所以投資，是在非常不尋常情況下的衝動之舉。」海莉說道：「如今那個情況已經解除，妳有何提議？」

克里斯特氣惱地皺起眉頭。他是這裡頭唯一對那個不尋常情況一無所知的人，布隆維斯特和愛莉卡不得不瞞著他。愛莉卡只告訴他，說是布隆維斯特無論如何都不願談及的私事，但布隆維斯特的沉默很明顯與赫德史塔及海莉有關。他毋須知道所有細節，一樣能作出決定，而且出於對布隆維斯特的尊重，也沒有將問題鬧大。

「我們三人討論過，也作出了決定。」愛莉卡直視著海莉的眼睛，說道：「但在解釋我們的主張之前，我們想聽聽妳的想法。」

海莉朝三人依序瞥了一眼，最後視線停留在布隆維斯特臉上，卻解讀不出任何訊息。

「如果你們想收購我們家族的股份，加上利息大約需要三百萬。你們付得起嗎？」她口氣溫和地說。

「可以。」布隆維斯特面帶微笑回答。

他爲亨利完成任務後，這個上了年紀的企業鉅子付給了他五百萬克朗。諷刺的是，任務的一部分便是找出他姪孫女海莉的下落。

「那麼就由你們決定吧。」海莉說：「協議上載明了到今天你們便可以不再讓范耶爾家族持有股份。我絕不會像亨利一樣，簽訂這麼隨便的契約。」

「如果必要的話我們可以買回你們的股份，」愛莉卡說道：「但眞正的問題是**妳**想怎麼做。妳是一家

——其實應該是兩家——大規模企業的總裁，妳喝杯咖啡談定一筆生意的金額，可能就是我們一年的預算。妳爲什麼願意把時間花在《千禧年》這種邊緣事業上？」

海莉平靜地看著這位董事長，許久沒有開口。然後轉向布隆維斯特，回答道：

「自從我出生那天起，就一直擁有些什麼。而我整天忙著經營的公司，陰謀內幕比一本四百頁的羅曼史小說還多。我第一次參與你們的董事會，只是爲了履行我不能忽視的義務。但你們知道嗎？過去這十八個月來，我發現在這個董事會上獲得的樂趣，比其他全部的董事會加起來都還要多。」

布隆維斯特聽了若有所思。接著海莉轉向克里斯特。

「你們《千禧年》所面對的問題不大，可以解決。經營公司當然想賺錢，這點不言可喻。可是你們所有人都有另一個目的，你們都想完成些什麼。」

說到這裡，她啜了一口水，然後定定地看著愛莉卡。

「至於究竟是什麼，我還不太清楚。目標相當模糊。你們不是政治團體，也不是有特殊目的的團體，只需爲自己負責。但你們卻直指社會的弊病，而且不在乎與公衆人物開戰。你們常常想要改變情勢，眞正發揮作用。你們全都假裝憤世嫉俗、否定一切存在的意義，但其實卻是以本身的道德觀在操控雜誌社的方向，而且有幾次我發現到，那是一種相當特別的道德觀。我不知道該如何形容，也許只能說《千禧年》具有靈魂吧。這是唯一讓我因身爲其中一分子而感到自豪的董事會。」

她接著沉默了好久，愛莉卡忍不住笑了。

「說得很不錯，不過妳還是沒有回答我的問題。」

「我幾乎未曾參與過如此古怪、荒謬的事，不過我很喜歡和你們在一起，感覺十分愉快。如果你們希望我繼續待下來，我很樂意。」

「那好。」克里斯特說：「我們反覆討論之後一致同意，我們要買回妳的股份。」

海莉睜大了雙眼。「你們想踢掉我？」

「當初簽約時，我們是引頸就戮，別無選擇。從一開始，我們就不斷數著日子，要從妳叔公手上買回股份。」

愛莉卡翻開一份文件夾，將幾張紙攤在桌上，連同一張金額分毫不差的支票推到海莉面前。她看過文件後，不發一語便簽了字。

「好了。」愛莉卡說道：「事情倒也簡單。對於亨利爲《千禧年》所做的一切，我要鄭重表達感激之意，希望妳能代爲傳達。」

「我會的。」海莉口氣平淡，絲毫不帶一點情緒。其實她不但覺得受傷也深感失望，沒想到他們讓她說出想留下來的話之後，還是決定踢她走。

「現在，我想看看妳對另一份完全不同的合約有沒有興趣。」愛莉卡說著拿出另一份文件，推過桌面。

「我們不知道妳個人有沒有興趣當《千禧年》的合夥人。價錢就和妳剛剛收到的支票金額一樣。契約裡沒有期限或除外條款，妳將和我們其他人一樣，是承擔相同責任的正式合夥人。」

海莉詫異地挑起眉毛。「爲什麼還要拐這個彎？」

「這是遲早要做的事。」克里斯特說道：「我們原本也可以每年續約，或是直到董事們起爭議再把妳趕出去。不過這總是一份遲早要解除的合約。」

海莉手撐著下巴，目光銳利地審視他。然後看著布隆維斯特，再看看愛莉卡。

「我們和亨利簽約是因爲財務碰上困難，」愛莉卡說道：「現在和妳簽約，卻是因爲我們想這麼做。和舊合約不同的是，以後要把妳趕出去就沒那麼容易了。」

「這對我們來說有非常大的差異。」布隆維斯特低聲說道，這也是他在這番討論當中說的唯一一句話。

「其實我們認爲妳不只以范耶爾這個姓氏提供經濟上的支援，也爲《千禧年》增加了些什麼。」愛莉卡說：「妳聰明、敏感，又能提出建設性的解決之道。直到目前為止妳一直很低調，幾乎像客人似的每一季拜訪我們一次，但妳對這個董事會而言卻象徵著前所未有的安定與方向。妳有生意頭腦。妳曾經問過能不能信任我，而我對妳也有同樣的疑慮，如今我們都得到答案了。我喜歡妳也信任妳，我們都一樣。我們不希望妳藉由某種複雜而混亂的法律形式成為我們的一員。我們希望妳是合夥人，是真正的夥伴。」

海莉拿起合約，看了五分鐘。最後抬起頭來。

「你們三人都同意了？」她問道。

三人一齊點頭。海莉於是拿筆簽了字。

《千禧年》的合夥人們一塊到塔瓦斯街上的「薩米爾之鍋」吃晚餐。這是個安靜的聚餐，有美酒與羔羊肉庫斯庫斯①相配，慶祝新夥伴的加入。談話氣氛很輕鬆，海莉卻明顯惶惑不安。她覺得有點像第一次約會般不自在：明明有什麼事要發生，但誰也不知道究竟會是什麼。

海莉七點半就要離開。她抱歉地說自己得回飯店，早點上床。愛莉卡要回家，丈夫還在等她，便陪她走了一段路，在斯魯森分手。布隆維斯特和克里斯特又待了片刻，直到克里斯特告退，說他也得回家了。

海莉搭計程車到喜來登，直接回九樓的房間，更衣沐浴並換上飯店的浴袍後，坐在窗邊望向騎士島。她從袋中拿出一包登喜路。她每天只抽三、四根菸，因此自認為是不抽菸的人，偶爾來一根也毫無罪惡感。

九點，有人敲門，開門一看是布隆維斯特，便讓他進來。

「你這壞蛋。」她說。

他微微一笑，並在她臉頰上親一下。

「我真以為你們要把我踢出去。」

「就算是，我們也絕不會用那種方法。妳可以了解我們為什麼要重訂合約嗎？」

「當然，非常合理。」

布隆維斯特掀開她的浴袍，一手放在她的胸部，輕輕撫摩。

「你這壞蛋。」她又說一遍。

莎蘭德在一道門前停下來，門牌上寫著「吳」。方才從街上看到燈光，現在又聽到裡面傳出音樂，可見蜜莉安．吳仍住在聖艾瑞克廣場附近通特波街上的套房。現在是星期五晚上，莎蘭德原本半希望蜜莉安會出門去玩，住處會一片漆黑。如今有待找出答案的問題，就只剩蜜莉安還想不想和她有任何瓜葛，她是否還是孤家寡人。

她按了門鈴。

蜜莉安開門後，訝異得雙眉高聳，接著靠在門框邊，手按著臀部。

「莎蘭德。我以爲妳是死了還是怎樣。」

「沒死。」

「妳想做什麼？」

「這個問題有很多答案。」

蜜莉安朝樓梯間張望一下，才又再次盯著莎蘭德。

「說一個來聽聽。」

「我只是想看看妳是不是還一個人，今晚想不想有個伴。」

蜜莉安似乎愣了幾秒鐘，隨後放聲大笑。

「無聲無息消失一年半以後，還敢來按我家門鈴問我想不想上床，這種人我只認識一個。」

「妳要我離開嗎？」

蜜莉安止住笑聲，安靜了幾秒。

「莉絲……天哪，妳是認眞的！」

莎蘭德等著。

最後蜜莉安嘆了口氣，將門打開。

「進來吧，我至少可以請妳喝杯咖啡。」

莎蘭德隨她進屋，門廳的小桌邊擺了兩張凳子，她挑一張坐下。屋內面積七坪：有一間擁擠的房間和一個外廳。廚房其實只是門廳角落一個可以煮東西的地方，蜜莉安還從浴室接了一條水管到洗碗槽來。

蜜莉安的母親是香港人，父親來自波登。莎蘭德知道她的父母住在巴黎，她自己在斯德哥爾摩念社會學，還有一個姊姊在美國念人類學。蜜莉安那頭剪短的烏黑頭髮，和略帶亞洲特色的五官，顯然是遺傳自母親，而父親則給了她一雙湛藍的眼睛。至於她的大嘴和雀斑卻都與父母不像。

蜜莉安三十一歲，喜歡穿皮衣、光顧有表演藝術的俱樂部——有時候自己也會上場表演。莎蘭德自從十六歲起，便不曾進過俱樂部。

蜜莉安除了上課外，每星期會有一天在斯維亞路旁某條街上的「化裝舞衣時尚店」打工。上「化裝舞衣」來的顧客都是渴望找些類似橡膠製的護士服或黑色皮製巫婆裝的服飾，店內包辦衣服的設計與製作。這間店是蜜莉安和幾名女友合開的，對於每個月付幾千克朗的學生貸款不無小補。莎蘭德是在幾年前的「同志驕傲遊行日」慶祝活動中，一個奇怪的表演節目上第一次看到蜜莉安，當天稍晚又在啤酒攤巧遇。蜜莉安穿著一件奇特的檸檬黃色塑膠洋裝，露的比包起來的多。莎蘭德絲毫不覺得那套衣服引人遐想，只是因爲喝得太多，忽然想勾搭一個穿得像檸檬的女孩。令莎蘭德大感驚訝的是，那顆檸檬看了她一眼就大笑起來，毫不扭捏地吻她之後說：「**妳正是我要的人。**」於是她們回到莎蘭德的住處，做愛一整晚。

「我就是這樣。」莎蘭德說：「逃離所有事物和所有人。我應該要說聲再見的。」

「我以爲妳出事了。妳還在這裡的最後幾個月，我們也不常聯絡。」

「我很忙。」

「妳實在太神祕了，從來不談自己的事。我甚至不知道妳在哪裡工作，或者當妳不接手機的時候該找誰問。」

「我現在沒有工作，而且妳也和我一樣，想要有性愛卻不特別想要穩定的關係。或者其實妳想要？」

「妳說得沒錯。」蜜莉安過了好一會才說。

「我也是這樣。我從不作任何承諾。」

「妳變了。」蜜莉安說。

「變得不多。」

「妳看起來年紀比較大、比較成熟，穿著也不一樣，還在胸罩裡塞了東西。」

莎蘭德沒有多說。蜜莉安看過她裸體，當然會注意到這個改變。最後她垂下雙眼，喃喃地說：「我去裝了假奶。」

「妳說什麼？」

莎蘭德抬起頭、提高聲量，卻沒發現口氣中帶著挑釁。

「我去義大利找了間診所，做了隆乳手術，所以才會失蹤。後來我一直在旅行。現在回來了。」

「妳在開玩笑嗎？」

莎蘭德面無表情地看著蜜莉安。

「我眞笨，妳是從來不開玩笑的，史巴克小姐②。」

「我不會道歉，我只是實話實說。如果妳要我離開，就直說吧。」

蜜莉安聽了大笑。「拜託，我都還沒看到成果如何，當然不會放妳走。」

「我一直都很喜歡和妳做愛，蜜莉安。妳從不在乎我做什麼工作，而我忙的時候，妳就會找別人。」

蜜莉安早在中學初期便發現自己是同性戀。十七歲那年，經過幾次摸索嘗試後，終於在參加瑞典「同性戀、雙性戀與跨性別」人權聯盟在約特堡舉辦的一次聚會時，領悟到性愛的奧祕。從那之後，她再也沒有考慮過其他的生活型態。二十三歲時，曾有一次試圖與男人發生關係，她機械化地做了所有該做的事，卻不感到愉悅。此外她也屬於那些少數中的少數，對於婚姻、忠誠以及在家度過舒適夜晚都不感興趣。

「我已經回家幾個星期。我得知道是不是需要另外再去找人，或者妳對我還有興趣。」

蜜莉安彎下身，輕輕啄了一下她的嘴唇。

「今晚我本來打算念書。」她解開莎蘭德上衣的釦子。「不過管他的……」她又吻了她，並繼續解釦子。「我非得看看這個不可。」再吻一下。「歡迎回來。」

海莉在凌晨兩點左右入睡，布隆維斯特則醒著聆聽她的呼吸。過了一會，他起身偷偷從她手提袋裡拿了根登喜路，然後坐在床邊的椅子上看著她。

他事先並未打算成為海莉的情夫，甚至想都沒想過。在赫德史塔待了那段時間後，他一心只想和整個范耶爾家族的人離得遠遠的。平常和海莉只會在董事會上碰面，而且總是保持距離。他們知道彼此的祕密，但除了海莉在《千禧年》董事會中扮演的角色之外，他們的交易已經結束。

前一年聖靈降臨節的假日期間，布隆維斯特到沙港的小屋去——這是幾個月來第一次回去——希望能安安靜靜度個假，坐在門廊上看他的偵探小說。星期五下午，他去報攤買香菸的途中意外遇見了海莉。她顯然也覺得有必要脫離赫德史塔，便訂了沙港的飯店，來這裡過週末。她小時候離開後便未曾再回來過。十六歲離開瑞典，再回到家鄉已經五十三歲。是布隆維斯特找到她的。

兩人驚訝地打招呼後，海莉陷入尷尬的沉默。布隆維斯特知道她的故事，而她也很清楚他為了隱瞞范耶爾家族駭人的祕密，違反了自己的行事原則，而且有一部分原因是為了她。

布隆維斯特邀請她到小屋。他煮了咖啡，他們便坐在外面的門廊上，聊了幾個小時。自從海莉回國後，這是他們頭一次詳談。

布隆維斯特忍不住問道：「馬丁地下室的東西，妳怎麼處理？」

「你眞的想知道？」

「是的。」

「我親自清除了，把能燒的都燒掉，屋子也拆了。我沒法住在那裡，也沒法出售讓別人住在那裡。它帶給我的所有聯想都是邪惡的。我打算蓋另一棟屋子來取代它，一間小屋。」

「妳拆掉屋子，別人豈不訝異？那麼豪華又現代化的房子。」

她微笑道：「迪奇・佛洛德編造理由說屋子的地基太潮溼，改建的話太昂貴，乾脆拆除。」佛洛德是他們家族的律師。

「佛洛德過得好嗎？」

「他就快七十歲了。我讓他很忙。」

他們一塊吃午餐，布隆維斯特發現海莉正在向他傾訴她生命中最私密的細節。他問她爲什麼這麼做，她想了一想，說這世上再也沒有其他人能讓她如此敞開胸懷。何況對於自己早在四十年前曾照顧過的小孩，也很難不敞開胸懷。

她這一生與三個男人發生過關係。最先是她的父親，接著是她哥哥。她殺了父親，逃離了哥哥，好不容易存活下來之後，認識另一個男人，和他共同創造了新的人生。

「他充滿溫柔和愛，誠實且值得信賴。和他在一起我很幸福。我們共度了二十年快樂的時光後，他生病了。」

「妳一直沒有再婚？爲什麼？」

她聳聳肩。「我在澳洲有兩個小孩，還要經營一個很大的農牧事業，不可能有空去度浪漫週末。而且我一點也不懷念性愛。」他們靜默了片刻。「很晚了，我該回飯店了。」

布隆維斯特沒有起身送客的意思。

「你想引誘我？」

「是的。」他回答。

他站起來拉起她的手，牽著她進入小屋，爬上臥室夾層。她忽然阻止了他。「我不太知道該怎麼做。這畢竟不是我每天都會做的事。」

他們整個週末都在一起，後來便每三個月在雜誌社開完董事會後共度一晚。這樣的關係無法持久。她日以繼夜地工作，常常出差，而且每隔一個月就得回澳洲，但她還是很珍惜偶爾與布隆維斯特的幽會。

兩小時後，蜜莉安起身煮咖啡，莎蘭德則赤裸著汗溼淋漓的身子躺在被褥上頭，一面抽菸一面透過房門看著蜜莉安。她很羨慕蜜莉安的身材，肌肉結實，輕易便能讓人留下深刻印象。她每星期有三天晚上會上健身房，其中一天練泰拳或是什麼狗屁空手道之類的，才能造就她這麼棒的身形。

她就是迷人，不像模特兒那麼美，但確實相當誘人。她喜歡煽惑、挑逗人，每當打扮起來參加宴會，任何人看到她都會產生興趣。莎蘭德不明白蜜莉安怎麼會喜歡像她這種呆瓜，但心裡還是很高興。和蜜莉安做愛讓莎蘭德徹底釋放開來，她輕鬆地享受這過程，予取予求也全力回報。

蜜莉安回來後將兩只馬克杯放在床邊的凳子上，接著爬上床，翻身輕咬莎蘭德的乳頭。

「它們沒問題。」她說。

莎蘭德沒有作聲，只是看著蜜莉安的胸部。蜜莉安的胸部也不大，但在她身上看起來再自然不過。

「莉絲，要我老實說的話，妳真的美呆了。」

「別傻了。我的胸部根本沒什麼差別，只不過現在至少有點胸部了。」

「妳對自己的身材還眞想不開。」

「妳自己像白癡一樣在健身，還說這種話。」

「我像白癡一樣健身是因為我喜歡健身。很刺激，幾乎跟做愛一樣美妙。妳應該試試看。」

「我偶爾會打拳擊。」

「鬼扯……妳打拳擊頂多一個月一次，而且是因爲想痛扁那些不知死活的傢伙獲得快感。那和健身的感覺不一樣。」

莎蘭德聳聳肩，不置可否。蜜莉安隨即跨坐在她身上。

「莉絲，妳太在乎妳的身體了。妳現在也應該知道，我喜歡和妳上床不是因爲妳的外表，而是因爲妳的表現方式。我覺得妳性感得要命。」

「妳也是。所以我才會再回來。」

「不是因爲愛？」蜜莉安假裝傷心地說。

莎蘭德搖搖頭。

「妳現在有和誰交往嗎？」

蜜莉安略一遲疑，才點點頭。

「應該有，算是有，可能有。總之有點複雜。」

「我不是在刺探。」

「我知道，但告訴妳無所謂。是大學裡的人，比我大一點，已經結婚二十年，但丈夫經常出門，所以當他不在家我們就混在一起。她沒有出櫃。我們是從去年秋天開始的，現在變得有點無聊。不過她眞的非常迷人。另外，當然也還會和本來那群人出去。」

「我只是想知道以後還能不能再來看妳。」

「我是很希望能再見到妳。」

「即使我又消失六個月也一樣？」

「只要保持聯絡就好。我想知道妳是死是活，無論如何我都會記得妳的生日。」

「沒有附帶條件？」

蜜莉安嘆氣微笑道：

「妳知道嗎？我想我可以和妳這種人同居。當我想一個人的時候，妳就不會管我。」

莎蘭德沒有答腔。

「只不過妳不是眞正的同志。妳很可能是雙性戀，但最重要的是妳有性欲——妳喜歡性愛，而且不在乎性別。妳是個不確定的混亂因子。」

「我不知道自己是什麼。」莎蘭德說：「但我現在人在斯德哥爾摩，人際關係很差。事實上，在這裡我一個人也不認得。自從我回家以後，妳是第一個和我說話的人。」

蜜莉安表情認眞地打量她。

「妳眞的**想**認識人嗎？妳是我所認識與人最有隔閡、最難親近的人。不過妳的胸部的確很迷人。」她伸出手指，拉扯她乳頭下方的肌膚。「很適合妳，不會太大也不會太小。」

莎蘭德鬆了口氣，驗收的結果令人滿意。

「而且感覺很眞。」

她使盡全力地捏那對胸部，莎蘭德幾乎喘不過氣來。她們彼此互望。接著蜜莉安俯身給莎蘭德一個深吻，莎蘭德予以回應，並以雙手環抱住蜜莉安。咖啡就在一旁放涼了。

---

①以小麥粉製成的粗粒狀北非食物，亦稱為「北非小米」。

②Spock，《星艦迷航記》中的主角之一，有外星人血統，個性嚴謹，凡事講究邏輯。

第七章

元月二十九日星期六至二月十三日星期日

星期六上午十一點左右，有一輛車駛進耶爾納與凡格赫拉之間的硫磺湖——社區裡總共不到十五棟建築——停在最後一棟建築前面，距離村子中心大約一百五十公尺。那是一棟就要倒塌的工業建築，一度曾是印刷工廠，但如今大門口掛了一塊招牌標示著「硫磺湖機車俱樂部」。放眼望去，看不到其他車輛，然而駕駛下車前，仍小心地四下張望一番。此人身材高大，一頭金髮。外面空氣很冷。他戴上棕色皮手套，從行李廂拿出一個黑色運動提袋。

他並不擔心被發覺。車子停在舊印刷廠旁邊，要想不被看見是不可能的事。如果警方或任何公家單位想要監視這棟建築，相關人員就得進行偽裝、準備望遠鏡，還要架設在田野的另一頭。如此一來，村民們難免會議論，而且其中有三間屋子的屋主是硫磺湖機車俱樂部會員。

話說回來，他也不想進入那棟建築。警方曾掃蕩過俱樂部幾次，誰也不知道裡面有沒有被裝上竊聽器。也就是說，在俱樂部裡面的談話內容多半不離車子、女人和啤酒，偶爾也會說說哪支股票可以投資。

於是那人等著卡爾馬紐斯．藍汀來到外面的院子。這個綽號叫「馬哥」的藍汀是俱樂部會長，今年才三十六歲，長得高高瘦瘦，但多年下來卻已累積了一個相當可觀的啤酒肚。他將暗金色頭髮綁成馬尾，身穿著黑色牛仔褲、靴子和厚重的冬天夾克。他有五項前科，其中兩項是毒品輕罪，一次收受贓物，一次是偷車兼酒駕。第五項罪名最嚴重，讓他入獄一年：那是幾年前，他在斯德哥爾摩一家酒吧發狂而犯下重傷害罪。

藍汀和高大的來客握手後，一起慢慢走到院子的圍籬邊。

「幾個月不見了。」藍汀說道。

那人說：「有個交易。三千零六十克的甲基安非他命。」

「條件和上次一樣嗎？」

「五五分帳。」

藍汀從胸前口袋掏出一包菸。他喜歡和這個巨人做買賣。甲安的市價可以賣到每公克一百六十至兩百三十克朗之間，視供應量而定。那麼三千零六十公克差不多值六十萬克朗。硫磺湖機車俱樂部會將三公斤分裝成每包兩百五十克裝，銷售給認識的毒販。在這個階段，每公克價格會下跌到一百二十至一百三十克朗。

對硫磺湖機車俱樂部而言，這是非常吸引人的交易。不同於其他供應商的是，做這個買賣從來沒有訂金或定價之類的無聊玩意。金髮巨人供貨，要求拿五〇％，收入的比例完全合理。他們多少都知道一公斤甲安能賣多少價錢。至於確實的金額就要看藍汀能成功地將毒品稀釋到什麼程度，總之可能有數千的差異，但成交之後巨人大約可以拿到十九萬克朗。

這幾年來他們已經買賣過無數次，總是用同樣的方法。藍汀知道巨人若是自己負責銷售，獲利可以加倍，他也知道這個人爲何寧可選擇較低的獲利；因爲這樣他便可以隱藏於幕後，讓硫磺湖機車俱樂部承擔所有風險，收入雖然較少卻也較有保障。另外還有一點與他打過交道的其他供應商不同，他與巨人之間的關係建立在穩固的商業原則、信用與善意之上。不動口角、不說廢話，也不恫嚇威脅。

有一回武器買賣的交貨不如預期，巨人也吞下了將近十萬克朗的損失。藍汀知道在這一行裡，沒有其他人能吸收這樣的損失，當他不得不老實告訴巨人時，心裡眞是嚇壞了。藍汀詳細解釋交易失敗的原因，以及犯罪防治中心某位警員如何前來訊問衛姆蘭的一名亞利安兄弟會成員。不過巨人倒不顯得特別驚訝，幾乎還表達同情之意。什麼屁事都可能發生。整個交貨計畫只得全部取消。

藍汀並非沒有頭腦。他明白利潤少一點、風險小一點才是好買賣。

他想都沒有想過要欺騙巨人。那是大忌。只要誠實作帳，巨人和他的夥伴們便不在意少賺一點。假如他要詐，這個金髮巨人將會找上門來，藍汀相信到時候自己肯定沒命。

「什麼時候可以交貨？」

巨人將運動提袋丟在地上。

「已經帶來了。」

藍汀沒有打開袋子確認，反而伸出手示意成交，接下來他會做他該做的。

「還有一件事。」巨人說。

「什麼事？」

「我們想藉助你做一件特別的事。」

「說來聽聽。」

他從夾克暗袋掏出一個信封，遞給藍汀。藍汀打開後，拿出一張護照相片和一張A4大小的紙，上頭寫了個人資料。他揚眉表示不解。

「這女孩名叫莉絲．莎蘭德，住在斯德哥爾摩，索德毛姆的倫達路上。」

「好。」

「她目前很可能不在國內，但遲早會出現。」

「知道。」

「我老闆想和她好好談談，你得送活人過來。我們建議送到英根附近那個倉庫。事後還要有人處理善後，必須讓她消失得不留痕跡。」

「應該沒問題。我們怎麼知道她回家了？」

「我會告訴你。」

「代價呢？」

「完成整件事的話，一萬如何？其實很簡單。開車到斯德哥爾摩，找到她，把她帶到我這裡來。」

他們再次握手成交。

第二趟來到倫達路之後，莎蘭德砰地跌坐到布滿硬塊的沙發上沉思。她必須作出一些決定，其中之一便是應不應該再留下這間公寓。

她點了根菸，把煙吐向天花板，菸灰彈進一個空的可樂罐。

實在沒有理由喜愛這間公寓。四歲時和母親、妹妹一起搬進來，母親睡在客廳，她和卡蜜拉共用狹小的臥室。十二歲時，「天大惡行」發生，她被送進兒童精神病院，到了十五歲，進到一連串寄養家庭的第一戶人家。她的受託人潘格蘭將這間公寓租出去，等她滿十八歲，需要一個住的地方時，又負責將公寓歸還給她。

在她這一生中，這公寓幾乎像是一個定點。雖然如今已不需要，她卻也不想賣掉，否則就表示會有陌生人闖入她的空間。

後勤方面的問題是她的郵件——如果會收到任何郵件的話——都會寄到倫達路來，若將公寓脫手，就得再找另一個地址使用。莎蘭德不想被正式記錄在所有的資料庫內，在這方面，她幾近於偏執。她沒有理由相信公家單位，或者應該說相信其他任何人。

她往外看著後院的防火牆，這輩子她都是這樣看著那面牆。頓時她忽然很慶幸自己決定離開這間公寓。在這裡她從未感到安全。每當轉進倫達路，接近樓下大門時，無論是否清醒，她總會敏銳地留意周遭環境，留意停放的車輛與路過的行人。她很確定在外頭某個角落有人想傷害她，而且最可能趁她進出公寓時發動攻擊。

一直沒有人行動，但並不表示可以就此鬆懈。在所有公家紀錄與資料庫中，都有倫達路的地址，而過去這麼多年來，她始終無法改善自己的安全措施，只能提高警覺。如今情況變了，她不希望任何人知道摩塞巴克的新地址。直覺告訴她，要盡可能地保持低調。

但這樣並不能解決處理舊公寓的問題。她思忖了好一會，拿出手機打給蜜莉安。

「喂，是我。」

「嗨，莉絲。這次才過一星期就聯絡了呀？」

「我在倫達路。」

「喔。」

「我在想，妳願不願意接收這間公寓？」

「什麼意思？」

「妳住的地方像鴿子籠。」

「我喜歡我的鴿子籠。妳要搬家嗎？」

「這裡現在沒人住。」

蜜莉安似乎在電話另一頭沉吟。

「莉絲，我負擔不起。」

「這是住屋協會公寓，而且全都付清了。房租一個月一千四百八十，肯定比妳那個鴿子籠便宜。而且房租已經預付了一年。」

「可是妳沒想過把它賣了嗎？肯定值不少錢的。」

「大概一百五十萬，如果房仲廣告可以相信的話。」

「我付不起。」

「我不賣。妳今晚就可以搬進來，想住多久就住多久，一年內不必付一毛錢。我不能把它租出去，但我可以把妳當成室友列入合約，那麼住屋協會就不會找妳麻煩。」

「可是莉絲——妳這是在向我求婚嗎？」蜜莉安笑著說。

「我現在不用這間公寓，但也不想賣掉。」

「小姐，妳是說我可以免費住在那裡？妳是說眞的？」

「眞的。」

「多久？」

「多久都可以。有沒有興趣？」

「當然有。可以免費住在索德區中心的公寓，這種好事可不是每天有。」

「有一個條件。」

「我想也是。」

「妳想住多久都行，但我在名義上還是房客，我的郵件會寄到那裡去。妳只要幫我收信，再告訴我有什麼重要的事就行了。」

「莉絲，妳眞是超級怪咖。那妳要住哪裡？」

「這個以後再說。」莎蘭德回答。

她們說好當天下午晚一點碰面，讓蜜莉安好好看一看公寓。莎蘭德心情好多了。她走到霍恩斯路的瑞典商業銀行，拿了號碼牌在一旁等著。

她出示證件，解釋說自己前一陣子出國，現在想知道帳戶裡的餘額。金額是八萬兩千六百七十克朗。該帳戶已經閒置一年多，去年秋天曾存入一筆九千三百一十二元的款項。那是母親留給她的。

莎蘭德領出九千三百克朗，想將錢花在會讓母親高興的地方。她走到羅森倫德街上的郵局，以匿名方式將錢捐給斯德哥爾摩某家婦女庇護中心。

▲ ▲ ▲

愛莉卡關上電腦、伸伸懶腰，此時已是星期五晚上八點，她花了整整九個小時，為《千禧年》三月號作最後的潤稿。由於瑪琳全力投入達格的主題專刊，大部分的編輯工作只得由她親自負責。柯特茲和蘿塔也會幫忙，但他們較擅長於撰文與查資料，對於編輯並不嫻熟。

她十分疲倦、腰痠背痛，但對於這一天和大致上的生活都很滿意。會計圖表顯示營運穩定，外稿若不能準時交也不至於遲得離譜，員工們工作愉快。都已經一年多了，溫納斯壯事件仍舊讓他們腎上腺素分泌旺盛，亢奮不已。

試著按摩一下脖子之後，愛莉卡覺得自己需要沖個澡，便想利用辦公室的淋浴設備，卻又懶得動，只是把腳蹺到桌上。再過三個月就要滿四十五歲了，曾一度令她如此嚮往的未來已經開始成為過去，眼角和嘴邊已經出現許多小細紋，但她知道自己的外表還過得去。儘管每星期上兩次健身房，但出海遠航時，要爬上桅杆仍然愈來愈吃力，偏偏每次都得由她來爬——因為丈夫有嚴重懼高症。

愛莉卡回想自己這四十五年的歲月，儘管起起伏伏，但大致堪稱成功。她有錢、有地位、有一個讓她十分快樂的家，還有一份自己喜歡的工作。她有個溫柔、愛她的丈夫，結褵十五年了，她仍愛著他。另外還有一個懂得取悅人、彷彿精力源源不絕的情夫，也許無法滿足她的靈魂，卻能在她需要的時候滿足她的肉體。

想到布隆維斯特她不禁微微一笑，不知道他何時才肯招認自己和海莉上床了。他們兩人對彼此的關係一字未吐，但愛莉卡可不是三歲小孩。在某年八月份的董事會上，她便注意到他們之間交換的眼神。當晚她純粹出於一份執拗，試著打了兩人的手機，都關機。這當然不是無懈可擊的證據，不過後來幾次董事會議當天晚上，總是聯絡不上布隆維斯特。每當看著海莉在吃過晚餐後，總以同樣藉口說要早點上床而提早離開，實在覺得好笑。愛莉卡沒有去刺探，也沒有嫉妒。但話說回來，若有適當時機，她一定會取笑他們。

她從未干涉過布隆維斯特與其他女人的情事，只是希望他和海莉的關係不會給董事會帶來問題。不過她並不眞的擔心。布隆維斯特總有各種方法能跟人好聚好散，曾與他有過牽扯的女人多半都仍與他保持友好關係。

能成爲布隆維斯特的朋友兼紅粉知己，愛莉卡非常開心。有時候他很愚蠢，有時候卻又洞察力敏銳，簡直有如先知。不過他始終不明白她對丈夫的愛，始終不能理解她爲何對葛雷格．貝克曼如此著迷。他熱情、慷慨、能令人振奮，最重要的是她最痛恨的一些男人特質，他多半都沒有。貝克曼是她想要一起終老的人。本來想替他生個小孩，但一直沒機會，如今已經太遲。總之，在人生伴侶的選擇上，她想像不出還有比他更好、更安定的人——一個可以讓她全心全意信賴，而且每當她需要的時候總能隨時陪在身旁的人。

布隆維斯特則是截然不同。他這個人的特質極其多變，有時彷彿具有多重人格。在專業方面他很固執，對於手邊工作的專注程度更是近乎病態。他抓到一個故事，就會勇往直前做到接近完美，然後再處理其餘瑣碎部分。處於巔峰狀態的他光芒四射，但即使不是處於巔峰狀態，他也總是比一般人傑出許多。他似乎有種與生俱來的直覺，能判斷哪個故事有不可告人的祕密，哪個故事又會變得平淡枯燥。和他共事，她從未後悔過。

成爲他的情婦，她也從未後悔過。

這世上只有一人明白愛莉卡對布隆維斯特的熱烈情欲，那就是她丈夫，而他之所以能明白，則是因爲她膽敢和他討論自己的需求。那無關忠誠度，而是關乎欲望。與布隆維斯特做愛所能獲得的高潮快感，其他男人都無法給予，包括她丈夫在內。

性愛對她而言很重要。她在十四歲時失去童貞，青少年時期多數時間都在尋求性愛方面的滿足，卻屢屢受挫。從和同學親密愛撫、和老師發展畸戀，到電話性愛和戀物癖，她什麼都嘗試過，只要是能激發性愛欲望的事，也多半都試驗過。她玩過綁縛，加入過極端夜總會，也參加過他們所安排的那種爲社會所不容的派對。有幾次她試著和其他女人做愛，卻很失望，只能坦承這不合她的口味，女人帶給她的興奮感絲毫比不上一個男人，或兩個男人。她曾和貝克曼一起和另一個知名的男性藝廊經營者探索過3P性愛，進而發現她的伴侶有強烈的雙性戀傾向，而她自己在感覺到兩個男人同時愛撫她、滿足她的時候，也幾乎興奮得無法動彈，就如同她看著丈夫被另一個男人愛撫時，那種難以言喻的歡快感。她們夫妻倆反覆和幾個固定的伴侶體驗這種刺激，每次都很成功。

因此倒也不是因爲她和丈夫的性生活無趣或令人不滿意，只是布隆維斯特給了她完全不同的體驗。他很高明。正因爲他實在太好了，使她覺得自己有貝克曼這個丈夫，又有布隆維斯特這個有求必應的情夫，可說已達到最理想的平衡狀態。他們兩人少了誰都不行，她也不打算在他們之間作抉擇。

她丈夫明白的就是這一點：即使發揮再大的想像力，在按摩浴缸中做出再不可思議的姿勢，他仍無法滿足她的需求。

愛莉卡對於和布隆維斯特之間的關係最感到滿意的，就是他毫無控制她的欲望。他沒有一丁點嫉妒的心。而二十年前他們開始交往時，她自己雖然吃過幾次醋，後來也發現對他根本毋須吃醋。他們的關係建立在友情之上，對於朋友他有著無窮盡的忠貞。這樣的關係經得起最嚴酷的試煉。

但令她困擾的是，有太多認識的人仍對他們倆之間的關係竊竊私語，而且總是背著她。布隆維斯特是男人，大可以一張床睡過一張床也不會有人大驚小怪。而她是女人，有一個情夫，並得到丈夫默許——再加上她也對這個情夫忠心耿耿二十年——結果就成了餐桌上最有趣的話題。

她想了一下，拿起電話打給丈夫。

「親愛的，你在做什麼？」

「寫東西。」

貝克曼不只是藝術家，主要還是藝術史教授，並寫了幾本書。他經常參與公開辯論，也擔任幾家大規模建築事務所的顧問。過去這一年，他在寫一本有關建築物的藝術裝潢與其影響的書，書中並探討爲何人們在某些建築物內可以獲得成功，在其他建築物則不然。這書已經開始發展成對功能主義建築的攻擊，愛莉卡猜想恐怕會引起騷動。

「寫得怎麼樣了?」

「不錯,很順。妳呢?」

「我剛做完最新一期,星期四就要送印刷廠了。」

「做得好。」

「我累斃了。」

「妳好像有心事?」

「你今天晚上有什麼計畫嗎?如果我不回家,你會不會非常失望?」

「替我跟布隆維斯特打聲招呼,順便告訴他,他在違背上帝旨意。」貝克曼說。

「他可能會很高興。」

「好,那就告訴他說妳是個欲求不滿的女巫,最後他會未老先衰。」

「這個他知道。」

「那麼我就只能自殺了。我要繼續寫到昏死過去為止。好好玩吧。」

布隆維斯特正在安斯赫得,達格和蜜亞的住處,討論有關達格稿子的一些細節,差不多就要告一段落。她問他今晚有沒有事,想不想替腰痠背痛的人按摩一下。

「妳有鑰匙。」他說:「別客氣,就當自己家。」

「我會的。大約一個小時後見。」

她花了十分鐘走到貝爾曼路,更衣沐浴又煮了濃縮咖啡後爬上床去,充滿期待地等候著。

能令她獲得最大滿足感的應該就是和丈夫與布隆維斯特玩3P,但這永遠不可能實現。布隆維斯特是個十足的異性戀,她甚至喜歡取笑他有恐同症。他對男人毫無興趣。這世上的事顯然無法十全十美。

▲ ▲ ▲

男子煩躁地皺起眉頭，都已經以十五公里的時速開了一小時，這林間道路的路況實在太差，有一度讓他認定自己走錯了路。正當天色開始轉暗，路終於變得開闊，小屋也出現在眼前。他停下車，關閉引擎，四下環顧。大約還要走五十公尺。

這一帶是史塔勒荷曼地區，距離城鎮瑪利夫雷德不遠。林間小屋是樣式簡單的五〇年代建築。透過一排樹，可以看到一長條結了冰的莫拉倫湖。

他無法想像怎會有人在空暇時間，到如此偏僻的地方來。關上車門後，他頓時感到不安。這座森林有一種威脅感，像是要將他團團包圍。他覺得有人在看著他。正起步往小屋走，忽然聽到窸窣聲，他立刻停下腳步。

他凝視林間，光線昏暗、悄然無聲，沒有風。他站了兩分鐘，全身神經緊繃，隨後從眼角餘光瞄到樹林裡有個人影在靜靜地、慢慢地移動。當目光對準後，那人影便靜止不動地站在三十公尺外的林子裡，注視著他。

他隱約感到驚慌，試圖想看清細節，卻只看到陰暗、瘦削的一張臉。似乎是個侏儒，身高不到他的一半，身上穿的好像是松枝和青苔做成的短上衣。是森林小矮人？森林精靈？

他屏住呼吸，寒毛直豎。

接著他眨了六下眼睛，搖搖頭，再定神一看，那東西往右邊移動了大約十公尺。**那裡沒有人**。他知道那是自己的幻想，但卻能清清楚楚地看到樹木之間的影像。那東西倏地動了，靠得更近，彷彿忽左忽右、繞著半圈準備要攻擊他。

金髮巨人連忙走向小屋，敲門聲似乎大了些。聽到裡面的人聲後，內心的慌亂才平息下來。他轉頭去看。**什麼也沒有**。

但直到門打開，他才吐出氣來。畢爾曼禮貌地招呼他，請他進屋。

▲ ▲ ▲

蜜莉安將裝著莎蘭德物品的最後一個垃圾袋拖到地下室的回收間，重新爬上樓後氣喘吁吁。公寓裡乾淨得有如病房，還有肥皂、油漆和莎蘭德剛煮好的咖啡味道。她正坐在凳子上，若有所思地看著空蕩蕩的房間，原來的窗簾、地毯、冰箱上的折價券，以及平常堆在玄關的垃圾，全都像變魔術般消失了。眞沒想到此時的公寓看起來這麼大。

蜜莉安和莎蘭德無論對服飾、家具或智能激發方面的品味都不同。不對，應該說蜜莉安對於自己住處的外觀、擺設的家具以及該穿什麼樣的衣服，都有品味與明確的想法。但蜜莉安發現，莎蘭德毫無品味可言。

在她像個房仲業者般嚴格檢視過倫達路的公寓後，她們作了討論，蜜莉安認爲大部分東西都得扔掉，尤其是客廳那張噁心的土棕色沙發。有沒有莎蘭德想留下的東西呢？**沒有**。於是兩星期下來，蜜莉安花了幾個長長的白天加上每天晚上幾個小時，丟棄舊家具、清理櫥櫃、刷洗地板和浴缸，並重新油漆廚房、客廳、臥室和玄關的牆壁。她還給客廳的拼花地板塗上透明漆。

莎蘭德對這類工作沒興趣，不過她來了幾次，看著忙碌的蜜莉安看得入迷。最後，公寓幾乎全清空了，只留下一張實木餐桌、兩張堅固的凳子和客廳裡一組牢靠的架子。餐桌已經破損不堪，蜜莉安打算用砂紙磨一磨，重新修整磨光；凳子則是頂樓某住戶大掃除時，莎蘭德前去突襲的戰利品；至於架子，蜜莉安認爲可以重新上漆。

「除非妳改變心意，不然我這星期就要搬進來了。」

「我不需要這間公寓。」

「不過這間公寓很棒。當然還有更大更好的公寓，但我的意思是它就在索德正中心，租金又便宜。妳不把它賣掉，損失可大了，莉絲。」

「我的錢夠用。」

蜜莉安不再多說，但不太知道該如何解讀莎蘭德粗魯敷衍的回應。

「妳現在住在哪裡？」

莎蘭德沒有回答。

「可以讓人去找妳嗎？」

「現在不行。」

莎蘭德打開肩背包，拿出一些紙張交給蜜莉安。

「我和住屋協會簽了協議書。最簡單的做法就是把妳登記爲室友，說我要把一半公寓賣給妳。價格是一克朗。妳得在合約上簽名。」

蜜莉安拿出筆簽了字，並補上她的生日。

「就這樣嗎？」

「就這樣。」

「莉絲，我老覺得妳有點奇怪。妳明不明白妳剛剛把一半公寓給了我？能擁有這間公寓我很高興，但我不希望最後妳忽然後悔，或是傷了我們之間的感情。」

「永遠不會傷感情的。我要妳住在這裡，我覺得很好。」

「可是完全不求回報嗎？妳眞是瘋了。」

「妳會替我處理信件，我們說好了。」

「我平均每星期只要花四秒鐘就夠了。妳打不打算偶爾過來做愛？」

莎蘭德直盯著蜜莉安看，安靜了好一會。

「我很想這麼做，不過這不包括在合約裡。只要妳不想，隨時可以拒絕。」

蜜莉安嘆了口氣。「我已經開始享受被包養的樂趣了。妳看，有人給我一間公寓，免了我的房租，偶爾還會過來跟我玩玩床上角力遊戲。」

兩人靜坐片刻後，蜜莉安毅然起身走進客廳，關掉直接固定在天花板上的燈泡。

「過來。」

莎蘭德隨後跟去。

「我從未在剛油漆好、連一件家具都沒有的公寓地板上做愛。我看過馬龍・白蘭度的一部電影，是有關巴黎一對夫妻，裡頭就有這樣的場景。」

莎蘭德瞄了瞄地板。

「我想玩一玩。妳準備好了嗎？」蜜莉安問道。

「我幾乎隨時都準備著。」

「今晚我要當個掌控的淫婦，一切都得聽我的。脫掉衣服。」

莎蘭德撇嘴一笑。她將衣服脫下，至少花了十秒鐘。

「面朝下，趴在地板上。」

莎蘭德照著蜜莉安的話做。拼花地板很涼，皮膚立刻起雞皮疙瘩。蜜莉安用莎蘭德那件印著「**你有權保持緘默**」的T恤，將她雙手反綁。

莎蘭德忍不住想起兩年前，噁心變態狂畢爾曼就是這樣綁她。

相似之處僅止於此。

和蜜莉安在一起，莎蘭德只有情欲的期望。當蜜莉安將她翻轉過來，扳開她的雙腿時，她並未抗拒。莎蘭德在昏暗的室內看著她脫掉自己的T恤，對她柔軟的胸部深感著迷。接著蜜莉安用自己的T恤蒙住莎蘭德的雙眼。她可以聽見衣服窸窸窣窣的聲音，幾秒鐘後，便感覺到蜜莉安的舌頭舔著她的小腹，手指伸入她雙股之間。她已經許久沒有如此興奮。她緊閉上被蒙住的眼睛，順從蜜莉安的帶領。

第八章

二月十四日星期一至二月十九日星期六

阿曼斯基聽到有人輕敲門框，抬起頭來，看見莎蘭德站在門口，手裡端著兩杯用咖啡機沖泡的咖啡。他放下筆，推開報告。

「嗨。」她開口道。

「嗨。」

「這是禮貌性的拜訪。可以進來嗎？」

阿曼斯基闔眼片刻，然後指指訪客椅。他瞄一眼時鐘，傍晚六點半。莎蘭德遞給他一杯咖啡後坐了下來。他們彼此端詳良久。

「一年多了。」阿曼斯基說。

莎蘭德點點頭。

「你生氣嗎？」

「我應該生氣嗎？」

「我沒有道別。」

阿曼斯基噘著嘴。他很震驚，但同時也鬆了口氣，至少莎蘭德沒有死。他驀然感到一股強烈的氣惱與無力感。

「我不知道該說什麼。」他說：「妳沒有義務告訴我妳現在在做什麼。有什麼事嗎？」

他的聲音比他自己預期的還要冷漠。

「我也不知道。主要只是想打個招呼。」

「妳需要工作嗎？我不會再雇用妳了。」

她搖搖頭。

「妳在其他地方工作？」

她又搖頭，嘴裡似乎想說些什麼。阿曼斯基等著。

「我一直在旅行。」她終於說了。「最近才剛回來。」

阿曼斯基打量著她。她變了，無論是穿著或儀態，都流露出一種新的……成熟。而且胸罩裡還塞了東西。

「妳變了。妳上哪去了？」

「到處跑……」她說，但一見到他惱怒的神色，便又補充道：「我去了義大利，然後又繼續跑到中東，從曼谷再轉到香港。在澳洲和紐西蘭待了一陣子，又在太平洋各個島嶼跑來跑去。在大溪地住了一個月以後，又到美國各地遊歷，最後幾個月是在加勒比海度過的。我也不知道自己爲什麼不告而別。」

「我告訴妳爲什麼：因爲妳根本不管別人死活。」阿曼斯基說得很實際。

莎蘭德咬咬下嘴唇。「通常都是別人不管我的死活。」

「胡說八道！」阿曼斯基說：「妳的態度有問題，有人想和妳做朋友，妳卻當他們是狗屎。就這麼簡單。」

沉寂片刻。

「你要我離開嗎？」

「隨妳高興。妳向來如此。不過如果妳現在離開，以後就永遠別再讓我看到妳。」

莎蘭德忽然害怕起來。一個她尊敬的人即將拋棄她，她不知道該說什麼。

「潘格蘭中風兩年了，妳沒有去看過他一次。」阿曼斯基毫不留情地繼續說。

莎蘭德不敢置信地瞪著阿曼斯基。「潘格蘭還活著？」

「妳連他是死是活都不知道。」

「醫生說他……」

「醫生說了很多。」阿曼斯基打斷她。「他情況很不好，無法和任何人溝通，但去年間復原了不少。說話不是太清楚，得仔細聽才能明白他在說什麼。很多事情都需要人協助，不過可以自己上廁所。關心他的人都會去看看他、陪陪他。」

莎蘭德啞然失聲地呆坐著。兩年前，是她發現潘格蘭中風的。她叫了救護車，醫生們都搖頭說診斷並不樂觀。她在醫院裡住了一星期，直到有個醫生告訴她潘格蘭已陷入昏迷，甦醒的機率微乎其微。她於是起身，頭也不回地離開醫院，其後顯然也未再查問後續情形。

她皺起眉頭。在那同時她也被迫接受畢爾曼，而且在他身上花費不少精力。但包括阿曼斯基在內，沒有人告訴她潘格蘭還活著，說他情況已經好轉。她從未想過這個可能性。

她眼中充滿淚水。這輩子她從未如此深深感覺自己是個自私的爛人，也從未如此憤怒自責，不禁低下頭來。

他們不發一語地對坐著，最後阿曼斯基先開口說道：「妳還好嗎？」

莎蘭德聳聳肩。

「妳怎麼維持生活？有工作嗎？」

「沒有，我不知道自己想做什麼，不過我有點錢，所以還過得去。」

阿曼斯基以懷疑的眼神細細打量她。

「我只是過來打個招呼……並不是想找工作。我不知道……如果哪天你需要我，也許我可以幫忙，不過得要我有興趣才行。」

「妳大概不想跟我說去年在赫德史塔發生了什麼事吧？」

莎蘭德沒有回答。

「肯定發生了什麼事。妳回到這兒來借用監視器材之後，馬丁．范耶爾就開車去撞卡車，還有人恐嚇妳。他妹妹也死而復生。說得婉轉一點，這可是轟動一時。」

「我答應過不說的。」

「妳也不想告訴我妳在溫納斯壯事件中扮演的角色嗎？」

「我幫小偵探布隆維斯特作調查。」她的聲音忽然變得冷靜許多。「如此而已。我不想牽扯進去。」

「布隆維斯特到處在找妳，還每個月打電話來問我有沒有妳的消息。」

莎蘭德沉默不語，但阿曼斯基發現她的嘴唇已緊閉成一直線。

「我倒不是喜歡他，」阿曼斯基說道：「但不管怎麼說他也關心妳。去年秋天我見過他一面，他也不想談赫德史塔。」

莎蘭德不想再談論布隆維斯特。「我只是過來打招呼，告訴你我回來了。我不知道會不會待下來。這是我的手機和新的電子郵件信箱，如果你需要聯絡我的話。」

她交給阿曼斯基一張紙，然後站起身來。走到門邊時，他喊住她。

「等一下。妳打算要做什麼？」

「我要去見潘格蘭。」

「很好，但我是說……妳打算做什麼工作？」

「不知道。」

「妳總得賺錢吧？」

「我說過了，我可以過得去。」

阿曼斯基往後躺靠在椅子上。他從來不太懂得如何解讀她的話。

「我實在很氣妳不告而別，幾乎就要下定決心永遠不再相信妳。」他做了個鬼臉。「妳太不可靠，不過的確是個很厲害的調查員。我接下來可能有個工作很適合妳。」

她搖了搖頭，卻又走回他的桌邊。

「我不想跟你討工作。我是說我不需要工作，眞的。我現在經濟獨立了。」

阿曼斯基皺著眉頭說：

「好，妳經濟獨立了，天曉得這是什麼意思，總之我相信妳。但如果妳需要工作……」

「阿曼斯基，你是我回來以後第二個找的人。我不需要你的工作。不過這幾年來，你一直是少數幾個我尊敬的人之一。」

「每個人都得賺錢維生。」

「對不起，但我已經對私人調查沒興趣。如果碰到眞正有趣的問題，再告訴我。」

「什麼樣的問題？」

「你完全搞不清楚狀況的那種。如果你解決不了，或不知道該怎麼辦的話。要我替你工作，你就得想點特別的。也許是行動方面的。」

「行動方面？**妳？**可是妳隨時都可能消失得無影無蹤。」

「我一旦答應做的事，從來不會落跑。」

阿曼斯基無助地看著她。所謂「行動」是他們的術語，也就是現場作業，包含範圍極廣，可能是貼身保鑣也可能是藝術展覽場的監視任務。他的行動人員都是自信、可靠的老手，其中多數具有警察背景，而且九〇%是男性。莎蘭德和他爲米爾頓保全的行動小組人員所訂定的一切標準，都恰恰相反。

「這個嘛……」阿曼斯基還在猶豫不決，她卻已消失在門外。他搖搖頭。**眞是個怪人。怪透了。**

不到一秒鐘，莎蘭德又回到門口。

「對了……你派了兩個人保護那個女演員克莉絲汀．魯瑟佛一個月，因爲有個瘋子寫恐嚇信給她。你覺得那是熟人幹的，因爲寫信的人知道很多關於她的小事。」

阿曼斯基瞪著莎蘭德，全身彷彿觸了電。**她又來了**。一個她根本不可能知道的案子，她卻丟出了相關情報。

「所以呢？」

「那是假的。信是她和她男朋友寫的，作爲宣傳伎倆。過幾天她又會收到一封信，然後在下星期洩漏給媒體。他們很可能會指控米爾頓洩漏消息。現在就把她的案子推掉吧。」

阿曼斯基還沒來得及開口，她已經不見了，他只能呆望著空空的門口。這件案子她不可能知道任何細節，米爾頓裡面一定有她的眼線。但除了他本身，只有四、五個人知道這件事——就是行動組長和對恐嚇案進行報告的極少數人……而且他們都是可靠的專業人員。阿曼斯基摸摸下巴。

他低頭看著桌子。魯瑟佛的案卷鎖在裡頭，辦公室有警報器。他又瞄一眼時鐘，心想技術部門的主管哈利．法蘭森應該已經下班。於是打開電子信箱，送了一個訊息給法蘭森，請他第二天早上到他辦公室來安裝監視器。

莎蘭德直接回到摩塞巴克的家中。她很匆忙，因爲感覺很緊急。

她打電話到索德的醫院，轉接了幾次之後終於打聽到潘格蘭的下落。過去十四個月來，他都住在厄斯塔的一間復健之家。她忽然想到阿普灣。她打電話過去，院方說他在睡覺，但歡迎她隔天去探望他。

莎蘭德整個晚上都在客廳走來走去，心情十分惡劣。她早早便上床，而且幾乎一上床便睡著。早上七點起床、淋浴，到 7-ELEVEn 吃早餐。八點，走到環城大道上的租車中心。**我得弄一部自己的車**。她又租了幾星期前開到阿普灣的那輛 Nissan Micra。

將車停在復健之家附近時，她有說不出的緊張，但仍鼓起勇氣走進去，來到服務櫃檯。

櫃檯的女服務員看了她的證件後，解釋說潘格蘭正在健身房進行治療，要到十一點以後才有空，請莎蘭德到等候室稍坐或是晚一點再回來。她回去坐在車裡，一邊等一邊抽了三根菸。到了十一點，她回到櫃檯，服務人員請她去餐廳，從右手邊的走廊直走下去，然後左轉。

她走到門口停下來，從半滿的餐廳裡面認出了潘格蘭。他面向著她，但正聚精會神地看著盤子。他用奇怪的姿勢抓著叉子，非常專注地想把食物送到嘴邊。大約每三次會失手一次，食物便從叉子上掉落。

他好像縮水了，大概老了一百歲，臉似乎不能動，看起來很奇怪。他坐在輪椅上。直到此刻莎蘭德才眞正認知到他還活著，阿曼斯基並沒有說謊。

潘格蘭第三次試著叉起一口起司通心粉，一面暗暗詛咒。無法正常走路，他無可奈何，有許多事情力不從心，他也認了。但他實在痛恨自己無法正常吃東西，有時還會像嬰兒一樣流口水。

他完全清楚該怎麼做：以正確的角度放低叉子、往前推、舉起來，然後送進口中。問題在於協調性。他的手有自己的靈魂。當他指示它舉起來，它就會慢慢地滑到盤子旁邊。即使好不容易將它帶向嘴邊，它也常常在最後一刻改變方向，落在他的臉頰或下巴。

不過復健的效果仍逐漸顯現。六個月前，手抖得十分厲害，根本連一湯匙也送不進口裡。如今用餐也許依舊耗時，但至少已能自己進食，他還要繼續努力，直到能夠再次隨心所欲地控制四肢。

當他放下叉子準備再叉一口時，忽然從後面伸出一隻手，輕輕地取走叉子。他看著叉子叉起一些通心粉，高舉起來，心想這隻像玩偶般細瘦的手很面熟，轉過頭恰巧與莎蘭德四目交接。她的目光充滿期待，似乎很焦慮。

潘格蘭注視著她的臉好一會，心忽然狂跳起來，然後張開嘴吃下食物。

她一口一口地餵他。平常潘格蘭很討厭被餵食，但他了解莎蘭德的需求。她餵他不是因爲他是個無助的包袱，而是以一種謙卑的姿態——對她來說這是極其罕見的情形。她叉起適當的分量，等著他咀嚼完畢。他指了指那杯插著吸管的牛奶，她便端起來餵他喝。

等他吞下最後一口，她放下叉子，對他投以詢問的眼光。他搖搖頭。整頓餐用完，他們沒有交談一字一句。

潘格蘭背靠在輪椅上，深深吸了口氣。莎蘭德拿起餐巾，替他抹嘴。他覺得自己好像美國某部電影中正在接受各方角頭致意的黑社會老大。他想像著她會如何親他的手，也不禁對自己的荒謬幻想感到好笑。

「你想在這裡能弄到一杯咖啡嗎？」她問道。

他回答得口齒不清，嘴唇和舌頭無法正確地發音。

「必租……糾錄賓。」**備餐桌在角落旁邊**。她猜出來了。

「你要來一杯嗎？和以前一樣，加牛奶不加糖嗎？」

他打了個「是」的手勢。她拿走他的餐盤，不一會便端著兩杯咖啡回來。他發現她喝黑咖啡，這倒是不尋常，後來見她將他喝牛奶用的吸管放在咖啡杯裡，不由得微微一笑。潘格蘭有千言萬語想跟她說，卻一個音節也發不出來。不過他們的目光一次又一次，不斷地相遇。莎蘭德顯得非常內疚。最後她終於打破沉默。

「我以為你死了。」她說：「如果知道你還活著，我絕對不會……我老早就來看你了。請原諒我。」

他低下頭，嘴唇扭了一下，淺淺地一笑。

「我離開的時候，你陷入昏迷，醫生跟我說你會死。他們說你會在幾天內死去，我就走了。對不起。」

他抬起手放在她的小拳頭上。她轉而緊緊握住他的手。

「以斯租了。」**妳失蹤了**。

「阿曼斯基告訴你的？」

他點點頭。

「我去旅行，我需要離開一下。我沒有跟任何人道別，就這樣走了。你擔心嗎？」

他緩緩地搖搖頭。

「你根本不需要擔心我。」

「我粗不按心以，以一上歐不意有事。阿門西恩按心。」**我從不擔心妳，妳一向都不會有事。但阿曼斯基很擔心。**

她又露出撇嘴的招牌笑容，潘格蘭這才放下心。他仔細地瞧著眼前這個女人，和記憶中的她作比較。她變了。變得整齊、潔淨，穿著相當講究，唇環拿掉了……嗯……脖子上的黃蜂刺青也不見了。看起來長大了。他笑了，幾個星期來的第一次，聽起來像一陣咳嗽。

莎蘭德也展開笑顏，內心頓時充滿一股許久未曾感受到的暖意。

「你租迪恩襖。」**妳做得很好**。他用一隻手比著她的衣服。她點點頭。

「我現在很不錯。」

「新機物人襖嗎？」**新監護人好嗎？**

潘格蘭發現莎蘭德的臉一沉，癟起了嘴，直視著他。

「他還好……我可以應付得來。」

潘格蘭挑眉表示詢問。莎蘭德卻環顧餐廳，轉移話題。

「你來這裡多久了？」

潘格蘭雖然中風，目前說話與動作的協調都仍有困難，但心智卻十分健全，他的雷達立刻偵測到莎蘭德的聲調不對勁。認識她這麼多年來，他發現她從未對他正面撒謊，但也不是全然坦白。她不說實話的方式就是轉移他的注意力。她和新的監護人之間顯然有問題，對此潘格蘭並不訝異。

他深感懊悔。有多少次他曾想過打電話給畢爾曼——即使不是朋友，畢竟也是律師同業——問問莎蘭德的近況，後來卻又忘了？在他仍有權限的時候，爲什麼不對法院裁定她失能提出異議？他知道爲什麼

——是因爲他的私心，他想繼續和她保持聯繫。他沒有女兒，便把這個冥頑不靈的小孩當成女兒來疼，並且希望有藉口維持這段關係。何況，那根本太困難了。現在的他連踉踉蹌蹌走到廁所、拉開褲子拉鍊，都很費力。他覺得是自己失信於莎蘭德。**不過她總會活下去……她是我所認識能力最強的人。**

「地烏。」

「我不明白。」

「地烏瓦意。」

「地方法院？什麼意思？」

「氣銷以…西勒…西ㄍ……」

潘格蘭漲紅了臉，由於發不出音來，整個臉糾結在一起。莎蘭德把手搭在他的手臂上，輕輕一按。

「潘格蘭……別擔心我。我有計畫很快就要處理我的失能宣告。這已經不是你需要擔心的事，不過我可能還是需要你幫忙。可以嗎？必要的時候你能當我的律師嗎？」

他搖了搖頭。

「襖哦。」**老了**。他用指節敲著輪椅扶手。「笨襖都。」**笨老頭**。

「對，你要是這種態度就是個笨老頭。我需要一個法律顧問，我要你來當。你也許不能出庭，但卻能在適當的時機給我建議。好嗎？」

他又搖頭，然後才點頭。

「估租？」

「我不懂。」

「以現租斯麼？不斯阿門西？」**妳現在在做什麼？不是阿曼斯基？**

莎蘭德沉吟不語，盤算著該如何解釋自己的情況。太複雜了。

「我已經不替阿曼斯基工作了。我不用爲了賺錢替他工作，我有自己的錢，過得很好。」

潘格蘭的眉頭又再度揪在一起。

「從今天開始，我會常常來看你。我會把一切都告訴你……不過不要太緊張。現在我有其他的事要做。」

她彎身將一個袋子提到桌上，從裡面拿出一個棋盤。

「我已經整整兩年沒機會痛宰你了。」

他不再堅持。她不知想搞什麼鬼，又不肯談。他很確信自己將有重大疑慮，但也對她有足夠信心，知道她想做的事或許游走在法律邊緣，卻絕不是違背天理的罪行。潘格蘭和大多數認識她的人不同，他相信莎蘭德是個眞正有道德的人。問題是她的道德觀不一定與司法體系一致。

她替他把棋子排好後，他認出這是自己的棋盤，不禁大吃一驚。**一定是他生病後，她進公寓去偷來的。當作紀念嗎？**她給他白棋。頓時間他高興得像個孩子。

莎蘭德陪了潘格蘭兩小時，打敗了他三次，正當兩人爲了棋賽爭執不下時，卻被一名護士給打斷，說他下午的物理治療時間到了。莎蘭德收拾好棋子，折起棋盤。

「妳能告訴我他在做什麼樣的物理治療嗎？」她問護士。

「是肌力與協調性的訓練。我們慢慢在進步了，對不對？」

潘格蘭板著臉點點頭。

「你已經可以走幾步路。到了夏天，就可以自己到公園散步了。這是你女兒嗎？」

莎蘭德和潘格蘭對望一眼。

「昂以。」**養女。**

「妳能來看他眞好。」**妳這段時間都躲到哪去了？**莎蘭德對這明顯的暗示故作不解。她俯身親親潘格蘭的臉頰。

「我星期五再來。」

潘格蘭費力地從輪椅上站起來。她陪他走到電梯，等電梯門一關，立刻到櫃檯要求見主治醫生。櫃檯人員請她去找一位A．席瓦南丹醫師，辦公室在走廊另一頭。她自我介紹，說她是潘格蘭的養女。

「我想知道他現在的狀況，以及將來會有什麼發展。」

席瓦南丹醫師翻開潘格蘭的紀錄簿，讀了前幾頁。他的皮膚因出過天花而留下痘瘢，還留了一道稀薄的山羊鬍，莎蘭德看了覺得很可笑。他終於看完抬起頭來。出乎她意外的是，他說話帶著芬蘭腔。

「我的紀錄裡面，潘格蘭先生沒有女兒也沒有養女。事實上，他最親近的親人好像是一個八十六歲的表親，住在央特蘭。」

「他從我十三歲起就開始照顧我，直到他中風為止。當時我二十四歲。」

她伸手從夾克內袋掏出一支筆，丟在醫師面前的桌上。

「我名叫莉絲．莎蘭德。把我的名字寫在他的紀錄簿上，在這世上我是他最親近的人。」

「也許是吧。」席瓦南丹醫師口氣堅定地回答：「但假如妳是他最親近的人，妳可是拖了好久才讓我們知道。據我所知，只有一個人偶爾會來看他，雖然和他沒有親戚關係，但是萬一他情況惡化或過世，我們得通知這個人。」

「應該是德拉根．阿曼斯基。」

席瓦南丹醫師揚起眉頭。

「沒錯，妳認識他？」

「你可以打電話給他，確認我的身分。」

「不必了，我相信妳。聽說妳坐在那裡和潘格蘭先生下了兩小時的棋。不過沒有他的許可，我不能和妳討論他的病情。」

「那個老頑固永遠不會許可的。其實，現在是錯覺讓他感到痛苦，他認為不應該讓自己的病痛成為我的包袱，認爲他還對我有責任。事情是這樣的：這兩年來我以爲他死了，昨天才發現他還活著。如果我早知道他……說來複雜，我只想知道他的診斷結果以及將來會不會復原。」

席瓦南丹醫師拿起筆，工整地將莎蘭德的名字寫入潘格蘭的紀錄簿，並詢問她的社會安全號碼與電話號碼。

「好了，現在妳正式成爲他的養女了。也許這並不完全符合規定，但是，自從去年聖誕節阿曼斯基先生來過之後，妳是第一個來看他的人……今天妳也看到了，應該看得出來他有協調和說話的問題。他之前中風。」

「我知道，是我發現後叫救護車的。」

「喔，那麼妳應該知道他在加護病房待了三個月。他昏迷了很久，昏迷這麼久的病人多半都醒不過來，但他的確醒來了，顯然還不準備死去。首先他被安置在完全無法自理的慢性病患照護病房，本以爲全無希望，不料他竟出現進步跡象，並在九個月前搬到這裡進行復健。」

「他恢復行動和語言能力的機率有多大？」

席瓦南丹醫師雙手一攤。「妳有更厲害的水晶球嗎？老實說我也不知道。他有可能今晚便死於腦溢血，也可能再過二十年正常的生活，我無法得知。可以說全看上帝的旨意了。」

「如果還能活二十年呢？」

「他的復健過程很辛苦，一直到最近幾個月才終於看到進步。六個月前，他必須有人協助才能進食。一個月前，幾乎還不能離開椅子，有一部分是因爲躺了太久肌肉萎縮。現在至少已經能自己走一小段路。」

「還會更好嗎？」

「會，甚至會好很多。跨越第一道門檻是最難的，但現在每天都能看到進展。他已經失去將近兩年的生命，再過幾個月到了夏天，希望他就能到公園散步。」

「那說話呢？」

「他的問題是語言中樞和行動能力都受損，喪失這些能力已經很長一段時間，他一直被迫學習如何控制身體、重新說話。他不一定記得該使用哪些字，有些字甚至得重新學過，但畢竟不像小孩牙牙學語——他知道字詞的意義，只是發不出音來。再給他幾個月，你就會看出他的說話能力比今天進步多少。行動的能力也一樣。九個月前，他都還左右不分，在電梯裡也分不清上下。」

莎蘭德沉思了一下，發現自己挺喜歡這個有著印度人長相和芬蘭口音的席瓦南丹醫師。

「『A』是什麼的縮寫？」她問道。

他頗感興味地看她一眼。「安德斯。」

「安德斯？」

「我在斯里蘭卡出生，三個月大的時候被一對住在歐波的夫妻收養。」

「那好，安德斯，我能幫上什麼忙？」

「來看他，給他腦力的刺激。」

「我可以每天來。」

「我倒不希望妳每天來。如果他喜歡妳，最好讓他期待妳的造訪，而不是感到厭煩。」

「有沒有什麼樣的特殊照護能讓他進步得更快？不管多少錢我都願意付。」

他對莎蘭德笑了笑。「特殊照護恐怕只有我們這裡有了。我當然希望能有多一點資源，希望預算削減不會影響我們，但我向妳保證他在這裡受到非常完善的照顧。」

「如果不需要擔心預算削減，你還能爲他提供什麼？」

「像潘格蘭這種病患，最理想的當然就是給他一個全天候的個人運動教練。但是在瑞典早就已經沒有這種資源。」

「聘請一個。」

「妳說什麼？」

「替他聘請一個個人教練，盡可能找到最好的。請你明天第一件事就做這個。還有在技術設備方面，一定要滿足他所有的需求。我會負責在週末以前讓你們有資金去付錢。」

「小姐，妳在捉弄我嗎？」

莎蘭德用她嚴厲、堅定的眼神瞥向席瓦南丹醫師。

蜜亞踩下剎車，將她的飛雅特停在舊城區地鐵站外的路旁。達格打開車門後，滑進副駕駛座，探身親親她的臉頰，她一面將車駛離，跟在一輛巴士後面。

「哈囉。」她說話時仍緊盯著其他車輛。「怎麼一臉嚴肅，發生什麼事了嗎？」

達格嘆著氣繫上安全帶。

「也沒什麼，只是書稿出了點問題。」

「什麼問題？」

「再一個月就要交稿了。我們計畫質問二十二個對象，我才做了九個。那個祕密警察畢約克有點麻煩。這混蛋請了長期病假，家裡電話也不接。」

「人在醫院嗎？」

「不知道。妳有沒有跟國安局打聽消息的經驗？他們甚至不會承認他是他們的人。」

「他父母那邊呢？」

「都死了，他沒結婚，有個兄弟住在西班牙。我實在不知道該怎麼找到他。」

蜜亞駛過斯魯森進入通往尼奈斯路的隧道時，瞥了身旁伴侶一眼。

「最糟的情況就是捨棄畢約克那一部分。我們打算揭發的每個人，在曝光之前都得有機會發表意見，這點布隆維斯特很堅持。」

「可是放棄一個和妓女鬼混的祕密警察代表太可惜了。你打算怎麼做？」

「當然是找到他了。妳還好吧？緊張嗎？」

他小心地戳戳她的身側。

「那倒不會。下個月我要接受論文口試，然後就成爲道道地地的博士，我覺得自己冷靜得不得了。」

「這個主題妳都能倒背如流了。何必緊張？」

「看看你後面。」

達格轉頭看見後座有一個打開的箱子。

「蜜亞——印出來了！」他高興地拿起一本裝訂好的論文。

來自俄羅斯的愛：

非法交易、組織犯罪與社會的反應

研究生：蜜亞·約翰森

「不是說下星期才會出來？眞是的……回家以後要開瓶酒。恭喜啦，博士！」

他又探身親她一下。

「冷靜點，我還要三個星期才是博士。還有我開車的時候，你的手安分一點。」

達格笑了起來，隨後又變得嚴肅。

「對了，說件掃興的事……大約一年前妳訪問過一個叫伊莉娜·P的女孩。」

「伊莉娜·P，二十二歲，來自聖彼得堡。第一次來這裡是在一九九九年，後來來回了幾趟。她怎麼了？」

「今天我碰見古布朗森，就是負責調查南塔耶妓院的警察。妳上星期有沒有看到報導？他們在那邊的運河發現一具女性浮屍，還上了晚報的頭條。就是伊莉娜。」

「天哪，太可怕了！」

他們靜靜地駛過史康斯杜爾。

「我論文裡面有提到她。」蜜亞先開口道：「我給她取了假名叫『塔瑪拉』。」

達格將「來自俄羅斯的愛」翻到訪談部分，迅速地翻閱後找到了「塔瑪拉」。蜜亞經過古爾瑪廣場和巨蛋時，他專注地讀著。

「她是被一個妳稱為安東的人帶到這裡來的。」

「我不能用眞名。口試時可能會受到批評，但我不能說出女孩們的姓名，否則她們眞的會有生命危險。很明顯地，我也不能透露嫖客的身分，因爲他們可能會猜出我找哪些女孩談過。所以所有的個案研究，我都用假名。」

「安東是誰？」

「他的名字很可能是札拉。一直無法套問出他的身分，但我想他應該是波蘭人或南斯拉夫人，而且這不是眞名。我和伊莉娜聊過四、五次，卻直到最後一次碰面，她才告訴我他的名字。當時她正試圖讓生活回歸正軌，脫離這個行業，不過她肯定非常怕他。」

「我在想……大約一個星期前我碰巧看到札拉這個名字。」

「在哪裡？」

「我在和桑斯壯對質——一個當記者的嫖客。混蛋到家的傢伙。」

「怎麼說？」

「他其實不是眞的記者，只是替各種公司寫廣告稿。他對強暴有很多變態的幻想，還會施加在那女孩身上……」

「我知道，我親自跟她談過。」

「那妳知道公共衛生協會發行了一本關於性病的手冊，內容是他寫的嗎？」

「不知道。」

「我上個星期去質問他。當我攤出所有證據，問他爲什麼利用東歐的雛妓來滿足自己的強暴幻想，他整個人失控到不行。後來我才慢慢問出個所以然。」

「所以呢？」

「桑斯壯不只是顧客，還替性交易黑手黨跑腿。他跟我說了幾個他知道的名字，其中也包括這個札拉。關於這個人他沒特別說什麼，不過這不是個常見的名字。」

蜜亞瞄他一眼。

「妳知道他是誰嗎？」達格問道。

「不知道。我一直無法確認他的身分，這只是個偶爾會冒出來的名字。女孩們似乎都很怕他，誰也不願意多說些什麼。」

第九章

三月六日星期日至三月十一日星期五

席瓦南丹醫師正要走進餐廳，一眼瞥見潘格蘭和莎蘭德立刻停下腳步。他們正埋首棋局。現在她每星期來一次，通常是星期日。每次都下午三點左右到，然後和潘格蘭對弈幾個小時，直到晚上八點左右他該上床了，她才離開。醫師發現她對待他並不像一般人對待病人——兩人反而似乎不時地爭吵，而她也不在意潘格蘭侍候她、替她端咖啡。

這個自稱是潘格蘭養女的奇特女孩，席瓦南丹醫師摸不透她的心思。她外貌相當奇特，對周遭的一切似乎都抱持懷疑，好像毫無幽默感，也無法與人正常對話。他問她從事什麼工作時，她總會顧左右而言他。

在第一次來訪的幾天後，她帶了一疊有關某非營利基金會的文件回來，並宣稱該基金會創立的唯一目的，就是協助照護中心爲潘格蘭作復健。該基金會董事長是直布羅陀的一名律師。另外還有一名律師，地址也在直布羅陀，和一個戶名爲雨果·史文森、地址在斯德哥爾摩的帳戶。基金會必須最高籌得兩百五十萬克朗，供席瓦南丹醫師運用，但唯一用途是給予病患潘格蘭一切可能的照護與設備，讓他得以痊癒。席瓦南丹只需向會計師申請必要資金即可。

這樣的安排即使不是獨一無二卻也十分罕見。席瓦南丹唯恐這其中有任何違反職業道德的情形，因而苦思數日，最後確定沒有問題，便聘請約翰娜·卡洛琳娜·歐斯卡森擔任潘格蘭的個人助理兼教練。她今年三十九歲，是合格的物理治療師，擁有心理學學位和豐富的復健經驗。出乎席瓦南丹意外的是，她的聘雇合約一簽訂，基金會便提早將她第一個月的薪水支付給醫院。在此之前，他還隱約擔心這可能是某種惡作劇。

不到一個月的時間，潘格蘭的協調性與整體狀況都有了顯著進步，從他每星期接受的測試便能看出。至於這些進步有多少歸功於教練、多少歸功於莎蘭德，席瓦南丹也說不準。毫無疑問的是潘格蘭非常努力，而且總像個孩子似的熱切盼望她的到來，就連屢戰屢敗的棋局似乎也讓他樂在其中。

有一回，席瓦南丹醫師陪他們一塊下棋。潘格蘭下白棋，以西西里防禦開局相當正確，而且每走一步總是思考再三。無論中風之後身體多麼不便，他如今腦力的敏銳度絕對毫無問題。

莎蘭德坐在那裡看一本有關電波望遠鏡在無重力狀態中的頻率量測的書。她在屁股下面墊了一塊軟墊，以便與桌面保持適當高度。潘格蘭走了一步，她便抬頭瞄一眼，顯然並未研究棋局便也走了一步，接著又繼續看書。潘格蘭在走了二十七步之後認輸。莎蘭德抬起頭，皺著眉頭檢視棋盤約十五秒鐘。

「不對，」她說：「你有機會能讓我無子可動。」

潘格蘭嘆了口氣，花五分鐘研究棋盤。最後瞇起眼睛瞪著莎蘭德。

「證明給我看。」

她將棋盤掉轉過來，改走他的棋。走到第三十九步時，硬是讓對方無子可動。

「我的老天！」席瓦南丹驚呼。

「她就是這樣。千萬別跟她賭錢。」潘格蘭說。

席瓦南丹自己也是從小下棋，十幾歲時在歐波參加過校內競賽得了第二，自認為是個有實力的業餘好手。他看得出來，莎蘭德是個神奇的棋手。她顯然從未代表任何俱樂部參賽，而且當他提到這場比賽有點像拉斯卡那場經典賽時，她竟露出不解的表情。她從未聽說過艾馬紐．拉斯卡①。他不免好奇她這才能是否與生俱來，如果是的話，那麼她是否還有其他可能令心理學家感興趣的才能呢？

不過席瓦南丹什麼也沒說。他看得出來他的病人自從來到厄斯塔至今，情況從未這麼好過。

畢爾曼回到家已經是晚上。在史塔勒荷曼外圍的避暑小屋過了整整四星期，結果卻令他沮喪。除了巨人已告知說對交易有興趣，要他付十萬克朗之外，情況根本毫無改變。

郵件堆在門墊上，他撿起來全放到餐桌上。對於和工作與外界相關的一切，他愈來愈不感興趣，一直等到更晚才看信，而且是心不在焉隨便翻翻。

有一封瑞典商業銀行寄來的信，是莎蘭德從儲蓄帳戶提領九千三百克朗的明細。

她回來了。

他走進工作室，將銀行信件放在桌上，用充滿恨意的目光注視著它一分多鐘，一面凝神細想。他不得不找出電話號碼，然後拿起話筒，撥了一個使用預付卡的手機號碼。電話那頭傳來金髮巨人略帶口音的聲音。

「喂？」

「我是尼斯．畢爾曼。」

「要做什麼？」

「她回瑞典了。」

另一頭沉默了片刻。

「好。別再打這支電話。」

「可是……」

「你很快就會接到通知。」

接著電話就掛斷了，畢爾曼氣惱不已，暗暗詛咒。他走到酒櫃前面，給自己倒了三份的肯塔基波旁威士忌，兩口便乾了。**我得少喝點酒**，他心想。接著又倒了一份，然後端著酒杯回到書桌旁，再次望著商業銀行寄來的明細。

蜜莉安正在替莎蘭德按摩頸背。她已經用力揉捏了二十分鐘，而莎蘭德則是盡情享受，偶爾發出一聲舒暢的呻吟。讓蜜莉安按摩是非常美妙的經驗，她覺得自己就像一隻只想舒服地打呼嚕、揮舞爪子的貓咪。

當蜜莉安拍拍她的背說應該可以了，她幾乎忍不住要失望嘆息。莎蘭德又躺了好一會，期望蜜莉安能繼續，不料卻聽見她拿起酒杯，便只好翻過身來。

「謝謝妳。」她說。

「妳在電腦前面坐了一整天，難怪會背痛。」

「我只是肌肉拉傷。」

她們赤身躺在倫達路公寓裡蜜莉安的床上喝著紅酒，自覺像傻瓜。自從莎蘭德與蜜莉安復交後，好像怎麼黏她都嫌不夠。現在已經養成一個壞習慣，每天打電話給她——太頻繁了。她看著蜜莉安，暗自提醒：可別再和任何人太親密，否則最後可能有人會受傷。

蜜莉安把身子探出床沿，打開床頭櫃的抽屜，拿出一個用花卉包裝紙包起來，還打了個金色蝴蝶結的扁平小包裹，丟到莎蘭德的大腿上。

「這是什麼？」

「妳的生日禮物。」

「我的生日還有一個多月呢。」

「本來是去年要送妳的，但是找不到妳。」

「要現在打開嗎？」

「隨便妳。」

她放下酒杯，搖搖包裹，小心地打開。裡面是一個美麗的香菸盒，蓋子是藍黑相間的琺瑯材質，有幾個小小的中國字作爲裝飾。

「妳其實眞的應該戒菸。」蜜莉安說：「不過如果不戒的話，至少能有個漂亮的盒子裝菸。」

「謝謝。」莎蘭德說：「妳是唯一送過我生日禮物的人。這些字是什麼意思？」

「我哪知道？我又不懂中文。只是剛好在跳蚤市場看到。」

「很漂亮。」

「沒什麼價值的便宜貨，可是看起來好像專爲妳做的。家裡沒酒了。要不要出去喝杯啤酒？」

「也就是說我們得下床穿衣服囉？」

「應該是吧。如果不能偶爾上上酒吧，住在索德還有什麼意思？」

莎蘭德嘆了嘆氣。

「走吧。」蜜莉安撥弄著莎蘭德的肚臍環說道：「待會可以再回來。」

莎蘭德又嘆了口氣，但已經一腳踩到地上拿內褲了。

達格窩在《千禧年》辦公室的角落、他被分配到的桌子前，工作到很晚，卻聽到一陣鑰匙開門聲。他看看時鐘，發現已經九點多。布隆維斯特看見還有人在加班，似乎也吃了一驚。

「加班哪，麥可。我正在仔細修改書的內容，一時忘了時間。你怎麼來了？」

「只是順便來拿一份忘了帶走的資料。一切還順利吧？」

「當然……嗯，其實沒有……爲了找國安局的畢約克，我已經花了三個星期，他好像從人間蒸發一樣，說不定是被敵方的祕密組織綁架了。」

布隆維斯特拉過一張椅子，坐下思索了一會。

「你有沒有試過中獎的老把戲？」

「那是什麼？」

「想一個名字，寫一封信說他贏得一個具有導航系統的手機之類的。要把它列印出來，看起來比較正式，然後寄到他的地址——像這個情形就寄到他的郵政信箱。他已經贏得一台手機，全新的諾基亞。除此之外，還有二十名幸運兒可以有機會贏得十萬克朗，而他正是其中之一，只要他參與各種商品的市場調查即可。過程將由專業人員進行訪談，約需一小時。然後……就這樣。」

達格看著布隆維斯特，目瞪口呆。「你是說眞的？」

「有何不可？反正其他方法你都試過了，而且就算是國安局的情報人員應該也明白，二十分之一的機會贏得十萬元是很難得的。」

達格不禁大笑。「你眞是瘋了。這樣做合法嗎？」

「送出一台手機有什麼不合法的？」

「你眞是有病。」

布隆維斯特本打算回家，而且平時也很少上酒吧，但他喜歡有達格作伴。

「你想不想去喝杯啤酒？」他問。

達格又看看時鐘。

「好啊。」他說：「十分樂意。很快地喝一杯。我先留個話給蜜亞，她和朋友們出去，本來說好回家時順便來接我。」

他們去了磨坊酒吧，主要因爲那裡舒服又近。達格一面寫信給國安局的畢約克，一面咯咯地笑，布隆維斯特看著這個如此容易被逗笑的同事，有點不敢置信。他們很幸運，剛好有張靠近門邊的桌子，兩人各點了一大杯烈啤酒，便開始邊喝啤酒邊討論達格的書。

布隆維斯特沒有看見莎蘭德和蜜莉安站在吧檯邊。莎蘭德後退一步，讓蜜莉安隔在她和布隆維斯特之間，再越過蜜莉安的肩膀看他。

打從回來以後她都還沒有上過酒吧，沒想到——運氣這麼好——一來就碰上他。**王八蛋小偵探布隆維斯特**。一年多來，第一次見到他。

「怎麼了？」蜜莉安問道。

「沒什麼。」

她們繼續聊天。或者應該說，蜜莉安繼續說著幾年前，她在倫敦遇見一個女同志的事情。她當時正在參觀畫廊，當蜜莉安試圖要去和她攀談時，情況變得愈來愈有趣。莎蘭德偶爾會點點頭，但一如往常並未聽到重點。

布隆維斯特變化不大，她心想。他看起來好得近乎荒謬：容易親近、態度輕鬆，但表情凝重。他正仔細聽著同伴說話，偶爾點一點頭。似乎是嚴肅的話題。

莎蘭德看了看布隆維斯特的朋友。留著金髮小平頭的男人，比布隆維斯特年輕幾歲，說話說得很投入。她不知道他是誰。

忽然間，一大群人走到布隆維斯特的桌旁和他握手。有個女人拍拍布隆維斯特的臉頰，不知說了什麼，惹得大夥全笑了。布隆維斯特似乎有點害羞，但也笑了。

莎蘭德怒目而視。

「妳沒有在聽我說。」蜜莉安說。

「我有啊。」

「上酒吧真不該找妳來。我放棄了。要不要回家去做愛？」

「等一下。」莎蘭德說。

她略微向蜜莉安靠近，一手放在她的臀部上。蜜莉安低頭看著同伴。

「我想吻妳。」

「不要。」

「妳怕別人以爲妳是同志？」

「我現在不想引起注意。」

「那就回家吧。」

「還不行，再等一下。」

她們並未等太久。布隆維斯特到了二十分鐘之後，和他一起來的男人接到一通電話，他們便乾了啤酒，一齊起身。

「妳瞧瞧，」蜜莉安說：「那邊那個人是麥可．布隆維斯特。經過溫納斯壯事件後，他比搖滾明星還紅。」

「不會吧。」

「妳完全不知道那件事嗎？差不多就在妳出國那陣子。」

「我聽說了。」

莎蘭德又等了五分鐘才看著蜜莉安。

「妳剛才說想吻我。」

蜜莉安驚訝地看著她。「我只是開玩笑。」

莎蘭德踮起腳尖，將蜜莉安的臉往下拉，給了她深深的一吻。兩人分開後，周圍響起一片掌聲。

「妳是個瘋子，妳知道嗎？」蜜莉安說。

莎蘭德直到早上七點才回到家，拉起T恤的領口聞一聞，想要沖個澡，又想管他的，便將衣服丟在地板上，直接上床睡覺。一直睡到下午四點才起床，到索德哈拉納市場去吃「早餐」。

她想到布隆維斯特，也想到自己突然和他同處一室時的反應。他的存在讓她感到生氣，但她也發現現在看到他已不再那麼痛苦。他已經轉化為地平線上的一個小光點，她生命中的一個小煩惱。生命中還有更嚴重的騷動。

不過她眞希望自己有勇氣走上前去打招呼，或者打斷他的腿也行，她不確定自己想要怎麼做。

總之，她很好奇他在忙什麼。下午她買了一些東西，七點左右回家後，打開 PowerBook，啓動 Asphyxia 1.3。名爲「麥可布隆/筆電」的圖示仍在荷蘭的伺服器上。她點了兩下，打開布隆維斯特硬碟的拷貝。自一年多前離開瑞典後，這是她第一次進入他的電腦。令她高興的是他還沒有升級到最新的 MacOS，否則 Asphyxia 會出現錯誤，侵入也會結束。她知道必須要重寫程式，以免受到電腦升級影響。

從上次進入至今，硬碟容量約莫增加了六．九GB，其中一大部分是PDF檔案與 Quark 文件檔。文件所占的空間不大，但儘管圖像已經壓縮，點陣圖仍很占空間。重新回到發行人的職位後，他顯然將每一期的《千禧年》都存檔了。

她將硬碟裡的檔案依日期排列，時間最早的置頂，發現過去幾個月，布隆維斯特在一個名爲「達格．史文森」的檔案夾花了許多時間，那顯然是一本書的企畫。隨後她打開布隆維斯特的電子郵件，仔細地瀏覽信件中的寄件者欄。

有一個寄件者讓莎蘭德嚇了一跳。元月二十六日，布隆維斯特竟然收到賤人海莉．范耶爾的信。她打開郵件，內容只有簡短幾行，是關於在《千禧年》辦公室舉行的一個年度大會，最後一句則說她和上次訂了同一間飯店。

莎蘭德咀嚼著這句話的含意，最後聳聳肩，開始下載布隆維斯特的郵件和達格的書稿，書名爲《吸血鬼》，副標是「娼妓業的社會奧援」。另外她還發現一份名爲「來自俄羅斯的愛」的論文副本，作者是一個名叫蜜亞．約翰森的女子。

她中斷連線，到廚房煮點咖啡，然後抱著 PowerBook 坐到客廳的新沙發上，打開蜜莉安送的香菸盒，點了一根萬寶路淡菸。接下來整個晚上都在閱讀。

九點，看完了蜜亞的論文，她咬咬下唇。

十點半，看完達格的書。《千禧年》很快又要上頭版了。

十一點半，她正看著布隆維斯特最後一封電子郵件，忽然挺直了身子、瞪大雙眼。背上一股寒意直竄而下。

是達格寫給布隆維斯特的信。

達格附帶提到他對於一個名叫札拉的東歐幫派分子有一些想法，尚未定案，也許讓他自成一章——但也承認距離交稿期限時間不多了。布隆維斯特還沒有回信。

札拉。

莎蘭德動也不動地坐著，直到螢幕保護程式啟動。

達格將筆記本放到一旁，搔搔頭，眼睛直盯著那一頁最上方的兩個字。

札拉。

他沉思三分鐘，不斷地在名字周圍畫圈，然後到小廚房倒了杯咖啡。這個時候該回家睡覺了，但他發現自己很喜歡夜裡在《千禧年》的辦公室工作，此時的大樓安安靜靜。所有資料都在掌控中，但自從開始這項企畫以來，他頭一次覺得可能遺漏某項重要細節而感到不安。

札拉。

在此之前，他一直迫不及待想盡早把書寫完、出版，現在卻希望能有多一點時間。

他想到古布朗森警探讓他看的驗屍報告。伊莉娜的屍體在南塔耶運河被發現，臉和胸部有多處重傷，死因是頸部骨折，但有另外兩處的傷勢也被認爲可能致命。她有六根肋骨斷裂，刺穿了左肺，脾臟也破裂。這些傷很難解釋。根據驗屍官推測，可能是以布包裹木棍當作武器。凶手爲何以布包裹凶器無法理解，但從傷勢看來並非一般的強暴傷害。

這起凶殺案始終未破，古布朗森也說破案的希望十分渺茫。

蜜亞過去兩年間蒐集的資料當中，札拉這個名字出現過四次，但從來不是中心人物，總是帶著怪異的謎樣色彩。無人知道他是誰，甚至無人能提出他存在的證明。有些女孩提過，他的名字常被用來作爲恐嚇，對那些不聽話的人來說是個可怕的警告。達格花了一整個星期尋找關於札拉更具體的資訊，詢問警方、記者，以及最近找到的、與性交易者有接觸的消息來源。

他也聯絡了記者桑斯壯——他絕對打算在書中揭露的人。桑斯壯百般懇求達格放他一馬，甚至提出賄賂。達格不會改變心意，但仍以自己的優勢向桑斯壯施壓，要他透露關於札拉的訊息。

桑斯壯聲稱自己從未見過札拉，只通過電話。沒有，他沒有電話號碼。不行，他不能說出誰是負責聯繫的中間人。儘管貪腐邪惡的一面可能被披露，他對札拉的恐懼卻更甚於此。他擔心自己的生命安全。**爲什麼？**

---

①德國籍猶太裔世界棋王，二十五歲那年為了爭取世界冠軍頭銜，前往美國挑戰當時已五十八歲的世界冠軍史坦尼茲，兩人也是年紀懸殊之戰。

第十章

三月十四日星期一至三月二十日星期日

往返厄斯塔的行程既耗時又費力。到了三月中，莎蘭德便決定買輛車。但首先得先找到停車位，這比買車本身的問題更大。

摩塞巴克公寓大樓底下有個車位，但她不希望任何人從車子得知她住在菲斯卡街。另一方面，幾年前她爲倫達路那間住屋協會公寓申請車位，列入了候補名單。於是她打電話去問自己現在候補第幾位，對方告訴她是第一位，不僅如此，到了月底便會空出一個位置。太美了。她連忙打電話給蜜莉安，請她立刻和協會簽約。第二天，她便開始找車。

她的錢夠多，想買勞斯萊斯或法拉利都不成問題，只不過她對一切奢華物品都絲毫不感興趣，反而去納卡找了兩家車商，最後看中一輛車齡四年的酒紅色本田自排車。她花了一小時檢查包括引擎在內的所有細節，把業務員都給惹毛了。她依照原則砍了幾千克朗並付現。

隨後她將車開到倫達路，敲開蜜莉安的門之後，將鑰匙交給她。當然了，只要事先說一聲，蜜莉安也可以用車。由於車位要到月底才會空出來，車子便先停在路邊。

蜜莉安正要出門約會看電影，這個女友莎蘭德從未聽說過。由於她濃妝豔抹、穿著勁爆，脖子上還戴了個像狗項圈的東西，莎蘭德猜測對方應該是蜜莉安的情人之一。蜜莉安問她想不想一起去，她回說不用了。她可不想和蜜莉安的某位長腿妹妹來個三人行，那些女友肯定性感妖豔至極，卻會讓她自覺像個白癡。反正莎蘭德也剛好有事要進城，她們便一起搭地鐵到乾草市場站才分手。

莎蘭德到斯維亞路上的「開關」，在店家打烊前兩分鐘買了她要的東西。她買的是雷射印表機的碳粉匣，並請店員將盒子拆掉，以便放進她自己的軟背包。

走出店家時，她又飢又渴，便走到史都爾廣場，挑了一家從沒去過甚至沒聽說過的赫敦咖啡館。她一眼就認出畢爾曼的背影，因此進門後立刻轉身，站在面向人行道的大窗邊，伸長脖子，從服務櫃檯後方觀察她的監護人。

見到畢爾曼並未在莎蘭德心中激發強烈情緒，沒有憤怒、沒有怨恨、沒有恐懼。就她而言，沒有他存在的世界必然會更好，但他之所以活著，純粹只因爲她認爲這樣對她比較有利。她看向畢爾曼對面的人，看見他起身，不禁雙眼圓瞪。**嗒嗒**。

那人高大得離奇，至少有兩百公分高，體格不錯。其實應該說體格非常好。他有一張柔弱的臉，和一頭金色短髮，但整體說來令人印象極爲深刻。

莎蘭德看見他彎身對畢爾曼低聲說了幾句話，後者點點頭，並和他握手。莎蘭德發現畢爾曼很快便縮手了。

你是個什麼樣的人，和畢爾曼又有什麼關係？

莎蘭德快速走下街道，站在一家香菸店的遮陽篷底下。她看著報紙看板時，金髮男子走出赫敦咖啡館，看也沒看便左轉，從莎蘭德後方不到半公尺處走過。她等他走了大約十五公尺，才隨後跟去。

沒有走很久。那人直接從畢耶亞爾路走下地鐵站，在閘門口買了票。他在南下的月台上等候——剛好和莎蘭德同方向——搭上往諾斯堡方向的車，在斯魯森下車，轉搭綠線往法斯塔方向，然後又在史康斯杜爾下車。他從地鐵站走到約特路上的布隆柏咖啡館。

莎蘭德停在外面，打量著金髮巨人來見的人。**嗒嗒**。莎蘭德立刻看出這其中有不祥之兆。那人就年紀而言身材太胖，有一張窄窄的、不可靠的臉，頭髮整個往後紮成馬尾，還留著老鼠般的髭鬚。他穿著麂皮夾克、黑色牛仔褲和一雙古巴跟的靴子，右手背上有個刺青，但莎蘭德看不清圖案，手腕上戴了條金鍊，抽著 Lucky Strike 香菸。他目光呆滯，像是太常吸毒的恍惚神情。莎蘭德也注意到他在夾克底下還穿了一件皮背心，由此可知此人是飛車黨員。

巨人沒有點東西，似乎在下什麼指令。穿麂皮夾克的人仔細聽著，但並未交談。莎蘭德提醒自己得趕緊買一個槍型指向麥克風。

五分鐘後，巨人離開了布隆柏咖啡館。莎蘭德後退幾步，不過他根本沒往她這邊看。他走了四十公尺來到通往萬聖街的階梯，坐上一輛白色富豪。就在他開到下一個轉角轉彎前，莎蘭德剛好記下車牌號碼。

莎蘭德匆匆趕回布隆柏，但桌子已經空了。她以目光來來回回搜尋街道，卻找不到綁馬尾的男人。就在此時她瞥見他在對街，正要推開麥當勞的門。

她只得跟著進入餐廳，這才又看見他和另一個男人同坐，那人將背心穿在麂皮夾克外面，上面印著：硫磺湖 M.C.（機車俱樂部）。標誌圖案是一個摩托車輪，設計得彷彿以一把斧頭作裝飾的克爾特十字架。

她在約特路上略站片刻後往北走去，內心裡的警戒系統頓時鈴聲大作。

莎蘭德順道去 7-ELEVEn 買了一個星期的食物：一包超大包裝的比利牌厚皮披薩、三份冷凍焗烤魚肉、三塊培根派、一公斤蘋果、兩條麵包、半公斤起司、牛奶、咖啡、一條萬寶路淡菸和晚報。她沿著史瓦登街走到摩塞巴克，四下看看之後才按大樓門口的密碼。她用微波爐加熱一塊培根派，拿起牛奶紙罐直接就喝。她按下咖啡機，然後啟動電腦，點進 Asphyxia 1.3，登入畢爾曼的硬碟鏡像備份並利用接下來的半小時瀏覽他的電腦內容。

毫無值得注意之處。他似乎很少寫電子郵件，信箱中只有十二、三封與朋友往來的私人信件，沒有任何一封與她有關。

有一個最近建立的檔案夾，裡面全是色情照片，他顯然仍對以性虐待的方式羞辱女人感興趣。嚴格說來，這並不違反她不許他與女人有任何牽扯的規定。

她又打開一個檔案夾，裡面存放的是畢爾曼擔任她的監護人的相關文件，她仔細地閱讀每個月的報告，和他寄送到她某個 hotmail 信箱的副本全都相符。

一切正常。

或許有一個小差異……當她打開每個月報告的 Word 檔時，可以看出他通常是在月初寫的，編輯每份報告約花四個小時，然後按時在每個月二十日寄給監護局。現在已是三月中，他卻尚未開始寫這個月的報告。**偷懶嗎？出去玩得太晚？忙其他的事？想玩什麼把戲？**莎蘭德皺起了眉頭。

她關上電腦，坐到窗邊，打開香菸盒點了根菸，望向窗外的漆黑。她一直沒有認真追蹤他。**他簡直像隻鰻魚一樣滑溜。**

她是真的擔心。先是王八蛋布隆維斯特，接著是札拉這個名字，現在又是王八蛋討厭鬼畢爾曼，再加上一個和一群有犯罪紀錄的飛車黨有瓜葛、孔武有力的肌肉男。就在短短幾天內，莎蘭德試圖爲自己建立的井然有序的生活中，已經出現一些不平靜的漣漪。

第二天凌晨兩點半，莎蘭德來到歐登廣場附近的烏普蘭路，將鑰匙插入畢爾曼居住的大樓大門。她來到他家門外站定，小心地推開信箱蓋，將她在倫敦梅菲爾區的「反間諜」店中買來、敏感度極高的麥克風推送進去。她從未聽說過艾伯．卡爾森[1]，不過他就是在這間店買了那著名的竊聽器材，導致瑞典司法部部長在八〇年代末倉促辭職下台。莎蘭德戴上耳機，調整音量。

她可以聽見冰箱低聲隆隆作響，至少有兩個時鐘發出尖銳的滴答聲，其中之一是客廳前門左側牆上的鐘。她調高音量，屏住氣息傾聽，聽見了公寓中各種咿咿呀呀、咯噔咯噔的聲音，但沒有人活動的跡象。過了一分鐘，她才注意到一些很細微的聲音，也才分辨出那是沉重、規律的呼吸聲。

畢爾曼在睡覺。

她抽出麥克風，塞進皮夾克的內袋。穿了暗色牛仔褲和縐紋膠底運動鞋的她，悄然無聲地將鑰匙插入鑰匙孔，先將門推開一點點，等到從口袋拿出電擊棒後才整個打開。她只帶了這個，因爲對付畢爾曼應該不需要更強力的武器。

她隨手帶上門，躡手躡腳地走到他臥房門外的走廊，由於看到檯燈的亮光停下腳步，但從她站的地方便能聽見他打呼。於是她溜進臥室內，見檯燈立在窗邊。**怎麼了，畢爾曼？怕黑嗎？**

她站在床邊，注視了幾分鐘。他變老了，也顯得邋遢，房裡散發出不注重衛生的男人的味道。

她一點也不覺得同情，甚至有一刻眼中還閃過一絲無情的恨意。她發現床頭櫃上有個杯子，湊近聞了聞。是威士忌。

不一會她走出臥室，很快地巡視一下廚房，沒有不尋常之處，便繼續走過客廳，停在畢爾曼工作室門口。她從夾克口袋掏出一把捏碎的薄脆餅乾，細心地放在黑暗中的拼花地板上，若有人企圖越過客廳跟蹤她，踩在碎片上的吱嘎聲可讓她有所提防。

她在畢爾曼的書桌前坐下，電擊棒擺在面前，然後有系統地搜索抽屜、閱讀所有處理畢爾曼私人帳戶的信件。她發現他在平衡收支方面變得比較草率、散漫。

最下方的抽屜上了鎖。莎蘭德蹙起眉頭。一年前來此時，所有的抽屜都沒有上鎖。她眼神不集中地回想著抽屜內的物品，有一台相機、一個望遠鏡頭、一台奧林巴斯袖珍型錄音機、一本皮面裝訂的相簿，還有一個小盒子裝了一條項鍊、一些珠寶和一枚刻著「蒂妲與雅各·畢爾曼，一九五一年四月二十三日」的金戒指。莎蘭德知道那是他父母親的名字，兩人都已去世。這應該是婚戒，如今成了遺物。

也就是說他將自己認爲貴重的物品上鎖了。

她看了看書桌背後的捲門櫃，拿出兩個存放他爲她所寫的監護報告的文件夾，各花了十五分鐘看完。莎蘭德是個予人好感又誠實的女孩。四個月前他寫道：她看起來非常理性、能力又強，下一次的年度審核應該可以討論是否還有必要讓她繼續接受監護。報告內容措辭優雅，可以說是取消她失能宣告的第一要素。

文件夾內還有一些手寫的紀錄，顯示監護局有一位烏莉卡·馮·李班斯塔曾聯絡過畢爾曼，討論莎蘭德的大致情況。「有必要進行精神評鑑」這幾個字底下畫了線。

莎蘭德不悅地噘起嘴來，將文件夾放回原處，又四下查看。

找不到任何重要的東西，畢爾曼似乎一切遵照吩咐行事。她咬咬下唇，還是覺得有什麼不對勁。

她從椅子上起身，正要關掉桌燈時忽然住手，轉而取出文件夾再看一遍。她感到困惑，文件夾裡的內容應該更多才對。一年前，還有監護局提供關於她從小到大成長歷程的摘要。那個不見了。**還在進行的案子，畢爾曼爲何抽除其中的文件？**她皺皺眉頭，想不出合理的原因。除非他又在其他地方建檔。她視線掃過捲門櫃的架子和最底層抽屜。

撬鎖工具沒有帶在身上，因此她悄悄走回畢爾曼的臥室，從他掛在木質西裝架上的西裝外套取出鑰匙圈。抽屜裡的物品和一年前大致一樣，只是多了一個扁平盒子，外面印著一把科特點四五麥格農手槍。

她回想兩年前針對畢爾曼所作的調查。他喜歡射擊，也是某射擊俱樂部會員。根據官方槍枝登記紀錄，他確實有一把科特點四五麥格農的執照。

她只得勉強作出結論：也難怪他要鎖上抽屜。

這種情形她不喜歡，卻又無法立刻想出任何藉口叫醒畢爾曼，把他嚇得屁滾尿流。

蜜亞在早上六點半醒來，聽見客廳有小小的電視聲，聞到剛煮好的咖啡香，還聽見達格敲打 iBook 鍵盤的聲音，不禁露出微笑。

她從未見過他如此認眞地寫一則報導，《千禧年》是很好的動力。他常常爲寫作瓶頸所苦，而和布隆維斯特、愛莉卡與其他人混在一起，卻似乎有所幫助。每當布隆維斯特指出他的缺點或推翻他的部分推論後，他總會情緒低落地回家來，然後更加倍努力。

她心想此時擾亂他的注意力不知是否恰當。她的月事已經晚了三個星期，還沒有驗孕，也許時候到了吧。

她很快就要滿三十歲了，再不到一個月就要進行論文口試。蜜亞博士。她又微微一笑，決定在一切確定前先不告訴達格。也許可以等到他的書寫完，而她也通過口試舉行派對慶祝的時候。

她又瞇了十分鐘才起床，裹著床單走進客廳。他抬起頭來。

「現在還不到七點呢。」她說。

「布隆維斯特又在擺架子了。」

「他對你不好？你活該。你很喜歡他不是嗎？」

達格往後躺靠在沙發上，與她對望。片刻後才點點頭。

「在《千禧年》工作很棒。昨晚妳來接我以前，我和麥可在磨坊酒吧談了一下，他想知道這個企畫結束後我要做什麼。」

「啊哈！那你怎麼說？」

「說我不知道。我已經幹了這麼多年自由撰稿人，如果能有比較穩定的工作也不錯。」

「《千禧年》。」

他點點頭。

「麥可是在試探我的意思，看我對兼職工作有沒有興趣。合約內容和柯特茲、蘿塔一樣。我可以從《千禧年》得到一張桌子和一份基本工資，至於其他就看我的本事了。」

「你想做嗎？」

「如果他們提出具體的條件，我會答應。」

「好吧，可是現在還不到七點，又是星期六。」

「我知道，我只是看看有沒有什麼地方可以再潤飾一下。」

「我覺得你應該回床上來潤飾其他東西。」

她微笑看著他，掀開床單一角。他於是留下電腦待命。

接下來幾天，莎蘭德花了許多時間在電腦上作調查，調查方向很廣泛，卻始終不確定自己要找什麼。部分事實的蒐集很簡單，從媒體資料庫便整合出硫磺湖機車俱樂部的歷史。這個俱樂部在報紙報導中的名稱是「塔耶哈雷騎士」，早期位於南塔耶外圍一間廢棄的校舍，曾因附近居民聽到槍聲報警而遭掃蕩。警方以驚人的陣仗衝入，終結一個因爲喝啤酒喝得爛醉，而變質爲以一把AK4步槍進行射擊比賽的派對，後來更查出這把槍是八〇年代初從如今已解散的西博騰I二〇步兵團偷來的。

據一家晚報報導，硫磺湖俱樂部有六、七名會員與十來名嘍囉。所有的正式會員都坐過牢，其中兩個特別引人注目。俱樂部會長是卡爾馬紐斯·藍汀（外號馬哥），警方於二〇〇一年掃蕩會所時，他的照片上了《Aftonbladet》晚報。在八〇年代末、九〇年代初，他曾因竊盜、收受贓物與毒品罪被判刑五次，其中一次因爲涉及重傷害入獄十八個月。一九九五年出獄後，不久便成爲塔耶哈雷騎士，也就是現在的硫磺湖機車俱樂部會長。

根據警方掃黑小組的報告，俱樂部第二號人物是現年三十七歲的桑尼·尼米南，曾被判刑不下二十三次。他是在十六歲那年，因傷害與竊盜罪被判緩刑、送入感化院時，加入了幫派。接下來的十年間，他被判刑的紀錄包括五次竊盜、一次加重竊盜、兩次恐嚇、兩次毒品罪行、勒索、襲警、兩次持有非法武器、一次與武器相關的刑事罪名、酒醉駕駛，和六次普通傷害。他被判刑的刑度卻讓莎蘭德不解：緩刑、罰款、重複短期入獄三十至六十天，直到一九八九年才因重傷害與強盜罪被判十個月。幾個月後出獄，一直到一九九〇年十月都安安分分。後來又在南塔耶一間酒吧與人鬥毆，結果被以過失殺人判處六年徒刑。他在一九九五年出獄。

一九九六年，他因爲提供三名搶劫犯武器成爲從犯而落網，被處四年徒刑，一九九九年被釋放。有一則二〇〇一年的新聞報導雖然未指名尼米南，但對嫌犯的描述之詳細，其實與指認無異。根據報導內容，他似乎很可能涉及敵對幫派一名成員的命案。

莎蘭德下載了尼米南與藍汀的警方建檔照片。尼米南很上相，有一頭暗色鬈髮和一對危險的眼睛。藍汀看起來就像個大白癡，而且毫無疑問就是在布隆柏咖啡館與巨人見面的人。尼米南則是在麥當勞等候的那個。

透過汽機車監理所，她找到那輛白色富豪是在艾希圖納的「汽車專家」租車中心租來的。她撥了電話，對接電話的雷菲克·奧巴說：

「我叫古莉娜·韓森。昨天有個人開車撞死我的狗，然後逃跑了。那個混蛋開的是你們公司的車，我看到車牌了。是一輛白色富豪。」她說出了車牌號碼。

「我很遺憾。」

「光是遺憾恐怕不夠吧。你告訴我那個駕駛的名字，我要要求賠償。」

「請問妳向警方報案了嗎？」

「沒有，我想私下解決。」

「很抱歉，除非已經向警方報案，否則我不能透露顧客姓名。」

莎蘭德聲音一沉，問說他們不肯用簡單的方法解決，反而逼她向警方檢舉公司顧客，這樣做好嗎？奧巴再次道歉，並重申這是公司規定，他也無能爲力。

札拉這個名字是另一個死胡同。除了停下來吃比利牌披薩時休息兩次之外，莎蘭德幾乎一整天都抱著電腦，只有一瓶一·五公升的可口可樂作伴。

她找到的札拉有好幾百個，從義大利運動選手到阿根廷作曲家都有，卻偏偏沒有她想找的那個。

她也試了札拉千科，還是碰壁。

沮喪之餘，她砰地摔到床上，一睡就是十二小時，醒來已是上午十一點。她煮了點咖啡，在按摩浴缸中放水，倒入泡泡沐浴精，一面泡澡一面喝咖啡、吃三明治當早餐。這時候眞希望蜜莉安在旁邊陪伴，不過她連自己住在哪裡都還沒告訴她。

中午她泡完澡、擦乾身子後，穿上浴袍，又打開電腦。

達格．史文森和蜜亞．約翰森這兩個名字的搜尋結果較令人滿意。從 Google 的搜尋引擎，很快便能大概得知他們這幾年做了些什麼事。她下載了幾篇達格的文章，還發現一張作者相片，果然就是她在磨坊酒吧看見和布隆維斯特在一起的人，這倒不意外。如今名字和長相終於連在一起了。

她也找到幾篇和蜜亞有關或是她寫的文章。她最初受到媒體關注，是因爲寫了一篇報告，探討男女在法律上所受到的不平等待遇。有一些是婦女團體通訊刊物中的評論與文章，而蜜亞自己也寫過其他文章。莎蘭德仔細地閱讀。有些女權主義者認爲蜜亞的論點十分重要，但也有人批評她「在散布中產階級的幻想」。

下午兩點，她進入 Asphyxia 1.3，但點選的不是「麥可布隆／筆電」而是「麥可布隆／辦公室」，即布隆維斯特在雜誌社的桌上電腦。從過去的經驗可知，他辦公室的電腦裡面難得有什麼有趣的東西。除了偶爾用這台電腦上網查資料外，他幾乎一律使用他的 iBook，但他確實擁有整個雜誌社辦公室的系統管理員權限。她很快便找到她要找的：《千禧年》內部網路的密碼。

要進入《千禧年》的其他電腦，光靠荷蘭伺服器的硬碟鏡像不夠，原來的「麥可布隆／辦公室」也必須打開並連上內部電腦網路。算她幸運。布隆維斯特顯然正在工作，桌上電腦開著。她等了十分鐘，但看不見任何活動跡象，猜想他應該是進公司後打開電腦，也許用來上網，然後也沒關機便去做其他事情或改用筆電。

這得很小心。接下來的一小時內，莎蘭德謹愼地侵入一台又一台電腦，下載了愛莉卡、克里斯特與一名她不認識、名叫瑪琳·艾瑞森的員工的電子郵件。最後她找到達格的桌上電腦。根據系統資料顯示，這是一台舊型的麥金塔 PowerPC，硬碟容量只有七五〇MB，因此肯定是剩下來的，很可能專供偶爾到辦公室來的自由撰稿人作文書處理之用。這台也連上了電腦網路，表示達格此刻正在《千禧年》的編輯室內。

她下載了他的電子郵件並搜尋他的硬碟，發現有一個檔案夾的名稱雖短卻很美妙，叫「札拉」。

他剛剛拿到二十萬三千克朗現金，就一月底交給藍汀那三公斤甲安而言，這是筆意外的巨款。實際作業才幾小時，便有了這可觀的收益：他只是從送貨人那兒取得甲安、安放一段時間、再送去給藍汀，便可收取五〇%的利潤。硫磺湖機車俱樂部每個月都有這麼大的交易量，而藍汀他們只是從事類似買賣的三個組織之一，其他兩個分別在約特堡和馬爾摩附近。這三個組織加起來，每個月大約為他帶來五十萬克朗的進帳。

然而他心情還是很糟，便將車停到路邊熄掉引擎。已經三十個小時沒有睡覺，頭有點暈，下車伸伸腿，順便撒個尿。夜裡很涼，星光閃亮。此處離耶爾納不遠。

他內心的矛盾在本質上幾乎可以說是觀念問題。在斯德哥爾摩方圓四百公里內，甲安的潛在供應量是無限的，需求量之大也不容置疑。其餘便是後勤問題——如何將貨從A點運到B點，或說得更精確些，就是從塔林的地下工廠運到斯德哥爾摩的自由港。

如何確保貨品能定期從愛沙尼亞運到瑞典？這是個一再反覆出現的問題，事實上也是最大的問題和最弱的一環，即使已行之多年，還是每次都得臨機應變。最近搞砸的機率實在太高。他對自己的組織能力相當自豪，以威脅利誘的手法建立了一個運作良好的網絡。四處奔走、鞏固合作關係、協商交易、確認貨品送到正確地點，這一切都得靠他一人。

利誘方面，便是提供給像藍汀這樣的承包者一筆相當可靠、沒有風險的利潤。系統的運作很好。藍汀毋須動一根手指便能拿到貨，也就是說沒有壓力極大的買貨行程，也不必和任何可能是緝毒小組或俄羅斯黑手黨的人打交道。藍汀知道巨人會送貨過來，然後收取他五〇%的酬勞。

威脅則是用在發生糾紛之時。曾有一個多嘴的街頭賣家發現太多有關供應鏈的祕密，差點扯出硫磺湖機車俱樂部，迫使他不得不出手教訓他。

他很善於教訓人。

但監督的作業漸漸變得太過沉重。

他點燃一根菸，把腿靠在田園邊一道門上拉拉筋。

甲安是個隱密且容易掌控的收入來源，利潤高、風險低。武器買賣很冒險，光是想到其中的風險就不值得。

另外，企業的間諜工作或走私電子零件到東歐，雖然近年來市場已經蕭條，偶爾做做卻也是必要的。

但是從波羅的海引進妓女的投資，則非常令人不滿意。這交易不僅只是零頭買賣，還隨時可能引發媒體歇斯底里的長篇大論，以及那個名為瑞典國會的奇怪政治團體的爭論。妓女只有一個好處，就是人人都愛召妓，無論是檢察官、法官或警察，甚至偶爾還會有國會議員。誰也不會挖得太深，把這一行給搞垮。

就算是死了的妓女也不一定會引起政治騷動。如果警方能在幾小時內逮捕到衣服上還沾有血跡的嫌犯，那麼殺人犯便會被判刑，然後在牢裡或其他某個偏僻的機關待上幾年。但四十八小時內若未發現嫌疑人，根據他的經驗，警方很快便會有更重要的案子要查辦。

不過他還是不喜歡妓女的買賣。其實他根本就不喜歡妓女，不喜歡她們濃妝豔抹的臉和喝醉酒以後的尖銳笑聲。她們不乾淨。而且總可能會有人想到向警方或記者尋求庇護或洩漏祕密，到時他就得出面給予懲罰。假如洩漏的祕密夠嚴重，檢察官和警察便不得不有所行動，否則國會真的會甦醒過來，表達關切。妓女這生意爛透了。

阿托和哈利．朗塔正是典型例子：兩個沒用的寄生蟲發現了太多關於買賣的內幕。他真想用鍊子把他們綑起來，丟進港口，但結果還是載著他們上了愛沙尼亞渡輪，耐心地等船啓航。他們能有這小小度假機會，全是因爲某個該死的記者在刺探他們的生意，所以才決定讓他們從此消失。

他嘆了口氣。

他最不喜歡的其實是像那個莎蘭德女孩的額外工作。他對她毫無興趣可言，因爲她對他一點好處也沒有。

他並不喜歡畢爾曼，實在想不通他們怎麼會決定接受他的要求。但無論如何球賽都已經開始。命令已下達，也已經與硫磺湖機車俱樂部裡的接案人談定條件，這種情況他一點也不喜歡。

他望向外圍的漆黑田野，將菸蒂扔進門邊的碎石當中，忽然眼角似乎瞥見有東西在動，身子不由得僵住。他凝神注視。除了黯淡的新月和群星之外，四周沒有一點光，但仍看得出三十公尺外有個黑影偷偷朝他這邊而來。那黑影不斷前進，偶爾會短暫停頓。

男子感覺到眉間冒出冷汗，他最痛恨田野裡的東西。在物體持續接近之際，有一刻他彷彿被魔咒所控制，動彈不得地站立凝視著。當它靠得夠近時，可以看到它的眼睛在黑暗中閃閃發光，他立刻轉身跑向車子，用力拉開車門。恐懼不斷增長，直到他發動引擎、打開車頭燈。那物體跑到路中間，他終於得以藉由車燈看個清楚，它就好像一隻大魟魚般搖搖擺擺地向前滑行，還有一根和蠍子一樣的螫針。

這東西不屬於這個世界，而是來自冥間的怪物。

他將車子上檔，急速開走，發出吱吱的尖刺聲。車子經過那怪物時，他看見它發動攻擊，但沒碰到車。一直到開出數哩後，他才終於不再發抖。

莎蘭德花了一個晚上看完達格和《千禧年》所蒐集的有關非法交易的資料，儘管必須從各個文件中將這些有如密碼般的片段拼湊起來，她仍逐漸有了較具體的概念。

愛莉卡發了一封電子郵件詢問布隆維斯特，質問查證的作業進行得如何，他只簡短回覆說無法找到Cheka②那個人的行蹤。莎蘭德由此揣測他們打算揭發的人當中有一個是國安局人員。瑪琳送了一份補充調查的任務摘要給達格，同時傳了副本給布隆維斯特和愛莉卡。達格和布隆維斯特都回信提供了意見與建議。這兩人每天都會通上幾次電子郵件。達格描述他向一位記者質問的經過，記者名叫培歐契·桑斯壯。

她還從達格的電子郵件發現，他和一個名叫古布朗森、使用雅虎信箱的人有聯繫，過了好一會才明白這個古布朗森是個警察，他們私下交換訊息，因此古布朗森用的是私人電子郵件信箱而不是警局的信箱。也就是說古布朗森是一個消息來源。

至於以「札拉」為名的檔案夾的內容少得令人失望，只有三個 Word 檔，其中最大的只有一二八KB，取名為「伊莉娜·P」，裡面除了概略介紹一名妓女的生活，還有達格記錄的驗屍報告摘要，簡潔地描述她駭人的傷勢。

她看出文中有個句子和蜜亞論文當中的一句一模一樣。在論文裡，那個女人叫塔瑪拉，但伊莉娜和塔瑪拉肯定是同一人，因此她興致勃勃地重讀那段論文內容。

第二個檔案「桑斯壯」，就是達格傳給布隆維斯特的摘要，內容顯示這名記者也是嫖客之一，不僅向一名波羅的海女孩施虐，還替性交易幫派跑腿當差，並以毒品與性作為酬勞。桑斯壯除了撰寫公司廣告稿之外，還向一家日報投過稿，義正詞嚴地指責性交易。他所披露的事情之一，便是有一個未具名的瑞典商人曾去過塔林的某家妓院。

這兩個檔案中都沒有提到札拉，但莎蘭德推斷既然都放在「札拉」的檔案夾中，其間想必有關連。最後一個檔案倒是取名為「札拉」。內容很短，而且只是摘記形式。

據達格所述，札拉這個名字自九〇年代中期開始，曾出現在九起與毒品、武器或賣淫相關的案件中。沒有人知道札拉是誰，但有多個消息來源指稱他是塞爾維亞人、波蘭人，也可能是捷克人。這一切都是二手消息。

達格曾與**消息來源G**（是古布朗森嗎？）詳盡地討論過札拉，並暗示伊莉娜的命案可能與札拉脫不了關係。文中並未提到G對此論點有何想法，但有一個註記，大意是：在一年前某次的「組織犯罪特別調查小組」會議上，札拉曾出現在議程中。由於這個名字冒出來太多次，警方也開始懷疑，並試圖確認札拉是否眞有其人，又是否仍活在人世。

根據達格所能找到的資料顯示，札拉這個名字第一次出現，與一九九六年在奧徹雍加發生的運鈔車搶案有關。搶匪在得手三百三十萬克朗後順利逃逸，但後續逃亡卻大大出人意外地搞砸了，結果不到二十四小時，警方便確認了歹徒並加以逮捕。翌日又逮捕另一人，是尼米南，硫磺湖機車俱樂部成員，搶匪的武器便是由他提供。

一九九六年搶案發生一星期後，又有三人落網。因此這夥歹徒共有八人，其中有七人不肯招供。第八人是個十九歲的男孩，名叫畢耶．諾曼，偵訊期間被突破心防，供出了他所知的一切。這場審判最後由檢方獲得壓倒性勝利，但也引發一個後果（達格的警方消息來源如此懷疑）：兩年後諾曼在某次請假出獄期間逃跑，後來卻被發現埋身在衛姆蘭的一處沙坑。

據G的說法，警方相信尼米南是這夥人背後的主使者，也相信諾曼是被尼米南買通人殺害的，卻苦無證據。尼米南被視爲危險而冷酷的人物，入獄期間顯然與亞利安兄弟會有接觸，這是監獄裡的納粹組織，另外和狼群兄弟會，與分布世界各地、前科累累的地獄天使俱樂部，還有其他諸如瑞典反抗組織等白癡暴力納粹組織都有關連。

然而莎蘭德感興趣的卻完全是另一回事。諾曼曾向警方坦承搶案的武器來自尼米南，而後者則是向一名諾曼不認識、名叫「薩拉」的塞爾維亞人買得這些武器。

達格將他視爲犯罪舞台上的一個藏鏡人，並認爲札拉是化名。但他警告說他們面對的可能是個以假名行事、狡猾異常的罪犯。

最後一段是桑斯壯所提供關於札拉的資訊，但內容也沒什麼大不了。桑斯壯曾和某個自稱札拉的人講過一次電話。註記中並未提到他們談了些什麼。

清晨四點左右，莎蘭德關上電腦，坐在窗邊看著鹽湖。她靜靜坐了兩個小時，菸一根接著一根地抽，一面沉思著。她要作出一些重大決定，而且必須進行風險評估。

她得找出札拉，將他們之間的恩怨一次作個了結。

復活節前一週的星期六傍晚，布隆維斯特到霍恩斯杜爾區的斯利普街拜訪一位前女友。這回他是受邀參加一個派對。女方已經結婚，如今對布隆維斯特的感覺也僅止於朋友，不過她從事媒體工作，剛剛完成一本已經醞釀了十年的書，內容極不尋常，是關於女性在大眾傳播媒體中的形象。布隆維斯特曾為此書貢獻部分資料，因此才會受邀。

他的角色是針對某個問題進行調查。他選擇檢視TT通訊社、《當日新聞》、「Rapport」電視節目，與其他一些媒體大肆宣傳的兩性平權政策。接著再檢核每家公司編輯助理以上的管理階層中，男女各有幾名。結果著實令人難堪：總裁——男性；董事長——男性；總編輯——男性；外文編輯——男性；編輯主任——男性，等等、等等，直到最後終於有一位女性出現。

派對在作者家舉行，出席的大多是對這本書有所貢獻的人。

晚上的氣氛熱烈，大夥一邊享受美食一邊輕鬆地交談。布隆維斯特本打算早早回家，但許多賓客都是平時不常見面的舊識，而且也沒有人對溫納斯壯事件東拉西扯個沒完。派對一直持續到星期日凌晨兩點。

布隆維斯特還沒走到巴士站，便看到夜間巴士從身旁駛過，反正夜風溫和，乾脆走路回家，不等下一班。他沿著赫加里街走到教堂，轉上倫達路後，隨即喚醒了舊日回憶。

自從十二月下定決心後，布隆維斯特便不曾再懷抱著莎蘭德可能會出現的空想，造訪倫達路。今晚，他來到她住家大樓的對街停下腳步，很想去按門鈴，卻也很清楚她願意見他的機率微乎其微，更何況是毫無預警地深夜來訪。

他聳聳肩，繼續往辛肯斯達姆的方向走，才走不到五十公尺就聽到開門聲，他轉身一看，心跳突然漏了一拍。那瘦巴巴的身軀他不可能弄錯。莎蘭德剛剛走上街來，與他反方向走到一輛停著的車旁。

布隆維斯特開口正要叫她，聲音卻卡在喉間。他看見一個男人從另一輛停在路邊的車上下來，很快地移向莎蘭德身後。布隆維斯特可以看到那人十分高大，還紮了一根馬尾。

莎蘭德將鑰匙插入本田車門時，聽到一個聲響，眼角也瞥見有身影移動。那人從斜後方欺近，就在碰觸到她的兩秒鐘前她轉過身，一眼便認出是硫磺湖機車俱樂部的藍汀，幾天前在布隆柏咖啡館與金髮巨人碰面的人。

她判斷此人具有攻擊性，且體重不下一百二十公斤，於是將鑰匙當成手指虎，毫不猶豫地以快如蜥蜴的動作在他臉頰上劃出一道很深的傷口，從鼻子下方直到耳朵。他雙手在空中胡亂揮打之際，莎蘭德忽然彷彿沒入地下。

布隆維斯特看見莎蘭德揮出拳頭，打中攻擊者之後，隨即趴到地面滾入車子底下。

幾秒鐘後，莎蘭德出現在車子另一邊，準備搏鬥或逃跑。她越過引擎蓋與敵人四目交接，決定選擇逃跑。血從他臉頰上湧出，他都還來不及看清楚，她已經穿越倫達路奔向赫加里教堂。

布隆維斯特呆站在原地，張大了嘴巴，看著攻擊者突然狂奔追向莎蘭德，就好像一輛坦克在追逐一輛玩具車。

莎蘭德兩步併作一步爬上階梯，前往上倫達路。到達階梯頂端，她回頭一瞥，看見追她的人已爬上第一階，而且動作很快。她注意到地方機關挖路後堆積在旁的木板與沙。

藍汀眼看就要爬到頂端時，莎蘭德又出現了。這回他雖然提前看見她丟出了什麼，卻仍來不及在尖銳的石頭擊中太陽穴之前作出反應。石頭丟得很用力，使他臉上又裂出一道傷口。他可以感覺到自己失去平衡，往後跌落台階之際天旋地轉，好不容易抓住欄杆才不再往下跌，卻已經浪費了幾秒鐘。

當那名男子消失在階梯上頭，布隆維斯特無法動彈的情況才解除，並開口大喊要他滾開。

▲
▲
▲

莎蘭德正要越過教堂中庭，跑到一半聽見了布隆維斯特的聲音。**搞什麼鬼？**她轉了方向，從露台欄杆邊往下望，看見布隆維斯特就在下方三公尺處。她遲疑了十分之一秒後又繼續跑。

布隆維斯特正起步奔向階梯時，察覺到莎蘭德剛才走出住處大門，本來要去開的那輛車後面，原本停了一輛道奇廂型車，這時忽然啓動，從路邊衝出來經過布隆維斯特身旁，駛向辛肯斯達姆方向。車子駛過時，他瞥見了一張臉，但光線太暗看不清車牌。

布隆維斯特在階梯頂端趕上了追莎蘭德的人。男子已經停下來站定，四下張望。

就在布隆維斯特到達那一刻，他轉身狠狠地反手賞他一巴掌。布隆維斯特毫無防備，一個倒栽蔥便摔落階梯。

莎蘭德聽見布隆維斯特的悶聲一喊，幾乎要停下來。**到底是怎麼回事？**但一轉頭卻發現藍汀只距離她三十公尺。**他動作更快了。該死，會被他給捉到。**

她往左轉，朝上爬了幾階，跑到兩棟大樓中間的平台。這個中庭一點掩護都沒有，她只能盡快跑向下一個角落。接著右轉後，才發現自己進了一條死巷。當她來到下一棟建築盡頭時，看見藍汀也已爬上了中庭的階梯。她避開他的視線又跑了幾公尺，然後一頭鑽進大樓側面花壇的一大片杜鵑花叢中。

她聽見藍汀的沉重腳步聲，卻看不見他，只能屏住氣息，將身子壓低貼在灌木叢下方的土地上。

藍汀經過她藏身之處停下來，遲疑十秒鐘後，開始繞著中庭慢跑，一分鐘後又回來，就停在剛才那個地方。這回他定定地站了三十秒。莎蘭德全身肌肉緊繃，準備好一被發現就立刻飛奔。接著他又動了，從距離她不到兩公尺處走過，她聽著他的腳步聲穿過中庭，愈走愈遠。

布隆維斯特費力地站起身來，脖子和下巴疼痛不已，頭也感到暈眩。嘴唇裂開了，有血的味道。

他腳步蹣跚地爬上階梯後，環視四周，看見綁馬尾的男子沿街往下跑了百來公尺，每到大樓中間便停下來細看，最後跑過倫達路，上了那輛道奇廂型車。車子加速往辛肯斯達姆駛去。

布隆維斯特沿著上倫達路慢慢走，一面尋找莎蘭德，卻遍尋不著，一個人影也沒有。他眞沒想到三月星期日凌晨三點的斯德哥爾摩街道，竟是如此冷清。少頃，他回到莎蘭德位於下倫達路的公寓大樓門前，行經方才她遭受攻擊的地點時，踩到一串鑰匙。他彎身撿起，看到車子底下有個肩背包。

布隆維斯特站著等了好久，不確定該怎麼做。最後他試著用鑰匙開她的門，都打不開。

▲ ▲ ▲

莎蘭德在花叢下待了十五分鐘，只動了一下看錶。三點剛過，她聽見開門、關門，和走向中庭單車棚的腳步聲。

當聲音漸漸遠去，她慢慢地跪起上身，窺探花叢外的動靜。她不斷查看中庭的每個角落，但不見藍汀的蹤影，便起身往街道上走，並隨時準備轉身逃跑。她來到圍牆頂端停下來俯視倫達路，看見布隆維斯特就在她公寓大樓門外，手裡拿著她的背包。

她動也不動地站著，布隆維斯特往階梯和圍牆方向掃視時，她藏身在一根燈柱後面，所以他沒看見。

布隆維斯特在她家大門外面站了將近半小時。她耐心地看著他，一直沒動，最後他終於放棄，下坡朝辛肯斯達姆走去。他走了之後，她才開始回想方才發生的事。

小偵探布隆維斯特。

她想破頭也想不出他怎麼會突然冒出來。除此之外，攻擊事件的原因倒是不難理解。

他媽的藍汀。

她看見和畢爾曼交談的巨人，曾和藍汀碰過面。

王八蛋畢爾曼。

那個爛人雇了一個凶神惡煞來傷害我。我已經很清楚地告訴過他這麼做會有什麼後果了。

莎蘭德怒火中燒，咬牙切齒，嘴裡甚至還流了血。現在她不得不處罰他了。

①Ebbe Carlsson（1947-1992），瑞典記者與出版社發行人，曾是被刺身亡的帕爾梅首相的親信。因不滿瑞典政府對帕爾梅案的偵辦方向，在三位司法、警務高階主管的祕密支持下，展開私下調查。此事曝光後，在瑞典社會引發高度關注，也導致該三位政府官員辭職下台。卡爾森後來雖被免除刑責，但帕爾梅案也從此成為懸案。

②蘇聯時期的祕密警察組織。

第三部

荒謬方程式

3/23 ► 4/2

那些無解的、沒有意義的方程式便稱爲荒謬方程式。

$$(a+b)(a-b)=a^2-b^2+1$$

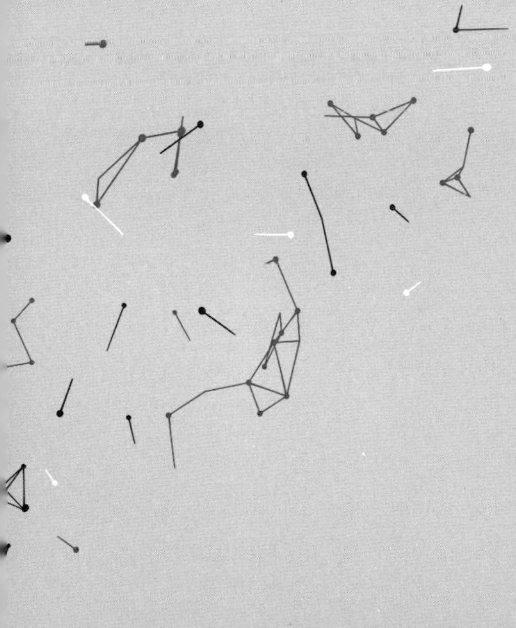

第十一章

三月二十三日星期三至三月二十四日濯足星期四

布隆維斯特拿起紅筆，在達格手稿的空白處畫一個問號，問號底下的點還特地畫成圓圈，並寫上「註記」二字。他希望這裡能註明來源。

這天是星期三，濯足節①前夕，復活節這一星期，雜誌社幾乎可以說是停工狀態。莫妮卡出國去了，蘿塔和丈夫到山上度假，柯特茲進辦公室接了幾小時電話，但布隆維斯特叫他回家，反正沒有人會打電話來，就算有也還有他在。柯特茲開心地笑著離開，準備去和新女友約會。

達格沒有進來。布隆維斯特一個人坐在辦公室，認眞地閱讀他的稿子。此書約有十二個章節，共兩百八十八頁，達格已經交出其中九章的完稿，而布隆維斯特也已一字不漏地看過，交還時還在列印稿上加註請他說明或建議他重寫的部分。

達格是個能寫的作家，布隆維斯特的修改多半只侷限於旁註。文稿在他桌上不斷疊高的這幾個星期以來，他們意見相左之處只有一個段落，布隆維斯特想要刪除，達格則拚了命想保留。最後是布隆維斯特成功了。

總之，《千禧年》有一本很出色的書即將付梓，而且無疑會登上頭版造成轟動。達格毫不留情地揭發買春客，而以他敘事的方式，誰都能立刻明白體制本身出了問題。在這一部分，他同時展現了作家與社會哲學家的才能。他的研究調查構成此書的主體，這樣的新聞作品理應列入瀕臨絕種的名單。

布隆維斯特發現達格是個嚴格的記者，幾乎毫無處理不周之處。有太多社會新聞報導總是措辭嚴厲，讓整篇報導變成自以為是的垃圾文章，但他沒有這麼做。他的書不只是揭發醜聞，更是宣戰。布隆維斯特暗自一笑。達格小他十五歲，但他卻在他身上看見自己當初挑戰那些三流財經記者、彙集出一本引發爭議的書時的熱忱。至今仍有幾家報社的新聞編輯群尚未原諒他。

達格這本書的問題在於必須滴水不漏。一個記者冒著如此大的風險，若非對自己的故事有百分之百的把握，就應該盡量不要出版。目前，達格有九八%的把握，除了有幾個弱點需要再補強，還有一、兩個主張沒有提出適當的證明。

下午五點半，他打開辦公桌抽屜拿出一根菸。愛莉卡已宣布辦公室內全面禁菸，但此時只有他一人，這個週末也不會有人進辦公室。他又工作了四十分鐘後，才將他剛剛編輯過的章節文稿整理好，放在愛莉卡的收文盤中讓她校讀。達格答應過隔天上午會用電子郵件，將剩餘三章的完稿寄出，那麼布隆維斯特便能利用週末看稿。他們預定在復活節過後的星期四舉行主管會議，批准該書與雜誌文章的最後版本。接下來便只剩美術設計，這只需克里斯特一人去傷腦筋，然後就能送印刷廠了。布隆維斯特並未請不同的印刷廠出價競標，這項工作將委託摩根戈瓦的哈維格．雷克蘭。他那本關於溫納斯壯事件的書便是交由他們印刷，價格好得不得了，服務也是一流。

布隆維斯特看看時鐘，決定再犒賞自己一根菸。他坐在窗邊，俯視約特路，一面用舌頭舔著嘴唇內側的傷口，已經開始癒合了。

他已經自問不下一千次：星期日凌晨在莎蘭德住處外面，究竟發生了什麼事？

唯一能確定的就是莎蘭德還活著，而且回到斯德哥爾摩了。

自從那時起，他天天試著與她聯繫，或是送電子郵件到她一年多前使用的信箱，或是到倫達路來來回回地走。但他開始感到絕望。

現在門牌上的名字是「莎蘭德—吳」。選舉人名冊中姓吳的共有兩百三十人，其中約有一百四十人住在斯德哥爾摩市區或近郊，卻沒有人住在倫達路。布隆維斯特不知道她是否有了男友，或是將公寓出租。

敲門也無人應門。

最後他回到辦公桌前，寫了一封老派但適切的信給她：

莉絲妳好：

我不知道一年前出了什麼事，但事到如今，就算像我這樣的呆瓜也明白，妳已不想跟我有任何聯繫。妳想和誰在一起該由妳自己決定，我無意多嘴，只是想告訴妳我仍當妳是朋友，也很想念妳，希望能和妳喝杯咖啡——如果妳願意的話。

我不知道妳惹上什麼麻煩，但倫達路上的騷動確實令人驚慌。若需要幫助，隨時隨地都可以打電話給我。妳也知道，我欠妳太多了。

還有，妳的袋子在我這裡，什麼時候想要回去就告訴我，如果不想見我，只要給我郵寄地址即可。既然妳已經明白表示不想和我再有任何瓜葛，我答應絕不再打擾妳。

麥可

正如預期，她沒有回他隻字片語。

倫達路攻擊事件當天早上，他回到家後打開背包，將裡面的東西倒在餐桌上。有一個皮夾裝了一張身分證、約六百克朗、兩百美金和一張月票。此外還有一包萬寶路淡菸、三個Bic打火機、一盒喉糖、一包面紙、一根牙刷、牙膏、內袋有三個衛生棉條、一包未拆封的保險套——價格標籤顯示是在倫敦蓋特威克機場買的——一本有A4大小黑色隔頁硬片的活頁筆記本、五支原子筆、一罐梅西防身噴霧器、一個裝著唇膏與化妝品的小袋、一具附有耳機但沒有電池的FM收音機，以及星期六的《Aftonbladet》晚報。

最有趣的物品是放在外袋的一把鐵鎚，拿取很方便。然而，對方出手太突然，她根本來不及拿鐵鎚或噴霧器。她顯然是用鑰匙當手指虎——上頭還留有血跡和皮屑。

鑰匙圈上有六把鑰匙，三把是一般公寓鑰匙——大樓前門、公寓的門和安全鎖的鑰匙。可是三把都與倫達路大樓前門的鑰匙孔不符。

布隆維斯特翻開筆記本，一頁一頁地看。他認得出莎蘭德工整的筆跡，也馬上發現這不是一本女孩的私密日記，其中有四分之三全都寫滿了看似數學相關的記號。第一頁最上方有一條方程式，布隆維斯特也認得。

$$(x^3 + y^3 = z^3)$$

布隆維斯特的計算能力向來很強，中學畢業時數學還拿最高分，當然這並不表示他是數學奇才，只不過是能吸收學校的課業內容。不過莎蘭德寫在筆記裡的公式，布隆維斯特不僅無法了解，就算試圖去了解也辦不到。有一個方程式延續滿滿兩頁，最後的地方還劃掉做了修改。他甚至無法分辨這是否真是數學公式與計算，但由於知道莎蘭德的特質，因此他猜想這些確實是方程式沒錯，而且一定有某些深奧意涵。

他來回翻閱了好一會，簡直就像在看天書，但也多少了解到她想做什麼。令她著迷的是費瑪定理，這個赫赫有名的謎題連他都聽說過。他不由得深深嘆了口氣。

筆記的最後一頁有一些非常簡要的密碼暗號，肯定和數學毫無關係，但看起來還是像個方程式：

（金髮巨人＋馬哥）＝尼艾畢

這一行底下畫了線又畫了圈，他卻毫無頭緒。同一頁最下方有一個電話號碼，和艾希圖納一家租車公司的名稱「汽車專家」。

布隆維斯特捻熄香菸、穿上夾克、設定好辦公室的警報系統，然後走到斯魯森的巴士總站，搭車前往一個雅痞區——位於雷納斯塔灣附近的史托切。妹妹安妮卡．布隆維斯特．賈尼尼邀請他去參加派對，這天是她四十二歲生日。

復活節的長週末一開始，愛莉卡便以充滿焦慮的心，發了狠地慢跑三公里，最後跑到鹽湖灘區的汽艇碼頭。之前一直懶得上健身房，因此覺得全身僵硬、身材走樣。跑完後走路回家。丈夫在現代博物館演講，回到家至少都八點了。愛莉卡心想待會要開一瓶好酒、在按摩浴缸放水，然後引誘他。這樣至少能讓她不再想著令她苦惱的問題。

一星期前，她和瑞典最大媒體公司的總裁一塊吃中飯。吃沙拉時，他便非常認眞地表示有意延攬她擔任該公司規模最大的日報《瑞典晨間郵報》的總編輯。**董事會討論過幾個可能的人選，但我們一致認爲妳將會是報社的一大資產。妳正是我們想要找的人。**附帶的薪資條件讓她在《千禧年》的收入顯得微薄到荒謬。

這項工作機會就像晴天中的霹靂，使她無言以對。爲什麼是我呢？

對方始終含糊其辭，但慢慢地也透露出一些端倪：因爲她有名氣、受敬重，而且肯定是個有才華的編輯。兩年前，她將《千禧年》拉出流沙險境，令他們印象深刻。《瑞典晨間郵報》也需要以同樣方式重生。這家報社有一種死氣沉沉的氛圍，因此訂報率每下愈況。愛莉卡是個有力量的記者，擁有影響力。讓一個具有女權思想的女性帶領瑞典最保守、以男性爲主的機構之一，可說是挑釁而大膽的主意。所有人都同意了。不，應該說是幾乎所有人。有分量的人全都站在同一邊。

「可是我並不認同這份報紙的基本政治理念。」

「那有什麼關係？妳也不是會公開唱反調的人。妳是要來當上司，不是黨部特工，讀者投書版的問題自有其解決之道。」

他沒有說太多，但其實這也攸關階級。愛莉卡擁有好的出身背景。

她告訴他說這個提議的確很令她心動，但她必須再好好想想，無法立刻答覆。他們答應給她一點時間，但希望能盡快。總裁並解釋說如果酬勞是令她猶豫的原因，很可能還可以協商更高的數字。此外還包括一項異常豐厚的黃金降落傘條款。**妳也該開始想想退休計畫了**。

她的四十五歲生日即將到來。她曾經當過見習的菜鳥與臨時雇員，後來憑著自己的實力組成《千禧年》團隊，成爲總編輯。拿起電話回答要或不要的時刻愈來愈接近，她仍不知道該說什麼。上個星期，她不只一次想要和布隆維斯特商量這件事，卻始終提不起勇氣，反而將這個工作機會瞞著他，因而深感內疚。

有一些缺點顯而易見。如果答應了，就表示得和布隆維斯特分道揚鑣，因爲不管她或他們能提供多優厚的條件，他也絕不可能跟著她到《瑞典晨間郵報》。眼下他並不需要這筆錢，而且他也愈來愈習慣依照自己的步調，悠哉地寫文章。

愛莉卡很喜歡《千禧年》總編輯的職務，這讓她在新聞界獲得了她幾乎自認爲配不上的崇高地位。她一直不是寫新聞的人，這不是她的專長——她覺得自己的文筆很差。但話說回來，她卻是一流的廣播人或電視人，而最重要的一點：她是個傑出的編輯。何況對於實際的編輯工作，她也樂在其中，這可是擔任《千禧年》總編輯必備的條件。

然而，她心動了。倒不是因爲酬勞，而是接下這份工作後，她必然能晉身瑞典的紅牌媒體人之列。**這是一生難得一次的機遇**，總裁如此說。

就在走到鹽湖灘大飯店附近某處時，她才驚覺自己實在無法拒絕。想到有必要告訴布隆維斯特，也只能無奈地聳聳肩。

▲　▲　▲

在安妮卡家的晚餐，一如往常有點混亂。安妮卡有兩個小孩：十三歲的莫妮卡和十歲的妍妮。丈夫安利科是某家國際生技公司北歐分部的主管，要負責監護與前妻所生的十六歲兒子安東尼奧。另外前來用餐的還包括安利科的母親安東妮亞、他的弟弟皮耶特洛、弟媳愛娃蘿塔以及他們的孩子彼得和尼可拉，再加上安利科住在附近的姊妹瑪琪拉和她的四個孩子。安利科的姑媽安潔莉娜一向被家人視為徹頭徹尾的瘋子，即使精神狀態正常時也是極端怪異，但她和新男友也都受到邀請。

因此在擺滿食物的餐桌周圍，情形十分混亂。嘰哩呱啦的對話中夾雜著瑞典話和義大利話，有時則是同時進行，更煩人的是一整晚安潔莉娜都在大聲詢問——好讓想聽的人都能聽見——為什麼安妮卡的哥哥還未婚，甚至還說她朋友的女兒當中有一些適合的對象，可以介紹給他。最後布隆維斯特氣惱地解釋說自己也很想結婚，只可惜心愛的人已是有夫之婦。就連安潔莉娜聽了都噤聲好一會。

七點半，布隆維斯特的手機響起，他原以為自己已經關機，好不容易找到不知是誰幫他掛在玄關外套架上的夾克，再從內袋掏出手機時，差點就漏接了。是達格。

「有沒有打擾你？」

「還好，我正在和我妹妹以及她丈夫那邊一大家子的人吃飯。怎麼了？」

「兩件事。我試著聯絡克里斯特，但他沒接電話。」

「他和女友去戲劇院看表演。」

「該死。我本來和克里斯特約好明天上午帶著書的圖片和圖表進辦公室，他要利用週末看一下。可是蜜亞臨時決定去達拉納，在她父母親家過復活節，順便讓他們看她的論文。我們明天一早就要出發，但有些照片無法用電子郵件傳送，能不能今晚請人送去給你？」

「可以呀……其實我現在人在雷納斯塔，還會再待一會，不過晚一點就會回去。如果繞到安斯赫得也不算太遠，乾脆我順便去你那裡拿好了。十一點左右可以嗎？」

「可以。第二件事……我想這應該不是好消息。」

「說吧。」

「有個地方出了點問題，我想送印前最好查證一下。」

「好的，什麼問題？」

「札拉。」

「喔，那個黑幫分子，好像大家都很怕他，誰也不想提的那個人。」

「就是他。幾天前我又碰巧發現他的消息。我相信他現在人在瑞典，應該也是第七章中嫖客名單的一員。」

「達格，只剩三星期就要出版了，你不能現在才開始挖新的東西。」

「我知道，但這情況有點特別。我和一名警員談過，他發現了一些關於札拉的事。總之，我認為下星期找幾天在他身上下功夫，應該會有收穫。」

「為什麼偏偏是他？書裡還有很多混蛋。」

「他似乎是個超級大混蛋。沒有人確實知道他的身分，我有個直覺，再花點時間打聽打聽是值得的。」

「絕對不能忽視你的直覺。」布隆維斯特說道：「但老實說……期限不能往後延。印刷廠已經預約好了，而且書和雜誌必須同時上市。」

「我知道。」達格的口氣略帶失望。

「晚點再打給你。」布隆維斯特說。

蜜亞剛煮好一壺咖啡，倒入餐桌上的保溫瓶，便聽到門鈴響。再過幾分鐘就九點。達格離門較近，心想可能是布隆維斯特提早來了，也沒有先從鷹眼往外看便開了門。不是布隆維斯特。而是一個像玩具娃娃似的矮小少女站在他面前。

「我要找達格．史文森和蜜亞．約翰森。」女孩說。

「我就是達格．史文森。」

「我想和你們兩人談談。」

達格下意識地看了看時鐘。蜜亞好奇地來到玄關，站在男友身後。

「現在有點晚了。」達格說。

「我想談談你打算透過《千禧年》出版的書。」

達格與蜜亞互看一眼。

「請問妳是？」

「我對書的內容很有興趣。我可以進去嗎？還是我們要站在門口討論？」

達格略感猶豫。這女孩他們根本不認識，造訪的時間也很奇怪，但她看起來不具危險性，因此他將門打開，請她坐到客廳桌旁。

「要喝點咖啡嗎？」蜜亞問道。

「能不能先告訴我們妳是誰？」達格說。

「好的，謝謝，我是說咖啡。我叫莉絲．莎蘭德。」

蜜亞聳聳肩，打開保溫瓶。因為知道布隆維斯特要來，杯子本來就準備好了。「妳怎麼會以為《千禧年》要替我出書？」達格問道。

他頓時深感懷疑，但女孩不理會他，反而轉向蜜亞，做出一個像是撇嘴一笑的表情。

「很有趣的論文。」她說。

蜜亞顯得十分震驚。

「妳怎麼可能知道任何有關我論文的事？」

「我碰巧拿到一份拷貝。」女孩神祕地說。

達格愈發焦躁。「現在妳眞的要好好解釋一下，妳到底是誰？又想做什麼？」

女孩與他四目交接，他忽然注意到她的瞳孔顏色好深，在這燈光下眼睛顯得烏黑。也許他低估了她的年齡。

「我想知道你們爲什麼到處打聽札拉，亞力山大．札拉。」莎蘭德說道：「最重要的是我想知道你們究竟對他了解多少。」

亞力山大．札拉，達格暗自心驚。他從來不知道他的名字。

女孩端起咖啡杯啜飲一口，視線卻始終停留在他身上。那雙眼睛毫無溫度。他忽然隱約感到不安。

儘管身爲壽星，安妮卡卻和布隆維斯特或派對上的其他成年人不同，用餐時她只喝淡啤酒，盡量不碰任何葡萄酒或烈酒，因此到了十點半，還清醒得不得了。在某些方面，她總是把哥哥當作大白癡，因此大方地提議開車送他回家，順路繞到安斯赫得。其實她本來就打算載他到衛姆德威根的巴士站，進城去也不會多花太多時間。

「你怎麼不買輛車？」布隆維斯特繫安全帶時，她問道。

「因爲我和妳不同，我可以走路上班，買了車一年大概只會開一次。何況自從妳老公開始請人喝斯科恩的烈酒之後，我也不可能開車。」

「他愈來愈像瑞典人了。要是十年前，他會喝格拉帕白蘭地。」

一路上他們就像一般的兄妹一樣聊天。除了一個頑固的姑媽、兩個較不頑固的姨媽、兩個遠房表親和一個六等表親之外，麥可和安妮卡的家人只有彼此。三歲的差異使得他們在青少年時期並無太多共通處，但長大後關係反而變得親密。

安妮卡念的是法律，布隆維斯特認爲妹妹比自己能幹得多。她輕鬆地讀完大學，在地方法院待了幾年，接著擔任瑞典一位相當知名的律師的助理，後來便開始自己執業。安妮卡專攻家庭法，慢慢地則開始致力於兩性的平權。她成爲受虐婦女的代言人，寫了一本相關書籍，因而博得美名。到了最後，她開始涉入社會民主黨的政治活動，布隆維斯特忍不住戲稱她爲黨部特工。布隆維斯特老早便已決定，黨員身分與記者的可信度不可兼得。他從未心甘情願地去投票，即使偶爾覺得非投不可，也絕不肯談論自己的支持對象，就連和愛莉卡也不例外。

「你還好嗎？」穿越斯庫魯橋時，安妮卡問道。

「很好呀。」

「那麼是什麼問題？」

「什麼問題？」

「我了解你，麥可。你一整個晚上都有心事。」

布隆維斯特靜默了片刻。

「事情很複雜，眼下有兩個問題。其一是關於一個女孩，她兩年前曾經在溫納斯壯事件中幫過我，後來無緣無故消失了。我已經一年多沒有見到她的蹤影，直到上個星期爲止。」

布隆維斯特說出發生在倫達路的攻擊事件。

「你報警了嗎？」

「沒有。」

「爲什麼？」

「這個女孩隱密到了極點，被攻擊的人是她，得由她出面報案。」

但布隆維斯特認爲報警絕非莎蘭德的優先選項之一。

「還是一樣那麼頑固。」安妮卡拍拍哥哥的臉頰說道：「那麼第二個問題呢？」

「雜誌社在進行一個故事，將來會造成轟動。我整個晚上都在考慮該不該詢問妳的意見。我是說法律方面的意見。」

安妮卡訝異地覷了哥哥一眼。「詢問我的意見？」她驚呼道：「這還真是新鮮事。」

「是關於性交易與對婦女施暴的故事。妳處理的都是相關案件，而且妳又是律師，也許妳不接有關新聞自由的案子，但出版前妳如果能看看稿子，我會十分感激。因爲除了雜誌要刊登的文章之外還有一本書，所以內容不少。」

安妮卡悶不吭聲地轉下哈馬比產業道路，經過希克拉水閘，在與尼奈斯路平行的巷道間迂迴前進，直到接上安斯赫得路。

「你知道嗎，麥可？我這輩子只有一次眞的很氣你。」

「是嗎？」他頗爲吃驚。

「就是你因爲溫納斯壯被帶上法庭，還因爲誹謗被判刑的那次。我簡直就要氣炸了。」

「爲什麼？我只不過出了糗。」

「你已經出過很多次糗了。但那次你需要律師，而你唯一沒找的人就是我。結果你就呆呆坐在那裡，受媒體和法院的鳥氣，甚至不爲自己辯護。我眞的快難過死了。」

「有一些特殊狀況，妳幫不上什麼忙。」

「對，但我卻是一直到《千禧年》重新站穩腳步、徹底打垮溫納斯壯之後才明白。在那之前，我實在對你失望透頂。」

「我們根本打不贏那場官司。」

「你沒聽懂我的重點，老哥。我知道那個官司無望，我看過判決書了。重點是你沒有來找我幫忙。例如說一聲，喂小妹，我需要找個律師。就是因爲這樣我始終沒出現在法院。」

布隆維斯特想了一想。

「對不起，我承認當時應該找妳。」

「是啊，本來就該找我。」

「那一年我一直不太對勁，無法與任何人面對面談話，一心只想馬上死了算了。」

「偏偏你沒有這麼做。」

「原諒我吧。」

安妮卡露出大大的微笑。

「好極了，遲到兩年的道歉。好吧，我很樂意看看那些內容，你很急嗎？」

「對，很快就要出版了。這裡左轉。」

安妮卡將車停在達格與蜜亞位於熊堡路的住處對街。「只要一分鐘就好。」布隆維斯特說著跑過馬路，按了大門密碼，一進到裡面立刻發現不對勁，因爲從樓梯間就聽到激動的說話聲。他連忙跑上三層樓，到了他們的樓層後，才發現嘈雜的聲音就來自他們的住處旁。有五個鄰居站在樓梯轉角處，公寓門微開著。

「發生什麼事了？」布隆維斯特問道，此時的他好奇多於擔心。

衆人全都安靜下來看著他。三名婦人、兩名男子，似乎都已七十多歲，其中一名婦人還穿著睡衣。

「好像有槍聲。」一個穿著棕色便袍的男人這麼說，似乎相當確定。

「槍聲？」

「就是剛才。大概一分鐘前公寓裡頭傳出槍聲，門開著。」

布隆維斯特擠身而過，按了門鈴後走進公寓。

「達格？蜜亞？」他出聲喊道。

沒有回應。

他驀地感覺到一陣寒意竄下背脊。他認得這個味道：是線狀無煙火藥。接著他走向客廳的門，第一眼看見的——**我的聖母瑪利亞**——竟是達格倒在餐椅旁邊，範圍約一公尺寬的血泊中。

布隆維斯特急忙衝過去，同時掏出手機，撥了一一〇緊急求助電話，馬上就接通了。

「我叫麥可．布隆維斯特。我需要一輛救護車和警察。」

他念了地址。

「是什麼事情？」

「一個男人，他好像頭部中彈，現在昏迷不醒。」

布隆維斯特彎身想探探達格頸部的脈搏，這才看見他的後腦杓凹了一個大洞，也才發現自己腳下踩的想必是達格的腦漿。他慢慢地縮手。

如今再也沒有任何救護人員能救得了達格。

隨後他注意到一些咖啡杯碎片，那是蜜亞的祖母留下來，她始終小心翼翼地保護著以免摔破的杯子之一。他很快地站直身子，環視四周。

「蜜亞。」他大喊。

穿著棕色便袍的鄰居此時也跟在他後面進入玄關。布隆維斯特站在客廳門邊，轉身舉起一隻手來。

「別動。」他說：「退到樓梯間去。」

那位鄰居起初看似有意反駁，但還是聽話退了出去。布隆維斯特靜靜站了十五秒，然後繞過那灘血，謹慎地走過達格的屍體來到臥室門邊。

蜜亞仰躺在床腳的地板上。**不不不會連蜜亞也遭遇不幸吧！**她是臉部中槍，子彈從左耳旁的下頷下方穿入，從太陽穴穿出的傷口和柳橙一樣大，右眼窩則空空地睜著。她彷彿比伴侶還流了更多血。由於子彈的威力太強大，就連距離她身體三公尺外床頭上方的牆面，也布滿斑斑血跡。

過了一會，布隆維斯特才發現自己緊抓著手機，緊急求助中心的線路也還沒斷，還一直屏息不敢呼吸。他深吸一口氣後，拿起電話。

「這裡需要警察。有兩個人被槍殺，應該已經死了。請快一點。」

他聽見對方說了些什麼，但聽不明白，覺得自己的聽力好像出了問題，四周一片死寂。他試著說話，卻聽不到自己的聲音。他丟下手機，退出公寓，到了樓梯口才發現自己全身發抖，心怦怦跳著，感覺好痛苦。他不發一語地擠過驚呆了的鄰居群眾，坐在樓梯上。隱約可以聽到鄰居在問他問題，聲音很遙遠。**怎麼回事？有人受傷嗎？發生什麼事了嗎？**人聲在他耳邊迴響，彷彿來自地道。

布隆維斯特覺得全身麻木，他知道自己受到驚嚇，於是把頭垂到雙膝之間，然後開始思考。**天哪！他們遭到殺害，就在幾分鐘前被槍殺，凶手可能還在公寓裡面……不，若是如此我應該會看見，公寓也不過十七坪**。他忍不住一直顫抖。達格趴倒在地，沒看見他的臉，但蜜亞面目全非的模樣始終停留在他的視網膜上，無法抹滅。

忽然間，他的聽力恢復了，就像有人打開了聲量控制鈕。他很快地起身，看著穿便袍的鄰居。

「你。」他說：「你留在這裡，別讓任何人進入公寓內。警察和救護車已經上路了，我下去幫他們開門。」

布隆維斯特三步併作一步跑下樓，到了一樓他瞥向通往地下室的樓梯，頓時停住。接著往地下室方向跨出一步，一眼就看到往下的樓梯半途躺著一把手槍，看起來像是科特點四五麥格農手槍——就是用來謀殺首相帕爾梅②的同一型武器。

他按捺住拾起手槍的衝動，轉身走到大門口開門，站在夜風中。直到聽見有人按喇叭，他才想起妹妹還在等他，便往對街走去。

安妮卡張嘴正想挖苦遲來的哥哥，卻看見他臉上的表情。

「妳等我的時候有沒有看到什麼人？」布隆維斯特問話的聲音沙啞而不自然。

「沒有，會看到什麼人呢？發生什麼事了？」

布隆維斯特沉默了幾秒鐘，一面左右張望。街上安安靜靜。他伸手進夾克口袋，摸到縐巴巴的菸包，裡面還剩一根菸。點菸時，可以聽到遠方的嗚笛聲逐漸靠近。他看看手錶，十一點十七分。

「安妮卡，這將會是漫長的一夜。」他說話的時候沒有看著她，而警車也在此時出現了。

首先抵達的是馬紐松與歐爾森兩名警員。他們先前接到報案趕到尼奈斯路，結果發現是虛驚一場，因此人剛好在附近。繼他們之後到達的是現場警司奧斯華．莫丹松的警官專車，中央派遣台呼叫這一帶所有警車時，他人剛好在史康斯杜爾。他們幾乎在同一時間從不同方向到達現場，並看見一個穿著牛仔褲和深色夾克的男人，站在馬路中央舉手攔車。這時，也有個女人從停在距離男人幾公尺外的一輛車上下來。

三名警員都等了幾秒鐘。派遣台說有兩個人被槍殺，而這名男子左手似乎拿著什麼。他們花了幾秒鐘看清那是手機後，立刻下車並調整腰帶。莫丹松負責指揮。

「是你報案說發生槍擊事件嗎？」

男子點點頭，似乎驚嚇過度。他在抽菸，將菸放到嘴裡時，手抖個不停。

「你叫什麼名字？」

「麥可．布隆維斯特。就在不久前，這棟公寓裡面有兩個人被射殺，他們的名字是達格．史文森和蜜亞．約翰森。地點在三樓。鄰居都站在門外。」

「老天爺！」女人驚呼。

「妳又是誰？」莫丹松問安妮卡。

「安妮卡．賈尼尼。我是他妹妹。」她指著布隆維斯特說。

「你住在這裡嗎？」

「不是。」布隆維斯特回答。「我是來找遇害的那對男女。我剛剛參加完派對，妹妹載了我一程。」

「你說有兩個人被槍殺。你有看到事發經過嗎？」

「沒有，我只是發現他們。」

「我們上樓去看看吧。」莫丹松說。

「等一下。」布隆維斯特說：「據鄰居的說法，聽到槍聲後才不過一分鐘我就到了，而且我立刻撥了一一〇，從那時到現在還不到五分鐘，也就是說殺死他們的人可能還在附近。」

「你能描述凶手的模樣嗎？」

「我們沒看到任何人。也許有哪個鄰居看到了什麼。」

莫丹松向馬紐松打了個手勢，後者隨即拿起無線電低聲說話。莫丹松又轉向布隆維斯特。

「請你帶路好嗎？」他說。

走進大門後，布隆維斯特停下來指指地下室階梯。莫丹松彎下身檢視武器，然後一直走到樓梯底部推了推門。門鎖著。

「歐爾森，你留在這裡看著。」莫丹松說。

公寓門外的鄰居人數減少了，有兩人已回到自己家中，但穿便袍的男人還在站崗，看見穿著制服的警員到來似乎鬆了口氣。

「我沒有讓任何人進去。」他說。

「很好。」布隆維斯特和莫丹松異口同聲地說。

「樓梯上好像有血跡。」馬紐松警員說。

所有人都看著腳印。布隆維斯特則看著自己的義大利休閒鞋。

「那很可能是我的鞋印。」他說：「我剛才進去過，地上有不少血。」

莫丹松用銳利的眼神看了布隆維斯特一眼，然後用筆推開公寓的門，發現玄關有更多血腳印。

「右邊，達格在客廳，蜜亞在臥室。」

莫丹松迅速地巡視公寓，短短幾秒後便出來。他用無線電請求刑事組執勤員警前來支援。通話完畢後，救護人員來了，他們正要進入時被莫丹松擋下。

「有兩名受害者。依我看，已經沒救了。你們能不能派一個人進去看看，不要破壞犯罪現場？」他的推論很快便獲得證實。一名醫護人員確認兩人已經沒救了，毋須送醫。布隆維斯特頓時感到反胃，轉身對莫丹松說：

「我要出去一下，我需要一點空氣。」

「很抱歉，暫時還不能讓你走。」

「我只想坐在外面的門廊上。」

「可以讓我看看你的身分證嗎？」

布隆維斯特拿出皮夾，放在莫丹松手裡，隨後一言不發便走到大樓外面的門廊坐下，安妮卡還和歐爾森警員在這裡等著。她跟著坐到他身邊。

「麥可，這是怎麼回事？」

「我很喜歡的兩個人被殺害了，達格和蜜亞。我要妳看的就是達格寫的稿子。」

安妮卡知道現在不宜拿一堆問題來煩他，便用手摟住哥哥的肩膀，抱了抱他。這時又來了更多警車。對面的人行道上有幾個好奇的夜間路人駐足旁觀，布隆維斯特正盯著他們看，警察已開始拉起封鎖線。一樁謀殺案的調查工作剛剛展開了。

布隆維斯特和妹妹獲准離開警局時，已過凌晨三點。他們先在安妮卡停在安斯赫得公寓大樓外的車子上待了一小時，等候值班檢察官前來展開調查工作的前置作業。接下來，由於布隆維斯特是兩名死者的好友，又是他發現屍體後打電話報警，因此警方要求他們一起到國王島總局以便——依照他們的說法——協助調查。

他們在那裡等了很久，才有一名警局裡的女巡官紐柏前來訊問，她有一頭淡金色頭髮，看起來像個青少女。

我老了，布隆維斯特暗想。

到了兩點半，他已經喝了好多杯警局販賣機的咖啡，因此非常清醒也覺得很不舒服。甚至必須中斷訊問到廁所去，還大吐特吐。蜜亞面容的影像一直在他腦中游移。他喝了三杯水並一再地用水潑臉，之後才又回到偵訊室，努力地理清思緒以回答紐柏巡官的問題。

「達格或蜜亞有樹敵嗎？」

「據我所知，沒有。」

「他們有受到任何恐嚇嗎？」

「如果有，我並不知道。」

「你覺得他們兩人的關係如何？」

「他們隨時都顯得很恩愛。達格告訴我等蜜亞拿到博士後，他們打算生個小孩。」

「他們有吸毒嗎？」

「我不確定，但應該沒有，就算有應該也只是在某個慶祝派對上抽抽大麻。」

「你為什麼這麼晚了還來找他們？」

布隆維斯特解釋說是為了一本書的收尾工作，但並未指出書的主題。

「你認為這麼晚來找人正常嗎？」

「這是我第一次這麼做。」

「你怎麼會認識他們？」

「因為工作的緣故。」

巡官毫不留情地提問，試圖拼湊出時間框架。

整棟大樓的人都聽見槍聲了，兩記槍響的間隔不到五秒鐘。穿著便袍的七十歲老翁住得最近，原來他是海岸砲兵隊的退休少校。當時他正在看電視，聽到第二槍後才來到樓梯間，由於髖骨部位有點問題，所以從沙發起身時動作很慢。他估計自己到達樓梯口大約花了三十秒，但無論是他或其他鄰居都沒有在樓梯上見到任何人。

根據鄰居們的說法，第二聲槍響後不到兩分鐘，布隆維斯特就到了。

布隆維斯特覺得，安妮卡在找到大樓正確位置、停車時，他們約有一分半鐘的時間可以看見街道，而他從說完自己很快就會回來到過街上樓，這當中約有三、四十秒的空檔。凶手就在這段時間離開公寓、跑下三層階梯、離開大樓，中途還遺落凶器，然後在安妮卡轉進這條街道之前消失不見。

某一刻，布隆維斯特在頭暈目眩之餘，忽然發現紐柏巡官似乎不經意地將他視爲凶嫌，認爲他可能只跑下一層樓，等到鄰居聚集時才假裝剛剛抵達現場。不過他有妹妹可做爲不在場證人。他整個晚上，包括與達格通電話，都有十多名賈尼尼家族成員可以爲證。

最後安妮卡採取了強硬態度。布隆維斯特已經提供所有合理且可能的協助，而且明顯看得出他很累，人又不舒服。她表示說自己不只是布隆維斯特的妹妹，也是他的律師，所有訊問過程也該告一段落，讓他回家了。

他們走到大街上後，在安妮卡的車旁站了一會。

「回家去睡一會吧。」她說。

布隆維斯特搖搖頭。

「我得去找愛莉卡。」他說：「她也認識他們，我不能光是打電話通知她，也不希望她早上醒來從新聞報導中得知。」

安妮卡略感猶豫，卻也知道哥哥說得沒錯。

「那麼，出發到鹽湖灘區吧。」她說。

「妳能載我去嗎？」

「不然妹妹是做什麼用的？」

「如果妳送我到納卡，我可以從那裡搭計程車或等公車。」

「無聊！上車吧，我載你去。」

①即復活節前的星期四，又稱聖星期四。

②Olof Palme（1927-1986）曾於一九六九與一九八二年兩度當選瑞典首相，於一九八六年二月二十八日晚上，在與妻子看完電影返家途中遭槍擊身亡。兩年後雖有一名精神異常的吸毒犯遭逮捕並起訴，但最後仍因罪證不足而無法定罪。此案至今未破，各種陰謀理論也始終爭議不斷。

第十二章

三月二十四日濯足星期四

安妮卡也同樣精疲力竭，布隆維斯特好不容易才說服她不必多花一小時繞過雷納斯塔灣，直接讓他在納卡下車即可。他親親她的臉頰，謝謝她的幫忙後，等她將車掉頭開走了才叫計程車。

布隆維斯特已經兩年沒到鹽湖灘，之前也只去過愛莉卡家幾次。他覺得這是不成熟的表現。她和貝克曼的婚姻生活究竟如何，他全然不知。他和愛莉卡是在八〇年代初相識，原打算繼續和她維持關係直到他老得只能坐在輪椅上爲止。他們倆在八〇代末各自認識了新對象後結婚，因而分手，但關係的中斷卻爲時不到一年。

布隆維斯特不忠的結果以離婚收場。愛莉卡這方面，卻是讓貝克曼接受了這個說法：他們之間長期的性愛激情太過強烈，若以爲單靠承諾便能將他們分開，未免太不合理。而且他也沒有像布隆維斯特一樣，向愛莉卡提議離婚。

愛莉卡坦承自己的不忠之後，貝克曼找上了布隆維斯特，這也是布隆維斯特一直害怕的事，但貝克曼沒有揍他的臉，反而邀他出去喝一杯。他們光顧三家索德毛姆的酒吧之後，才終於在黎明時分有了足夠的醉意，能在瑪利亞廣場的長板凳上嚴肅交談。

起初，布隆維斯特心存疑慮，但貝克曼終於說服他：如果他企圖破壞他和愛莉卡的婚姻，他會在酒醒後帶著球棒回來找他，但如果純粹只是無法自制的肉欲與靈魂渴望，那麼他便無所謂。

於是布隆維斯特和愛莉卡便在貝克曼的祝福之下重續前緣，而且凡事都不瞞他。每當愛莉卡心血來潮想和布隆維斯特過夜——發生的頻率還不低——只需拿起電話告訴他一聲即可。

貝克曼從未說過一句批評布隆維斯特的話，反而似乎認爲他與自己妻子的關係是有利的。他對妻子的愛也更深了，因爲他知道絕不能忽視她。

反觀布隆維斯特，只要有貝克曼在場，他始終無法感到自在，因爲那彷彿在提醒他，即使自由的關係也得付出代價，令他心悶。因此他只去過鹽湖灘區幾次，全是愛莉卡在家裡舉辦的派對場合，他若不出席恐怕會造成話題。

此時，他站在他們的華麗別墅門口，強壓住自己帶來壞消息的不安心情，毅然按下門鈴，手指還在門鈴上停留了四十秒左右，直到聽見腳步聲。貝克曼開門時，腰際圍著一條浴巾，一看見妻子的情人，原本充滿睡意與憤怒的臉立刻轉爲驚訝。

「嗨，貝克曼。」布隆維斯特招呼道。

「早呀，布隆維斯特。現在到底幾點？」

貝克曼是個精瘦的金髮男子，胸前毛髮濃密，頂上卻幾乎童山濯濯。臉上的鬍子約有一星期沒刮，還有一道明顯的疤痕劃過右邊眉毛，是數年前一次航海意外造成的。

「五點剛過。」布隆維斯特說：「能不能請你叫醒愛莉卡？我有話跟她說。」

貝克曼認爲布隆維斯特忽然克服心理障礙來到鹽湖灘，還在這個時間站在這裡，肯定發生了極不尋常的事。何況，眼前這個人似乎亟需要喝點酒，或至少有張床能睡一覺，好將發生的一切拋諸腦後。貝克曼將門打開，請他進屋。

「出了什麼事？」

布隆維斯特還沒回答，愛莉卡已經出現在樓梯頂端，一面綁著白色浴袍的腰帶。她下樓走到一半，看見布隆維斯特在玄關，隨即停下來。

「怎麼了？」

「達格和蜜亞。」布隆維斯特說。

他前來報告的消息立刻顯現在他的臉上。

「不。」她一手掩住嘴巴。

「他們昨晚被殺了，我剛從警察局過來。」

「被殺？」愛莉卡和貝克曼異口同聲地說。

「有人進入他們在安斯赫得的公寓，射殺了他們。是我發現的。」

愛莉卡直接坐到階梯上。

「我不希望妳從晨間新聞聽到消息。」布隆維斯特說。

布隆維斯特和愛莉卡進《千禧年》辦公室時，是濯足星期四上午六點五十九分。愛莉卡事前已叫醒克里斯特和瑪琳，告知達格和蜜亞在前一夜遇害的消息。他們住的地方近得多，因此已經到達準備開會，也已開啓了小廚房裡的咖啡機。

「到底發生了什麼事？」克里斯特急著想知道。

瑪琳噓了他一聲，同時將七點晨間新聞的聲音開大。

昨晚深夜，有兩名人士——一男一女——在安斯赫得某公寓中遭射殺身亡。警方聲稱這是一起雙屍命案。兩名死者生前都未在警局留下紀錄。殺人的動機至今不明。以下是本台記者漢娜·歐洛夫森在現場的報導。

「就在午夜前不久，警方獲報在安斯赫得熊堡路這裡的一間公寓大樓傳出槍聲。據一名鄰居表示，公寓內傳出幾聲槍響。殺人動機不明，也尚未有任何嫌犯落網。警方已在公寓周圍拉起封鎖線，犯罪現場的調查工作也已展開。」

「報導得還眞是精簡。」瑪琳說著將聲量轉小，隨後便哭了起來。愛莉卡伸手摟住她的肩膀。

「我的老天！」克里斯特說，沒有對著特定對象。

「大家都坐下。」愛莉卡以堅定的口氣說：「麥可……」

布隆維斯特將自己知道的經過告訴他們，說話的口氣平板單調，當他描述自己發現達格與蜜亞的情形時，就好像電台記者在報導似的。

「我的老天！」克里斯特又喊了一聲。「太瘋狂了！」

瑪琳的情緒再次激動起來，忍不住又開始哭泣，也不試圖掩藏淚水。

「眞叫人難過。」她說道。

「我也有同感。」克里斯特說。

布隆維斯特不明白自己爲何哭不出來，只覺得內心空洞洞的，幾乎像是被麻醉了一般。

「今天早上得知的消息並不多。」愛莉卡說道：「我們有兩件事要討論：第一，還有三星期，達格寫的東西就要送印刷廠了，我們還**應該**出版嗎？我們**能**出版嗎？這是其一。另一件事是麥可和我來這裡的途中討論的問題。」

「我們不知道凶手的動機。」布隆維斯特說：「可能和達格和蜜亞的私生活有關，也可能是單純的濫殺，但也不能排除可能和他們正在寫的東西有關。」

桌旁頓時靜默良久。

最後，布隆維斯特清清喉嚨。「誠如我所說，我們即將出版的書中會揭露一些人，他們非常擔心自己的身分曝光。達格在兩星期前開始找人質問查證，我在想如果他們其中一人……」

「等等，」瑪琳說道：「我們要揭發的三名警員當中，至少有一個是國安局的，還有一個是刑警。另外還有幾個律師、一個檢察官、一個法官，和一些齷齪的男性老記者。這些人有可能爲了阻止書的出版殺死兩個人嗎？」

「這個嘛，我也不知道答案。」布隆維斯特說：「他們全都可能失去很多，但若以爲殺死一名記者便能壓制這種消息，未免愚蠢到極點。不過我們也披露了一些皮條客，儘管用了假名，凡是對內幕稍有了解的人都不難猜出他們是誰。其中有些人已經有過暴力犯罪的前科。」

「好，」克里斯特說道：「但你將命案想成處決。假如我對達格的故事了解正確的話，這裡頭的人並不十分聰明。他們有能力犯下雙屍命案後安全脫逃嗎？」

「只是開兩槍，需要多聰明？」瑪琳說。

「我們純粹是在臆測一件我們幾乎一無所知的事。」愛莉卡插嘴說道：「不過這個問題非問不可。如果凶手的動機是爲了不讓達格的文章——或甚至蜜亞的論文——曝光，那麼辦公室這裡的保全就得加強了。」

「還有第三個問題。」瑪琳說：「我們是否應該將這份名單交給警方？麥可，你昨晚跟警察說了什麼？」

「我說了達格在寫書，但他們沒有詢問細節，我也沒有說出任何人名。」

「也許我們應該這麼做。」愛莉卡說。

「事情沒那麼簡單。」布隆維斯特說：「我們可以交出名單，但萬一警察問起名單從何而來，該怎麼辦？我們不能透露任何想要匿名的消息來源，和蜜亞交談過的幾個女孩更是如此。」

「眞是一團糟。」愛莉卡說道：「現在又回到第一個問題：該不該出書和發表文章？」

布隆維斯特舉起手來。「等等。關於這個問題可以投票表決，但我剛好是負責的發行人，我想這次也是第一次，我要自己作決定。答案是不行。下一期的雜誌不能公開這些資料。如果不顧一切按計畫行事，太不合理。」

坐在桌邊的其他人都尚未準備好提出異議。

「當然了，我確實很想出版，但內容必須稍作修改。證據資料都在達格和蜜亞手中，而故事的根據也是基於蜜亞打算向警方檢舉我們即將揭發的人。她有專業的知識，但我們有任何相關資訊嗎？」

這時大門砰的一聲，柯特茲就站在門口。

「是達格和蜜亞嗎？」他喘著氣問。

所有人都點頭。

「天哪，眞是瘋了！」

「你從哪裡聽說的？」布隆維斯特問道。

「我正要和女友搭計程車回家，聽到車上廣播。警方在詢問有沒有計程車司機搭載乘客去過那條街，我沒聽清楚地址，所以非來一趟不可。」

柯特茲看似驚嚇過度，愛莉卡於是起身抱抱他，讓他坐到桌旁一起開會。

「我想達格會希望我們發表。」她說。

「我也同意應該發表，尤其是書。但以目前的情況看來，出書日期得往後延。」

「那麼該怎麼辦呢？」瑪琳說：「不只是一篇文章要拉掉，而是一整個主題特刊。整本雜誌都得重做。」

愛莉卡安靜了片刻，然後露出當天第一個疲倦的笑容。

「瑪琳，妳本來有打算休復活節嗎？」她問道：「現在別想了。我們就這麼做……瑪琳，妳和我還有克里斯特要坐下來籌畫一期新的內容，不用達格的資料。我們得看看能不能抽出幾篇原本打算放在六月號的文章。麥可，你從達格那裡拿到多少資料？」

「十二個章節中，我已經拿到九章完稿，以及第十章與十一章的草稿。達格本來說會將完稿寄給我，我再去查查信箱，至於十二章則只有大綱，也就是摘要和結論。」

「但你和達格已經討論過每一章的內容了，對不對？」

「對，我知道他最後一章要寫什麼，如果妳是想問這個的話。」

「那好，你得拿著稿子 —— 包括書和雜誌文章的稿子 —— 開始工作。我要知道內容還差多少，也要知道達格未完成的部分，我們能不能寫得出來。你能不能在今天作出客觀評估？」

「可以。」布隆維斯特回答。

「另外還要請你想一想對警方的說詞。想一想哪些是在可透露的範圍內？說到什麼程度可能會違反我們與消息來源簽定的保密協議？除非有你的許可，否則《千禧年》任何員工都不得對外發表任何意見。」

「聽起來還不錯。」布隆維斯特說。

「你覺得達格的書引發謀殺動機的可能性有多大？」

「也可能是蜜亞的論文……我不知道，但不能排除這個可能。」

「當然不能。你得把一切拼湊起來。」

「把什麼拼湊起來？」

「調查結果。」

「什麼調查結果？」

「我們的調查啊，拜託！」愛莉卡忽然扯開嗓子。「達格是爲《千禧年》工作的記者，如果他因爲工作被殺，我要知道其中的細節，所以身爲編輯團隊的我們，必須深入挖掘眞相。這部分就由你負責，從達格給我們的資料當中尋找殺人動機。」她接著轉向瑪琳。「瑪琳，如果妳今天能幫我擬訂新一期的概略計畫，我就能和克里斯特草擬版面設計。不過妳花了很多時間和達格合作，對主題特刊的其他文章也很熟悉，所以我要妳和麥可一起留意命案調查的發展。」

瑪琳點點頭。

「柯特茲……你今天能工作嗎？」

「當然可以。」

「你先一一打電話給**我們的**其他員工，告訴他們發生什麼事，然後到警局去了解案情，問他們會不會召開記者會之類的。我們得獲得第一手消息。」

「我先打電話給大家，然後回家洗個澡。除非我直接去了國王島，否則四十五分鐘後就會回來。」

「今天一整天都要保持聯絡。」

「好的。」布隆維斯特說：「結束了嗎？我得打通電話。」

手機響起時，海莉正坐在亨利・范耶爾位於赫德比的家中、以玻璃圍起的陽台上用早餐。她沒有看來電顯示便接起來。

「早安，海莉。」布隆維斯特說。

「天哪！我還以為你從不在八點以前起床。」

「的確，如果我有機會睡覺的話。偏偏我昨晚沒睡。」

「發生什麼事了嗎？」

「妳沒有聽到新聞嗎？」布隆維斯特接著說出昨晚發生的事。

「太可怕了！你還好嗎？」

「謝謝妳關心，我覺得好些了。但我之所以打電話，是因為妳是雜誌社的董事，理應被告知。我猜很快便會有記者查出是我發現達格和蜜亞，這將會引發一些猜疑，如果達格正在為《千禧年》寫一本揭發醜聞的重要作品的消息外漏，一定會有人提出質問。」

「所以你認為我應該有所準備。那麼我該說些什麼？」

「實話實說。妳聽到了消息，對於命案感到震驚，但妳並未參與編輯工作，因此無法對任何臆測發表看法。調查命案是警方的工作，不是《千禧年》的。」

「謝謝你的提醒。還有什麼我能幫得上忙的嗎？」

「目前沒有。但如果想到什麼，我會告訴妳。」

「謝謝。還有拜託你……有新消息一定要讓我知道。」

第十三章

三月二十四日濯足星期四

負責指揮安斯赫得雙屍案初步調查的正式命令，於濯足節星期四上午七點送到檢察官李察·埃克斯壯的辦公桌上。前一晚的值班檢察官是個年紀很輕又缺乏經驗的律師，他發現安斯赫得命案可能演變成轟動的新聞，因此打電話叫醒郡助理檢察官，郡助理檢察官又叫醒郡警局副局長，然後一起決定將球丟給認眞負責、經驗豐富的檢察官：李察·埃克斯壯。

埃克斯壯身材瘦小、精力充沛，身高一六五公分，現年四十二歲，頭上的金髮已漸稀疏，還留了一撇山羊鬍。他的穿著打扮向來一絲不苟，鞋子也都略有點跟。他最初在烏普沙拉擔任助理檢察官，後來被徵召進入法務部調查局，負責讓瑞典的法律與歐盟一致，由於表現極爲出色，還一度被指派爲部門主任。他引起注意是因爲一篇關於執法界組織缺點的報告，在報告中他主張提升效率，而不應依照某些警察單位的要求增加警力。在法務部待了四年以後，他轉到斯德哥爾摩的檢察官辦公室，並在這裡處理過幾起非常引人關注的搶案與暴力犯罪案件。

在政府部門裡面，他被視爲社會民主黨員，但事實上埃克斯壯對政黨政治毫無興趣。就在他受到媒體關注之際，高層人士也開始留意到他。他絕對是更高職位的候選人，也多虧他留給外界這個政黨傾向的印象，因而得以在政治圈與警界獲得豐沛人脈。警界人士對於埃克斯壯的能力看法分歧，那些主張募集更多警力是改善治安最佳方法的人，便不支持他的調查工作。但另一方面，他也非常善於不擇手段地將案子送進法院。

埃克斯壯聽取了値班刑警對於安斯赫得命案所作的簡報後，立刻認定此案必會引發媒體騷動。兩名死者一個是犯罪學家、一個是記者——對於後者的職業，埃克斯壯若非痛恨便是珍視，視情況而定。

他和郡警局局長很快地在電話中進行商議。七點十五分，他拿起電話叫醒刑事巡官楊．包柏藍斯基，同事們都稱他泡泡警官。由於去年工作超時太多，包柏藍斯基在復活節整個星期都休假，但最終仍被要求中斷休假，立刻到總局著手調查安斯赫得命案。

包柏藍斯基五十二歲，自二十三歲便進入警界服務。他在巡邏車上待了六年，也待過槍械組和竊盜組，後來經過特別訓練才晉升到郡刑事局的暴力犯罪組。據說，過去十年間，他曾參與過三十三起謀殺或過失致死命案的調查工作。其中由他負責的有十七件，破了十四件，還有兩件可視爲結案，也就是說警方知道凶手是誰，卻無足夠證據予以起訴。至於剩下的一件，至今已有六年，包柏藍斯基和同事們仍無法偵破。這樁命案是一個出了名愛惹事的酒鬼，被人刺死在他位於貝山姆拉的家中。現場的指紋與ＤＮＡ跡證亂七八糟，全是多年來在那間公寓裡喝醉或遭毆打的數十人留下的。包柏藍斯基和同事們都深信，凶手必定是死者所結識大量的酒友與吸毒者當中的一人，但儘管密集查證，卻始終無法讓凶手落網。據了解，他們的調查一直都只繞著刺殺這一點打轉。

就破案的數字而言，包柏藍斯基的紀錄不錯，同事們都對他敬重有加，但他們也覺得他有點怪，有一部分是因爲他是猶太人。在某些宗教節日，總會有人在警察總局的走廊上看見他戴著小圓帽。某位如今已退休的局長便曾批評此事，認爲在警察總局內戴猶太小圓帽，就像警察執勤時纏頭巾一樣地不適當。但其實警方從未眞正針對此議題進行討論。有個記者聽說了，立刻找上局長詢問，局長見狀連忙躲進自己的辦公室。

包柏藍斯基屬於索德會堂，若吃不到符合猶太教規的潔淨食物便吃素，但還不至於保守到不肯在安息日工作。他也馬上就判斷出安斯赫得殺人案不會是例行的調查工作。八點剛過，他一出現就被埃克斯壯拉到一旁。

「情況似乎很麻煩。」埃克斯壯說：「被殺的兩人有一個是記者，而他的伴侶則是犯罪學家。不只如此，發現他們的人也是記者。」

包柏藍斯基微一點頭。照此看來，媒體肯定會密切注意這樁案子。

「還有一點更令人頭大，發現這對男女的記者就是《千禧年》雜誌社的麥可·布隆維斯特。」

「哇！」包柏藍斯基嘆道。

「他因爲溫納斯壯事件這齣鬧劇而聲名大噪。」

「對於犯罪動機了解多少？」

「目前一無所知。兩名死者也都沒有不良紀錄，似乎是很正直的一對伴侶。女的再過幾星期就要拿到博士學位。本案得優先處理。」

對包柏藍斯基而言，謀殺案總是得優先處理。

「我們組了一個團隊。你動作得快一點，需要什麼資源我都會支援你。你已經有法斯特和安德森，稍後霍姆柏也會加入，他現在正在查林徹比凶殺案，不過凶手似乎已潛逃國外。必要的話，也可以向國家刑事局調人。」

「我要桑妮雅·茉迪。」

「她會不會太年輕了點？」

包柏藍斯基詫異地揚起雙眉。

「她已經三十九歲，和你差不多年紀，何況她非常敏銳。」

「好吧，你的組員由你決定，但要快。上級都已經開始發牢騷了。」

包柏藍斯基認爲他誇大其詞。這個時間，上級應該還在吃早餐。

▲ ▲ ▲

九點不到，包柏藍斯基巡官召集組員到郡警局一間會議室開會，調查工作正式展開。他研究了小組名單，對於成員並不完全滿意。

茉迪是他最有信心的一個。她有十二年的經驗，其中四年在暴力犯罪組，曾參與過幾次由包柏藍斯基指揮的調查任務。她行事嚴謹、有條不紊，但包柏藍斯基很快便發現她具有調查棘手案件最寶貴的特質，那就是想像力與聯想力。茉迪至少曾在兩起複雜的案件中，發現到其他人都忽略的一些獨特而不可思議的關連，使得案情有所突破。另外她還擁有清新的知性氣質，也讓包柏藍斯基十分欣賞。

他很高興葉爾凱．霍姆柏也是小組一員。霍姆柏今年五十五歲，原籍安涅曼蘭。他是個身材矮壯、相當平凡的人，毫無茉迪的想像力，但在包柏藍斯基眼中，卻可能是全瑞典警界最優秀的犯罪現場調查員。這幾年來，他們曾合作調查過無數案子，包柏藍斯基相信只要現場有值得發現的線索，霍姆柏一定能發現。他的當務之急便是到安斯赫得公寓指揮調查。

至於庫特．安德森，包柏藍斯基幾乎毫無所悉。他是個說話精簡、身材壯碩的警員，金髮的小平頭剪得極短，遠看彷彿禿頭。安德森三十八歲，先前在胡丁格處理幫派犯罪案件多年，最近才調到這裡。他是出了名的脾氣火爆、作風剽悍，這也許是一種婉轉的說法，暗示他可能採用不太符合規定的手法。十年前，他曾被控行使暴力，但經過調查後已還他清白。

一九九九年十月，他和一名同事前往奧比拘提一名流氓。此人前科累累，事實上已經恐嚇同一棟大樓的住戶數年。當時警方接獲密報，要帶他來訊問有關一起發生在諾斯堡的錄影帶店搶案。見到安德森與他的同仁時，這流氓拔出刀來，不肯乖乖跟著走。另一名警員雙手被劃傷多處，左手拇指還被切斷，接著歹徒將注意力轉向安德森，這也是安德森入行以來首次被迫使用警槍。他開了三槍，第一槍只是示警，第二槍慎重地瞄準但打偏了——由於兩人相距不到三公尺，要打中不容易——第三槍則正中他的胸腔，切斷了主動脈。短短幾分鐘，那人便因失血過多死亡。調查是免不了的，最後雖然證明安德森用槍並無不當，卻還是為他博得了極度暴力的名聲。

包柏藍斯基起初對安德森有此疑慮，但六個月下來，並未發生任何令他覺得有必要批評或生氣的事。他反而開始對安德森沉默寡言的作風有些佩服。

組上的最後一人漢斯．法斯特，現年四十七歲，是暴力犯罪組的老將，年資已有十五年，但也是包柏藍斯基對這個小組不十分滿意的主因。法斯特有優點也有缺點。優點是他經驗豐富，也參與過複雜的調查工作。缺點呢，此人太過自我，還有個會讓人焦躁不安的大嗓門，這點讓包柏藍斯基異常心煩。法斯特有一、兩個特質，包柏藍斯基就是無法忍受，但若是盯緊一點，他還是個有能力的警探。何況，他可以說成了安德森的心靈導師，他那令人不快的風格，後者似乎並不在意。他們經常一起辦案。

刑事組紐柏巡官也受邀參與開會，以便讓他們了解她前一晚詢問記者布隆維斯特的情形。警司莫丹松也到場報告犯罪現場的情況。他們兩人都已經精疲力竭，一心只想回家睡覺，但紐柏還是帶來了公寓的照片，傳給組員們看。

半小時後，他們已了解事件發生的順序。包柏藍斯基說道：「你們要記住，犯罪現場的鑑識工作還在進行中，這只是我們認為的情況……一個不明人士在沒有任何鄰居或目擊者注意到的情況下，進入安斯赫得的公寓，殺死了達格和蜜亞。」

「我們還不知道現場發現的槍是否便是凶器，」紐柏說道：「但槍已送到國家鑑識實驗室，而且會優先處理。我們還找到一片子彈碎片，打中達格的那顆，相當完好地卡在臥室隔板上。不過擊中蜜亞的子彈碎得太厲害，恐怕幫助不大。」

「謝謝妳告訴我們。科特麥格農是牛仔手槍，根本應該馬上禁用的。有沒有序號？」

「還沒有。」莫丹松說道：「我已派人將槍和子彈碎片直接從犯罪現場送到鑑識實驗室。由他們處理總比我自己分析來得好。」

「很好。我還沒有時間到現場去，但你們兩個去過了。你們有什麼想法？」

紐柏禮讓較年長的同事代為發言。

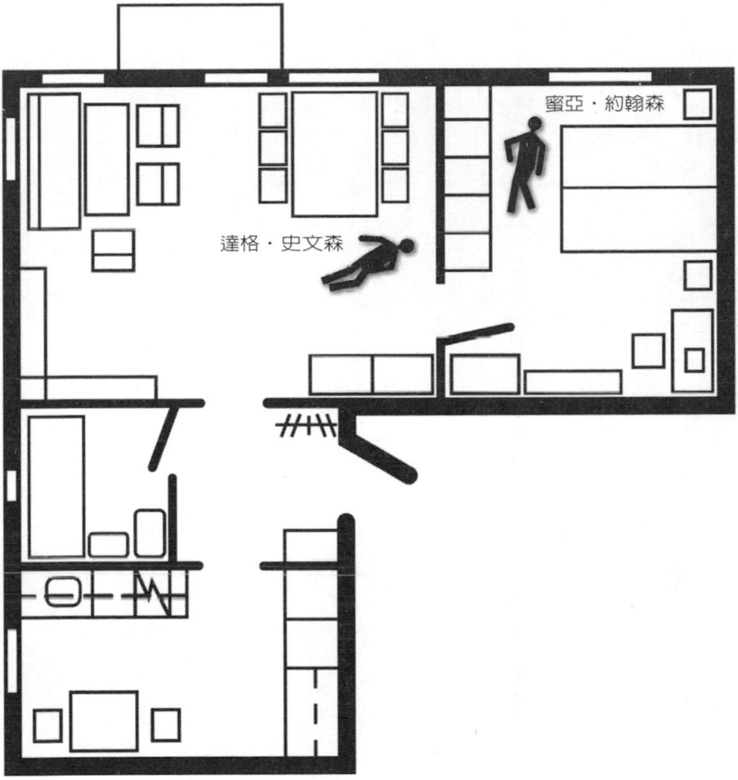
蜜亞・約翰森
達格・史文森

「第一，我們認爲是一人所爲。其次，這完全是處決式的殺人。我覺得某人有充分的理由要殺死達格和蜜亞，而且執行得十分精準。」

「你這麼說有什麼根據？」法斯特問。

「公寓裡面整齊乾淨，完全沒有搶劫或打鬥之類的跡象，而且只開兩槍，全都打中預定對象的頭。所以這個人很懂得用槍。」

「聽起來有理。」

「且看看公寓的簡圖……這是我們所能重建的模樣，我們猜想男性死者達格是近距離中槍，而且可能是直射。子彈進入的傷口周圍有燒焦痕跡。我們猜想是他先中槍。達格受力後撞到餐桌，槍手可能是站在玄關，或就在客廳門口內側。」

「據住在同一樓的證人說，兩槍之間的間隔只有幾秒鐘。兇手射殺蜜亞的距離較遠，她很可能站在臥室門口，正試圖轉身逃跑。子彈打中她的左耳下方，從右眼上緣穿出，力道將她推入臥室，也就是發現她屍體之處。她撞到床腳，滑落到地板上。」

「只開一槍，這個人很善於用槍。」法斯特說。

「不只如此，也沒有腳印顯示兇手曾走進臥室查看她是否斷氣。他知道自己正中目標，便離開公寓。也就是說兩槍，兩具屍體，就走了。我們得等鑑識報告出來，但我猜兇手用的是狩獵用子彈，可以立即致死。兩名死者的傷口都很大。」

組員們靜靜地思索這番摘要。毋須提醒，他們都知道子彈可分爲兩種：一種是全金屬殼的硬式子彈，會直接貫穿身體，造成的傷害較輕微；另一種是軟式子彈，擊中後彈頭會在體內擴張，造成巨大傷害。被直徑九公釐的子彈擊中，和被直徑會擴張到至少數公分的子彈擊中，可說有天壤之別。後者稱爲狩獵子彈，目的是爲了導致大量出血。一般認爲用這種子彈打麋鹿比較人道，因爲可以讓獵物盡快死去，盡量減少牠的痛苦。但國際法規定戰爭中禁用狩獵子彈，因爲士兵一旦被擴張型子彈擊中，無論中彈部位在哪裡，都幾乎必死無疑。

兩年前，睿智的瑞典警方引進了中空的狩獵子彈，究竟爲何原因並不清楚。然而有一點卻是清清楚楚，舉例來說，如果二〇〇一年在約特堡發生的世貿組織暴動中，示威者韓奈斯・魏斯伯①是被狩獵子彈擊中，便不可能活命。

「所以說最終目的無疑是殺人。」安德森說。

他說的是安斯赫得的謀殺案，但也同時在衆人保持緘默的會議上發表自己的意見。

紐柏和莫丹松也都這麼想。

「接下來還有這個不可思議的時間結構。」包柏藍斯基說。

「沒錯。開了致命的兩槍後，凶手立刻離開公寓、下樓、丟棄凶器，然後消失在黑夜中。過後不久——可能只有幾秒鐘時間——布隆維斯特兄妹便開車到來，停在大樓外。有一個可能是凶手從地下室離開。有個側門可供他使用，進入後院再穿越一片草地，便可到達下行的街道。但他得有地下室門的鑰匙才行。」

「有任何跡象顯示凶手從那裡逃走嗎？」

「沒有。」

「那麼就不用再繼續描述了。」茉迪說：「不過他爲什麼要丟棄武器？如果帶著走，或是跑遠一點再丟，我們可能得找上好一會。」

這個問題無人能回答。

「對於布隆維斯特應該怎麼想？」法斯特問。

「他確實受到驚嚇。」莫丹松說：「但舉止仍相當理智，頭腦似乎很清晰，我想他是可以信任的。他的律師妹妹證明了那通電話與開車前來的事實。我認爲他沒有涉案。」

「他是個名記者。」茉迪說。

「這麼說媒體又有得炒了。」包柏藍斯基說道：「所以我們更應該盡快了結。好啦……霍姆柏，現場由你負責，當然也包括鄰居在內。法斯特，你和安德森去調查死者，看看他們是誰？目前在做什麼？和哪些人來往？誰有殺人動機？茉迪，妳和我一起看看當晚的證人供詞，然後列出達格和蜜亞昨天被殺前，一整天的活動。今天下午兩點半回到這裡集合。」

布隆維斯特在達格的辦公桌前展開一天的工作。他呆坐好長一段時間，彷彿自覺無法勝任這項任務。達格有自己的筆電，而且一開始大多在家裡工作，通常一星期只有兩天會進辦公室，後來這幾個星期才較常來。他在雜誌社用的是一部較老舊的 PowerMac G3，電腦擺在他桌上，任何員工都能使用。布隆維斯特打開老舊的G3後，發現許多達格一直都在使用的資料。他主要是用G3上網，但也有一些從他的筆電複製過來的檔案夾，另外他還用兩張光碟將資料完整備份，鎖在桌子抽屜裡。通常，他每天都會將最新、最即時的資料做備份，但由於前幾天沒進辦公室，因此最近更新的日期是星期日晚上，中間少了三天。

布隆維斯特複製了壓縮的光碟後，鎖在自己辦公室的保險櫃，接著花四十五分鐘看過原始光碟的內容。其中約有三十個檔案夾和無數個子檔案夾，那是達格四年來對非法交易所作的調查研究。他瀏覽文件檔名，看看有無哪些檔案可能包含十分敏感的內容，例如達格想保護的消息來源的姓名。他對消息來源一直小心翼翼，類似的資料全都放在一個名爲「機密來源」的檔案夾中。這個檔案夾共有一百三十四個檔案，而且多半都很小。布隆維斯特選取了所有檔案之後加以刪除，但並非丟到資源回收筒，而是拉到一個 Burn 程式的圖示，這程式不只有刪除功能，還會一個位元接著一個位元地連根拔除。

接下來打開達格的電子信箱。他在《千禧年》也建立了自己的信箱，無論在辦公室或自己的筆電上都會使用。他有自己的密碼，但對布隆維斯特來說不是問題，因爲他擁有系統管理員權限，可以進入整個郵件伺服器。他下載了達格的郵件，燒成一張光碟。

最後他才著手處理堆積如山的紙張，裡面包含參考資料、註解、剪報、法院判決書與達格保存的所有書信。爲了保險起見，他把所有看似重要的東西都加以影印，總共有兩千頁左右，花了他三小時。

凡是可能與機密來源相關的資料，都先放到一邊，約有四十頁，主要是來自兩本A４筆記本的註記，達格原本鎖在抽屜裡。布隆維斯特將這些資料放進信封，拿到自己的辦公室。接著再把其他所有與達格的計畫相關的資料搬到自己桌上。

工作結束後，他深深吸一口氣，然後到樓下的7-ELEVEn買一杯咖啡和一片披薩。他誤以爲警方隨時可能前來搜索達格的辦公桌。

上午十點才剛過，包柏藍斯基的調查工作便有了意想不到的突破。他接到位於林雪平的鑑識實驗室的雷納・葛蘭倫來電。

「是關於安斯赫得的命案。」

「這麼快？」

「我們一早就收到凶器，分析尙未完全結束，但有一些資訊你或許會感興趣。」

「好，說說看你們發現了什麼。」包柏藍斯基說道。

「凶器是一把一九八一年美國製的科特點四五麥格農手槍。上面有指紋，也可能有DNA，但這項分析需要多一點時間。我們也看過擊中那對男女的彈頭。看起來應該是這把手槍發射的，這倒不令人意外，如果在現場的樓梯間發現手槍，結果多半如此。彈頭碎得很厲害，不過有一塊碎片可以用來比對。這非常可能就是凶器。」

「應該不是合法武器吧。有序號嗎？」

「這把槍完全合法，所有人是一名律師，叫尼斯・艾瑞克・畢爾曼，於一九八三年購買的。他是警察射擊俱樂部會員，住在歐登廣場附近的烏普蘭路上。」

「你到底在說什麼？」

「誠如我剛才所說，我們也在手槍上發現幾枚指紋，至少來自兩個不同的人。其中一人應該是畢爾曼，如果這把槍並未報失也未出售的話——但我沒有這方面的資訊。」

「啊哈，換句話說，有線索了。」

「第二組指紋是右手拇指與食指的指紋，比對有了結果。」

「是誰的？」

「一名出生於一九七八年四月三十日的女子。一九九五年在舊城區，曾因傷害罪被捕，指紋紀錄便是當時留下的。」

「有名字嗎？」

「有，她叫莉絲．莎蘭德。」

包柏藍斯基記下了葛蘭倫告訴他的姓名與社會安全號碼。

布隆維斯特很遲才吃午餐，吃完後直接回到辦公室重新投入工作，他將門關上，明示自己不想被打擾。先前來不及處理達格的電子郵件與筆記中所有的周邊資訊，如今他必須安頓下來，以全新的觀點把書和文章從頭看一遍，還要記住作者已死，若再有任何需要提問的困難問題，他已無法提供答案。

他必須決定是否還要出書，也必須判定這些資料中有無可能引發殺機的部分。他打開電腦，開始作業。

包柏藍斯基和埃克斯壯簡單通過電話，告訴他關於鑑識實驗室的發現，之後決定由包柏藍斯基和茉迪去造訪畢爾曼律師。這可能只是交談，也可能是訊問，或甚至逮捕。法斯特和安德森則負責追蹤這個莎蘭德，請她解釋為何凶器上會出現她的指紋。

尋找畢爾曼一開始並不困難，報稅紀錄、槍枝登記和監理處資料庫裡都有他的地址，就連電話簿上也能找到。包柏藍斯基和茉迪開車到歐登廣場，剛走到烏普蘭路的大樓外，剛好有一名年輕女子出來，因此很輕易便進去了。

他們按了畢爾曼的門鈴，但無人應門。隨後又到他位於聖艾瑞克廣場的辦公室，還是同樣結果。

「也許他去開庭了。」茉迪說。

「也許他在射殺了安斯赫得那兩個人之後，搭上飛機飛往巴西了。」包柏藍斯基說。

茉迪斜瞄了同事一眼。她喜歡和他在一起，更不排斥與他調情，只不過她已經是兩個孩子的母親，而她和包柏藍斯基各自的婚姻也都很美滿。他們從畢爾曼辦公室那層樓的銅製名牌發現到，與他距離最近的鄰居包括一名牙醫諾門醫師、一間名爲「N諮詢」的公司和一名律師魯納·霍坎森。

先從霍坎森開始。

「你好，我叫茉迪，這位是包柏藍斯基巡官。我們是警察，有事情想找你隔壁的同業畢爾曼。你知道上哪可以找到他嗎？」

霍坎森搖搖頭。「最近很少見到他。兩年前他生了場重病，之後便有點半停業狀態。現在大概每兩個月才會見到他一次。」

「生重病？」包柏藍斯基問道。

「我也不確定是什麼病。他老是工作到精疲力竭，後來有人說他病了。好像是癌症吧。我跟他不熟。」

「你確定他得癌症，或只是猜測？」茉迪問。

「這個嘛……不，我不確定。他本來有個祕書，叫布莉特·卡爾森，或尼爾森的，是個上了年紀的女人，後來被解雇了，就是她跟我說他病了。那是二〇〇三年春天的事。直到那年的十二月，我才又見到他。他好像一下子老了十歲，神情憔悴還冒出白髮……是我自己的推斷。」

他們又回到畢爾曼的住處，還是沒有回應。包柏藍斯基拿出手機，撥了畢爾曼的手機號碼，卻聽到「目前該用戶無法接聽，請稍後再撥」的訊息。

接著他試打家裡的電話。從樓梯口可以聽到門的另一邊響起微弱的電話鈴聲，接著答錄機接了起來，請來電者留話。

這時是下午一點。

「要喝咖啡嗎？」

「我需要吃個漢堡。」

在歐登廣場的漢堡王，茉迪和包柏藍斯基各吃了一個華堡和一個素漢堡之後，回到了總局。

下午兩點，檢察官埃克斯壯在他辦公室的會議桌旁召開小組會議。包柏藍斯基和茉迪比鄰坐在靠窗的牆邊，兩分鐘後安德森來了，在他們對面坐下。接著霍姆柏用托盤端了幾個紙杯裝的咖啡進來。他剛才去了一趟安斯赫得，打算等下午技術人員工作結束後再回去。

「法斯特呢？」埃克斯壯問道。

「和社會福利局的人在一起，五分鐘前他打過電話說會晚一點到。」安德森說。

「我們還是開始開會吧。有什麼進展？」埃克斯壯開門見山地問，首先便指向包柏藍斯基。

「我們一直在找畢爾曼，很可能是凶器的登記所有人。他不在家也不在辦公室。據同一棟大樓的另一位律師說，他兩年前生了病，幾乎處於半停業狀態。」

茉迪接著說：「畢爾曼五十六歲，沒有前科，是專攻商業法的律師。我還沒有時間調查他的背景，目前只知道這麼多。」

「但在安斯赫得被用來殺人的槍確實是他的。」

「沒錯。他有槍枝的執照，也是警察射擊俱樂部會員。」包柏藍斯基說道：「我找槍械組的古納松談過，他是俱樂部的會長，和畢爾曼很熟。他在一九七八年加入，一九八四至一九九二年間還擔任出納。古納松說畢爾曼沉著冷靜，手槍槍法非常高明，不是開玩笑的。」

「是槍械狂？」

「古納松認爲畢爾曼對俱樂部的活動比對射擊本身更有興趣。他喜歡競技，卻不顯眼，至少不是個出鋒頭的槍械迷。一九八三年他參加瑞典錦標賽，得了第十三名。過去十年來，已經較少作射擊練習，只會在年度聚會之類的場合露臉。」

「他還有其他武器嗎？」

「自從加入射擊俱樂部以來，他有過四支手槍的執照。除了這把科特之外，還有一把貝瑞塔、一把史密斯威森，和一把 Rapid 廠牌的競賽手槍。其餘三把已經在十年前賣給俱樂部的其他會員，執照也已轉移。」

「現在卻不知道他人在哪裡。」

「是的。不過我們從今天上午十點才開始找人，說不定他到動物園島去散步，或是回醫院去了。」

就在此時法斯特衝了進來，上氣不接下氣。

「抱歉，遲到了。我可以直接插進來嗎？」

埃克斯壯以手勢示意他「說吧」。

「莉絲·莎蘭德是個非常有趣的人物。我整個上午都在社福局和監護局。」他脫下皮夾克披在椅背上，然後坐下打開筆記本。

「監護局？」埃克斯壯蹙眉說道。

「這位小姐有嚴重的精神異常。」法斯特說：「她被宣告失能並接受監護。你們猜猜她的監護人是誰？」他故作神祕地頓了一下。「就是尼斯·畢爾曼，安斯赫得命案凶器的所有人。」

此話一出，果然產生了法斯特預期的效果。接著他花了十五分鐘，向組員簡單報告他所打聽到關於莎蘭德的一切。

「總而言之，」法斯特話畢，埃克斯壯接著說道：「在很可能是凶器的槍枝上有這個女人的指紋。她在青少年時期曾數度進出精神病院，據了解她以賣淫維生，還被法院裁定爲失能，並且有暴力傾向的紀錄。我們應該問的是，這樣的人怎麼還會在大街上閒晃？」

「她小學的時候就有暴力傾向。」法斯特說：「好像眞的是個神經病。」

「但是到目前爲止，她和安斯赫得那對男女毫無關連。」埃克斯壯用指尖敲著桌面。「這樁雙屍命案也許根本不難破解。有沒有莎蘭德的地址？」

「在索德毛姆的倫達路。報稅紀錄顯示她斷斷續續申報了來自米爾頓保全公司的收入。」

「她能替他們做什麼事啊？」

「不知道。持續了幾年，但每年的收入都很微薄。也許只是打雜之類的。」

「嗯。」埃克斯壯說道：「將來再查明，現在得先找到她。」

「我們得慢慢地了解這些細節。」包柏藍斯基說：「但現在已經有了嫌犯。法斯特，你和安德森到倫達路去把莎蘭德帶來。要小心，不知道她有沒有其他武器，也不能確定她到底有多危險。」

「好的。」

「泡泡，」埃克斯壯說道：「米爾頓保全的負責人是德拉根．阿曼斯基。我在幾年前辦一件案子時認識他，是個可靠的人。你去他的辦公室，和他私下談談莎蘭德。最好趁他還沒下班之前趕到。」

包柏藍斯基顯得氣惱，部分因爲埃克斯壯叫他的綽號，部分則因爲他用命令口吻跟他說話。

「茉迪，」他說：「繼續找畢爾曼，去敲所有鄰居的門。我想這點和找到他同樣重要。」

「是的。」

「我們要找出莎蘭德和安斯赫得這兩人的關連，還要證明命案發生時莎蘭德人在安斯赫得。霍姆柏，拿幾張她的照片，去向大樓裡的每個住戶確認。今晚就去挨家挨戶敲門，找一些穿制服的去幫你。」

包柏藍斯基略一停頓，搔搔頸背。

「眞想不到，幸運一點的話，今晚就能了結這件麻煩事……本來還以爲會拖很久呢。」

「還有一件事，」埃克斯壯說：「媒體已經很明顯在向我們施壓。我答應會在下午三點開記者會，如果有公關室的人來幫忙，我就能應付。我猜想有一些記者會直接打電話找你們，必要的話，盡可能不要透露任何有關莎蘭德和畢爾曼的事。」

阿曼斯基本打算早點回家。今天是濯足節，他和妻子已經計畫到布利德的避暑小屋去過復活節週末。他正闔上公事包、穿上外套，總機便打電話來說刑事巡官包柏藍斯基有事找他。阿曼斯基並不認識包柏藍斯基，但光是資深警員來到辦公室，他就不得不將外套重新掛回衣帽架上。他其實誰也不想見，但米爾頓保全卻經不起忽視警察的後果。他還到走廊的電梯口迎接包柏藍斯基。

「謝謝你撥空見我。」包柏藍斯基說道：「我的上司——埃克斯壯檢察官——向你問好。」

他們握了手。

「埃克斯壯，我和他交涉過幾次，已經好幾年了。要不要喝杯咖啡？」

阿曼斯基走到咖啡機旁停下，按了兩杯咖啡，然後請包柏藍斯基進辦公室，坐到靠窗那張舒服的椅子上。

「阿曼斯基……俄國人嗎？」包柏藍斯基說道：「我的姓也是以『斯基』結尾。」

「我們家原籍亞美尼亞，你呢？」

「波蘭。」

「有什麼需要我效勞的嗎？」

包柏藍斯基拿出筆記本。

「我正在調查安斯赫得的命案。我想你應該看到今天的新聞了。」

阿曼斯基點一點頭。

「埃克斯壯說你很謹慎。」

「以我的立場，和警察配合有益無害。我可以保密，如果你想說的是這個。」

「很好。我們現在在找一個曾經替貴公司工作過的人，莉絲·莎蘭德，你認識她嗎？」

阿曼斯基覺得胃裡頭彷彿結了一塊硬石，但臉上表情不變。

「請問你們爲什麼要找莎蘭德小姐？」

「這麼說吧，我們有理由相信她是重要的調查對象。」

阿曼斯基胃裡的硬塊變得更大了，幾乎讓他感到疼痛。自從第一次見到莎蘭德，他就有強烈預感，這女孩的人生正慢慢走向毀滅。但他一直視她爲受害者，而非犯罪者。他依然不動聲色。

「這麼說你們懷疑莎蘭德犯下安斯赫得的命案，是這樣沒錯吧？」

包柏藍斯基遲疑片刻後，點了點頭。

「你能跟我說說她的事嗎？」

「你想知道什麼？」

「首先，要如何找到她？」

「她住在倫達路，確切地址我還得找一找。我也有她的手機號碼。」

「地址我們有了，手機號碼應該會有幫助。」

阿曼斯基走到辦公桌旁，念出號碼，包柏藍斯基隨即記下。

「她替你工作嗎？」

「她有自己的事業。從一九九八年到大約一年半前，我偶爾會給她一些案子做。」

「她做什麼樣的工作？」

「調查。」

原本低頭寫字的包柏藍斯基抬起頭來，問道：

「調查？」

「說得精確一點，是私人調查。」

「等一等……我們說的是同一個人嗎？我們要找的莉絲．莎蘭德學校沒畢業，還被法院宣告失能，無法處理自己的事。」

「現在已經不說『宣告失能』了。」阿曼斯基平靜地說。

「我才不管現在怎麼說。根據紀錄，我們要找的女孩是個嚴重精神異常、而且有暴力傾向的人。社福局的檔案裡說她在九〇年代末賣過淫。從她的資料完全看不出她有能力勝任白領的工作。」

「檔案是一回事，人又是一回事。」

「你是說她能適任米爾頓保全的私人調查工作？」

「不僅如此，她還是我至今所見過最優秀的調查員。」

包柏藍斯基將筆擱下，皺起眉頭。

「聽起來你好像……很看重她。」

阿曼斯基看著自己的雙手。這個問題讓他面臨岔路的抉擇。他始終擔心莎蘭德遲早會惹上麻煩，卻無法想像她會涉入安斯赫得的雙屍命案——無論是身爲凶手或有其他關連。然而他對她的私生活又了解多少呢？阿曼斯基想起她最近進辦公室時，神祕地表示自己有足夠的錢過日子，不需要工作。

此時此刻最明智的做法就是切斷他自己、尤其是切斷米爾頓保全與莎蘭德的所有關係。但如此一來，莎蘭德很可能就是他所認識最孤單的人了。

「我很看重她的能力。這個是在她的學校成績或個人資料中看不到的。」

「那麼你了解她的背景囉？」

「她接受監護，成長過程也非常複雜，這個我知道。」

「可是你還是信任她。」

「正因為如此我才信任她。」

「請你解釋一下。」

「她的前任監護人潘格蘭曾是老約翰．腓德烈．米爾頓的律師。她十幾歲時，潘格蘭便接下她的案子，並說服我給她一份工作。起初我雇用她來做分發郵件和維護影印機之類的工作，後來才發現她具有不可思議的能力。至於報告中說她可能當過妓女，你聽聽就算了，根本是無稽之談。莎蘭德的青少年時期過得很辛苦，也確實有點野，但這和違法又不一樣。賣淫恐怕是這世上她最不可能做的事了。」

「她目前的監護人是一個名叫尼斯．畢爾曼的律師。」

「我沒見過他。幾年前，潘格蘭腦中風，事發之後不久，莎蘭德也減少了替我工作的時間。最後一次接案子是在一年半前的十月。」

「為什麼你不再雇用她？」

「這不是我的決定，而是她斷了聯繫出國去了，沒有作任何解釋。」

「出國去了？」

「她約莫離開了一年。」

「不可能。去年一整年，畢爾曼每個月都寫了關於她的報告，我們在國王島的總局還有影本呢。」

阿曼斯基聳肩笑了笑。

「那麼你最後一次看到她是什麼時候？」

「二月初。她就那麼憑空出現，來跟我打聲招呼。她去年都在國外，在亞洲和加勒比海旅行。」

「很抱歉，但我有點搞糊塗了。我本來以為莎蘭德是個有精神疾病的女孩，學校沒畢業還要接受監護。現在你卻告訴我，說你相信她是個傑出的調查人員，說她有自己的事業，還賺了足夠的錢可以放假一年、環遊世界，而她的監護人竟完全默不作聲。這有點說不通。」

「關於莎蘭德小姐，有很多說不通的地方。」

「我能不能請問……總的來說，你對她有何看法？」

阿曼斯基忖度了好一會，才說：「我這輩子從沒見過像她這麼令人生氣又頑固的人。」

「頑固？」

「她絕對不做她不想做的事，也不在乎別人怎麼看她。她有非常卓越的技能。我從來沒見過像她這種人。」

「她會不會不穩定？」

「何謂不穩定？」

「她有可能冷酷地殺死兩個人嗎？」

阿曼斯基安靜了許久。「很抱歉，我無法回答這個問題。我是個憤世嫉俗的人，我相信每個人都有可能殺死另一人，或是出於絕望或仇恨，或至少爲了自我保護。」

「總之你不排除這個可能性。」

「莎蘭德做任何事都有充分的理由。如果她殺死某人，一定是自認爲有非常合理的原因。我能不能請問……你們懷疑她涉入謀殺案有何根據？」

包柏藍斯基直視著阿曼斯基。

「你能保密嗎？」

「當然。」

「凶器是她的監護人所有，上面有她的指紋。」

阿曼斯基咬緊了牙根，這是重要的間接證據。

「我是在收音機上聽到命案的消息。是怎麼回事？毒品嗎？」

「她吸毒嗎？」

「據我所知沒有。但我也說過，她的青少年時期過得很頹廢，曾經幾次因爲喝醉酒被捕。她有沒有吸毒，看她的紀錄就會知道。」

「我們不知道殺人動機。這對男女很正直，女的專攻犯罪學，馬上就要拿到博士學位；男的是記者。達格．史文森和蜜亞．約翰森。對這兩個名字有印象嗎？」

阿曼斯基搖搖頭。

「我們正試著找出他們和莎蘭德之間的關係。」

「我從未聽說過他們。」

包柏藍斯基起身說道：「謝謝你抽空，這段談話非常有趣。我不知道對我的了解會有多少幫助，但希望這些內容就我們兩人知道。」

「當然。」

「必要的時候我會再來找你，當然了，假如莎蘭德和你聯絡……」

「沒問題。」阿曼斯基說道。

兩人握手後，包柏藍斯基正要走出門口，忽然又停下來。

「你該不會剛好知道任何和莎蘭德有關的人吧？例如朋友、舊識……」

阿曼斯基搖搖頭。

「我對她的私生活一無所知，只知道她的舊監護人潘格蘭對她而言是個重要的人。他現在住在厄斯塔的一間復健中心。莎蘭德回來以後，可能和他聯絡過。」

「她在這裡工作時，從來沒有訪客嗎？有沒有相關的紀錄？」

「沒有。她主要都在家裡工作，只有交報告才會來這裡。除了極少數幾次例外情形，她從未與客戶碰面。說不定……」阿曼斯基忽然閃過一個念頭。

「什麼？」

「說不定她還跟另一個人有過聯繫，是幾年前認識的一個記者。她出國期間，這個記者一直在找她。」

「記者？」

「他叫麥可．布隆維斯特。你記得溫納斯壯事件嗎？」

包柏藍斯基又慢慢走回阿曼斯基的辦公室。

「安斯赫得那對男女的屍體正是布隆維斯特發現的。你剛剛建立了莎蘭德和被害人之間的關連。」

阿曼斯基再次感覺胃裡的硬塊隱隱作痛。

①那次暴動發生在二〇〇一年歐盟高峰會進行期間，魏斯伯在那場暴動中遭瑞典警方開槍射中腹部，引起軒然大波。瑞典警方為掩飾執法不當而對媒體說謊，並偽造證據。

第十四章

三月二十四日濯足星期四

茱迪在半小時內打了三次畢爾曼的手機，每次都聽到該用戶無法接聽的訊息。

下午三點半，她開車到歐登廣場按他家門鈴，還是無人應門。接下來二十分鐘，她在大樓裡挨戶敲門，想問問看有沒有鄰居知道畢爾曼人在哪裡。

十九戶當中有十一戶無人在家。這個時間顯然不是登門造訪的好時機，接下來是復活節週末，情況應該也不會更好。八戶在家的鄰居都提供了協助，其中有五人認識畢爾曼，說他住在六樓，是個彬彬有禮的紳士。至於他的行蹤，誰也無法提供任何訊息。她好不容易打聽到有個名叫休曼的生意人，是與畢爾曼來往最密切的鄰居之一，他也許上他家去了。但這一戶也沒有人應門。

茱迪沮喪之餘，拿出手機又撥了畢爾曼家中電話，在答錄機留下自己的姓名與電話，請他盡快回電。

她回到畢爾曼住處門口，寫了紙條請他與她聯絡，然後拿出名片，也一起丟進信箱。正要闔上信箱蓋時，她聽見公寓裡的電話響了，便俯身傾聽，響了四聲後答錄機接起來，但聽不到有人留言。

她闔上信箱蓋，直瞪著門看。究竟爲何心血來潮伸手碰了門把，她也說不上來，但令她大吃一驚的是門沒有鎖。她將門推開，看著玄關。

「有人在嗎？」她小心地喊道，並仔細傾聽。沒有聲音。

她往玄關踏入一步後，猶豫起來。她沒有搜索令，即便門未上鎖，也無權進入公寓。她往左側的客廳瞄了一眼，正決定退出時，視線恰巧落在玄關的桌上。她看見一個裝科特麥格農手槍的盒子。

茱迪頓時感到強烈不安，隨即解開夾克、拔出警槍，她以前很少做這樣的動作。她拉開保險，槍口指向地板，走進去往客廳裡面看。雖未發現任何異狀，她卻愈加憂慮。退出客廳後，往廚房裡頭瞧。沒有人。接著走過走道，推開臥室房門。

畢爾曼赤裸著身子趴在床邊，雙膝著地，彷彿正跪著禱告。

光從門口一看，便知道他死了，後腦杓中了一槍，額頭被轟掉一大半。

茱迪隨手關上公寓的門。打開手機打給包柏藍斯基時，警槍仍握在手中。由於聯絡不上他，便又打給檢察官埃克斯壯。她記下時間，下午四點十八分。

法斯特盯著倫達路大樓的正門。然後看看安德森，又看看手錶，四點十分。

向管理員問到密碼後，他們已經進過大樓，還在掛著「莎蘭德—吳」門牌的門外傾聽一會，屋內沒有聲響，按門鈴也無人應門。他們於是回到車上，將車停在可以監視人門的地方。

他們在車上也打電話確認了，最近姓名才剛剛加入倫達路公寓合約的人叫蜜莉安・吳，生於一九七四年，原先住在聖艾瑞克廣場。

車內收音機上方貼了一張莎蘭德的護照相片。法斯特出聲抱怨說她就像個婊子。

「眞要命，這些妓女的長相愈來愈醜！會挑上她肯定是飢不擇食。」

安德森沒有答腔。

四點二十分，正要從阿曼斯基辦公室前往《千禧年》雜誌社的包柏藍斯基來電，要求他們繼續在倫達路監視，一定得把莎蘭德帶回警局問話，但也叮嚀他們別忘了檢察官並不認爲她和安斯赫得命案有何關連。

「好了。」法斯特說道：「根據泡泡的意思，在沒有人認罪之前，檢察官誰也不想逮捕。」

安德森還是沒出聲。他們懶懶地看著路人在附近穿梭。

到了四點四十分，埃克斯壯打了法斯特的手機。

「出事了。我們發現畢爾曼在自家公寓遭到槍殺，死了至少二十四小時。」

法斯特一聽立刻坐直起來。「知道了。現在該怎麼辦？」

「我要針對莎蘭德發出緊急通告，她現在是三起謀殺案的嫌犯。命令會送達全郡各地，我們得將她視爲危險分子，而且很可能持有武器。」

「知道了。」

「我現在就派一輛警車到倫達路，警員會進入公寓加以封鎖。」

「明白。」

「你有包柏藍斯基的消息嗎？」

「他在《千禧年》。」

「他好像關掉手機了，你可以試著聯絡通知他嗎？」

法斯特和安德森互望一眼。

「問題是萬一莎蘭德出現，我們要怎麼做？」安德森問。

「如果她只有一個人，情況又允許的話，就把她帶走。這女孩非常瘋狂，而且顯然殺紅了眼。她公寓裡說不定還有武器。」

布隆維斯特將一大疊稿子放到愛莉卡桌上，頹然坐在俯臨約特路窗邊的椅子上，簡直累斃了。他一整個下午都三心二意地，不知該如何處理達格未完成的書。

達格才死去幾個小時，出版商已經開始爭論如何處置他留下的工作，看在外人眼裡或許覺得諷刺、無情。但布隆維斯特卻不這麼想。他猶如處於一個幾近失重的狀態，這種感覺總會在最迫切的危機時刻出現，凡是記者或報紙編輯都很熟悉。

當其他人傷心之際，新聞人就會變得有效率。在這個濯足星期四上午現身在《千禧年》辦公室的團隊成員，儘管個個備受震驚，最後專業仍凌駕於情緒之上，使他們發憤埋首於工作。

對布隆維斯特而言，這是理所當然的事。他和達格屬於同一類人，即使他們角色互換，達格也會這麼做，他也會自問能爲布隆維斯特做些什麼。一篇具有爆炸性內容的文稿，這是達格留下的遺產，他爲此工作四年，投入了自己的靈魂，如今卻再也無法完成。

而他生前選擇了爲《千禧年》工作。

達格與蜜亞的命案不會像前首相帕爾梅遇害一樣造成全國人的傷痛，其調查進展也不會有傷心的國人密切注意。但是對《千禧年》的員工而言，因爲涉及個人情感，打擊或許更大。而且達格在媒體界人脈廣闊，這些人也會追根究柢。

但如今布隆維斯特和愛莉卡有責任完成達格的書，並回答幾個問題：是誰殺了他們？爲什麼？

「我可以重新架構未完成的內容。」布隆維斯特說：「我和瑪琳得一行一行地將尚未編輯的章節讀完，看看哪裡需要再補強。其中大部分只需依照達格的註記校訂即可，不過第四和第五章大多以蜜亞的訪談爲主，這確實是個難題。達格沒有註明消息來源，但有一、兩個例外的情形，我想應該可以使用蜜亞論文的參考資料作爲主要的來源。」

「那麼最後一章呢？」

「我有達格的大綱，而且我們談論過許多次，我多少知道他到底想說什麼。我建議擷取摘要作爲後記，我也可以順便解釋他的推論邏輯。」

「很好，但我想先過目。我們不能無中生有。」

「不會有這種事。我會以個人的想法寫這一章，並署名負責。我會描述他進行調查、最後寫出這本書的心路歷程，也會介紹他是個什麼樣的人。最後我會再次強調過去這幾個月來，他在至少十幾次談話中說過的話。他的草稿中有不少可以引述的東西。我想我可以讓這些話聽起來很有價值。」

「我從來沒有像現在這麼想出版這本書。」愛莉卡說。

布隆維斯特完全明白她的意思。

愛莉卡取下老花眼鏡放在桌上，搖了搖頭，起身從熱水瓶倒兩杯咖啡，又走到布隆維斯特對面坐下。

「我和克里斯特已經做好替代期刊的版面設計。我們先用了預定下一期要刊登的文章，再以自由稿件塡補空缺。不過會顯得有點零散，沒有眞正的焦點。」

他們默默坐了片刻。

「你聽新聞了嗎？」愛莉卡問道。

「沒有，我知道他們要說什麼。」

「這是每家電台的頭條新聞。第二頭條則是關於中央黨的一項政治措施。」

「也就是說國內根本沒發生什麼事。」

「警方尙未公布他們的名字，只說是一對正直的男女。也沒有人提到是你發現屍體。」

「我敢打賭警方會盡全力壓制消息。這樣至少對我們有利。」

「爲什麼警方要這麼做？」

「因爲基本上警察最恨媒體炒新聞。我猜大概今晚或明天一早，消息就會走漏。」

「如此年輕又如此憤世嫉俗啊！」

「我們已經不年輕了，愛莉卡。我是昨晚被訊問的時候領悟到的，那個女警員看起來還像個學生。」

愛莉卡無力地笑笑。昨晚她睡了幾個小時，但也已經開始感受到身心的煎熬。而且，她馬上就要成爲瑞典最大報之一的總編輯。**不行，現在不是向布隆維斯特宣布這個消息的好時機**。

「稍早，柯特茲打電話來了。負責初步調查的檢察官名叫埃克斯壯，他在今天下午舉行了記者會。」

「李察・埃克斯壯？」

「對，你認識他？」

「政治小人。肯定會炒熱新聞。這件事一定會鬧大。」

「他說警方已經掌握部分線索，希望能很快破案。除此之外，倒也沒多說什麼。不過現場顯然擠滿了記者。」

布隆維斯特揉揉眼睛。「我腦海中一直浮現著蜜亞屍體的影像。唉，我才剛開始要認識他們呢！」

「是哪個瘋子……」

「不知道，我已經想了一整天。」

「想什麼？」

「蜜亞是側面中槍，我看見她頸側有子彈穿入的傷口，額頭有穿出的傷口。達格是正面中槍，子彈從他的額頭穿入，從後腦穿出。看起來只開了這兩槍，感覺不像是單獨行動的瘋子所爲。」

愛莉卡若有所思地看著工作夥伴。「那麼是什麼？」

「若不是隨機殺人，就一定有動機。我愈想愈覺得這份稿子眞是最好的動機了。」布隆維斯特比了一下愛莉卡桌上那疊紙。她順著他的眼光看過去，接著兩人彼此互望。「也許不是書本身，也許他們打聽了太多，結果……我也不知道……也許有人感覺受到威脅。」

「所以雇了殺手。麥可，那是美國電影的情節。這本書寫的是剝削者、利用者，它點名了警察、政治人物、記者……難道你認爲是這些人之一謀殺達格和蜜亞？」

「我不知道，愛莉卡。但我們再過三星期就要付印的書稿，可是瑞典出版界有史以來對非法交易所作最嚴厲的告發。」

就在此時，瑪琳敲門探頭進來，說有一位包柏藍斯基巡官來找布隆維斯特。

包柏藍斯基分別和愛莉卡與布隆維斯特握過手後，坐到窗邊桌旁的第三張椅子。他端詳布隆維斯特，發現他雙眼凹陷，還有一天沒刮而長出的鬍碴。

「有什麼進展嗎？」布隆維斯特問。

「也許有。據我了解，昨晚是你發現安斯赫得那對男女的屍體，打電話報警。」

布隆維斯特懶懶地點點頭。

「我知道昨晚執勤警員已向你問過話，但希望你能再澄清幾個細節。」

「你想問什麼？」

「你爲什麼那麼晚了還去找達格和蜜亞？」

「這可不是細節，而是一大段故事。」布隆維斯特疲憊地笑了笑。「我本來在妹妹家參加派對，她住在史托切一個新興區。達格打我的手機，說他星期四 —— 也就是今天 —— 沒有時間進辦公室，這是我們原先約好的，他得拿一些照片給我們的美術指導。他告訴我的原因是他們倆決定去蜜亞父母親家過週末，而且想要一早就出發。他問我能不能早上拿到我家給我。我說反正我住得近，從我妹妹家回家時可以順路去拿照片。」

「所以你就開車到安斯赫得去拿照片？」

「是的。」

「你能不能想出達格和蜜亞被殺的任何原因？」

布隆維斯特和愛莉卡互瞄一眼，都沒有出聲。

「怎麼了？」包柏藍斯基追問道。

「今天我們討論過這件事，但意見有點不同。其實也不是意見不同，只是不能確定。最好還是不要胡亂臆測。」

「說說看。」

布隆維斯特向他說明達格的書的主題，並提到他和愛莉卡在討論命案會不會和書有關。包柏藍斯基沉默了一會，思索著這項訊息。

「這麼說達格打算揭發警察。」

他一點也不喜歡話題起了如此的轉變，心裡一面想像著有一條「警察的尾巴」在媒體上掃來掃去，引發各種陰謀論的景象。

「不，」布隆維斯特說道：「他打算揭發罪犯，其中有一些剛好是警察。另外也有一、兩個人和我是同行，也就是記者。」

「你想現在公布這項訊息？」

布隆維斯特轉頭看著愛莉卡。

「沒有。」她回答道：「我們一整天都在忙下一期的內容。我們應該會出版達格的書，不過首先要確實知道究竟發生了什麼事。由於出了此事，書必須大規模改寫。我們絕不會破壞警方對我們兩位友人命案的調查工作，如果你擔心的是這個的話。」

「我得瞧瞧達格的辦公桌，不過這裡是雜誌社的編輯室，若進行全面搜索恐怕有點敏感。」

「達格的資料都在他的筆電裡面。」愛莉卡說。

「我已經整理過他的桌子。」布隆維斯特說道：「有些文件直接指明了想要隱匿身分的消息來源，所以我先拿走了。其他部分你儘管查看，而且我也貼了紙條在桌上，不許員工碰觸或移動任何東西。問題是書出版之前，務必保密。我們非常需要避免內容在警方內部傳閱，尤其是我們還要揭發一、兩名警察。」

該死！包柏藍斯基暗咒。**今天早上怎麼不直接過來？**但對他們也只是點點頭，轉換話題。

「好吧。我們想訊問一個和命案有關的人，這個人你應該認識。我想聽聽你對一個名叫莉絲·莎蘭德的女人有何看法。」

布隆維斯特有一度彷彿整個人化身爲問號。包柏藍斯基還注意到愛莉卡以銳利的目光瞥了同事一眼。

「這我就不明白了。」

「你認識莉絲·莎蘭德嗎？」

「是的，我確實認識她。」

「怎麼認識的？」

「你問這個做什麼？」

包柏藍斯基顯然被惹惱了，但也只回答說：「我想問問她有關命案的事。你怎麼認識她的？」

「可是……這沒道理，莎蘭德不管和達格或蜜亞都毫無關係。」

「這一點我們會在適當時機作出判斷。」包柏藍斯基耐心地說：「但還是請你回答我的問題。你是怎麼認識莎蘭德的？」

布隆維斯特摸摸下巴的短鬚，又揉揉眼睛，腦中一片混亂。最後他直視著包柏藍斯基。

「兩年前，我雇用她爲我另一個完全不相干的計畫作一些調查。」

「什麼樣的計畫？」

「很抱歉，這點只能請你相信我：這和達格或蜜亞一點關係也沒有，而且早已經結束。任務圓滿達成。」

包柏藍斯基不喜歡聽到有人說某某事不方便討論，即便事關命案也一樣，但他決定暫時不去計較。

「你最後一次見到莎蘭德是什麼時候？」

布隆維斯特稍微停頓之後才開口。

「事情是這樣的。兩年前的秋天，我在和她交往，這段關係大約在同一年的聖誕節前後結束。後來她就從斯德哥爾摩消失，隔了一年多，我直到上星期才又見到她。」

愛莉卡聽了揚起雙眉。包柏藍斯基猜想她也是第一次聽說。

「你在哪裡見到她？」

布隆維斯特深吸一口氣後，快速而簡要地說出倫達路發生的事。包柏藍斯基愈聽愈詫異，不確定布隆維斯特的說詞有幾分眞實性。

「這麼說你並沒有跟她說話？」

「沒有，她後來消失在上倫達路。我等了很久，但她一直沒回來。我寫了字條給她，請她跟我聯絡。」

「你很確定她和安斯赫得那對男女毫無關係嗎？」

「我可以肯定。」

「你可以形容一下攻擊她那個人嗎？」

「無法詳細形容。他發動攻擊，莎蘭德出手自衛然後逃走。我大概是在四十、四十五公尺外看見的，當時是深夜，燈光又很暗。」

「你有喝酒嗎？」

「我是有點酒意，但並未爛醉。那個人髮色有點淡，綁了根馬尾，穿著一件暗色的短夾克，肚子很大。當我走上倫達路的階梯，只看到他的背影，但他打我的時候有轉過身來。我依稀記得他的臉頰瘦瘦的，一對藍色眼睛間距離很近。」

「你之前怎麼沒告訴我？」愛莉卡說道。

布隆維斯特聳聳肩。「那當中隔了一個週末，妳到約特堡參加那個無聊的辯論節目去了。接著星期一妳又不在，星期二我們只匆匆見一面，這事情好像也沒那麼重要。」

「但安斯赫得出事後……你竟未向警方提起，這很奇怪。」包柏藍斯基說。

「爲什麼要向警方提起？這就好像說我應該提起一個月前在中央地鐵站差點被扒的事情一樣。我完全想像不出倫達路的事和安斯赫得的案子有何關連。」

「但那起攻擊事件，你沒有向警方報案嗎？」

「沒有。」布隆維斯特頓了一頓。「莎蘭德是個非常低調的人。我原本想報警，但最後還是認爲應該由她決定。而且我也想先和她談談。」

「但你沒有這麼做？」

「自從一年前的聖誕節過後，我一直沒有和她說過話。」

「你們的……如果可以說是關係的話……是怎麼結束的？」

布隆維斯特神色黯然。

「不知道。是她切斷和我的聯繫——而且幾乎是在一夕之間。」

「你們之間發生什麼事嗎？」

「如果你指的是爭吵之類的話，沒有。本來都還好好的，忽然間她不再接電話，然後就從人間蒸發，離開了我的生活。」

包柏藍斯基思索著布隆維斯特的解釋，聽起來是實話，和阿曼斯基說她從米爾頓保全失蹤的情形也相符。一年前的冬天，莎蘭德顯然遭遇了某些事。他轉向愛莉卡。

「妳也認識莎蘭德嗎？」

「我見過她一次。你能不能告訴我們，為什麼調查安斯赫得命案要問起她？」她說。

包柏藍斯基搖搖頭。「犯罪現場有關於她的線索，我只能說這麼多。但我承認聽到愈多有關莎蘭德的事，我愈感驚訝。她是個什麼樣的人？」

「就哪方面而言？」布隆維斯特問。

「你會怎麼形容她？」

「就專業來說，她是我所見過最好的調查員之一。」

愛莉卡瞟了布隆維斯特一眼，咬咬下唇。包柏藍斯基確信這其中還少了一塊拼圖，而且他們有事瞞著他。

「那私底下呢？」

布隆維斯特這回停頓許久。

「她是個非常孤單而奇特的人。」布隆維斯特說：「不愛交際，不喜歡談論自己的事，但也具有強烈的意志力。她有道德感。」

「道德感？」

「是的。她有她自己獨特的道德標準。你無法說服她做任何違背她意願的事。在她的世界裡，事情不是黑就是白，可以這麼說。」

布隆維斯特的描述再次與阿曼斯基不謀而合。兩個男人都認識她，對她的評價也相同。

「你認識德拉根．阿曼斯基嗎？」

「我們見過幾次面。去年我爲了打聽莎蘭德的下落，請他喝過一次啤酒。」

「你說她是個有能力的調查員？」

「最傑出的。」布隆維斯特回答。

包柏藍斯基用手指輕敲桌面，一面俯視約特路上川流的行人。他感到異常心煩意亂。法斯特從監護局取得的精神科評鑑報告指出，莎蘭德是個嚴重精神異常且可能有暴力傾向的人，無論從哪方面看來都有精神障礙。而阿曼斯基和布隆維斯特的描述，卻與這幾年來醫學專家們的研究結果呈現迴異的面貌。這兩人都承認莎蘭德是個怪人，但也都高度肯定她的專業。

布隆維斯特還說自己曾經和她「交往」過一陣子——也就是說兩人有性愛關係。包柏藍斯基不禁好奇：被宣告失能的人適用哪些規定呢？布隆維斯特會不會因爲不當利用處於弱勢的人，而涉及虐待行爲？

「你怎麼看待她在人際關係上的障礙？」他問道。

「什麼障礙？」

「受監護的事以及精神上的問題。」

「受監護？」

「精神上什麼問題？」愛莉卡也問。

包柏藍斯基訝異地輪番看著布隆維斯特和愛莉卡。**他們不知道。他們眞的不知道**。包柏藍斯基頓時對阿曼斯基和布隆維斯特感到憤怒，更氣這個穿著優雅、還擁有一間俯臨約特路的時髦辦公室的愛莉卡。**她就坐在這裡告訴別人該怎麼想**。不過他將氣惱的情緒發洩在布隆維斯特身上。

「我眞搞不懂你和阿曼斯基是怎麼回事！」他說。

「你這話是什麼意思？」

「莎蘭德從十幾歲起就進進出出精神醫療機構。根據一份精神科評鑑和地方法院判決書，她至今都仍無法料理自己的事務，因此被宣告失能。她有暴力傾向的紀錄，一輩子都和相關機構牽扯不清，如今又成了命案的首要嫌犯。你和阿曼斯基卻把她捧得像公主似的。」

布隆維斯特動也不動地坐著，只是盯著包柏藍斯基看。

「我換個方式說吧。」包柏藍斯基又說道：「我們原本試著要找出莎蘭德和安斯赫得那兩人的關連。結果發現你不但發現了被害人，也是他們之間的聯繫。對此你有何話說？」

布隆維斯特往後一靠，閉上眼睛，試圖了解當下的情況。莎蘭德涉嫌謀殺達格和蜜亞？**不可能，這沒道理**。她可能殺人嗎？布隆維斯特腦中忽然浮現兩年前，她拿著高爾夫球桿追打馬丁·范耶爾的神情。**當時的她絕對有可能殺人，這點毫無疑問。但她沒有，因爲她得救我**。想到這裡，他下意識地伸手去摸馬丁用繩圈套住他脖子的地方。但達格和蜜亞……**怎麼想都不合邏輯**。

布隆維斯特留意到包柏藍斯基正緊緊盯著他。和阿曼斯基一樣，他也得作出選擇。如果莎蘭德被控謀殺，他遲早都得選邊站。**有罪或無罪？**

他還沒來得及開口，愛莉卡桌上的電話便響了。她拿起話筒聽了一下，隨後遞給包柏藍斯基。

「有個叫法斯特的人找你。」

包柏藍斯基接過電話，專注地聽著。布隆維斯特和愛莉卡看得出他變了臉色。

「他們什麼時候進去？」

接著一陣靜默。

「再把地址說一遍。倫達路，幾號？好，我就在附近，馬上過去。」

包柏藍斯基站了起來。

「抱歉，但我們的談話得先告一段落。莎蘭德的監護人剛剛被發現中彈身亡。她目前在缺席的情況下，已經正式被控涉及三起謀殺而遭通緝。」

愛莉卡驚訝得張大了嘴，布隆維斯特則有如遭到雷擊。

就戰術而言，進駐倫達路公寓的過程並不複雜。武裝因應小隊帶著支援武器進入樓梯間，控制了整棟大樓和後院，而法斯特和安德森則斜靠在警車引擎蓋上繼續監視。

武裝小隊迅速地證實了法斯特和安德森已知的事實。按了門鈴無人應門。

法斯特順著倫達路看過去，從辛肯斯達姆到赫加里教堂路段已經封鎖，讓六十六號公車上的乘客非常氣憤不滿。

有一輛公車被困在山坡上的封鎖線內，進退不得。最後法斯特走過去，命令一名巡警先讓開，讓公車駛過。有一大群人站在上倫達路看熱鬧。

「應該有比較簡單的方法。」法斯特說。

「什麼比較簡單的方法？」安德森問。

「就是不必每次要抓一個誤入歧途的小流氓，就出動突擊隊。」

安德森忍住了沒有評論。

「她畢竟身高只有一百五十四公分，體重只有四十二公斤。」

他們一致決定沒有必要拿大榔頭破門而入，等候鎖匠鑽孔取下門鎖時，包柏藍斯基來了，但他先退到一旁，讓武裝警員進入公寓。清查十五坪的公寓，確認莎蘭德沒有躲在床底下、浴室或衣櫃裡，大約花了八秒鐘。接著包柏藍斯基才獲得危險解除的信號進入屋內。

三名警探好奇地環顧這間打掃得乾乾淨淨、裝潢得頗有品味的公寓。家具很簡單，餐椅漆成不同的粉彩顏色，牆上掛了幾個相框，裡頭有迷人的黑白相片。玄關的架子上擺了一個CD播放機和許許多多的CD，從硬式搖滾到歌劇，各類音樂一應俱全。一切都有藝術的影子，高雅、有品味。

安德森查看了廚房，未發現異樣。他仔細檢視一疊報紙，又看了流理台、碗櫥和冰箱的冷凍庫。

法斯特打開臥室的衣櫥和衣櫃抽屜，見到手銬和一些情趣用品不禁吹起口哨。在衣櫥裡，還發現幾件他母親可能連看都不好意思看的乳膠服裝。

「這裡辦過派對！」他大聲喊道，同時舉起一件漆皮洋裝，根據標籤標示是由「化裝舞衣時尚」所設計，天曉得這是什麼玩意。

包柏藍斯基檢查玄關桌子的抽屜，找到一小疊寄給莎蘭德、尚未拆封的信。他大概翻了一下，發現全是帳單和銀行明細，只有一封私人信件，是布隆維斯特寫的。到目前為止，布隆維斯特的說詞仍未出包。接著他彎身拾起布滿武裝小隊警員腳印的腳踏墊上的郵件，包括有一本《專業泰拳》雜誌、一份免費的《索德毛姆新聞報》和三封寄給蜜莉安的信。

包柏藍斯基忽然起了疑心，感覺很不舒服。他走進浴室，打開藥品櫃，看見一盒撲熱息痛止痛藥和半條Citodon——具有可待因成分的撲熱息痛。Citodon是處方藥，是醫師開給蜜莉安的。藥品櫃裡只有一根牙刷。

「法斯特，門牌上為什麼寫『莎蘭德─吳』？」他問道。

「不知道。」

「好吧，我這麼說好了——門外腳踏墊上為什麼有蜜莉安的郵件，而藥品櫃裡又為什麼有蜜莉安的處方用藥？為什麼只有一根牙刷？還有，你根據情報認為莎蘭德只有巴掌般高，那麼為什麼你拿起的那些皮褲像是身高至少一百七十公分的人穿的？」

這時公寓陷入一片尷尬的沉默。最後打破沉默的是安德森。

「媽的！」他說。

第十五章

三月二十四日濯足星期四

克里斯特臨時被叫到公司忙了一整天，覺得自己又累又可憐，好不容易回到家，聞到廚房傳來辛辣的香氣，便走進去擁抱男友。

「覺得怎麼樣？」阿諾．馬紐松問道。

「覺得像一堆大便。」

「一整天都聽到新聞在報導。還沒有公布姓名，不過聽起來好像很恐怖。」

「是眞的很恐怖。達格在替我們工作，是我們的朋友，我很喜歡他。他女朋友我不認識，但麥可和愛莉卡都認識她。」

克里斯特看了看廚房。他們三個月前才搬進萬聖街這間公寓，頓時感覺像到了另一個世界。

電話鈴響了。他們對望一眼，決定不予理會。接著答錄機啓動，傳出一個熟悉的聲音。

「克里斯特，你在嗎？接電話。」

是愛莉卡打來告訴他，現在警方正在找布隆維斯特雇用過的一名調查員，說她是達格與蜜亞命案的主要嫌犯。

克里斯特聽到消息有種不眞實的感覺。

▲ ▲ ▲

柯特茲沒趕上到倫達路湊熱鬧，純粹只因爲他自始至終一直站在國王島的警察總局公關室外面，而警方自從下午稍早開過記者會後，便未再釋出任何消息。

他又累又餓，加上試圖聯繫的人又不理他，更令他氣憤。直到六點，莎蘭德公寓的突襲行動結束，他才聽到傳言說警方已經調查到一名嫌犯。這是某晚報一名同行透露的消息，但柯特茲自己也很快便打聽到埃克斯壯檢察官的手機號碼。他自我介紹後，立刻提出關於凶手身分、手法與殺人原因等問題。

「你說你是哪家報社的記者來著？」埃克斯壯問道。

「《千禧年》雜誌社。我認識死者當中的一人。據我所知，警方正在追某個特定人士。你能證實這點嗎？」

「目前無可奉告。」

「能不能告訴我何時能提供具體訊息呢？」

「今天下午稍晚也許會再召開記者會。」

埃克斯壯言詞有些閃爍。柯特茲拉拉自己耳垂上的金環。

「記者會是針對有截稿時限的記者開的。但我是月刊雜誌的記者，而且我們有非常特殊的個人因素，想知道目前的進展。」

「我幫不上忙，你只能和其他人一樣耐心等候。」

「根據我的消息來源，警方想訊問的是個女人。她是誰？」

「現在還不能說。」

「你能證實你們在找一個女人嗎？」

「我不會證實也不會否認任何事。再見。」

霍姆柏站在臥室門口，凝視著女性死者蜜亞陳屍的地板上那一大灘血。轉過身，可以看見達格陳屍處也有類似的一灘血。他思索著如此大量失血的情形。這比他平常在槍擊現場所看到的血還要多得多，警司莫丹松的評斷沒有錯，凶手用的是狩獵子彈。血液已經凝結成黑色與紅褐色的一大片，覆蓋絕大部分的地板，救護人員與技術團隊不得不踩過去，在公寓四處留下腳印。霍姆柏穿著運動鞋，外面還套著藍色塑膠鞋套。

依他看來，眞正的犯罪現場調查工作現在才正要展開。死者屍體被移走了，當最後兩名技術人員道過晚安離去後，便只剩霍姆柏一人。他們已經爲死者拍照、測量過牆上飛濺的血跡，也商討過關於「飛濺分布面積」與「血滴速度」。霍姆柏對於技術鑑定並未多加留意。現場技術人員的發現將匯編成一本厚厚的報告，詳細披露凶手與被害人的相對站立位置、距離多遠、開槍的順序爲何，以及哪些指紋可能事關重大。但霍姆柏對這些毫無興趣。從技術鑑定結果根本看不出凶手可能是誰，也看不出他或她——目前的首要嫌犯是女性——有何殺人動機。這些才是他此刻必須回答的問題。

霍姆柏走進臥室，將一只破舊的公事包放在椅子上，拿出一個口述錄音機、一台數位相機和一本筆記本。

他先從房門後面的衣櫃開始。最上面兩層抽屜放了女性內衣、毛衣和一個珠寶盒。他將每樣物品放到床上，並仔細檢視珠寶盒，裡頭似乎並無重要物件。接著他在最底層抽屜找到兩本相簿和兩個記錄家庭收支的檔案夾，於是啓動錄音機。

「熊堡路8B扣押紀錄。臥室，衣櫃，最下層抽屜。兩本裝訂相簿，A4大小。一本檔案夾，黑色卷脊註明『家用』，另一本檔案夾，藍色卷脊註明『財務文件』，內有關於房貸與抵押的資料。一個小盒子裝有手寫書信、明信片與個人物品。」

他將所有物品拿到玄關，放進一只行李箱，然後繼續搜查雙人床兩側床頭櫃的抽屜，但無重大發現。他打開衣櫥，翻遍所有衣物，伸手到每個口袋摸一摸，也檢查了每雙鞋子，看看有無被遺忘或藏匿的東西，隨後才將注意力轉向衣櫥上方的架子。他將大大小小的儲物箱都打開，偶爾發現一些文件或物品，他會以各種不同的理由加以扣押。

在臥室的一角有張書桌，是個非常小型的家庭辦公室，包含一台桌上型 Compaq 電腦和一個舊顯示器。桌子底下有一個兩層的檔案櫃，而桌旁的地上則立著一個矮架組。霍姆柏知道從這個家庭辦公室很可能可以找到最重要的線索——如果其中眞有線索的話——因此便將書桌留到最後。接著轉身走到客廳，繼續勘查現場。他打開玻璃門櫥櫃，檢視過每只碗、每個抽屜、每層架子之後，焦點轉移到外牆與浴室牆邊的大書架。他搬來一張椅子，先看書架最上層有沒有藏些什麼，然後一層一層往下，很快地挑出了一堆書逐本翻閱，並同時查看書背後是否隱匿了什麼。四十五分鐘後，他將最後一本書放回架上。另有一堆書整整齊齊地疊放在客廳桌上。他打開錄音機。

「客廳書架。有一本麥可．布隆維斯特寫的《黑手黨銀行家》。有一本德文書，書名《國家與自治》，一本瑞典文書，書名《革命性的恐怖主義》，和一本英文書《回教聖戰》。」

他挑了布隆維斯特的書是因為作者出現在初步調查中，後面三本作品的關連也許不那麼明顯。霍姆柏不知道命案是否牽涉到任何形式的政治活動，或者達格或蜜亞是否曾參與任何政治活動，又或者這些書只是顯示他們因爲從事學術與記者工作，而對政治普遍感興趣。但話說回來，假如發現兩具屍體的公寓內有關於恐怖主義的書，就要將事實記錄下來。他把書和其他物品一起放進行李箱。

接下來查看的是一張古董桌的抽屜。桌子上有一台CD播放器，因此抽屜裡放了許多CD。霍姆柏花了半小時打開每張CD片，確認內容與包裝相符。其中約有十張CD沒有標籤，很可能是在家燒錄也可能是盜版。他將這些沒有標籤的CD放入播放器，檢查看看有沒有儲存音樂以外的內容。他還檢視最靠近臥室門的電視架，上頭擺了許多錄影帶，試播了其中幾捲發現似乎不是動作片，就是拉拉雜雜從「眞相告白」「透視內幕」和「深入調查」等節目錄下來的新聞或報導。他在扣押清單中又加了三十六捲錄影帶，然後走進廚房，打開咖啡保溫瓶，在繼續搜查前稍作休息。

他從碗櫥的一個架上搜到一些瓶子和藥罐，也同樣放入塑膠袋中，加入扣押物品清單。他挑出食物櫃與冰箱裡的食物，將所有瓶罐、咖啡包和用軟木塞重新塞住瓶口的瓶子打開檢查，又在窗台上一只碗缽內發現一千兩百二十克朗和幾張收據。在浴室裡，他什麼都沒拿，但發現有滿滿一籃待洗的衣物，便全部檢查一遍，接著還把玄關衣櫥的外套拿出來，搜查每個口袋。

他在一件運動夾克的內側口袋找到達格的皮夾，也加以扣押，皮夾內有一張 Friskis & Svettis 連鎖健身中心的會員卡、一張瑞典商業銀行提款卡和不到四百克朗的現金。接著又找到蜜亞的手提袋，花了幾分鐘翻尋。她也有一張 Friskis & Svettis 的會員卡、一張提款卡、一張 Konsum 超市聯名卡，和一個名叫「地平線俱樂部」的會員卡，這家俱樂部的標誌是一個地球儀。另外約有兩千五百克朗的現金，由於他們打算到外地度週末，因此金額雖大卻並非不合理。兩人皮夾裡的錢都還在，確實降低了搶劫殺人的可能性。

「蜜亞的手提袋，在玄關外套衣櫥的架子上發現。內有一本 ProPlan 口袋日誌、一本獨立的電話簿和一本皮革裝訂的黑色筆記本。」

霍姆柏又喝了點咖啡、休息片刻，此時轉念一想，發現目前爲止都尙未在達格、蜜亞這對愛侶家中，看見任何令人尷尬或私密的物品——沒有暗藏的情趣用品、性感的內衣、放滿A片的抽屜，也沒有大麻菸或藏有其他任何違法物品的跡象。他們看似一對正常伴侶，從警察的角度看，可能比一般伴侶還要無趣一點。

最後他回到臥室，坐到桌旁，打開最上層抽屜。不久便發現桌子與桌旁的架組裡面，放了蜜亞博士論文「來自俄羅斯的愛」的大量來源與參考資料，排放歸類得井然有序，恰如一份警察報告，其中部分內容還讓他看得入迷了好一會。**蜜亞．約翰森厲害得可以當警察了**，他暗忖。有一部分書架只擺了半滿，似乎全是達格的東西，主要包括他自己寫的以及他感興趣的文章剪報。

霍姆柏花了一會功夫檢查電腦，發現從軟體到信件，再加上下載的文章與PDF檔案，幾乎占了五GB，一個晚上肯定看不完。於是他將電腦、分類過的CD、一個壓縮驅動器，外加三十張光碟片納入扣押清單。

接下來他靜坐沉思許久。目前就他所見，電腦中儲存的是蜜亞的工作資料。達格是記者，電腦理應是最重要的工具，但桌上電腦中卻連他的電子郵件都沒有，因此一定還有另一台電腦。霍姆柏起身，一面思考一面搜尋公寓。在玄關有個黑色軟背包，裡面有幾本達格的筆記本，和一個空空的電腦內袋。公寓裡到處都找不到筆記型電腦。於是他拿了鑰匙，到樓下的院子搜索蜜亞的車，接著又搜他們的地下儲藏區，也都沒有電腦的影子。

怪就怪在狗沒有吠叫呀，親愛的華生①。

他記下似乎至少有一台電腦不見了。

包柏藍斯基與法斯特從倫達路回來後不久，在下午六點半到辦公室見埃克斯壯。安德森打電話進來後，被派往斯德哥爾摩大學找蜜亞的指導教授，詢問關於她的博士論文。霍姆柏還在安斯赫得，而茉迪則在歐登廣場的犯罪現場進行調查。包柏藍斯基被任命為調查小組組長至今已十個小時，對莎蘭德展開追捕也已經七個小時。

「蜜莉安．吳是誰？」埃克斯壯問。

「現在對她的了解還不太多。她沒有犯罪紀錄。法斯特明早第一件任務就是去找她。不過據跡象看來，莎蘭德並不住在倫達路。首先就拿衣櫥裡的衣服來說，全都與她的身材尺寸不符。」

「而且也不是一般的衣服。」法斯特說。

「什麼意思？」埃克斯壯問道。

「這麼說好了，你不會買那種衣服來當母親節禮物。」

「目前我們對這個姓吳的女人一無所知。」包柏藍斯基說。

「拜託，你需要知道多少？她一整個櫥子都是妓女的配備。」

「妓女的配備？」埃克斯壯又問。

「黑皮、漆皮、緊身衣和戀物癖用的皮鞭，還有一個抽屜的情趣用品。而且看起來也都不便宜。」

「你是說蜜莉安是妓女？」

「現階段我們對蜜莉安毫無所悉。」包柏藍斯基的口氣略轉尖銳。

「莎蘭德的一份社福報告中指出，她幾年前曾從事賣淫。」埃克斯壯說。

「社福局說的話通常是有憑有據的。」法斯特幫腔道。

「社福局那份報告並沒有任何警方報告能加以證明。」包柏藍斯基說：「那是她十六、七歲時，發生在丹托倫登公園的一起意外，當時她和另一名年紀大上許多的男人在一起。同一年稍後，她因爲在公開場合酒醉鬧事被捕。這次也是和一個年紀大她許多的男人在一起。」

「你的意思是不該驟下結論。」埃克斯壯說：「好的。但我忽然想到蜜亞的論文主題正是關於非法交易與賣淫，也許她爲了工作而聯絡上莎蘭德和這個姓吳的，並在言語中刺激了她們，這或許多少能構成殺人動機。」

「蜜亞或許是和她的監護人取得聯繫，而啓動這整個連鎖事件。」法斯特說。

「有可能。」包柏藍斯基說。

「但調查作業必須找到證據加以證明。現在當務之急是找到莎蘭德。她顯然已不住在倫達路，也就是說我們也得找到蜜莉安，查明她怎麼會住在那間公寓，以及她和莎蘭德之間有何關係。」

「要怎麼找莎蘭德呢？」

「她就在外頭某個角落。問題是她唯一登記的地址資料就在倫達路，並未變更過。」

「你忘了她還進過聖史蒂芬精神病院，也住過好幾個寄養家庭。」

「我沒忘。」包柏藍斯基翻閱著文件說道：「她十五歲時，待過三個不同的寄養家庭，情況並不好。從快滿十六歲到十八歲這段期間，她和一對夫妻住在海耶斯坦。弗列德瑞克和莫妮卡．古爾博。今天晚上，安德森問完大學教授後會過去找他們。」

「我們在記者會上要怎麼說？」法斯特問。

當晚七點，愛莉卡辦公室的氣氛十分沉悶。自從包柏藍斯基巡官離去後，布隆維斯特便一直安靜坐著，幾乎動也不動。瑪琳騎著單車到倫達路去探視情況後，回報說似乎無人被捕，交通也再次恢復正常。柯特茲來電告訴他們，警方現在正在找第二個不知名女子。愛莉卡把名字跟他說了。

愛莉卡和瑪琳已經商討過該採取哪些行動，但目前的情況有點複雜，因爲布隆維斯特和愛莉卡知道莎蘭德在解決溫納斯壯事件中所扮演的角色——具有頂尖駭客能力的她是布隆維斯特的祕密消息來源。瑪琳對此事毫不知情，也從未聽說過莎蘭德這個名字。因此談話偶爾會陷入一種詭祕的沉默。

「我要回家了。」布隆維斯特忽然起身說道：「我實在太累了，根本無法好好思考。我得去睡個覺。明天是耶穌受難日，我打算好好睡一覺，然後檢視文稿。瑪琳，復活節妳能不能工作？」

「我有得選擇嗎？」

「我想要修正我們今天上午決定的方向。現在已不只是要試圖找出達格所揭發的內幕與命案有無關連，而是要從資料中，推敲出是誰謀害了達格和蜜亞。」

瑪琳不明白這種事該從何著手，但嘴裡卻沒出聲。布隆維斯特向兩人揮手道別後，一聲不吭地走了。

七點十五分，包柏藍斯基巡官勉強地跟著埃克斯壯檢察官步上警局公關室的講台，他一點也不想成爲十數台電視攝影機的鎂光燈焦點，受到這樣的矚目幾乎令他感到恐慌。看見自己出現在螢光幕上，他永遠都不可能習慣也絕不可能覺得享受。

反觀埃克斯壯卻是一舉一動都很自在，他調整一下眼鏡，換上一副恰到好處的嚴肅神情。等到攝影師拍完照片後，他才舉起雙手要求肅靜。

「歡迎各位出席這場安排得有些倉促的記者會，關於昨天深夜在安斯赫得發生的命案，我們有更多訊息要與各位分享。我是檢察官李察．埃克斯壯，這位是郡刑事局暴力犯罪組的刑事巡官楊．包柏藍斯基，也是負責指揮調查的人。我要先發表一段聲明，然後再讓各位自由發問。」

埃克斯壯看著聚集的記者們。安斯赫得命案是大新聞，而且愈鬧愈大。他很高興看到「時事」、「Rapport」等新聞節目與TV4電視台的人都來了，他還認出了TT通訊社以及一些晚報與早報的記者，另外也還有許多他不認識的記者。

「各位都知道，昨晚在安斯赫得有兩個人遭到殺害。現場找到一件武器，是一把科特點四五麥格農手槍。今天國家鑑識實驗室證實了這把槍就是凶器。我們在確認槍枝所有人後，今天去找了他。」

埃克斯壯故意頓了一下以製造效果。

「今天下午四點十五分，槍枝所有人被發現陳屍於他位於歐登廣場附近的公寓住所內，是遭到槍殺。在安斯赫得命案發生時他已經確定身亡。警方——」埃克斯壯順手指向包柏藍斯基，「有理由相信這三起命案乃由一人所為。」

記者們頓時開始竊竊私語，有幾個人則開始低聲用手機通話。「有嫌疑犯嗎？」瑞典廣播電台一名記者大聲問道。

埃克斯壯也提高聲量。「我還沒說完請盡量不要打岔，這點稍後會提到。今晚警方已經查出一個人，並打算針對這三起命案對此人進行訊問。」

「你能不能告訴我們這名男子的姓名？」

「不是男子，而是女子。警方正在找一名二十六歲的女子，她和槍枝所有人有關連，而且我們知道她去過安斯赫得命案現場。」

包柏藍斯基皺皺眉頭，不高興地沉下臉來。關於這點他和埃克斯壯討論過，但未達共識，也就是該不該說出嫌犯姓名。

埃克斯壯認為根據所有已知的證據資料，莎蘭德是個精神異常、可能會展現暴力的女人，她顯然是受到刺激而發狂殺人，誰也不能保證她的暴力行爲已經結束。因此爲了一般民衆著想，應該要披露她的身分並盡早將她逮捕歸案。

包柏藍斯基則主張至少應該等到畢爾曼公寓的鑑定報告出爐，否則調查小組不能只朝單一方向偵辦。然而埃克斯壯占了上風。

埃克斯壯舉起一隻手中斷在場記者嘁嘁喳喳的私語聲。揭露三起命案的嫌犯是女性就像丟出一枚炸彈。他將麥克風交給包柏藍斯基，後者輕咳兩聲，調整一下眼鏡，然後緊盯著聲明稿，上面寫著他們已達成共識的說詞。

「警方正在尋找一名二十六歲女性，名叫莉絲．莎蘭德。我們會發出由護照局提供的照片。目前她的下落不明，但我們認爲她人在大斯德哥爾摩地區。警方希望在民衆協助下，盡快找到這名女子。莎蘭德身高一百五十四公分，身形瘦小。」

他緊張地深吸一口氣，都可以感覺到腋下在冒汗了。

「莎蘭德曾經在精神病院接受治療，可能會對自己與他人造成危害。在此要強調的是，我們並非明確指稱她爲凶手，但有鑑於各種情況，我們不得不立刻訊問她，以釐清她對安斯赫得與歐登廣場的命案知道多少。」

「這兩者不能並存。」某家晚報的記者大喊道：「要麼她是命案嫌犯，要麼就不是。」

包柏藍斯基無助地瞄向埃克斯壯。

「警方的調查面向很廣，當然要檢視各種不同的可能性。但我們有理由懷疑我們指名道姓的這名女子，而且認爲逮捕她是刻不容緩的事。她之所以涉嫌是因爲在犯罪現場搜查到一些跡證。」

「什麼樣的跡證？」擁擠的室內立刻有人發問。

「我們不深入刑事科學證據的問題。」

有幾名記者隨即同時開口。埃克斯壯抬起手指向《回聲日報》的記者。他曾和這位記者交涉過，認爲他還算客觀。

「包柏藍斯基巡官說莎蘭德小姐曾待過精神病院。為什麼呢？」

「這名女子的……成長過程很複雜，多年來遇到不少問題。她目前還在接受監護，而槍枝所有人正是她的監護人。」

「是誰？」

「就是在歐登廣場公寓住宅內被射殺的人。在通知到死者的最近親之前，我們暫時不公布他的姓名。」

「她有何殺人動機？」

包柏藍斯基取過麥克風，說道：「對於可能的動機，我們不作臆測。」

「她有前科嗎？」

「有。」

接下來發問的記者聲音低沉而獨特，在嘈雜的聲音當中特別突出。

「她對一般大眾有危險性嗎？」

埃克斯壯遲疑片刻才說道：「根據一些報告顯示，她面臨壓力時可能會有暴力傾向。我們發布這項聲明就是希望盡快與她取得聯繫。」

包柏藍斯基咬了咬下唇。

當晚九點，刑事巡官茉迪還在畢爾曼律師的公寓。她事先打過電話回家，向丈夫解釋自己的情況。結褵十一年，他早已接受妻子從事的絕非朝九晚五的工作這個事實。她坐在畢爾曼的桌子前面，仔細閱讀著在抽屜找到的文件，忽然聽見有人在敲門柱，轉頭一看原來是泡泡警官。只見他一手用筆記本端了兩杯咖啡，另一手則拎著一個藍色紙袋，裡頭裝了向附近攤販買的肉桂捲。她懶懶地招手請他進來。

「有什麼不能碰的？」包柏藍斯基問道。

「這裡的鑑識工作已經結束，技術人員還在廚房和臥室裡忙。屍體還在裡面。」

包柏藍斯基拉過一張椅子坐下。茉迪打開紙袋，拿出一個肉桂捲。

「謝啦。我的咖啡因嚴重不足，都快死了。」

他們安靜地咀嚼著。

最後茉迪舔舔手指，說道：「聽說倫達路那邊不太順利。」

「那裡沒有人。有一些未拆封的信是寄給莎蘭德的，但卻是一個叫蜜莉安·吳的人住在那裡。也還沒找到她。」

「她是誰？」

「不太清楚。法斯特正在查她的背景。大約一個月前姓名才加入公寓合約，但住在裡頭的似乎就是她。我想莎蘭德搬家了，但沒有變更地址。」

「也許一切都在她的計畫之中。」

「什麼？三人命案嗎？」包柏藍斯基沮喪地搖搖頭。「情況真是變得一團糟。埃克斯壯堅持要開記者會，現在免不了要吃媒體的苦頭。妳這邊有沒有什麼發現？」

「你是說除了臥房裡面畢爾曼的屍體嗎？我們還找到麥格農的空盒子，正在檢查指紋。畢爾曼每個月會把關於莎蘭德的報告寄給監護局，這些他都有影印存檔。如果內容可信，莎蘭德是個道地的小天使，一流的。」

「該不會連他也是？」包柏藍斯基說。

「連他也是什麼？」

「也是莎蘭德小姐的愛慕者。」

包柏藍斯基簡述了他從阿曼斯基與布隆維斯特那兒得知的訊息，茉迪傾聽著沒有打岔。他說完後，她用手指梳過頭髮，又揉揉眼睛。

「簡直太荒謬了。」她說。

包柏藍斯基一面思索一面拉扯自己的下唇。茱迪瞄他一眼，強忍住笑意。他的五官並不細緻，看起來幾乎顯得粗野。但當他感到困惑或不確定時，表情便會變得陰沉。也就是在這種時候，她會把他當成泡泡警官。她從未當面喊他這個綽號，也不知道是誰開的頭，但和他的確是絕配。

「我們有多肯定？」

「檢察官好像十拿九穩。今天晚上已經對莎蘭德發出全境通告。」包柏藍斯基說：「她去年一整年都在國外，也許會再度試圖離境。」

「可是**我們**到底有多肯定？」

他聳聳肩。「我們也曾經在證據更少得多的情況下抓人。」

「安斯赫得的凶器上有她的指紋。她的監護人被殺。我不是想超越進度，但我猜那應該就是用在這裡的凶器。明天就會知道了——鑑識人員在床架裡找到一塊相當完好的子彈碎片。」

「很好。」

「書桌底層抽屜裡有幾發手槍子彈，鈾心金頭子彈。」

「非常有用。」

「有很多文件說莎蘭德並不穩定。畢爾曼是她的監護人，又是手槍所有人。」

「嗯……」

「莎蘭德和安斯赫得那對男女之間也有一線關連，就是布隆維斯特。」

他又嗯了一聲。

「你好像並不信服。」

「我無法獲得有關莎蘭德的正確情報。文件說的是一回事，而阿曼斯基和布隆維斯特說的又是另一回事。據文件顯示，她是個失能情況愈來愈嚴重，且類似精神病患的人。但據那兩個和她共事過的男人所說，她卻是個很有能力的調查員。其間差距實在太大。關於畢爾曼，我們找不到動機，也沒有跡象顯示她認識安斯赫得那對男女。」

「精神異常的瘋子還需要什麼動機？」

「我還沒進臥室去。情況如何？」

「我發現屍體趴在床邊，而且跪在地上，像在禱告。死者全身赤裸，頸背中槍。」

「也和在安斯赫得一樣，一槍斃命嗎？」

「據我看來是的。莎蘭德——如果眞是她幹的——似乎先迫使他跪到床邊之後才開槍，子彈從後腦往上貫穿，從臉部穿出。」

「也就是說像處決一樣。」

「完全正確。」

「我在想……一定有人聽到槍聲。」

「臥室面向後院，上下樓的鄰居都出門度假去了，而且窗戶緊閉。另外，她還用枕頭滅音。」

「聰明。」

這時候，鑑識組的古納．薩繆森從門口探頭進來。

「嗨，泡泡。」他打完招呼便轉頭對他的同事說：「茱迪，我們剛才打算將屍體移走，所以將他翻了身。有個東西妳得來瞧瞧。」

他們全都一塊走進臥室。畢爾曼的屍體已經平躺在輪式擔架上，這是送往法醫那兒的第一站。死因毫無疑問。前額有一道十公分寬的傷口，一大片頭蓋骨黏在一塊皮膚上垂掛下來。飛濺在床上與牆面的血跡吐露了實情。

包柏藍斯基悶悶地緊繃著臉。

「要我們看什麼？」茉迪問。

薩繆森掀開蓋住畢爾曼下半身的塑膠布。包柏藍斯基戴上眼鏡，和茉迪湊上前去看畢爾曼腹部的刺青文字。字母大小不一、歪七扭八——無論出自誰的手，都顯然是刺青新手，但要傳達的訊息卻是再清楚不過：「**我是隻有性虐待狂的豬，我是變態，我是強暴犯**」。

茉迪和包柏藍斯基不禁面面相覷。

「我們看到的會不會就是動機？」茉迪終於說道。

布隆維斯特回家途中順路到 7-ELEVEn 買了一份現成麵食，回到家趁著更衣淋浴的三分鐘時間，將紙餐盒放進微波爐加熱，然後拿了叉子，站著直接就吃了起來。他覺得餓，卻又沒有食欲，只是想盡快將食物囫圇吞下腹。吃完後，他開了一瓶 Vestfyn Pilsner 啤酒，就著瓶口直接喝。

他沒有開燈，站在窗口俯視舊城區二十多分鐘，一面試著讓自己不要再想。二十四小時前，他還在妹妹家，接到達格打來的電話。當時他和蜜亞都還活著。

他已經三十六小時未闔眼，能夠一夜不睡仍若無其事的日子早已過去了，但他知道一上床便一定會想起自己看到的景象。安斯赫得的影像彷彿始終深深烙印在他腦海中。

最後他終於關上手機，鑽入被窩。到了十一點，還是醒著。於是他下床煮了點咖啡，然後播放ＣＤ，聽黛比·哈瑞唱著〈瑪利亞〉。他用毯子裹住身體，坐在客廳沙發上喝咖啡，同時為莎蘭德感到憂心。

他對她究竟了解多少？幾乎一無所知。

她有過目不忘的本領，也是個超級駭客。他知道她是個性格奇特、封閉的女子，不喜歡談論自己的事，而且絲毫不信任任何公家機關。

她可能展現凶狠的暴力。因此他才會欠她一條命。

但他完全不知道她被宣告失能並接受監護，也不知道她青少年時期曾進過精神病院。

他必須選邊站。

約莫午夜過後，他決定不接受警方對於她謀殺達格與蜜亞的假設。至少，在下斷論之前應該給她一個解釋的機會，這是他欠她的。

他不知道自己幾點睡著，但清晨四點半卻在沙發上醒來，跌跌撞撞走進臥室後，立刻倒頭又睡著了。

①出自福爾摩斯全集的短篇故事〈銀斑駒〉。

第十六章

三月二十五日耶穌受難日至三月二十六日復活節星期六

瑪琳靠坐在布隆維斯特的沙發上，想也不想就把腳蹺到茶几上——就像在自己家裡一樣——但很快又放了下來。布隆維斯特對她微微一笑。

「沒關係。」他說：「就當是自己家吧。」

她咧嘴笑笑，又把腳蹺起來。

布隆維斯特將達格的稿子從雜誌社辦公室帶回住處。所有資料都攤在客廳地板上，他和瑪琳已經花了八小時看過電子郵件、註記、筆記本內的備忘錄，以及最重要的書的打字稿。

星期六上午，安妮卡來探望哥哥，還買了幾份前一天的晚報。頭版除了頭條標題外，還有巨幅複製的莎蘭德護照相片。其中一個標題寫著：

三屍命案緝凶

另一份報紙則採用較聳動的標題：

他們聊了一個鐘頭，布隆維斯特向她解釋他與莎蘭德的關係，以及他為何不能相信她有罪。最後他問她能不能考慮擔任莎蘭德的律師，假如她被捕的話。

「我在很多暴力與傷害的案件中為婦女辯護過，但我其實不算是刑事辯護律師。」她回答。

「妳是我認識最機敏的律師，而莎蘭德也會需要一個她信得過的人。我想她終究會接受妳。」

安妮卡想了一想，才勉強答應至少可以先和莎蘭德談談，再決定下一步。

星期六下午一點，茉迪巡官來電詢問能否來取莎蘭德的肩背包。警方顯然已打開並閱讀過他寄到倫達路給莎蘭德的信。

二十分鐘後，茉迪就到了，布隆維斯特請她和瑪琳一起坐在客廳桌旁，自己則走進廚房，從微波爐旁邊架上拿下袋子。他略一遲疑後，打開袋子，取出鐵鎚和梅西防身噴霧器。**竊取證物**。梅西噴霧器是非法武器，持有它是可能被判刑的。而鐵鎚只會被那些認為莎蘭德有暴力傾向的人拿來作為佐證。沒有這個必要，布隆維斯特心想。

他請茉迪喝了點咖啡。

「能問你幾個問題嗎？」巡官問道。

「請說。」

「我的同事在倫達路找到你寫給莎蘭德的信，你在信中說你欠她人情。這指的到底是什麼？」

「莎蘭德幫過我一個天大的忙。」

「什麼樣的忙？」

「這完全是我跟她之間的事，我不想說。」

茉迪定定地注視著他。「我們現在正在調查殺人命案。」

「我也希望你們能盡快抓到殺死達格和蜜亞那個混蛋。」

「你認爲莎蘭德不是凶手？」

「是的，我認爲不是她。」

「那麼你覺得是誰射殺你的朋友？」

「我不知道。但達格正打算揭發一大群人，事發後他們將會失去很多。也許是其中一人所爲。」

「若是這樣，爲什麼連畢爾曼律師都要殺呢？」

「不知道。至少到目前還不知道。」

他的目光和信念一樣堅定。茉迪忽然面露微笑。她知道他的綽號叫小偵探布隆維斯特，就和阿斯特麗．林格倫①書中的偵探主角同名。如今她明白爲什麼了。

「但你打算去查出來？」

「如果我辦得到的話。妳可以轉告包柏藍斯基巡官。」

「我會的。如果莎蘭德和你聯絡的話，希望你能告訴我們。」

「我想她不會找我，向我坦承她犯罪，但假如她這麼做，我會盡一切力量說服她投案。到時候我也會盡可能地支援她——她會需要朋友。」

「如果她說自己無罪呢？」

「那麼我只希望她能對於發生的事情提供些許線索。」

「布隆維斯特先生，就當我們私下聊聊，希望你能了解我們非逮捕莎蘭德不可，所以如果她與你聯絡，你千萬別做傻事。萬一你猜測錯誤，這幾起命案確實是她所爲，你可能會遭遇莫大危險。」

布隆維斯特點點頭。

「希望我們毋須監視你。當然了，你也應該知道協助逃犯是違法的。與任何因殺人而遭通緝者同謀是一項重罪。」

「至於我呢，則希望你們能投入一點時間，檢視莎蘭德與這些命案無關的可能性。」

「我們會的。下一個問題。不曉得你知不知道達格工作時用的是哪種電腦？」

「他有一台二手的白色麥金塔 iBook 500，十四吋螢幕。和我的同一型，只是螢幕較大。」布隆維斯特指向自己放在一旁桌上的電腦。

「那你知不知道他把電腦放在哪裡？」

「他平常都裝在一個黑色軟背包裡。我猜應該在他的住處。」

「沒有。會不會放在辦公室？」

「沒有，我已經檢查過他的辦公桌，絕對不在那裡。」

他們沉默不語坐了片刻。

「這是否表示達格的電腦不見了？」最後布隆維斯特開口問道。

布隆維斯特和瑪琳列出一份名單，上頭的人理論上都可能有動機殺害達格。他們將每個名字寫在大大的紙上，然後布隆維斯特再把紙貼到客廳牆上。這些人全都是男性，若非嫖客便是皮條客，而且書上都有提及。到了當晚八點，已經寫了三十七個人名，也已確認其中三十人的身分。另外七人，在達格的文章中以化名出現。至於身分已確認的人當中，有二十一人是曾在各種情況下蹂躪過某個女孩的嫖客。就該不該出書的考量而言，現實的問題在於有許多論點所根據的資訊，只有達格和蜜亞知情。對於該主題了解較少——這是無可避免的——的作者，就得自行確認資訊的眞實性。

他們估計已完成的文章內容，約有八成可以出版，沒有太大問題，但《千禧年》若想冒險發表剩下的兩成，便得多方奔走求證。他們並非懷疑內容造假，只不過是對於書中最爆炸性的發現背後的詳細作業情形，了解得並不充分。假如達格還在世，他們便可毫無疑問地出版，因爲他和蜜亞可以輕易地處理與反駁任何異議。

布隆維斯特望向窗外，外頭天色已黑，還下著雨。他問瑪琳還想不想喝咖啡，她說不要了。

「稿子已經掌握得差不多了。」她說：「但在指認達格和蜜亞的凶手方面，仍無絲毫進展。」

「可能是牆上那些人之一。」布隆維斯特說。

「也可能是和這本書毫無關連的人。或者也可能是你的女朋友。」

「莎蘭德。」布隆維斯特說。

瑪琳偷偷瞄他一眼。她已經在《千禧年》工作十八個月，進入雜誌社時，正值溫納斯壯事件的混亂時期。多年來她一直從事約聘工作，《千禧年》是第一份全職，做得相當出色。能在《千禧年》工作本身就是一種成就。她和愛莉卡與其他同事都相處融洽，卻唯獨和布隆維斯特在一起時略感不自在。她自己也不知道原因何在，但《千禧年》的所有人當中，她覺得布隆維斯特是最孤僻、最難親近的一個。

去年期間，他常常晚到，而且多半一個人坐在自己或愛莉卡的辦公室。由於他經常不在，因此她剛進雜誌社的前幾個月，看見他坐在電視攝影棚沙發上的機會似乎還多於眞正碰面。他不喜歡員工說長論短，而且聽其他職員說起來，他似乎變了，變得更安靜、更難以交談。

「如果要我試圖找出達格和蜜亞被射殺的原因，我就得對莎蘭德有多一點認識。我實在不太知道從何開始，如果……」

她沒有把話說完。布隆維斯特看著她，最後坐到與她成直角的扶手椅上，蹺起雙腳放到她的腳邊。

「妳喜歡在《千禧年》工作嗎？」他這麼問道，令人措手不及。「我是說到現在爲止，妳已經替我們工作了一年半，但我一直東奔西跑的，始終沒有機會和妳深談。」

「我很喜歡這份工作。」她回答道：「你對我滿意嗎？」

「愛莉卡和我都一再地說，我們從來沒有用過像妳這麼難得的編輯助理。我們認爲妳眞的是一塊寶。很抱歉之前沒有這樣告訴過妳。」

瑪琳露出滿意的笑容。從偉大的布隆維斯特口中聽到讚美之詞，著實令人愉快之至。

「但這好像不是我想問的。」她說。

「妳對莎蘭德和《千禧年》的關係感到好奇。」

「你從來沒提起過，而愛莉卡對她也是守口如瓶。」

布隆維斯特雙眼迎向她的目光。或許他和愛莉卡非常信任她，但有些事情他就是無法開誠布公。

「我同意。」他說：「若想深入命案，妳確實需要更多資訊。我是第一手消息來源，也是莎蘭德與達格和蜜亞中間的聯繫。好吧，妳就問吧，我會盡可能地回答。若是無法回答，我也會老實說。」

「為什麼對這一切如此保密？莉絲．莎蘭德是誰？而她和《千禧年》又有什麼關係？」

「事情是這樣的。兩年前，我雇用她調查一件非常複雜的案子，問題就在這裡，我不能告訴妳她替我做什麼。這件事愛莉卡知道，她也信誓旦旦地保證守密。」

「兩年前……那是在你踢爆溫納斯壯之前，我能否假設她的調查與那件案子有關？」

「不，妳不應該作此假設。我既不會證實也不會否認，但我可以告訴妳，我是為了另一個全然無關的計畫而雇用莎蘭德，她也表現得十分傑出。」

「好吧，據我所聽說，當時你就像隱居在赫德史塔一般。那年夏天，赫德史塔卻並非完全不受媒體矚目，有海莉死而復生等等的消息。奇怪的是，我們《千禧年》對於她的重生竟隻字未提。」

「我們之所以沒有寫關於海莉的報導，是因為她是我們的董事之一。仔細審視她的工作就交給其他媒體吧。至於莎蘭德，請妳相信我，她在先前那個計畫中為我做的事，與安斯赫得發生的事絕對無關。」

「我當然相信你。」

「我給妳一個建議。不要猜測，不要妄斷，只要知道她為我工作，而我不能也不願討論工作的內容，這樣就好了。她另外替我做了一點事，那段期間她還救了我一命，我沒有誇張。」

瑪琳詫異地抬起頭來。在公司裡，她根本沒聽說過這件事。

「也就是說你對她認識頗深？」

「我想應該和其他人對她的了解一樣多。」布隆維斯特說：「她是我所見過最封閉的人。」

他跳起來，望向漆黑的戶外。

「不曉得妳想不想喝，但我想調一杯伏特加萊姆。」過了好一會他才說。

「聽起來比再來一杯咖啡好多了。」

復活節的週末，阿曼斯基在布利德島上的小屋想著莎蘭德。他的孩子都大了，也都選擇不和父母親一起度假。他結褵二十五年的妻子蕾娃也注意到，他有時似乎失了神，和他說話的時候，他會陷於沉思並心不在焉地回答。他每天都開車到最近的商店買報紙，然後坐在陽台上的窗邊讀著有關追捕莎蘭德的新聞。

令阿曼斯基失望的是自己對莎蘭德竟誤判得如此離譜。早在幾年前他便知道她有精神上的問題，想到她可能粗暴對待甚至嚴重傷害某個威脅到她的人，他並不感到意外；想到她攻擊自己的監護人——她肯定將他視為干涉她事務的人——就某個理智層面而言，也可以理解。只要是企圖控制她的生活，她都會認為是挑釁並可能帶有敵意。

但話說回來，他怎麼也想不通是什麼原因促使她射殺那兩個人，因為根據各種已知訊息，她根本不認識他們。

阿曼斯基一直在等待莎蘭德與安斯赫得那對男女之間的聯繫出現，也許其中一人或者兩人其實與她有某種關連，又或者是有一人刺激她展現暴力。但報上始終沒有出現這樣的聯繫，反而有人臆測這名精神異常的女子想必是精神崩潰之類的。

他打了兩次電話給包柏藍斯基巡官，詢問調查進展，但就連調查的負責人也無法告訴他莎蘭德與安斯赫得那對男女的關係。布隆維斯特認識莎蘭德，也認識那對男女，但毫無跡象顯示莎蘭德認識或甚至聽說過達格與蜜亞。若非凶器上有她的指紋，而她與第一名被害人畢爾曼的關係又毫無爭議，警方恐怕也只能在黑暗中摸索了。

▲ ▲ ▲

瑪琳去了一趟洗手間之後，回來坐到沙發上。

「我們作個總結吧。」她說：「現在的任務就是查明是否眞如警方所說，是莎蘭德殺害了達格與蜜亞。該從何開始呢？」

「就把它當作挖掘工作吧。我們毋須自己進行調查，但卻得掌握警方發現的一切，並巧妙地打聽出他們知道些什麼。其實和平常的工作沒兩樣，只不過不一定要把我們的發現全都公布出來。」

「但倘若莎蘭德是凶手，她和達格、蜜亞之間必然有重大關連。而他們之間的唯一聯繫卻是你。」

「事實上我根本不是什麼聯繫。我已經一年多沒和莎蘭德說話，她又怎麼會知道他們的存在，我並沒有……」

布隆維斯特忽然打住。莉絲．莎蘭德：世界級的駭客。他想到自己的 iBook 裡面全是他和達格的書信往來，還有書的各種內容版本和一個存有蜜亞論文的檔案。他無法得知莎蘭德是否侵入了他的電腦，但假設她發現了他認識達格，又有什麼理由要殺死他和蜜亞呢？相反地，他們正在寫一份關於婦女受暴力對待的報告，莎蘭德應該無論如何都會鼓勵他們才對。假如布隆維斯特眞的了解她的話。

「你好像想到什麼了？」瑪琳說。

他不打算將莎蘭德在電腦方面的天賦告訴她。

「沒有，我只是累了，有點恍神。」他回答。

「現在呢，你的莎蘭德涉嫌殺死的不只達格和蜜亞，還有她的監護人，這方面的關連就非常明顯了。你對這位監護人有何了解？」

「一無所知。我從未聽說過他，甚至不知道她有監護人。」

「不過若說殺死他們三人的另有其人，可能性實在微乎其微。即便有人爲了文章內容殺死達格和蜜亞，不管凶手是誰，也毫無理由將莎蘭德的監護人一併殺死。」

「我知道，我自己也爲此煩惱得要命。但我至少能想出一個可能性，是另一人同時殺害達格、蜜亞還有莎蘭德的監護人。」

「說來聽聽。」

「假設達格和蜜亞是因爲到處打探性交易而遇害，而莎蘭德也因爲某個原因牽涉其中。如果畢爾曼是莎蘭德的監護人，那麼她便有可能向他透露，因而使他成爲證人或得知某事，結果導致殺身之禍。」

「我明白你的意思。」瑪琳說道：「可是你毫無證據能夠證明這個論點。」

「沒有，絲毫沒有。」

「所以你是怎麼想的？她有罪或無罪？」

布隆維斯特思考良久。

「如果妳是問我她**有沒有能力**殺人，答案是肯定的。莎蘭德的性格有些凶暴，我親眼見過她暴力的一面……」

「她救你的時候嗎？」

布隆維斯特看著她。

「我不能告訴妳詳細情形。總之當時有個人正要殺我，眼看就要成功了。多虧莎蘭德介入，用高爾夫球桿把他打得不省人事。」

「這些事你完全沒有向警方透露？」

「完全沒有。而且這件事也只能夠妳知我知。」他眼神銳利地望著她。「瑪琳，這點妳得讓我信得過。」

「我們談論的一切，我都不會告訴任何人。你不只是我的老闆，我也很喜歡你，我不想做任何可能傷害你的事。」

「我很抱歉。」

「不要再道歉了。」

他笑了笑，隨即又轉趨嚴肅。「我相信那是逼不得已，她必須殺死那個人來保護我，但我同時也相信她相當理性。性格古怪，那是當然的，但根據她自己的原則，她是百分之百理性。她會做出可怕的暴力行爲是因爲出於必要，而不是她想這麼做。她會殺人，一定是受到過度的威脅或挑釁。」

他思考了好一會，瑪琳則耐心地注視著他。

「我對那個律師毫無了解，無法替他發言。但我實在無法想像達格和蜜亞會對她造成任何威脅或刺激，我覺得不可能。」

他們靜靜地坐了很長時間。後來瑪琳看看手錶，發現已經九點半。

「很晚了，我得回家了。」

「今天眞是漫長的一天，我們明天再繼續篩檢吧。沒關係，碗盤就放著，我來收拾。」

復活節前夕的星期六夜晚，阿曼斯基清醒地躺在床上，聽著蕾娃的鼾聲。他就是想不通這齣慘劇。最後他起身穿上拖鞋和睡袍，走進客廳。空氣沁涼，他往皀石爐裡添加幾塊柴火，開了一瓶啤酒，然後坐下來凝望外頭佛魯松海峽的暗沉海水。

我又知道些什麼呢？

莎蘭德的性情反覆，難以預料，這一點毫無疑問。

二〇〇三年冬天不知發生什麼事，她不再爲他工作，還出國休息，失蹤了一整年。她的驟然離去似乎和布隆維斯特有些關連，但連他也不知道她是怎麼回事。

她回國後來看他，說自己「經濟獨立」，意思應該是說她有足夠的錢過一陣子。

她一直固定去看潘格蘭，卻沒有和布隆維斯特聯絡。

她射殺了三個人，其中兩人似乎與她並不相識。

一點道理也沒有。

阿曼斯基喝了一口啤酒，點燃一根小雪茄菸。他感到內疚，也因此情緒低落。

包柏藍斯基找上門時，阿曼斯基毫不猶豫地將自己所知全盤托出，好讓莎蘭德早日落網。他認定她必須落網，而且愈早愈好。但心裡又過意不去，因爲自己似乎太貶低她，竟然毫不懷疑便輕信了她有罪的假設。阿曼斯基是個現實主義者，倘若警方告訴他某人涉嫌謀殺，多半就是眞的，所以莎蘭德有罪。

但警方好像沒有考慮到她也許自認爲有正當理由，也沒有考慮到她之所以發狂或許有其情可憫的情況或合理的解釋。警方打算要做的是逮捕她並證明她開槍，而非探究她的內心層面。若能找到犯罪動機，他們會很滿意，但即使找不到，他們也已準備將她的瘋狂殺人解釋爲精神異常的結果。一思及此，他搖了搖頭，無法接受她是個瘋狂殺人魔的念頭。莎蘭德做任何事從未違背自己的意願，也總會將後果想得一清二楚。

古怪，的確是。瘋狂，不對。

所以其中必有原因，不管這個原因在不認識她的人看來是多麼難以理解。

凌晨兩點左右，他作出了一個決定。

---

① Astrid Lindgren（1907-2002），瑞典著名的兒童文學作家，曾寫過《大偵探小卡萊》一書，書中主角是一名少年偵探，名叫卡萊．布隆維斯特，與本書主角麥可．布隆維斯特同姓。

第十七章

三月二十七日復活節星期日至三月二十九日星期二

連續擔憂了數小時後，阿曼斯基星期日一早就起床了。他沒有吵醒蕾娃，輕手輕腳地下樓準備咖啡和三明治。然後開啓手提電腦。

他打開米爾頓保全進行私調用的報告表格，將他所能想到關於莎蘭德的性格特質打了進去。

九點，蕾娃下樓來，給自己倒了杯咖啡。她問他在做什麼，他含糊其詞地回答後仍繼續寫。以她對丈夫的了解，他又要自閉一整天了。

結果布隆維斯特猜錯了，很可能因爲碰上復活節週末，警察總局裡還幾乎空蕩蕩的，因此直到復活節星期日上午，媒體才得知是他發現了達格與蜜亞的屍體。第一個打電話來的是《Aftonbladet》晚報的一名記者，也是老朋友。

「你好，布隆維斯特，我是尼克拉森。」

「你好，尼克拉森。」

「原來安斯赫得那對男女的屍體是你發現的。」

布隆維斯特證實了尼克拉森的話。

「我的消息來源說他們在替《千禧年》工作？」

「你的消息來源說對了一半，錯了一半。達格是自由撰稿人，正在替《千禧年》寫一份報導。蜜亞卻不是我們的人。」

「天哪！這可眞是大新聞，你不能不承認吧？」

「是啊。」布隆維斯特有氣無力地回答。

「你爲什麼還不發表聲明？」

「達格是我的同事也是朋友。我們覺得在公布任何消息之前，至少應該先告知他和蜜亞的親屬。」布隆維斯特知道這些話不會被引述。

「說得有理。那麼達格在寫些什麼呢？」

「是我們委託的內容。」

「關於哪方面？」

「你打算在《Aftonbladet》刊登什麼樣的獨家？」

「這麼說這是獨家囉？」

「去你的，尼克拉森。」

「好啦，小布布。你認爲命案和達格正在寫的東西有關連嗎？」

「你再叫我一次小布布，我就馬上掛電話，接下來這一年都不跟你說話。」

「好吧，我道歉。你認爲達格是因爲身爲調查記者而喪命嗎？」

「我不知道達格爲何被殺。」

「他在寫的東西和莉絲．莎蘭德有關嗎？」

「沒有，毫無關連。」

「達格認識那個瘋子嗎？」

「不知道。」

「達格最近寫了一些關於電腦犯罪的文章，他替《千禧年》寫的也是同一類嗎？」

你就是不肯放過我，是嗎？布隆維斯特暗想。他正想叫尼克拉森滾蛋，忽然有兩個很棒的念頭閃過腦際，讓他從床上坐直起來。尼克拉森又開始說其他的事。

「等等，尼克拉森，等我一下，我馬上回來。」

布隆維斯特起身，用手摀住話筒。剎那間他彷彿飛到了九霄雲外。

打從命案發生後，布隆維斯特便絞盡腦汁想和莎蘭德聯繫上。不管她在哪裡，都有可能──而且非常有可能──會看到他在報上說的話。假如他否認自己認識她，她可能會解讀爲他捨棄或背叛了她。假如他爲她辯護，那麼其他人則會解讀爲他對命案的了解比他所說的還多。但假如他能發表恰當的聲明，或許能刺激莎蘭德來找他。

「抱歉，我回來了。你剛才說什麼？」

「達格是不是在寫關於電腦犯罪的東西？」

「你要是想叫我發表一段關鍵談話，可以。」

「那就說吧。」

「只不過你得一字不改地引述。」

「不然還能怎麼引述？」

「這個問題我還是不要回答的好。」

「所以你想說什麼？」

「我十五分鐘後寄電子郵件給你。」

「什麼？」

「去收信。」布隆維斯特說完便掛電話。

他走到桌旁，啓動 iBook，打開 Word，坐下來沉澱兩分鐘後開始寫了起來。

《千禧年》的自由撰稿記者兼同事達格．史文森遭殺害，令總編輯愛莉卡．貝葉深受打擊。她希望能盡快破案。

上星期三夜裡，達格與女友遇害後，是《千禧年》的發行人麥可．布隆維斯特發現屍體。

「達格是個才華洋溢的記者，也是我很欣賞的人。他曾針對文章主題提出一些想法。他正在進行的案子當中，也包括對於一連串電腦駭客的深入調查。」布隆維斯特對本報記者表示。

至於凶手是誰，或命案背後有何動機，布隆維斯特與貝葉都不願妄加揣測。

布隆維斯特拿起電話打給愛莉卡。

「愛莉卡，妳剛剛接受了《Aftonbladet》晚報訪問。」

「是嗎？」

他將引述的話念給她聽。

「爲什麼？」

「因爲每句話都是眞的。達格已經自由撰稿十年，電腦安全問題也是他的專業之一。我和他討論過很多次，還打算在結束非法交易的主題後，讓他寫一篇相關的文章。妳知道還有誰對駭客有興趣嗎？」

愛莉卡明白他的用意了。

「聰明，麥可，太聰明了！那好，登吧。」

尼克拉森收到布隆維斯特的電子郵件後，不到一分鐘便回電。

「這算不上關鍵談話吧？」

「我只能給你這個，而且是其他報紙拿不到的。要麼你一字不漏地刊登，不然就什麼也別登。」

布隆維斯特送電子郵件給尼克拉森後，又回到電腦前面，略加思索後寫道：

親愛的莉絲：

我現在寫的這封信會留在硬碟裡，我知道妳遲早都會看到。我記得兩年前妳是怎麼接收溫納斯壯的硬碟，因此懷疑妳也一定侵入了我的電腦。現在，妳顯然不願意和我有任何牽扯，我不想問原因，妳也毋須解釋。

不管妳願不願意，前幾天發生的事又再度將我們聯繫在一起。警方說妳殺害了兩個我很喜歡的人。達格和蜜亞遭射殺後幾分鐘，正是我發現了屍體。我並不認爲是妳開的槍，當然也希望不是妳。警方聲稱妳是個精神異常的殺人犯，但若是如此，就意謂我完全錯看了妳，又或者是妳在過去一年內完全變了個人。假如妳不是凶手，那麼便是警方追錯了人。

在此情況下，我應該勸妳向警方投案，但這恐怕只是白費唇舌。妳遲早都會被找到，到時候妳會需要朋友。或許妳不想和我有任何關連，但我有個妹妹叫安妮卡·賈尼尼，是個律師，最好的律師。如果妳和她聯絡，她願意爲妳辯護，妳可以信任她。

至於《千禧年》方面，我們已經開始自行調查達格和蜜亞被殺的原因。我現在正在拼湊有理由想讓達格閉嘴的人的名單，雖然不知道方向正不正確，但我會根據名單一一查證。

這當中只有一個問題，就是我不明白這件事怎會牽涉到尼斯·畢爾曼？達格的資料中從未提及到他，我猜不透他與達格和蜜亞之間有何牽連。

幫幫我吧，拜託了。有什麼牽連呢？麥可

P.S. 妳的護照該換張照片了。這張實在不像妳。

他將檔案命名爲「給莉絲」。然後建立一個新檔案夾，命名爲「莉絲·莎蘭德」，並且在 iBook 的桌面上建立捷徑。

星期二上午，阿曼斯基召集了三個人，到米爾頓保全的辦公室開會。

前梭納警局刑事巡官約翰·佛雷克倫是米爾頓行動小組的組長，計畫與分析由他全權負責。阿曼斯基在十年前網羅他進公司，並將如今六十出頭的他視爲公司最寶貴的資產。

另外阿曼斯基還找來松尼·波曼和尼可拉斯·賀斯壯。波曼也是退役警員，八〇年代曾在諾爾毛姆的武裝因應小隊接受訓練，後來轉到暴力犯罪組，指揮過十數起相當戲劇化的調查工作。九〇年代初，「雷射槍人」①橫行之際，波曼也是主要偵辦人之一，一九九七年才在多次遊說加上異常豐厚的薪資條件考量下跳槽到米爾頓。

賀斯壯被視爲菜鳥。他曾在警察學校受訓，但就在畢業考試前夕發現自己有先天性心臟病，不只需要進行大手術，警察生涯也到此結束。

和賀斯壯的父親同期的佛雷克倫向阿曼斯基提議，希望他們給他一個機會。由於分析小組剛好有個缺，阿曼斯基便答應聘用他，至今仍未感到後悔。賀斯壯已經進米爾頓五年，或許缺乏現場的實際經驗，卻是機敏且難得的智囊人物。

「大家早，坐下開始讀吧。」阿曼斯基說著，發下三個檔案夾，其中包含大約五十張關於追捕莎蘭德的影印新聞剪報，外加三頁阿曼斯基對莎蘭德背景的簡介。賀斯壯最先看完並放下檔案夾。阿曼斯基則等著波曼和佛雷克倫。

「我想你們應該都看到週末報紙的頭條了。」

「莉絲·莎蘭德。」佛雷克倫用悶悶的聲音說。

波曼搖了搖頭。

賀斯壯對空凝視，臉上帶著不可解的表情和一抹苦笑。

阿曼斯基對三人投以銳利目光。

「我們的員工之一。」他說：「她還在公司的時候，你們對她了解多少？」

「我有一次試著跟她開了個小玩笑，」賀斯壯又淡淡一笑，說道：「不怎麼成功，她好像要把我的頭啃掉似的。她是個一級潑婦，我跟她幾乎說不到十句話。」

「我覺得她是個大怪人。」佛雷克倫說。

波曼聳聳肩。「我說她根本是個瘋子，最讓人頭痛的傢伙。我以為她只是很奇怪，沒想到瘋到這種地步。」

「她有她自己做事的方式。」阿曼斯基說：「她這個人不容易應付，但我信任她，因為我從未見過如此優秀的調查員。她每次送來的結果都超乎我的預期。」

「這點我始終不明白。」佛雷克倫說道：「我想不通她怎麼可能工作如此優秀，處理人際關係卻如此失敗。」

「答案當然就在於她的精神狀態。」阿曼斯基用手指戳了戳其中一份檔案夾。「她被宣告失能。」

「我完全不知情。」賀斯壯說：「我是說她背上又沒掛牌子說她是公認的笨蛋，而你也從來隻字未提。」

「沒錯。」阿曼斯基解釋道：「我沒有說，是因為我認為不需要再為她冠上更大的汙名，每個人都應該有一次機會。」

「而安斯赫得發生的事正是你那慈悲的實驗結果。」波曼說。

「也許。」阿曼斯基回答。

這三名專業人員正以觀望的心態看著他，他不想在他們面前顯現出對莎蘭德的偏愛。他們言談之間的口氣十分平淡，但阿曼斯基知道他們三人都很厭惡莎蘭德，就和米爾頓保全的其他員工一樣。他不想表現出柔弱或困惑的模樣，而是得帶著某種程度的熱忱與專業來提出這件事，這點很重要。

「我決定要首度利用米爾頓的資源來解決一件純屬公司內部的事務。」他說：「不一定要編列龐大預算，但我打算解除波曼和賀斯壯你們兩人目前的任務。至於你們的新任務，我可能要說得比較模糊一點，那就是『查明關於莎蘭德的眞相』。」

他們兩人不由得狐疑地看著阿曼斯基。

「佛雷克倫，我要你負責指揮調查並掌握進度。我要知道究竟發生什麼事，是什麼原因促使莎蘭德殺死她的監護人和安斯赫得那對男女。這其中一定有合理的解釋。」

「請原諒我這麼說，不過這聽起來像是警察的工作。」佛雷克倫說。

「當然是了。」阿曼斯基說：「但我們比警察多了一點優勢。我們認識莎蘭德，而且能深入了解她的行爲模式。」

「好吧，既然你這麼說。」波曼的口氣不是很肯定。「但我不認爲公司裡有任何人認識莎蘭德，或是知道她那個小腦袋瓜在想什麼。」

「無所謂。」阿曼斯基說：「莎蘭德曾爲米爾頓保全做過事。依我之見，我們有責任找出眞相。」

「莎蘭德沒替我們工作已經……多久了？將近兩年了吧？」佛雷克倫說道：「我認爲我們毋須爲她的所作所爲負責。何況我們介入調查，警方恐怕會不高興。」

「恰恰相反。」阿曼斯基說。這是他的王牌，得打得漂亮才行。

「怎麼說？」波曼好奇地問。

「昨天我和指揮初步調查的檢察官埃克斯壯以及負責調查工作的刑事巡官包柏藍斯基，作了幾次長談。埃克斯壯受到不小壓力。這不是和幫派分子一決高下，而是可能受到媒體高度注目的事件，因爲一名律師、一名犯罪學家和一名記者——看起來似乎——都遭到處決式槍殺。我解釋過了，既然首要嫌犯是米爾頓保全的前員工，我們也決定自行展開調查。」阿曼斯基頓了一下，讓訊息略爲沉澱之後才接著又說：「我和埃克斯壯都認爲，目前當務之急是盡快將莎蘭德逮捕歸案，以免她對自己或他人造成更多傷害。由於我們比警方更了解她，因此可以對調查工作有所幫助。埃克斯壯和我達成了協議，你們兩個——」他指指波曼和賀斯壯，「就到國王島去，加入包柏藍斯基的團隊。」

三名員工無不滿臉訝異。

「請容我問個簡單的問題……我們只是平民百姓呀！」波曼說道：「警察真的就這樣讓我們參與調查謀殺案？」

「你們要聽從包柏藍斯基的指揮，但也要向我報告。你們將可以全面參與調查。我們目前所有的以及你們將來挖掘到的資料都要交給包柏藍斯基。對警方而言，等於是免費獲得一支生力軍，何況你們並非『只是平民』而已。佛雷克倫和波曼，你們兩人在警界服務的時間比在這間公司還長，就連賀斯壯也上過警察學校。」

「但這不合原則……」

「沒有的事。警察在查案過程中經常請教非警界的顧問，例如性犯罪案件中的心理學家，以及有外國人涉案時的口譯人員。你們只是因爲對主要嫌犯有多一層認識，才擔任平民顧問的角色。」

佛雷克倫緩緩地點了點頭。「好吧。米爾頓要加入警方的調查工作，試著協助逮捕莎蘭德。還有什麼嗎？」

「有啊，就米爾頓而言，你們的任務只需查明眞相，如此而已。但我要知道這三個人是不是莎蘭德射殺的，如果是的話，爲什麼。」

「關於她的涉案有任何疑問嗎？」賀斯壯問道。

「警方握有的間接證據對她非常不利，但我想知道這整件事有沒有另外一面，例如有沒有我們不知道的共犯，也許此人才是眞正開槍的人，又或者有沒有其他至今未知的情形。」

「在三屍命案中要找出可斟酌減刑的情形並不容易。」佛雷克倫說道：「如果我們要找的是這個，就得假設她有可能是清白的。可是我不相信。」

「我也不信。」阿曼斯基說：「但你們的任務就是盡可能地支援警方，協助他們在最短的時間內逮捕她。」

「預算呢？」佛雷克倫問道。

「未定。你們花了多少錢要隨時讓我知道，如果失控，就得結束案子。不過姑且假設至少會持續一星期，從今天開始算起。既然我是這裡最了解莎蘭德的人，你們應該把我列爲訪談對象。」

茉迪飛奔過走廊，衝進會議室時，同事們都剛剛入座。她走到包柏藍斯基旁邊坐下，就是他召集了調查小組所有成員開會，其中也包括初步調查負責人。法斯特惱火地横她一眼，然後開始作開場白。是他要求開會的。

他一直在深入調查這些年來社會福利局與莎蘭德之間的衝突——他稱之爲「精神病患線索」，也確實蒐集到不少資料。法斯特清清喉嚨之後，轉向坐在他右手邊的男人。

「這位是彼得．泰勒波利安醫師，烏普沙拉聖史蒂芬精神病院的主任醫師。很感謝他來到斯德哥爾摩協助調查，並告訴我們他對於莎蘭德的了解。」

茉迪打量著泰勒波利安醫師。此人身材短小，一頭鬈曲的棕髮，戴一副金絲眼鏡，還留著小山羊鬍。穿著輕便，米色燈芯絨夾克、牛仔褲，和鈕釦一路扣到脖子的淡藍色條紋襯衫。他的五官分明，外表有些稚氣。茉迪曾遇見過泰勒波利安醫師幾次，但從未與他交談。她就讀警校最後一學期時，醫師曾經去發表過關於精神疾患的演說，還有一次在課堂上，他提到了精神病患者與年輕人的精神病態行爲。另外她出席過一名連續強暴犯的審判，當時泰勒波利安醫師以專家證人的身分被傳喚出庭。這幾年來，泰勒波利安醫師參與過許多公開辯論，已是瑞典最知名的精神病學家之一。他嚴詞抨擊精神病照護預算削減導致精神病院關門大吉的情形，因而成名。那些明顯需要受照顧的人被丟到街頭，注定要成爲遊民福利案例。自從外交部長安娜．林德②遇刺後，泰勒波利安醫師一直是某政府委員會的一員，該委員會也提出了精神病照護日益減少的報告。

泰勒波利安一面向組員們點頭致意，一面往自己的塑膠杯裡倒礦泉水。

「我們得看看有沒有我能幫得上忙的地方。」他謹愼地開口說道：「像這種情況，我實在很不願意看到自己的預言成眞。」

「你的預言？」包柏藍斯基不解地問。

「是的。很諷刺。安斯赫得命案發生當晚，我正好在上一個電視談話節目，討論我們社會上幾乎無所不在的定時炸彈。眞可怕。當時，我並沒有特別想到莎蘭德，但是我舉了幾個例子，都是根本應該就接受治療卻還在大街上自由活動的病患——當然我用的是化名。我推測光是這一年內，警方將必須偵破六起由這一小群病患所犯下的殺人案或過失殺人案。」

「你認爲莎蘭德也是這些瘋子之一？」法斯特問道。

「我們不會用『瘋子』這個字眼。不過她毫無疑問正是那種神經緊張的人，我若有權決定，就不會讓這樣的人進到社會中來。」

「你是說她在犯罪之前就應該被關起來？」茉迪問道：「這並不完全符合一個法治社會的原則。」

法斯特皺起眉頭，對她露出不快的神情。茉迪不明白爲什麼法斯特對她似乎總是如此不友善。

「妳說得一點也沒錯。」泰勒波利安回答道，無意中也爲她解了圍。「這和以法治爲基礎的社會確實不同調，至少就目前的社會型態而言是如此。這是一種平衡之舉，既要尊重個人，也要尊重那些可能因精神病患者而受害的人。每個個案都不同，因此每個病患必須個別治療。但我們精神醫學界難免也會出錯，將不應該出現在大街上的人給釋放出來。」

「好了，我想我們不需要太深入探討社會政治學。」包柏藍斯基小心地說。

「當然，」泰勒波利安說道：「我們面對的是一個特殊案例。但我想說的是，各位一定都得了解莎蘭德是個需要醫護的病人，就像任何因為牙痛或心臟病而需要醫護的病人一樣。她還是可能痊癒，如果趁她還能夠醫治的時候接受治療，她就會好起來。」

「這麼說你並不是她的醫師？」法斯特說。

「莎蘭德的案例牽涉到許多人，而我是其中之一。她十來歲時是我的病患，而當她滿十八歲，被法院判定接受監護時，我則是負責評估的醫生之一。」

「能不能請你對她的背景稍作介紹？」包柏藍斯基說道：「她會因為什麼原因殺死兩個陌生人，還殺死她的監護人？」

泰勒波利安醫師笑了起來。

「這點我無法告訴你。這幾年我並沒有追蹤她的病情，因此不知道她目前精神異常的狀況到達哪個階段。但我可以百分之百肯定，她一定認識安斯赫得那對男女。」

「你為什麼如此肯定？」法斯特問。

「莎蘭德治療失敗的原因之一，就是從未作過完整的診斷，因為她不肯接受治療，每次總是拒絕回答問題或配合任何形式的療法。」

「所以你其實並不知道她到底有沒有病囉？」茉迪說：「我是說既然沒有作過診斷。」

「我們這麼說吧。」泰勒波利安醫師回答道：「莎蘭德送到我這邊的時候剛要滿十三歲。她有精神病，出現了強迫行為，而且明顯有妄想的症狀，因此被強制送到聖史蒂芬，接受我的照護兩年。之所以送她進精神病院，是因為她整個童年時期，對同學、老師和熟人都展現極端暴力的行為，一再地因為傷害行為被告發。在我們知道的每個案例中，暴力都是針對她自己生活圈裡的人，也就是說她認識的人說了或做了什麼讓她感到受辱，而引發暴力反應。她從未有過攻擊陌生人的例子。所以我相信她和安斯赫得那對男女之間一定有關連。」

「除了她十七歲時的地鐵攻擊事件之外。」法斯特說。

「那一次嘛，其實是她受攻擊，她只是自衛罷了。」泰勒波利安說道：「應該說她是針對一個已知的性侵害者。不過這也是她行爲模式的一個好例子。當時她本可走開或向車廂其他乘客求助，但她卻以加重傷害反擊。每當她感覺受到威脅，就會出現極度暴力的反應。」

「她到底是怎麼回事？」包柏藍斯基問。

「我剛才說過了，我們沒有作過眞正的診斷。依我看她患有思覺失調症，不斷地在精神病邊緣游移著。她缺乏同理心，在許多方面都可以視爲具有反社會性格。老實說，她滿十八歲之後能夠表現得這麼好，實在令人驚訝。這八年當中雖然受到監護，卻融入了社會，沒有做出任何可能被列爲前科或遭逮捕的事。只不過她的預後……」

「她的預後？」

「這麼長時間以來她始終沒有接受任何治療。我猜想十年前或許能夠治療痊癒的病，如今已固定成爲她性格的一部分。我預料她被捕後，不會被判刑。她需要治療。」

「那麼地方法院幹麼給她進入社會的通行證？」法斯特說。

「這恐怕得綜合幾件事來看。她有個律師，辯才無礙，但此外也因爲目前採行自由化政策，以及照護減少了。在接受法醫諮詢時，我是反對這項決定的。但對此我沒有置喙的餘地。」

「不過那種預後八成只是猜測，不是嗎？」茉迪說：「你並不眞的**知道**她滿十八歲以後，發生了什麼事。」

「這不只是猜測，而是根據我的專業經驗。」

「她會自殘嗎？」茉迪問。

「妳是說她可不可能自殺？不，我覺得不太可能。她比較傾向於極端自我的精神病患。一切都以**她**爲主。圍繞在她周遭的其他人都不重要。」

「你說她可能有極端暴力的反應。」法斯特說：「換句話說，我們是不是應該視她爲危險人物？」

泰勒波利安醫師注視著他許久，然後彎身向前，揉揉額頭。

「你不知道要確切預測一個人的反應有多難。我不希望你們逮捕莎蘭德的時候傷害她……不過沒錯，面對她，我會盡量以最周詳的計畫進行逮捕。如果她有武器，那麼她使用武器的可能性非常之大。」

①瑞典一名連續殺人犯，起初以裝有雷射瞄準器的來福槍犯案，因而得此外號。

②Anna Lindh（1957-2003），於一九九八年至被刺身亡的二〇〇三年間擔任瑞典外交部部長，刺殺她的是一名精神病患。

第十八章

三月二十九日星期二至三月三十日星期三

安斯赫得命案的調查工作三線並行，如火如荼地展開。泡泡警官得權限之便，調查進行得很順利。表面上，破案關鍵似乎唾手可得；有了一名嫌犯，還有一把與嫌犯有關連的凶器。嫌犯與第一名死者的關係證據確鑿，與另外兩名死者也可能透過布隆維斯特有所牽連，但比較不那麼無懈可擊。對包柏藍斯基來說，現在基本上就是要找到莎蘭德，把她關進克羅諾柏監獄的牢籠。

阿曼斯基的調查在形式上是配合警方，但其實他有自己的計畫。他的目的多少是爲了替莎蘭德留意她的權益，也就是發掘眞相，而且這個眞相最好能說服檢方酌情減刑。

《千禧年》的調查則是困難重重。雜誌社當然沒有警方的資源，也沒有阿曼斯基的組織，但布隆維斯特和警方不同，他最想做的並非找出莎蘭德之所以前去安斯赫得、殺害他兩位友人的合理情節。在復活節週末期間，他已經想清楚了，他壓根就不相信這個說法。即使莎蘭德果眞涉案，理由也絕對和警方的猜測截然不同——也許持槍者另有其人，也可能發生了莎蘭德無法掌控的情況。

賀斯壯搭計程車從斯魯森前往國王島，一路上一言不發，對於最後突然要參與眞正的警方調查工作，還有點恍神。他覷了波曼一眼，只見他正在重讀阿曼斯基發下來的資料。

接著他忽然自顧自地笑了。這項任務讓他意外地逮到一個實現自己企圖心的機會，阿曼斯基和波曼對此一無所知。他將有機會報復莎蘭德。他誠摯地希望能夠協助抓到她，更希望她能被判無期徒刑。

莎蘭德在米爾頓保全不受歡迎，這是衆所周知的事。凡是和她打過交道的職員，大多都覺得她惹人厭，但誰也不知道賀斯壯有多麼厭惡她。

命運對賀斯壯並不公平。他長得好看，正値盛年，人又聰明，卻永遠不可能有機會實現他最大的夢想，那就是當警察。他唯一的缺點是心包膜破了一個很小的洞，導致心臟出現雜音，也就是說一個心室壁有缺陷。雖然動手術後解決了問題，但心臟狀況不佳便從此剝奪了他進入警界的可能性，他也就這麼被降到次級地位。

米爾頓保全提供工作機會時，他接受了，但絲毫不感到興奮。米爾頓專門收容過氣的人——那些太老、再也力不從心的警員。沒錯，他也遭警界拒絕了，但這並不是他自己的錯。

剛進米爾頓時，他最初的任務之一便是與行動小組合作，爲一名年紀較大的知名女歌星進行人身保護分析，這其實也是訓練的一部分。女歌星因爲受到熱情過度的歌迷騷擾飽受驚嚇，而這個歌迷剛好也是個脫逃的精神病患。由於歌星獨居在索德托恩的別墅，米爾頓便裝設了監視器與警報器，還派駐一名保鑣。某天晚上，那位瘋狂歌迷企圖闖入，保鑣很輕易便將他擒住，而他也很快被判非法威脅與入侵，並被遣送回精神病院。

在那兩星期的期間，賀斯壯經常與米爾頓其他雇員前往索德托恩的別墅。他覺得那位歌星是個勢利又高傲的老賤人，每當他施展魅力時，她竟只是露出驚訝迷惑的表情。到現在還有歌迷記得她，她就該心存感激了。

他很討厭米爾頓員工對她言聽計從的模樣，不過對於自己的感覺，他當然什麼也沒說。

就在入侵者被捕前不久的某天下午，歌星和兩名米爾頓員工待在泳池邊，他則在屋裡拍攝需要補強的門窗照片。他一個房間一個房間去拍照，來到臥室時，忍不住打開她的桌子抽屜。裡面有十幾本相簿，都是她七〇、八〇年代當紅之際巡迴世界演唱的照片。另外他還發現一個盒子，裝著幾張非常私密的相片，畫面其實也沒什麼，但運用一點想像力或許可以視為「色情作品」。**天哪，眞是個笨女人！**他偷偷拿出最淫蕩的五張，這顯然是某個情夫拍的，她珍藏至今。

他當時在現場就拍下這些影像，然後將相片又放回原處。過了幾個月後，才轉賣給英國某家小報，賺得九千英鎊，而照片也成了轟動一時的頭條。

他還是不知道莎蘭德是怎麼辦到的，但照片刊出後，她來找他。她知道是他出售的，如果以後再做這種事，她就要去向阿曼斯基舉發。假如她有證據，馬上就能告發了，但她顯然沒有。從那天起，他總覺得她老是盯著自己看，每次一轉頭，就會看見她那雙小小的豬眼。

他感到緊張而沮喪。唯一能報復她的方式就是在餐廳裡多說一點她的閒話，讓她慢慢失去信用。但即便這麼做也不是很成功。他不敢太引起注意，因為不知為何緣故，她受到阿曼斯基的保護。他懷疑她手中握有米爾頓總裁的某個把柄，或者會不會是這個老不修私底下和她有一腿。但儘管在米爾頓沒有人對莎蘭德特別憐愛，大夥卻都十分敬重阿曼斯基，也因此接受她的古怪態度。當她漸漸不再扮演重要角色，最後終於完全離開米爾頓後，賀斯壯可眞是鬆了好大一口氣。

如今他終於有機會扳回一城，而且毫無風險。她愛怎麼說他都行，誰也不會相信的。就連阿曼斯基也不會相信一個病態殺人犯說的話。

法斯特被派到樓下去帶領米爾頓保全來的波曼和賀斯壯通過警衛室，包柏藍斯基看見他們一塊走出電梯。關於讓外人參與命案調查一事，他並不怎麼樂意，但上司根本沒和他商量就作了決定，而且……算了，波曼可是比他資深許多的正牌警察。而賀斯壯是警察學校畢業的，不可能是個大笨蛋。包柏藍斯基指了指會議室。

追捕莎蘭德已進入第六天，也該作一次全面評估了。埃克斯壯檢察官沒有參與開會，出席的包括刑事巡官茉迪、法斯特、安德森和霍姆柏，還有國家刑事局搜尋小組派來支援的四名員警。包柏藍斯基一開始先介紹來自米爾頓保全的新同事，並問他們想不想說幾句話。波曼清清喉嚨。

「我最後進這棟建築已經是很久以前的事了，但你們當中有些人認識我，也知道我轉任私家偵探前曾當過多年警察。我們之所以來此，是因爲莎蘭德爲米爾頓工作過幾年，我們覺得應該負起某種程度的責任。上級交代我們的任務是盡力協助逮捕她歸案。我們可以針對個人對她的認識提供一些資訊，但絕不是來這裡搗亂或試圖妨礙辦案。」

「請說說與她共事的情形。」法斯特說。

「她其實不是一個會令人感興趣的人。」賀斯壯說道，見包柏藍斯基舉起手來便隨即閉口。

「開會過程中我們還有機會詳談，但現在還是按順序一個一個來，先了解一下我們目前的情況。會後，你們兩人得去找埃克斯壯檢察官，簽一份保密聲明。先從茉迪開始吧。」

「很令人沮喪。命案發生後短短幾小時，就有了突破，還確認了莎蘭德的身分，找到她的住處——或者至少是我們認爲她住的地方。接下來，毫無所獲。我們接到大約三十位民衆來電聲稱看過她，但是到目前爲止顯然全都是虛報。她好像從人間蒸發了。」

「這有點令人難以置信。」安德森說：「她外表相當奇特，身上有刺青，實在應該不難找。」

「昨天烏普沙拉警局接獲密報，警員們持槍出動，包圍了一個長得和莎蘭德非常相似的十四歲男孩，把他嚇個半死。他的父母親氣壞了。」

「我們要找的人看起來像十四歲，這點很麻煩，她可能隱沒在任何青少年群中。」

「可是她已經在媒體引起注意，應該會有人看見些什麼。」安德森說：「這星期瑞典重大通緝犯榜上已經登出她的照片，應該會有新的結果。」

「不太可能，因爲她已經登上全國所有報紙的頭版。」法斯特說。

「這麼看來也許我們應該改變策略。」包柏藍斯基說：「若有同謀，她可能已經潛逃出國，不過隱遁起來的可能性比較大。」

波曼舉起手來。包柏藍斯基對著他點點頭。

「據我們所知她有自殘傾向，但另一方面，她也很善於謀略，一切行動都會小心計畫。她做任何事一定會先分析後果，至少阿曼斯基這麼認爲。」

「她昔日的精神科醫師也是如此評估。不過我們稍後再繼續分析她的性格。」包柏藍斯基說道：「她遲早都得有所行動。霍姆柏，她有什麼樣的資源？」

「這裡有條線索可以好好追查。」霍姆柏說道：「她幾年前在瑞典商業銀行開了一個帳戶，裡面的錢是她申報的收入，或者說是她的監護人畢爾曼申報的收入。一年前，帳戶裡約有十萬克朗，到了二〇〇三年秋天，她把錢全領出來了。」

「二〇〇三年秋天，她需要錢。她就是那時候開始不再爲米爾頓工作。」波曼說。

「有可能。帳戶餘額掛零持續了兩個星期左右，後來她又存入同一筆金額。」

「她以爲自己可能需要錢，結果沒有花掉，所以存回去了嗎？」

「有可能。二〇〇三年十二月，她用帳戶裡的錢付了幾筆帳單，包括預付一年的房租，於是餘額減爲七千克朗。接下來一年當中，除了有一次存入大約九千克朗之外，都沒有再動過這個帳戶。我查過了，那是她母親遺留給她的。今年三月，她領出這筆錢——確切金額是九千三百一十二克朗——這也是她唯一一次動用這個帳戶。」

「那麼她到底靠什麼維生？」茱迪問。

「聽聽看這個。今年一月她在北歐斯安銀行開了一個新帳戶，存入了兩百萬克朗。」

「錢是從哪裡來的？」茱迪問道。

「錢是從海峽群島的一間銀行匯入她的戶頭。」

會議室裡頓時一片沉默。

「我完全不懂。」過了好一會，茱迪才出聲。

「這麼說這是她沒有申報的錢？」包柏藍斯基問道。

「對，不過根據法規她要到明年才需要申報。有趣的是畢爾曼每個月都會替她寫資產報告，裡頭卻沒有記錄這筆錢。」

「所以說……要麼他不知情，要麼他們共謀詐欺。霍姆柏，鑑識方面進展如何？」

「昨天晚上，我接到初步調查負責人的報告。以下是我們目前知道的。第一，我們可以認定莎蘭德去過兩個犯罪現場，在凶器和安斯赫得的咖啡杯碎片上都有發現她的指紋。現場所採集的ＤＮＡ樣本的檢驗結果還沒有全部出來，但她去過公寓已是毫無疑問。第二，在畢爾曼公寓內找到的原本放槍的盒子上，也有她的指紋。第三，終於有目擊者能指證她去過安斯赫得的命案現場。街角商店的店主來電表示，命案當晚莎蘭德確實去過他的店裡，買了一包萬寶路淡菸。」

「我們請民眾提供線索已經這麼多天，他現在才站出來？」

「他跟其他人一樣，出門度假去了。總之，」霍姆柏指著地圖說：「街角商店在這裡，距離命案現場約兩百公尺。她十點進入店內，當時他正好要打烊。店主描述的特徵與她完全吻合。」

「脖子上有刺青嗎？」安德森問。

「這點他不太確定，只說好像看到刺青，不過可以肯定她穿了眉環。」

「還有什麼？」

「能作爲呈堂證供的具體證據不多，但應該錯不了。」

「法斯特，倫達路的公寓那邊呢？」

「有發現她的指紋，但她應該不住在那裡。我們把整個地方都翻遍了，看起來住在那裡的好像是一個叫蜜莉安‧吳的人。她的名字直到今年二月才加入公寓合約。」

「對她有什麼了解？」

「沒有前科，已出櫃的同性戀，會在同志驕傲遊行日慶祝活動之類的節目中表演。似乎是社會學系的學生，還和人合夥在泰涅爾街上開了一家情趣用品店叫『化裝舞衣時尚』。」

「情趣用品店？」茉迪的眉毛高高揚起。

有一次，她爲了取悅丈夫，曾在「化裝舞衣時尚」買過一些性感內衣，但她當然不打算在滿屋子男性面前披露此事。

「是啊，那裡有手銬和妓女配備等等的。需要皮鞭嗎？」

「那不是情趣用品店，只是供應性感內衣的時尚精品店。」

「還不都一樣！」

「繼續說吧。」包柏藍斯基生氣地說：「有沒有蜜莉安的下落？」

「完全沒有。」

「可能是復活節出門去了。」茉迪說。

「又或者莎蘭德也把她幹掉了。」法斯特說：「說不定她想把認識的人一次通通解決乾淨。」

「蜜莉安是同性戀。我們是否應該斷定她和莎蘭德是一對？」

「我想我們可以斷言她們有性關係。」安德森說：「首先，我們在公寓的床上和床緣採到莎蘭德的指紋，也在一副手銬上發現她的指紋。」

「那麼她應該會很感激我替她準備了手銬。」法斯特說。

茉迪不滿地抱怨一聲。

「繼續。」包柏藍斯基對安德森說。

「我們接獲線報，有人在磨坊酒吧看見蜜莉安親吻一個特徵與莎蘭德吻合的女孩，時間大約在兩星期前。線民聲稱自己知道莎蘭德是誰，以前就曾經在那裡遇過她，但過去一年都沒見到人。我還沒來得及去和店員確認，不過今天下午就會去。」

「在社福局個案紀錄簿上，完全沒有提到她是同性戀。十幾歲時，她曾經多次逃離寄養家庭，在酒吧裡勾搭男人。警方也曾有幾次發現她和年紀較大的男人在一起。」

「如果她在賣淫，她在乎個屁。」法斯特說。

「對於她認識的人，我們了解多少？安德森？」

「幾乎毫無所知。她自從十八歲後，就不曾再和警方發生爭執。只知道她認識阿曼斯基和布隆維斯特，當然還有蜜莉安。向我們提供她和蜜莉安在磨坊酒吧的消息的線民還說，很久以前，她經常和一群女孩到那兒廝混。好像是一個名叫『邪惡手指』的女子樂團。」

「邪惡手指？那是什麼？」包柏藍斯基問道。

「好像和什麼邪教有關。她們會聚在一起，鬧得天翻地覆。」

「別跟我說莎蘭德也是什麼該死的撒旦信徒。」包柏蘭斯基說：「媒體會瘋掉。」

「崇拜撒旦的蕾絲邊。」法斯特火上加油地說。

「法斯特，你還用中古世紀的眼光看女人哪。」茉迪說：「連我都聽說過『邪惡手指』！」

「眞的？」包柏蘭斯基訝異道。

「那是九〇年代末期一個女子搖滾樂團，不是超級明星，不過也紅了一陣子。」

「那麼就是崇拜撒旦的搖滾蕾絲邊。」法斯特說。

「好了，別瞎扯了。」包柏蘭斯基說道：「法斯特，你和安德森去查查看『邪惡手指』有哪些團員，找她們談談。莎蘭德還有其他朋友嗎？」

「不多，除了她的前監護人潘格蘭之外。他因爲中風，現在正在接受長期照護，情況顯然很不樂觀。老實說，我不能說有打聽到任何所謂的交友圈，我們甚至都還不知道莎蘭德住在哪裡，也沒看見她的電話簿。」

「誰都不可能像鬼一樣，來去不留痕跡。大家對布隆維斯特有何想法？」

「還沒有直接派人監視他，不過假日期間陸續去過他那裡幾次。」法斯特說：「也許莎蘭德會突然冒出來。星期四下班後他就回家了，似乎整個週末都沒出門。」

「我看不出他和命案有何關連。」茱迪說：「他的說詞前後一致，而且當晚每一分鐘的行蹤都交代得很清楚。」

「但他確實認識莎蘭德，也是她和安斯赫得那對男女間的聯繫。另外，他還聲稱命案發生前一星期，有個男人攻擊莎蘭德。關於這點該如何解釋？」包柏藍斯基問道。

「你是說除了布隆維斯特是唯一的目擊者之外嗎？」法斯特反問。

「你認爲布隆維斯特有妄想，或是在說謊？」

「不知道。只是聽起來像是無稽之談。一個大男人怎麼會解決不了一個體重才多少——四十二公斤的小女孩？」

「布隆維斯特爲什麼要說謊？」

「爲了混淆我們對莎蘭德的想法？」

「可是這些不太說得通。根據布隆維斯特的假設，他的兩位友人是因爲達格正在寫的書而被殺。」

「胡扯。」法斯特說：「是莎蘭德。有誰會殺死她的監護人來讓達格閉嘴？其他還有可能是誰……警察嗎？」

「如果布隆維斯特公開他的假設，到時候將會出現一大堆警察陰謀論。」安德森說。

桌旁的每個人都喃喃稱是。

「好吧。」茱迪說：「那她爲什麼射殺畢爾曼？」

「而這些刺青又代表什麼？」包柏藍斯基指著一張畢爾曼下腹的照片問。

我是隻有性虐待狂的豬，我是變態，我是強暴犯。

「病理報告怎麼說？」波曼問道。

「刺青的時間介於前一年到三年間，這是以滲入肌膚的程度判定的。」茱迪說。

「我想可以排除畢爾曼本人委託的可能性。」

「瘋子雖然很多，但我認爲即使是刺青愛好者，應該也很少刺這種內容。」

茉迪搖搖食指。「法醫說這些刺青看起來很可怕，這連我都看得出來，所以必定是個新手。刺針穿透的深淺不同，而且又是大面積覆蓋在身體的敏感部位。總之，過程肯定非常痛苦，跟加重傷害不相上下。」

「不過畢爾曼從未報警。」法斯特說。

「若有人在我身上刺這些字，我也不會報警。」安德森說。

「還有一件事。」茉迪說：「這或許更增加了那段看似自白的刺青內容的可信度。」她打開一個裝有列印相片的檔案夾，讓同仁們傳閱。「我從畢爾曼硬碟裡的一個檔案夾列印了一些樣本，都是從網路上下載的。他的電腦裡面大約有兩千張類似的照片。」

法斯特吹著口哨拿起一張照片，上頭有個女人被綁成極端不舒服的姿勢。「這可能很適合『化裝舞衣時尚』或『邪惡手指』。」他說。

包柏藍斯基氣惱地打個手勢，要法斯特閉嘴。

「這個該如何解釋？」波曼問道。

「假設刺青的時間約莫在兩年前，」包柏藍斯基說：「就差不多是畢爾曼生病那段時間。他的病歷中除了高血壓，沒有任何生病紀錄，所以可以推斷其中有所關連。」

「那一年莎蘭德也有轉變。」波曼說：「她不再爲米爾頓工作，而且據我了解，她毫無預警地出國去了。」

「是否應該推斷其中也有關連呢？從刺青可以明顯看出畢爾曼強暴了某人，而莎蘭德可能就是被害者，那麼就有殺人動機了。」

「當然還有其他的解釋方式。」法斯特說：「我可以想像一種可能，就是莎蘭德和那個中國女孩在提供某種帶有性虐色彩的應召服務，畢爾曼可能是那種很享受被小女孩鞭打的怪人。說不定他和莎蘭德有某種依存關係，後來卻出了問題。」

「但這無法解釋她在安斯赫得的行爲。」

「如果達格和蜜亞打算揭發性交易，也許在偶然間碰上了莎蘭德和蜜莉安。這可能就是莎蘭德殺人的動機。」

「到目前爲止，說她殺人都還只是推測。」茉迪說。

會議又進行了一小時，並討論了達格手提電腦失蹤的事實。午餐休息時，全部的人都感到灰心，因爲調查工作中的問號更多了。

星期二上午，愛莉卡一到辦公室立刻打電話給《瑞典晨間郵報》董事長馬紐斯．博舍。

「我有興趣。」她說。

「我想也是。」

「本來復活節假期一過，我就打算答覆你，但相信你能了解，我們這裡出了事情一團亂。」

「達格遭殺害，我很遺憾。太可怕了！」

「那麼你應該能理解，現在不是我宣布離職的時機。」

對方靜默片刻。

「我們這邊有個問題。」博舍說道：「上次談的時候，本來說好八月一日開始上班。但問題是，我們的總編輯霍肯．莫蘭德，也就是妳要接替的人，健康狀況非常差。他的心臟有問題，必須減少工作時數。幾天前他和醫生討論過，這個週末我才得知他打算在七月一日退休。我本來以爲他還會在這裡待到秋天，而妳也可以在八、九月間兩邊跑。但目前看來，情勢很緊急。愛莉卡，我們需要妳從五月一日開始上班，最遲也不能晚於五月十五。」

「天哪！那只剩幾個星期而已。」

「妳還有興趣嗎？」

「當然有了……但這表示我只剩一個月的時間可以處理《千禧年》這邊的事。」

「我知道，很抱歉，愛莉卡，但我不得不催妳。在一間只有六、七名員工的雜誌社，一個月的交接時間應該夠了。」

「但這意謂著我得在公司面臨危機之際離開。」

「反正遲早都要離開，我們只是把時間提前了幾個星期。」

「我有幾個條件。」

「說來聽聽。」

「我得繼續待在《千禧年》的董事會。」

「這樣恐怕不妥。沒錯，《千禧年》的規模小得多，又是月刊，但嚴格說來我們畢竟是競爭對手。」

「這也是不得已的。我不會參與《千禧年》的任何編輯作業，但我不會賣掉我的股份，所以我得留在董事會。」

「好吧，這點應該可以接受。」

他們約好在四月第一個星期和其他董事會面，解決一些細節問題，同時簽約。

布隆維斯特檢視著他和瑪琳利用週末一同列出的嫌犯名單時，有種似曾相識的感覺。三十七個名字，全是深受達格著作威脅的人。其中有二十一人是身分已經確認的嫖客。

布隆維斯特想起自己兩年前在赫德史塔著手追蹤一名殺人犯時，找到了一大群嫌犯，人數將近五十。

星期二上午十點，他將瑪琳叫進辦公室後，隨手關上門。他們喝著咖啡，對坐了一會。然後他將名單遞給她。

「現在該怎麼辦？」瑪琳問。

「首先得把名單拿給愛莉卡——十分鐘後吧。然後一個一個刪除，其中說不定——甚至是大有可能——有某人和命案有關。」

「那要怎麼刪除呢？」

「我想先把焦點放在二十一名嫖客身上，他們的損失會比其他人多。我想跟隨達格的腳步，一個個去見他們。」

「那麼我要做什麼？」

「兩項任務。第一，有七個人的身分尚未確認：其中兩名是嫖客，另外五人是幹這行的。接下來幾天，妳就試著查出這些人是誰。有些名字也出現在蜜亞的論文當中，也許可以利用相互對照的方式找出他們的眞實姓名。第二，我們對莎蘭德的監護人畢爾曼幾乎一無所知。文件中有一份簡歷，但我猜多半是捏造的。」

「所以你要我搜尋他的背景？」

「完全正確。盡可能找出一切資料。」

下午五點，海莉撥了電話給布隆維斯特。

「方便說話嗎？」

「說一下沒關係。」

「警方在找的這個女孩……就是當初幫你找到我的那個，對嗎？」

海莉和莎蘭德從未碰面。

「沒錯。」布隆維斯特回答。「很抱歉沒有時間打電話告訴妳最新消息。不過沒錯，就是她。」

「這代表了什麼？」

「在妳這方面嗎？希望是沒什麼。」

「但她對我、對發生的一切都瞭若指掌。」

「是的，一切她都知情。」

海莉在電話另一頭沉默不語。

「海莉，我認爲不是她做的。我正在試圖證明所有命案都不是她幹的，我相信她。」

「如果我相信報紙上所寫的，那麼……」

「但妳不應該相信報紙上寫的。至於和妳有關的部分，很簡單：她已經答應會守口如瓶，我相信她一輩子都會遵守承諾。以我對她的了解，她是非常有原則的人。」

「假如不是她做的呢？」

「不知道，海莉，我正在盡一切努力挖掘眞相，妳不必擔心。」

「我不擔心，我只是想做最壞的準備。你還撐得住嗎，麥可？」

「還好，我們一直馬不停蹄。」

「麥可……我現在人在斯德哥爾摩，明天就要飛澳洲，這次會離開一個月。」

「我懂了。」

「我在飯店。」

「恐怕不好吧，海莉。我覺得自己幾乎已經無法負荷。今晚我還得工作，大概不會是很好的伴。」

「你不必是個很好的伴。總之過來放鬆一下吧。」

麥可在凌晨一點回到家，疲累萬分，眞想說一聲管他去死，然後上床睡覺，但還是打開了 iBook 收信。沒有什麼重要的新信件。

他打開「莉絲．莎蘭德」檔案夾，發現多了一個新檔案，名爲「給麥可布隆」，就在他命名爲「給莉絲」的檔案旁邊。

看見電腦裡出現這個檔案，他差點休克。**她來了！莎蘭德進過我的電腦。甚至可能現在就在線上！**他點了兩下。

他其實也不知道自己期待什麼。一封信。一個答案。一個清白的聲明。一句解釋。莎蘭德的回信簡短得令人氣結。信中只有一個名詞，兩個字。**札拉**。

麥可瞪著這個名字。

達格在遇害前兩個小時的最後一通電話中，提到過札拉。

她想說什麼？札拉是畢爾曼、達格和蜜亞之間的聯繫嗎？什麼樣的聯繫？爲什麼？他是誰？莎蘭德怎麼會知道？她與此事何干？

他打開檔案的內容，發現文件建立的時間還不到十五分鐘。接著他微微一笑。上頭所顯示的檔案作者是「麥可．布隆維斯特」。她用他自己的授權 Word 程式在他的電腦裡面建立了檔案。這比電子郵件好，不會留下可能被追蹤到的ＩＰ位址，不過布隆維斯特確信，無論如何都不可能透過網路追蹤到莎蘭德。這也在在證明了，莎蘭德已經——依她的用語——**惡意接收**他的電腦。

他站在窗邊，看著外面的市政府，怎麼也甩不掉此時此刻莎蘭德正在監視他的感覺，簡直有如她正在屋內，透過電腦螢幕盯著他看。當然，她可能在世界的任何一個角落，但他懷疑她就近在咫尺。在索德毛姆的某處，離他方圓幾哩之內。

他坐下來又建立一個新的 Word 檔，取名爲「給莉絲２」，放在桌面上，然後寫了一個簡單扼要的訊息。

莉絲：

妳這個惹禍精。札拉又是誰呀？他是關鍵嗎？妳知道是誰殺了達格和蜜亞嗎？如果知道就告

訴我，讓我們解決這堆麻煩，好好睡一覺。麥可

她現在就在布隆維斯特的電腦裡面，不到一分鐘就答覆了。桌面上的檔案夾裡出現一個新檔案，這回的名稱是「小偵探布隆維斯特」。

你是記者。自己找答案。

布隆維斯特蹙起眉頭。她在揶揄他，明知他討厭這個綽號，還故意用來命名。而且絲毫沒有提供幫助。於是他寫了檔案「給莉絲3」放上桌面。

莉絲：
記者找答案的方法就是向知情的人提問。我現在問妳，妳知道達格和蜜亞爲何遇害，又是誰下手的嗎？如果知道，請告訴我。給我一點追查的線索。麥可

他沮喪地等待另一個回覆等了數小時。直到凌晨四點才終於放棄，上床去了。

第十九章

三月三十日星期三至四月一日星期五

布隆維斯特利用星期三仔仔細細地爬梳達格資料中所有提及札拉的部分。就和莎蘭德先前一樣，他在達格的電腦裡發現「札拉」檔案夾，讀了「伊莉娜·P」「桑斯壯」和「札拉」等三份文件，接著和莎蘭德一樣發現達格有一個警界的消息來源名叫古布朗森。他追查到此人任職於南塔耶刑事局，但打電話去卻被告知古布朗森出差去了，下星期一才會回來。

他看得出來達格在伊莉娜身上花很多時間，也從驗屍報告得知這名女子被人以殘酷的方式慢慢凌虐致死。命案發生在二月底。警方對於凶手可能是誰毫無頭緒，但由於她是妓女，便推斷是某嫖客所爲。

布隆維斯特好奇的是，達格爲何將伊莉娜的文件放在「札拉」檔案夾內？他顯然認爲札拉和伊莉娜之間有關連，但文中卻未曾提及。或許是後來才建立起兩者間的關係。

「札拉」檔案看起來像是粗略的工作筆記。札拉（倘若眞有此人存在）幾乎有如犯罪世界的幽靈，似乎並不完全可信，文中也沒有提到任何消息來源。

他關上檔案，搔搔頭。要偵破這些命案恐怕比他原先想像困難得多，而且一定會時時刻刻受到疑慮所困。到現在沒有一件事明明白白地告訴他，莎蘭德**沒有**犯下命案。接下來他唯一能憑靠的，便只是「她沒道理殺人」的直覺了。

他知道她不缺錢。她利用駭客的能力竊取了數十億克朗，不過莎蘭德不知道他知曉此事。除了當時受情勢所迫，不得不向愛莉卡解釋她在電腦方面的天賦之外，他從未向外人洩漏過她的祕密。

他實在很不想相信莎蘭德會殺人，若眞有此事，他將永遠無法償還欠她的債。她不僅救了他一命，還因爲奉上溫納斯壯的人頭，而拯救了他的事業，或許可以說《千禧年》本身也連帶受惠。

他對她也有著極大的忠誠度。無論她是否有罪，當她最終被捕時，他也會盡一切可能予以幫助。

然而他對她的了解實在太少。精神科的評鑑報告，以及曾被送進全國數一數二的精神病院，又被法院宣告失能的事實，似乎在在證實她有問題。

報紙上大量引述了烏普沙拉聖史蒂芬精神病院主任泰勒波利安醫師的說法。他懂得拿捏分寸，並未針對莎蘭德個人發言，而是評論國內的精神醫療體系崩盤的問題。泰勒波利安是個受敬重的名醫，而且不只是在瑞典，還揚名國際。他所說的話極具說服力，言談之間不僅表達了對受害者與其家屬的同情之意，也讓人感受到他最擔心的還是莎蘭德的情況。

布隆維斯特不知道自己該不該與泰勒波利安醫師聯絡，也不知道他能否幫上什麼忙。但他克制了自己。一旦莎蘭德被捕，醫師將會有許多時間可以幫她。

最後他走到小廚房，用一個畫有溫和黨標誌的杯子倒了點咖啡，然後去見愛莉卡。

「我列出了一長串嫖客和皮條客的名單得去面談。」他說。

她以憂慮的眼神看著他。

「很可能需要一、兩個星期才能跑完整份名單。這些人散居在史崔涅斯到諾雪平之間，所以我需要一輛車。」

她打開手提袋，取出自己那部ＢＭＷ的車鑰匙。

「眞的沒關係嗎？」

「當然沒關係。我很少開車上班，也很少開車出鹽湖灘。若有需要，我可以開貝克曼的車。」

「謝啦。」

「這些傢伙裡頭有些還真是凶神惡煞。如果是要去指控哪些嫖客謀殺達格和蜜亞，我要你隨身把這個放在夾克的口袋裡。」

「什麼條件？」

「不過有個條件。」

她將一罐梅西噴霧器放到桌上。

「妳從哪兒弄到這個？」

「去年在美國買的。晚上一個人跑來跑去，當然得帶點防身武器。」

「萬一被逮到持有非法武器，可是要罰一大筆錢的。」

「總好過讓我替你寫訃聞，麥可……不知道你曉不曉得，有時候我真的很替你擔心。」

「我懂。」

「你喜歡冒險，又頑固得要命，作了愚蠢的決定也絕不退縮。」

布隆維斯特淡淡一笑，將梅西噴霧器放在愛莉卡的桌上。

「謝謝妳的關心，但我用不著。」

「麥可，我堅持。」

「隨便妳，但我已經作了提防。」

他伸手從自己口袋裡拿出一罐噴霧器。他從莎蘭德的袋子取出這罐梅西噴霧器後，便一直隨身攜帶。

包柏藍斯基敲敲茉迪辦公室開著的門，然後坐到她辦公桌旁的訪客椅上。

「達格的電腦。」他說。

「我也一直在想這件事。」她說：「我列出了達格和蜜亞最後一天的時程表，當中還有幾處空缺，不過那天達格根本沒有去雜誌社。話說回來，他倒是進了市區，下午四點左右還遇見一位老同學，是在陀特寧街一間咖啡館巧遇的。那位朋友說達格確實將電腦放在一個軟背包裡，他看見了，甚至還評論了一番。」

「到了當晚十一點，也就是警察抵達他的住處時，電腦就不見了。」

「沒錯。」

「從這點可以得出什麼結論？」

「他有可能中途去了其他地方，爲了某種原因把電腦留下或遺忘了。」

「這樣的可能性有多大？」

「不太大。但他也可能將電腦送修，或者他有另一個工作地點是我們不知道的。例如，他曾經在聖艾瑞克廣場附近一家自由工作者辦公室租用一張辦公桌。當然，還有一個可能就是電腦被凶手拿走了。」

「據阿曼斯基說，莎蘭德很擅長電腦。」

「正是。」茉迪點頭說。

「嗯。布隆維斯特推測，達格和蜜亞是因爲達格正在進行的調查工作而遇害，這些內容應該都在他的電腦裡面。」

「我們腳步有點落後了。三名被害人留下這麼多待解的謎團讓我們有點疲於奔命，但我們卻還沒有徹底搜查達格在《千禧年》的工作地點。」

「今天早上我和愛莉卡談過，她說他們很驚訝我們竟然還沒過去看看達格留下的東西。」

「我們太專注於追捕莎蘭德了，而到目前爲止，對於動機卻仍毫無頭緒。你能不能……？」

「我已經和愛莉卡約好明天在《千禧年》會面。」

「謝謝。」

星期四，布隆維斯特正坐在桌前與瑪琳交談，聽到辦公室某處電話響起。他從門口瞥見柯特茲正要去接電話，腦海深處隨即想起那是達格桌上的電話，不禁跳了起來。

「等一下，別碰那支電話。」他大喊。

柯特茲的手已經摸到話筒。布隆維斯特連忙衝過去。該死，他捏造的那間冒牌公司叫什麼來著？

「印地戈市場調查公司，我是麥可，很高興爲您服務。」

「呃……你好，我叫古納．畢約克，我接到一封信說我贏得一支手機。」

「恭喜您了。」布隆維斯特說：「是最新款的 Sony Ericsson。」

「免費的嗎？」

「對，是免費的。您只需接受訪問便能得到獎品。我們在爲各種公司作市場調查研究與深度分析，回答問題大約需要一個小時，然後您將可以再參加另一項抽獎活動，有機會贏得十萬克朗。」

「我明白了。可以透過電話進行嗎？」

「可惜沒辦法，因爲問卷會要求您辨認公司標誌，還會讓您看幾種不同的廣告影像，問您喜歡哪一種。我們得派一名員工前去。」

「懂了……不過怎麼會剛好選中我？」

「我們每年都會作幾次類似的研究，這次我們針對的是您這個年齡層的一些成功男性。我們在符合條件的人當中，隨機選取社會安全號碼。」

畢約克終於同意會面。他告訴布隆維斯特自己請了病假，正在斯莫達拉勒的一間避暑小屋養病，並詳細地報了路。他們說好星期五上午見面。

「**太好了！**」布隆維斯特一掛上電話立刻大嚷，同時往空中揮出一拳。瑪琳和柯特茲疑惑地對望，摸不著頭緒。

保羅．羅貝多於星期四上午十一點半降落於亞蘭達機場。從紐約飛來的航程中，他多半都在睡覺，第一次完全沒有時差。

他在美國待了一個月，談論拳擊、觀看表演賽，同時尋找一些節目製作的點子，好賣給史翠克斯電視台。遺憾的是——他暗自坦承——他擱置了自己的職業生涯，一部分是因爲家人的柔性勸說，但也因爲確實覺得年紀大了。保持身材倒不是太大的問題，每星期至少努力健身一次便能做到。他在拳擊界仍小有名氣，也希望下半輩子都能以某種身分留在業界工作。

他從輸送帶上拿了行李，走到海關時被攔下，眼看就要被拉到一旁搜身，幸好有個海關官員認出他來。

「嗨，保羅。你的箱子裡只有手套，對吧？你本身就是致命武器呀，老兄。」

他穿過入境大廳，走向通往亞蘭達快線的手扶梯時，驀地停下腳步，目瞪口呆地看著莎蘭德的面孔出現在晚報看板上。也許到底還是有時差吧。他把頭條標題又讀了一遍。

追捕莉絲・莎蘭德

他看向另一個看板。

號外！追緝三屍命案的精神病凶手

這兩份晚報連同早報，他都買了，然後走進一間自助餐館。他看著報導內容，愈看愈感到驚訝。

星期四晚上十一點，布隆維斯特回到貝爾曼路住處時既疲憊又沮喪，原本打算今晚早點上床補眠，卻還是忍不住打開 iBook 收信。沒有什麼重要的東西，但當他打開「莉絲・莎蘭德」的檔案夾時，發現有一個名爲「麥布2」的新檔案，頓時心跳加快，連忙按了兩下滑鼠。

檢察官「埃」向媒體洩漏消息。問他爲什麼沒有洩漏昔日的警方報告。

布隆維斯特思索著這個訊息，滿心迷惑。爲什麼她每次總得把訊息寫得像個謎？於是他建了一個名爲「隱祕」的新檔。

莉絲，自從命案發生以來，我一直沒有休息，眞的累斃了，不想玩猜謎遊戲。也許妳不在乎，但我卻想知道是誰殺了我的朋友。M

他在桌前等著。一分鐘後，「隱祕2」的答覆便來了。

如果是我，你會怎麼樣？

他又以「隱祕3」回覆。

莉絲，若眞如他們所說，妳的確發瘋了，那麼或許妳可以請彼得·泰勒波利安幫忙。但我不相信妳殺害了達格和蜜亞。我希望也祈求自己是對的。

達格和蜜亞正打算揭發性交易的醜聞，我想這可能才是他們遇害的原因，但卻沒有任何追查的依據。

我不知道我們之間出了什麼問題，但妳曾和我討論過友誼。我說友誼建立在兩件事情上：尊重與信任。即使妳不喜歡我，還是可以倚賴我、信任我。我從未向任何人吐露過妳的祕密，就連溫納斯壯那數十億的下落也不例外。相信我，我不是妳的敵人。M

布隆維斯特等了將近五十分鐘，幾乎就要放棄希望了，才看見「隱祕4」的檔案出現。

我會考慮。

布隆維斯特鬆了一口氣，感覺到燃起一絲絲希望。這個答覆是認眞的，她會考慮。自從不作任何解釋便消失在他生命中開始，這是她第一次給予他一點點溝通的可能性。他又寫了「隱祕5」。

好，我會等。但請不要考慮太久。

▲ ▲ ▲

星期五上午，法斯特巡官上班途中來到西橋附近的長島街時接到電話。由於警方沒有足夠人力二十四小時監視倫達路的公寓，便安排鄰居當中一名退休警察負責留意。

「那個中國女孩剛回來。」鄰居說道。

法斯特所在地點簡直再方便不過。他違規轉向，穿過公車候車亭，駛上就在西橋前方的海倫堡街，然後沿著赫加里街來到倫達路，從接到電話到抵達現場還不到兩分鐘。他跑過街道，直接走到後棟大樓。

蜜莉安還站在公寓門口，瞪著被鑽破的門鎖與警方貼在門上的封條，忽然聽到背後傳來上樓的腳步聲。她轉過身，發現一個身材魁梧的男人正目光炯炯地盯著她。她感受到對方的敵意，便將袋子丟到地板上，準備必要時以泰拳迎擊。

「妳是蜜莉安．吳嗎？」那人問道。

出乎她意外的是，他出示了警察證件。

「是的。」她回答道：「這裡是怎麼回事？」

「上星期妳人都在哪裡？」

「我出遠門了。出了什麼事？有竊賊闖入嗎？」

「我得請妳跟我到國王島的總局一趟。」他說著伸出一手按住她的肩膀。

包柏藍斯基與茉迪看著蜜莉安在法斯特陪同下，滿臉怒容地走進偵訊室。

「請坐。我是刑事巡官楊．包柏藍斯基，這位是我的同事桑妮雅．茉迪巡官。很抱歉以這種方式請妳來，但我們有幾個問題需要妳來解答。」

「好，不過爲什麼呢？那傢伙話少得很。」她豎起大拇指朝法斯特指了一下。

「我們已經找妳找了一段時間。妳能告訴我們妳上哪去了嗎？」

「可以是可以，但我不想說，而且依我看來，這不關你們的事。」

包柏藍斯基詫異地揚起眉毛。

「我回到家就發現門被撬開，還被警方貼上封條，然後突然冒出一個大塊頭的傢伙把我拖到這裡來。有人可以跟我解釋一下嗎？」

「妳不喜歡男人嗎？」法斯特說。

蜜莉安轉頭瞪著他，十分驚訝。包柏藍斯基則狠狠瞪了他一眼。

「過去這個星期妳都沒看報紙嗎？妳出國了？」

「對，我沒看報紙，我到巴黎去找我父母親。去了兩個星期。剛從中央車站回來。」

「妳搭火車？」

「我不喜歡搭飛機。」

「妳今天都還沒看到任何新聞看板或瑞典報紙？」

「我搭夜車，然後轉搭地鐵回家。」

包柏藍斯基略一沉吟。今早的看板上沒有任何關於莎蘭德的消息。他起身離開，回來的時候手裡多了一份復活節版的《Aftonbladet》晚報，第一頁便是莎蘭德的照片。

蜜莉安差點跳起來。

布隆維斯特根據畢約克報的路，找到斯莫達拉勒的小屋。停車時，他發現所謂的小屋，其實是一間單戶住宅，看起來一年到頭都能居住，還能欣賞少女灣的海景。他走上碎石子路，按了門鈴。他一眼就認出畢約克，和達格檔案中的護照相片差別不大。

「早。」布隆維斯特招呼道。

「很好，你找到了。」

「謝謝你的指點。」

「進來吧，我們可以坐在廚房。」

畢約克看起來很健康，只是腳有點跛。

「我請了病假。」他說。

「希望不是太嚴重。」

「我因爲椎間盤突出，正等著動手術。想喝點咖啡嗎？」

「不用了，謝謝。」布隆維斯特說著隨即坐到餐桌旁，打開公事包，拿出一個文件夾。畢約克也面對著他坐下。

「你看起來很面熟，我們以前見過嗎？」

「應該沒有。」布隆維斯特回答。

「我敢說一定在哪裡見過你。」

「可能是報上吧。」

「你說你叫什麼名字來著？」

「麥可·布隆維斯特，《千禧年》雜誌的記者。」

畢約克起先有些茫然，接著終於想到了。**小偵探布隆維斯特·溫納斯壯事件**。但還是不明白其中的關連。

「《千禧年》？我怎麼不知道你們也作市場調查？」

「偶爾會作。我想先請你看三張照片，再告訴我你最喜歡哪一張。」

布隆維斯特將三名女孩的相片放到桌上。一張是從網路上的色情網站下載的，另外兩張則是由護照相片放大。

畢約克瞬間臉色慘白。

「我不明白。」

「是嗎？這位是莉蒂亞·柯瑪洛娃，十六歲，來自明斯克。她旁邊的是明蘇金，大家都叫她喬喬，來自泰國，二十五歲。最後一個是葉蓮娜·巴拉索娃，十九歲，來自塔林。你和她們三人都有過性交易，我的問題是：你最喜歡哪一個？就把它當作市調吧。」

「我總結一下，妳說妳認識莎蘭德大約三年。今年春天她將公寓讓渡給妳，不求報償，自己則搬到他處。偶爾當她和妳聯絡，妳們就會發生關係，但妳不知道她住在哪裡、從事什麼工作或者以何維生。妳要我相信這番話嗎？」

蜜莉安怒目而視，說道：「我管你相不相信。我又沒犯法，我要怎麼過日子或者想和誰做愛，誰也管不著。」

包柏藍斯基嘆了口氣。當天上午，接到蜜莉安再度出現的消息時，他大大鬆了口氣。**終於有所突破了**。沒想到從她口中得知的訊息對於了解案情卻毫無幫助。老實說，這番話怪異透頂，但問題是他相信她。她的回答清晰明瞭，毫不遲疑，不僅提到她與莎蘭德相識的地點與日期，還明確地敘述自己是如何搬到倫達路來，包柏藍斯基和茉迪聽了，都深深覺得如此古怪的事情想必是眞的。

法斯特聆聽著訊問過程，愈聽愈憤怒，但仍忍住了開口的衝動。他認爲包柏藍斯基對這個中國女孩實在太寬容，她根本是個自以爲是的賤人，廢話一堆只爲了迴避眞正重要的問題，也就是：那個該死的婊子莎蘭德到底他媽的躲在哪裡？

不過蜜莉安並不知道莎蘭德在哪裡，也不知道她在做什麼工作。她從未聽說過米爾頓保全，從未聽說過達格或蜜亞，因此絲毫無法提供重要資訊。對於莎蘭德受到監護，十幾歲時曾被送進精神病院，以及個人履歷上有大量的精神科評鑑等等，她毫不知情。

話說回來，她倒是很配合地證實了自己和莎蘭德去過磨坊酒吧，在那兒接吻，然後回到倫達路的家，第二天一早才分手。數天後，蜜莉安便搭火車前往巴黎，錯過了瑞典報上的所有頭條。除了還車鑰匙的時候迅速見過一面，從磨坊酒吧當晚過後她便未再見過莎蘭德。

「車鑰匙？」包柏藍斯基奇怪道：「莎蘭德沒有車呀！」

蜜莉安告知說她有一輛酒紅色的本田停在公寓大樓外面。包柏藍斯基立刻站起來，看著茉迪。

「由妳接手訊問好嗎？」說完隨即走出偵訊室。

他得找霍姆柏，讓他對停在倫達路上一輛酒紅色的本田進行刑事科學鑑定。而他則需要一個人安靜地想想。

此時請了病假的國安局移民組副組長畢約克面無人色地坐在廚房椅子上，窗外便是少女灣的美景。布隆維斯特面無表情，耐心地注視著他，如今可以肯定的是，畢約克與命案無關。由於達格始終找不到人當面對質，畢約克當然無從知道自己將被揭發，名字和照片都會刊登於《千禧年》雜誌與一本書中。

不過畢約克確實提供了一則寶貴的訊息：他認識畢爾曼。他們是在警察射擊俱樂部認識的，二十八年來，畢約克一直都是活躍的會員，還一度和畢爾曼同爲委員。他們來往並不密切，但畢竟曾經相處過，偶爾也會一塊用餐。

沒有，他已經幾個月沒見到畢爾曼了，最後一次遇見他是在去年夏天，他們剛好在同一間酒吧喝酒。聽到畢爾曼遇害——還是那個神經病下的手——他表示很遺憾，不過他不會去參加葬禮。

布隆維斯特對這個巧合有點擔憂，但漸漸已無話可問。畢爾曼在職場與社交生活上認識的人想必數以百計，因此達格資料中恰巧有某人與他相識，既非不可能，就統計而言也非不尋常。布隆維斯特自己也意外發現，書中有名記者正是他的舊識。

事情也該告一段落了。畢約克已經歷過所有預期的階段：首先是否認，看見一部分出示的文件後是憤怒、威脅、試圖賄賂，接著不久便是哀求。布隆維斯特對他爆發的一切情緒都視而不見。

「你若刊出這篇東西，我一生就毀了。」畢約克說。

「對。」

「那你還要這麼做。」

「當然。」

「爲什麼？你就不能放我一馬？我生病了。」

「眞有趣，你竟然以人類的仁慈之心作爲訴求。」

「有同情心又不會有損失。」

「這點你說對了。你哀嘆著說我毀了你的人生，而你自己卻違背道德毀滅了年輕女孩的人生，並樂在其中。其中有三人有證據，天曉得另外還有多少人。你的同情心又在哪裡？」

他收拾起紙張，塞入公事包。

「我會自己找路離開。」

走到門邊時，他又轉向畢約克，問道：

「你聽說過一個名叫札拉的人嗎？」

畢約克直視著他，由於心情仍過於激動，幾乎沒有聽到布隆維斯特的問題。頃刻間，忽然睜大眼睛。

札拉！

不可能。

畢爾曼！

可能嗎？

布隆維斯特留意到他的轉變，於是又回到桌旁。

「你為什麼問起札拉？」畢約克問道，表情幾近於震驚。

「我對他有興趣。」布隆維斯特說。

布隆維斯特彷彿能看見齒輪在畢約克的腦中轉動。過了一會，畢約克從窗台抓起一包菸，這是布隆維斯特進屋後，他抽的第一根菸。

「如果我真的知道一點關於札拉的事……你願意出多少價？」

「得看看你知道什麼。」

畢約克思忖著，一時感到百味雜陳、思緒紊亂。

布隆維斯特怎麼可能知道任何關於札拉千科的事？

「我已經很久沒聽到這個名字了。」畢約克終於開口。

「這麼說你知道他是誰囉？」

「我沒這麼說。你想知道什麼？」

「他是達格在調查的人之一。」

「你出多少價？」

「出什麼價？」

「如果我能讓你找到札拉……你可以把我從報告中刪除嗎？」

布隆維斯特緩緩坐下。在赫德史塔事件過後，他已經決定再也不針對報導內容討價還價，何況他也不打算和畢約克議價，無論發生什麼事，都要把他揭發出來。但他發現自己臉皮竟然厚到可以先和畢約克談交易，然後再出賣他。他並不因此感到內疚。畢約克是個犯了罪的警察，他若知道命案嫌犯的姓名，本來就有義務介入，而不該利用這項訊息自救。畢約克或許是希望藉由供出另一名罪犯，讓自己得以脫困。布隆維斯特把手伸進夾克口袋，將剛才從餐桌旁起身時關掉的錄音機重新打開，並掏出一條手帕。

「說來聽聽吧。」他說。

茉迪被法斯特給惹惱了，但臉上完全不露痕跡。包柏藍斯基離開後，對蜜莉安的偵訊並未中斷，但完全只是按表操課。

茉迪也很訝異。雖然從未喜歡過法斯特和他那大男人的作風，但至少認爲他是個有本事的警員，不料今天的他非常明顯地並未展現那份本事。法斯特顯然覺得受到一名美麗、聰明又敢言的女同志所威脅，而蜜莉安顯然也注意到法斯特的煩躁，就更變本加厲地逗惹他。

「你在我的抽屜裡找到了皮帶假陽具，是嗎？你當時在想些什麼？」

蜜莉安露出好奇的假笑。法斯特好像整個人都快氣炸了。

「閉嘴，好好回答問題。」

「你問我有沒有用它和莎蘭德做過，我的回答是干你屁事！」

茉迪舉起手說道：「上午十一點十一分，蜜莉安．吳的訊問中斷，休息。」

她關上錄音機。

「蜜莉安，請妳留在這裡好嗎？法斯特，我有話跟你說。」

蜜莉安見法斯特走出去以前還用惡毒的眼光瞄她，便報以甜甜的一笑。他垂頭喪氣跟著茱迪走到走廊後，茱迪轉過身直視著他的雙眼，兩人的鼻端幾乎就要相碰。

「包柏藍斯基指定由我接手訊問，你連個屁忙都幫不上。」

「拜託，那個惡劣的婊子扭來扭去像條蛇似的。」

「你作這樣的比喻，是不是有某種佛洛伊德學說的象徵意義？」

「什麼？」

「算了，去找安德森跟他玩一盤井字遊戲、到俱樂部的射擊室去開開槍，或是隨便去找事做吧，只要不進這間偵訊室就行了。」

「茱迪，妳幹麼這個樣子？」

「因爲你在妨礙我的訊問。」

「妳就這麼哈她，還想自己一個人偵訊？」

茱迪來不及制止自己，手便揮出去打了法斯特一巴掌。她一出手便已後悔，但太遲了。她前後看看，幸好走廊上沒有人目擊這一幕，謝天謝地。

起初法斯特面露詫色，隨後對她冷冷一笑，將夾克往後一甩披掛在肩上便走開了。茱迪有股衝動想叫住他，向他道歉，但終究忍了下來。她等了整整一分鐘，讓自己冷靜下來，然候從販賣機買了兩杯咖啡，又回到偵訊室。

她們兩人默默對坐，喝著咖啡。最後茱迪抬起頭看著蜜莉安。

「很抱歉，這很可能是警察總局有史以來最糟的一次偵訊了。」

「他看起來像是很棒的同事。我猜猜看：他是異性戀、離過婚，喝咖啡休息時間專門負責說好笑的同志笑話。」

「他……曾經有一段過去。我只能說這麼多。」

「妳沒有嗎？」

「至少我沒有恐同症。」

「這說法我相信。」

「蜜莉安，我……我們全部的人都已經沒日沒夜地工作了十天，大家都很累，火氣也很大。我們想徹底查明安斯赫得一樁可怕的雙屍命案，和歐登廣場附近另一樁同樣可怕的命案。妳的朋友莎蘭德在兩個命案現場都留下痕跡，我們有刑事科學證據。她也已經遭到全國通緝。請妳了解，不管付出什麼代價，我們都要趁她對某人或甚至對她自己造成傷害之前，將她逮捕歸案。」

「我了解莎蘭德。她沒有殺人。」

「妳是無法相信或是不肯相信？蜜莉安，若沒有十足的理由，我們不會發出全國通緝令。不過我可以告訴妳，我的老闆，刑事巡官包柏藍斯基不認爲她有罪。我們正在討論她有共犯或者是非自願被牽扯進來的可能性。無論如何，我們必須找到她。蜜莉安，妳相信她是清白的，但萬一妳錯了呢？妳自己也說對她的認識並不深。」

「我不知道該怎麼想。」

「那麼就幫助我們查明眞相吧。」

「我現在是被捕還是什麼的？」

「沒有。」

「我隨時都可以離開這裡嗎？」

「嚴格說來，是的。」

「那如果不嚴格地說呢？」

「妳在我們眼中仍會是個問號。」

蜜莉安斟酌著茱迪的話。「問吧。如果妳的問題惹惱了我，我就不回答。」

茱迪再次打開錄音機。

第二十章

四月一日星期五至四月三日星期日

蜜莉安和茱迪又待了一小時。訊問即將結束時，包柏藍斯基走了進來，坐下後一言不發靜靜聽著。蜜莉安禮貌性地對他點頭示意，但仍繼續只對著茱迪說話。

最後茱迪看看包柏藍斯基，問他還有沒有問題。包柏藍斯基搖搖頭。

「蜜莉安．吳的訊問結束。時間是下午一點零九分。」她說完關上了錄音機。

「據我了解，妳們和法斯特探員出了一點問題。」包柏藍斯基說道。

「他有點無法集中精神。」茱迪說。

「他是個白癡。」蜜莉安幫腔道。

「刑事巡官法斯特確實有很多不錯的優點，只不過也許不太適合訊問年輕女子。」包柏藍斯基直視著蜜莉安的雙眼說道：「我不應該把任務交給他，我道歉。」

蜜莉安顯得十分驚訝。「我接受。一開始我對你也很不友善。」

包柏藍斯基揮揮手表示不在意。

「我可以再問妳幾件事嗎？不錄音。」

「問吧。」

「關於莎蘭德，我聽到愈多就愈迷惘。認識她的人對她的描述，和我從社會福利局與精神病院的檔案資料所得到的印象，並不相符。」

「所以呢？」

「請給我一些直截了當的答案。」

「好。」

「莎蘭德十八歲時作的精神科評鑑結果，顯示她智能發育不全。」

「鬼扯。莉絲很可能比我所有認識的人都聰明。」

「她一直沒有畢業，也沒有任何證書能證明她會讀寫。」

「莉絲的讀寫能力比我強多了，有時候還會坐下來鬼畫一些數學公式。純幾何。那種數學，我完全不懂。」

「數學？」

「是她後來養成的嗜好。」

「嗜好？」包柏藍斯基停了一下才問。

「就是一些方程式，我連符號都看不懂。」

包柏藍斯基嘆了口氣。

「她十七歲那年，有一次在丹托倫登被捕，後來社福局寫了一份報告，指稱她賣淫爲生。」

「莉絲是妓女？狗屁。我不知道她做什麼工作，不過聽到她曾待過那家保全公司，我一點也不驚訝。」

「她靠什麼賺錢？」

「不知道。」

「她是同性戀嗎？」

「不是，莉絲會和我做愛，不過這和是不是同志無關。她恐怕也不清楚自己的性認同，我猜想她是雙性戀。」

「那麼妳們兩人會使用手銬之類的東西，又怎麼說？莎蘭德有性虐待的傾向嗎？或者妳會怎麼形容她？」

「你誤會那些情趣用品了。我們或許有時候會用手銬玩角色扮演，但那和性虐待或暴力毫無關係，只是遊戲罷了。」

「她曾經對妳施暴過嗎？」

「沒有，在我們的遊戲中，我通常才是支配者。」

「好，這樣可以了。喔對了，我派人去幫妳換新鎖了，他應該還在那裡，妳可以順便拿鑰匙。」

蜜莉安露出甜甜一笑。

下午三點鐘的會議上，爆發了調查以來第一次嚴重的意見分歧。包柏藍斯基報告了最新進展，然後解釋他覺得應該擴大調查範圍。

「打從第一天起，我們就集中所有精力在找莎蘭德。她當然是頭號嫌犯沒錯，這是由證據判斷的，但我們對她的了解卻和每個認識她的人的描述有出入。將她描述爲精神病殺人犯，阿曼斯基、布隆維斯特和蜜莉安都不認同。所以我希望我們能稍微拓展想法，考慮凶手是否另有其人，以及莎蘭德本身也許有共犯或者只是發生槍擊時她剛好在場的可能性。」

包柏藍斯基的建議引發激烈討論，並遭遇法斯特與米爾頓保全的波曼強力反對。波曼提醒調查小組說，最簡單的解釋通常都是正確的。

「當然，莎蘭德可能並非單獨作案，但我們毫無刑事科學跡證能證明有共犯。」

「我們可以追查布隆維斯特提供的警察那條線索啊！」法斯特嘲諷地說。

討論過程中，只有茉迪支持包柏藍斯基。安德森和霍姆柏只是保持中立，置身事外地觀戰。米爾頓的賀斯壯也是全程安靜不語。最後檢察官埃克斯壯舉起手來。

「包柏藍斯基，如果我了解得沒有錯，你並不是想排除莎蘭德。」

「不是，當然不是。我們有她的指紋，但一直查不出動機，因此我希望我們能開始想想不同的可能性。會不會有數人涉案？會不會還是和達格正在寫的有關性交易的書有關？布隆維斯特說得沒錯，書中被點名的幾個人確實有殺人動機。」

「你打算怎麼進行？」埃克斯壯問道。

「我要兩個人開始尋找其他可能殺人的凶手。茉迪和賀斯壯可以合作。」

「我？」賀斯壯吃驚道。

包柏藍斯基選擇他是因爲他是會議室裡最年輕的一個，也最可能可以跳脫框架思考。

「你和茉迪一起，把我們已知的一切重新再檢驗一遍，看看有沒有遺漏什麼。法斯特，你和安德森與波曼繼續找莎蘭德，那是我們第一要緊的任務。」

「我要做什麼？」霍姆柏問道。

「重點放在畢爾曼。重新勘查他的公寓，以防先前漏了什麼。有問題嗎？」

大夥都沒出聲。

「那好，蜜莉安出現的事暫時先保密，也許還能從她那兒打聽到更多，我可不希望媒體一窩蜂去煩她。」

埃克斯壯也贊同眾人依包柏藍斯基的計畫行事。

「好了，」賀斯壯看著茉迪說：「妳是刑警，妳說我們該怎麼做。」

他們此時站在會議室外的走廊上。

「我想我們應該再找布隆維斯特談談。」她說：「不過我得先和包柏藍斯基討論一、兩件事。明天和星期天都放假，也就是說要等到星期一早上才會開工。你就利用週末把案情資料再看一次吧。」

他們互道再見後，茉迪走進包柏藍斯基的辦公室，埃克斯壯正要離開。

「可以給我一分鐘嗎？」她問道。

「坐吧。」

「法斯特實在太讓人生氣，我好像情緒失控了。」

「他說妳眞的打了他。」

「他說我想單獨和蜜莉安在一起，顯然是因爲我迷上她了。」

「我寧願妳沒跟我說。不過這肯定可以視爲性騷擾，妳想申訴嗎？」

「我呼了他一巴掌，那就夠了。」

「妳是受到激怒，忍無可忍。」

「是的。」

「法斯特和女強人處不來。」

「我注意到了。」

「妳是個女強人，也是非常優秀的警員。」

「謝謝。」

「不過希望妳不會再摑打其他同僚。」

「不會再發生這種事了。今天我沒機會搜索達格在《千禧年》的辦公桌。」

「之前沒有去搜查已經是一大疏忽。回家好好度個週末吧，星期一再展開新的調查。」

賀斯壯中途在中央車站下車，到喬治咖啡館喝咖啡。他感到沮喪不已，這一整個星期他都在等著莎蘭德落網的消息，如果她拒捕，運氣好一點說不定會有個公正的警員對她開槍。

這眞是迷人的幻想。

然而莎蘭德仍然在逃，不只如此，包柏藍斯基還提出她可能不是凶手的想法。這可不是正面的發展。

當波曼的下屬已經夠慘的——他是米爾頓保全裡最無趣也最缺乏想像力的人之一——不料現在還要聽茱迪巡官指揮，她對莎蘭德這條線最抱持懷疑態度，包柏藍斯基之所以起疑，很可能也是拜她所賜。他心想，不知這個出名的泡泡警官和那個賤女人有無曖昧？有的話也不令人意外，他似乎徹底受她駕馭。在這個調查小組當中，只有法斯特有種說出自己的想法。

賀斯壯想了又想。當天上午，他和波曼在米爾頓和阿曼斯基、佛雷克倫簡單地開過會。一星期的調查毫無結果，阿曼斯基備感挫折，竟然沒有人找出足以解釋這幾起凶殺案的背景。佛雷克倫建議米爾頓保全應該重新考慮是否還有必要參與調查——波曼和賀斯壯還有其他更緊急的任務，不該去爲警方做白工。

阿曼斯基決定讓波曼和賀斯壯再待一個星期，到時候若還是毫無結果，就取消任務。

換句話說，賀斯壯只剩一星期的時間，之後參與調查的大門便會砰然關閉。他不太確定究竟該怎麼辦。

過了一會，他拿出手機打給東尼·史卡拉，一個專替男性雜誌寫些無聊文章謀生的自由撰稿記者。賀斯壯見過他幾次。他告訴史卡拉說他有關於安斯赫得命案調查的一、兩個內線消息，並解釋自己如何碰巧介入這起數年以來最熱門的警調工作。史卡拉立刻上鉤：這可能會成爲某大雜誌的獨家。他們於是約好一小時後，在國王街上的阿弗尼咖啡館碰面。

史卡拉很胖。非常胖。

「你想要我的消息，有兩個條件。」賀斯壯說。

「說。」

「第一，文章中不能提到米爾頓保全。我們只是扮演顧問的角色。」

「可是這**的確**有新聞價值，因爲莎蘭德在米爾頓工作過。」

「只是負責清潔打掃之類的。」賀斯壯冷冷地反駁。「那不是什麼新聞。」

「好吧，既然你這麼說。」

「第二，你得在文章中動點手腳，讓人覺得洩密的是個女的。」

「爲什麼？」

「以免我被懷疑。」

「好，你有什麼內幕？」

「莎蘭德那個同性戀女友剛剛出現了。」

「哇，太棒了！就是她把倫達路公寓讓渡給她的那個女的？失蹤的那個？」

「蜜莉安．吳，這對你來說有價值嗎？」

「放心好了，絕對有。她去了哪裡？」

「國外，她聲稱根本沒聽說命案的事。」

「她算是嫌犯嗎？」

「不是，至少目前還不是。她今天接受訊問，三小時前被飭回。」

「原來如此，你相信她的說詞嗎？」

「我認爲她根本是睜眼說瞎話。她一定知道些什麼。」

「很棒的東西，賀斯壯。」

「不過，還是去查查她，我們現在說的可是和莎蘭德大玩S＆M遊戲的女孩。」

「你確定這是眞的？」

「她在訊問時親口坦承的。我們搜索現場的時候，也找到手銬、皮衣、皮鞭這一大堆玩意。」

關於皮鞭，是有點誇大其詞。好吧，其實根本是他撒謊，但他敢肯定那個中國賤貨也玩皮鞭。

「你在開玩笑吧？」史卡拉說。

羅貝多是最後離開的人之一。他整個下午都在圖書館，詳讀每一行與追捕莎蘭德有關的消息。

他走到外頭的斯維亞路上，感到沮喪、茫然，還有飢餓，於是便到麥當勞點了一個漢堡，找到角落一張桌子坐下。

莉絲·莎蘭德，三屍命案凶手。他簡直不敢相信會有這種事。那個古怪的小女孩，不可能。但他該做點什麼嗎？如果是的話，又該做什麼呢？

▲ ▲ ▲

蜜莉安搭計程車回到倫達路，慢慢地查看新裝潢好的公寓此刻的慘狀。櫥櫃、衣櫥、置物箱和書桌抽屜都被清空，所有表面都留下大片的指紋粉，她最私密的情趣用品全堆在床上。但是到目前看來，沒有遺失任何東西。

她按下咖啡壺的開關，不由得搖搖頭。**莎蘭德呀，莎蘭德，妳他媽的到底給自己惹了什麼麻煩？**

她拿出手機撥了莎蘭德的號碼，卻得到該用戶無法接聽的訊息。她在廚房桌旁坐了好一會，試圖理出哪些是眞哪些是假。她認識的莎蘭德絕非精神異常的殺人犯，但話說回來，她也不是那麼了解她。莎蘭德在床上確實熱情如火，但如果心情起了變化，卻也可能冷如冰霜。

她答應自己在見到莎蘭德、聽到她解釋之前，不會妄下斷語。她覺得想哭。接下來花了兩個小時整理家裡。

到了晚上七點，公寓多少又恢復可以住人的樣子。她沖了個澡，換上一身黑與金色相間的絲綢睡袍進到廚房，忽然有人按門鈴。一開門，看見一個沒刮鬍子、胖得離譜的男人。

「妳好，蜜莉安，我叫東尼·史卡拉，是個記者。能不能問妳幾個問題？」

他身邊的攝影師將閃光燈對準她的臉猛拍照。

蜜莉安眞想一腳飛踢出去，再用手肘撞他鼻梁，但終究沒有失去冷靜，她知道這麼做只會讓他們拍到更多他們想拍的畫面。

「前陣子妳和莉絲·莎蘭德出國了嗎？妳知道她人在哪裡嗎？」

蜜莉安砰地關上門，鎖上剛安裝好的安全鎖。史卡拉卻推開信箱。

「蜜莉安，妳遲早都得面對媒體。我可以幫妳。」

她握起拳頭，猛力往史卡拉的手指砸下去，馬上就聽見一陣哀嚎。隨後她關上內門，躺到床上閉上雙眼。**莎蘭德，等我找到妳非扭斷妳的脖子不可。**

去過斯莫達拉勒之後，布隆維斯特利用下午時間又去拜訪另一個達格打算揭發的人。上一個星期至今，三十七個姓名已經劃掉六個。最後一個是住在吐恩巴的退休法官，曾經審判過幾起涉及賣淫的案子。新鮮的是這名無恥之徒並不試圖否認、威脅或求饒，反而欣然坦承自己搞過幾個東方來的妓女。不，他一點也不感到懊悔，賣淫是值得敬佩的職業，他還認爲自己當這些女孩的恩客是在幫助她們。

將近晚上十點，布隆維斯特正駛過利里葉島時，接到瑪琳來電。

「嗨。」她說道：「你看到《晨間郵報》的電子報了嗎？」

「沒有，有什麼新聞？」

「莎蘭德的女友今天回家了。」

「什麼？誰？」

「住在她倫達路公寓的那個女同志蜜莉安·吳。」

吳，布隆維斯特想到了。**門牌上寫著「莎蘭德—吳」**。

「謝了，我現在就過去。」

蜜莉安拔掉公寓裡的電話，關上手機。當晚七點半，她返家的消息已經出現在某家日報的網站上。不久，《Aftonbladet》晚報隨即來電，三分鐘後是《快報》。《時事報》刊登了報導但未指名道姓，但到了九點，已經有不下十六名來自各媒體的記者試圖從她這兒套出話來。

門鈴響了兩次，她沒開門，還把屋內的燈全熄了。若再有記者來騷擾，她很想打斷對方的鼻梁。最後她打開手機，打給一位女性友人，問她能不能借住一晚。女友住在霍恩斯杜爾附近，走路就能到。不到五分鐘後，她溜出倫達路大門，布隆維斯特停好車，前來按門鈴時，她已經不在。

星期六上午十點剛過，包柏藍斯基打了電話給茉迪。她睡到九點才起床，陪孩子們玩了一會之後，丈夫帶他們出門，說要給他們買個星期六的禮物。

「妳看到今天的報紙了嗎？」

「還沒，我才剛起床一小時，一直在忙小孩。發生什麼事了嗎？」

「我們組上有人向媒體洩漏消息。」

「這個我們一直都知道呀。幾天前，有人洩漏了莎蘭德的精神鑑定報告。」

「那是埃克斯壯。」

「眞的？」茉迪驚訝道。

「當然了，雖然他絕對不會承認。他試圖想引起注意，這樣對他有利。但不是這個。有個名叫東尼・史卡拉的自由撰稿人，從某人那裡得知關於蜜莉安的各種訊息，其中也包括昨天訊問的內容。我們說好要保密的，埃克斯壯都氣炸了。」

「該死！」

「那名記者沒有指名，只說消息來源是『調查小組的核心人物』。」

「可惡！」茉迪又咒道。

「文章中用女性的『她』來指稱消息來源。」

茱迪沉默了十秒鐘。她是調查小組中唯一的女性。

「包柏藍斯基……我沒有向任何記者吐露過隻字片語。出了我們的走廊之後，我從未和任何人討論過案情，連我丈夫也不例外。」

「我從來沒想過是妳洩的密，只可惜檢察官埃克斯壯卻相信。還有週末值班的法斯特，更是滿口暗諷。」

茱迪深感疲憊。「那現在怎麼辦？」

「埃克斯壯堅持在查明指控前，先停止妳的調查職務。」

「什麼指控？太荒謬了。我要怎麼證明……」

「妳什麼都不必證明，反而是指控者要提出證據。」

「我知道，但是……眞該死。這得等多久？」

「已經結束了。」

「什麼？」

「我剛剛問過妳，妳說妳沒有洩漏任何消息，所以調查結束，我去寫報告。星期一九點，我們埃克斯壯的辦公室見，問題由我來處理。」

「謝謝你，包柏藍斯基。」

「不用客氣。」

「但是有一個問題。」

「我知道。」

「既然洩密的不是我，那肯定是組上某個人。」

「有什麼想法嗎？」

「我頭一個想到的是法斯特，但又覺得不太可能是他。」

「我的想法恐怕和妳一樣。他或許是個十足的討厭鬼，但對於洩密一事，他的確暴跳如雷。」

包柏藍斯基喜歡散步，狀況根據天氣和能有多少時間而定。這種運動讓他樂在其中。他住在索德毛姆的卡塔莉娜班街，離《千禧年》辦公室不遠，更進一步說，離莎蘭德曾工作過的米爾頓保全和她住過的倫達路也都不遠。此外，位於聖保羅街上的猶太會堂也在步行距離內。星期六下午，他走過了以上每個地方。

一開始，妻子安涅絲和他一起走。他們已經結婚二十三年，這麼些年來，他從未出軌。

他們中途在會堂停留了一會，順便和拉比說說話。包柏藍斯基是波蘭裔猶太人，而安涅絲一家則是原籍匈牙利，也是奧許維茲集中營極少數的生還者。

造訪過會堂後他們便分手了，安涅絲去購物，包柏藍斯基繼續散步。他需要一個人靜一靜，想一想調查工作。他回想著自從濯足節星期四上午、這項任務命令放到他桌上開始，他所採取的一切做法，發現其中只有幾個失誤。

一是沒有立刻派人去《千禧年》搜查達格的辦公桌。後來想起來了，還親自執行的時候，天曉得布隆維斯特已經清掉哪些東西。

另一個失誤則是忽略了莎蘭德有車的事實。不過霍姆柏已經報告，車內毫無重要物證。除了這兩個差錯之外，整個調查工作已經盡可能地徹底執行。

他來到辛肯斯達姆附近一個報攤前停下，盯著一塊報紙看板。莎蘭德的護照相片已經縮小，但仍可輕易辨識，重要焦點則已轉移到另一個更有賣點的新聞：

警方正在追捕崇拜撒旦的女同性戀

他買了一份報紙，找到報導版面，最上頭有一張照片是五名十七、八歲的少女，穿著有鉚釘的黑色皮夾克、有破洞的黑色牛仔褲和緊身T恤。其中一人高舉一面畫有五角星的旗子，另一人則做出食指與小指翹起的手勢。圖片說明寫道：「莉絲．莎蘭德與一支死亡金屬①樂團往來密切，該樂團在一些小俱樂部演出，於一九九六年向撒旦教致意，並以『惡魔儀式』紅極一時。」

文中並未提及「邪惡手指」的名稱，女孩們的眼睛也以馬賽克處理，但樂團團員的友人肯定認得出來。

報導內容主要是關於蜜莉安，還附上一張她在「伯恩」表演的照片，上半身赤裸，戴了一頂俄國軍官的帽子。她的眼睛也打了馬賽克。

莎蘭德的女友寫下關於女同志的S&M性愛

這名三十一歲的女子在斯德哥爾摩高級夜店頗具知名度。她不諱言自己會勾搭女性，也喜歡支配伴侶。

該記者甚至找到一名他稱為莎拉的女子，據她親口所述，這個女人也曾經試圖勾搭她，令她的男友十分「困擾」。文章繼續寫道，該樂團主張一種曖昧且變相的女性精英主義，非常接近同志運動，而且因為曾在「同志驕傲遊行日」主持過一個「奴役工作坊」而聲名大噪。文中其餘部分則著重於六年前，蜜莉安為某女性主義雜誌所寫的一篇刻意挑釁的文章。包柏藍斯基大致瀏覽一下內文後，便將報紙丟進垃圾桶。

他不斷想著法斯特和茉迪，兩人都是傑出的警員，但法斯特是個問題人物，老是會激怒人。他得找他好好談談，但卻不認為他是洩密者。

當包柏藍斯基確認自己走的方向時，發現自己已經站在倫達路上瞪著莎蘭德那棟大樓的前門。他是下意識走到這裡來的。

他爬上通往上倫達路的階梯，站立許久，思索著布隆維斯特所敘述關於莎蘭德被襲的事件。這番說詞也同樣是個死胡同。沒有報案紀錄、沒有涉案人的姓名，甚至對攻擊者也沒有確切的描述。布隆維斯特聲稱當時有輛廂型車從現場駛離，但他沒能看到車牌號碼。

假設眞有此事。

又是一條死胡同。

包柏藍斯基俯視著還停在倫達路上那輛酒紅色的本田，這時候竟看見布隆維斯特走向大門。

蜜莉安直睡到日上三竿才醒來，全身纏著被單。她坐起來，環顧這個陌生的房間。

她以受不了媒體不斷騷擾爲由，請求友人提供避難處，但她明白自己之所以離開，也因爲擔心莎蘭德可能找上門來。警局的訊問以及報上的報導對她產生莫大的影響，儘管下定決心，在莎蘭德未能對這一切作出解釋之前不會妄下判斷，但她也不禁開始害怕好友可能眞的有罪。

她低頭瞄向維多莉亞．維多森，一個百分之百的女同志，大家都叫她「雙維」。只見她趴睡著，嘴裡喃喃說著夢話。蜜莉安悄悄下床沖澡，然後出門去買麵包捲當早餐。她走到維克史塔街的肉桂咖啡館旁的商店，一直到站到收銀台前才看見新聞看板，連忙飛奔回雙維的住處。

布隆維斯特按了大門密碼進入大樓，消失兩分鐘後又再次出現。沒人在家。布隆維斯特往街道前後看了看，似乎有點猶豫不決。包柏藍斯基緊緊地盯著他看。

讓包柏藍斯基拿不定主意的是，如果倫達路攻擊事件是布隆維斯特撒謊，那麼他就是在玩某種把戲，最糟的情況則可能是他也涉及命案。但萬一他說的是實話，那麼整齣悲劇中便有個隱藏的元素。涉案者不只是檯面上這些人，而命案的背景也可能複雜得多，不只是一個精神狀況不穩定的女孩發狂殺人而已。

當布隆維斯特起步朝辛肯斯達姆走去，包柏藍斯基在背後叫住他，他停下後看見巡官，便走上前去，兩人在階梯底端碰頭。

「你好，布隆維斯特。在找莎蘭德嗎？」

「老實說，不是。我想找蜜莉安。」

「她不在家。有人向媒體洩漏她再次露面的消息。」

「她有什麼可說的？」

包柏藍斯基目光銳利地掃了他一眼。**小偵探布隆維斯特**。

「陪我走一段吧。」包柏藍斯基說道：「我需要喝杯咖啡。」

他們默默地經過赫加里教堂後，包柏藍斯基帶他到小姊妹咖啡館，地點就在跨越北河與南側郊區利里葉島相連的利里葉島橋附近。包柏藍斯基點了一杯加一茶匙冰牛奶的雙份濃縮咖啡，布隆維斯特則點了拿鐵。兩人坐在吸菸區。

「我已經很久沒碰到這麼令人挫敗的案子了。」包柏藍斯基說道：「我可以跟你討論多少案情，而不至於明天早上就上《快報》版面嗎？」

「我不替《快報》做事。」

「你知道我的意思。」

「包柏藍斯基，我不相信莉絲有罪。」

「現在你自己在做調查嗎？所以大家才叫你小偵探布隆維斯特？」

布隆維斯特笑了笑。「聽說他們叫你泡泡警官。」

包柏藍斯基不自然地露出淺笑。「爲什麼你認爲莎蘭德是清白的？」

「我對她的監護人一無所知，但她絕對沒有理由殺害達格和蜜亞，尤其是蜜亞。莉絲非常厭惡憎恨女人的男人，而蜜亞正在對一大群妓女的恩客施壓。蜜亞的所作所爲，完全是莉絲自己可能做的事。她是個非常有道德感的人。」

「對於她，我似乎拼湊不出前後一致的形象。是智障的精神病患，或是優秀的調查員？」

「莉絲就是與眾不同。她有不正常的反社會性格，但智力絕對沒有問題，而且很可能還比你我更聰明。」

包柏藍斯基嘆了口氣。現在布隆維斯特這番叨叨絮絮的話，就和蜜莉安說的一樣。

「無論如何，我們都得逮到她。我不能詳述，但她人在命案現場，而且也和凶器有關連。」

布隆維斯特點點頭。「這應該意謂著你在上頭發現她的指紋。但不能因此證明她開了槍。」

包柏藍斯基點頭同意。「阿曼斯基也不相信。他為人謹慎，不可能實話實說，不過他也在找證據證明莎蘭德的清白。」

「那你呢？你怎麼想？」

「我是個警察，負責抓人、訊問。現在看來，情勢對莎蘭德小姐很不利。我們還曾經以更薄弱許多的間接證據將殺人犯送進監牢。」

「你沒有回答我的問題。」

「我不知道。假如她果真是清白的……你認為還有誰有動機殺死她的監護人和你的兩位友人？」

布隆維斯特掏出一包菸遞給包柏藍斯基，後者搖搖頭拒絕。他並不想對警察說謊，應該說說那個名叫札拉的男人，也應該告訴包柏藍斯基關於國安局警司畢約克的事。

但包柏藍斯基和他的同僚可以取得達格的資料，裡頭便有同一個「札拉」檔案夾，他們只需要去看內容就行了。誰知道他們竟像蒸氣壓路機似的一路往前衝，還向媒體提供有關莎蘭德一些猥褻的細節。

他有個想法，但不知會導致什麼樣的結果。在還無法確定之前，他不想說出畢約克的名字。**札拉千科**。那是畢爾曼與達格和蜜亞之間的聯繫，問題是截至目前畢約克什麼都還沒說。

「讓我再多挖一點，然後就能給你另一套論點。」

「希望不是警界的線索。」

「還不是。蜜莉安說了些什麼？」

「跟你差不多。她們倆有親密關係。」

「那不關我的事。」布隆維斯特應道。

「她們相識三年，她說對於莎蘭德的背景一無所知，甚至不知道她在哪工作。難以置信，但我想她沒有說謊。」

「莎蘭德極度注重隱私。」布隆維斯特說道：「你有蜜莉安的電話嗎？」

「有。」

「可以給我嗎？」

「不行。」

「爲什麼？」

「麥可，這是警察的事。我們不需要私家偵探的荒謬見解。」

「我到現在還沒有**任何**見解。不過我認爲答案就在達格的資料裡面。」

「你多費點功夫，就能聯絡到蜜莉安了。」

「很可能，但最簡單的方法還是詢問某個已經知道號碼的人。」

包柏藍斯基又嘆氣。

布隆維斯特忽然對他感到非常厭煩。「難道警察就比一般人、比你所謂的私家偵探更厲害嗎？」

「沒有，我不這麼想。可是警察受過訓練，而且破案是他們的工作。」

「普通人也受過訓練。」布隆維斯特緩緩地說著：「有時候私家偵探還比眞正的警探更能查明眞相。」

「那是你的想法。」

「我很確定。就拿拉曼②的案子爲例。拉曼並未謀殺老婦人，卻被關進牢裡八年，而一群警察就這樣一屁股坐下視而不見。如果不是有個女教師鍥而不捨地調查數年，他今天可能還在牢裡。女教師完全沒有你們所擁有的資源，但她不僅證明拉曼的清白，還指出可能的凶嫌。」

「拉曼的案子的確讓我們顏面盡失。因爲檢察官不肯傾聽事實。」

「包柏藍斯基……我要告訴你一件事。就在此時的莎蘭德一案中，你們也同樣丟了『面子』。我敢百分之百肯定她沒有殺害達格和蜜亞，而且還要加以證明。我要替你們找出另一個凶手，到時候還要寫一篇文章讓你和同僚們讀了都會很痛苦。」

返回卡塔莉娜班街的住處途中，包柏藍斯基忽然有一股衝動想和上帝談談這樁案子，但他沒有上會堂，而是去了福爾孔路的天主教堂。他坐到後面一張長椅上，一個多小時都沒動。身爲猶太人的他，本不該進入天主教堂，但此地十分寧靜，每當他需要整理思緒時總會上這兒來。他發現天主教堂也是沉思的好地方，他知道上帝不會介意的。而且天主教和猶太教有個差別。他到猶太會堂是因爲需要同伴與友情，而天主教徒上教堂則是想在上帝面前尋求平靜。教堂裡要求保持安靜，因此總是會讓訪客獨處。

他默默想著莎蘭德和蜜莉安，也好奇愛莉卡和布隆維斯特對他隱瞞了些什麼——他們一定知道莎蘭德某些事卻沒有告訴他。當初莎蘭德爲布隆維斯特做了什麼樣的調查？也許是協助他揭發溫納斯壯，但他隨即否決這個可能性。莎蘭德對那件事不可能有任何貢獻，不管她私調的能力有多強。

包柏藍斯基擔心的是，他不喜歡布隆維斯特如此自信地說莎蘭德是清白的。身爲巡官的他被重重疑慮包圍是一回事，因爲懷疑就是他的工作，但布隆維斯特以私家偵探的身分發出最後通牒又是另一回事。

他並不喜歡私家偵探，因爲他們太常種下陰謀論的種子，這樣或許能登上報紙頭條，卻也給警方製造了許多無用的額外工作。

這幾件案子已經發展成他職業生涯中最令人惱怒的命案調查工作，不知爲何已經失了焦。這其中一定有合理的因果環環相扣。

若有個年輕人在瑪利亞廣場被刺死，就去追查有哪個小太保幫派或其他暴民，曾在一小時前到索德車站鬧事。先會有朋友、熟人和目擊者，然後很快就會有嫌犯。

若有個男人在樹爾島某家酒吧遭三顆子彈擊斃，結果發現他還是南斯拉夫黑手黨的重量級人物，那麼就得查出有哪些惡棍正汲汲營營於掌控香菸走私。

若有個二十多歲、身家清白、生活正常的女子，在自家遭人勒斃，就得追查她的男友是誰，或者前一晚她去過哪家酒吧，最後和她交談的人又是誰。

包柏藍斯基經手過太多類似的調查工作，在睡夢中都能得心應手。

目前的調查工作，一開始是那麼順利，僅短短數小時，便已找到頭號嫌犯。莎蘭德簡直就是不二人選——很明顯是精神病患犯的案，據了解她一輩子都有暴力與失控傷人的問題。這案子很簡單，只要抓到她讓她認罪就行了，或者也可以根據情況將她送進精神病院。不料充滿希望的開始竟然全變了調。莎蘭德沒有住在她登記的地址；她有像阿曼斯基和布隆維斯特之類的朋友；她和一名喜歡用手銬做愛的女同志有親密關係，這也使得媒體在一個原本已經很討厭的情況中又再度陷入狂熱；她在銀行有兩百五十萬克朗的存款，卻不知雇主是誰；接著又有布隆維斯特這號人物帶著非法交易和陰謀論等說法出現，而身為知名記者的他絕對有政治影響力，光是一篇文章就足以讓他們的調查工作大亂。

最重要的是，儘管主要嫌犯只有巴掌般大，而且全身刺青十分搶眼，卻怎麼也找不到人。命案發生至今已經將近兩個星期，關於她可能藏身何處，連一點蛛絲馬跡也沒有。

自從布隆維斯特跨出門檻後，畢約克一整天都過得很淒慘。雖然背部仍持續隱隱作痛，他仍在借住的屋內來回踱步，既不能放鬆也無法採取行動。這件事實在令他想不通，拼圖怎麼拼也不到位。

最初聽到畢爾曼遇害的消息時，他簡直嚇呆了。但得知莎蘭德幾乎立刻被鎖定為頭號嫌犯，他倒是並不吃驚，輿論也隨之開始強烈指責她。他仔細看了每一段電視新聞，也買了所有買得到的日報，詳讀相關報導。

他從無一刻懷疑過莎蘭德的精神狀態與她殺人的可能性，因此沒有理由懷疑她的罪行或警方的推測——相反地，據他對莎蘭德的了解，她確實有嚴重的精神異常。他原本打算打電話給調查小組提供自己的意見，或至少看看案子是否處理得當，但轉念一想，發現這其實已與他無關。這再也不關他的事，反正還有稱職的人可以應付。何況，如果打了電話，可能會招來他不想招惹的注意。因此他只是繼續心不在焉地留意後續的重大消息。

布隆維斯特的來訪完全攪亂了他的寧靜。畢約克壓根也沒料到莎蘭德的瘋狂殺人竟會牽扯到他身上——因爲被害人之一是個卑鄙的媒體人，死前正打算向全瑞典人揭發他。

他更沒想到札拉這個名字會像個拉掉了保險栓的手榴彈，忽然間蹦出來，而最讓他意想不到的則是，像布隆維斯特這樣的記者竟然知道這個名字。一切都太不可思議了。

布隆維斯特來訪後的第二天，他撥了電話給現在住在拉荷姆、年事已高的昔日上司。他得盡量拐彎抹角地打探，以免對方察覺他打這通電話不是純粹基於好奇與專業考量。這段對話相當簡短。

「我是畢約克。你應該看到報紙了吧？」

「看到了。那女的又出現了。」

「而且好像改變不大。」

「那已經不關我們的事。」

「你該不會認爲……」

「沒有，我沒那麼想。那一切都已經結束，沒有關連。」

「可是偏偏是畢爾曼。我猜他當上她的監護人，應該不是巧合。」

電話另一端靜默了幾秒鐘。

「對，那不是巧合。三年前看來是個好主意，誰能料到會發生這種事？」

「畢爾曼知道多少？」

前上司咯咯地笑著說：「你很清楚畢爾曼是什麼樣的人，他不是很有天分的演員。」

「我是說……他知道其中的關連嗎？他會不會有什麼文件或私人物品，可能讓任何人……」

「不，當然不會。我明白你的意思，但別擔心。莎蘭德在這整件事當中一直是顆不定時炸彈，我們安排畢爾曼接下任務，其實只是希望有自己人以監護人的身分確認她的情況，這樣總比一切都是未知數來得好。如果她胡說八道些什麼，畢爾曼早就來告訴我們了。現在，一切都會圓滿解決的。」

「此話怎講？」

「事情結束後，莎蘭德將會被關進精神病院很久、很久。」

「這說得通。」

「放心吧。好好地安心休養。」

但畢約克偏偏做不到，全都拜布隆維斯特之賜。他坐在餐桌旁，眺望少女灣，一面試著評量自己的處境。此時的他正腹背受敵。

布隆維斯特將揭發他嫖妓的事實。一旦被判違反性交易法，他的警察生涯很可能就到此結束了。不過更嚴重的是布隆維斯特企圖追蹤札拉千科。札拉千科或多或少也牽涉其中，到時候又會再次扯上畢約克。

前上司似乎胸有成竹，認為畢爾曼的辦公室或公寓沒有留下進一步的線索。其實有。一九九一年的報告。畢爾曼從畢約克這兒取得的。

他試著回想九個多月前與畢爾曼碰面的情形。他們是在舊城區碰面的。某天下午，畢爾曼打電話到辦公室給他，邀他一塊喝啤酒。他們談到射擊俱樂部，天南地北地閒聊，不過畢爾曼找他出來是有原因的。他希望他幫個忙。他問及了札拉千科……

畢約克起身站到廚房窗邊。當時他有點微醺，不，根本是酩酊大醉。畢爾曼問了他什麼呢？

「說到這個……我正在處理一個案子，竟然再次看到一個舊識的名字……」

「是嗎？誰呀？」

「亞力山大．札拉千科。你記得他嗎？」

「開玩笑，要忘了他可不簡單。」

「他到底出了什麼事？」

照理說，這完全不干畢爾曼的事。其實光憑畢爾曼提問一事，就有理由仔細調查……但他畢竟是莎蘭德的監護人。他說他需要那份舊報告。**而我就給了他。**

畢約克犯了天大的錯。他以爲畢爾曼已經知情——似乎絕不可能有其他可能性。而且畢爾曼表現得就好像純粹只是想抄捷徑，省去所有蓋著「極機密」印章、這不能說那不能講的冗長官僚程序，以免拖上好幾個月。尤其又是和札拉千科有關的事。

我把報告給了他。上面仍蓋著「極機密」印章，但那是有原因、可以理解的，而且畢爾曼不是嘴碎的人。他不聰明，但也從來不多嘴。有什麼關係呢？都已經那麼多年了。

畢爾曼耍了他。那傢伙假裝只是例行公事。如今愈想愈覺得畢爾曼遣詞用字非常謹慎，事先早有預謀。

不過畢爾曼到底他媽的圖些什麼？莎蘭德又爲什麼殺了他？

星期六，布隆維斯特又去了倫達路的公寓四次，希望能找到蜜莉安，但她始終不在家。他幾乎一整天都帶著 iBook 待在霍恩斯路的「咖啡吧」，重讀達格在《千禧年》的信箱收到的電子郵件，與「札拉」檔案夾的內容。在遇害的前幾星期內，達格花在調查札拉的時間愈來愈多。

布隆維斯特眞希望能打電話問達格，爲什麼將伊莉娜的文件放在「札拉」的檔案夾內。唯一合理的結論就是達格懷疑她是札拉所害。

下午五點，包柏藍斯基來電告訴他蜜莉安的電話號碼。不知道這名警察爲何改變心意，但自從拿到號碼後，他便每半小時打一次，直到當晚十一點，她才打開手機接了起來。交談的時間不長。

「妳好，蜜莉安。我叫麥可．布隆維斯特。」

「你是誰呀？」

「我是記者，在一家名叫《千禧年》的雜誌社工作。」

蜜莉安很簡潔地表達她的情緒。「喔對了，**那個**布隆維斯特。去死吧，爛記者！」

布隆維斯特都還沒來得及說明自己來電的原因，她就掛斷電話了。他暗暗詛咒史卡拉之後，試著再打一次。她沒接。最後他傳了簡訊。

請打電話給我。很重要。

她一直沒打。

到了深夜，布隆維斯特才關上電腦、更衣，爬上床去。這時若有愛莉卡在身邊就好了。

---

①death-metal，死亡金屬是二十世紀八〇年代中葉，從重金屬音樂發展出來的音樂分支。歌詞經常充滿惡魔崇拜和嚮往死亡的暗示，呈現出一個邪惡、頹廢、血腥與暴力交纏的病態世界。

②此處指的是 Joy Rahman，提供私人照護服務的他，於一九九四年被控謀殺一名七十二歲的老婦人，歷經八年冤獄，於二〇〇二年無罪釋放，並獲得一千零二十萬克朗的賠償，是當時瑞典史上最高的損害賠償金額。

第四部

終結者模式

3/24 ▶ 4/8

某方程式的根指的就是，一個數字代入方程式的未知數後能使方程式變成恆等式。那麼便可說此根滿足此方程式。所謂解方程式就是找出所有的根。倘若無論未知數的值為何，方程式永遠成立，該方程式即稱為恆等式。

$$(a+b)^2 = a^2 + 2ab + b^2$$

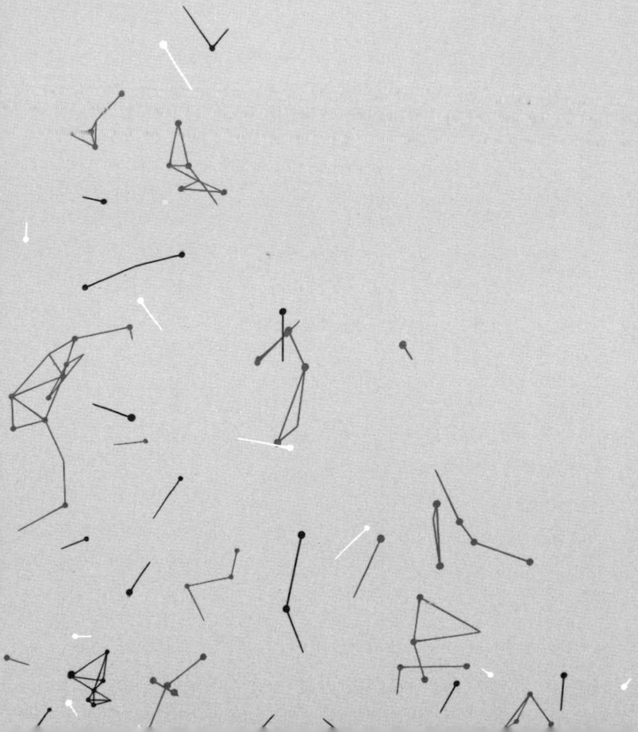

第二十一章

三月二十四日濯足星期四至四月四日星期一

警方追捕的第一週內，莎蘭德避得遠遠的，安安分分待在菲斯卡街的公寓裡。手機關閉，晶片卡取出，不打算再用這支電話。她密切注意著電子報與電視新聞節目的報導，愈看愈是驚訝地瞪大眼睛。

令她惱火的是自己的護照相片起初被放上網路，隨後又出現在所有電視新聞節目的畫面上方。看起來很蠢。

儘管多年來努力地隱姓埋名，結果還是一夜間變成全瑞典最惡名昭彰、最引人議論的人。她漸漸了解到，一個涉嫌謀害三條人命的瘦小女孩被列爲全國通緝犯，是年度頭條新聞之一。她仔細傾聽媒體的評論與臆測，不禁感到訝異而迷惑，只要任何編輯室想要閱讀並公布關於她的病歷的機密資料，似乎很容易便能取得。特別有一個標題喚醒了她埋藏的記憶：

在舊城區因傷人被捕

有一名TT通訊社的記者搶先其他競爭對手，挖出一份醫療報告，那是莎蘭德在舊城區地鐵站內踢傷一名乘客被捕後所寫的。

那天她去了歐登廣場，正要回海耶斯坦，與寄養父母同住的（臨時的）家。到了羅德曼斯街站時，有個顯然並未喝酒的陌生人上了車，並立刻注意到她。後來她才發現他是卡爾・艾弗特・諾格蘭，曾經是耶夫勒某樂團成員，如今失業了。雖然車廂還很空，他卻坐到她身旁開始騷擾她。他把手放在她的膝蓋上，開始說一些「我給妳兩百元，妳跟我回家」之類的話。見她沒有反應，他更加糾纏不休，還罵她是討厭的臭婊子。即使她不肯跟他說話，到了中央車站還換了位子，仍然沒有用。

接近舊城區站時，他張開雙手從背後抱住她，手伸進她毛衣內往上揉捏，一面附在她耳邊悄聲說她是妓女。她以手肘撞他的眼睛回擊，然後抓住立桿、身體騰空，用雙腳後跟飛踢他的鼻梁，他立刻血流如注。

她穿了一身龐克裝，又染了藍色頭髮，列車靠站後幾乎不可能混入人群中。有個有正義感的民衆與她扭打片刻後，將她壓倒在地，直到警方趕到。

她暗自詛咒自己的性別與身材。如果她是男的，誰也不敢攻擊她。

她始終未曾試著去解釋自己爲什麼踢諾格蘭的鼻子，因爲覺得試圖向穿制服的公務人員解釋什麼，根本是白費功夫。當精神科醫師想了解她的精神狀態時，她基本上也是拒絕回應。幸好，有其他幾名乘客目睹一切經過，其中包括一名來自海諾桑、非常固執的婦人，她剛好是中央黨的國會議員。婦人作證指出爆發暴力衝突前，諾格蘭先非禮莎蘭德。後來發現諾格蘭曾有兩次性侵害的前科，檢察官於是決定不予起訴。但這並不表示社福局的報告就被擱置一旁。不久之後，地方法院便宣告莎蘭德失能，她也開始先後接受潘格蘭與畢爾曼的監護。

如今這一切機密的隱私細節全被放到網路上供大衆消費。除了她的個人資料還附加了多采多姿的描述，說她如何在入學之初便與周遭的人發生衝突，以及她如何在十來歲便進入兒童精神病院。

媒體對莎蘭德的診斷根據版面與報社而異。有時形容她是精神病患，有時則是思覺失調症患者或偏執狂。不過所有報紙都認同她有精神上的障礙——畢竟她沒能完成學業，也沒有考試就休學了。她情緒不穩定且有暴力傾向，是不容懷疑的事實。

當莎蘭德與女同志蜜莉安的情誼被挖掘出來，某幾家報紙更掀起一陣狂熱。蜜莉安曾經在同志驕傲日的活動中，參與貝妮塔·柯斯塔秀的演出，在這場煽情的表演中，她被拍下穿著吊帶皮套褲與高跟漆皮靴的上空照片。此外，她爲一份同性戀報紙寫過的一些文章，以及她爲各場表演所接受的訪問內容，也都被廣泛引述。涉嫌連續殺人的女同志與香豔刺激的S&M性愛的組合，顯然創造了銷售奇蹟。

由於在戲劇性的第一週，警方並未追蹤到蜜莉安，便有人猜測她可能也遭到莎蘭德的毒手，或者可能是共犯。然而這些臆測多半僅出現在單純的網路聊天室「流亡」中。反觀幾家報紙則提出這樣的看法：既然已知蜜亞的論文與性交易有關，這可能正是莎蘭德的殺人動機，因爲——據社會福利局的說法——她是個妓女。

那一星期結束時，媒體又發現莎蘭德還跟一夥賣弄撒旦主義的年輕女子有關，她們自稱「邪惡手指」。有一名年紀較大的文化專欄男作家因而撰文評論無所寄託的年輕人，以及從平頭族文化到嘻哈這當中所潛藏的一切危險。

若將各家媒體的論點拼湊起來，警方正在追捕的似乎是有精神病的女同志，而且曾加入某個有性虐待傾向的撒旦教派，專門宣揚S&M性愛，卻痛恨社會，尤其痛恨男人；加上莎蘭德去年出國一整年，恐怕在國際間也建立了某些聯繫。

在媒體的種種喧囂當中，只有一件事讓莎蘭德產生頗大的情緒反應：

「我們很怕她！」

她威脅要殺了我們，老師與同學們如此表示。

說這句話的是昔日一名教師，名叫比莉妲．米歐斯，如今是織品藝術家。

該事件發生時，莎蘭德十一歲。她記得米歐斯是個不討人喜歡的數學代課老師，一次又一次地要她回答某個問題，其實她已經給了正確答案，只不過和課本裡的解答不同。其實是課本寫錯了，在莎蘭德看來，這應該是顯而易見的事。但米歐斯愈來愈堅持，莎蘭德則愈來愈沒有討論的意願。最後她乾脆賭氣地噘嘴坐著，直到米歐斯完全沒轍地抓住她的肩膀用力搖晃，以便引起她注意。莎蘭德隨即拿起課本砸向米歐斯的頭，也立刻引起一陣騷動。當同學試圖壓制她時，她不斷地吐口水，雙腳亂踢。

這篇文章是某家晚報的特別報導，還騰出空間補充了一些引述和一張昔日同學在母校門口拍的照片。此人名叫大衛．古斯塔夫森，如今自稱是財務助理。他聲稱學生們都很怕莎蘭德，因爲「她曾有一次威脅要殺死某人」。莎蘭德記得古斯塔夫森是學校裡最大的惡霸之一，是個只有蠻力、智商卻跟狗魚差不多的傢伙，在學校裡幾乎從不放過任何對他人辱罵與拳打腳踢的機會。有一回午餐時間，他在體育館後面攻擊她，她也一如往常地反擊。若純粹就體型而言，她根本是輸定了，但她卻抱著寧死不屈的態度。後來情況更加惡化，因爲圍了一大群同學，在一旁看著古斯塔夫森一遍又一遍地將她打倒在地。事情到某個程度還算有趣，誰知道這個笨女孩似乎不明白怎麼做才是爲自己好，說什麼也不肯退讓，甚至沒有哭也沒有求饒。

片刻過後，就連同學們也看不下去了。古斯塔夫森的強勢與莎蘭德的無力招架實在太過明顯，他開始覺得丟臉，而自己起頭的事竟一發不可收拾。最後他狠狠地揮出兩拳，把莎蘭德的嘴唇打得皮破肉綻，讓她幾乎無法呼吸。同學們將痛苦得縮成一團的她丟在體育館後面，笑著跑了開來。

莎蘭德回到家後療傷止痛。兩天後，她拎著一支棒球棍回來，直接走到遊戲場正中央，便朝著古斯塔夫森的耳朵揮擊。當他受驚嚇倒在地上，莎蘭德彎身用球棒抵住他的喉嚨，在他耳邊低聲說，他要是再敢碰她就死定了。老師們發現後，將古斯塔夫森帶到學校醫護室，而莎蘭德則被送往校長室接受處罰、在紀錄上多加一筆，社福局的報告也更厚了。

莎蘭德至少有十五年沒有想起米歐斯或古斯塔夫森了。她暗忖，等哪天有空再去看看他們現在在做什麼。

受到媒體如此關注的結果，就是讓莎蘭德在所有瑞典人民心目中，成爲既大名鼎鼎又惡名昭彰的人。他們將她的背景製成圖表、仔細檢視並公諸於世，從她小學時的情緒失控到她被送進烏普沙拉郊區的聖史蒂芬兒童精神病院待了兩年，鉅細靡遺。

當泰勒波利安主任醫師上電視接受訪問時，莎蘭德豎耳傾聽。她最後一次見到他已是八年前的事，是爲了她的失能宣告上地方法院公聽會。他雙眉緊蹙，搔搔稀疏的鬍子，面有難色地轉向攝影棚裡的記者，解釋自己有保密的義務，因此不能談論特定病患。他只能說莎蘭德是個非常複雜的個案，需要專業的照顧，而地方法院卻不顧他的建議，決定讓她進入社會接受監護，而非給予她所需要的入院照護。眞是匪夷所思，泰勒波利安宣稱。他很遺憾如今這項錯誤判斷的結果，竟奪走了三條人命，接著當然免不了又對政府這幾十年來強行刪減精神病照護預算一事大加撻伐。

莎蘭德發現沒有報紙披露，在泰勒波利安醫師主管的兒童精神病院的安全病房，最常見的照護形式就是將「難以約束與管制的病患」送進一間「沒有刺激」的房間，房裡只有一張配備有約束帶的床。教科書的解釋是，難以管束的孩子不能接受任何「刺激」，以免情緒失控。

長大之後，她發現這還有另一個說法，叫**感覺剝奪**。根據日內瓦公約，剝奪囚犯的感覺可視爲不人道。許多獨裁政體常常使用這種方法進行洗腦實驗，並且有證據顯示在一九三〇年代的莫斯科審判秀①中，坦承自己犯過各種罪行的政治犯便是遭受如此對待。

看著電視上泰勒波利安的臉，莎蘭德的心忽然結成一小塊冰。不知道他現在是不是還用那種噁心的鬍後水。他說，他曾經負責過所謂「對她的照護」，她顯然應該接受治療，才能意識到自己的行爲。莎蘭德很快便明瞭，「難以約束與管制的病患」指的其實就是質疑泰勒波利安的理論與專業的人。

不久之後，她發現在即將邁入二十一世紀的今日，聖史蒂芬醫院還在施行一五〇〇年代最常見的精神治療法。

她在那裡的期間，約有一半時間都被綁在「無刺激」室的床上。

泰勒波利安從未帶有性暗示地撫摸她，其實他從未碰過她，除了在最單純的情況下。有一次莎蘭德被綁著躺在隔離室，他一手按著她的肩以示警告。

她心想，不知當時咬他小指關節所留下的齒痕還在不在？

後來整件事演變成一場危險的遊戲，所有牌都在泰勒波利安手上。她的自衛方式則是當他在房裡的時候對他視而不見，相應不理。

她是在十二歲時，被兩名警察送到聖史蒂芬，就在「天大惡行」發生幾星期後。所有細節她都記得。起初，她覺得一切問題多少都能解決，因此努力地向警方、社工、醫院人員、護士、醫師、心理醫師，甚至還有一個希望她一起禱告的牧師，說明自己的情形。坐上警車後座，往北行經溫納格蘭中心前往烏普沙拉時，她仍不知道要上哪去。沒有人告訴她。這時她才開始感覺到什麼事都不會解決。

她曾試圖向泰勒波利安解釋。

而努力的結果卻是在十三歲生日當天晚上，被綁到床上去。

泰勒波利安是莎蘭德有生以來所見過最令人厭惡且噁心的性虐待者，無人能比，相較之下畢爾曼差多了。畢爾曼的粗暴雖是言語難以形容，但她能掌控他。反觀泰勒波利安卻有文獻、評鑑、學術榮譽與不知所云的精神病學理論等等煙霧彈保護，他絕不可能有任何一項行為被報導或批評。

他擁有國家背書的命令可以用皮繩將不聽話的小女孩綁起來。

每當莎蘭德仰躺著被綁住，而他動手將皮繩拉緊時，兩人四目交接那一剎那，她看得出他很興奮。她知道。而他也知道她知道。

滿十三歲那天晚上，她下定決心不再與泰勒波利安或其他任何精神科醫師或心理醫師交換隻字片語。

那是她送給自己的生日禮物，後來也確實做到了。她知道泰勒波利安被激怒了，至於她自己一夜接著一夜被牢牢綁住，這可能是最大原因。不過她願意付出這樣的代價。

她讓自己學會一切自制的方法，不再有情緒失控的情形，被釋放出隔離室的日子裡也不再亂扔東西。但她拒絕與醫師交談。

另一方面，她會有禮貌地和護士、廚房人員和清潔婦說話，這點被注意到了。有位名叫卡蘿琳娜的護士十分友善，莎蘭德對她也有一定程度的信任。護士問她為什麼這麼做？莎蘭德露出疑問的神情。

妳為什麼不跟醫生談？

因為他們又不聽我說。

她的回答並非一時衝動，而是一種與醫師溝通的方式。她留意到這類說詞全都會寫入資料紀錄中，證明她的沉默完全是理性的抉擇。

在聖史蒂芬的最後一年間，莎蘭德比較不常被關進隔離室，而每次被關總是因為什麼地方惹惱了泰勒波利安醫師，好像醫師一把目光移到她身上，她就會故意搗亂。他一次又一次地嘗試，想要突破她固執的沉默，迫使她注意他的存在。

有一度醫師給莎蘭德開了一種精神病的藥，會讓她呼吸困難、無法思考，進而導致焦慮。她便拒絕吃藥，結果醫師決定由醫護人員每天強餵她三顆。

由於她激烈地抗拒，醫護人員不得不強將她按住、撬開嘴巴，再逼她吞嚥。第一次，莎蘭德立刻將手指插入喉嚨，吃過的午餐全吐在最靠近的一名人員身上。後來他們餵藥時會先將她綁住，於是她學會不用插入手指也能嘔吐。由於她頑固抵抗，加上這一切也為工作人員造成額外負擔，這才停止藥物治療。

剛滿十五歲，她在毫無預警的情況下，再次被送回斯德哥爾摩和寄養家庭同住。這番改變令她震驚不已。當時泰勒波利安還不是聖史蒂芬的負責人，莎蘭德敢肯定這是自己得以出院的唯一理由。假如由泰勒波利安作決定，她恐怕到現在都還被綁在隔離室的床上。

如今她看著電視上的他，不知他是否幻想著自己終究能再度照護她，又或者她年紀已經太大，引不起他的遐思。當他提到地方法院裁定不讓莎蘭德住院治療時，主持人顯得很憤慨，但似乎又不知道該問些什麼。沒有人能出面反駁泰勒波利安。聖史蒂芬的前主任已經去世，當時主審莎蘭德案子、現在又有點被半強迫地接下劇中壞蛋角色的地方法院法官也已退休，不肯向媒體發表意見。

莎蘭德在瑞典中部一家報社的電子報上，看見一篇令人瞠目結舌的文章。她讀了三遍後關上電腦，點了根菸，坐在窗邊座椅的宜家家居軟墊上，氣餒地望著外頭的燈光。

「她是雙性戀。」兒時玩伴說道。

因涉及三屍命案而遭追緝的二十六歲女子，據說性情古怪而內向，極難適應學校生活。儘管多次嘗試讓她加入，她始終仍是圈外人。

「她顯然有性認同的問題。」她少數親密的同學之一約翰娜回憶道。「很早就能明顯看出她與眾不同，而且是雙性戀。我們都很擔心她。」

文章繼續描述一些這個約翰娜記得的片段。莎蘭德不禁皺眉。她既不記得這些片段，也不記得有個親密友人叫約翰娜。事實上，她壓根想不起有任何人能稱爲她的密友，或有任何人曾在她就學期間試圖拉她加入某個團體。

文中並未註明這些事情發生的時間，但她十二歲就休學了，也就是說這位擔心她的童年友人想必早在莎蘭德十歲，也可能十一歲時，便發現她的雙性戀傾向。

在上星期如潮水般湧出的荒謬文章當中，引述約翰娜的這篇對她的打擊最大。這虛構得太明顯了。撰稿記者若非碰上了渲染狂，就是自行捏造。她默記下記者的名字，加入將來要調查的名單當中。

即便是以「**社會的失敗**」或「**她始終未得到該有的幫助**」等等標題批判社會、內容也較正面的報導，也無法撼動她目前身爲「全民公敵」的地位——一個因一時失去理智，連續謀害三名令人敬重的公民的殺人犯。

莎蘭德頗爲入迷地讀著這些詮釋她人生的文章，並發覺大衆的了解有個明顯的漏洞。雖然媒體似乎能毫無限制地取得她一生中最機密的細節，卻完全忽略了發生在她十三歲生日前夕的「天大惡行」。被公開的資料從她上幼稚園到十一歲，中間跳過去，接著又從十五歲離開精神病院後接下去。

警方調查小組裡面一定有人向媒體提供訊息，卻不知爲何緣故，決定隱瞞包括了「天大惡行」的那一部分。她十分詫異。因爲假如警方想強調她有作惡的傾向，那麼她檔案中的這份報告應該是截至目前爲止最具殺傷力的。她正是因此被送入聖史蒂芬。

復活節星期日，莎蘭德開始更密切注意警方的調查動作。將媒體資料經過篩選後，她已大致了解參與的成員。檢察官埃克斯壯是初步調查的負責人，通常也是記者會上的發言人。眞正的調查組長則是刑事巡官包柏藍斯基，這個男人有點太胖，對媒體發言時，老穿著一套不合身的西裝站在埃克斯壯旁邊。

幾天後她確認茱迪是組上唯一的女性探員，畢爾曼的死便是她發現的。她還注意到法斯特和安德森的名字，卻完全忽略了霍姆柏，因爲所有文章都沒提到他的名字。她在電腦上爲每個組員建立一個檔案，並開始塡入資料。

有關警方調查進展的資料當然是存在調查探員使用的電腦內，而他們的資料庫也必定是存放在警察總局的伺服器。莎蘭德知道要入侵警局內部網路異常困難，但也絕非不可能。她就曾經成功過。

有一回，在替阿曼斯基執行任務時，她摸索出警方內部網路的架構，並評估入侵刑事紀錄加以竄改的可能性。當她試圖從外部入侵時，徹底失敗了——警方的防火牆太過精密，還設了各式各樣的陷阱，一不小心便可能招惹注意對自己不利。

警方的內部網路是相當先進的設計，它有專屬的線路，阻絕了與外界及網際網路本身的連結。換句話說，她需要的最好是一個正在查她的案子、有權進入網路的警員，否則便退而求其次——讓警方內部網路以為她擁有權限。就後者而言，幸好警方的資訊保防專家留下了一個漏洞。全國各地的警局都會上連到這個網路系統，其中有幾個是地方的小單位，不僅夜裡沒有人員留守，也經常沒有警鈴或保全巡邏。韋斯特羅斯郊區的隆維警所便是一例。該警所與公共圖書館及地區社會福利局位於同一棟大樓，面積約三十九坪，白天所裡有三名警員。

那一次，莎蘭德沒能入侵系統，進行當時的調查工作，但她認為若能投入一點時間與精力取得通行權限，或許能對未來的調查有所幫助。她想盡各種方法，最後到隆維圖書館申請暑期打工。她利用打掃的休息空檔，只花十分鐘便從地圖部門拿到整棟大樓的詳細藍圖。她有大樓的鑰匙，但當然不包括警所的鑰匙。不過她發現夏天夜裡為了散熱，四樓洗手間的窗戶都不關，從那裡很輕易就能爬進警所。警所的巡邏任務外包給一家保全公司，每晚大概巡查一次，頂多兩次。可笑。

她約莫花了五分鐘，便在所長的桌墊底下找到使用者名稱與密碼，接著則是一夜的嘗試探索，以便了解系統的架構並確認他有哪些通行權限，又有哪些是超出地方單位的權限之外。同時她還額外取得兩名當地警員的使用者名稱與密碼，其中一人是三十二歲的瑪莉亞．奧托森，莎蘭德從她的電腦得知這位女警最近請調到斯德哥爾摩擔任反詐騙組探員，而且獲准了。這個奧托森可讓莎蘭德中了大獎：她竟然將自己的戴爾個人筆電放在沒有上鎖的抽屜裡。原來奧托森是用專屬的個人電腦辦公，太好了！莎蘭德啟動電腦，插入存有 Asphyxia 1.0 程式——她的間諜軟體的最初版本——的光碟，將軟體下載到兩個地方，一個融入微軟ＩＥ正常運作，另一個則放進奧托森的通訊錄做備份。莎蘭德認為即使奧托森買了新電腦，也會將通訊錄複製過去，說不定幾星期後當她就任新職，還會將通訊錄複製到斯德哥爾摩反詐騙組的電腦上。

莎蘭德也將軟體灌入警員們的桌上電腦，以便從外面蒐集資料，而且只要竊取他們的認證碼，她就能竄改刑事紀錄了。然而這麼做必須非常謹慎。警方的資訊保防組作了設定，假如有任何地方警員在下班時間登入系統，或是修改次數急遽增加，電腦會自動發出警報。如果她企圖搜尋地方警員通常不會參與的調查行動的資料，便可能啓動警報系統。

過去一年來，她和駭客夥伴瘟疫合作試圖掌控警方的ＩＴ網路，不料實在困難重重，最後不得不放棄，但過程中卻也累積了近百個現有的警員認證碼，可以隨意借用。

這是瘟疫所作的突破，因爲他成功地入侵警方資料保防組組長的家用電腦。此人是在公家單位服務的經濟學家，沒有深厚的ＩＴ知識，筆電上卻有豐富資訊。從此以後瘟疫和莎蘭德便有了機會，即便無法入侵，至少也能散布各種病毒，嚴重癱瘓警方內部網路，只不過他們對此毫無興趣。他們是駭客，不是破壞分子。他們想要的是進入運作正常的網路系統，而非加以破壞。

此時莎蘭德查看名單後，發現認證碼遭竊取的警員都未參與這次三屍命案的調查工作——當然這只是她的奢望。不過她倒是能輕易地進入瀏覽全國通緝令的詳細內容，包括關於她自己的最新全境通告。她發現自己曾在烏普沙拉、諾雪平、約特堡、馬爾摩、赫斯勒霍姆與卡爾馬等地現身並遭到追捕，還有一張機密的電腦影像被送到各單位，好讓警員更清楚她的長相。

雖然受到媒體如此關注，莎蘭德仍擁有極少數幾個優勢，其中之一是她的照片太少。除了四年前拍的護照相片——駕照上用的也是同一張——和十八歲時拍的警方建檔照片（和今日的她已判若兩人）之外，只有幾張放在舊日學校年刊上的照片，還有一次到納卡自然保護區作校外教學時，某個老師替她拍的一些相片，不過她在裡頭只是坐得離其他人遠遠的一個模糊人影。

護照相片上的她雙眼圓瞪、嘴唇緊閉成一直線，頭還有點前傾，很符合反社會的智障殺人犯形象，在報上重複出現了數百萬次。從正面的角度看，她現在幾乎完全變了個人，恐怕沒幾個人能認得出她本人。

她興致盎然地讀著三名死者的個人資料。星期二，媒體已經開始原地踏步，由於追捕莎蘭德方面沒有任何新的或戲劇性的進展，焦點於是轉移到死者身上。某家晚報更是大篇幅地介紹達格、蜜亞和畢爾曼。

畢爾曼被描述成一個會參與社會公益活動且德高望重的律師，他是綠色和平組織會員，並「致力於幫助年輕人」。有一個專欄特別介紹畢爾曼的好友兼同僚霍坎森，他們的事務所同在一棟大樓。霍坎森證實畢爾曼的確為弱勢族群爭取人權，監護局一名公務員也說他對受監護人是全心全意地付出。

莎蘭德今天第一次露出撇嘴的笑容。

最受注目的是蜜亞，這齣悲劇中的女性被害人。文中形容她是個親切和善又非常聰明的年輕女子，已經有許多傲人的成就，未來前途亦是一片光明。震驚的友人、大學同事與一名助教接受了訪問，而他們一致的疑問是「為什麼」。另外有一些照片顯示有人在安斯赫得公寓大樓門外擺放鮮花、點燃蠟燭。

相較之下，關於達格的篇幅小得多了。他被形容為筆鋒尖銳、無所畏懼的記者。但主要焦點仍在他的伴侶身上。

令莎蘭德略感訝異的是，竟然直到復活節星期日當天，才似乎有人發現達格正在為《千禧年》雜誌寫一篇重要報導。即便如此，文章中也從未提及他的工作主題。

她一直沒看到布隆維斯特發給《Aftonbladet》晚報的聲明，直到星期二深夜看到電視新聞報導，才知道布隆維斯特故意放出誤導的消息，宣稱達格正在撰寫關於資訊保全與非法入侵的報導。

莎蘭德皺起眉頭。她知道這不是真的，不禁納悶《千禧年》在玩什麼把戲，但隨即想通了他的訊息，於是露出今天第二次的撇嘴笑容。她連上荷蘭的伺服器，在「麥可布隆／筆電」的圖示上點了兩下，發現除了「莉絲・莎蘭德」的檔案夾之外，還有一個名為「給莉絲」的檔案明顯擺在桌面正中央。她點了兩下進入檔案。

接著她坐在電腦前瞪著布隆維斯特的信許久，內心充滿矛盾。在此刻之前，她始終是孤軍對抗全瑞典，這個等式簡單明瞭、絕不複雜。如今卻突然出現一個盟友，或至少是個潛在的盟友，自稱相信她的清白。當然了，這也是全瑞典唯一一個她無論如何都不想再見到的男人。她嘆了口氣。布隆維斯特仍一如往常是個天真而不切實際的慈善家。打從十歲起，莎蘭德便不再是清白的人。

沒有人是清白的。只不過有不同程度的責任罷了。

畢爾曼會死是因爲他選擇不遵守她訂定的遊戲規則。他本來有很大的機會，沒想到卻還是雇用一個該死的凶神惡煞來傷害她。因此責任不在她。

不過不該低估小偵探布隆維斯特的介入，他或許會有用。

他善於猜謎，頑固的性格也無人能比，這是她在赫德史塔發現的。他一旦咬住什麼，就不會輕易鬆口。確實是個天真的人。但現在他可以到她不能去的地方，直到她安全出國前，他或許能派上用場。她認爲再過不久，出國恐怕是勢在必行。

只可惜布隆維斯特不受控制。要他行動必須給他一個理由，同時也要有道德的藉口。

換句話說，他很難預料。莎蘭德思忖片刻後，開了一個新檔名爲「給麥可布隆」，裡頭只寫了兩個字。

札拉

這樣可以讓他動動腦筋。

她還坐在那兒想著，忽然發現布隆維斯特打開電腦了。讀了她的訊息後立刻答覆：

莉絲：

妳這個惹禍精。札拉又是誰呀？他是關鍵嗎？妳知道是誰殺了達格和蜜亞嗎？如果知道就告訴我，讓我們解決這堆麻煩，好好睡一覺。麥可好吧。該讓他上鉤了。

她又建立另一個名為「小偵探布隆維斯特」的檔案，心知他會感到氣惱。然後寫一個簡短訊息：

你是記者，自己找答案。

不出她所料，布隆維斯特立刻回信，請求她理智行事，並試圖以感情打動她。她笑一笑，切斷與他硬碟的連線。

既然已經開始到處窺探，莎蘭德便繼續打開阿曼斯基的硬碟，並看到他在復活節隔天所寫關於她的報告。看不出來報告要交給誰，但唯一合理的解釋應該是阿曼斯基正與警方合作，協助逮捕她歸案。

她花了一點時間瀏覽阿曼斯基的電子郵件，但沒發現什麼有趣的東西，正打算離線時，無意中發現他傳給米爾頓保全技術部門主管的一封信，指示他到他辦公室裡安裝隱藏式監視錄影機。

中了。

她看看日期，訊息是在一月底她前去問候之後約一小時送出的。

也就是說下次再造訪阿曼斯基辦公室前，得先調整自動監視系統裡的某些程序。

①一九三六至三八年間，史達林政權對涉嫌與西方勢力合作，密謀暗殺史達林以瓦解蘇聯的多位資深共產黨領袖，進行了三次大規模的公開審判，審判過程並透過廣播發送至全世界。

第二十二章

三月二十九日星期二至四月三日星期日

星期二上午，莎蘭德進入警方的刑事紀錄搜尋亞力山大．札拉千科，沒有這個人名。她倒是不驚訝，因爲據她所知，他從未在瑞典犯過罪，就連公開的紀錄上都沒有這個名字。

她使用馬爾摩警局局長道格拉斯．席歐爾的密碼進入刑事紀錄時，微微一驚，因爲電腦忽然被敲，選單工具列裡的一個圖示開始閃爍，顯示ＩＣＱ聊天程式裡有人在找她。

她第一個反應就是拔線關機，接著冷靜一想，席歐爾的電腦裡面沒有ＩＣＱ程式，年紀較大的人幾乎都沒有。

也就是說眞的有人在找**她**。可能的人選並不多。於是她點進ＩＣＱ，打了一行字：

〈瘟疫，你想幹麼？〉

〈黃蜂，妳還眞難找。妳從來不看信箱嗎？〉

〈你怎麼找到我的？〉

〈席歐爾。我也有同一份名單。我想妳應該會使用某個擁有最高權限者的認證碼。〉

〈你想幹麼？〉

〈妳在查的那個札拉千科是誰？〉

〈GNPS〉

〈？〉

〈關你屁事！〉

〈發生什麼事了？〉

〈瘟疫，滾蛋。〉

〈我以爲我眞的像妳說的是個社會低能兒。但如果那些文件可信的話，跟妳比起來，我好像正常得很。〉

〈凸〉

〈也回敬妳一個。需要幫忙嗎？〉

莎蘭德遲疑了。先是布隆維斯特，現在又是瘟疫。前來救援的人會絡繹不絕嗎？瘟疫的問題在於他是個一百五十公斤的隱士，幾乎只靠網路與人溝通，相較之下莎蘭德的社交技巧便顯得出奇高超。見她不回應，瘟疫又打了一行：

〈還在嗎？需不需要人幫助妳出國？〉

〈不用。〉

〈妳爲什麼射殺他們？〉

〈你很煩耶。〉

〈妳還打算殺更多人嗎？如果是的話，我該擔心嗎？我很可能是唯一能追蹤到妳的人。〉

〈少管閒事，也不必擔心。〉

〈我不擔心。有需要的話就上 hotmail 找我。武器？新護照？〉

〈你還眞是反社會。〉

〈妳是說跟妳比嗎？〉

莎蘭德從ＩＣＱ離線後，坐到沙發上細想，十分鐘後送出一封電子郵件到瘟疫的hotmail信箱。

負責初步調查的李察．埃克斯壯檢察官住在泰比，已婚，有兩個小孩，住家有寬頻連線。我需要進入他的筆電或家用電腦，需要能即時瀏覽他的電腦。用硬碟鏡像備份惡意接收。

她知道瘟疫本身很少離開松比柏的公寓，因此但願他已培訓出某個乳臭未乾的小夥子可以進行現場作業。這封信毋須簽名。十五分鐘後有了答案。

〈妳要付多少？〉

〈給你一萬外加支出費用，給你的助手五千。〉

〈再聯絡。〉

星期四上午，莎蘭德收到瘟疫的信，裡面附了一個ＦＴＰ位址。她很驚訝，本以爲至少得等兩個星期才會有回音。即使有瘟疫的傑出程式和特別設計的硬碟，進行惡意接收仍相當費時，必須一點一滴將訊息輸入電腦，每次只能輸入一ＫＢ，直到建立起一個簡單的軟體程式爲止。能夠多快完成得視埃克斯壯使用電腦的頻率而定，接下來通常還需要幾天的時間將資料傳到硬碟鏡像。因此四十八小時不只是出類拔萃，而是理論上根本不可能。莎蘭德深感不可思議，馬上敲他的ＩＣＱ：

〈你是怎麼辦到的？〉

〈他家裡有四台電腦，妳能想像嗎？——全都沒有防火牆。零防護。我只需插上電腦線上傳即可。我的支出是六千克朗，妳付得起嗎？〉

〈可以，外加一筆績效獎金。〉

她想了一會，然後透過網路將三萬克朗轉到瘟疫的戶頭。她不想匯太多，以免嚇壞他。接下來她便舒舒服服地坐在宜家家居的 Verksam 辦公椅上，打開埃克斯壯的筆電。

不到一小時，莎蘭德便將包柏藍斯基巡官送給埃克斯壯的報告全看完了。她感到懷疑，照理說這種報告是不能離開警察總局的，而這也再次證明任何保防系統都敵不過一個愚蠢的員工。透過埃克斯壯的電腦，她蒐集到幾項重要訊息。

第一，她發現阿曼斯基派了兩名手下，無償地加入包柏藍斯基的調查團隊，其實就表示米爾頓保全在贊助警方追捕她。他們的任務是盡一切可能協助逮捕莎蘭德。**多謝了，阿曼斯基，我不會忘記的**。看見他派出哪些員工時，她皺起了眉頭。波曼，她認為這是個循規蹈矩的人，而且先前對待她的態度也非常莊重。賀斯壯，根本是個不足取的敗類，曾經利用在米爾頓保全的職務之便，敲詐某個公司客戶。

莎蘭德的道德觀是有選擇性的。她本身完全不反對敲詐公司客戶，只要他們是罪有應得，但假如是簽訂保密協定接下的工作，她絕不會違約。

莎蘭德很快便發現向媒體洩密的正是埃克斯壯本人，某封電子郵件便是明證，他在信中回答了關於莎蘭德的精神鑑定報告以及她和蜜莉安之間的關係的後續提問。

第三個重點是洞悉了包柏藍斯基的團隊對於該上哪找莎蘭德毫無頭緒。她頗感興味地讀一份報告，看他們採取哪些措施，又不定時地在哪幾個地點監視。地點不多。倫達路是一定有的，但還有布隆維斯特的住處、蜜莉安在聖艾瑞克廣場的舊住處，以及曾有人看過她們一同進出的磨坊酒吧。**我幹麼非得把蜜莉安扯進來？眞是大錯特錯！**

星期五，埃克斯壯的調查員們也發現了她和「邪惡手指」的關係，這樣看來警方應該又造訪過更多地點了。她不由得皺眉。以後樂團的女孩也會從她的朋友圈中消失——儘管回到瑞典後，她都還沒有和她們聯絡。

她愈想愈糊塗。埃克斯壯暗中向媒體胡扯一通，目的其實很清楚，就是爲了出鋒頭也順便打好基礎，迎接正式起訴她的那一天到來。

但爲什麼不洩漏一九九一年致使她被關進聖史蒂芬的那份警察報告呢？爲什麼要隱瞞那件事？她重新進入埃克斯壯的電腦，仔細研究裡面的文件。看完之後，點了根菸。他的電腦裡，完全沒有提及一九九一年的事件。很奇怪，但唯一的解釋是他並不知道有這樣一份報告。

她一度感到茫然，接著瞥向她的 PowerBook。這正是王八蛋小偵探布隆維斯特會咬住不放的那種事。她再次啓動電腦，進入他的硬碟，建立「麥布2」的檔案。

> 檢察官「埃」向媒體洩漏消息，問他爲什麼沒有洩漏昔日的警方報告。

這應該就足以讓他行動了。她耐心地等了兩小時直到布隆維斯特上線。他先看完電子郵件，花了十五分鐘才發現她的文件，接著又花五分鐘才以「隱祕」文件答覆。他沒有上鉤，反而堅持要知道是誰殺了他的朋友。

這樣的理由莎蘭德能夠理解，於是態度軟化了些，以「隱祕2」回應。

> 如果是我，你會怎麼樣？

這原本只是個私人的問題，但見到他「隱祕3」的答覆，她嚇了一大跳。

莉絲，若眞如他們所說，妳的確發瘋了，那麼或許妳可以請彼得．泰勒波利安幫忙。但我不相信妳殺害了達格和蜜亞。我希望也祈求自己是對的。

達格和蜜亞正打算揭發性交易的醜聞，我想這可能才是他們遇害的原因，但卻沒有任何追查的依據。

我不知道我們之間出了什麼問題，但妳曾和我討論過友誼。我說友誼建立在兩件事情上：尊重與信任。即使妳不喜歡我，還是可以倚賴我、信任我。我從未向任何人吐露過妳的祕密，就連溫納斯壯那數十億的下落也不例外。相信我，我不是妳的敵人。M

布隆維斯特提到泰勒波利安，她起先很憤怒，後來明白了他並非有意挑起戰火。他不知道泰勒波利安是誰，很可能只是在電視上看到他，以爲他是個負責任、享譽國際的專家。

但眞正令她震撼的是他提到溫納斯壯那數十億，不知他是如何打探到這個消息。她可以百分之百肯定自己沒有出錯，這世上絕不可能有人知道她做了什麼。

這封信她反覆看了好幾遍。

提到友情那段讓她不太舒服，不知該如何作出回應。

經過了好一會，她才建立「隱祕4」。

我會考慮。

她離線後，走到窗邊座位上坐下。

莎蘭德庫存的比利牌厚皮披薩以及最後一點麵包屑和起司皮，都早已在幾天前吃光，這三天以來，她只靠著一盒即食燕麥片充飢，當初是隱約覺得自己應該吃得健康一點，才會心血來潮買這盒燕麥片。她發現半杯燕麥片加少許葡萄乾再加一杯水，放進微波爐加熱一分鐘後，就能變成一份可以下嚥的熱粥。

但她之所以採取行動，不只是因爲缺乏食糧，還因爲得去見一個人，可惜這不是躲在家裡就能做到。

她從衣櫥取出一頂金色假髮，和奈瑟的挪威護照。

眞實生活中確實有奈瑟小姐這個人。她的外貌與莎蘭德相似，並於三年前遺失了護照。後來多虧瘟疫，護照落入莎蘭德手中，每當必要時她便使用奈瑟的身分，至今已將近一年半。

莎蘭德取下眉環，到浴室裡面上妝，然後穿上暗色牛仔褲、滾了條黃邊的溫暖棕色毛衣，腳上則穿著有跟的徒步靴。盒子裡還剩下幾罐梅西噴霧器，她拿出了一罐。另外還找到一年沒用的電擊棒，便順便拿出來充電。最後在背包裡放了一套替換的衣服。命案後第九天，星期五晚上十一點，莎蘭德離開摩塞巴克的公寓，走到霍恩斯路上的麥當勞，比起斯魯森附近或梅波加廣場上的麥當勞，來這裡比較不會遇見以前的同事。她吃了一個大麥克，喝了一杯大可樂。

然後她搭上四號公車穿越西橋前往聖艾瑞克廣場，下車後，朝歐登廣場走去，來到畢爾曼位於烏普蘭路的公寓大樓外時剛過午夜十二點。她預料此時應該沒有警員在此監視，但因爲看到同一層樓某間公寓還亮著燈，便繼續走向瓦納迪廣場。一小時後再回來，燈已經熄了。

她沒有開樓梯間的燈，躡手躡腳地摸黑上樓，用一把鋒利的美工刀割斷警方貼在公寓門上的封條後，無聲無息地打開門。

她打開玄關的燈，知道從外面看不見，然後旋開筆式手電筒照路前往臥室。百葉窗簾緊閉著。她讓光束對著染了血的床，想起自己曾經在這張床上瀕臨死亡，忽然對畢爾曼從此消失在她的生命中感到深深的滿足。

她到犯罪現場來是為了解答兩個疑問。第一，她不明白畢爾曼與札拉之間的關係。她深信兩人之間一定有關連，卻無法從畢爾曼的電腦找出蛛絲馬跡。

第二個問題始終令她困擾不已。幾個星期前夜訪時，她便注意到畢爾曼已將她的資料從他保存所有監護文件的檔案盒中取出。失蹤的那幾頁是監護局給他的簡報的一部分，其中非常扼要地簡述了莎蘭德的精神狀態。畢爾曼已經不再需要這些，有可能是清理出來丟掉了。但話說回來，案子尚未了結，律師絕不可能丟棄相關文件。何況這幾頁原本是放在關於她的檔案盒中，但找遍他的辦公桌或附近各個角落就是找不到。

她知道警方拿走了有關於她的案子和其他一些資料，但仍花了兩個多小時地毯式搜索公寓，也許警方遺漏了什麼，但最後結論是沒有。

廚房有個抽屜裡裝滿各式各樣的鑰匙：一些車鑰匙，還有一把大樓住戶共用的鑰匙和一把掛鎖鑰匙。她靜靜地爬上閣樓，試開所有的掛鎖，最後找到畢爾曼的儲物間，裡頭有一些舊家具、一個堆滿舊衣的衣櫥、滑雪板、一個汽車電池、幾個裝書的紙箱和其他一些廢物。由於沒什麼重要發現，便下樓去，利用共用鑰匙進入車庫。她找出他那輛賓士車，只花了幾分鐘，同樣無功而返。

她沒有特意再跑一趟他的辦公室。因為幾星期前，大約就在她上一次造訪他的公寓前後，也才剛剛去過，她知道過去兩年期間，他幾乎很少用到辦公室。

莎蘭德回到畢爾曼的公寓，坐在客廳沙發上沉思，幾分鐘後起身走回廚房，打開放鑰匙的抽屜，然後一一檢視。有一組是前門的門鎖和安全鎖鑰匙，但另一把卻是生鏽的舊式鑰匙。她略一皺眉，隨後抬頭望向流理台上方一個櫥櫃，畢爾曼在那裡放了二十包左右的種子，香草園用的種子。

他有避暑小屋。或者在什麼地方有塊田地。這就是我遺漏的。

她花了三分鐘，在畢爾曼的帳本裡找到一張六年前的收據，顯示他請人整修了車道。接著一分鐘後又發現一份地產保單，地點在瑪利夫雷德外圍的史塔勒荷曼附近。

凌晨五點，她順路到手工藝街最頂端、和平之家廣場旁的 7-ELEVEn，買了一大堆比利牌厚皮披薩，一些牛奶、麵包、起司和其他食品。另外也買了一份早報，頭條的標題很吸引她。

通緝女子潛逃出國？

這份報紙不知為何沒有指名道姓，只稱呼她為「二十六歲女子」。文中聲稱根據警方內部的消息來源指出，她可能已逃出國外，目前人可能在柏林。警方顯然是接獲密報，有人在克羅伊茨貝格區某間「無政府－女權主義俱樂部」看見她，據描述在這家俱樂部出沒的全是與恐怖主義、反全球化主義與撒旦教派等等有關的年輕人。

她搭乘四號公車回到索德毛姆，在羅森倫德街下車，走回摩塞巴克的住處。喝了點咖啡並吃了一份三明治後才上床。

她一直睡到傍晚，醒來後評估了一下，決定該換床單了。於是利用星期六晚上打掃公寓，將垃圾清運出去，報紙裝進兩個塑膠袋後放到樓梯間的紙箱內。她先洗了一堆內衣褲和T恤，接著是一堆牛仔褲。髒碗盤全放進洗碗機後，啓動機器。最後吸了地板再用拖把拖過。

到了晚上九點，已是滿身大汗，便放一缸熱水，倒入大量泡泡沐浴精，然後放鬆地躺著，閉上雙眼沉思。午夜醒來時，水都冷了，她才爬起來擦乾身體，回床上去睡，而且幾乎頭一沾枕就睡著了。

星期日早上，莎蘭德打開電腦後，看到所有關於蜜莉安的白癡報導都快氣瘋了，心裡又難過又愧疚。

她犯的罪就只是：她是莎蘭德的……舊識？朋友？情人？

她不太確定用哪個字眼形容她和蜜莉安的關係最恰當，但無論是哪一個關係，現在恐怕都結束了。認識的人的名單正快速縮減，如今又得刪掉一個。被媒體報導了這麼多，她不敢想像她的朋友怎會想和莎蘭德這個神經病女人再有任何牽連。

想到這裡她便憤怒不已。

她背下記者的名字：東尼·史卡拉，這個始作俑者。另外她也下定決心，有一天要去找某個可惡的專欄作家算帳，照片中的他穿著格紋夾克，文章裡則不斷以戲謔的口吻稱呼蜜莉安是「S&M女同志」。

莎蘭德將來要處置的人數不斷增加，但首先得找出札拉。找到他之後要如何，她也不知道。

布隆維斯特在星期日早上七點半被電話鈴聲吵醒，伸手接起來，帶著睡意喂了一聲。

「早啊。」是愛莉卡。

「嗯。」麥可回答。

「你一個人嗎？」

「很不幸是的。」

「那麼我建議你去沖個澡，煮點咖啡。十五分鐘後會有個訪客。」

「是嗎？」

「保羅·羅貝多。」

「那個拳擊手？王中之王？」

「他打電話給我，我們談了半小時。」

「爲什麼？」

「爲什麼他打電話給我？其實我們很熟，偶爾會互相問候。他參與希德布蘭的電影的演出時①，我訪問過他，這幾年來我們也碰巧遇見過幾次。」

「這事我不知道。但我的問題是：爲什麼他要來找我？」

「因爲……我想還是讓他自己解釋比較好。」

布隆維斯特剛剛沖完澡、穿上長褲，門鈴就響了。他開門請拳王到桌邊稍坐，他先去找了件乾淨的襯衫，然後煮了兩杯雙份濃縮咖啡，並加入一茶匙牛奶。羅貝多端詳著咖啡，頗爲感動。

「你想和我談？」布隆維斯特問道。

「是愛莉卡建議的。」

「原來如此，請說吧。」

「我認識莉絲·莎蘭德。」

布隆維斯特一聽，揚起雙眉，不敢置信。「眞的？」

「聽愛莉卡說你也認識她，我十分驚訝。」

「我想你還是從頭說起好了。」

「好，事情是這樣的。我在紐約待了一個月，前天才回來，卻發現城裡每份他媽的報紙上都有莉絲的臉。報紙寫了一堆他媽的鬼話，那些他媽的爛人好像找不到什麼好話可說。」

「你氣憤得一連說了三個媽。」

羅貝多笑著說：「抱歉，但我眞的氣壞了。其實我打電話給愛莉卡是因爲想找個人談談，又不知道還能找誰。既然安斯赫得那個記者替《千禧年》工作，而我又剛好認識愛莉卡，就打給她了。」

「所以呢？」

「就算莎蘭德眞的瘋了，犯下警察說她犯的每件罪行，也得給她一個公平的機會。我們可是個法治國家，對任何人都不該未審先判。」

「我也這麼想。」

「愛莉卡就是這麼跟我說的。我打給她的時候，原以爲你們《千禧年》的人也一心想抓她，因爲那個達格是你們的作家。不過愛莉卡說你認爲她是無辜的。」

「我認識莉絲，實在無法想像她會是個精神錯亂的殺人犯。」

羅貝多放聲大笑。「她這個小妮子眞是他媽的怪胎……不過卻是好的怪胎之一。我喜歡她。」

「你是怎麼認識她的？」

「她十七歲的時候和我一起打過拳。」

布隆維斯特閉上眼睛，十秒後才又張開看著眼前的拳王。莎蘭德一如往常，充滿驚奇。

「是啊，莉絲．莎蘭德和保羅．羅貝多打拳，你們還屬於同一量級呢！」

「我可不是開玩笑。」

「我相信你，她告訴過我，她以前常在某間拳擊俱樂部和男生鬥拳。」

「我來說說事情的經過吧。十年前我接下一份工作，在辛肯俱樂部負責訓練想學拳擊的小夥子。當時我已有穩定工作，但俱樂部那個年輕的負責人認爲我會很有號召力，就讓我下午時間去和他們打拳。結果一待就待了整個夏天，一直到入秋。他們舉辦拳賽，還張貼海報等等的，希望吸引當地的孩子嘗試拳擊，也的確來了許多十五、六歲的青少年，還有一些年紀較大的人。移民的小孩不少。練習拳擊總比在市區裡晃蕩、惹是生非要好得多。這個問我就知道了。」

「我相信你。」

「後來在仲夏的某一天，也不知從哪冒出這個瘦巴巴的女孩。你也知道她長什麼樣，對吧？她走進俱樂部，說她想學拳擊。」

「我能想像那個畫面。」

「當時現場有六、七個男生轟然大笑，他們不只體重是她的兩倍，體型也明顯高大許多。我也跟著笑了。我們沒什麼惡意，但揶揄了她一、兩句。我們也有女子班，於是我說了一些蠢話，大概是小女生只能在星期四打拳之類的話。」

「我敢說她沒笑。」

「沒有，她沒笑，只是用那雙黑眼睛看著我。然後隨手撿起某人扔在地上的兩隻拳擊手套。手套根本沒有繫緊，她戴起來也太大，但我們已經不再笑了。你明白我的意思吧？」

「聽起來不太妙。」

羅貝多又笑起來。「我既然是教練，便走上前去假裝對她揮出刺拳，只是作作樣子。」

「糟了……」

「沒錯，她出其不意地揮出一拳，啪一聲正中我嘴巴上方。我是在逗她，根本沒有準備。在我開始回擋之前，她又揮了兩、三拳。只不過她沒有肌力，感覺像是被羽毛掃過。但當我開始格擋，她又改變戰術。她全憑直覺，後來又打中我幾拳。接下來我開始認眞地擋，發現她的反應比他媽的蜥蜴還快。如果她更高大強壯一點，我恐怕就遇到勁敵了。」

「我不驚訝。」

「接著她又再次變換戰術，往我胯下重重打了一拳，這次我有感覺了。」

布隆維斯特做了個很痛的抽搐表情。

「於是我回了一記刺拳打中她的臉，其實不是什麼重拳，只是輕輕一下。沒想到她反踢我的小腿骨，總之是詭異到極點。我的體型和體重都是她的三倍，她根本沒有機會，可是她不斷攻擊我，好像賭上自己的生命似的。」

「你惹惱她了。」

「這個我後來才明白，也覺得很羞愧。我是說，我們張貼了海報，試圖吸引年輕人加入，結果她來了，很認眞地說想學拳擊，卻碰上一群男生站在那裡取笑她。如果有人那樣對待我，我也會抓狂。」

「不過要挑戰保羅・羅貝多，一般人可能會三思！」

「莎蘭德的問題在於她的拳毫無力道，所以我開始訓練她。我們讓她在女子班上了幾星期，她輸了幾場比賽，因爲遲早總會有人擊中她，然後我們就不得不先中斷比賽，把她抬進更衣室，因爲她就像發瘋似的開始對人又踢、又咬、又打。」

「聽起來倒是很像莉絲。」

「她從不放棄，但最後實在惹火了太多女學員，所以被教練給踢出來。」

「後來呢？」

「跟她打拳根本是不可能的任務。她只有一種方法，我們稱爲『終結者模式』。儘管只是暖身或友誼賽，她都會試圖痛毆對手。女學員常常傷痕累累地回家，因爲她會踢人。這時候我想到一個主意。有個名叫沙米爾的學員讓我頗傷腦筋，他十七歲，來自敘利亞，是個好拳手，身材魁梧、刺拳有力……但就是不會動，老是定定地站著。於是某天下午要訓練他的時候，我把莎蘭德叫到俱樂部來。我讓她換上裝備，護頭套、護齒套，全副武裝，和他一起上場。起先沙米爾不肯和她對打，因爲她『只是個娘們』，反正說的全是大男人那套廢話。我大聲地告訴他，還故意讓現場所有人都聽到，這不是友誼賽，而且拿出五百克朗打賭莎蘭德會擊敗他。我對莎蘭德則是說這並非訓練課程，沙米爾會使盡全力痛打她。她懷疑地看著我。比賽鈴響時，沙米爾還站在原地嘟嘟噥噥，莉絲卻已視死如歸地撲向他，往他臉上重擊一拳使他跌坐在地。那時候我已經訓練她一整個夏天，她開始有點肌肉，拳頭也比較有力了些。」

「我敢說那個敘利亞男孩很有感覺。」

「後來那場訓練賽被談論了好幾個月，沙米爾慘敗，莎蘭德靠著得分取勝，如果她更有體力，眞的可能讓他受傷。過了一會沙米爾太過沮喪，終於開始不斷地全力出擊。我擔心得要命，萬一他眞的擊中一拳，就得叫救護車了。有幾次莎蘭德用肩膀去擋，造成一些瘀青，而且因爲抵受不住對方拳擊的力道，終於被逼到場邊。不過沙米爾根本沒有眞正打中她。」

「眞希望能親眼看到。」

「從那天起，俱樂部裡的小夥子都開始對莎蘭德產生敬意，尤其是沙米爾，而我也開始讓她上場和明顯比她更大、更重的男生較量。她是我的祕密武器，很棒的訓練經驗。我們安排了一些課程並爲她設定目標──必須分別在身體各部位，如下巴、額頭、腹部等等，擊中五拳；和她對打的男生則必須保護自己這些部位。後來和莎蘭德練拳好像變成一種榮耀，感覺像是跟大黃蜂打鬥。我們也的確叫她『黃蜂』，她彷彿成了俱樂部裡的吉祥物。我想她應該很喜歡這個綽號，有一天來俱樂部的時候，脖子上就刺了一隻黃蜂。」

布隆維斯特淡淡一笑。那隻黃蜂他記得很清楚。這也是警察對她的特徵描述之一。

「這一切持續了多久？」

「每星期一晚，持續了大約三年。我只有那年夏天擔任全職，後來只是偶爾才去。接手訓練莎蘭德的是我們的年輕教練普提・卡爾森。再後來莎蘭德開始工作，沒有時間這麼常來，但直到去年，仍然每個月至少會去一次。我一年會和她見上幾次面，一起對打練習。這是很好的訓練，打完總是滿身大汗。她幾乎不和任何人交談，沒有人對打時，就狠狠地打兩個小時沙包，彷彿面對的是一個有著不共戴天之仇的仇人。」

①保羅・羅貝多（Paolo Roberto）確有其人，曾於一九八七年與瑞典知名導演希德布蘭（Hildebrand）合作，拍攝一部關於這位拳王年少時期的電影。

第二十三章

四月三日星期日至四月四日星期一

布隆維斯特又煮了兩杯濃縮咖啡，接著道了聲歉，點起一根菸。羅貝多無所謂地聳聳肩。坊間傳說他是個有話直說的高傲傢伙。布隆維斯特很快便看出他私下或許顯得高傲，卻也是個聰明而謹慎的人。他還提醒自己，羅貝多也曾爭取代表社會民主黨參選國會議員，試圖轉戰政治，因此肯定不是腦袋空空的人。布隆維斯特發現自己已經開始喜歡他了。

「你爲什麼要來跟我說這件事？」

「那女孩眞的遇上麻煩了，對嗎？我不知道該怎麼辦，但她很可能用得上挺她的朋友。」

「我同意。」

「爲什麼你認爲她是清白的？」

「很難解釋。莉絲是個相當頑固的人，但我實在無法相信她會射殺達格和蜜亞，尤其是蜜亞。首先，她沒有動機……」

「至少據我們所知沒有。」

「你說得沒錯。對於罪有應得的人，莉絲絕對會使用暴力，但我不知道，我決定挑戰這次負責調查的巡官包柏藍斯基。我認爲達格和蜜亞遇害是有原因的，而且原因就在達格正在進行的報導內容當中。」

「假如眞是如此，莎蘭德被捕的時候，將需要更多援手——而且完全是另一種形式的支持。」

「我知道。」

羅貝多眼中閃著一道危險的光芒。「如果她是清白的，這就是史上最他媽惡劣的司法醜聞。她被媒體和警方描述成殺人犯，還被寫了那麼多亂七八糟的東西……」

「我知道。」

「所以我們能做些什麼？我能幫得上什麼忙嗎？」

「我們能夠提供最大的幫助就是找出另一個可疑嫌犯，我現在正在努力。其次則是要在某個凶狠的警察射死她之前，先找到她。莉絲不是那種會自動投案的人。」

「那怎麼樣才能找到她？」

「不知道，不過你可以做一件事。很實際的一件事，如果你有時間和精力的話。」

「這整個星期我老婆都不在，所以我的確有時間和精力。」

「我是在想，既然你是拳擊手……」

「所以呢？」

「莉絲有個女友叫蜜莉安，你應該也看到關於她的新聞了。」

「S&M女同志這個稱號更有名……對，我看到了。」

「我有她的手機號碼，一直試著聯絡她。但每次聽說是記者，她就會掛電話。」

「這怪不得她。」

「我其實不太有時間去追蜜莉安，但好像有某篇報導提到她在學自由搏擊，我想如果有個名拳擊手有意找她……」

「我懂了。你希望她能提供線索，讓我們找到莉絲。」

「警方偵訊時，她說不知道莉絲住在哪裡，但還是值得一試。」

「把她的號碼給我，我去跟她談。」

布隆維斯特於是將電話號碼與倫達路的地址給了他。

畢約克利用週末分析自己的處境。他認定自己的前途懸於危繩之上，因此必須善加利用手上這張牌。布隆維斯特是個卑鄙傢伙，現在唯一重要的是自己能否說服他保密……不說出畢約克曾向妓女買春的事實。這是可能被起訴的罪行，一旦公開他就會被解職，媒體也會把他攻擊得體無完膚。國安局的祕密警察竟與十來歲的妓女性交易……如果那些賤人不是那麼年輕就好了。

光是坐在這裡不採取行動，等於是束手就擒。畢約克還夠聰明，沒有向布隆維斯特吐露隻字片語。他看出了他的表情。這個人內心非常掙扎，既想要情報，卻又不得不付出保持沉默的代價。

札拉讓命案的調查進入全新局面。

達格在找札拉。

畢爾曼在找札拉。

而畢約克警司是唯一知道札拉和畢爾曼有關係的人，也就是說札拉是安斯赫得與歐登廣場兩起命案的一條線索。

這也爲畢約克的未來製造了另一個嚴重的問題。札拉千科的資訊是他提供給畢爾曼的——儘管整個檔案仍被列爲最高機密，他卻以此向律師示好。這是小事，但也表示他犯了另一樁可能被起訴的罪。

此外，自從布隆維斯特星期五來訪之後，他又多了一條罪名。他是警員，因此只要得知有關命案調查的訊息，就有義務立刻告知同僚。但假如他將情報給了包柏藍斯基或埃克斯壯，免不了會將自己捲入其中，最後一切都會爆發出來，不只是妓女，還有整個札拉千科事件。

星期六，他去了國王島的國安局辦公室，挑出所有關於札拉千科的舊文件，從頭看過一遍。這些報告是他寫的，但已經許多年了，最早的文件幾乎已有三十年之久，最新的也已經十年。

札拉千科。

一個狡猾的混蛋。

畢約克在報告中如此稱呼他，卻不記得他自己是否用過這個名字。

札拉。

不過關連一清二楚。和安斯赫得的關連。和畢爾曼的關連。和莎蘭德的關連。

畢約克仍不明白這些拼圖該如何拼湊，但他自認知道莎蘭德去安斯赫得的原因，也能輕易想像莎蘭德怒氣沖天地殺死達格和蜜亞的畫面，他們若非不肯合作，便是激怒了她。她有動機，全國只有畢約克和或許另外兩、三人知情。

她是個道地的瘋子。上帝保佑她被捕時，某警員能將她射死。她知情。萬一她開口，整件事將會公諸於世。

不管畢約克如何看待自己的處境，布隆維斯特都是一條有機會的生路，這也是他唯一在乎的。他愈來愈感到絕望，一定得說服布隆維斯特將他視爲祕密消息來源，爲他……和那些該死的妓女發生的愚蠢越軌行爲保密。**眞要命，要是莎蘭德也把布隆維斯特的頭給轟了就好了。**

他看著札拉千科的電話號碼，斟酌著聯絡他的利弊得失，就是難以下定決心。

布隆維斯特一定會在每個階段，總結自己對調查的想法。羅貝多離去後，他便花費一小時在這項工作上。這已經變成幾乎有如日記型態的日誌，他一面讓自己的思緒自由奔馳，一面仔細地寫下每段對話、每場會議以及他所作的一切研究調查，並以ＰＧＰ系統加密後，將文件副本寄送給愛莉卡和瑪琳，好讓同事們掌握最新進度。

達格去世前幾個星期的注意力都集中在札拉身上，被殺身亡前兩個小時與布隆維斯特通最後一次電話時，也忽然提起這個名字。畢約克自稱對札拉有所認識。

布隆維斯特將先前挖掘到有關畢約克的資訊看了一遍，內容並不太多。

古納・畢約克，六十二歲，未婚，出生於法倫。二十二歲便進入警界服務，最初擔任巡警，但因研讀法律，在二十六或二十七歲時晉升入國安局。那是一九六九或一九七〇年的事，也正巧是培・古納・維涅擔任局長的末期。

維涅在與諾波頓郡郡長拉尼亞・拉希南遜的一次會談中，宣稱首相帕爾梅正在偷偷爲俄國人蒐集情報，事後隨即遭到解職。接下來又發生資訊局事件①，然後是霍梅②，然後是「送信人」，然後是帕爾梅遇刺，醜聞一樁接著一樁。布隆維斯特不知道這三十年來，畢約克在國安局內扮演什麼樣的角色。

他在一九七〇到一九八五年間的事業大多一片空白，這倒也不奇怪，因爲與國安局有關的一切活動都是機密。他有可能在文具部門削鉛筆，也可能是派往中國的密探（可能性不大）。

一九八五年十月，畢約克被調往華盛頓的瑞典大使館兩年，一九八八年又回到斯德哥爾摩的國安局。一九九六年成了公眾人物：被派任爲移民處副處長（確實的工作內容不明）。一九九六年過後，對媒體發表諸多聲明，例如驅逐可疑的阿拉伯人等等。尤其在一九九八年，有幾名伊拉克外交官遭到驅逐出境。

這一切和莎蘭德、和達格與蜜亞的命案有何相關呢？也許毫無關係。

但畢約克知道札拉。

因此其中必有關連。

愛莉卡沒有將自己要跳槽到《瑞典晨間郵報》的事告訴任何人，包括她幾乎凡事毫不隱瞞的丈夫在內。她在《千禧年》只剩下一個月，內心逐漸焦慮起來。時光飛逝，一轉眼最後一天就會到來。

此外，布隆維斯特也令她愈來愈不安，看了他最後一封電子郵件後，心情更是沉重。她看出了跡象。兩年前在赫德史塔讓他堅持到底的那份固執，他追查溫納斯壯的那種堅毅不撓的決心，又出現了。自從濯足星期四開始，他一心便只想著查出是誰殺死他的朋友，並多少證明莎蘭德的清白。

他的目標她完全贊同——畢竟達格和蜜亞也是她的朋友——但布隆維斯特性格的某一面讓她感到忐

忑。那就是當他聞到血腥味，就可能變得十分冷酷。

前一天他打電話給她，說他已經向包柏藍斯基挑戰並開始評估他的實力，活像個孤伶伶卻膽量過人的牛仔，她一聽便知在可見的未來，布隆維斯特都會忙著尋找莎蘭德。經驗告訴她，除非問題解決，否則要應付他恐怕難上加難。他會在專注與沮喪間搖擺不定，也很可能會在天平上平衡的某一點，冒一些毫不必要的風險。

還有莎蘭德。愛莉卡只見過她一面，對這個奇怪女孩的認識還不足以讓她和布隆維斯特一樣有信心，相信她無罪。如果包柏藍斯基是對的呢？如果她**眞的**有罪呢？如果布隆維斯特果眞找到她，而她竟變成持槍的瘋子呢？

即使當天上午聽了羅貝多那番驚人的談話，她仍不太放心。不只有布隆維斯特一人站在莎蘭德那邊，這樣當然很好，但羅貝多也是個牛仔。

還有她該上哪找人來代理她在《千禧年》的職位？現在愈來愈緊急了。她想要打電話給克里斯特，跟他商量一下，但總不能告訴克里斯特了，還瞞著布隆維斯特。

布隆維斯特是個傑出的記者，但若擔任總編輯會慘不忍睹。在這方面，克里斯特和她像得多了，但她又完全沒有把握克里斯特會答應。瑪琳太年輕，還不夠有自信。莫妮卡太自我。柯特茲是個好記者，但太缺乏經驗。蘿塔個性太怪異。而愛莉卡也不確定若是從外面找人，克里斯特或布隆維斯特會不會不高興。事情眞是亂糟糟，她完全不想在這種情況下告別《千禧年》。

星期日晚上，莎蘭德打開 Asphyxia 1.3，進入「麥可布隆/筆電」的硬碟鏡像，他沒有連線，她便瀏覽過去兩天新增的資料。

她讀著布隆維斯特的調查日誌，懷疑他可能是爲了她才寫得如此鉅細靡遺，若眞是如此，又意謂著什麼呢？他知道她會進入他的電腦，因此結論當然是他希望她閱讀他寫的東西。然而問題是：有哪些是他**沒**

寫的？既然知道她能進入他的電腦，他便能操控資訊流。她發現這兩天除了針對她的清白與否，向包柏藍斯基下了某種單挑的戰帖之外，他顯然並無太大的進展，這讓她有點生氣。布隆維斯特是根據情感而不是事實在下斷論。**眞是個天眞的傻瓜**。

不過他也將焦點鎖定了札拉。**想得好，小偵探**。

接著令她略感訝異的是羅貝多忽然出現了，是好消息，她微微一笑。她喜歡那個趾高氣昂的王八蛋，徹頭徹尾的大男人，以前曾在拳擊場上痛打過她，當然這是極少數幾次他碰巧出拳命中的結果。

接著她解密閱讀布隆維斯特最近寫給愛莉卡的郵件，隨即在椅子上坐直起來。

古納．畢約克。國安局。知道札拉的事。

畢約克認識畢爾曼。

莎蘭德在腦中畫出一個三角形，視線開始變得模糊。札拉。畢爾曼。畢約克。**對，這樣說得通**。之前她從未以這個角度看待問題。或許布隆維斯特其實沒那麼笨。可是他當然還沒有查出其中的關連，就連對內幕了解更多的她也都還辦不到。她想了畢爾曼一會，了解到一個事實：認識畢約克讓他變成出乎她意料之外的更大障礙。

她也了解到自己很可能得跑一趟斯莫達拉勒。

隨後她進入布隆維斯特的硬碟，在「莉絲．莎蘭德」的檔案夾內建立一個新檔案，取名為「拳擊場角落」。等他下回打開 iBook 便能看見。

1. 別接近泰勒波利安。他是壞人。
2. 蜜莉安和此事絕對無關。
3. 你把焦點轉向札拉是對的，他是關鍵，但在任何公開紀錄中是找不到他的資料的。
4. 畢爾曼和札拉之間有關連。我不知道是什麼，但正在查。是畢約克嗎？

5.很重要。一九九一年二月有一份對我不利的警察報告，不知道檔案號碼，也找不到報告。埃克斯壯爲何沒有拿給媒體？答案是：不在他的電腦裡面。結論：他不知道有這份報告。這怎麼可能？

她略一沉吟，又加了個附註：

P.S.麥可，我並不是無辜的，但我沒有殺達格和蜜亞，他們的死與我無關。當天晚上我見了他們——在命案發生前——但事發前就離開了。謝謝你相信我。代我向羅貝多問好，跟他說他的左勾拳軟趴趴的。

P.P.S.溫納斯壯那件事你是怎麼知道的？

約莫三小時後，布隆維斯特看見了莎蘭德的檔案，而且一行一行仔細地讀了至少五遍。這是她頭一次明白說出自己沒有殺害達格和蜜亞，他相信了也大大鬆了口氣。儘管信中仍充滿謎團，但她終於肯和他交談了。

他還注意到她只否認殺害達格和蜜亞，卻沒有提到畢爾曼。布隆維斯特心想這是因爲自己在訊息中只提到這兩人，他思索片刻後，建立了「拳擊場角落2」。

嗨，莉絲：

謝謝妳終於告訴我妳是清白的，我相信妳，但卻也曾經受媒體雜音的影響而略生懷疑。請原諒我。直接從妳的信中得知這個消息，感覺眞好。如今剩下的就是揭發眞正的凶手，這種事我們一起做過，如果妳不這麼小心翼翼，應該會有幫助。我想妳會讀我的調查日誌，那麼妳知道的和我一樣多，也了解我的想法了。我認爲畢約克可能知道些什麼，過幾天我會再找他談。我一一檢視那些嫖客，這個方向對嗎？

關於警察報告這件事令我驚訝。我會請我的同事瑪琳深入調查。當時妳幾歲，十二或十三嗎？報告裡寫了些什麼？

妳對泰勒波利安的想法我明白了。M

P.S. 溫納斯壯那一擊妳犯了一個錯誤。聖誕期間在沙港的時候，我知道妳做了什麼，但既然妳沒提我便也沒問。我不想告訴妳是什麼錯誤，除非妳和我見一面、喝杯咖啡。

收到的答覆，內容如下：

就別再管那些嫖客了。札拉才是重要的人。還有一個金髮的高個兒。不過那份警察報告很有趣，因爲似乎有人想隱藏。這不可能是巧合。

包柏藍斯基的團隊在星期一開早會時，檢察官埃克斯壯的心情很差。嫌犯有名有姓、外型特殊，不料搜查了一個多星期竟毫無結果。當週末執勤的安德森報告最新進展時，埃克斯壯的心情並未改善。

「有人闖入？」埃克斯壯難掩訝異。

「星期日晚上，鄰居來電說警方貼在畢爾曼公寓門上的封條遭到破壞。我去看過了。」

「結果呢？」

「封條有三處被割斷，很可能是用刮鬍刀片或美工刀。技巧高明，幾乎看不出來。」

「是竊賊嗎？有些地痞流氓專偷死人的住處……」

「不是竊賊，我查過整間公寓，所有有價值的東西，像DVD播放機等等，都還在。不過畢爾曼的車鑰匙擺在廚房桌上。」

「車鑰匙？」

「星期三霍姆柏去過公寓查看有沒有遺漏什麼，他也檢查了車子。他發誓自己離開公寓時，餐桌上沒有車鑰匙，也有重新封好封條。」

「會不會是他忘了放回去？沒有人是十全十美的。」

「霍姆柏從未用過那把鑰匙，他用的是畢爾曼鑰匙圈上那把，我們已經扣押了。」

包柏藍斯基搓搓下巴。「這麼說不是普通的闖入囉？」

「有人進入畢爾曼的公寓四處查探，想必是發生在星期三過後、星期日晚上鄰居來電之前。」

「有人在找什麼東西。會是什麼呢？霍姆柏？」

「那裡沒有留下任何重要的東西，有的話也都被我們扣押了。」

「至少是我們不知道的東西。殺人動機至今未明。我們認定莎蘭德是個精神病患，但即便是精神病患也需要動機。」

「你怎麼想？」

「不知道。有人搜索畢爾曼的公寓。第一個問題：是誰？第二個問題：爲什麼？我們遺漏了什麼？」

「霍姆柏？」

霍姆柏無奈地嘆口氣。「好吧，我再去把公寓搜一遍，這次我會帶鑷子。」

星期一上午，莎蘭德十一點醒來，又賴了半小時左右才起床，按下咖啡壺開關後，去沖了個澡。然後她給自己準備了點早餐，坐到PowerBook前面看看埃克斯壯檢察官的電腦裡面有何最新資料，順便閱讀電子報。媒體對安斯赫得命案的興趣明顯減低了。她也打開達格的調查檔案夾，將他與記者桑斯壯——亦即為性交易黑幫跑腿並對札拉略有所知的那名嫖客——會面談話的紀錄讀過一遍，之後又倒了點咖啡，到窗邊坐下思索。

到了四點，想得夠多了。

她需要現金。現在手邊有三張信用卡，一張是她自己的名字，因此派不上任何實際用場。一張是以奈瑟的名義申請，但她盡量不想使用，因為出示奈瑟的護照證明身分有點冒險。另一張則是發給黃蜂企業，連結的戶頭裡有三百萬克朗左右的存款，金額不足時還能透過網際網路轉帳。這張卡誰都可以用，但必須出示證件。

她走進廚房，打開一個餅乾罐，拿出一疊鈔票，現金共有九百五十克朗，不太多。幸好另外還有一千八百美元，是旅行回來後隨手亂放的，拿到福匯的外幣兌換所兌換不需要證件。感覺好些了。

她戴上奈瑟的假髮，打扮入時，另外準備一套替換的衣服和一個舞台化妝箱放進軟背包，緊接著便出發離開摩塞巴克作第二次冒險之旅。她步行到福爾孔路後轉上厄斯塔街，趕在 Watski 商店打烊前進入店內，買了絕緣膠帶和一個有八公尺長棉繩的滑輪組。

回程她搭乘六十六號公車，來到梅波加廣場時，看見一名女子在等公車，起先沒有認出她來，但內心深處起了警覺，再一看才發現那是伊蓮·弗蘭斯壯，米爾頓保全的薪資出納。她換了一個較時髦的新髮型。見弗蘭斯壯上車，莎蘭德連忙溜下車去。她四下張望，一如往常地搜尋熟悉面孔。隨後經過半圓形的波費爾公寓大樓來到梭德拉車站，搭上往北的區間列車。

愛莉卡與茉迪巡官握過手後，立刻請她喝咖啡。茉迪發現小廚房裡的馬克杯上，全都有政黨和專業組織的標誌與廣告。

「這些大都來自選舉夜餐會與訪問。」愛莉卡遞給她一個自由青年黨的杯子，一面解釋道。

茉迪在達格的舊辦公桌上工作，瑪琳主動提供協助，除了解釋達格的書與文章的主題外，也引領她看所有的調查資料，其範圍之廣令茉迪大感驚訝。達格的電腦失蹤，看似無法得知他的作業內容，原本讓調查小組十分煩躁；原來他幾乎都做了備份，在《千禧年》的辦公室即可取得。

布隆維斯特不在辦公室，但愛莉卡將他從達格辦公桌取走的資料列表交給茉迪，全部都和消息來源的身分有關。茉迪打給包柏藍斯基，解釋情況後，兩人決定扣押達格桌上、也包括《千禧年》電腦內的所有資料，之後如果認爲有必要另外徵用布隆維斯特已移除的資料，包柏藍斯基會再帶著搜索狀前來。於是茉迪列出了扣押清單，柯特茲則幫忙她將紙箱搬上車。

星期一晚上，布隆維斯特感到特別沮喪。達格打算揭發的人當中，至今已經刪除了十人。每次會談見到的都是憂心忡忡、容易激動且深受震驚的男人，他們的平均年收入估計約爲四十萬克朗。這是一群嚇壞了的可憐蟲。

然而，他並不覺得有任何人在命案方面有所隱瞞。

布隆維斯特打開電腦看看莎蘭德有無新的訊息。沒有。在前一封信中，她說那幫嫖客不重要，繼續追他們只是浪費時間。他覺得餓，卻不想做晚飯，何況除了在街角商店買牛奶之外，也兩星期沒買菜了。於是他套上夾克，走到霍恩斯路上的希臘小館，叫了烤小羊肉吃。

莎蘭德首先查看樓梯井，並在昏暗中謹愼地巡視了毗鄰的大樓兩趟。這些都是低矮建築，而且恐怕沒有隔音設備，對她的行動很不利。記者桑斯壯住在頂樓五樓的角落，而樓梯則繼續通往一扇閣樓門。應該行得通。

問題是公寓所有窗子都沒有透出燈光。

她走到幾條街外的一間披薩店，點了一份夏威夷披薩，坐在角落裡邊吃邊看晚報。快九點時，她到連鎖便利商店 Pressbyrån 買了一杯拿鐵之後又回到大樓，公寓裡仍一片漆黑。她進入樓梯井，坐在通往閣樓的階梯上，可以看到半段樓梯下方桑斯壯的家門，然後一面喝拿鐵一面等候。

法斯特終於在「近代破爛」唱片公司的錄音室，追蹤到撒旦派樂團「邪惡手指」的主唱席拉．諾倫。錄音室位在歐弗休的一棟工業大樓內，這種文化衝擊的強度對他而言，堪與西班牙人首度遭遇加勒比海印第安人相比。

法斯特前往諾倫雙親的住處探問幾次後，成功地追蹤到錄音室來，據她妹妹說，她是在這裡「幫忙」，為來自柏連格的「冷蠟」樂團製作ＣＤ。法斯特從沒聽說過這個團體，團員似乎全是二十多歲的小夥子。他一進入錄音室外的走廊，就碰上一道幾乎令人窒息的聲牆。他透過窗子看著「冷蠟」，一直等到這刺耳的聲音暫歇。

諾倫有一頭烏黑的頭髮，綁著紅紅綠綠的辮子，還上了黑色眼妝。身材略顯豐腴，穿著短裙搭配短上衣，露出一個肚臍環。臀部包著一條釘滿鉚釘的腰帶，看起來像是剛從法國恐怖片走出來的人物。

法斯特舉起警徽，說要和她談談。她繼續嚼著口香糖，用狐疑的眼神瞄他一眼，然後指向一扇門，帶著他進到一個類似員工餐廳的地方，他一腳踢到扔在門邊的一包垃圾差點跌跤。諾倫用一只空塑膠瓶裝水喝了一半，接著才坐下來點了根菸。她用清澈湛藍的眼睛注視著法斯特。

「近代破爛唱片是什麼？」

她似乎感到這問題無聊透頂。

「專門替新樂團製作唱片的唱片公司。」

「妳在這裡做些什麼？」

「我負責錄音。」

法斯特露出嚴厲的目光。「妳受過相關訓練嗎？」

「沒有。我是自學的。」

「靠這個足以餬口嗎？」

「你問這個做什麼？」

「只是好奇。我想妳應該看到最近報紙上有關於莎蘭德的報導了。」

她點點頭。

「我們相信妳認識她，沒錯吧？」

「可能。」

「到底是或不是？」

「那得看你想知道些什麼。」

「我想找一個犯下三屍命案的瘋女人。我要知道關於莎蘭德的資訊。」

「我從去年開始就沒有莎蘭德的消息。」

「妳最後一次見到她是什麼時候？」

「大約兩年前的秋天。在磨坊酒吧。她以前常去那裡，後來就不再出現了。」

「妳有沒有試著聯絡她？」

「我打了幾次手機，號碼已經不通了。」

「妳沒有其他方法可以找到她嗎？」

「沒有。」

「什麼是『邪惡手指』？」

諾倫似乎覺得有趣。「你不看報紙嗎？」

「那是什麼意思？」

「他們說我們是一個撒旦派的樂團。」

「妳們是嗎？」

「我看起來像撒旦信徒嗎？」

「撒旦信徒長什麼樣？」

「天哪，警察和報紙，到底誰比較笨？」

「小姐，妳仔細聽好了，這件事非同小可。」

「我們是不是撒旦信徒這件事嗎？」

「別再胡扯了，好好回答問題。」

「問題是什麼？」

法斯特閉了一會眼睛，回想起幾年前自己趁著度假去參訪希臘警局的情形。希臘警察儘管問題不少，比起瑞典警察卻有個好處。假如這名女子在希臘採取相同態度，他大可以把她壓彎下去，狠狠打個三棍。回想完後他睜開眼看著她。

「莎蘭德也是『邪惡手指』的一員嗎？」

「我不這麼認爲。」

「這又是什麼意思？」

「莎蘭德恐怕是我所見過的最大音癡。」

「音癡？」

「她能辨識喇叭和鼓，但她的音樂才華大概也僅止於此。」

「我是說她有沒有加入『邪惡手指』？」

「我剛剛已經回答了。你到底知不知道『邪惡手指』是什麼？」

「妳告訴我呀！」

「你根本是憑著報紙的白癡報導在辦案。」

「回答我的問題。」

「『邪惡手指』是一個搖滾樂團，是一群在九〇年代中期，因爲喜愛硬式搖滾而一起玩音樂的女孩。我們利用一個五角星符號、唱一點〈Sympathy for the Devil〉③作爲宣傳。後來樂團解散，現在只有我還在音樂界。」

「妳是說莎蘭德並不是團員？」

「是的。」

「那爲什麼我們的消息來源說莎蘭德屬於這個團體？」

「因爲你們的消息來源和報紙一樣愚蠢。」

「那麼妳跟我說一點不愚蠢的事。」

「我們樂團總共有五個女孩，大家偶爾會聚一聚。以前我們總是每星期會在磨坊聚會，現在大概是一個月一次。不過我們都有保持聯絡。」

「聚會的時候都做些什麼？」

「你想一般人到磨坊去會做什麼？」

法斯特嘆了口氣。「所以妳們是聚在一起喝酒。」

「我們通常喝啤酒，聊些八卦。你和你的朋友們在一起的時候都做些什麼？」

「莎蘭德是怎麼出現的？」

「幾年前我在成人教育學校認識她。以前她偶爾會來磨坊，跟我們喝啤酒。」

「這麼說『邪惡手指』不能稱爲『一個組織』囉？」

諾倫瞪著他，就像瞪著一個外星人。

「妳們是同性戀嗎？」

「你想要我揍你一拳嗎？」

「回答問題。」

「我們是不是同志，不關你的事。」

「別激動，妳不能挑釁我。」

「拜託！警方說莎蘭德殺死了三個人，而你卻跑到這裡來問我的性偏好。你去死吧！」

「妳要知道，我可以逮捕妳的。」

「用什麼理由？對了，我忘了告訴你我讀過三年法律，而且我父親是烏爾夫・諾倫，諾倫—納帕律師事務所的合夥人。我們法庭見了。」

「妳不是說妳在音樂界工作嗎？」

「做這行是因爲興趣。你以爲我靠這個維生？」

「我完全不知道妳靠什麼維生。」

「如果你以爲信奉撒旦教的女同性戀是我的謀生方式，我可以告訴你，不是。而如果警方是靠著這點在找莎蘭德，也難怪你們找不到她了。」

「妳知道她在哪裡？」

諾倫的上半身開始前前後後地搖擺，雙手則慢慢划到身前。

「我可以感覺到她離得不遠……等等，我用我的感應力找找看。」

「夠了。」

「我早告訴你，將近兩年沒有她的消息了。我不知道她在哪裡。好啦，如果沒有別的事的話……」

茉迪接通了達格電腦的電源，利用晚上時間將他的硬碟和光碟片整理分類，並坐在那裡讀他的書讀到十一點。

她了解了兩件事。第一，達格是個傑出的作家，描寫性交易機制的客觀態度令人激賞。他生前若能到警校講課該有多好，憑他的知識必能爲學校課程添加寶貴的一分。例如法斯特就能從達格的見解中獲益。

第二件事，布隆維斯特認爲達格的調查可能引發殺機，這個假設的可能性很大。達格打算揭發買春客一事，不只是傷害少數人，這是殘酷的事實揭露，某些要角可能因此身敗名裂，而其中有幾人還曾經將性犯罪者判刑或是參與公開辯論。

問題是，即使某個可能被揭發的嫖客決定謀殺達格，至今卻仍看不出與畢爾曼有何關連。達格的資料中沒有提到他，這項事實不僅削減了布隆維斯特的主張的說服力，也同時提高了莎蘭德是唯一可能嫌犯的機率。

即使殺害達格與蜜亞的動機依然不明，但莎蘭德確實到過犯罪現場，還在凶器上留下指紋。

而且凶器也直接連結上了畢爾曼命案。除了私人關連外，還有一個可能的動機——畢爾曼小腹上的紋身顯示，兩人之間很可能有某種性侵害或性虐待的關係。若說畢爾曼主動用這種怪異而痛苦的方法在身上刺青，實在令人難以置信。若非他以此羞辱爲樂，便是莎蘭德——倘若刺青的人是她——先令他無力招架。事情究竟是怎麼發生的，茉迪並無意揣測。

另一方面，泰勒波利安證實了莎蘭德的暴力，通常是針對她視爲威脅——無論原因爲何——或曾經攻擊過她的人。

他似乎確實有意袒護，彷彿不希望昔日的患者受到任何傷害。但無論如何，調查工作多半仍基於他對她的分析，因而將她視爲瀕臨精神異常的精神病患。

不過布隆維斯特的論點倒是很吸引人。

她咬著下唇，試圖想像除了莎蘭德獨自殺人之外的其他情節，最後在筆記本裡寫下一行字。

兩個完全無關的動機？兩起謀殺案？一件凶器？

她腦海裡閃過一個念頭，卻不太能抓得住，總之是她打算在早會上問包柏藍斯基的一件事。她實在無法解釋自己爲何突然對於莎蘭德獨自殺人的假設感到如此不安。

她決定今晚到此爲止，毅然關上電腦並將光碟片鎖進辦公桌抽屜。然後穿上夾克，熄了桌燈，正準備鎖上辦公室的門時，聽見走廊另一頭發出聲響。她不禁皺了皺眉。她本以爲局裡只有她一人，於是沿著走廊走向法斯特的辦公室。門半掩著，她聽到他在講電話。

「這很明顯把事情都兜在一塊了。」她聽見他說。

她猶豫了片刻，才深吸一口氣敲敲門柱。法斯特驚訝地抬起頭來。她向他招招手。

「茱迪還在局裡。」法斯特對著話筒說完，一面聆聽一面點頭，目光卻始終停留在茱迪身上。「好，我會告訴她。」他說著掛上電話。「是泡泡。」他作了解釋。「有什麼事嗎？」

「什麼東西把事情都兜在一塊了？」她問道。

他眼裡射出一道寒光。「妳在偷聽？」

「沒有，但你的門開著，我剛要敲門的時候聽見了。」

法斯特聳聳肩。「我打給泡泡說鑑識實驗室終於找到有用的東西了。」

「是什麼？」

「達格有一支使用 Comviq 預付卡的手機。他們列出了通聯紀錄，證實他在晚上八點十二分和布隆維斯特通過電話。當時布隆維斯特正在他妹妹家用餐。」

「很好，不過我不認爲布隆維斯特和命案有關。」

「我也是，不過那天晚上達格還打了另一通電話，在九點三十四分的時候，通話時間三分鐘。」

「結果呢？」

「他打的是畢爾曼家裡的電話。換句話說，這兩起命案之間有關連。」

茱迪重重跌坐在法斯特的訪客椅上。

「喔對了，請坐，別客氣。」

她不予理會。

「那好，時間架構會是如何？八點剛過，達格打給布隆維斯特，約好稍晚碰面。九點半，達格打給畢爾曼。將近十點，莎蘭德趁著安斯赫得的街角商店打烊前買了香菸。十一點過後不久，布隆維斯特和妹妹抵達安斯赫得，並於十一點十一分打了緊急求助電話。」

「聽起來沒有錯，神探小姐。」

「但這樣根本不對。根據驗屍報告，畢爾曼是在那天晚上十點到十一點之間被殺，那個時間莎蘭德人在安斯赫得。我們的假設一直是莎蘭德先射殺畢爾曼後，再殺死安斯赫得那對男女。」

「這根本不代表什麼。我又找法醫談過了。畢爾曼的屍體直到第二天晚上才發現，幾乎相隔了二十四小時。法醫說死亡時間可能有一個小時的差異。」

「可是畢爾曼一定是先被殺死，因爲凶器是在安斯赫得發現的，也就是說她在九點三十四分過後射殺了畢爾曼，然後開車到安斯赫得，在那裡買了香菸。她有足夠時間從歐登廣場趕到安斯赫得嗎？」

「有，我們先前推測她搭乘大衆交通工具，其實不然。她有車。我和波曼試開過這條路線，時間很充裕。」

「但她又等了一個小時才殺害達格和蜜亞？這段時間她都在做什麼？」

「喝咖啡。杯子上有她的指紋。」

他露出得意洋洋的神色。茱迪嘆口氣後，靜坐了些時候。

「法斯特，你把這個看成是一種榮耀的事。你有時候眞是個豬頭，會把人逼瘋，但我來敲門是爲了請你原諒我打你巴掌。是我太過分了。」

他看了她好一會。「茱迪，或許妳覺得我是個豬頭，我卻認爲妳不夠專業，根本不配當警察。至少不是這個層級的警察。」

茱迪斟酌了幾個回應，但最後仍只是聳聳肩站起來。

「那麼現在我們都知道各自的立場了。」

「一點也沒錯。相信我，你在這裡是待不久的。」

茉迪無心地將門關得大聲了點。**別讓那個混蛋得逞**。她下樓到了車庫。

法斯特對著關上的門滿意地笑了。

布隆維斯特剛回到家，手機就響了。

「嗨，我是瑪琳，你方便說話嗎？」

「當然。」

「我昨天忽然想到一件事。」

「說說看。」

「我在翻閱我們蒐集到關於追捕莎蘭德的新聞剪報時，發現有一篇是報導她住進精神病院那段時期。我覺得奇怪的是：她的經歷中怎麼會有那麼一大段空白？」

「什麼空白？」

「內容有很多關於她在學校裡惹的麻煩，和老師與同學等等的麻煩。」

「這我記得。甚至還有個老師說她很怕十一歲的莎蘭德。」

「比莉妲．米歐斯。」

「就是她。」

「也有關於莎蘭德在精神病院的細節描述。還有許多內容是關於她十幾歲時和寄養家庭的關係，以及舊城區的攻擊事件。」

「所以妳有什麼想法？」

「她是在十三歲前夕被送進精神病院。」

「所以呢？」

「卻完全沒有提到她**爲什麼**被送進去。如果一個十二歲的孩子被送進精神病院，顯然一定出了什麼事。就莎蘭德而言，很可能是嚴重的情緒失控，那應該會記錄在個人資料當中。但卻什麼也沒有。」

布隆維斯特皺起眉頭。「瑪琳，我從一個可靠的消息來源得知，有一份關於莎蘭德的警察報告，日期是一九九一年二月，也就是她十二歲那年。這份報告不在檔案中，我正想請妳去查一查呢。」

「如果有報告，就必須放在她的檔案中，否則便是違法。你眞的確認過了？」

「沒有，但我的消息來源說不在裡面。」

瑪琳頓了一下。「你的消息來源有多可靠？」

「非常可靠。」

瑪琳和布隆維斯特同時作出相同的結論。

「國安局。」瑪琳說。

「畢約克。」布隆維斯特說。

---

①即所謂的「IB Affair」。一九七三年，瑞典兩名記者 Jan Guillou 和 Peter Bratt 揭發了瑞典祕密情報組織「資訊局」存在的事實。該局隸屬於瑞典陸軍，主要目的是蒐集共產黨員與其他可能威脅國家安全的個人的資料。該組織只向少數內閣官員負責，連瑞典國會也不知道其存在。

②Hans Holmer，瑞典國安局局長。後來因調查首相帕爾梅遇刺事件飽受抨擊而下台。

③滾石樂團經典專輯《Beggars Banquet》中最受爭議、同時也是該團最偉大的一首創作。

第二十四章

四月五日星期二

年近五十的自由撰稿記者桑斯壯回家時，午夜剛過。他有點醉，但能感覺到一股驚慌在胃裡結成硬塊。一整天下來，他絕望得什麼事也沒做，根本是嚇得六神無主。

達格被殺已將近兩星期。那天晚上桑斯壯看到電視新聞，震驚不已。他感覺到心中湧起一波輕鬆與希望——達格死了，那麼要揭發桑斯壯那本有關非法交易的書可能也會成爲歷史。

他痛恨達格。他曾經懇請、哀求，還給那隻豬**下跪**過。

命案隔天，他太過於陶醉，頭腦還不太清醒。直到命案後第三天，他才開始評估自己的處境。警方會找到達格的文章，並開始挖掘他那些小小越軌事件。天哪……他甚至可能成爲嫌犯。

當莎蘭德的臉被啪地貼上全國每個新聞看板時，他的驚慌略爲平息，**不過這個莎蘭德是哪號人物啊？**以前聽都沒聽說過。但警方顯然將她視爲重要嫌犯，而且根據檢察官的聲明，應該不日即可破案。說不定根本不會有人注意到他。但依他的經驗，記者總會留下證據資料與筆記。《千禧年》。**一家欺世盜名的爛雜誌社。和其他雜誌社一樣，專門探人隱私、高聲痛批還毀人名譽。**

他無法打聽到調查工作已經進行多久，因爲無人可問，不禁覺得自己彷彿處於眞空狀態。

他在驚恐與醉意之間來回擺盪。警方顯然並沒有在找他，也許——如果夠幸運的話——可以全身而退。但萬一沒有那麼幸運，他的工作生涯也就完了。

他將鑰匙插入前門，轉動後才一開門，忽然聽到身後響起窸窣聲，還來不及轉身，下背部便一陣酥麻刺痛。

電話鈴響時，畢約克還沒上床。雖然已穿上睡衣睡袍，卻仍坐在沒開燈的廚房裡，爲自己的兩難局面苦惱不已。在這麼長久的職業生涯中，他從未面臨如此困境，甚至連類似的危機都沒有。他無意接電話，都已經過了午夜了。但電話繼續響著，到了第十聲，他再也受不了。

「我是麥可．布隆維斯特。」電話另一頭的聲音說。

要命。

「已經過了半夜，我在睡了。」

「我要說的話，你應該會有興趣聽聽。」

「你想幹麼？」

「明天上午十點，我要召開記者會，說明達格和蜜亞的命案背景。」

畢約克乾嚥一口口水。

「達格那本關於性交易的書已大致完成，我要詳述書中的所有細節，而唯一會被點名的嫖客就是你。」

「你答應要給我一點時間的……」他聽見自己聲音裡透著懼怕，頓時打住。

「都已經好幾天了，你說週末過後會找我。明天是星期二，所以要麼你現在告訴我，否則我明天就開記者會。」

「要是你開了記者會，就永遠別想查出札拉的任何一件鳥事。」

「有可能，不過到時就不再是我的問題了。你反而得去和警方的調查小組談，當然還有其他的媒體。」

沒有討價還價的空間。

畢約克於是答應和布隆維斯特見面，但同時也成功地將見面時間往後拖延一天。星期三。短暫的緩刑。但他準備好了。

不成功便成仁。

他在自家客廳的地板上醒來，不知已昏迷多久，只覺得全身疼痛、無法動彈，不一會才發現雙手被用絕緣膠帶反綁，雙腳被縛，嘴巴上也貼了一塊膠布。室內的燈亮著，百葉窗緊閉。他不明白發生了什麼事。

似乎有聲響從書房傳出。他靜靜躺著傾聽，聽到抽屜的開關。是**盜賊？**他聽見紙張的沙沙聲，有人在翻搜抽屜。

好像過了好久好久才聽到身後有腳步聲。他試圖轉頭，卻看不到任何人。他暗暗告訴自己要保持冷靜。

驀地，一個粗粗的棉繩圈套進他的頭，活結在脖子上收緊，幾乎嚇得他屁滾尿流。他抬起頭，看見繩子往上連接一個滑車，而滑車則固定在原本用來掛天花板吊燈的鉤子上。緊接著攻擊者進入了視線。他首先看到的是一雙黑靴。

當他眼睛往上瞄時，更是受到莫大驚嚇。一開始他並未認出此人正是自復活節過後，每家 Pressbyrån 店門外都貼著她護照相片的那個神經病。她留著黑色短髮，模樣和報上的照片不太像，而且穿得一身黑——牛仔褲、敞開的中長度棉夾克、T恤、黑手套。

然而最令他心驚肉跳的還是那張臉。上了濃妝的臉。她塗了黑色口紅、眼線，還有非常搶眼的墨綠色眼影。剩下的臉上塗滿白粉，還有一條紅線從左額頭畫過鼻子直到右下巴。

那是張怪誕的面具。看起來她像得了失心瘋。

他的大腦一直在抗拒。這不像是眞的。

莎蘭德抓住繩索末端開始扯動。他感覺到繩索勒進脖子裡，有幾秒鐘無法呼吸，於是掙扎著要讓雙腳撐立起來。有了滑車裝置，莎蘭德幾乎毋須費力便能讓他起身，當他站直後，她不再繼續拉，反將繩子往電暖管上繞了幾圈後，打一個雙套結。

隨後她又消失在視線外，離開了不只十五分鐘。待一回來，便拉過一張椅子正對著他坐。他試圖想避開那張大花臉，卻怎麼也避不開。她在客廳桌上擺了一把手槍。**是他的手槍。她在衣櫥的鞋盒裡找到的。**科特一九一一政府型。他已持有數年的非法武器，當初是向朋友買的，但根本沒有開過槍。她就當著他的面取出彈匣，裝上子彈，重新推入後扳上扳機。桑斯壯簡直就快昏厥過去，但仍強逼自己正視著她。

「我眞不明白，男人爲什麼總得記錄自己的變態行爲？」她開口道。

她的聲音很輕，但冷冰冰。音量不大，但聽得一清二楚。她拿起一張照片。老天爺，那一定是從他的硬碟列印出來的。

「我猜這個女孩叫伊娜絲·哈穆耶維，愛沙尼亞人，十七歲，老家在納瓦附近的里帕路。跟她玩得高興嗎？」

這是個高明的問句，不是眞要他回答。桑斯壯也無法回答，因爲嘴巴上貼著膠布，腦子裡更是一片混亂。照片上是……**我的天哪，我怎會留下這些照片？**

「你知道我是誰嗎？點頭。」

桑斯壯聽話地點頭。

「你是隻有性虐待狂的豬，是變態，是強暴犯。」

他沒有反應。

「點頭。」

他點點頭。霎時間，眼中滿是淚水。

「我們先把約定的規則明明白白說清楚。」莎蘭德說：「要是依我的意思，你應該馬上處死。你活不活得過今晚，我一點也不在乎。懂嗎？」

他點點頭。

「你很可能已經發現，我是一個喜歡殺人，尤其喜歡殺男人的女瘋子。」

她指指他堆在客廳桌上的這幾天的報紙。

「現在我要撕下你嘴上的膠布，如果你大喊或出聲，我會用這個電死你。」她說著舉起一支電擊棒。「這個恐怖玩意會釋出五萬伏特的電。下一次大概只剩四萬伏特，因爲我已經用過一次又沒充電。懂嗎？」

他聽了面露疑慮。

「也就是說你的肌肉會停止運作，就像你跌跌撞撞回到家門口時體驗到的那種感覺。」她對他微微一笑。「也就是說你的雙腿將無法支撐你，最後你將會被吊死。而我電完你以後，只需起身離開就行了。」

他又點頭。**媽呀，她眞是個殺人不眨眼的瘋子**。他實在忍不住了，淚水不自主地流下臉頰，接著開始抽鼻子。

她站起來，一手撕去膠布。那張怪異的臉只離他五公分。

「什麼都別說，」她吩咐道。「如果你不經允許就開口，我會電死你。」

她一直等到他不再抽鼻子，並抬起頭直視著她。

「今晚你有一個活命的機會。」她說：「而且只有一個。我要問你幾個問題，只要你乖乖回答，我就讓你活命。懂的話就點頭。」

他點了頭。

「要是你拒絕回答任何問題，我也只好電你了。懂嗎？」

他點點頭。

「假如你說謊或是答非所問，我也會電你。」

又點頭。

「我不會和你討價還價，沒有第二次機會，要是不立刻回答問題，你就得死。如果回答得令我滿意，便可活命。就這麼簡單。」

再點頭。他相信她。他別無選擇。

「求求你，」他說：「我不想死……」

「是死是活全看你自己的表現。不過你剛剛違背了我第一條規則：沒有我的允許不能說話。」

他連忙緊閉起雙唇。**這個女的完完全全、徹徹底底瘋到家了**。

布隆維斯特太沮喪也太急躁，因而不知如何是好。最後他穿戴上夾克、圍巾，漫無目的地朝梭德拉車站走去，經過波費爾大樓之後，來到位於約特路的《千禧年》雜誌社。辦公室裡靜悄悄的。他沒有開燈，只按下咖啡壺開關，然後站在窗邊一面等著咖啡，一面俯看約特路，並試著整理自己的思緒。命案的調查工作有如支離破碎的馬賽克，其中他找出了幾塊碎片，其他的卻怎麼也找不著，缺漏的太多了。在某處有個圖案，他感覺得到，但無法看清。

此時他心中頓時生疑。**她不是精神錯亂的殺人犯**，他提醒自己。她已經寫信告訴他，她沒有射殺他的朋友。他也相信。但她仍與命案密不可分，只是不知究竟有何關連。

慢慢地，他開始重新評估自己打從踏進安斯赫得的公寓後，便深信不疑的想法。他多少是一開始便假設達格對於性交易的調查報導，是命案唯一可能的動機。如今他漸漸接受了包柏藍斯基的說法：這無法解釋畢爾曼的命案。

莎蘭德在信中叫他別再管那些嫖客，應該全心放在札拉身上。**爲什麼呢？**這個小壞蛋。爲什麼就不能說一點讓人聽得懂的話呢？

布隆維斯特用一個青年左翼黨的馬克杯盛完咖啡，坐到辦公室中央的沙發上，雙腳蹺上茶几，不顧禁菸規定點起了菸。

畢約克是嫖客之一。畢爾曼是莎蘭德的監護人。畢爾曼和畢約克都曾經在國安局服務，這不可能是巧合。一份關於莎蘭德的警察報告失蹤了。

難道動機不只一個？

難道莎蘭德就是動機？

布隆維斯特坐在那裡想著一個說不出來的念頭。有些東西仍屬未知，但「莎蘭德本身可能就是命案動機」這個念頭究竟何意，他也說不出所以然，只是有個感覺一閃而逝，彷彿有了新發現。

這時他才發現自己太累了，便倒掉咖啡、清洗機器，回家睡覺。躺在黑暗中，他又重拾線索，花了兩個小時試圖釐清自己到底想表達什麼。

莎蘭德抽著菸，舒服地斜靠在他面前的椅子上，蹺起右腳，目不轉睛地盯著他看。桑斯壯從未見過如此凌厲的眼神。她說話時，聲音依然很輕。

「二○○三年元月，你第一次到伊娜絲位於諾斯堡的住處找她，當時她剛滿十六歲。你找她做什麼？」

桑斯壯不知如何回答。他其實自己也不太明白事情是怎麼開始的，他又爲什麼……她舉起了電擊棒。

「我……我不知道。我想要她。她是那麼美麗。」

「美麗？」

「是的，她很美。」

「所以你認爲你有權利把她綁在床上和她性交？」

「是她願意的，我發誓，她自己願意的。」

「你付了錢？」

桑斯壯好不容易擠出一句。「沒有。」

「為什麼？她是妓女，妓女是要收錢的。」

「她是……她是禮物。」

「**禮物？**」她的語調忽然透著危險的訊息。

「因為某人要答謝我的幫忙。」

「桑斯壯，」莎蘭德口氣恢復了正常。「你該不是想迴避我的問題吧？」

「我發誓。妳問什麼我都會照實回答，不會撒謊。」

「很好。你幫了誰什麼忙？」

「我走私了一些合成類固醇進來。我去愛沙尼亞出差，有幾個認識的人同行，然後用我的車載回藥丸。和我一起去的人叫哈利．朗塔，不過他不是搭我的車去。」

「你怎麼會認識他？」

「我們認識好幾年了，確切地說，從八〇年代就認識了。他只是個朋友，以前常常一起上酒吧。」

「是哈利把伊娜絲送給你當……禮物？」

「對……呃，對不起，不是，那是後來在斯德哥爾摩這裡，是他哥哥阿托．朗塔。」

「你是說阿托跑來敲你的門，問你想不想去諾斯堡搞伊娜絲？」

「不是的……我當時在……我們有個派對……該死，我想不起來我們在哪裡……」

他忽然不由自主地顫抖，雙膝好像開始發軟，必須把腿靠在某個東西上才能站得直。

「冷靜地回答。」莎蘭德說：「我不會因為你需要時間回想而吊死你，但只要一讓我覺得你有意閃躲，那麼就……砰！」

她挑起眉頭，令他詫異的是看來竟帶有一種天使般的靈氣。在這張恐怖面具襯托下，任何一張臉應該都會有這種靈氣吧。

桑斯壯嚥了一下口水。他嘴裡很乾，脖子上也能感覺到繩子慢慢緊縮。

「你們上哪喝酒不重要。阿托爲什麼把伊娜絲送給你？」

「我們在談……我們……我告訴他我想要……」他發現自己哭了。

「你說你想要他手下的一個妓女。」

他點點頭。「我喝醉了。他說那女孩需要……需要……」

「女孩需要什麼？」

「阿托說她需要懲罰，她太難搞了，很不聽話。」

「他要她做什麼？」

「爲他賣淫。他提議讓我……我喝醉了，不知道自己在做什麼。我不是故意……請原諒我。」

他猛抽鼻子。

「你該求原諒的對象不是我。所以你提議幫阿托懲罰伊娜絲，你們兩個就開車到她那去了。」

「不是這樣的。」

「那你說是怎麼樣。你爲什麼會和阿托到伊娜絲的住處？」

她將電擊棒平放在大腿上。他又開始發抖。

「我去是因爲我想要她。她在家，又剛好有空。伊娜絲和哈利的一個女友同住，我好像一直都不知道她的名字。阿托把伊娜絲綁在床上，而我……我就和她做愛。阿托在旁邊看著。」

「不對……你不是和她做愛，你是強姦她。」

他默不作聲。

「怎麼樣？」

他點點頭。

「伊娜絲說了什麼？」

「她什麼都沒說。」

「她有沒有反抗？」

他搖搖頭。

「這麼說，讓一個下流的中年男人把自己綁起來性交，她覺得很酷囉？」

「她喝醉了。她不在乎。」

莎蘭德嘆了口氣，不再追究。

「好吧，後來你還是繼續去找伊娜絲。」

「她實在太……她想要我。」

「狗屁。」

他絕望地看著莎蘭德，然後才點點頭。

「我……我強暴了她。哈利和阿托都同意了。他們希望她……接受一點訓練。」

「你有沒有付他們錢？」

他點頭。

「付多少？」

「他給我不錯的價錢，因爲我幫忙走私。」

「多少？」

「總共幾千塊。」

「你的一張照片裡面，伊娜絲是在這間公寓。」

「哈利帶她來的。」

他又開始抽鼻子。

「所以說，你花個幾千塊，就能對一個女孩爲所欲爲。你強暴了她幾次？」

「不知道……有幾次吧。」

「好，這個幫派的頭兒是誰？」

「我要是背叛他們，他們會殺了我的。」

「我才不管。現在你應該擔心的人是我，不是朗塔兄弟。」她舉起電擊棒威脅道。

「是阿托。他是哥哥，哈利負責疏通。」

「幫派裡還有多少人？」

「我只認識阿托和哈利。阿托的女友也在裡頭。還有一個傢伙叫……不知道，好像是培勒什麼的，是個瑞典人，我不知道他是誰，反正是替他們幹活的毒蟲。」

「阿托的女友？」

「西薇亞，是個妓女。」

莎蘭德靜坐沉思了一會，然後抬起雙眼。

「札拉是誰？」

桑斯壯臉色倏地轉白。**達格也曾拿這個問題不停地煩他**。由於停頓得太久，他發現莎蘭德就要發火了。

「我不知道。」他說：「我不知道他是誰。」

莎蘭德沉下臉來。

「到目前爲止你做得都很好，可別把唯一的機會給搞丟了。」她說。

「我對天發誓，眞的。我不知道他是誰。妳殺死的那個記者……」

他即時打住。此時提起她在安斯赫得的屠殺事件，恐怕不是好主意。

「怎麼了？」

「他也問了我同樣問題。我不知道。我如果知道就會告訴妳。我發誓。他是阿托認識的人。」

「你和他說過話嗎？」

「只講過一次一分鐘的電話。那次我和一個自稱札拉的人說話，不，應該是他和我說話。」

「爲什麼？」

桑斯壯眨了眨眼，有幾滴汗水流入眼睛裡，還能感覺到鼻水流到了下巴。

「我……他們要我再幫一個忙。」

「這麼拖拖拉拉的，很煩耶！」莎蘭德說。

「他們要我再去一趟塔林，將一輛已經備好的車開回來。安非他命。我不想做。」

「爲什麼？」

「太過火了。他們的幫派色彩太濃，我想退出，我還有工作要繼續。」

「所以你覺得你只是有空的時候才當黑道。」

「我其實不是那種人。」

「是呀。」她的語氣中充滿無比的輕蔑，桑斯壯忍不住閉上眼睛。

「繼續說下去。怎麼會扯上札拉？」

「眞是噩夢一場。」

他的淚水又流了下來，嘴唇也因爲咬得太用力而流血。

「無聊。」莎蘭德說。

「阿托不停地纏我，哈利則警告我說阿托生氣了，不知道會有什麼後果。最後我終於答應見阿托，那是去年八月的事。我和哈利開車到諾斯堡……」

他的嘴仍一開一闔，卻沒了聲音。見莎蘭德瞇起眼睛，他才又恢復聲音。

「阿托活像個瘋子，非常粗暴，妳絕對想像不到他有多粗暴。他說我想抽手已經太遲了，如果不聽他的話，就不讓我活命。他要示範給我看。」

「是嗎？」

「他們逼我一塊開車往南塔耶的方向去。阿托要我戴上頭罩，其實就是個袋子，然後綁住眼睛的部位。我嚇死了。」

「所以你頭上套了袋子坐在車裡。後來怎麼樣了？」

「車停了，我不知道那是什麼地方。」

「他們什麼時候給你套袋子的？」

「快到南塔耶的時候。」

「多久以後才到？」

「大概……半小時吧。他們把我拖下車，好像是一個倉庫。」

「結果呢？」

「哈利和阿托帶我進去，裡面亮著燈。我第一眼就看到一個可憐的傢伙躺在水泥地上，手腳被綁住，已經被打個半死。」

「那是誰？」

「他名叫肯尼·古斯泰夫森，不過我是後來才知道的。」

「接下來呢？」

「那裡有個男人，我從沒見過他這樣的大塊頭，像個巨人，全身都是肌肉。」

「長什麼樣子？」

「看起來就像魔鬼化身。金髮。」

「名字呢？」

「他始終沒說他的名字。」

「好，一個金髮的大塊頭。還有誰？」

「還有另一個男人，看起來很緊張，頭髮綁成一根馬尾。」

「馬哥」藍汀。

「還有嗎？」

「再加上我和哈利和阿托。」

「繼續說。」

「那個巨人……替我擺了張椅子，他一句話也沒說，負責說話的是阿托。他說地板上那個傢伙去告了密，他要我知道製造麻煩的人會有什麼下場。」桑斯壯無法克制地哭嚎起來。

「巨人把那個人從地上舉起來，放到我對面的椅子上。我們中間只隔一公尺。我看著他的眼睛。接著巨人站到他身後，用手掐住他的脖子……他……他……」

「勒死他了？」

「對……不，不對……他把他**捏**死了。我想他徒手捏斷了那人的脖子，我聽見他的脖子啪一聲，人就死在我面前。」

「後來呢？」

桑斯壯掛在繩子上盪來盪去，淚流滿面。這件事他從未告訴任何人。莎蘭德給他一分鐘恢復平靜。

「另一個人——就是綁馬尾那個——啓動一把電鋸，鋸下那人的頭和手。然後巨人向我走來，兩手放在我的脖子上，我試圖拉開他的手，使勁地拉，卻根本動不了分毫。不過他沒有用力捏，只是把手放在那裡很久。這時候阿托拿出手機，用俄語打了通電話，過了一會他說札拉想跟我談，便將電話放在我耳邊。」

「札拉說了什麼？」

「他只問我是不是還想退出。我答應去塔林，把那輛裝安非他命的車弄出來。不然還能怎樣？」

莎蘭德沉默了許久，雙眼緊盯掛在繩子上抽著鼻子的記者，似乎在想些什麼。

「形容一下他的聲音。」

「他的聲音……聽起來很正常。」

「低沉還是尖細？」

「低沉，普通，沙啞。」

「他說什麼語言？」

「瑞典話。」

「有口音嗎？」

「有……大概有一點，但瑞典話說得很流利。他和阿托說俄語。」

「你懂俄語嗎？」

「懂一點，不太溜，只懂一點。」

「阿托跟他說什麼？」

「他只說示範結束了。」

「這件事你告訴過別人嗎？」

「沒有。」

「達格呢？」

「沒……沒有。」

「達格找過你？」

桑斯壯點點頭。

「我聽不到。」

「對。」

「為什麼？」

「他知道我有……嫖妓。」

「他問了什麼？」

「他想知道……札拉的事。他問的都和札拉有關。第二次來的時候。」

「第二次？」

「他死前兩個星期找到我，那是第一次。後來又來過一次，兩天後妳就……他就……」

「我就殺死他了？」

「對。」

「那一次他問了有關札拉的事？」

「是的。」

「你怎麼跟他說？」

「什麼也沒說，我沒法說什麼。我承認和他講過電話，如此而已。至於金髮巨人以及他們對古斯泰夫森所做的事，我都沒提。」

「好。你把達格問的問題原原本本告訴我。」

「我……他只是想知道我對札拉了解多少。就是這樣。」

「而你什麼也沒告訴他？」

「沒有什麼重要的訊息。我什麼都不知道。」

她若有所思地咬著下唇。**他有所隱瞞**。

「達格找你的事，你告訴過誰？」

桑斯壯似乎渾身發抖。

莎蘭德舉起電擊棒。

「我打了電話給哈利。」

上。

「什麼時候？」

他乾嚥一口口水。「達格第一次來找我那個晚上。」

她又繼續問了半小時，但他只是重複著同樣的話，偶爾增加一點細節。於是她站起來，一手放在繩子上。

「你眞是我所見過最可悲的變態之一。」莎蘭德說：「憑你對伊娜絲所做的事就該處死，但我說過只要你回答我的問題，就能活命。我會守信用。」

她鬆開繩結，桑斯壯重重摔倒在地，涕泗縱橫地縮成一團。他看見她把一張板凳放到茶几上，爬上去解開滑車裝置，纏起繩索塞進背包。然後走進浴室，傳出水聲。再回來的時候，已經洗去濃妝。她的臉像是用力刷洗過，赤裸裸的。

「你可以自己割斷膠帶。」

她往他身旁丟了一把菜刀。

他聽見她走出客廳，在玄關停留很久，好像是在換衣服，接著傳來前門打開又關上的聲音。他花了半小時才割斷膠帶。先是跌坐在沙發上，然後才搖搖晃晃站起來，到屋裡四處看看。科特一九一一被她拿走了。

莎蘭德於凌晨四點五十五分回到家，取下奈瑟的假髮後直接就上床了，沒有打開電腦看布隆維斯特是否解開了警察報告失蹤的謎團。

她九點醒來，星期二整天都在挖掘有關朗塔兄弟的訊息。

阿托·朗塔在警局的刑事檔案中紀錄輝煌。他是芬蘭公民，原籍愛沙尼亞，一九七一年來到瑞典。一九七二至一九七八年間，在斯堪雅營造公司做木工，後來因爲在工地偷竊被逮而遭到解雇，還被判刑七個月。一九八〇至一九八二年間，他改替一家較小的建築公司工作，也因爲有幾次上工時喝醉酒而被炒魷魚。接下來的八〇年代期間，他先後當過保鑣、某間燃油鍋爐維修公司的技工、洗碗工和學校管理員，也全都因爲喝醉酒或打架鬧事而丟了工作。管理員的工作更只維持了幾個月：有個老師檢舉他有性騷擾與威脅行爲。

一九八七年，他因爲偷車、無保險駕駛與收受贓物，遭到罰款與判刑一個月。次年，因爲持有非法武器被罰款。一九九〇年，因爲性侵害被判刑，但刑事紀錄中並未詳載。一九九一年因恐嚇被起訴，後來獲判無罪。同一年，因爲走私酒類被罰款並處以緩刑。一九九二年，因爲毆打女友並威脅恐嚇其姊妹被關了三個月。接下來多年終於平安度過，直到一九九七年，才又因爲處理贓物與傷害罪被判刑。這回坐了十個月的牢。

他的弟弟哈利於一九八二年跟他來到瑞典，在一間倉庫工作很長一段時間。他有三項前科：一九九〇年詐領保險金，一九九二年被判刑兩年，罪名是重傷害、收受贓物、竊盜與強姦。他被驅逐回芬蘭，但一九九六年又回到瑞典，也再次因爲重傷害與強姦罪被判刑十個月。他不服判決，提起上訴，結果上訴法庭支持了哈利，強姦罪改判無罪。但傷害罪的判決仍然成立，於是他入監服刑六個月。二〇〇〇年，他再度因恐嚇與強姦遭到起訴，但後來起訴撤銷，案子不受理。

莎蘭德追蹤到他們最後已知的地址：阿托在諾斯堡，哈利在奧比。

這是羅貝多第十五次被轉接到蜜莉安的答錄機。這一天，他已經去過倫達路的地址好幾次，按了門鈴也無人應門。

星期二晚上，已過了八點。她總得回家來一趟吧，該死的。他明白她想避一陣風頭，但最瘋狂的媒體熱都已經退燒了。他最好還是坐在大樓門外，也許她會出現，儘管只是回來換個衣服。他裝了一壺咖啡，做了幾個三明治，離開住處前還在耶穌受難像與聖母像前面畫個十字。

他把車停在倫達路上，距離大門入口約三十公尺處，並將座椅往後推，好讓雙腳有伸展空間。接著打開收音機，調低音量，又將自己從報上剪下的蜜莉安的照片貼起來，心中暗忖：她看起來很不錯。他耐心地看著少之又少的路人走過，其中沒有蜜莉安。

他每十分鐘就撥一次電話，到了九點左右，手機電池快沒電了才放棄。

星期二，桑斯壯都處於近乎麻木的狀態。前一天晚上他睡在客廳的沙發上，無法上床睡覺，也無法克制每隔一段時間便要啜泣的衝動。星期二一早，他就到梭納的酒類專賣店買了半公升的斯科恩烈酒，然後回到沙發上喝掉一大半。

一直到晚上，他才清楚意識到自己的處境，並開始盤算該怎麼辦。他真希望自己從未聽說過朗塔兄弟和他們的那些妓女。他實在不敢相信自己竟如此愚蠢，被他們誘惑到諾斯堡的公寓去，當時阿托已經將被下了重藥的伊娜絲綁在床上、雙腳大開，後來還激他一起比較誰的老二粗。他們輪番上陣，他交媾次數較多而贏得輝煌勝利。

中途那女孩醒過一次，試圖反抗。阿托又是打耳光、又是灌酒，半小時後才終於讓她安靜下來，並請桑斯壯繼續努力。

嫖妓。

他**怎麼會**這麼笨？

他簡直不敢奢望《千禧年》會放過他。他們就是靠這種醜聞維生的。

那個瘋女人莎蘭德讓他嚇破了膽。

更別提那個金髮巨人。

顯然也不能找警察。

他無法自己解決，而問題也不會自己消失。

他眼前只開啓了一絲細微的希望，只有在那裡可能得到絲毫同情，說不定還能得到一個二流的解決之道。他抓住的是稻草，但也是他唯一的選擇。

當天下午他鼓起勇氣打了哈利的手機，無人接聽，後來又一直試到晚上十點。經過深思熟慮（並喝光剩下的烈酒壯膽）之後，他打給了阿托。是阿托的女友西薇亞接的電話，說朗塔兄弟正在塔林度假。不，她不知道怎麼聯絡他們。不，她不知道他們何時回來。他們會在愛沙尼亞待上一陣子，她說這話時聽起來很高興。

桑斯壯不確定自己是沮喪或放鬆。這表示他毋須向阿托解釋，但兩兄弟決定在塔林暫時休息一段時間，這其中隱含的訊息卻不太能安撫桑斯壯的焦慮情緒。

第二十五章

四月五日星期二至四月六日星期三

羅貝多並未入睡，卻完全沉浸在自己的思緒中，過了好一會才注意到十一點過後，有名女子從赫加里教堂走下來。他是從後照鏡看見的。直到她經過車後方七十公尺處的街燈下，他才猛地轉頭，立刻認出那正是蜜莉安。

他從座位上坐直起來。第一個念頭是下車，但又怕嚇走了她，最好還是等她走到門口。

當他看著她慢慢接近時，發現有一輛深色廂型車在她身旁停下，更令他震驚的是有一個男人——有如魔鬼般的巨獸——從拉門跳下車，一把抓住蜜莉安。女子大吃一驚，雖然往後退試圖扭動掙脫，但那男人輕而易舉便牢牢抓住她的手腕。

羅貝多看見蜜莉安迅速抬起一條腿劃出一道弧形，驚訝地張大了嘴。**她學過自由搏擊！**她一腳踢中男子的頭，但似乎毫無作用。男子反而伸手掌摑蜜莉安的太陽穴。羅貝多坐在車裡都聽到了啪的一聲。蜜莉安像是被雷擊中，撞向車頂。男子隨後彎身，一手將她拎起直接丟進車內。這時羅貝多才闔上嘴巴，回過神來，轟地打開自己的車門朝廂型車衝去。

才跑幾步便發現根本沒有用。在他全速抵達前，蜜莉安像一袋馬鈴薯被丟進去的廂型車已經迴轉，朝街道另一頭的赫加里教堂駛去。羅貝多馬上掉頭奔回車上，也跟著迴轉，到達轉角時廂型車已消失不見。他踩了剎車，往赫加里街看去，然後決定碰碰運氣，左轉朝霍恩斯路開去。

來到霍恩斯路剛好碰到紅燈，但因路上沒車，他便緩緩開到路中央四下觀望，只看到一輛車的尾燈從長島街向左轉往利里葉島橋方向。他無法辨識那是否是廂型車，但那是視線所及的唯一車輛。他加速追上去，但又在長島街被紅燈擋下，等候來自國王島的車輛通過之際，時間也一秒一秒地流逝。好不容易沒車了，他立刻踩足油門，根本不管另一個紅燈。

他盡可能以最快速度穿越利里葉島橋，並以更快的速度通過利里葉島，卻仍不知道自己看到的尾燈是否是那輛廂型車，也不知道那輛車是否已轉向朝葛連達爾或歐斯塔而去。他決定往前直走，再次踩下油門。他的時速已超過一百四十公里，不斷從牛步般的守法車輛旁呼嘯而過，心想總會有某個駕駛記下自己的車號。

到了布雷東的時候又發現那輛車，他趕上去直到距離只剩五十公尺，也確定是那輛廂型車沒錯。於是他將車速減至每小時八十公里，並落後到兩百公尺外，此時的他才終於開始正常呼吸。

蜜莉安倒在廂型車地板上時，感覺到血流到脖子，鼻子也在流血。那個男人把她的下唇打得綻裂，鼻梁很可能斷了。這次的攻擊簡直有如晴天霹靂，來得莫名其妙。她的反抗不到一秒鐘就被制伏。她覺得攻擊者將車門拉上那一剎那，車子就立刻開動了。當駕駛掉轉車頭，那個攻擊者還有一度失去重心。

她扭過身子，讓臀部靠著地板。當男人轉頭看她時，她大腳一踢，踢中他的太陽穴，甚至還能看見鞋跟留下一個印記。這一下應該夠痛的。

他訝異地望著她，隨即露出微笑。

天哪，這是什麼樣的怪獸啊？

她又踢了一腳，但他抓住她的腿並用力扭她的腳踝，痛得她尖叫起來，還不得不轉身趴著。

接著他俯身又打她一巴掌，打在太陽穴上，讓她眼冒金星，好像被大榔頭給敲中。他坐在她背上，她試圖把他弄下來，卻移動不了分毫。他將她的雙手扭到背後，銬上手銬。她深感無助，頓時一股驚恐襲上心頭，讓她再也動彈不得。

布隆維斯特正從提雷修行經巨蛋要回家。今天下午和晚上，他去造訪了達格名單上的三個人，一點結果也沒有。這幾人顯得十分驚慌，因爲達格已經找過他們，現在只等著天塌下來。他們向他苦苦哀求，而他也將他們全都從命案嫌犯名單中刪除。

駛過史康斯杜爾橋時，他拿出手機打給愛莉卡，她沒有接。接著試瑪琳，也沒有接。該死。時間很晚了。他想找人談談。

不知道羅貝多去找蜜莉安有沒有進展，於是撥了他的號碼，響了五聲才接起來。

「我是羅貝多。」

「你好，我是布隆維斯特，我想問問你那邊……」

「布隆維斯特，我正在**吱吱吱**廂型車，蜜莉安在裡面。」

「我聽不清楚。」

「**吱吱喳喳**。」

「聲音斷斷續續的，我聽不見。」

接著通話就斷了。

羅貝多咒了一聲。剛剛通過費查後，手機沒電了。他按下開關，重新啓動手機，撥了緊急求助電話，但才一接通電池又沒電了。

媽的！

他有個充電器可以利用點菸器充電，只不過現在放在家裡的玄關。他把手機丟到副駕駛座上，集中精神緊跟著廂型車的尾燈。他開的是剛加滿油的ＢＭＷ，廂型車再怎麼樣也不可能擺脫他。但他不想引起注意，因此將距離拉開到數百公尺。

一個孔武有力的巨人竟然在我面前毆打女生，被我逮到，可就有得瞧了。

要是愛莉卡在的話，應該會說他是大男人牛仔。羅貝多卻認爲這叫作生氣。

布隆維斯特開到倫達路上，看見蜜莉安的公寓沒有燈光。他又打了一次電話給羅貝多，卻得到用戶無法接聽的訊息。他暗咒一聲後，只好回家煮咖啡、做三明治。

路程比他預期的還遠。廂型車一直開到南塔耶後，上了E20公路，朝史崔涅斯方向往西行駛。剛過紐克瓦恩後左轉，沿著較小的道路穿越瑟姆蘭的鄉間。

路愈小，他被廂型車裡的人發現的機率就愈高。他鬆開油門，落後更多一些。

他不太確定自己所在的位置，但據他判斷，他們正沿著英根湖西岸而行。廂型車脫離了視線，他連忙加速，最後來到一條又長又直的路上。

廂型車不見了。路的兩邊都有小岔路。他跟丟了。

蜜莉安的脖子和臉都很痛，但已經克服了無助的恐慌。男人沒有再打她，她便掙扎著坐起來，背靠在駕駛座背面。她雙手反銬在身後，嘴上貼著一塊膠布，一邊的鼻孔外凝了血塊，幾乎感到呼吸困難。

她注視著攻擊她的人。自從給她貼上膠布後，他便未曾再置一詞。她看著自己踢他太陽穴留下的印記，理應受傷不輕才對，他卻似乎毫不在意。

他身材高大健壯，從發達的肌肉可以看出他在健身房花了不少時間。不過他不是健美先生，因爲肌肉看起來非常自然，那雙手更有如平底鍋一般大。

廂型車在一條坑坑疤疤的路上顛簸著前進。她認爲他們上了E4公路以後往南走了一大段路，才轉入鄉間道路。

她心裡明白，即使沒有上手銬，面對這個巨人她也毫無機會。

瑪琳在十一點過後不久打給布隆維斯特，他剛回到家。

「抱歉，這麼晚還打電話。我已經找你找了幾個小時，但你一直沒接手機。」

「我去找幾個嫖客，整天都關機。」

「我發現一件事，可能挺有趣的。」瑪琳說。

「說說看。」

「畢爾曼。你要我去查他的背景。」

「找到什麼了？」

「他生於一九五〇年，一九七〇年開始讀法律，一九七六年拿到學位，一九七八年開始到柯朗—連恩事務所上班，然後於一九八九年自己開業。他有一些兼職工作，一個是一九七六年在地方法院做了幾星期的書記。一九七六年拿到學位後，在國家警察總局當了兩年律師，也就是一九七六到一九七八年。」

「有趣。」

「我查過他在那裡擔任什麼樣的工作，不容易挖掘，但可以確定的一點是，他負責國安局的法律事務，以移民業務為主。」

「也就是說？」

「他和你的畢約克曾經共事過。」

「那個王八蛋！他和畢爾曼曾經是同事，他竟然隻字未提。」

羅貝多為了盡可能不被發覺，把距離拉得太開，以至於有好幾次都見不到廂型車的蹤影，但就在跟丟之前一分鐘瞥見了一眼。他將車倒回長滿草的路邊，然後掉過頭來慢慢地開，一面搜尋旁邊的小路。

僅僅開了一百五十公尺，便發現濃密樹叢的一個小細縫裡有光線閃爍。他看見路的對面有一條林間小徑，往上開了二十公尺左右，轉過車頭面向外停下。下車後也不費事鎖車門，直接往回跑過道路、跳過一道水溝，循著蜿蜒小路通過許多矮樹叢與低枝，心想要是帶了手電筒就好。

這只是路邊一片狹長的樹林，因此很快就來到沙礫區，並可看到幾棟低矮、灰暗的建築。他正朝著建築走去，一處貨物裝卸區上方的燈忽然亮起。

他連忙蹲低，保持姿勢不動。不一會，建築內的燈亮了。這似乎是一處倉庫，約三十公尺長，一面牆的高處開了一排窄窗。院子裡堆滿貨櫃，在他右手邊停了一台黃色挖土機，旁邊有一輛白色富豪。在戶外光線照明下，他忽然看見那輛廂型車，就停放在距離他所在處二十五公尺外。

這時候，正前方貨物裝卸區裡的一扇門開了，有個留著老鼠般髭鬚、頂著啤酒肚的男人從倉庫走出來，點起一根菸。羅貝多藉由門上方的燈光發現，他綁了根馬尾。

他依然靜止不動，男人與他相距不到二十公尺，原本可以看得很清楚，不過打火機的火光影響了他夜間的視線。接著他和綁馬尾的男人都聽到廂型車裡傳出被抑制住的嚎叫聲，馬尾男走向車子時，羅貝多緩緩地壓低身子平趴在地上。

他聽見廂型車門卡嗒卡嗒地打開，看到那個金髮巨人先跳下車，然後又彎進車內把蜜莉安拖出來。他將她夾在腋下，並輕易地一把抓定讓她不再掙扎。兩個男人交談了幾句，但羅貝多聽不見談話內容。緊接著馬尾男打開駕駛座車門，跳上座位，發動廂型車後，勉強在院子裡轉圈掉頭。車頭的燈光從羅貝多身旁幾公尺處掃過，車子隨後從入口道路消失，引擎聲也逐漸愈離愈遠。

他小心地站起身來，衣服上好像黏黏的，此刻既覺得鬆了口氣又感到不安。鬆了口氣是因爲到底沒有把車跟丟，蜜莉安便近在咫尺。但那個巨人又令他生畏，看他把蜜莉安拎出車外就像拎紙袋一樣。

現在最理智的做法就是離開此地，報警。但他的手機電池沒電了，對於所在處也只有模糊概念，肯定無法指引任何人來到這裡。至於女孩在屋內發生什麼事，他也毫無頭緒。

他慢慢地繞行建築物一圈，發現只有一個入口。兩分鐘後又回到門邊，不得不作出決定。巨人是個壞蛋，這無庸置疑，因爲他綁架了蜜莉安。羅貝多倒是不特別害怕，他非常有自信，也知道一旦開打，他絕不會讓對方好過。問題是不知道倉庫裡面的人有沒有武器，還有沒有其他人和他一起。他猶豫著。除了女孩和金髮巨人之外，應該沒有其他人了。

裝卸區十分寬敞，足以將挖土機開進去，正面嵌了一扇普通大小的門。羅貝多走過去，按下門把將門打開，走進一間燈火通明的大倉庫，裡頭堆滿了各種建材、壓扁的箱子和雜物。

蜜莉安感覺到淚水順著臉頰流下。她哭倒不是因爲疼痛，而是因爲無助。這一路上，巨人處置她就好像她毫無重量似的。廂型車一停，他就撕掉她嘴上的膠布，然後毫不費力地抓起她進屋，往水泥地上一丟，完全無視她的抗議。當他望著她時，目光如冰。

蜜莉安知道自己將會死在這間倉庫。

他背轉向她，走到一張桌旁，打開一瓶礦泉水大口大口地喝。他沒有用膠帶綁起她的雙腿，因此她試圖起身。

他轉過頭來，微微一笑。他比她更靠近門邊，她不可能有機會從他身旁奪門而出。蜜莉安認命地跪倒在地，對自己惱怒不已。**要是不戰而降，我就死定了。**於是她又站起來，咬緊牙根。**來吧，你這頭死肥豬！**

雙手反銬讓她失去靈活與平衡，但當他靠上前來，她隨即後退、繞圈閃躲，留意對方的破綻。她閃電般飛踢他的肋骨，一個轉身，再踢向胯下。她踢中臀部後，倒退幾呎，換腳再踢。由於手被銬住，她無法保持平衡去踢他的臉，但仍迅速地踢向他的胸骨。

只見他伸出一隻手抓住她的肩膀，將她扭過身來，往下腰部打了一拳，下手沒有太重，卻讓蜜莉安像個瘋女一樣發出尖叫。一陣劇痛切過上腹部，幾乎令她失去知覺，也再次跪了下去。他對準太陽穴再打一巴掌，她隨即倒在地上。接著又踢她的胸腔，她聽到肋骨斷裂的聲音，感到呼吸困難而張口喘氣。

羅貝多完全沒有看到毆打場面，卻聽見了蜜莉安疼痛的哀嚎，一聲淒厲的尖叫很快便被截斷。他朝聲音來處看去，恨得咬牙切齒。隔間牆背後有一個房間。他悄悄地穿過倉庫，從門口偷覷，剛好看到巨人將女孩翻轉過來讓她平躺在地。巨人從他的視線消失了幾秒鐘，回來時拿了一把電鋸擺在女孩面前的地上。羅貝多見狀輕輕地脫下夾克。

「我要妳回答一個簡單的問題。」

他的聲音很尖，好像一直沒有變聲似的，還帶有口音。

「莉絲．莎蘭德在哪裡？」

「我不知道。」蜜莉安回答時，表情顯得很痛苦。

「答錯了。我啓動這玩意之前，再給妳一次機會。」

他說著蹲下來拍拍電鋸。

「莉絲．莎蘭德躲在哪裡？」

蜜莉安仍搖頭。

巨人正要伸手拿起電鋸，羅貝多毅然決然往房間裡跨出三大步，然後一記重重的右鉤拳揮向他的下腰部。

羅貝多能夠成爲世界知名的拳擊手並非僥倖。在職業生涯中，他打過三十三場比賽，贏了二十八場。當他使盡全力打擊某人，就是希望能看到對手露出痛苦神色倒下去。但這回他的手彷彿砸到一面混凝土牆，打拳擊這麼多年來，他從未有過類似經驗，不禁驚異地看著眼前這個龐然大物。

巨人轉身，也同樣訝異地看著拳擊手。

「替你找個同樣量級的對手，你看如何？」羅貝多說。

他對著對方的身體右、左、右地連連揮拳，而且每一拳都隱含不少力道。這些的確是重拳。但唯一可見的效果，卻是巨人倒退了半步，而且驚訝的成分多於拳擊的真正效力。接著他面露微笑。

「你是保羅．羅貝多。」他說。

羅貝多吃了一驚，停止攻擊。照理說，他剛剛打出的四拳應該已經讓巨人倒地不起，而他也可以準備回到自己的角落，等候裁判數到十。不料這幾拳打在他身上，竟似乎不痛不癢。

天哪，這很不正常。

接著他看到巨人的右鉤拳彷彿以慢動作般朝他揮來，動作很慢，等於事先預告了這一拳。羅貝多雖及時閃移，拳頭仍輕輕擦過肩膀，感覺竟像是被鐵棍打中。

羅貝多後退兩步，對於這個對手完全另眼相看。

這個人不太對勁。沒有人有這麼強的力道。

他下意識地舉起手來擋開一記左鉤拳，立刻又是一陣劇痛。緊接著突然冒出的右鉤拳，他來不及抵擋，正中他的額頭。

羅貝多踉踉蹌蹌地退出門口，撞到一堆搬貨木架，甩了甩頭，隨即感覺到臉上流下鮮血。**他害我眉毛割傷了。看來得縫幾針。又來了。**

下一刻當巨人出現時，羅貝多直覺地扭身轉向側邊，險些又要被那有如棍棒般的巨拳給擊中。他迅速地後退三步、四步，舉起雙手作出防禦姿勢，內心已深受震撼。

巨人帶著好奇，甚至覺得有趣的眼神看他，然後也擺出相同的防禦姿勢。**這傢伙是拳擊手。**他們兩人開始慢慢地互相繞行。

接下來的一百八十秒鐘，成了羅貝多這輩子所經歷過最怪異的比賽。沒有教練，沒有裁判。沒有回合結束的鈴聲，可以讓拳擊手回到各自的角落。沒有休息時間可以讓你喝水、聞嗅鹽、拿毛巾擦去眼睛的血。

羅貝多現在知道了自己是在為生命而戰。當腎上腺素以前所未見的強度急湧而出之際，他一切的訓練、這許多年來的沙包搥打、一切的對戰練習，以及他從奮戰過的每場比賽中所獲得的一切經驗，全都在瞬間聚積成一股力量任他使喚。

他們交互攻擊對方時，羅貝多將所有的力道與憤怒都加入了攻勢之中。左、右、左、左，然後右刺拳攻臉，躲閃左鉤拳，後退一步，右拳進攻。每次出拳總是扎扎實實地打中對手。

這是他一生中最重要的拳賽，不只使拳也要用腦。好不容易躲閃避開了對手揮過來的每一拳。

他的一記右鉤拳正中巨人的下頷後，覺得自己的手好像骨折了，這理應能讓對手痛得縮成一團倒在地上。他瞄自己的指節一眼，發現流血了，而巨人的臉上也能看見瘀傷與腫脹，但他似乎毫無感覺。

羅貝多往後退，盡可能保持呼吸平穩，一面評量情勢。**他不是拳擊手。他動作很像，但壓根就一竅不通，只是在假裝。他不會格擋，出拳之前會露出破綻，而且慢得像隻烏龜。**

下一刻，巨人以左鉤拳攻破羅貝多的防守，打中他的胸腔。這是他第二次正中目標。一根肋骨斷裂的同時，刺痛感竄遍羅貝多全身。他再度後退，卻絆到一堆鷹架材料，向後仰倒。他看見巨人俯視著他，立刻猛地縮起身子翻滾到一旁，搖搖晃晃站起身來。

他擺出架式，試圖蓄積力量，但對手已再度出擊。他躲閃、再躲閃，接著後退，每次以肩膀擋拳總是一陣劇痛。

接下來每個拳擊手最害怕體驗到的時刻出現了。這種感覺可能在比賽中途的任何時刻冒出來，覺得自己就是不夠好，知道自己**就要輸了**。

這幾乎是每場比賽的關鍵，在這一刻你的體力耗盡，腎上腺素分泌得如此費力以至於成為負擔，而投降就像幽靈似的現身於場邊。這一刻是專業與業餘的分野，是勝者與敗者的界線。凡是置身於此深淵中的拳擊手，幾乎無人能逆轉既定的情勢，反敗爲勝。

這番省思震撼了羅貝多。腦中彷彿有什麼在怒吼，讓他感到暈眩，此刻的他猶如靈魂出竅似的旁觀著這一幕，也像是透過相機鏡頭看著這個巨人。這一刻攸關勝敗，若無法勝出就得永遠消失。

他維持半圓形移動範圍，但向後拉開距離以便恢復體力、爭取時間。對手緊緊地跟著他，但十分緩慢，就好像早知結果如何，只是想拉長比賽時間。**他會打拳，卻不知道眞正的技巧。他知道我是誰。他是個毫無經驗的業餘拳手，出拳卻有毀滅性的力道，而且似乎對任何重擊都無動於衷。**

當羅貝多試圖評估局勢以決定該怎麼辦時，腦中不斷縈繞著這些思緒。

忽然間，他回想起兩年前在馬里漢的那個夜晚。當天他遭遇到阿根廷選手塞巴斯提安．魯漢，或者應該說當魯漢遭遇到他時，他的職業拳擊手生涯便在最殘酷的情況下結束了。那是他一生中第一次不小心被擊倒，還昏迷了十五秒鐘。

他經常反省到底哪裡出錯。當時的他正處於巔峰狀態，受萬眾矚目。魯漢並沒有比他強。但這個阿根廷人扎實地打中他一拳，那一回合也演變成怒海洶湧。

事後重看錄影帶，他看到自己在場中是如何腳步輕浮、搖搖晃晃，就像唐老鴨般不堪一擊。果然二十秒之後就被擊倒。

魯漢沒有比他強，受的訓練也沒有比他好。誤差是那樣微小，比賽勝負難定。

他後來所能觀察到的唯一差異，就是魯漢比他更有企圖心。當羅貝多走進馬里漢的拳擊場時，大家都看好他，但他並未極度渴望打拳。那已不再是生死之爭。比賽輸了不代表世界末日。

一年半後他仍然是拳擊手，但已非職業選手，而且只參加友誼賽。不過他仍繼續接受訓練，沒有變胖，腹部肌肉也依然緊繃結實。昔日參加冠軍大賽前總會嚴格操練數月，現在的體能狀況雖不比當時，但畢竟他是保羅．羅貝多，不是泛泛之輩。而且和在馬里漢不同的是，在紐克瓦恩南邊倉庫裡的這場拳賽，非生即死。

羅貝多作出了決定。他忽然停下腳步，讓巨人靠近後，用左拳作了個假動作，然後將一切力量都放在接下來的右鉤拳。他猛然出手，先後擊中對方的嘴巴與鼻子。由於他已經休戰一會，這次的攻擊完全出其不意，他聽到有什麼東西斷裂了。於是緊接著左、右、左三連擊，全都打在巨人臉上。

巨人以慢動作揮出右拳回擊，羅貝多老早便瞧出他出拳的方向，身子一潛，躲開了巨拳。他看見對手轉移身體重心，知道接下來是左拳，但羅貝多沒有格擋，反而往後一靠，讓這記左鉤拳從自己鼻尖掠過。接著他朝對手的身體部位，胸腔正下方，回敬一記重拳。當對手轉身迎戰，羅貝多的左鉤拳已經揮上來，再次重重打中鼻子。

他頓時覺得自己一切都做得很完美，比賽已在掌控中。這時巨人往後退去，鼻子流著血，也斂起了笑容。

隨後巨人竟出腳踢他。

他一腳飛踢而出，羅貝多嚇了一跳，完全沒有防備。膝蓋正上方的大腿彷彿被大榔頭擊中，整隻腿都痛痲了。**不會吧！**他後退一步，卻因右腳無法支撐，整個人仰躺在地。

巨人高高在上地看著他，兩人目光一度交會。那訊息再清楚不過。**打鬥結束了。**

不料巨人忽然瞪大雙眼，原來蜜莉安從背後踢了他的胯下。

蜜莉安全身每塊肌肉都疼痛，但仍想盡辦法將受縛的雙手放到身子下方，然後痛苦不堪地繞過雙腳，讓手臂回到身前。

她的肋骨、脖子、背部和下腰部都痛，而且只能勉強站起身來。最後終於搖搖擺擺走到門邊，睜大眼睛看著羅貝多——**他是從哪冒出來的？**——以右鉤拳擊中巨人，隨後左右夾攻他的臉，最後卻被踢倒在地。

蜜莉安發現自己一點也不在意羅貝多是怎麼出現，又為什麼出現。他是個好人。但此時此刻是她這輩子第一次如此渴望傷害另一個人類。她向前快走幾步，聚集起體內點點滴滴的力量，緊繃起所有依舊完好的肌肉，欺近巨人身後，大腳踢向他的命根子。這或許不是優雅的泰拳，但這一踢獲得了預期的效果。

蜜莉安暗自點頭叫好。男人就算巨大如房屋、結實如花崗岩，命根子卻都在同一處。巨人頭一次顯出驚慌神色。他發出一聲呻吟，抓住自己的胯下，一隻腳跪了下去。

蜜莉安一時下不定決心地呆站著，後來才發覺要結束這個場面還得再下功夫。她打算踢他的臉，沒想到他竟舉起一隻手臂。他應該不可能恢復得這麼快吧，而且剛剛感覺好像踢中樹幹一樣。他抓住她一隻腳將她拉倒後，開始往前拖。她看到他握起拳頭，急忙拚命扭動掙扎，另一隻未被抓住的腳也不斷亂踢，就在踢中他耳朵上方時，他的拳頭也正好落在她的太陽穴。她眼前電光與漆黑不斷交錯。

巨人眼看又要站直起來。

這時候羅貝多拿起一塊木板砸向他的後腦杓。巨人往前倒下，發出轟然巨響。

羅貝多看看四周，像作夢一樣。巨人在地上打滾。女孩神情呆滯，似乎已精疲力竭。他們倆合力爭取到了一點喘息的空間。

羅貝多一隻腳受傷，幾乎無法站立，膝蓋正上方的肌肉恐怕拉傷了。他一跛一跛地走向蜜莉安，拉她起身。她又開始動了起來，但目光似乎不能聚焦。他一語不發便將她甩到肩上，腳步蹣跚地向門口走去。右膝蓋簡直刺痛難忍。

來到漆黑的外頭，呼吸到清冷的空氣，感覺真好，只可惜沒有時間逗留。他穿過院子、走進樹叢，循原路返回。不料才一進樹林間，便絆到樹根跌倒。蜜莉安呻吟了一聲，他也同時聽到倉庫門砰地打開。

巨人站在明亮的四方門框當中，映照出偌大的黑影。羅貝多一手摀住女孩的嘴，並俯身貼在她耳邊悄聲要她保持絕對的安靜。

然後他在一棵傾倒的樹的樹根之間摸索了一會，找到一顆比拳頭還大的石頭。他在胸前畫了個十字。

在充滿罪孽的一生中，他第一次準備殺人——如果逼不得已的話。由於精力已經耗盡，他自知無法再戰一場。不過沒有人能抵抗得了砸爛的頭殼，就算天生的怪胎也不例外。他手裡緊捏著石頭，感覺到橢圓形狀之外還有個鋒利的稜邊。

巨人搖晃著身子走到建築的角落，往院子裡掃視許久。他站定的地方，距離屏息的羅貝多不到十步。他豎耳傾聽，凝神環目四顧，卻只能猜測他們是從哪個方向消失的。幾分鐘後，他似乎明白再找也是徒然，便在迅速決斷後走進倉庫，消失約莫一分鐘。他熄了燈，拿著一只袋子出來，走向富豪車，並隨即駛離入口道路。羅貝多一直等到再也聽不見引擎聲，低頭一看，發現一雙眼睛在黑暗中閃閃發光。

「嗨，蜜莉安，」他說：「我叫羅貝多，妳不必怕我。」

「我知道。」

她聲音很虛弱。他累得身子一軟，跌靠在倒下的樹幹上，腎上腺素好像已經降為零。

「我不知道要怎麼才能站起來。」他說：「不過我把車停在大路的另一邊。」

他震驚、茫然，腦袋裡有種奇怪的感覺。他踩了剎車，轉進紐克瓦恩以東一個路旁暫時停車處。這是他頭一次被打敗，而給予他重擊的則是羅貝多，那個拳擊手。回想起來像個荒謬的夢，在焦躁不安的夜裡會做的那種夢。他想不通那個拳手是從哪來的。忽然就這樣莫名其妙地出現在倉庫裡面。實在沒道理。

那幾拳其實他根本沒感覺，也不令他驚訝。但命根子被踢**可就**有感覺了。還有頭上重重挨了那一下，讓他一度昏厥。他小心翼翼地摸摸頸背，摸到腫起一大塊，用手指壓一壓，不會痛。但他仍感覺虛弱無力。上顎左側掉了一顆牙，嘴裡全是血腥味。他用拇指和食指捏住鼻子，試著往上彎，聽見裡面啪的一聲，可見鼻梁斷了。

趁警方抵達前，拿著袋子離開倉庫是對的，但卻也犯下大錯。他在探索頻道上看過，犯罪現場調查員能找出任何的刑事鑑識跡證。血液。毛髮。DNΛ。

他一點也不想回到倉庫，卻別無選擇，非得善後不可。於是他將車子迴轉往回開。就在快到紐克瓦恩時，逆向車道有輛車子與他交錯而過，可是他沒有多想。

回斯德哥爾摩的路程簡直有如噩夢一場。羅貝多的眼睛流血，也被痛毆得全身疼痛不已，因此開起車來像喝醉酒，整路蛇行。他用一手擦眼睛，並試探性地摸摸鼻子，眞的很痛，只能靠嘴巴呼吸。他不斷地留意白色富豪，在紐克瓦恩附近好像看到一輛逆向駛過。

上到E20公路後，駕駛變得稍微輕鬆了些，本想在南塔耶暫停一下，又不知該上哪去。他瞥一眼後座的女孩，手上還戴著手銬，沒繫安全帶直接躺在座椅上。方才他必須扛著她走到停車處，等到一躺上座椅，她馬上失去知覺，不知道是因爲受傷昏倒，或純粹因爲精疲力竭而整個人熄火。

他略一猶豫之後，轉上E4公路，朝斯德哥爾摩前進。

布隆維斯特才剛睡一個小時，就聽到電話鈴響，瞇眼看看時鐘，凌晨四點剛過。他無力地拿起話筒，是愛莉卡。一開始他聽不懂她在說什麼。

「你說羅貝多在哪裡？」

「和姓吳的女孩在索德的醫院，他一直打給你，但你沒有接電話。」

「我關機了。他到醫院去做什麼？」

愛莉卡的口氣聽起來很有耐心但也很堅決。

「麥可，你馬上搭計程車過去，把事情問清楚。他完全語無倫次，說什麼電鋸，什麼樹林裡的建築物，什麼不會拳擊的怪物。」

布隆維斯特眨眨眼睛，讓自己清醒一點，然後甩甩頭，準備去淋浴。

▲ ▲ ▲

羅貝多穿著拳擊短褲躺在病床上，情況慘不忍睹。布隆維斯特等了一小時才獲准見病患。他的鼻子用繃帶包住，左眼也蒙起來，一邊的眉毛上縫了五針後貼上透氣紙膠帶。胸部也纏了繃帶，全身布滿傷口與瘀痕，右膝蓋則用夾板固定住。

布隆維斯特在走廊上的販賣機買了咖啡請他喝，一面仔細檢視他的臉。

「看起來好像出車禍。」他說：「告訴我，出了什麼事？」

羅貝多搖搖頭，直視著布隆維斯特。「出現了一個該死的怪物。」

他又搖了搖頭，端詳自己的拳頭。指節全都腫得太厲害，幾乎端不住杯子。右手到手腕處也用夾板固定。他老婆對拳擊本來就沒什麼好感，這下子可更要大發雷霆了。

「我是拳擊手。」他說：「我是說當我還在打拳賽時，從來不怕和任何人上場對戰。我挨過一、兩拳，但也知道怎麼出拳。被我打中的人，應該是會受傷倒地。」

「可是這個沒有。」

羅貝多又再次搖頭。接著才告訴布隆維斯特當晚發生的事。

「我至少打了他三十次，十四或十五次打中頭，四次打中下頷。起初還有點保留，我並不想殺死那個混蛋，只想自保。不過到最後就全豁出去了。有一拳打到他的下頷，應該是骨折了，但那個怪物竟然只是稍微甩甩頭，仍繼續進攻。我敢發誓，他不是正常人。」

「他長什麼樣子？」

「身材像坦克一樣，我沒誇張。身高兩公尺，體重介於一百三十至一百四十公斤，全身肌肉硬得像穿了盔甲。總之是個不知道痛是什麼感覺的該死巨人。」

「你從沒見過他？」

「沒有，他不是拳擊手。不過奇怪的是，就某個角度看又很像。他對拳擊技巧沒有概念。我可能是虛晃一招然後攻其不備，他完全不知道該如何移動或閃避。根本是門外漢。可是偏偏他又想擺出拳擊手的架式。抬手的姿勢正確，也會一再地恢復到一開始的姿勢。也許他接受過拳擊訓練，只是教練的話一句也沒聽進去。我和那女孩能活命是因爲他動作太慢。他會揮出超大幅度的擺拳，老早作出預告，所以我能及時躲閃或格擋。他有兩拳打得還算漂亮，一拳打中我的臉，你可以看到結果如何，另一拳打在身體上，斷了一根肋骨。不過都沒有使出全力。要是正中目標的話，我早就人頭落地了。」

羅貝多笑了起來，很開懷地笑。

「什麼事這麼好笑？」

「我贏了。那個白癡想殺死我，但我贏了。我的確擊倒了他，只不過還得他媽的用木板把他敲倒在地，才能倒數。」他說到這裡，神情轉趨嚴肅。「如果蜜莉安沒有在法國人所謂的『le moment juste』（分秒不差的剎那）踢他的老二，我眞不敢想像後果。」

「羅貝多，我眞的、眞的很高興你贏了。蜜莉安醒來之後，也會這樣說的。你有聽說她的情形嗎？」

「她看起來和我差不多。有腦震盪，斷了幾根肋骨，鼻梁斷裂，腎臟也受損。」

布隆維斯特彎下身子，一手搭在羅貝多完好的膝蓋上。「以後如果有任何需要我的地方……」他說。

羅貝多微微一笑。「布隆維斯特，**你**呀，以後要是再有需要幫忙的話……」

「怎麼樣？」

「……就去找塞巴斯提安．魯漢吧。」

第二十六章

四月六日星期三

快七點時，巡官包柏藍斯基在醫院外的停車場見到茱迪，心情十分鬱悶。布隆維斯特打電話叫醒他，他隨即也打電話叫醒茱迪。他們在入口旁遇見布隆維斯特，跟著他來到羅貝多的病房。

所有令人迷惑的細節幾乎讓包柏藍斯基聽得摸不著頭緒，但畢竟有兩件事很清楚：一是蜜莉安遭人綁架，二是這位拳擊手毆打了綁架者。只不過從他的面容看來，實在難以判定是誰毆打誰。對包柏藍斯基而言，前一夜的事件已經將調查莎蘭德的工作提升到一個全新而複雜的層面。這個夢魘般的案件的種種，似乎都很不尋常。

保羅．羅貝多怎麼會牽扯進來？

「我是莎蘭德的好友。」他告訴他們。

包柏藍斯基和茱迪互看一眼，既驚訝又狐疑。

「她在健身中心和我做過對打練習。」

包柏藍斯基連忙轉移目光，盯著羅貝多背後的牆，茱迪則忍不住笑出聲來。一會過後，他們已經寫下他所能提供的所有細節。

「我想說幾句話。」布隆維斯特冷冷地說。

他們倆一齊轉向他。

「首先，從羅貝多的描述聽來，開著廂型車離開倉庫的那人，正是我看到在倫達路同一地點攻擊莎蘭德的人。一個高大的男人，綁著淡褐色馬尾，還有個啤酒肚，對吧？」

包柏藍斯基點點頭。

「第二，綁架蜜莉安的用意是為了打聽莎蘭德的藏身處。所以說至少在命案發生前一個星期，這兩名惡棍就開始在找莎蘭德了。同意嗎？」

茉迪喃喃地說了聲「同意」。

「第三，現在看起來莎蘭德更不像是報上描述的那種單獨犯案的瘋子。而且從表面研判，這兩個瘋子都不像信奉撒旦教的女同志幫派分子。」

包柏藍斯基和茉迪均未置一詞。

「最後第四點，我想這整件事可能和一個名叫札拉的人有關。達格在生前最後兩個星期，對他作了很多調查。一切相關資訊都在他的電腦裡面。達格認為此人和一位名叫伊莉娜·佩特洛瓦的妓女在南塔耶遇害一事有關。驗屍報告說她受到嚴重毆打，嚴重到三處最重傷的任何一處都足以致命。她的傷勢聽起來和蜜莉安以及羅貝多遭遇的情形非常類似。在這兩起事件中，這驚人暴力的工具可能就是巨人惡霸的雙手。」

「那畢爾曼呢？」包柏藍斯基說道：「假設有人為了某種原因要讓達格閉嘴，那麼誰有動機謀殺莎蘭德的監護人？」

「這整幅拼圖還沒有全部到位，不過畢爾曼和札拉有關係，這是唯一可信的解答。你能同意開始思考新方向嗎？我覺得這些罪行和性交易有某種關連，而莎蘭德是寧死也不會介入這種事的。我說過她非常有道德感。」

「那麼她扮演什麼角色？她到達格和蜜亞的公寓做什麼？」

「不知道。去作證？去反對？也或許是去警告達格和蜜亞，說他們將有生命危險。」

包柏藍斯基將一切安排妥當。首先打電話給南塔耶警局，請他們依照羅貝多的供述，前往英根湖西南方一間廢棄倉庫。接著打給霍姆柏——他住在佛萊明伯，是離南塔耶最近的組員——要他盡快與南塔耶警方會合，以協助犯罪現場調查。

▲　▲　▲

霍姆柏於一小時後回電。他已到達現場。南塔耶警方毫不費力便找到倉庫，但倉庫和另外兩處較小的儲藏庫都已付之一炬，消防隊現在也在那裡清理善後。院子裡有兩個被丟棄的汽油桶。

包柏藍斯基頓時感到一股近乎憤怒的沮喪。

到底是怎麼回事？這些惡棍是什麼人？這個莎蘭德又到底是誰？爲什麼就是找不到她？

九點開會時，埃克斯壯加入混戰，情況完全沒有改善。包柏藍斯基向他報告早上的戲劇化發展，並建議根據已發生的神祕事件重新排定調查的優先順序，因爲這些事件讓小組至今一直在調查的案情充滿疑點。

羅貝多的遭遇使得布隆維斯特對於莎蘭德在倫達路遭受攻擊的說詞變得更重要。原先的假設是三起命案均由一名精神異常女子所犯下，如今似乎也不再成立。莎蘭德的嫌疑不能完全排除，她得解釋凶器上何以有她的指紋，但調查方向確實得轉向有不同凶手的可能性。目前只有一個看法：布隆維斯特相信命案與達格即將爆料的性交易醜聞有關。包柏藍斯基指出了三個重點。

首要任務是找出綁架並傷害蜜莉安那個異常魁梧的男人，與其綁馬尾的同夥，進而確認他們的身分。要找出那名巨人應該很容易。

安德森卻提醒他們，莎蘭德的外表也很不尋常，但警方找了三星期還是沒有她的下落。

第二項任務就是在調查小組中分出一組人，積極研究達格電腦中的買春名單。關於這點，會有後勤方面的問題。目前小組掌握有從《千禧年》取得的達格的電腦，以及他失蹤的筆電的備份壓縮光碟片，但其中包含幾年來所蒐集的資料共有數千頁，若想加以分類研究相當耗時。小組需要人力支援，包柏藍斯基則派茱迪負責指揮該分組。

第三項任務是針對一個名叫札拉的人。小組會尋求國家刑事調查局協助，因爲他們顯然見過這個名字。他將任務指派給法斯特。

最後，安德森必須繼續協調搜尋莎蘭德。

包柏藍斯基報告六分鐘，卻引爆了一個小時的爭論。法斯特吼著反對包柏藍斯基的提議，絲毫無意隱藏自己的感覺。他提出自己的看法，認爲不管有何新的——他稱爲次要的——訊息，小組都得繼續把焦點放在莎蘭德身上。一連串的證據如此明顯，若是將力量分散到其他方向未免太過輕率。

「這些根本全都狗屁不通。現在明擺著有一個有暴力傾向，而且病情逐年加重的瘋子。你們難道眞以爲那些精神科報告和刑事鑑識結果都在開玩笑嗎？有證據顯示她到過命案現場。我們知道她是妓女，她的戶頭裡面還有一大筆來源不明的錢。」

「這些我都知道。」

「另外她也是某種女同性戀性愛教派的狂熱分子。我敢打賭那個女同志席拉．諾倫的供詞一定有所保留。」

包柏藍斯基提高聲量喊道：「法斯特，夠了。你太執著於那個同性戀的角度了，完全不像個專業警察。」

話一出口他立刻後悔在衆人面前直言。私下找他談，應該會更有效。最後埃克斯壯打斷大家紛擾的聲音，支持了包柏藍斯基的行動計畫。

包柏藍斯基瞄了波曼和賀斯壯一眼。

「據我了解，你們只會再待三天，那麼我們就好好利用吧。波曼，請你協助安德森追蹤莎蘭德，好嗎？賀斯壯，你繼續和茱迪同一組。」

大夥正要散會，卻見埃克斯壯舉起手來。

「最後一件事。關於羅貝多的部分要保守祕密。這次的調查要是再冒出一個名人，媒體肯定會萬箭齊發。所以出了這個房間，一個字也不能說。」

會後，茉迪將包柏藍斯基拉到一旁。

「我對法斯特發脾氣，實在很不專業。」包柏藍斯基說。

「我了解那種感覺。」茉迪帶著微笑說：「我星期一已經開始查達格的電腦。」

「我知道。有多少進展了？」

「他有十二份不同版本的稿子，和非常大量的調查資料，我還不知道哪些重要而哪些可以忽略。光是分類、瀏覽所有文件，就得花上好幾天。」

「那賀斯壯呢？」

茉迪遲疑了一下，然後轉身關上包柏藍斯基辦公室的門。

「老實告訴你……不是我要貶低他，不過他沒幫上太多忙。」

包柏藍斯基皺起眉頭。「說吧。」

「不知道怎麼說，他顯然不像波曼是個正牌警員，常常說很多廢話。他對蜜莉安的態度和法斯特差不多，而且對於指派的任務完全沒興趣。還有，雖然我無法確實證明，但他和莎蘭德似乎有點過節。」

「怎麼說？」

「我覺得他對她有一種敵意。」

包柏藍斯基緩緩點了頭。「很遺憾。波曼沒問題，但我實在不喜歡有外人介入這次的調查。」

「那我們該怎麼辦？」

「妳得再忍一忍直到這個星期結束。阿曼斯基說若是再沒有結果，就要終止任務。繼續挖，而且最好別寄望有人幫妳。」

▲ ▲ ▲

才短短四十五分鐘後，茉迪的工作就被打斷。埃克斯壯要她到辦公室見他，包柏藍斯基也在，兩個男人都面紅耳赤。那個自由撰稿記者史卡拉剛剛又發表了獨家新聞，說羅貝多從不知名的綁匪手上救出S&M女同志蜜莉安。報導中有一些細節只有調查小組的成員才知情，而記者的寫法好像在暗示警方考慮以傷害罪將羅貝多起訴。

埃克斯壯已經接到幾通其他報社打來的電話，詢問有關拳擊手扮演的角色。他臉色鐵青，並指控茉迪洩漏消息。茉迪強烈否認卻沒有用。埃克斯壯要她退出調查小組。

「茉迪說她沒有洩漏任何消息。」包柏藍斯基說道：「對我來說這就夠了。現在把一個經驗豐富、又熟知案情細節的警員調走，太莫名其妙了。」

埃克斯壯不肯改變主意。

「茉迪，我無法證明妳洩漏消息，但我對於妳繼續調查此案已經沒有信心。妳被調離調查小組了，命令立刻生效。這星期剩下的時間就休息吧。星期一會派給妳新的任務。」

茉迪點點頭，往門口走去，卻被包柏藍斯基攔下。

「茉迪，我要正式聲明：這些話我一句也不信，我絕對信任妳。但我作不了主。回家以前，請到我辦公室來一趟，謝謝。」

包柏藍斯基的臉蒙上一抹危險的色彩。埃克斯壯則顯得氣憤不已。

茉迪回到自己的辦公室，她和賀斯壯一直都在這裡查看達格的電腦。她滿懷怒氣，淚水已在眼眶打轉。賀斯壯看得出事情不對勁，但什麼也沒說。她也沒理他，只是坐在自己的桌子前面發呆。辦公室裡的沉默讓人有種壓迫感。

不一會，賀斯壯起身說要去買杯咖啡，問茉迪要不要也來一杯。她搖搖頭。

賀斯壯離開後，她站起來穿上夾克，拿起肩背包，到包柏藍斯基的辦公室去。他指著訪客椅示意她坐。

「茱迪，這件事我不打算妥協，除非埃克斯壯也解除我的調查任務。我不會接受，所以我想申訴。在我另外通知妳以前，妳還是繼續留在組上，聽我指揮。懂嗎？」

她點點頭。

「妳不能像埃克斯壯說的，這星期的剩餘時間都休息。我要妳到《千禧年》辦公室，再和布隆維斯特談談，請他協助指引妳瀏覽達格的硬碟。他們那邊有備份。如果有個已經熟知資料內容的人能替我們挑出可能重要的資訊，我們就能節省很多時間。」

茱迪覺得呼吸順暢多了。

「我什麼都沒有告訴賀斯壯。」

「這我會處理。他可以幫安德森。妳有沒有看到法斯特？」

「沒有。他一開完會就走了。」

包柏藍斯基不禁嘆了口氣。

布隆維斯特於上午八點從醫院回到家，昨晚睡得太少，下午又得以最佳狀態去斯莫達拉勒見畢約克，於是他換下衣服，把鬧鐘設在十點半，好好地再多睡兩小時。起床後刮完鬍子、沖過澡，換上乾淨的襯衫。當他開車經過古爾瑪廣場時，茱迪打了他的手機。布隆維斯特解釋自己無法與她碰面。她說出需要的幫忙，他便請她去找愛莉卡。

茱迪到達《千禧年》辦公室後，發現自己很喜歡這個自信滿滿、有點盛氣凌人、臉上帶著酒窩又剪了一頭蓬亂的金色短髮的女總編。她隱約懷疑愛莉卡或許也是女同志，因爲據法斯特的說法，和本案有關的所有女人似乎都有此傾向。但她隨即想起曾看過某個報導，說愛莉卡嫁給了藝術家葛瑞格．貝克曼。

「現在有個問題。」愛莉卡聽完她的要求後，說道。

「什麼問題？」

「並不是我們不想破案或協助警方，何況，資料也全都在你們從這裡帶走的電腦裡面。難處在於職業倫理方面。媒體和警方一向合作得不太愉快。」

「相信我，今天早上我也發現了。」茉迪帶著淺笑說。

「怎麼說？」

「沒什麼，只是個人的想法。」

「好吧。爲了維持可信度，媒體必須與官方保持明確的距離。跑到警局去配合警方調查的記者，最後總會變成警方的跑腿小弟。」

「這種人我見過幾個。」茉迪說：「但也可能有相反的例子。警察最後變成某些報社的跑腿小弟。」

愛莉卡笑起來。「沒錯。我恐怕得這麼說，萬一《千禧年》被聯想成某種圖利的媒體，這種後果我們實在承擔不起。我指的並不是妳想訊問任何《千禧年》員工——這點我們會毫不猶豫地配合——而是妳正式要求我們將新聞資料交給警方，積極協助偵查工作。」

茉迪理解地點點頭。

「這得從兩方面來看。」愛莉卡接著說：「首先，我們有一位記者同仁遇害，所以我們要盡力協助。但另一方面，有些東西我們不能也不會交給警方，也就是和消息來源有關的資料。」

「這個我可以通融，我可以保證消息來源的安全。」

「這無關乎妳的意圖或我們對妳的信任，而是無論遇到什麼情況，我們從未披露任何消息來源。」

「了解。」

「還有另一個事實，我們自己也在調查這些命案，這應該可以視爲新聞報導任務。因此當我們得到某些結論準備要公布時，我也準備將資訊交給警方，但得等我們作好準備。」愛莉卡忽然打住，皺起眉頭思忖。「只不過我也得對得起自己。這麼辦吧……妳可以找瑪琳幫忙。她對資料都很熟悉，也有能力分辨輕重。就讓她協助妳瀏覽達格的著作，以便整理出所有可能涉案者的名單。」

在梭德拉車站趕搭上前往南塔耶的區間列車時，奈瑟並不知道前一晚發生的事故。她穿著中長度的黑皮夾克、暗色長褲和一件高級紅色針織衫，還戴了一副眼鏡，但推高架在額頭上。

到了南塔耶，她找到前往史崔涅斯的公車，買了一張到史塔勒荷曼的票。上午十一點剛過，她在史塔勒荷曼南邊不遠處下車，視線所及有兩棟建築。她回想一下腦中的地圖。莫拉倫湖在東北數公里外，那是個避暑的鄉間地區，但也零星散布著幾間一年到頭皆有人居住的房舍。畢爾曼的屋子離巴士站大約三公里。她拿出自己帶的水壺喝了一口水，便開始往前走。約莫在四十五分鐘後抵達。

她先在附近繞一圈，研究鄰近的住家。右手邊最近的小屋，距離約一百五十公尺，無人在家。左手邊是一條山溝。經過兩間夏日房舍後，又有一群度假小屋。在這裡有人活動的跡象：窗戶開著，並傳出收音機的聲音。距離畢爾曼的小屋有三百公尺，可以安心做事不會受打擾。

小屋的鑰匙是從他公寓取得的。一進入屋內，她先取下屋子後面一塊窗板，萬一前頭發生什麼掃興的事，可以從這裡逃走。她所預期掃興的事，就是某位警員忽然決定前來搜查小屋。

畢爾曼的小屋是屬於比較老舊的一間，小小的建築裡面包括一個主廳、一個臥室和一間有自來水的小廚房。後院裡則有一個戶外乾式廁所。她花了二十分鐘看過所有的櫥櫃、衣櫥和餐具櫃，卻連一小張可能與莎蘭德或札拉有關的紙片都沒發現。

接著她去查看廁所和柴房，沒有什麼有趣的東西，也根本沒有紙張。這趟顯然是白跑了。

她坐在門廊上喝水、吃蘋果。正當要去關上窗板時，在入門處瞥見一個一公尺高的鋁梯，頓時停下腳步。她又轉進客廳，檢視天花板的隔板。閣樓的入口剛好在兩根屋頂梁木中間，幾乎看不出來。她搬來梯子，打開活板門，馬上就發現兩個Ａ４的資料盒，其中各有幾個檔案夾和其他種種文件。

▲ ▲ ▲

事情全都出了差錯，災難一樁接一樁，令他憂心。

先前桑斯壯曾聯絡上朗塔兄弟，恐慌地向他們報告說記者達格打算揭發他嫖妓的事和他們兄弟倆。到那時爲止，都沒什麼大不了的。如果媒體揭發桑斯壯，跟他毫無關係，而朗塔兄弟大可以暫時避避風頭，多久都無所謂。他們已經搭上「波羅的海之星」號前往愛沙尼亞度假。這整件事應該不會鬧上法院，但萬一最糟的情況發生，他們反正也不是沒坐過牢。這本來就是工作的一部分。

更麻煩的是莎蘭德竟然成功地從藍汀手中逃脫。眞是不可思議，因爲和藍汀相比，莎蘭德就像個布娃娃。他只需把她塞進車裡，帶到紐克瓦恩南邊的倉庫。

接下來桑斯壯又有另一名訪客，這回是來追查札拉的達格。這使得一切有了全新的發展。夾在畢爾曼的驚慌與達格的不斷糾纏之間，一個潛在的危險情勢出現了。

若沒有準備好承擔後果，就不是專業的幫派分子。畢爾曼就是個菜鳥。他勸過札拉不要和畢爾曼有任何牽扯，但對札拉而言，「莉絲．莎蘭德」這個名字就如同鬥牛眼前的紅絨布。他厭惡莎蘭德。老實說，很不理智。好像某個開關被啓動了似的。

達格——也就是已經給桑斯壯和朗塔兄弟惹不少麻煩那個該死的記者——來電那一晚，他就在畢爾曼家，這純粹是巧合。在試圖綁架莎蘭德不成之後，他去找畢爾曼，想要視情況安撫他或威脅他。不料達格的電話讓畢爾曼驚慌失措——一種不理性而愚蠢的反應。然後忽然說他要退出。

不只如此，畢爾曼還取出他的牛仔手槍恫嚇他。他只是訝異地看著畢爾曼，然後取過他手中的槍。他已經戴上手套，所以指紋不是問題。他別無選擇。畢爾曼顯然已經發瘋。

畢爾曼當然知道札拉的事，也因此是個不利因素。他其實也說不明白，當時爲何叫畢爾曼脫掉衣服，應該是因爲他討厭這個律師，而且也想讓他知道吧。當他看到畢爾曼腹部的刺青——**我是隻有性虐待狂的豬，我是變態，我是強暴犯**——時，差點忍俊不住。

有一度他幾乎同情起這個男人。眞是個大白癡。不過幹他這一行，該做的事還是得做，不能感情用事。於是他帶他進入臥室，逼他跪下，並拿枕頭當消音器。

他花五分鐘搜查畢爾曼的公寓，看看有無關於札拉的任何蛛絲馬跡。唯一找到的是他自己的手機號碼。爲了安全起見，他拿走了畢爾曼的手機。

接下來的問題是達格。當畢爾曼的屍體被發現，達格一定會報警，說出他曾打電話給這個律師詢問札拉的事。那麼札拉便會成爲警方注意的目標。

他自認還算聰明，但對於札拉那種近乎神奇的謀略天分，他有無上的敬意。他們合作了將近十二年，那是很成功的一段歲月，他非常敬重札拉。每當札拉解釋人性與其弱點，以及該如何從中獲利時，他都可以靜靜地聽上幾個小時。

但他們的事業竟意外地出了問題。

他直接從畢爾曼住處開車到安斯赫得，將白色富豪停在兩條街外。幸運的是，大樓正門沒有上鎖，於是他上樓按了掛著「達格—蜜亞」門牌那戶住家的門鈴。

他開了兩槍——公寓裡還有一個女人。他沒有搜索公寓或帶走任何紙張文件，倒是隨手拿起放在客廳桌上的一台電腦，轉身下樓準備回到車上。他太急於離開那裡，唯一犯的錯就是一面想把筆電抱穩，一面掏車鑰匙時，把手槍掉落在樓梯上。他停了一下，但槍已經一路順著樓梯跳到地下室，再跑下去撿太浪費時間。他知道自己是那種讓人看過一眼便很難忘記的人，因此當下最重要的是趁著被任何人發現以前離開現場。

一開始，札拉也因爲掉落手槍一事責備他，但後來聽說警方開始搜捕莎蘭德，他們不禁驚訝萬分。他的失誤竟轉變成令人難以置信的意外好運。

可惜這也產生了一個新問題：莎蘭德變成僅剩的薄弱關連。她之前認識畢爾曼，又知道札拉，有可能會推斷出來。他和札拉商量時，兩人對此達成協議：必須找到莎蘭德，並找個地方把她埋了。讓她永遠不再現身，這是最理想的，那麼命案的調查終究會被擱置。

他們想碰碰運氣，希望透過蜜莉安找到莎蘭德。結果事情又再度出錯。**保羅・羅貝多**。偏偏是他。無端冒出來，而且根據報載，他也是莎蘭德的朋友。

他驚呆了。

經過紐克瓦恩後，他去了藍汀在硫磺湖的家，離硫磺湖機車俱樂部僅百來公尺。不是理想的藏身處，但也別無選擇，他得找個地方讓自己可以避避風頭，直到臉上的瘀青開始消退，讓自己可以消失一陣子。他捏捏斷了的鼻子，摸摸脖子上的腫塊，已經開始消腫了。

回去把那個鬼地方給燒了，做得很好。

正想到這裡，他忽然全身冰冷。

畢爾曼。他曾經去畢爾曼的避暑小屋和他見過一次面。二月初，當札拉答應處置莎蘭德的時候。畢爾曼有一份關於莎蘭德的資料，他大略翻過。怎麼竟把這個忘了？這可能會扯上札拉。

他走到廚房，叫藍汀盡快親自趕到史塔勒荷曼去，再放一把火。

包柏藍斯基知道偵查工作即將瓦解，便利用午餐時間試圖重新整合案情。他先找安德森和波曼談，以了解追捕莎蘭德的最新狀況。約特堡和諾雪平都有人提供消息，他們立刻排除約特堡的可能性，但諾雪平的目擊線索卻不無可能。他們通知當地同事，前往某處地址小心埋伏監視，據說有個看似莎蘭德的女孩曾在那裡現身。

他想找法斯特，但他人不在局裡也沒接電話。在會議上激烈爭辯過後，法斯特就消失了。

包柏藍斯基隨後去見埃克斯壯，試圖緩和茉迪的問題。他有條不紊地陳述自己的想法，說明爲什麼解除她的職務是魯莽之舉。埃克斯壯卻聽不下去，包柏藍斯基決定撐到週末結束，到時再提請申訴。眞是愚蠢的情況！

三點剛過，他踏出走廊，恰巧看見賀斯壯走出茱迪的辦公室，他應該還在那裡仔細搜尋達格的硬碟。包柏藍斯基心想，如今既然沒有正職警員把關，以免有所遺漏，繼續做這個也沒有意義了。剩下這幾天，只好讓賀斯壯跟著安德森。

他還沒想好該怎麼說，賀斯壯已經走進走廊另一頭的洗手間。於是包柏藍斯基便到茱迪的辦公室去等他回來。從門口可以看到茱迪的位子是空的。

接著他的目光落在賀斯壯的手機上，他放在辦公桌後方的架子上忘了拿走。

包柏藍斯基往洗手間瞄一眼，門還關著。接著純粹出於一股衝動，他走進辦公室，拿起賀斯壯的手機塞進口袋，迅速回到自己的辦公室將門關上。他按下已撥電話，往前查看。

九點五十七分，早會完畢後，賀斯壯打了一個區域號碼〇七〇的電話。包柏藍斯基拿起桌上電話，撥了那個號碼。接電話的是史卡拉。

他立刻掛上，直盯著賀斯壯的手機，然後臉上罩著一層寒霜站起身來。剛往門口走了兩步，他的電話響了。他又走回來接起電話，對著話筒吼出自己的名字。

「我是霍姆柏。我又回到紐克瓦恩郊外的倉庫。」

「找到什麼了嗎？」

「火已經滅了，忙了兩個小時。南塔耶警局帶來一隻尋屍警犬搜索這一帶，說不定火場裡有人。」

「有嗎？」

「沒有，不過我們暫停了一下，讓狗的鼻子稍作休息。訓犬警員說火場的氣味太強烈，有此必要。」

「說重點，霍姆柏。我現在有點急事。」

「是這樣的，他牽著狗隨便走走，讓狗遠離火場。在倉庫後面的樹林裡約七十五公尺處，狗卻有了反應，我們於是開始挖掘。十分鐘前我們找到一條穿鞋的人腿，好像是男鞋。埋得很淺。」

「要命。霍姆柏，你得……」

「我已經掌控現場，下令停止挖掘。我想先讓鑑識人員來進行妥善處理以後再繼續。」

「做得非常好。」

「但還不只如此。五分鐘前，警犬又發現另一處，離前一個地點約八十公尺。」

莎蘭德用畢爾曼的爐子煮了咖啡，還吃了第二個蘋果。她一頁頁翻閱著畢爾曼所寫的關於她的筆記，確實相當訝異。看得出他花費許多功夫整理這些資訊，甚至還找到一些連她自己都不知道的文件資料。

她閱讀潘格蘭的日誌時，內心五味雜陳。共有兩本黑色筆記本，而且是從她十五歲開始記錄的。當時她剛剛逃離第二對寄養父母——住在西圖納的一對老夫婦，男的是社會學家，女的是童書作家。莎蘭德與他們同住十二天，發現他們對於收容她而對社會有所貢獻感到極度自豪，而且他們也期望她能常常表達感激。有一天聽到養母向鄰人吹噓並解釋，社會上一定要有人來照顧那些明顯有問題的年輕人，莎蘭德終於受不了了。**我又不是他媽的社服計畫！**她眞想大吼。到了第十二天，她從他們家裡的零錢罐偷了一百克朗，搭上巴士到烏普蘭威斯比，再轉搭區間列車到斯德哥爾摩中央車站。六星期後，警方在哈寧格一個六十七歲的男人家中找到了她。

這個人一直都還不錯，供她吃住，她卻毋須回報太多。他只想看她裸體，從來沒碰過她。她知道他會被視爲戀童癖，卻從未從他身上感受到絲毫威脅。她把他看成一個封閉、有社交障礙的人，最後甚至一想起他，還會覺得同病相憐。他們兩人都不屬於這個社會。

終於有人看見她，報了警。一位社工費盡唇舌勸她控告那個人性侵害。她堅決不肯說他們之間發生過任何不當行爲，何況她已經十五歲，又不違法。**去你媽的**。潘格蘭就在此時介入替她背書，並開始寫下關於她的日誌，用意似乎是想減輕進而解除他自己的疑慮，但效果不彰。第一篇寫於一九九三年十二月：

我愈來愈覺得莎蘭德是我處理過的年輕人當中，最無法駕馭的一個。問題是，我反對她回聖史蒂芬的決定是對是錯呢？三個月內，她已經逃離兩個寄養家庭，而且在逃家過程中，顯然有可能造成某種傷害。很快我就得決定是否應該放棄監護職務，請眞正的專家來照顧她。我不知道到底什麼是對什麼是錯。今天我認眞地與她長談一番。

那回長談的一字一句，莎蘭德都記得很清楚。就在聖誕節前兩天，潘格蘭帶她回自己家，讓她睡客房。他煮了肉醬義大利麵當晚餐，飯後叫她坐在客廳沙發上，自己則坐到對面的扶手椅上。她記得當時還懷疑潘格蘭是否也想看她裸體，不料他卻把她當成大人一樣交談。

其實那是一場兩小時的獨白，她幾乎悶不吭聲。他仔細地分析現實狀況，也就是說她現在得作出決定，看是要回聖史蒂芬或是和寄養家庭同住。他會盡力找一個她能接受的家庭，也堅持要她認同他的選擇。他決定留她一起過聖誕節，好讓她有時間想想自己的未來。她可以自己考慮，但聖誕節翌日，他就要一個明確的回答，還要她答應以後若有問題會來找他，不會再逃跑。說完便讓她上床睡覺，自己則顯然是坐下來寫了日誌裡的第一段。

潘格蘭根本無法想像她有多害怕被送回聖史蒂芬。她過了一個很不愉快的聖誕節，整天疑神疑鬼地盯著他的一舉一動。第二天，他仍未企圖對她毛手毛腳，也沒有任何想偷看她洗澡的跡象。相反地，當她光著身子從客房走到浴室企圖挑逗他時，他還大發雷霆，砰一聲地摔浴室的門。稍後，她便答應了他的要求，也一直遵守承諾。呃，或多或少吧。

潘格蘭在日誌裡井然有序地評論他們每次的會談，有時候三行，有時候則抒發了滿滿幾頁的感想。有些地方令她頗感詫異，因爲潘格蘭的洞察力出乎她的想像。有幾次是她有意欺騙，他卻看穿了還作了評論。

接下來她打開一九九一年的警察報告。

拼圖全部到位，刹那間彷彿天旋地轉。

她讀著由一位名叫羅德曼的醫師寫的醫療報告，當中泰勒波利安醫師扮演著顯著的角色。她十八歲那年，檢察官在聽證會上設法要讓她入院，手中握的王牌便是羅德曼。

接著她在一個信封內發現泰勒波利安與一名叫畢約克的警員來往的書信。寫信日期都在一九九一年，「天大惡行」剛發生不久。

信中沒有明白說出什麼，但莎蘭德名字下方彷彿倏地開啓了一道活板門。她愣了幾分鐘才想通其中的關連。畢約克提到某次談話內容，想必是他們之前談過的事。他的遣詞用字無懈可擊，但字裡行間透露出：如果莎蘭德下半輩子都被關在精神病院，對大家都好。

> 重要的是要讓孩子遠離那個環境。我無法評估她精神狀況如何，或是需要何種照護，但就目前的事件而言，她住院的時間愈久，愈不可能在無意中製造麻煩。

就目前的事件而言。莎蘭德暗暗咀嚼這句話好一會。

泰勒波利安在聖史蒂芬醫院負責照顧她，這並非巧合。書信中的語氣讓她了解到，這些信理應永遠見不到天日。

泰勒波利安早就認識畢約克。

莎蘭德咬著下唇沉思。她從未調查過泰勒波利安，不過他最初擔任過法醫，即便是國安局的調查工作，偶爾也需要諮詢法醫或精神病學家。如果現在開始挖掘，一定能找到關連。泰勒波利安的職業生涯當中，曾和畢約克有過交集。當畢約克需要一個能埋葬莎蘭德的人，便找上了泰勒波利安。

事情就是這樣。原本看似巧合的事，如今呈現出全新的角度。

她兩眼放空呆坐良久。沒有人是清白的，只不過有不同程度的責任罷了。而有人得爲莎蘭德負責。她非得跑一趟斯莫達拉勒不可。她心想，在國家司法體系這艘破船裡，應該沒有人想和她討論這個議題，所以一定要在沒有第三者在場的情況下和畢約克談談。

她很期待這次的談話。

這些檔案夾不必全部帶走。她看過的部分已經像錄影一樣烙印在她腦海裡，因此她只帶了潘格蘭的筆記本、畢約克在一九九一年寫的報告、一九九六年她被宣告失能的醫療報告，以及泰勒波利安與畢約克之間的書信。這些已足以塞滿背包。

她才關上門，還來不及上鎖就聽到身後的摩托車聲。轉身一看，要躲已經太遲，根本不可能跑得比那兩個哈雷騎士更快。於是她戒愼地走下門廊，在車道上與他們相會。

包柏藍斯基憤怒地走過走廊，發現賀斯壯還沒回茉迪的辦公室，但洗手間已經沒人。他又繼續往前走，看見他正端著咖啡販賣機的塑膠杯在和安德森與波曼說話。

包柏藍斯基沒有現身，而是掉頭上樓到埃克斯壯的辦公室，也沒敲門便猛然將門推開，打斷了正在講電話的埃克斯壯。

「你跟我來。」他說。

「你說什麼？」埃克斯壯反問。

「電話放下跟我來。」

包柏藍斯基的表情讓埃克斯壯不再多問便照著做。在這種情況下，很輕易便能了解爲什麼包柏藍斯基的綽號叫泡泡警官，那張臉不正像極了鮮紅色的防空氣球？他們一塊下樓到安德森的辦公室，包柏藍斯基馬上大步向前，狠狠扯住賀斯壯的頭髮，拉到埃克斯壯面前。

「喂，你在搞什麼？你瘋了嗎？」

「包柏藍斯基！」埃克斯壯大吃一驚，喊道。

埃克斯壯顯得很緊張，波曼也張大了嘴。

「這是你的嗎？」包柏藍斯基拿出一支 Sony Ericsson 手機問道。

「放手！」

「**這是你的手機嗎？**」

「是啦，搞什麼東西！放開我。」

「還不行，你被捕了。」

「**我什麼？**」

「我要以洩密且妨礙警方辦案的罪名逮捕你，否則你就得提出合理的解釋，爲什麼你的已撥電話顯示，你在今天上午九點五十七分，我們剛開完會，就打電話給一個自稱名叫史卡拉的記者，而史卡拉也馬上就公布了我們決定要保密的一切訊息？」

奉命到史塔勒荷曼縱火的藍汀，先繞到硫磺湖外圍那個廢棄印刷廠改裝的俱樂部，找尼米南和他一同前去。冬天過後這是第一次出去飆車，天氣好極了。雖然已經得到詳細的路線說明，他還是又攤開地圖研究。兩人穿上皮衣後，立刻上路從硫磺湖前往史塔勒荷曼。

當藍汀看見莎蘭德站在畢爾曼夏日小屋的車道上，簡直不敢相信自己的眼睛。他敢肯定是她沒錯，雖然模樣不太一樣。是假髮嗎？她就定定地站在原地，等著他們。這個意外收穫保證會讓巨人樂昏頭。

他們騎上前去，分別停在她的兩側，相距兩公尺遠。熄掉引擎後，樹林裡一片死寂。藍汀不太知道該說什麼，好不容易才迸出：

「哇，這是誰呀？我們找妳找得好辛苦，莎蘭德。尼米南，這位就是莎蘭德小姐。」

他面露微笑。莎蘭德則是面無表情地看著藍汀，並注意到自己用鑰匙刮過他臉頰與下巴的地方，仍有一條剛癒合的鮮紅疤痕。她抬起雙眼，望向他身後的樹梢，隨後又放低視線。那雙眼睛烏黑得令人心慌。

「我這個星期過得很不順，所以心情很差。」她說：「你知道最慘的是什麼嗎？就是每次一轉身，總有個裝著一堆大便的啤酒肚擋在前面耍威風。現在我想走了，讓開吧。」

藍汀張大了嘴，還以爲自己聽錯了，然後不知不覺笑了起來。這情況太荒謬了。一個瘦到可以放進他胸前口袋的小女生，竟然敢對兩個彪形大漢口出狂言，何況從皮背心就可以知道他們屬於硫磺湖機車俱樂部，也就是最危險的飛車黨，而且很快就會成爲地獄天使的正式成員，他們輕易就能把她撕成兩半，塞進馬鞍袋中。

就算這個女孩果眞瘋瘋癲癲——根據報紙報導，以及她在小屋前表現的樣子，顯然是眞的沒錯——也應該對他們的標誌表示一點敬意，她卻絲毫不放在眼裡。不管情況多麼荒謬，都不能容忍這樣的行爲。他朝尼米南瞥一眼。

「尼米南，我看得讓這個女同志嘗嘗老二的滋味。」他說著翻下哈雷機車，將車架立好之後，緩緩地朝莎蘭德靠近兩步，俯看著她。她紋風不動。藍汀搖搖頭，嘆了口氣，隨即反手一抽，就和他在倫達路上攻擊布隆維斯特的力道一樣。

但他只搧到了空氣。就在他的手應該打中她的臉那一刻，她往後退了一步站定，恰恰避開了。

尼米南靠在機車把手上，頗有興味地看著俱樂部的夥伴。藍汀漲紅了臉，又朝她揮了幾拳。她再度後退。藍汀愈揮愈快。

莎蘭德猛然定住，往他臉上噴光半罐梅西噴霧器，他立刻覺得雙眼灼熱刺痛。接著她的腳尖全力往上飛踢，轉化爲一股動能，在他胯下產生每平方公分約一百二十公斤的壓力。藍汀一時喘不過氣來跪倒在地，剛好提供莎蘭德更便利的高度。她瞄準他的臉一腳踢過去，就像足球比賽時罰球一樣。只聽見可怕的喀啦一聲，藍汀有如一袋馬鈴薯應聲倒下。

尼米南呆了幾秒才了解到眼前上演了不可思議的事。他想要立起機車支架，沒踢到，只得低頭去看。接著爲了保險起見，便準備往背心內袋裡掏手槍，正拉下拉鍊時，眼角餘光瞄到影子晃動。

當他抬起頭，便看見莎蘭德像顆砲彈朝他射來。她雙腳一蹬，使出渾身力氣踢中他的臀部，雖然傷不了他，卻已足以將他和機車一併踢翻。他的腳差點就被機車壓住，幸虧及時倒退了幾步，一陣踉蹌後才恢復平衡。

當她再次進入他視線時，只見她晃動手臂，緊接著便有一顆大如拳頭的石頭凌空飛來。他頭一低，只差幾公分就被擊中。

他終於拿出手槍，想要彈開保險，但再次抬頭時，莎蘭德已經近在眼前。他在她眼裡看見惡魔，並頭一次感受到驚恐。

「晚安。」莎蘭德說。

她將電擊棒往他胯下一插，送出五萬伏特的電，還讓電極在他身上緊貼至少二十秒。尼米南立刻失去意識。

莎蘭德聽見身後有聲響，旋過身去，發現藍汀正費力地跪起來。她豎起眉毛瞪著他。他盲目摸索著，想要揮去梅西的灼熱霧氣。

「我要殺了妳！」他低聲說。

他四下探摸，想抓到莎蘭德，而莎蘭德則愼重地看著他。這時候他又開口了：

「臭婊子！」

莎蘭德聽了俯身拾起尼米南的手槍，發現是一把波蘭製的P─八三瓦那。

她打開彈匣，確認裡面裝的是馬卡洛夫九毫米子彈沒錯，便扳上扳機，跨過尼米南走向藍汀，然後雙手握槍瞄準，射他的腳。他嚇得放聲尖叫，又倒了下去。

她在考慮是否應該問問，上次她在布隆柏咖啡館看見和他在一起的那個大塊頭是誰。據桑斯壯說，那個人曾在藍汀協助下，在某間倉庫殺過人。唉，剛才應該先問完問題再開槍的。

藍汀現在的狀況似乎無法與人清醒地對話，而且可能有人聽到槍聲，因此她應該馬上離開。反正要找藍汀，以後有的是時間，到時再在壓力較小的情況下問他話。她把槍扣上保險，塞進夾克口袋後，拾起軟背包。

走了十公尺後，她忽然停住轉過身來，又慢慢地往回走，打量起藍汀的機車。

「哈雷戴維森。」她說：「眞美。」

第二十七章

四月六日星期三

這是個明媚的春日，布隆維斯特駕著愛莉卡的車往尼奈斯路南行。黯淡的田野已帶有一絲綠意，空氣也十分暖和。這種天氣最適合拋卻所有問題，開車到沙港的小屋清靜幾天。

他和畢約克約好一點會到，但他提早了，便中途在達拉若暫歇，喝喝咖啡看報紙。今天的會面他沒有準備。畢約克有事情要告訴他，而布隆維斯特也下定決心，這次一定要帶著有關札拉的具體資訊離開斯莫達拉勒。

畢約克到車道來迎接他，看起來比兩天前更有自信也對自己更滿意。**你打算走什麼樣的棋？**布隆維斯特沒有和他握手。

「我可以給你關於札拉的資訊。」畢約克說：「但我有幾個條件。」

「說來聽聽。」

「《千禧年》不能揭發我。」

「我答應。」

畢約克十分吃驚。布隆維斯特一口便答應，毫無異議，畢約克原以為得花不少時間協商呢。這是他唯一的一張牌。以命案的情報交換匿名。布隆維斯特答應了，他願意放棄在雜誌上刊登大頭條的機會。

「我是說真的。」畢約克說：「而且要白紙黑字。」

「你可以白紙黑字寫下來，但這種文件對你根本沒用。我知道你犯了什麼罪，也正準備報警。但你知道一些事，因此利用這項優勢要我保持緘默。我考慮過了，也願意接受。我不會在《千禧年》提到你的名字。你可以相信我，也可以不相信。」

畢約克還在斟酌，布隆維斯特又說道：「我也有條件。我沉默的代價就是，你得將自己所知道的一五一十說出來。要是被我察覺你有所隱瞞，我們的約定就失效，我也會讓你的名字出現在瑞典每一塊新聞看板上，就像溫納斯壯那樣。」

畢約克回想起來，不禁打了個寒顫。

「好吧。」他說：「我也別無選擇。我會告訴你札拉是誰，但你絕對要徹底保密。」

他說完伸出手去，布隆維斯特這回握住了。他剛剛作出協助隱匿罪行的承諾，但他絲毫不感到困擾。反正他只答應他本身和《千禧年》雜誌不會揭露他。但達格的書中早已寫下畢約克的完整故事，而這本書還是會出版。

下午三點十八分，史崔涅斯的警方接獲報案，而且是直接打到總機，不是透過緊急求助服務。一個名叫鄂伯的男子，史塔勒荷曼東郊一間避暑小屋的屋主，報案說疑似聽到槍聲，便前去一看究竟，結果發現兩名男子身受重傷。呃，其實有一個傷得不算重，可是非常痛苦。是的，小屋的主人是尼斯·畢爾曼，一個律師。就是過世的畢爾曼，報紙上大幅報導的那個人。

今天因爲擴大鄰近地區的交通臨檢，史崔涅斯警方已經十分忙碌，卻又事情不斷。早上的交通任務曾一度中斷，因爲有個中年婦女在芬寧格家中遭同居男友殺害。幾乎就在同一時間，史托耶代的一處民宅因附屬建築起火而延燒到屋內，火場內發現一具屍體。更慘的是，有兩輛車在恩雪平公路上迎面對撞。因此史崔涅斯的警力幾乎已經應接不暇。

然而，值班員警一直在留意當天上午紐克瓦恩的後續發展，因而研判這起新事故肯定與衆人口中的那個莉絲・莎蘭德有關。尤其畢爾曼也是調查的一部分，於是她從三方面採取行動：首先徵用了僅剩的一輛警車，直接開往史塔勒荷曼。其次打電話給南塔耶的同事請求支援，由於先前已派出人力到紐克瓦恩南邊一棟燒毀的倉庫附近挖掘屍體，南塔耶的警力也快透支了，但既然紐克瓦恩與史塔勒荷曼之間可能有關連，南塔耶的值班員警不敢怠慢，連忙派遣兩輛巡邏車前往史塔勒荷曼進行協助。最後，史崔涅斯值班警員打電話給斯德哥爾摩的包柏藍斯基巡官，打了手機才找到人。

包柏藍斯基正在米爾頓保全，與該公司執行長阿曼斯基，以及他的兩名手下佛雷克倫與波曼開會。賀斯壯明顯缺席。

包柏藍斯基接到電話，立刻派安德森去畢爾曼的避暑小屋，並吩咐他若能找到法斯特便一同前去。略一沉吟後，包柏藍斯基也打給霍姆柏，他人在紐克瓦恩附近，離史塔勒荷曼近得多了。霍姆柏剛好也有消息要告訴他。

「我們已經確認坑中屍體的身分。」

「不可能，怎麼會這麼快？」

「如果屍體很體貼地和自己的皮夾、身分證埋在一起，事情就很簡單。」

「是誰？」

「小有名氣。肯尼・古斯泰夫森，外號叫『流浪漢』。有印象了嗎？」

「你開什麼玩笑？『流浪漢』躺在紐克瓦恩一個洞裡？那個在市區混的地痞、藥頭、小竊賊兼毒蟲？」

「對，就是他，至少皮夾的身分證是他。真正身分還得由鑑識小組確認，恐怕會像拼拼圖一樣，因為『流浪漢』被大卸了五、六塊。」

「有趣。羅貝多說和他對打的超重量級拳手曾拿電鋸威脅蜜莉安。」

「非常可能是電鋸，但我還沒細看。剛剛才開始挖第二處，他們正忙著搭帳篷。」

「很好，霍姆柏……我知道你已經忙了一整天，但今晚可以繼續待嗎？」

「當然，沒問題。我會讓他們繼續處理這邊，再到史塔勒荷曼去。」

包柏藍斯基掛斷電話後，揉了揉眼睛。

在史崔涅斯倉促成軍的武裝因應小隊，於下午三點四十四分趕到畢爾曼的避暑小屋，轉進入口道路後與一個騎著哈雷機車的男子正面對撞，那人一路搖搖晃晃，直到最後撞上迎面而來的警車。撞得並不嚴重，警察下車查問，發現他是尼米南，三十七歲，九〇年代中曾是著名殺手。尼米南似乎狀況很糟，為他銬上手銬時，警方發現他的背心被割破，十分詫異。皮衣少了一塊，大約二十平方公分，看起來很古怪，尼米南卻不願多談。

他們將他鎖銬在車上，繼續開了兩百公尺到小屋去。在那兒看見名叫鄂伯的碼頭退休工人，將一塊木片綁在藍汀的腳上，這個藍汀現年三十六歲，是名為硫磺湖機車俱樂部的幫派首腦。

這批警員由巡官尼斯亨瑞克·約漢森領隊。他下車後整整肩帶，看著倒在地上的可憐傢伙。

鄂伯停下為藍汀包紮腳的動作，苦著臉望向約漢森。

「是我打的電話。」

「你報警說有人開槍。」

「我說我聽到一聲槍響，跑過來看的時候發現這些傢伙。這個的腳中槍，還被揍得很慘。看來需要叫救護車。」

鄂伯瞄警車一眼。

「你們好像抓到另一個了。我到的時候他昏迷不醒，但好像沒受傷。沒一會他醒了，卻也不留下來幫他的夥伴。」

正當救護車駛離時，霍姆柏和南塔耶的警方同時到達了。因應小隊簡單地向他報告他們的發現，但藍汀和尼米南都不肯解釋兩人爲何來此，而藍汀也幾乎無法開口說話。

「所以說，兩名穿皮衣的機車騎士，一人騎哈雷，一人受槍傷，沒有武器。這樣對嗎？」霍姆柏說。約漢森點點頭。

「這兩個大男人共乘一輛車，這種說法是否不太可信？」

「我想這在他們的圈子會被視爲娘娘腔。」約漢森說。

「那麼就是少了一輛機車，既然武器也不見了，應該可以斷定有第三人騎著一輛機車、帶著一把武器離開現場。」

「聽起來合理。」

「這樣就生出一個問題了。如果這兩個男人騎機車從硫磺湖來，我們還少了第三人使用的交通工具，他不可能把自己的車和機車一併帶走。而且從史崔涅斯公路到這裡要走很久。」

「除非第三人住在小屋裡。」

「嗯。」霍姆柏說：「但小屋屋主是已故的畢爾曼律師，他肯定已經不住在這裡。」

「那麼一定有第四人開車離開。」

「爲什麼不會是兩人一起開車離開？不管哈雷的魅力多大，這應該都不是一起機車失竊事件。」

他思索片刻後，要求小隊指派兩名制服員警到附近的林道中尋找棄置車輛，同時向這一帶的住戶詢問，是否有人看見任何不尋常的事，或陌生的車輛。

「這個時節，小屋多半都是空的。」小隊隊長如此說，但仍答應會盡力。

霍姆柏打開未上鎖的小屋前門，一進門就看見廚房桌上的資料盒和畢爾曼針對莎蘭德寫的報告，便坐下來開始翻閱，愈看愈感驚異。

▲ ▲ ▲

霍姆柏的隊員很幸運，在零星散布的小屋之間敲門才敲不到半小時，便找到安娜．維多莉亞．韓森。這個春日上午，她在避暑小屋區的入口道路附近整裡一個花園。沒錯，她雖然已經七十二歲，但視力很好。沒錯，午餐時間前後，她看到一個穿著暗色夾克的矮小女孩經過。下午三點，兩名男子騎著機車過去，轟隆隆的聲音好嚇人。之後不久，女孩騎著其中一輛機車往回走，也或許不是同一輛。其實呢，看起來像那個女孩，但因為戴著安全帽，所以不能百分之百確定。然後警車就陸續到達了。

霍姆柏取得這份供詞時，安德森也來到小屋。

「發生什麼事了？」他問道。

霍姆柏鬱鬱地看著同事，說道：「我不太知道該怎麼跟你解釋。」

「霍姆柏，你現在是說莎蘭德出現在畢爾曼的小屋，獨自一人把硫磺湖機車俱樂部的頂級打手打得落花流水？」包柏藍斯基聽起來很緊張。

「是啊，她**受過**羅貝多的訓練嘛！」

「霍姆柏，拜託，饒了我吧！」

「好，你聽我說。藍汀腳上中槍，會造成永久的傷害，子彈從後腳跟穿出，把他的靴子轟到天國去了。」

「至少沒有射他的頭。」

「顯然無此必要。據當地警方說，藍汀臉上受傷嚴重：下巴骨折，斷了兩顆牙。醫護人員懷疑他有腦震盪。除了腳上的槍傷外，他的腹部也受盡折磨。」

「尼米南情形如何？」

「似乎沒有受傷，但報案的老人說他趕到時，尼米南昏迷不醒，過了一會清醒後，正打算離開，史崔涅斯的因應小隊就到了。」

包柏藍斯基沒有出聲。

「其中有個神祕的細節。」霍姆柏說。

「還有什麼？」

「尼米南的皮背心……他是騎機車來的。」

「所以呢？」

「背心破了。」

「破了是什麼意思？」

「有一大塊不見了。後面大約被割掉二十平方公分，就是印了俱樂部標誌的部位。」

包柏藍斯基揚起眉頭。「莎蘭德割下他的背心做什麼？當戰利品？為了報復？報復什麼？」

「不知道。但我又想到一件事。」霍姆柏說：「藍汀身材魁梧，綁了馬尾。當初綁架莎蘭德女友的人之一，也有啤酒肚和馬尾。」

自從數年前到格羅納倫德遊樂場搭過「大怒神」後，莎蘭德再也沒有享受過這種刺激。當時她去玩了三次，要不是沒錢了，她還會再玩三次。

騎乘一百二十五C.C.的川崎輕型機車是一回事，感覺只是像馬力較強的機器腳踏車，但掌控一輛一千四百五十C.C.的哈雷戴維森則完全是另一回事。最初三百公尺的林徑，畢爾曼未曾善加維護，簡直有如雲霄飛車軌道，她覺得自己像個活動陀螺，有兩次幾乎衝進林子裡，幸而都在最後一秒重新將車控制住。

安全帽不斷地往下滑遮住視線，即使割下尼米南的鋪棉皮背心當作襯墊也沒有用。

她不敢停下來調整安全帽，唯恐自己支撐不住機車的重量。她太過矮小，無法兩腳都著地，到時哈雷可能會傾斜倒地，那麼她永遠也不可能再將它扶正。

後來騎上通往避暑小屋群那條較寬廣的砂石路，情況變得順暢一些，幾分鐘後轉上史崔涅斯公路，她冒險放開一手調整安全帽。接著去加了點油，很快便騎到南塔耶，一路上她都笑得很開心。就在即將抵達南塔耶時，兩輛藍黃相間的富豪警車反方向鳴笛奔馳而過。

若是明智的話應該將哈雷丟在南塔耶，讓奈瑟搭區間列車進入斯德哥爾摩，但莎蘭德抗拒不了誘惑。她轉上E4公路加速前進，雖然沒有超速，呃，沒有超得太多，感覺仍像搭「大怒神」。直到來到歐弗休，她才離開大路慢慢找到露天商展場，並費了好大力氣將這頭巨獸停穩。她傷心不捨地留下機車，還有安全帽和尼米南背心的那塊皮布，走到區間列車站，整個人都快凍僵了。搭乘一站到梭德拉站下車，徒步走回摩塞巴克家中之後，泡了一個熱水澡。

「他名叫亞力山大・札拉千科。」畢約克說道：「但表面上這個人並不存在。你在戶政紀錄中找不到他的資料。」

札拉・亞力山大・札拉千科。終於有名字了。

「他是誰，我怎麼才能找到他？」

「你不會想找到他的。」

「這你不用操心。」

「我接下來要告訴你的是最高機密。萬一被人知道我告訴你這些事，我就得去坐牢。這是瑞典國防系統內最深藏的祕密之一。你必須要了解此事非常重要，你得保證不讓我曝光。」

「我已經保證了。」布隆維斯特不耐地說。

「札拉千科於一九四〇年出生於史達林格勒，一歲時，德軍開始展開東線攻勢，他的雙親都死於戰爭中。至少札拉千科是這麼認爲，戰爭期間究竟發生什麼事他並不是很清楚。他最早的記憶是從烏拉山一間孤兒院開始。」

布隆維斯特飛快做著筆記。

「孤兒院位在一座有駐軍的城鎮，因此就好比是由紅軍資助，也可以說札拉千科很小就開始接受軍事教育。自從蘇聯政府末期，就出現了一些文件顯示，由國家培育的孤兒當中，有人曾接受實驗訓練成爲特別健壯靈活的精英軍官，而札拉千科便是其中之一。我長話短說：他五歲時就被送進軍校，結果發現他頗具天分。一九五五年十五歲時，被送到新西伯利亞一間軍校，與另外兩千名學員一同接受類似俄軍特種部隊的訓練。」

「好，直接說成年以後的事吧。」

「一九五八年十八歲，他被轉往明斯克接受GRU的特別訓練，GRU是直屬軍隊最高指揮部的情報單位，別和祕密警察KGB搞混了，間諜活動與國外行動通常都由GRU負責。札拉千科二十歲時被派到古巴，那是受訓階段，他的軍階也還只是相當於少尉。但他在那裡待了兩年，正巧遇上古巴飛彈危機和豬羅灣侵略事件。一九六三年，他又回到明斯克接受更進一步的訓練，然後先後被派駐保加利亞和匈牙利。一九六五年他升爲中尉，也首度被派任到西歐，在羅馬執行了一年任務。那是他的第一個祕密任務，顯然是持有僞造護照的平民身分，與大使館毫無聯繫。」

布隆維斯特邊寫邊點頭，並在不知不覺中開始感興趣。

「一九六七年，他搬到倫敦，在那裡籌畫處決一名叛變的KGB幹員。接下來的十年當中，他成了GRU的頂尖情報員，也是眞正最優秀而忠誠的政治軍人。他會說流利的六種語言，曾經當過記者、廣告攝影師、船員……所有你想得到的職業。他是個求生高手，是僞裝與詐騙專家，手下有自己的幹員，並且籌畫執行自己的任務行動。其中有幾次行動是暗殺契約，極大多數都發生在第三世界，但他也曾涉入勒索、恐嚇以及上級需要他去執行的各種任務。一九六九年，他晉升上尉，一九七二年升少校，一九七五年升中校。」

「他怎麼會到瑞典來？」

「我正要說。這麼多年來他都在收賄，東摳西摳攢了點錢，但喝酒喝太凶，女人也玩得太凶。這些事上級都知道，但由於他仍受重用，這麼一點小事可以視而不見。一九七六年，他被派往西班牙出任務。細節就不用多說了，總之他鬧了笑話，也因爲任務失敗而失寵，被調回俄國。他決定抗命不從，因而導致更糟的局面。GRU命令馬德里大使館的一位武官去找他，和他說理。不知出了什麼差錯，札拉千科殺了使館的人。事到如今他已別無選擇，只得破釜沉舟，倉促地決定叛逃。他布下看似從西班牙前往葡萄牙並可能遭遇船難的軌跡，也留下線索顯示自己有意逃往美國，但事實上他選擇了投奔全歐洲最令人想像不到的國家。他來到瑞典，聯絡上國安局尋求庇護。他的考慮很正確，因爲KGB或GRU的暗殺部隊到這裡找他的機率幾乎是零。」

畢約克說到這裡閉口不語。

「然後呢？」

「假如蘇聯一名頂尖情報員叛逃到瑞典尋求庇護，政府該怎麼做？當時保守派政府剛剛上台，其實這也是新任外交部部長最早面對的問題之一。那些膽小政客把他視爲燙手山芋，當然想盡早甩掉他，卻又不能直接送回蘇俄——如果事情敗漏，將會是天大的醜聞。因此他們打算送他到美國或英國，但札拉千科拒絕了，美國他不喜歡，而他也知道有幾個國家的軍事情報單位最高層級已有蘇俄幹員滲入，英國便是其中之一。他不想去以色列，因爲不喜歡猶太人。所以他決定以瑞典爲家。」

整件事聽起來實在太不可思議，布隆維斯特不禁懷疑畢約克是否在捉弄他。

「所以他就留在瑞典了？」

「沒錯。多年來，這是瑞典最隱密的軍事機密之一。重點是，我們從札拉千科那裡得到許多重要資訊。七〇年代末到八〇年代初那段時間，他是所有叛變者當中的佼佼者，以前從未有GRU精英部隊的資深幹員叛逃過。」

「這麼說他可以出賣資訊？」

「正是如此。他手段很高明，總是在對他最有利的時機釋放出情報。他讓我們發現布魯塞爾北大西洋公約組織內的一名間諜、羅馬的一名間諜、柏林一整個間諜網的聯絡人，以及他在安卡拉和雅典曾利用過的殺手的眞實身分。他對瑞典的了解並不多，但我們可以用他掌握的資訊來與他國交換條件。他是個大金礦。」

「於是你就開始和他合作。」

「我們給了他新的身分、護照和一點錢，他自己會照顧自己，他畢竟受過訓練。」

布隆維斯特沉默了一陣子，反芻這些訊息，然後抬頭看著畢約克。

「上次我來的時候，你撒了謊。」

「有嗎？」

「你說你是八○年代在警察射擊俱樂部裡認識畢爾曼的，其實你們早就認識了。」

「那是直覺的反應。那件事是機密，我沒有理由詳述我和畢爾曼認識的過程。直到你問及札拉，我才聯想到。」

「跟我說說事情經過。」

「當年我三十三歲，已經在國安局服務三年。畢爾曼年輕得多，剛剛拿到學位。他在國安局處理一些法律事務，類似實習的工作。畢爾曼來自卡斯克羅納，他父親是軍事情報人員。」

「那又如何？」

「不管是畢爾曼還是我都沒有資格處理像札拉千科這種人，但他卻在一九七六年選舉日當天和我們接觸。警察總部幾乎一個人也沒有——大夥不是休假就是進行監視之類的，札拉千科就選在那個時間走進諾爾毛姆警局，宣稱要尋求政治庇護並想找國安局的人談。他沒有報上姓名。我那天値班，以為是很單純的難民事件，便帶著畢爾曼前去充當法律顧問。我們在諾爾毛姆與他碰面。」

畢約克揉了揉眼睛。

「他坐在那裡，口氣平靜而淡然地說出自己的身分與昔日的工作內容。畢爾曼負責記錄。我很快便了解到自己面對的情況，於是中斷談話，把札拉千科和畢爾曼都弄出那個警局。我不知如何是好，便在中央車站正對面的大陸飯店訂了個房間，將他安頓下來。我讓畢爾曼先陪著他，我則到樓下打電話給上司。」他說到這裡笑了起來。「我常常覺得我們的表現一點也不專業，但事實就是如此。」

「你的上司是誰？」

「那不重要，我不會再說出其他任何人的名字。」

布隆維斯特聳聳肩，不再追究。

「他說得非常清楚，這件事必須盡可能保密，牽扯的人也愈少愈好。這原本和畢爾曼一點關係也沒有，他層級太低了，但既然已經知情，最好還是保留他，不要再找其他人。我猜像我這種資淺的軍官，應該也是因爲同樣原因而留下。最後，與國安局相關的人員當中，共有七人知道札拉千科的存在。」

「另外還有多少人知道此事？」

「從一九七六年直到一九九〇年初……政府部門、軍隊最高指揮部與國安局內，總共大約二十人。」

「那一九九〇年初之後呢？」

畢約克聳肩道：「蘇聯瓦解之後，他就變得不重要了。」

「可是札拉千科到瑞典以後怎麼樣了？」

畢約克沉默了好久，布隆維斯特開始感到急躁。

「老實說……札拉千科是個大勝利，我們這些相關人士的事業前途都靠他了。你別誤會，那也是全職工作。我負責擔任札拉千科在瑞典的導師，起初的十年間我們每星期至少要見上幾次面。這是重要的那幾年間的事，當時他握有許多新鮮資訊，但另外還得設法控制他。」

「控制他什麼？」

「札拉千科是個狡猾的魔鬼，有時迷人得不得了，有時卻又偏執瘋狂。他會狂飲作樂，之後就變得暴力。我不只一次得在夜裡出去替他收拾善後。」

「例如說……」

「例如有一次他上酒吧，與人起了爭執，還把兩個企圖安撫他的保鑣打到昏死過去。他身材相當矮小，但近身肉搏的技巧非常高明，只可惜很多時候都用錯情況。有一回我還得到警局去保他。」

「他這樣很可能會引發特別的注意，聽起來不太專業。」

「他就是這樣。他沒有在瑞典犯過罪，也從未被逮捕。我們給了他一個瑞典名字、一本瑞典護照和身分證。國安局爲他準備了一棟房子，也付薪水給他，但只是爲了讓他隨時提供服務，卻無法阻止他上酒吧或玩女人。我們能做的就是收爛攤子。那是我在一九八五年以前的工作，後來調職以後，札拉千科便改由接替我工作的人接手。」

「那畢爾曼的角色呢？」

「老實說畢爾曼是個沉重負擔。他並不特別聰明，根本不適任這個工作，只是純屬巧合地被扯入札拉千科這件事，而且也只是最初期一小段時間，當時我們偶爾會需要他處理一些次要的法律程序。我的上司解決了畢爾曼的問題。」

「怎麼解決？」

「盡可能以最簡單的方法，就是替他在警界外一家法律事務所找一份工作，你也可以說那家事務所與我們關係密切。」

「柯朗—連恩。」

畢約克以鋒利的目光射向布隆維斯特。

「對。多年來他一直都會爲國安局做一些次要的調查工作，所以就某方面而言，他的事業發展也歸功於札拉千科。」

「那麼札拉千科現在人在哪裡？」

「我真的不知道。一九八五年以後，我和他的聯繫就斷了，這十二年當中我從未見過他。我最後聽到的消息是，他在一九九二年離開了瑞典。」

「顯然又回來了。他的出現和武器、毒品、非法性交易有關。」

「這我倒不驚訝。」畢約克說道：「但我們不確定這是不是你要找的札拉，或者另有其人。」

「兩個不同的札拉千科出現在這個故事裡的機率應該微乎其微。他的瑞典名字叫什麼？」

「這我不能告訴你。」

「你現在是在迴避問題。」

「你想知道札拉是誰，我告訴你了，但在我確知你履行承諾之前，是不會交出最後一塊拼圖的。」

「札拉很可能殺了三條人命，而警方卻追錯人，要是你以為沒有問出札拉的名字我會善罷甘休，那你就錯了。」

「為什麼你認為莎蘭德不是凶手？」

「我就是知道。」

畢約克微笑看著布隆維斯特，頓時覺得安全許多。

「我認為人是札拉殺的。」布隆維斯特說。

「錯了，札拉沒有殺人。」

「你怎麼知道？」

「因為札拉已經六十幾歲，而且行動極度不便。他有隻腳被截肢，走路不太方便，所以奔波於歐登廣場和安斯赫得之間開槍殺人的不是他。他若想殺人，就得打電話叫身障者運輸服務。」

瑪琳對茱迪露出禮貌性的微笑。「這個妳得問麥可。」

「好，我會的。」

「我不能和妳討論他的調查內容。」

「假如這個札拉有可能涉嫌的話……」

「這個妳得和麥可談。」瑪琳又說：「關於達格寫的東西，我可以幫妳，但我不能告訴妳有關我們自己的調查。」

茱迪嘆了口氣。「關於這份名單上的人，妳能跟我說些什麼呢？」

「只能說達格寫的部分，消息來源不能透露。不過我可以說到目前爲止，麥可已經從名單上刪除了十來人。」

不，這沒有幫助。警方仍得自己作正式的訊問。一名法官、兩名律師、幾名政治人物和記者……還有警察同仁。好個團團轉的任務。茱迪知道，早在命案隔天就該開始做這件事。

她的視線落在名單的一個名字上：古納．畢約克。

「這個人沒有地址。」

「沒有。」

「爲什麼？」

「他是國安局的人，地址沒有登錄。其實他正在請病假，達格一直沒能聯絡上他。」

「那你們呢？」茱迪微笑問道。

「去問麥可。」

茱迪瞪著達格辦公桌上方的牆面，思索著。「我能問妳一個私人問題嗎？」

「請問吧。」

「**妳個人**覺得，是誰殺了你們的朋友和那個律師？」

瑪琳眞希望布隆維斯特能在這裡應付這些問題。警察這麼問東問西的，眞叫人不舒服，而更令人不快的是，她甚至不能解釋《千禧年》已經獲得哪些結論。正爲難之際，身後傳來愛莉卡的聲音。

「我們認爲凶手殺人是爲了阻止達格揭發部分內容，但我們不知道凶手是誰。麥可覺得有個叫札拉的人非常可疑。」

茉迪轉頭看著《千禧年》的總編輯，只見她遞出兩杯咖啡，杯子上分別印著公務員工會以及基督教民主黨的標誌。愛莉卡甜甜一笑後，逕自回辦公室去了。

三分鐘後她又出現。

「茉迪巡官，妳的長官剛剛來電，因爲妳手機沒開。他請妳回電給他。」

警方已送出全境通告，說莎蘭德終於現身了。通告中指出她很可能騎著哈雷機車，並警告說她持有武器，還在史塔勒荷曼一帶的避暑小屋前射傷了人。

警方已經在前往史崔涅斯、瑪利夫雷德和南塔耶的道路上架設路障。當晚往返於南塔耶與斯德哥爾摩之間的區間列車，也班班受到搜索。卻沒有發現與莎蘭德特徵相符的人。

晚上七點左右，一輛巡邏警車在歐弗休的露天商展場外發現了那輛哈雷，搜索的焦點也因此從南塔耶轉向斯德哥爾摩。歐弗休的報告上說，找到一塊皮夾克布片，上頭印有硫磺湖機車俱樂部的標誌。包柏藍斯基聽到這個消息後，將眼鏡推到額頭上，悶悶地凝視國王島辦公室外的漆黑夜色。

一整天下來，除了困惑之外別無所獲。莎蘭德女友遭綁架、拳擊手羅貝多莫名其妙地捲入，接著南塔耶附近遭人縱火，樹林裡還發現埋屍。最後則是史塔勒荷曼這起怪異事故。

包柏藍斯基來到外頭的總辦公室，查看斯德哥爾摩與鄰近地區的地圖，發現有四個地方各因不同原因而成爲目前的焦點：史塔勒荷曼、紐克瓦恩、硫磺湖以及歐弗休。接著目光一轉，移到安斯赫得，不禁嘆了口氣。他有種不快的感覺，警方的調查似乎遠遠趕不上事件發生的速度。不管安斯赫得命案原因爲何，總之是比他們原先的假設複雜得多。

▲ ▲ ▲

布隆維斯特並不知道史塔勒荷曼發生的事。他在下午三點左右離開斯莫達拉勒，在某加油站稍作停留並喝了點咖啡，一面試圖理解他所發掘到的事實有何意義。

他沒想到畢約克會在深入這麼多驚人的細節之後，仍堅決不肯給他最後一片拼圖：札拉千科的瑞典身分。

「我們說好了的。」布隆維斯特說。

「我的部分已經完成，我已經告訴你札拉千科是誰。你若想知道更多，就得重新協議。你必須向我保證，你們所有調查資料中都不會出現我的名字，而你在寫札拉千科的時候也絕不會牽扯到我。」

布隆維斯特願意妥協，將畢約克當成與背景故事有關的匿名消息來源，但卻無法保證別人——例如警方——不會發現他是他的消息來源。

「我不擔心警察。」畢約克說。

最後他們同意詳細考慮一天之後，再重新談過。

布隆維斯特喝咖啡時，覺得像是鼻尖有樣東西讓他看不清楚，離得那麼近，都可以感受到形體了，就是無法聚焦。這時他忽然想到有另一個人或許可以為這件事提供一些線索。這裡離厄斯塔復健中心很近，他看看手錶，決定去見見潘格蘭。

談過話後畢約克疲憊萬分，背痛更甚，吃下三顆止痛藥後，還得平躺到客廳的沙發上。他腦中思緒翻騰，約莫一小時後起身燒了點開水，沖泡一包立頓茶包，然後改坐到廚房餐桌旁陷入沉思。

布隆維斯特能信任嗎？現在只能任由此人擺布，幸好他手中仍握有最關鍵的情報：就是札拉的身分以及在整件事當中扮演的角色。

唉，到底是怎麼落到這步田地的？也不過就是找了幾個妓女。他可是單身漢。那個十六歲的賤貨甚至沒有假裝喜歡他，他可以感覺到她的嫌惡。

該死的賤貨。她要不是那麼年輕，她要是已經滿二十，情況就不會那麼糟。布隆維斯特也厭惡他，而且從不試圖隱瞞。

札拉千科。

一個皮條客。眞是諷刺。他竟嫖了札拉千科的妓女。但札拉千科夠聰明，一直隱身在幕後。

畢爾曼和莎蘭德。

還有布隆維斯特。

有一條出路。

憤怒地深思一小時後，他走進書房找出寫了電話號碼的紙片，那是當週稍早從辦公室取得的。他隱瞞布隆維斯特的不只這件事，札拉千科人在哪裡他也一清二楚，只不過確實已經十二年多未曾與他交談，而且也絲毫不想再和他有瓜葛。

但札拉千科是個狡猾的魔頭。他會察覺問題，然後便消失不見，逃到國外隱居。最大的災難就是他被捕，到時候一切就都完了。

他猶豫許久才撥了電話。

「嗨，我是史文·楊森。」他說。一個很久很久沒有使用的名字。札拉千科馬上就記起他了。

第二十八章

四月六日星期三

晚上八點，包柏藍斯基和茉迪約在華沙街上的韋恩咖啡館，喝杯咖啡並隨便吃點東西。她從未見這個長官如此消沉過。聽他說完當天發生的一切之後，她伸手按住他的手，這是她第一次碰包柏藍斯基，純粹只想表達同事情誼。他無奈地笑笑，也以同樣友善的態度拍拍她的手。

「也許我該退休了。」他說。

她看著他，露出寬容的微笑。

「這次的調查七零八落。」他繼續說著：「都已經支離破碎了。我向埃克斯壯報告今天的事，他只說：『怎麼做最好就怎麼做。』好像無力採取行動。」

「我實在不想指責上司，不過我個人認為，埃克斯壯乾脆去死好了。」

包柏藍斯基點點頭。「妳已經正式回到組上，但別指望他會向妳道歉。而今天早上法斯特一氣之下衝出去，手機也關了一整天，明天要是再不出現，就得派人去找他了。」

「法斯特也可以不用插手，我個人認為。賀斯壯怎麼樣了？」

「沒怎麼樣。我想指控他，但埃克斯壯不敢。把他踢出去以後，我和阿曼斯基認真地談過。和米爾頓的關係到此為止，只可惜連波曼也沒了。真的可惜，他是個很優秀的警探。」

「阿曼斯基聽了有何反應？」

「打擊很大。奇怪的是……」

「什麼？」

「他說莎蘭德一直不喜歡賀斯壯。他記得幾年前莎蘭德曾勸他將賀斯壯解雇，說他是個卑鄙的混蛋，但顯然並未解釋原因。阿曼斯基當然沒有聽從她的建議。」

「有趣。」

「安德森還在南塔耶，他們準備去搜索藍汀的住處。霍姆柏仍忙著挖掘『流浪漢』古斯泰夫森的屍塊。就在我到這裡之前，他才打電話來說又發現另一具埋屍。從衣著看來很可能是女性，好像已經埋了不短的時間。」

「林地墓園。包柏藍斯基，我猜莎蘭德已經不是紐克瓦恩命案的嫌犯了。」

包柏藍斯基露出數小時以來第一個笑容。「對，那件案子得將她排除。不過她確實持槍射了藍汀。」

「你別忘了，她射的是腳不是頭。對藍汀而言也許差別不大，但我要提醒你，不管是誰犯下安斯赫得命案，槍法都很高明。」

「茱迪……這事簡直荒謬到極點。藍汀和尼米南都是前科累累的難纏傢伙。藍汀或許胖了一、兩公斤，身體狀況也有點衰退，但仍是個危險人物，而尼米南的冷酷則是連流氓都不得不畏懼三分。我實在無法想像莎蘭德這麼弱小的人，怎能把他們痛打成那樣？當然，我並不是說他們不該被打，只是無法理解究竟怎麼回事。」

「找到她以後得好好問一問，但她畢竟有暴力的紀錄。」

「即便是安德森，要單挑那兩個人恐怕也得三思，而安德森可稱不上斯文人。」

「問題是，莎蘭德攻擊藍汀和尼米南是否有特殊原因？」

「一個小女孩和兩個神經病在一間偏僻的避暑小屋？我倒是能想出一、兩個原因。」包柏藍斯基說。

「會不會有人幫她？會不會有其他人涉案？」

「報告中沒有任何跡象顯示這種可能。莎蘭德進去過小屋，桌上有個咖啡杯，此外堪稱該區守衛、留意著每個人一舉一動的韓森也作了證，發誓只看到莎蘭德和那兩個硫磺湖的大英雄經過。」

「莎蘭德是怎麼進入小屋的？」

「她有鑰匙，我猜是從畢爾曼的公寓偷走的。妳還記得……」

「警方封條被破壞。她倒是挺忙的。」

茱迪用手指敲著桌面，隨後轉移到新方向。

「能不能證實藍汀也參與綁架蜜莉安？」

「羅貝多看過三十幾個飛車黨人的檔案照片，馬上就指認出他來，毫無疑問這就是他在紐克瓦恩倉庫看到的人。」

「那布隆維斯特那邊呢？」

「還沒聯絡到人，他一直沒接電話。」

「不過他所描述在倫達路攻擊莎蘭德的人和藍汀的特徵吻合，所以可以斷定硫磺湖機車俱樂部已經追了莎蘭德好一陣子。爲什麼呢？」

包柏藍斯基兩手一攤。

茱迪好奇道：「被警方追緝的這段時間，莎蘭德會不會一直住在畢爾曼的小屋？」

「我也想過這一點，但霍姆柏不以爲然。他說小屋看起來有好些時候沒人住了，何況還有目擊者說她是今天稍早走路去的。」

「她爲什麼要去那裡？我不認爲她和藍汀約好見面。」

「不太可能。她一定是去找什麼東西。我們只發現到幾個資料盒，裡面似乎是畢爾曼自己針對莎蘭德，從社福局、監護局和昔日學校紀錄所蒐集到的資料。不過好像少了幾個檔案夾。檔案夾都有編號，我們有的是一號、四號和五號。」

個問題。」

「所以少了二號和三號。」

「也許還有更大的號碼。」

「這麼說來有個疑問。莎蘭德何必要找關於自己的資料？」茱迪說。

「我可以想到兩個原因。若非她知道畢爾曼寫了些什麼而想加以隱藏，就是她想查明某事。但還有一個問題。」

「什麼問題？」

「畢爾曼爲何蒐集了這麼多關於她的報告，還藏在避暑小屋中？莎蘭德似乎是在閣樓上找到這些資料。畢爾曼是她的監護人，必須負責處理她的財務與其他事務，但從這些資料看來，他好像著魔似的將莎蘭德的一生整理成冊。」

「畢爾曼愈來愈像個品行不端的人。今天我看著《千禧年》所列的嫖客名單時，有點預期會發現他的名字。」

「想得好。還記得妳在他電腦裡面發現的暴力色情圖片吧。在《千禧年》有何發現嗎？」

「我也不知道。布隆維斯特忙著一一檢視他們名單上的人，但據瑪琳說，他並未發覺任何値得注意的事。包柏藍斯基……有件事我得說出來。」

「什麼事？」

「我覺得這些都不是莎蘭德做的，我是說安斯赫得和歐登廣場。一開始我也和其他人一樣深信是她，但現在我不信了。我也說不出所以然。」

包柏藍斯基發現自己其實也認同茱迪的想法。

巨人在藍汀位於硫磺湖的家中來回踱步，走到廚房窗邊時停下來看著道路。他們早該回來了。他的胃彷彿不斷往下沉：一定出事了。

他不喜歡一個人待在這屋裡，他覺得不自在。樓上的房間有股穿堂風，還不時發出奇怪的聲響。他努力地想甩掉不安，明知自己這樣很可笑，但他從來就不喜歡獨處。他一點也不怕血肉之軀，可是鄉下空屋卻有說不出的可怕。各種聲響讓他開始胡思亂想，就是擺脫不掉有個幽暗邪惡的東西躲在門縫偷看自己的感覺，甚至彷彿還能聽見那東西的呼吸聲。

打從年輕開始，怕黑就是他的一大困擾，一直困擾到他以暴力教訓那些取笑他膽小的朋友——無論是同年或年長許多的朋友。他向來善於教訓人。

可是這畢竟很丟臉。他討厭黑暗，討厭獨處，討厭所有棲息於黑暗僻靜中的東西。他希望藍汀回家來，即使沒有交談，甚至不在同一個房間，有他在就能讓他恢復平衡。他會聽到真正的聲音，也會知道一旁有人。

他打開音響播放CD，試圖躲避焦慮感，還焦躁地想從藍汀的書架上找點什麼來讀。沒想到藍汀的閱讀品味實在有待改進，最後只能將就地看一些機車雜誌、男性雜誌和他從來不感興趣的平裝懸疑小說。獨處愈來愈可能產生幽閉恐懼症。他將放在袋子裡的手槍拿出來清理上油，倒是平靜了一會。

到最後終於無法繼續待在屋裡，便到院子裡走來走去，呼吸點新鮮空氣。雖然躲在看不見鄰家住宅的角落，偶爾還是會停下來看著有人在家並亮著燈的窗戶。如果靜靜地站著，還能聽到遠方有音樂聲。

後來覺得該進屋去了，走到台階上時又站了好一會，才甩脫壓迫感毅然決然進入屋內。

七點看TV4的新聞時，他驚疑不定地聽著頭條新聞和一則發生在史塔勒荷曼避暑小屋的槍擊事件報導。

他連忙奔上頂樓房間，將自己的物品塞入袋內，兩分鐘後便開著白色富豪離開。

他及時逃走了。剛駛出硫磺湖不到兩公里，便有兩輛閃著藍燈的警車與他交錯而過，進入村莊。

經過不斷耐心地溝通協商後，布隆維斯特終於獲准與潘格蘭見面。由於他非常堅持，照護的護士不得不打電話給席瓦南丹醫師。席瓦南丹顯然住在附近，十五分鐘後便趕到，準備負責應付頑固的記者。一開始他根本不同意。因爲過去兩星期來，有幾位記者找到潘格蘭的所在，並用盡各種手段想採訪他。潘格蘭本身也斷然拒絕類似的訪客，因此復健中心員工接獲命令不許任何人見他。

席瓦南丹醫師一直留意著案情進展，並感到十分沮喪，眞沒想到莎蘭德會引發這樣的頭條新聞。他的病患潘格蘭更是深陷憂鬱，醫師猜想那是因爲他毫無能力幫助莎蘭德的緣故。潘格蘭已經中斷復健治療，成天看著報紙，注意電視上追捕那女孩的消息，否則便是坐在房內沉思。

布隆維斯特依然站在席瓦南丹的桌前，解釋自己的確無意造成潘格蘭的不快，也不想向他套話，並說自己是莎蘭德的好友，相信她的清白，目前只是急於查出一些資料，希望能多了解她過去的經歷。

要說服席瓦南丹並不容易，布隆維斯特還得詳細解說自己在這件事情中的角色，討論了半個小時後，醫師才終於首肯。他請布隆維斯特稍候，然後去詢問潘格蘭見他的意願。

十分鐘後，席瓦南丹回來了。

「他答應見你了。但假如你惹他不高興，他會把你趕出來。你不能訪問他，或寫任何有關這次會面的報導。」

「我一個字都不會寫的。」

潘格蘭的房間很小，裡頭有一張床、一張書桌、一張餐桌和幾張椅子。他滿頭白髮，身形枯瘦，顯然平衡有問題，但布隆維斯特被帶進房間時，他還是起身相迎。他沒有與來客握手，只是指指餐桌旁一張椅子。布隆維斯特坐了下來，席瓦南丹醫師也留在房裡。潘格蘭口齒仍不清晰，一開始布隆維斯特聽不太懂。

「你說你是莉絲的朋友，你到底是誰又想做什麼？」

「你什麼都不必告訴我，我只請你在趕我走之前好好聽我說。」

潘格蘭冷冷地點了個頭，然後拖著腳步走到布隆維斯特對面坐下。

「我在兩年前認識莎蘭德，並雇用她替我做了一些調查。當時我住在另一個城市，她來找我，我們一起工作了幾個星期。」

他不知道該向潘格蘭解釋多少，最後決定盡可能地實話實說。

「那段時間發生了兩件重要的事。一是莉絲救了我一命，二是我們有一度成爲很要好的朋友。我很了解她也很尊重她。」

布隆維斯特省略了細節，只大略告訴潘格蘭他們兩人的關係忽然在一年前的聖誕節戛然而止，莎蘭德也隨即出國去了。

接著他談到自己在《千禧年》的工作，以及達格與蜜亞如何遭殺害，他自己又是如何開始追查凶手。

「我聽說你最近受到不少記者打擾，報上也確實一而再、再而三地刊登一些愚蠢報導。現在我只能向你保證，我來這裡不是爲了蒐集另一篇報導的資料，而是因爲我是莉絲的朋友。目前全國恐怕沒幾個人會毫不猶豫且無不良居心地站在她那邊，但我是其中一個。我相信她的清白，也相信命案的幕後黑手是一個名叫札拉千科的人。」

布隆維斯特忽然打住。因爲一提到札拉千科的名字，潘格蘭眼中似乎有微光閃動。

「如果你能提供一些有關莉絲的過往，爲她做點事，現在就是最好時機。假如你不肯幫她，那麼我就是在浪費你我的時間，我也明白你的立場了。」

在這段獨白當中，潘格蘭未發一語，待布隆維斯特說完後，他眼底又開始發光，但也同時露出微笑。他盡可能地把話說清楚。

「你眞的想幫助她。」

布隆維斯特點點頭。

潘格蘭傾身向前。「告訴我她客廳沙發的樣子。」

「我去找她那幾次，看到的是一張破舊又醜陋不堪的沙發，好像有某種稀奇的價值。我猜應該是五〇年代初的家具。另外還有兩個不成形的抱枕，是棕色布面搭配難看的黃色圖案。我最後一次看到的時候，已經破了好幾個洞，棉花都跑出來了。」

潘格蘭忽然大笑，聽起來更像是在清喉嚨，然後看著席瓦南丹醫師。

「至少他去過她的公寓。不知道醫師能不能請我的客人喝杯咖啡呢？」

「當然可以。」席瓦南丹起身離去，走到門口時，又停下來朝布隆維斯特點點頭。

「亞力山大．札拉千科。」門一關上，潘格蘭立即說道。

「你知道這個名字？」

「莉絲告訴我的。我想我一定得把這件事告訴某個人……以免我忽然暴斃，這是非常可能的事。」

「莉絲？她怎麼可能知道這個人的存在？」

「他是莉絲的父親。」

起初布隆維斯特聽不懂潘格蘭在說什麼，慢慢地才了解這句話的意思。

「你到底在說些什麼？」

「札拉千科在七〇年代來到這裡，好像是申請政治庇護之類的……我始終沒搞懂，莉絲也一直守口如瓶。這件事她根本提都不想提。」

她的出生證明。父不詳。

「札拉千科是莉絲的父親。」布隆維斯特大聲地重複一遍。

「我認識她這麼多年來，她只跟我提過一次，大約是在我中風的一個月前。據我了解是這樣的：札拉千科在七〇年代中來到這裡，一九七七年認識了莉絲的母親，兩人發生關係後生下兩個孩子。」

「兩個？」

「她和她的孿生妹妹卡蜜拉。」

「天哪，有兩個她？」

「她們倆天差地別，但那是另一回事。莉絲母親的原名叫安奈妲．蘇菲亞．休蘭德，十七歲時認識札拉千科。關於他們相識的其他細節，我一概不知，但我猜想她母親是個十分稚嫩的女孩，遇上一個年紀較大又較有經驗的男人，很輕易便掉入陷阱。她對札拉千科印象深刻，很可能從此深陷情網，不料札拉千科根本不是個好人。我覺得他只是想找個容易上鉤的女人，此外無他。女孩幻想能與他有安定的未來，他卻對婚姻毫無興趣。他們的確沒有結婚，但女孩在一九七九年自行將姓氏從休蘭德改為莎蘭德。我想這應該是她表示兩人結合的方法。」

「什麼意思？」

「札拉（Zala），音近**莎蘭德**（Salander）。」

「老天哪！」布隆維斯特嘆道。

「我直到生病前夕才開始調查這些事。她有權改這個姓氏，因爲她母親，也就是莎蘭德的外婆，確實姓莎蘭德。後來札拉千科終於露出嚴重精神病患的眞面目，不僅酗酒還對安奈妲殘酷施暴。據我所知，莎蘭德姊妹倆的童年都在父親的暴虐中度過。莉絲還記得，札拉千科偶爾會回家。有時離家很長一段時間後，他會突然又出現在倫達路的公寓，而且每次都會上演同樣戲碼。他來是爲了做愛、喝酒，酒醉後再以各種方式凌虐莉絲的母親。從莉絲的敘述聽來，似乎不只是肢體暴力。他帶了槍，會出言威脅，還有一些性虐待和心理恐嚇的行爲。我想情況應該是逐年惡化。八〇年代，莉絲的母親多半都生活在恐懼中。」

「他也打小孩嗎？」

「沒有。他對兩個女兒顯然毫無興趣，甚至幾乎不曾打過招呼。每當札拉千科出現時，母親會把她們帶進小房間裡，沒有允許不能出來。只有一次他可能打了莉絲或她妹妹耳光，但多半是因爲她們惹他生氣或擋了他的路。暴力主要都針對她們的母親。」

「我的老天，可憐的莉絲。」

潘格蘭點點頭。「莉絲是在我生病前不久才全盤告訴我，那也是她第一次如此坦白。我當時正決定結束那荒謬的失能宣告之類的事，莉絲和我認識的其他人都一樣聰明，所以我打算請地方法院重審她的案子，結果就中風了……醒來時人已經在這裡。」

他手朝著自己所處的有限空間畫了一圈。這時有個護士敲門，端著咖啡進來。潘格蘭靜坐不語直到她離去。

「關於莉絲的經歷，有幾點我不明白。」他說：「安奈妲被迫入院幾十次，我看過她的醫療報告，她非常明顯就是重傷害的受害者，社福局理應介入。可是完全沒有。每當她必須接受治療時，莎蘭德姊妹就得待在社會緊急救助中心，但她一旦出院就要回家，等待下一次出事。對此我只能解讀爲社會安全網的瓦解，而安奈妲則因爲太過害怕，除了等候施虐者別無他法。後來出了一件事。莎蘭德稱之爲『天大惡行』。」

「什麼事？」

「札拉千科離開了幾個月。莉絲滿十二歲。她大概開始覺得父親不會再回來，不過當然不是。有一天他回來了。安奈妲先把莉絲和妹妹鎖在小房間裡，然後和札拉千科上床，接著他開始毆打她。他很喜歡打人。但這回被關起來的已經不是兩個小女孩……兩姊妹的反應非常不同。卡蜜拉非常驚恐，深怕有人發現自家發生的事，因此她壓抑住一切，聲稱母親從未挨打。暴行結束後，卡蜜拉會上前擁抱父親，假裝什麼事也沒有發生。」

「這無疑是她保護自己的方式。」

「對。可是莉絲卻截然不同。這回她中斷了毆打，她走進廚房拿了把刀，刺進札拉千科的肩膀。札拉千科被刺了五刀之後才奪過刀子，並往她臉上揍了一拳。刀傷應該不深，但他卻血流如注隨即跑走。」

「聽起來很像莉絲的作爲。」

潘格蘭笑道：「是啊，千萬別和莉絲．莎蘭德作對。她對待全世界人的態度是只要有人用槍威脅她，她就會拿出更大的槍，所以我才非常擔心現在發生的事。」

「那就是『天大惡行』嗎？」

「不是。後來發生了兩件事，我很不明白。札拉千科傷重到必須上醫院，那麼應該會有警察報告。」

「可是呢？」

「可是據我的發現，事後一點影響也沒有。莎蘭德記得有個男人來找安奈妲談過，她不知道他們談了什麼，他又是什麼人。總之後來母親跟她說札拉千科完全原諒她了。」

「原諒？」

「她是這麼說的。」

布隆維斯特瞬間明白了。

畢約克。也可能是畢約克的同事之一。得替札拉千科收拾善後。那些該死的豬玀！他恨恨地閉上眼睛。

「怎麼了？」潘格蘭問道。

「我想我知道發生了什麼事。有人得爲此付出代價。不過還是請你繼續說吧。」

「札拉千科消失了幾個月，莎蘭德一直在等他，也作了準備。她每天都逃學以便看顧母親，因爲極度擔心札拉千科會眞的傷害她。當年她十二歲，自覺有責任保護不敢報警也無法與札拉千科切割，又或者其實並不了解情況嚴重性的母親。但札拉千科終於出現的那天，莉絲人在學校。當她回到家時，他正要離開公寓，什麼話也沒說只是衝著她笑了笑。莉絲進屋後發現母親倒在廚房地上，不省人事。」

「但札拉千科沒有碰莉絲？」

「沒有。他才剛坐上車，莉絲便追趕上來。他搖下車窗，可能是想說些什麼。莉絲已經準備好，順手就把裝滿汽油的牛奶紙罐丟進車內，接著再丟進一根點燃的火柴。」

「天哪！」

「她試圖殺死父親兩次。這次要承擔後果了。倫達路上有個男人在車上燒得像烽火一般，實在不可能不引人注目。」

「但他沒死。」

「他吃足了苦頭。有隻腳必須截肢，臉和身體一些部位也嚴重灼傷。結果莎蘭德就進了聖史蒂芬兒童精神病院。」

雖然已經記得滾瓜爛熟，莎蘭德仍再次重讀她在畢爾曼文件盒內所找到關於自己的資料。然後坐到窗旁座位上，打開蜜莉安送的菸盒，點燃一根菸，望向窗外的動物園島。她發現了一些和自己有關、以前卻從不知情的事。

事實上，太多事情都有了合理的解釋，反倒讓她興致缺缺。這其中最令她感興趣的就是畢約克在一九九一年二月寫的報告。她並不確定那許多和她談過話的大人當中，哪一個是畢約克，不過應該猜得出來，當時他自我介紹時用的是另一個名字：史文·楊森。她遇見過他三次，還記得他臉上的每個特徵、他說過的每句話，以及他的一舉一動。

這整件事就是一齣慘劇。

札拉千科在車內熊熊燃燒，最後好不容易推開車門、滾到人行道上，一隻腳卻被安全帶絆住。有人跑過來試圖滅火，直到來了一輛消防車才將火撲滅。救護車到達以後，她想讓醫療人員先不管札拉千科，跟她進去看她母親，卻被他們推到一旁。接著警察來了，有幾位目擊者指證了她。她試圖解釋事情經過，但好像沒有人在聽，轉眼間她已經坐上警車後座，時間一分一秒地過去，幾乎過了一小時，警察才進入公寓發現她母親。

安奈妲已經昏迷，腦部受了傷。因爲被毆而導致第一次微量腦出血，此後出血的情形不斷持續，永遠不會康復。

如今莎蘭德明白了爲何無人看過那份警察報告，爲何潘格蘭未能成功調閱這份報告，爲何直到今日，指揮追捕她的檢察官埃克斯壯仍無法取得該報告。那不是一般警察寫的，而是國安局裡某個爛人拼湊而成，上面還蓋了橡皮印章，根據國安法將它列爲「極機密」。

札拉千科曾經替國安局工作過。

那不是報告，是掩護。札拉千科比安奈妲更重要，不能被認出或曝光。札拉千科並不存在。

所以問題不在於札拉千科，而在於莉絲·莎蘭德，那個有可能將國家最重大的祕密之一攤在陽光底下的小瘋子。

一個她毫無所悉的祕密。她沉吟著。札拉千科來到瑞典沒多久便結識她母親，並以眞名自我介紹，或許當時他還沒有假名或瑞典身分，也或許他不對她使用。她只知道他的眞名，但瑞典政府給了他一個新名字，難怪這麼些年來從未在任何官方紀錄上發現他的名字。

她懂了。假如札拉千科被以重傷害起訴，安奈妲的律師便會開始檢視他的過往。**札拉千科先生，你在哪裡工作？你眞正的名字叫什麼？你從哪來？**

假如莎蘭德最後被送到社福局，便可能會有人開始挖掘。她年紀太小，不會被起訴，但萬一汽油彈攻擊事件受到太詳細的調查，同樣的事情也會發生。她都能想像報紙的頭條標題了。調查工作必須交給信得過的人，然後蓋上「極機密」印章，深深埋藏起來讓誰都找不著。而莎蘭德也得深深埋藏起來，讓誰都找不著。

古納·畢約克。

聖史蒂芬。

彼得·泰勒波利安。

這番解釋都快把她逼瘋了。

親愛的政府……我要跟你好好談談，如果眞能找到人跟我談的話。

她腦中閃過一個念頭：如果將一個汽油彈丟進衛生與社會福利部大門，不知部長作何感想？但由於沒有其他人能負責，泰勒波利安倒是不錯的替代品。她暗暗記下了，一旦解決了其他這些麻煩，就要好好地和他算帳。

不過她仍無法全盤了解。經過這麼多年後，札拉千科忽然又再度闖進她的生活。他有可能被達格給揭發。**開兩槍。達格和蜜亞**。槍上面有她的指紋……

不管是札拉千科或是他派去殺人的人，都不可能知道她在畢爾曼書桌抽屜的盒子裡發現並把玩過那把槍。那純粹是巧合，但她打一開始就很清楚，畢爾曼和札拉之間必有關連。

只是有些細節仍拼不到一起。她細細審思，將拼圖一塊一塊地試拼。

只有一個合理的答案。

畢爾曼。

畢爾曼調查了她一生的資料，發現其中的關連，便找上札拉千科。

她錄下了畢爾曼強暴她的畫面，那是她架在畢爾曼脖子上的劍。也許他是夢想札拉千科能逼她交出帶子。

想到這裡，她跳下窗邊座位，打開書桌抽屜，拿出一片用馬克筆寫著「畢爾曼」的ＤＶＤ，甚至沒有放進塑膠封套。自從兩年前讓畢爾曼親眼觀賞過後，她便未曾再看過，此時拿在手裡掂了掂，又放回抽屜內。

畢爾曼眞笨。其實只要他保持距離，等她失能的宣告一撤銷，她就會馬上放了他。他這麼做，從此就得變成札拉千科的哈巴狗，倒也不失爲公平的處罰。

札拉千科的網絡。其中有些觸角一路延伸到硫磺湖機車俱樂部。

金髮巨人。

他是解謎之鑰。

得找到他，逼他說出札拉千科在哪裡。

她又點了根菸，往外望著船島旁的城堡，再望向更遠處格羅納倫德的雲霄飛車，然後自言自語起來。這個聲音她曾在一部電影中聽過：

爸——比——，我要來抓——你——了。

七點半，她打開電視想看看關於追捕她自己的最新進展，卻看到令她瞠目結舌的消息。

包柏藍斯基終於在晚上八點剛過，打通了法斯特的手機。兩人沒有互開玩笑，他也沒問法斯特是怎麼搞的，只是冷靜地下達命令。

當天早上在總局的鬧劇實在讓法斯特忍無可忍，因而做出他執勤時從未做過的事。他離開後進到市區，關上手機，坐在中央車站的酒吧裡，滿懷怒氣地喝了兩杯啤酒。然後回家沖了個澡，上床睡覺。

他需要補眠。

醒來剛好看到晚間新聞「Rapport」，一聽到頭條，眼珠子差點蹦出來。紐克瓦恩挖到屍體，莎蘭德對硫磺湖機車俱樂部首腦開槍，警方全面搜索南郊區，正逐漸收網中。

他立刻打開手機。

幾乎就在同時便接到混蛋包柏藍斯基的電話。他說調查工作的焦點已轉移到確認另一名凶手的身分，並要法斯特到紐克瓦恩犯罪現場接替霍姆柏。莎蘭德的調查即將接近尾聲，法斯特卻得到樹林裡撿菸蒂，讓其他人去追捕莎蘭德。

硫磺湖機車俱樂部和本案又有什麼關係？

難道那個臭婊子茉迪的推理**真有**幾分道理？

不可能。

肯定是莎蘭德沒錯。

他渴望能親手抓到她，渴望得如此強烈，握著手機的手不禁隱隱作痛。

潘格蘭平靜地看著布隆維斯特在小房間的窗前踱方步。此時已接近晚上七點半，他們整整談了將近一小時。最後潘格蘭敲敲桌面以引起布隆維斯特注意。

「先坐下吧，免得把鞋磨壞了。」他說。

布隆維斯特照做了。

「這些祕密，」他說道：「我始終不了解其中的關連，直到你解釋了札拉千科的背景，我才恍然大悟。之前我所看到的，只有宣稱莉絲精神錯亂的評鑑。」

「彼得．泰勒波利安。」

「他和畢約克肯定達成了某種協議，他們肯定多少有合作的關係。」

布隆維斯特若有所思地點點頭。無論發生了什麼事，泰勒波利安都將受到新聞媒體的嚴密檢視。

「莉絲說我應該遠離他，說他是壞人。」

潘格蘭的目光倏地變得銳利。「她什麼時候說的？」

布隆維斯特沉默了好一會，然後微笑看著潘格蘭。

「真該死，又是祕密。她躲藏這段時間我有和她聯絡上，用電腦，她只會發出謎樣的簡短訊息，不過每次總會指點我正確方向。」

潘格蘭嘆息道：「你想必沒有告訴警察。」

「沒有，沒有全說。」

「你也沒有告訴我，她對電腦很拿手。」

你想像不到的拿手。

「我非常相信她有能力度過難關，也許經濟上有點困難，但她總有辦法活下去。」

經濟上也沒那麼困難。她偷了將近三十億克朗，不會餓肚子的。她有一大袋黃金，就和長襪皮皮①一樣。

「我不太明白的是，」布隆維斯特說道：「那麼多年來，你爲什麼沒有處理她的案子？」

潘格蘭再次嘆氣，內心感到無比難過。

「我對不起她。」他說道：「我成爲她的受託人時，她只是一大堆性格彆扭的問題少年之一，我手上另外還有數十人。福利部長史帝凡．布洛韓修指派我這項任務時，她已經進了聖史蒂芬醫院，第一年我連看都沒看過她。我和泰勒波利安談過幾次，他解釋說莎蘭德有精神疾患，院方正努力讓她接受最好的治療。我相信了他，爲什麼不呢？但我也和約納斯．貝林格談過，他是當時的資深醫師，與莉絲的案子應該毫無關係。他應我的要求做了評鑑，我們也說好要試著透過寄養家庭，讓她重返社會。那是她十五歲的事。」

「接下來這些年你一直支持著她。」

「還不夠。地鐵事件發生時，我站在她那邊，當時我已經很了解她也很喜歡她。她很煩躁不安。我阻止他們將她送回精神病院，代價就是她被宣告失能，由我擔任監護人。」

「畢約克應該沒有到處奔走，企圖影響法院的決定，否則容易引人注意。他想把莉絲關起來，就靠著泰勒波利安等人所作的精神評鑑將她的情況描述得淒慘黯淡，以爲法院會作出合理的裁定。沒想到法官聽取了你的建議。」

「我從不認爲她應該接受監護。但老實說，我也沒有很努力地讓法院撤銷裁定。我應該要更早、更認眞一點採取行動，卻因爲太喜歡她，所以……不斷地往後延。實在有太多事情要做，後來又生病了。」

「我覺得你不該自責。這些年來，沒有人比你更照顧她的權益。」

「我知道的不夠多，這一直是老問題。莉絲是我的當事人，但對於札拉千科卻始終隻字未提。她從聖史蒂芬出院後又過了許多年，才對我顯現出一絲絲信任。直到聽證會過後，我才感受到她慢慢地不再拘泥於形式上的溝通。」

「她怎麼會想到告訴你札拉千科的事？」

「我想是因爲無論如何，她都已經開始信任我了。而且我曾經幾次提到申請撤銷失能宣告的話題。她顯然考慮過，後來有一天打電話說要見我。她都想好了，便告訴我所有關於札拉千科的事以及她對於發生過的一切的看法。或許你也能體會到，要了解這許多事並不容易，但我馬上開始深入挖掘，卻沒想到全瑞典的資料庫中都找不到札拉千科的名字。有時候我的確懷疑，整件事會不會都是她的幻想。」

「當你病了以後，畢爾曼成了她的監護人。那不可能是巧合。」

「對，不知道可不可能加以證明，但我一直在想，如果夠努力嘗試應該可以找出……後來是誰接替畢約克，負責爲札拉千科料理善後。」

「也難怪莉絲死都不肯和精神科醫師或政府當局對談，」布隆維斯特說道：「因爲每次談過以後，情況總是更糟。她試圖解釋事情經過，但無人肯聽。她一個年幼的孩子，獨力試圖拯救母親，不讓一個瘋子傷害她。最後她做了她覺得自己唯一能做的事。不料非但沒有獲得『做得好』或『好女孩』的讚賞，反而被關進精神病院。」

「事情沒有那麼簡單。希望你能了解，莎蘭德**確實**有點問題。」潘格蘭口氣強硬地說。

「此話怎講？」

「你也看到了，她在成長過程中惹了許多麻煩，在學校裡也有問題等等的。」

「每天的報紙都登了。如果我有像她那樣的童年，我也會在學校裡惹麻煩。」

「她的問題遠遠不只是在家裡的問題。我讀過所有的精神評鑑，其中竟然沒有任何診斷。但我想我們都會同意，莎蘭德並非普通人。你和她下過棋嗎？」

「沒有。」

「她有過目不忘的本領。」

「我知道。和她一起工作的時候發現的。」

「她很愛拼圖。有一年聖誕夜，她到我家吃晚餐，我慫恿她解了幾個門薩智力測驗的問題。形式大概是給你五個類似的圖形，讓你決定第六個會是什麼樣子。」

「我知道那種測驗。」

「我自己測試過，大概對了一半，而且是很認眞地研究了兩個晚上。她只看了測驗紙一眼，就答對了所有問題。」

「莉絲是個非常特殊的女孩。」

「她在建立人際關係方面有極大障礙，我猜她應該有亞斯柏格症候群之類的病。你看那些被診斷爲亞斯柏格症患者的臨床病徵，有些地方似乎與莉絲很像，但也有許多症狀不吻合。你注意瞧瞧，只要不煩她、尊重她，她一點危險性也沒有。不過毫無疑問的，她**的確**很暴力。」潘格蘭低聲說：「假如受到挑釁或威脅，她就會以可怕的暴力反擊。」

布隆維斯特點頭表示同意。

「問題是我們現在該怎麼辦？」潘格蘭問道。

「找到札拉千科。」布隆維斯特回答。

這時候席瓦南丹醫師敲門進入。

「希望沒有打擾你們。不過你們要是對莎蘭德感興趣，不妨打開電視看看新聞。」

---

①Pippi Longstocking，林格倫最受歡迎作品「長襪皮皮」系列中的主角。故事中，皮皮的爸爸曾經送她一箱黃金，所以皮皮不愁吃不愁穿，而且還可以買很多很多糖果請鎮上所有小朋友吃。

第二十九章

四月六日星期三至四月七日星期四

莎蘭德憤怒得全身發抖。當天早上她安安靜靜地去了畢爾曼的避暑小屋，從前一晚就沒有打開電腦，白天裡也沒有機會聽新聞報導。其實史塔勒荷曼事故的報導多少已在預料之中，但此刻橫掃電視新聞的風暴卻是她始料未及。

蜜莉安在倫達路住所外遭一名彪形大漢攻擊綁架，身受重傷，此刻人正躺在索德醫院，傷勢似乎相當嚴重。

救出她的人是前職業拳擊手羅貝多，至於他怎麼會來到紐克瓦恩的倉庫，並未多作解釋。當他走出醫院時，被記者團團圍住，但他不想發表任何意見，他的臉看起來彷彿雙手被反綁戰了十回合似的。

在距離蜜莉安被毆之處不遠的樹林裡，發現兩具埋屍。根據報導，警方即將挖掘第三個地點，而且這可能也不是最後一處。

接下來則是搜尋逃犯莎蘭德。

警方正在慢慢收網，他們如是說。這一天，警方已經包圍了史塔勒荷曼鄰近地區。她持有武器，十分危險，先前曾射傷一名地獄天使的飛車黨員，也可能是兩名。打鬥地點在遇害律師畢爾曼的避暑小屋。到了晚上，警方認為她可能已經逃出了警戒區。

埃克斯壯召開了記者會，回答問題時模稜兩可。不，他無法確定莎蘭德與地獄天使有無來往。不，他無法證實莎蘭德曾出現在紐克瓦恩的倉庫的傳聞。不，沒有跡象顯示這是幫派間的火拼。不，目前無法證實莎蘭德獨自犯下安斯赫得命案。現在搜尋她只是為了訊問關於命案的情況。

莎蘭德雙眉深鎖。警方的調查似乎有所變動。

她上網先看了報紙的報導，再一一連上埃克斯壯、阿曼斯基和布隆維斯特的硬碟。

埃克斯壯的電子信箱中有幾封有趣的郵件，尤其是包柏藍斯基於下午五點二十二分送來的備忘錄。這封信以激烈而強硬的口氣，批評埃克斯壯在初步調查中的統御手法，信末那段更堪稱是最後通牒。他要求：一、讓巡官茉迪復職，命令即刻生效；二、將安斯赫得命案的調查重點重新導向探索其他可能性；以及三、立即對只知名為札拉的人物展開調查。

> 對莎蘭德的指控僅基於一項直接證據，也就是她留在凶器上的指紋。請容我提醒你，那只證明她拿過槍，卻不能證明她開槍，更遑論朝死者開槍了。
>
> 現在我們知道還有其他人涉案。南塔耶警方（到目前）已在某倉庫附近找到兩具淺埋的屍體，倉庫主人是藍汀的表親。無論莎蘭德何等暴力或處於何種精神狀況，都不太可能與這些死者有任何關係。

包柏藍斯基最後說道，假如檢察官不答應這些要求，他將會大張旗鼓地請辭調查小組。埃克斯壯的答覆是，包柏藍斯基認為怎麼做最好就怎麼做。

莎蘭德從阿曼斯基的硬碟得知了更驚人的消息。他與人事部往返的幾封簡短的電子郵件，證明了賀斯壯已經離開公司，而且即日生效。他可以領取假日薪資與三個月的遣散費。一封給值班經理的信寫道，假如賀斯壯回到公司，可派人陪他到辦公桌清理個人物品，然後再陪他離開辦公大樓。一封給技術部門的信則建議註銷賀斯壯的卡片鎖。

但最有趣的莫過於阿曼斯基與米爾頓保全的律師法蘭克．阿雷紐斯的通信內容。阿曼斯基詢問倘若莎蘭德受到羈押，該怎麼做對她最有利。阿雷紐斯答覆說米爾頓沒有理由關心一個犯下殺人罪的前員工，要是公司涉入過深，恐怕有損聲譽。阿曼斯基氣沖沖地回答說，莎蘭德有沒有涉嫌殺人都還是個問號，他的關心只是為了向他認為清白的前員工提供支援。

莎蘭德發現，布隆維斯特的電腦打從前一天很早開始便一直沒有開機。所以沒有新消息。

波曼將檔案夾放到阿曼斯基的辦公桌上，一屁股坐了下來。佛雷克倫打開後開始閱讀，阿曼斯基則站在窗戶旁遠眺舊城區。

「這是我能交出來的最後一份報告，我被踢出調查小組了。」波曼說。

「不是你的錯。」佛雷克倫說。

「對，不是你的錯。」阿曼斯基說著也坐下來。他已經將波曼過去兩星期來提供的資料，全堆在會議桌上。

「我和包柏藍斯基談過，你做得很好，波曼。少了你，他覺得很可惜，但因為賀斯壯的緣故，他別無選擇。」

「沒關係，我發覺在米爾頓這裡比在國王島自在多了。」

「你能略作簡述嗎？」

「這個嘛，如果目的是找到莎蘭德，那麼顯然是失敗了。這次的調查非常混亂，組員間經常爭執不下，包柏藍斯基可能也無法全權掌控調查行動。」

「漢斯．法斯特……」

「法斯特真的是個渾球。但問題並不只在於法斯特和草率的調查。包柏藍斯基已經盡可能地追蹤所有掌握到的線索。事實上，莎蘭德隱匿行跡確實有一手。」

「不過你的工作不只是找到莎蘭德。」阿曼斯基說。

「沒錯，當初你另外吩咐我當眼線，以免莎蘭德遭到誣告，幸好這件事沒有告訴賀斯壯。」

「現在你怎麼想？」

「一開始我很肯定她有罪，但現在我也不太確定了，有太多事情兜不攏……」

「所以呢？」

「我不再認為她是主要嫌犯，也愈來愈覺得布隆維斯特的推測有幾分道理。」

「也就是說我們得確認並找出凶手。該不該從頭展開調查呢？」阿曼斯基邊倒咖啡邊問。

今晚莎蘭德的心情糟透了。她想到自己當年將汽油彈丟進札拉千科車內，從那一刻起所有的噩夢都停止，她內心感受到無比平靜。雖然也有過其他問題，但向來都是自己的事，她處理得來。如今卻牽涉到蜜莉安。

蜜莉安被毆打住院。她是無辜的，和這些事毫無關係，錯只錯在她認識莎蘭德。

她不斷詛咒自己，滿心愧疚。一切都是她的錯，**她的**地址是祕密，**她**很安全。然後她說服蜜莉安住進她的公寓，任何人都能找到的地址。

怎麼會這麼粗心？乾脆痛打自己一頓算了。

極度難過的情緒使她熱淚盈眶。但莎蘭德從不哭泣。她一手抹去淚水。

十點半時，她焦躁到在屋裡待不住，便穿上外套、靴子，步入夜色中。她沿著小巷道一直走到環城大道，站在索德醫院車道的入口，一心只想進到蜜莉安的房裡叫醒她，告訴她一切都會沒事。忽然間她看到辛肯附近閃著警車的藍燈，連忙閃進一條巷弄內以免被發現。

午夜剛過，她又回到家中，全身都凍僵了，便脫掉衣服鑽進被窩。可是睡不著。到了凌晨一點，她又爬起來，光著身子在未亮燈的屋裡走來走去。後來走進客房，裡面有一張床和一張書桌，她從來沒進來過。她坐在地板上背靠牆壁，在黑暗中發呆。

莉絲．莎蘭德有一間客房。多可笑。

她一直坐到過了兩點，已經冷得不停顫抖，這時才又開始哭起來。

天亮前不久，莎蘭德沖了個澡穿上衣服，啓動咖啡壺、準備早餐，並打開電腦。進入布隆維斯特的硬碟後，驚覺他並未更新調查日誌，於是轉而開啓「莉絲．莎蘭德」檔案夾。裡頭有個名爲「莉絲──重要」的新文件，查看檔案的內容發現是在午夜零點五十二分建立的。她按了兩下滑鼠。

莉絲，馬上和我聯繫。這件事遠比我想像得還糟。我知道札拉千科是誰，也大概知道發生了什麼事。我找潘格蘭談過，明白了泰勒波利安的角色，以及妳被關進精神病院的原因。我想我已經知道是誰殺死達格和蜜亞，應該也知道爲什麼，但還缺少一些重要訊息。我不明白畢爾曼的角色。**打電話給我。立刻打給我。我們可以一起解決。**麥可

莎蘭德慢慢地又讀了一次。這個小偵探這陣子挺忙的。勤勞小豬。該死的**勤勞小豬**。他還是認爲有什麼可解決的。

他是出於善意。他想幫忙。

他不明白不管發生什麼事，她的一生都完了。

早在她未滿十三歲以前就完了。

只有一個解決之道。

她建立一個新檔案，想寫一封回信，但思緒在腦中迴旋飛轉，想說的太多了。

莎蘭德陷入情網。笑死人了。

他永遠不會察覺。她不會讓他得意。

她將檔案刪除，瞪著空白螢幕。可是不應該音信全無地對待他。他就像個堅定的小錫兵，忠心耿耿地站在她這邊。於是她又建立一個新檔案，寫道：

謝謝你願意當我的朋友。

首先她得作幾個後勤方面的決定。她需要交通工具，雖然很想使用仍停在倫達路上那輛酒紅色本田，但絕對不行。埃克斯壯檢察官的筆電中，毫無跡象顯示警方在調查期間發現她買了一輛車，可能是因為她還沒送出登記的資料與保險文件。但蜜莉安接受偵訊時可能有提到車子的事，而且倫達路顯然偶爾會受到監視。

警方知道她有一輛摩托車，要是從倫達路大樓的儲藏室把車弄出來就更張狂了。何況，氣象預報說前些日子像夏日般的氣候即將轉變，她可不想冒險騎機車上天雨路滑的公路。

當然還有一個選擇，就是以奈瑟的名義租車，但這麼做也有風險。或許會被人認出來，以後將再也不能使用這個假身分，那麼問題可就大了，因為她得靠這個逃出國外。

這時她忽然暗自一笑，還有另一個方法。她啓動電腦，登入米爾頓保全的網路系統，瀏覽由米爾頓某位櫃檯祕書負責管理的車輛資料。米爾頓保全公司共有將近四十輛車供員工使用，有些印有公司標誌，專供出差之用，但大多數都是沒有標誌的跟監車，全部都停放在斯魯森附近米爾頓總公司的車庫裡。幾乎轉個彎就到了。

她研究員工的檔案後，選定剛開始休假兩星期的馬可斯．柯蘭特。他留了加納利群島一間飯店的電話號碼，作為聯絡之用。莎蘭德改掉飯店名稱，並將他聯絡電話的號碼順序弄亂，然後加註柯蘭特最後一項勤務行動是將某輛車送廠維修。她挑中以前曾經開過的一輛自排的豐田 Corolla，並記錄車子會在一星期後送回。

最後她進入監視系統，重新設定她會經過的監視器。在凌晨四點半到五點之間，這些監視器會重複播放前半個小時的畫面，但顯示的時間碼卻是變造過的。

四點十五分，她用軟背包裝了兩套替換衣物、兩罐梅西噴霧器和充飽了電的電擊棒，然後看著自己得來的兩把手槍。她捨棄桑斯壯的科特一九一一政府型，選擇了尼米南那把波蘭製、彈匣裡少了一發子彈的P—八三瓦那。這把比較細瘦，拿起來較順手。她把槍放進夾克口袋。

莎蘭德蓋上 PowerBook 的蓋子，但仍將電腦留在桌上，硬碟裡的資料都已移至某個加密的網路備份空間，整個硬碟也以自己寫的程式全部刪除，就連她也無法重建。她不想倚賴這台 PowerBook，拖著到處跑只是累贅，因此只帶了 Palm Tungsten 的ＰＤＡ。

她環顧工作室一周，感覺似乎不會再回到摩塞巴克這間公寓，也知道自己留下了應該要銷毀的祕密。但瞥一眼手錶，發現沒時間了，於是將桌燈熄滅。

她走到米爾頓保全的地下室，搭電梯來到行政樓層，空蕩蕩的走廊上一個人也沒碰見，從服務台未上鎖的櫥櫃取出車鑰匙也易如反掌。

三十秒後她已經在地下車庫，打開 Corolla 的車門鎖，將軟背包丟到副駕駛座，調整好駕駛座位與後照鏡。最後用她舊的卡片鎖開啓車庫的門。

快五點的時候，她出現在梅拉斯特蘭南路與西橋相接處。天色已漸亮。

布隆維斯特於六點半醒來，沒有設鬧鐘卻也只睡了三小時。起床後啓動 iBook，打開「莉絲．莎蘭德」檔案夾看看有無回覆。

謝謝你願意當我的朋友。

他頓時感覺到脊背上一股寒意直竄而下。這絕非他所期待的答案，看起來像訣別信。**莎蘭德獨力對抗全世界**。他先到廚房煮咖啡，然後沖澡，換上一件破舊的牛仔褲時才發現已經好幾星期沒時間洗衣服，沒有乾淨的襯衫可穿，便在灰色夾克底下套上一件酒紅色運動衫。

在廚房準備早餐時，忽然瞅見微波爐後面的流理台上似乎有金屬在閃閃發光。他拿叉子勾出一個鑰匙圈。

是莎蘭德的鑰匙。倫達路攻擊事件發生當天找到以後，便連同她的肩背包放在微波爐上面。當初忘了把鑰匙和袋子一起交給茉迪巡官，肯定是無意間掉落在後面。

他瞪著這串鑰匙，大小各有三把，三把大的應該分別是入口大門與兩把公寓門鑰匙。**她的公寓**。顯然不是倫達路那間。那麼她**到底**住在哪裡？

他更加仔細地檢視三把小鑰匙，一把很可能是她川崎機車的，一把看似保險箱或儲藏櫃的鑰匙，接著拿起第三把，上頭蓋了一個號碼：二四九一四。他忽然想通了。

郵政信箱。莎蘭德有郵政信箱。

他拿電話簿查看索德毛姆地區的郵局所在。她曾住過倫達路，環城大道太遠。也許在霍恩斯路，或是羅森倫德街。

他關掉咖啡壺，丟下早餐，立刻開著愛莉卡的BMW到羅森倫德街去。鑰匙不符。接著開到霍恩斯路，鑰匙對著二四九一四號信箱一插就進。打開以後，裡頭有一十二封郵件，他隨手塞進手提電腦袋的外側口袋。

他繼續沿著霍恩斯路開，將車停在街區戲院旁，然後到貝松斯特蘭路上的科帕小館吃早餐。等店家準備拿鐵的時候，他一一檢視信封。全部都是寄給黃蜂企業，其中九封來自瑞士、八封來自開曼群島、一封來自海峽群島、四封來自直布羅陀。隨後毫不愧疚地撕開信封。前二十一封是關於各個帳戶與基金的銀行明細與報告，莎蘭德簡直富甲一方。

第二十二封較厚一些。收件人地址是手寫的，信封上印著「布坎南房屋」的標誌以及直布羅陀皇后道碼頭的回郵地址，裡面的信則是用麥米倫律師的信紙寫的。律師的字跡工整。

莎蘭德女士惠鑒：

謹此確認閣下購屋尾款已於元月二十日繳清，隨信附上所有文件副本，原件則由敝人保留。相信應能滿足閣下所望。

另祝願閣下一切安好。去夏意外來訪，敝人甚感驚喜，亦深覺閣下性情清新宜人。亟盼日後再有機會為閣下效勞。敬頌

時綏

傑瑞米．麥米倫謹上

寄信日期是元月二十四日，莎蘭德顯然不常開信箱。布隆維斯特看著信中所附，有關購買摩塞巴克區菲斯卡街九號一間公寓的文件。

他邊看邊喝咖啡，差點嗆著了。成交價是兩千五百萬克朗，分兩期繳款，期間相隔一年。

莎蘭德在艾希圖納看著一個身材結實、髮色深暗的男子打開了「汽車專家」租車中心的側門，那裡除了出租汽車，還提供維修服務，是間典型的車廠。此時是早上六點五十分，掛在店門口的手寫招牌上註明

七點半才開門。她過街跟著那名男子從側門進入店內，那人聽見聲響轉過身來。

「是雷菲克．奧巴嗎？」她問道。

「我是，請問妳是哪位？我們還沒開門。」

她舉起尼米南那把P—八三瓦那，以雙手握住，瞄準他的臉。

「我不想和你多說廢話，只想看看你們的租車客戶名單，現在就要看，我給你十秒鐘的時間準備。」

奧巴現年四十二歲，是出生在土耳其迪雅巴克的庫德人，對槍枝早已生膩。他僵立不動，緊接著便尋思道，這個女瘋子持槍闖進車廠來，應該沒有什麼商量的餘地。

「在電腦裡面。」他說。

「打開。」

他乖乖地照做。

「那扇門後面是什麼？」電腦啓動後，見螢幕開始閃動，她問道。

「只是一個櫃子。」

「打開。」

裡面放了幾件工作服。

「好，你到櫃子裡面去，別出聲，我就不會傷害你。」

他毫無異議地遵從。

「手機拿出來放在地上，踢到我這邊來。」

他又照做不誤。

「很好，現在關上你後面的門。」

店裡用的是一台老舊的個人電腦，使用 Windows 95 軟體，硬碟容量二八〇MB，光是打開租車名單的 Excel 檔案就花了好長時間。那輛白色富豪曾出租過兩次，第一次在元月爲時兩星期，第二次在三月一日，至今尚未歸還。客戶是長期租用，每星期付費。

登記的姓名為羅納德·尼德曼。

她掃視過電腦上方架子上的文件夾，其中一個卷脊上簡潔印著「身分」兩字。她取下文件夾，翻到尼德曼那頁。元月租車時，他出示了護照證明身分，奧巴也留下了影本。她一眼就認出是那個金髮巨人。根據護照資料，他是德國人，三十五歲，生於漢堡。既然奧巴影印了護照，可見得尼德曼只是客戶而非朋友。

奧巴在那頁底部寫了一個手機號碼，和一個約特堡的郵政信箱。

莎蘭德將文件夾放回原位，關上電腦。四下張望之後，在前門旁邊發現一個橡膠門擋，便撿起來走回櫃子前面，用槍柄敲敲門。

「你在裡面聽得到我說話嗎？」

「可以。」

「你知道我是誰嗎？」

沒有作聲。

除非是瞎子才會認不得我。

「好，你知道我是誰，那你怕我嗎？」

「怕。」

「別害怕，奧巴先生，我不會傷害你。這裡的事我辦得差不多了，很抱歉造成你的困擾。」

「呃……沒關係。」

「在裡面呼吸沒問題吧？」

「沒有……妳到底想幹什麼？」

「我想看看兩年前有沒有一個女人向你們租過車。」她回答道；「沒找到，但不是你的錯。再過幾分鐘我就要走了，我會在櫃門這裡放個門擋，這門不厚實，你可以擠得出來，只不過需要點時間。你以後再也不會看到我，所以不必報警，今天也可以照常開門營業，就當作什麼也沒發生。」

他不報警的機率微乎其微，但提出另一個選擇供他參考無妨。她離開車廠走向停在轉角的Corolla後，迅速變裝成奈瑟。

沒能找到尼德曼在斯德哥爾摩地區的確實地址，卻只有一個位於瑞典另一端的郵政信箱，實在令人氣惱。但這是唯一查到的線索。**所以呢，上約特堡去**。

她開上E20公路，轉往西邊的阿波加方向。打開收音機時，剛好播完新聞，只聽到一些廣告。她聽著大衛・鮑伊唱到「putting out fire with gasoline」（以汽油滅火），雖然不知道歌名，卻覺得這句歌詞未卜先知。

第三十章

四月七日星期四

布隆維斯特凝神看著菲斯卡街九號的大門入口，這是斯德哥爾摩最高級的地點之一。他將鑰匙插入門鎖一轉，全無障礙。門廳裡的住戶名單並無幫助。布隆維斯特以爲這裡多半是供公司租用的飯店式高級公寓，但似乎也有一、兩間私人住宅。名單上沒有莎蘭德的名字，他一點也不驚訝，只不過這種地方再怎麼看還是不像她的藏身之處。

他一層樓一層樓往上爬，邊看門牌上的姓名，沒有一個能激起聯想。最後來到頂樓，看見門牌上寫著「V．庫拉」。

布隆維斯特拍了一下額頭，忍不住微笑。選擇這個名字應該不是爲了取笑他個人，反倒比較像是反映出莎蘭德內心某種諷刺的想法——不過以林格倫小說中的主角爲綽號的「小偵探布隆維斯特」，要尋找另一名主角長襪皮皮，還有什麼比「維庫拉屋」①更適當的地方呢？

他按了門鈴等候片刻，才掏出鑰匙打開安全鎖和下方的鎖。

門一打開，立刻啓動了警報器。

手機開始嗶嗶響時，莎蘭德正來到奧勒布魯外圍的格蘭斯哈瑪附近，她踩下剎車停到路肩，從夾克口袋拿出PDA，連上手機。

十五秒鐘前，她公寓的門被人打開了。警報器並未連接到任何保全公司，唯一的目的只是警告她有人闖入或以某種方法打開了門。三十秒後警鈴會開始鳴響，不速之客也會意外受到漆彈襲擊，而漆彈就藏在門邊一個僞裝的保險絲盒內。她面帶微笑一面期待一面倒數。

布隆維斯特挫折地瞪著門邊的警報顯示器，不知爲何他想都沒想過公寓裡會裝警報器，此時只能眼看著數字鐘面開始倒數。進《千禧年》辦公室，若未能在三十秒內鍵入正確的四位數字，警報器便會啓動，接著很快就會有幾名人高馬大的保全人員衝進來。

他第一個直覺反應是關上門，趕緊離開大樓，但實際上卻定定地站在原地不動。

四位數字。不可能隨便猜。

二五—二四—二三—二二……

該死的長襪皮……

一九—一八……

妳會用什麼密碼呢？

一五—一四—一三……

他愈來愈驚慌。

一〇—九—八……

於是他抬起手，絕望地按下唯一想得到的數字：九二七七。這四個數字剛好與觸控鍵上W—A—S—P（黃蜂）四個字母相對應。

出乎意外的是倒數停止了，還剩下六秒。警報器嗶了最後一聲，面板上顯示的數字歸零，同時亮起綠燈。

▲　▲　▲

莎蘭德不敢置信地睜大雙眼，以爲自己出現幻覺，明知這麼做不理性，卻還是搖晃了一下她的PDA。就在漆彈爆炸前六秒時，倒數停止了，一秒過後，顯示數字歸零。

不可能。

這世上沒有其他人知道密碼。

這怎麼可能？是警察？不對。札拉？難以相信。

她在手機上撥一個號碼，等候監視攝影機連線，傳來低解析度的影像。攝影機藏在玄關天花板上一個類似偵煙器的物體內，每秒鐘會拍下一張低解析度照片。她從頭播放這一連串連續照片，也就是開門啓動警報器那一刻。當看到攝影機下方的布隆維斯特像痙攣似的，上演了半分鐘的可笑啞劇，最後終於按下密碼，癱靠在門柱上，活像差點心臟病發的模樣，她臉上立刻綻放出撇嘴笑容。

王八蛋小偵探布隆維斯特找到她了。

他撿到了她掉落在倫達路的鑰匙，也夠聰明能想起「黃蜂」是她在網路上的名稱。而且既然都找到了公寓，很可能也發現這是黃蜂企業所有。她還在看著，布隆維斯特已經開始走走停停地穿過玄關，消失在攝影機鏡頭前。

該死！我怎會如此容易被猜透？當初怎會遺落那些鑰匙……如今她的所有祕密都攤在布隆維斯特窺探的眼前。

思考幾分鐘後，她認爲反正也沒有差別了，硬碟已經全部刪除，這才是重點。而且由他發現這個藏身處，甚至可能對她有利。她的祕密，他早已知道得比任何人都多。這隻勤勞豬會做對的事，不會出賣她。希望如此。她將車排到D檔，朝約特堡繼續推進之際也深陷思緒中。

瑪琳於早上八點半抵達公司時，在樓梯間碰到羅貝多。她一眼就認出他來，並自我介紹，請他入內。他腳跛得很嚴重。一聞到辦公室內的咖啡香，就知道愛莉卡來了。

「嗨，愛莉卡。很抱歉臨時找妳，也謝謝妳願意見我。」拳王說道。

愛莉卡先端詳他臉上那一個個驚人的瘀傷與腫塊之後，才俯身親了他臉頰一下。

「你看起來真不像活人。」她說。

「我以前也斷過鼻梁。妳把布隆維斯特藏在哪裡？」

「他不知道上哪去扮偵探、找線索了。和平時一樣，無法聯絡到他。除了昨晚一封奇怪的電子郵件之外，從昨天早上就沒有他的消息。謝謝你……總之，謝謝你。」

她指指他的臉。

羅貝多笑了起來。

「要不要喝咖啡？你說你有事情要告訴我。瑪琳，一塊來聽吧。」

他們就舒服地坐在愛莉卡辦公室裡的椅子上。

「是關於和我交手那個高大的金髮混蛋。我跟麥可說他的拳擊毫無可取之處，但有趣的是他兩隻拳頭一直保持在防禦姿勢，腳步的移動也像個拳擊手，好像**真的**受過一些訓練。」

「麥可昨天在電話上提到了。」瑪琳說。

「我一直想著這件事，所以昨天回家後，送了電子郵件到全歐洲的拳擊俱樂部，敘述了事情的經過，並盡可能詳細地描述那個傢伙。」

「運氣如何？」

「應該算是不錯吧。」

他將一張傳真照片放在愛莉卡與瑪琳面前的桌上，像是在某拳擊俱樂部的訓練課程上拍攝的，兩名拳手站著聆聽一個身形矮胖、年紀較大、戴著一頂窄邊皮帽、穿著長袖運動服的男子指點，另外有六、七人也環繞在拳擊台邊傾聽著。背景裡站著一個看似平頭族小混混的魁梧男子，被用馬克筆圈起來。

「這是十七年前拍的照片，背景那個人叫羅納德·尼德曼，拍照時十八歲，所以現在應該三十五歲左右，和綁架蜜莉安那個巨人歲數相符。我不敢說百分之百是他，因爲照片太久遠，畫質又不好。但看起來確實十分相像。」

「這張照片哪來的？」

「漢堡『動力』俱樂部一位資深教練漢斯．敏斯特給我回了信，說尼德曼在八〇年代末期曾爲他們打了一年的拳，或者應該說曾試圖爲他們打拳。我今天一早就收到信，來這裡之前還和敏斯特通過電話。他的大意是：尼德曼是德國漢堡人，八〇年代時和一個平頭族幫派廝混。他有個年長幾歲的哥哥，是個極有天分的拳擊手，尼德曼就是透過他加入俱樂部。尼德曼具有很可怕的力量，外型簡直是無與倫比。敏斯特說他從未見過如此大的力道，即使最頂尖的拳擊手也不例外。有一次他們測量他出拳的力道，結果竟然破表。」

「聽起來他在拳擊界應該前途無量。」愛莉卡說。

羅貝多卻連連搖頭。「據敏斯特的說法，他不可能，有幾個原因。第一，他學不會拳擊。他只會站在定點用力揮拳，移動起來非常笨拙，這和我在紐克瓦恩面對的那傢伙一樣。但更糟的是他不知道自己的力量有多大，偶爾對打練習時會將對手打成重傷，例如鼻梁和下頷骨折等等不必要的傷害。所以他們實在無法留他。」

「所以他可以說是會拳擊卻又不太會，是嗎？」瑪琳說。

「正是如此，但他之所以中斷卻是爲了醫療原因。」

「怎麼說？」

「他看起來好像金剛護體，無論挨多少拳，總是抖抖身子便又繼續打。其實他罹患一種非常罕見的病叫先天性痛覺缺失，我查過了，那是一種遺傳的基因缺陷，也就是說他神經突觸內的傳導物質運作失常，說白話一點，就是他沒有痛覺。」

「聽起來很像拳擊手的最大本錢。」

羅貝多再次搖頭。「正好相反，這種病可能會對生命造成危害。大多數羅患先天性痛覺缺失的人都死得很早，大約介於二十到二十五歲之間。痛覺是身體出了問題的警訊，如果把手放到炙熱的爐子上，一覺得痛你就會縮手；但這種病的患者卻不會有任何反應，直到聞到肉燒焦爲止。」

瑪琳和愛莉卡不由得面面相覷。

「你是說眞的嗎？」愛莉卡問道。

「千眞萬確。尼德曼什麼感覺也沒有，隨時都像注射了大量的局部麻醉劑。而他之所以沒出事，是因爲他有另一項遺傳特徵足以互補。他的體格異於常人，骨骼非常強壯，因此幾乎刀槍不入，而且他天生的力道簡直絕無僅有。最重要的是他的癒合速度一定很快。」

「我漸漸了解到你們那場拳賽是多麼有趣了。」

「那還用說，我絕不想再打一次。唯一對他起作用的一次，就是蜜莉安踢他下體的時候，他確實跪下了一秒……那類的打法想必會啓動某種生理反應，否則他又不會覺得痛。相信我，我要是被她那樣一踢，也會倒地不起。」

「最後是怎麼結束的？」

「有這種病的人其實也和一般人一樣會受傷。別以爲尼德曼好像一身鋼筋水泥，當我拿木板往他後腦杓一轟，他還是像岩石一樣墜落。恐怕是腦震盪了。」

愛莉卡看了看瑪琳。

「我去打電話給麥可。」瑪琳說。

布隆維斯特聽見手機響，但因驚愕過度，直到第五聲才接起。

「我是瑪琳。羅貝多認爲他查出巨人的身分了。」

「很好。」布隆維斯特心不在焉地回答。

「你在哪裡？」

「不好說。」

「你口氣聽起來怪怪的。」

「抱歉，妳剛剛說什麼？」

瑪琳簡述了羅貝多的說法。

「繼續追，」布隆維斯特說道：「看能不能在哪個資料庫裡找到他。我想這事很緊急，隨時打我手機。」

出乎瑪琳意外的是，他連再見也沒說就掛電話了。

此刻布隆維斯特正站在窗邊，看著外面從舊城區一路綿延到鹽湖的美景，一時感到茫然。前門右手邊有一個廚房與玄關相連，此外有一個客廳、一間工作室、一間臥室，還有一間似乎還沒動用過的小客房，床墊的塑膠套尚未拆封，也沒有鋪床單。屋裡全是剛從宜家家居買回來的嶄新家具。

令布隆維斯特震驚的是，莎蘭德竟買下企業鉅子派西．巴納維克②昔日的臨時住所，公寓面積約一〇六坪，價值兩千五百萬克朗。

布隆維斯特信步走過閒置的廊道與房間，走廊空蕩蕩的幾乎令人毛骨悚然，房間裡有各種木材與圖紋的拼花地板，還有愛莉卡曾一度覬覦的名家翠西亞．基爾德設計的壁紙。公寓正中央是一間採光極佳的客廳，並配備有開放式壁爐，但莎蘭德似乎從未升過火。外頭有一個景觀迷人的巨大陽台。另外還有洗衣房、三溫暖、健身房、多間儲藏室，和擁有超大型浴缸的浴室，甚至還有一個藏酒間，裡頭除了一瓶未開的一九七六年份 Quinta do Noval 波特酒（而且還是傳奇的 Nacional 單一葡萄園年份！）之外，空無一物。布隆維斯特努力地想像莎蘭德手拿一杯波特酒的模樣。有一張高雅的卡片顯示，那是房地產業者送給她的喬遷禮物。

廚房裡的設備一應俱全，有一組以瓦斯爐爲中心，光潔閃亮的法式高級爐具。布隆維斯特從未親眼見過這組 Corradi Chateau 120 爐具，而莎蘭德很可能只用來燒水泡茶。

另一方面，獨立放在另一張桌上的濃縮咖啡機則是令他又敬又羨。那是一台搭配鮮奶冰箱的 Jura Impressa X7，似乎鮮少使用，很可能是她買屋時便留在廚房的。布隆維斯特知道 Jura 咖啡機就相當於汽車當中的勞斯萊斯，是家用的專業級咖啡機，售價大約七萬克朗。他在 John Wall 買了一台濃縮咖啡機，要價三千五百克朗左右，這已是他容許自己爲住家添置的極少數奢侈品之一，但與莎蘭德的機器一比較，卻是小巫見大巫。

冰箱裡有一罐開過的牛奶、一些乾酪、奶油、魚子醬和剩下半罐的醃小黃瓜。廚房櫥櫃內放了四瓶半空的維他命、茶包、普通咖啡機用的咖啡、兩條麵包和一包薄脆餅乾。廚房餐桌上擺了一缽蘋果。冷凍庫裡有三塊火腿派和一份焗烤魚肉。整棟屋子只有這些食物。爐邊流理台底下的垃圾桶內，則發現幾個比利牌厚皮披薩的包裝盒。

這樣的安排實在太不成比例。莎蘭德偷了幾十億克朗，買下一間足以容納整個宮廷的公寓，到頭來卻只需要她裝潢好的那三個房間，其他十八個房間都空著。

布隆維斯特巡視的最後一站來到她的工作室，到處都沒有擺花，牆上也沒有掛畫或海報，沒有地毯或掛氈，放眼望去看不到任何擺飾用的容器、蠟燭，或甚至爲了某些感性因素留下的小玩意。

布隆維斯特忽然覺得揪心，覺得非得找到莎蘭德緊緊擁抱她不可。

他要膽敢這麼做，她很可能會咬人。

該死的札拉千科。

接著他坐到書桌前，打開放著畢約克一九九一年所寫報告的資料夾。沒有全部看，只是大略瀏覽試圖抓到重點。

隨後啟動她那台十七吋螢幕、硬碟容量二○○ＧＢ、記憶體容量一○○○ＭＢ的 PowerBook，裡面是空的，全洗掉了。不祥的預兆。

拉開書桌抽屜，發現一把九毫米的科特一九一一政府型單動式手槍，彈匣內裝滿了七發子彈。這是莎蘭德從記者桑斯壯處取走的槍，但布隆維斯特對此一無所知，因爲追查嫖客的進度還沒到達以S爲開頭的姓氏。

接下來看到一張寫著「畢爾曼」的DVD。

他將DVD插入自己的iBook，看了內容以後不寒而慄，整個人呆呆地坐在桌前，看著莎蘭德被毆打、強暴，還差點被謀殺。影片似乎是以隱藏式攝影機拍下的，他沒有全部看完，而是一段一段跳著看，情節也一段比一段可怕。

畢爾曼。

莎蘭德遭到監護人強暴，自己還將過程從頭到尾記錄下來。畫面上的數字日期顯示，錄影時間在兩年前，當時他還不認識她。拼圖一片一片到位了。

七〇年代，畢約克和畢爾曼再加上札拉千科。

九〇年代初，札拉千科和莎蘭德，還有一個用牛奶紙盒製成的汽油彈。

接著又是畢爾曼，而且已經取代潘格蘭成爲她的監護人。循環回歸原點。畢爾曼攻擊自己的受監護人，把她當成精神不正常、無力自衛的女孩，然而莎蘭德絕非無力自衛。她早在十二歲便和從GRU叛逃的職業殺手對抗，還讓對方終生殘廢。

莎蘭德最痛恨那些憎恨女人的男人。

他回想起在赫德史塔逐漸了解她的那段時間，那應該是她被強暴後幾個月左右，但他絲毫想不起來她曾說過任何一句話，暗示自己發生過這種事。事實上，她根本很少談論自己的事。布隆維斯特猜不出她對畢爾曼做了什麼，總之並未殺了他。**這倒奇怪得很**。否則畢爾曼兩年前就死了。她肯定用某種方法控制著畢爾曼，至於爲何原因他實在不明白。但一轉念忽然想到，她控制他的方法就擺在桌上。只要她手中握有這片DVD，畢爾曼就只能成爲她的奴隸。結果畢爾曼求助於他以爲是盟友的男人。札拉千科。她的父親，她的頭號敵人。

緊接著一連串的事故發生。畢爾曼首先被射殺，然後是達格與蜜亞。

但為什麼呢？達格怎會造成威脅？

忽然他靈光一閃，明白了安斯赫得**究竟**發生了什麼事。

布隆維斯特在窗子下方的地板上發現一張紙，是莎蘭德列印出來後，揉成一團丟棄的。他將紙撫平，原來是《Aftonbladet》電子晚報上關於蜜莉安遭綁架的消息。

不知道蜜莉安在這整起事件中扮演什麼角色——如果她有涉入的話——但她卻是莎蘭德少之又少的朋友之一，說不定還是唯一一個。莎蘭德將舊公寓送給她，而如今她卻被打成重傷，躺在醫院裡。

尼德曼和札拉千科。

首先是她母親。現在又是蜜莉安。莎蘭德肯定是恨得發狂。

再次的挑釁，令人忍無可忍。

現在她要獵殺出擊了。

中午用餐時，阿曼斯基接到厄斯塔復健中心打來的電話，本以為潘格蘭的來電會更早得多，而他也沒有主動聯絡，因為害怕自己得報告莎蘭德罪證確鑿的消息。如今至少可以告訴他，她的涉案其實並非毫無疑點。

「進度到哪了？」潘格蘭開門見山地問。

「什麼進度？」

「調查莎蘭德的進度。」

「你為什麼覺得我在做這類的調查？」

「別浪費我的時間了，阿曼斯基。」

阿曼斯基嘆了口氣說：「你說得沒錯。」

「我要你來見我。」潘格蘭說。

「這個週末我可以過去。」

「不能等那麼久，我要你今晚就來，要討論的事多著呢！」

布隆維斯特在莎蘭德的廚房給自己煮了咖啡、做了三明治。雖然半期望能聽見她開門的聲音，但並不抱太大希望。從她 PowerBook 裡空空的硬碟可以知道，她永遠不會再回到這個藏身處。他找到公寓已晚了一步。

下午兩點半，他仍坐在莎蘭德的桌前，將畢約克那份「非報告」讀了三遍。報告是以備忘錄的格式寫成，要交給未具名的上司，其中的建議很簡單：找一個肯配合的精神科醫師，將莎蘭德送進兒童精神病院。那女孩絕對有病，她的行爲顯現得一清二楚。

布隆維斯特打算將來要好好地盯畢約克和泰勒波利安，而且有點迫不及待。這時手機響起，打斷他的思路。

「又是我，瑪琳。好像有點收穫。」

「什麼收穫？」

「瑞典的社會安全紀錄中沒有羅德納．尼德曼這個名字，電話簿、報稅紀錄、汽機車執照資料庫裡面也都沒有。不過你聽這個。一九九八年，有一家公司向專利局申請註冊，名稱是ＫＡＢ進口公司，郵政信箱地點在約特堡。這家公司專門進口電子產品，董事長名叫卡爾．阿克索．波汀，縮寫就是ＫＡＢ，一九四一年生。」

「我沒有聯想到什麼。」

「我也是。董事會上還有一個會計師，也同時登記在其他數十家公司內，看起來像是小公司都需要有的掛名財務主管。這家公司成立後，業務多少處於停滯狀態。不過第三個董事成員的名字叫R．尼德曼，在瑞典沒有社會安全號碼，出生於一九七〇年一月十八日，並列名為該公司的德國市場代表。」

「做得好，瑪琳，太好了。除了郵政信箱之外有地址嗎？」

「沒有，但我追查了波汀。他戶口登記在西瑞典，住址是哥塞柏加郵政信箱六一二號。我查過了，好像是位在約特堡東北方，離諾瑟布羅不遠的鄉間地區。」

「對他知道多少？」

「他兩年前申報的收入是二十六萬克朗。據我們警界的朋友說，他沒有犯罪紀錄，合法擁有一把麋鹿獵槍和一把霰彈槍，有兩輛車，一輛福特一輛紳寶，都是較舊型的車款。沒有交通違規的點數。未婚，自稱是農夫。」

「這個男人我們一無所知，也沒有前科。」布隆維斯特思索片刻，必須作出決定。

「還有一件事。阿曼斯基打了幾次電話找你。」

「謝了，瑪琳，我晚點再打給妳。」

「麥可……你沒事吧？」

「不，我有事，不過我會保持聯繫。」

作為好公民，他理應通知包柏藍斯基，但若是這麼做，要麼就得將莎蘭德的真相全盤托出，要麼就是攪和在半公開、半隱瞞的情況中。但這都不是真正的問題所在。

莎蘭德已經出發去找尼德曼和札拉千科，不知道她查到多少，但既然他和瑪琳能找到哥塞柏加郵政信箱六一二號，莎蘭德一定也找得到，而且非常可能已經前往哥塞柏加。那是自然的步驟。

假如打電話告訴警方尼德曼的藏身之處，也得告訴他們莎蘭德很可能正往那兒去。她目前因三起命案與史塔勒荷曼槍擊事件被通緝，也就是說國家武裝因應小隊或其他類似的小組將會奉命逮捕她。

而莎蘭德無疑會拚命反抗。

布隆維斯特拿起紙筆，列出他不能或是不會告訴警方的事。

首先是**摩塞巴克的地址**。莎蘭德爲了確保這間公寓的隱密性，大費周章。這裡有她的生活與祕密，他不會洩漏。

其次他寫下**畢爾曼**，並在名字後面加上問號。

他瞅一眼桌上的DVD。畢爾曼強暴了莎蘭德，甚至差點殺了她。這可惡的傢伙濫用自己監護人的身分，這種下流行徑本該公諸於世，但卻又面臨道德的兩難。莎蘭德並未報警，她永遠不會原諒他，但若是警方展開調查，她自己將會在媒體上曝光，而最慘不忍睹的細節也會在數小時間外洩，難道這會比較好？這片DVD是證物，其中某些畫面最後恐怕會登上晚報版面。

還是讓莎蘭德自己決定怎麼做吧。但假如他都能追蹤到她的公寓，警方遲早也會找上門來。於是他將DVD放進自己的袋子裡。

接下來他寫下**畢約克的報告**。一九九一年，它被蓋上「極機密」的印章；它爲發生過的一切作出解釋；它說出札拉千科的名字，說明了畢約克的角色，再加上達格電腦中的嫖客名單，畢約克恐怕得焦慮不安地面對包柏藍斯基好幾個小時。而根據來往的書信，泰勒波利安也會深陷麻煩之中。

這些文件將會指引警方前往哥塞柏加，但至少他早了一步。

他打開Word，以大綱的形式寫下過去二十四小時內，從他與畢約克、潘格蘭的談話，以及從莎蘭德住處找到的資料，所發現的重要事實，約莫花了一小時。然後將檔案連同他自己調查的結果都燒錄到一張光碟上。

他考慮著該不該打個電話給阿曼斯基，最後還是決定算了。已經有太多事情忙不過來。

布隆維斯特走進《千禧年》雜誌社，直接來到愛莉卡的辦公室。

「他叫札拉千科。」他連聲招呼也沒打，劈頭就說：「曾經是蘇聯某情報單位的職業殺手，在一九七六年叛逃，受到瑞典政府庇護，還拿國安局的薪水。蘇聯瓦解後，他也和其他許多人一樣，變成全職黑道分子。現在他涉及性交易與武器毒品的走私。」

愛莉卡放下手中的筆。「忽然冒出個ＫＧＢ，我怎麼不覺得驚訝呢？」

「不是ＫＧＢ，是ＧＲＵ，軍隊的單位。」

「所以很嚴重。」

布隆維斯特點點頭。

「你是說他殺死了達格和蜜亞？」

「不，不是他，是他派的人。羅納德．尼德曼，瑪琳一直在找相關資料的那個怪物。」

「你能證明嗎？」

「多少吧，有些只是猜測。不過畢爾曼被殺是因爲他向札拉千科求助，請他對付莎蘭德。」

布隆維斯特說出了莎蘭德留在抽屜裡那張ＤＶＤ的事。

「札拉千科是她父親……」

「我的天哪！」

「畢爾曼在七〇年代中期是國安局的正式員工，也是札拉千科叛逃時代表政府歡迎他的人之一。後來畢爾曼自己開業當律師，還專門替國安局裡面一群高層做違法勾當。我認爲他們內部有一小群人偶爾會到男子三溫暖碰面，全面控制局勢並爲札拉千科保密。我猜國安局裡其他人連聽都沒聽過這個王八蛋。莎蘭德有可能會踢爆這個祕密，所以他們就把她關進兒童精神病院。」

「這不可能是眞的。」

「這是眞的。」布隆維斯特說：「發生了很多事，當時的莎蘭德並不容易掌控，現在也一樣……但是她打從十二歲起，就威脅到國家安全。」

他將事情經過概略說給她聽。

「這些還真需要時間好好消化。」愛莉卡說道：「而達格和蜜亞……」

「是因爲達格發現了畢爾曼與札拉千科之間的關係而遇害。」

「那現在怎麼辦？應該要告訴警方，對吧？」

「一部分，不能全說。我把重要訊息都拷貝在這張光碟片上，以備不時之需。莎蘭德去找札拉千科了，我也要試著找到她。這件事絕不能告訴任何人。」

「麥可……我不喜歡這樣。我們不能隱瞞有關命案調查的資訊。」

「我們沒有要隱瞞啊！我打算打電話給包柏藍斯基。但我猜莎蘭德正在往哥塞柏加的途中。她還因爲三起命案遭到通緝，如果我們報警，他們將會派出武裝小隊帶著裝有狩獵用子彈的備用武器，而她很可能會拒捕。到時候什麼事都可能發生。」他頓了一下露出苦笑。「所以最好的做法應該就是不讓警方知道，那麼武裝小隊便不會落得麻煩的下場。我得先找到她。」

愛莉卡顯得猶豫不決。

「我不打算揭露莎蘭德的祕密，包柏藍斯基得自己去發掘。我要妳幫個忙。這個文件夾裡有畢約克在一九九一年寫的報告，以及畢約克和泰勒波利安往來的幾封信，我要妳影印之後交給包柏藍斯基或茉迪。二十分鐘後，我就要前往約特堡。」

「麥可……」

「我知道。但我從頭到尾都站在莎蘭德這邊。」

愛莉卡緊閉雙唇，未發一語。一會才點點頭。

「小心點。」她說，但他已經離開了。

我應該跟他去的，她心想。這是她唯一能做的恰當之事。但她仍未告訴他說自己即將離開《千禧年》，說不管發生什麼事，一切都結束了。她拿起文件夾，走向影印機。

信箱位於某購物中心內的郵局。莎蘭德沒去過約特堡，對這座城市的環境也不熟，但仍找到了郵局，還坐進一家咖啡館，透過窗戶的空隙監視信箱旁的動靜，這扇窗外就貼著較進步的瑞典郵政系統的宣傳海報。

▲ ▲ ▲

奈瑟化的妝比莎蘭德低調，脖子上戴著幾條可笑的項鍊，正在閱讀《罪與罰》——在隔一條街的書局買的。她很悠閒，偶爾才翻過一頁。午餐時間就開始監視，卻根本不知道有沒有人會定時來拿信，是每天來還是每兩個星期來一次，當天是否已經有人來收過信，又或者是否眞有人會來。但這是她唯一的線索，只好邊喝拿鐵邊等待。

正當要開始打瞌睡時，忽然看見信箱的門開了。瞄一眼時鐘，一點四十五分。**幸運到家了**。

她連忙起身走到窗戶邊，看到一個穿黑色皮夾克的男人正要離開信箱區，便走出街上追趕上去。那是個二十多歲、瘦瘦的年輕人，他走向停在街角的一輛雷諾汽車，打開車門。莎蘭德記下車牌號碼後，跑回自己的Corolla，車就停在同一條街百來公尺外。她在對方轉入林內街時追上了，隨後跟著他循林蔭大道往諾斯坦購物中心方向駛去。

布隆維斯特到達中央車站時，剛好趕上下午五點十分的X二〇〇〇列車，跳上車後才以信用卡買票，並到餐車找位子坐下，吃一頓延誤的午餐。

他老覺得心窩裡有什麼在啃噬著，也擔心自己出發得太晚，儘管暗暗禱告莎蘭德會來電，但在內心最深處卻也明白她不會。

她曾在一九九一年盡全力想殺死札拉千科。如今，經過這許多年後，他反擊了。

潘格蘭已經未卜先知地作了分析。莎蘭德認爲與官方對話沒有用，這是她的經驗談。

布隆維斯特覷了覷電腦袋。在她書桌裡找到的那把科特也帶來了，他也不知道爲什麼帶槍來，只是直覺不能把它留在公寓裡，雖然這稱不上合理的說詞。

當列車行駛過歐斯塔橋時，他打開手機撥了電話給包柏藍斯基。

「有什麼事？」包柏藍斯基的口氣明顯氣惱。

「處理一些剩下的瑣事。」布隆維斯特回答。

「什麼剩下的瑣事？」

「就是眼前這一團亂。你想知道是誰殺死達格、蜜亞和畢爾曼嗎？」

「如果你有消息，我倒想聽聽。」

「凶手名叫羅納德．尼德曼，也就是和羅貝多打鬥的那個巨人。他是德國人，三十五歲，替一個名叫亞力山大．札拉千科，又名札拉的人渣做事。」

包柏藍斯基沉默許久之後，布隆維斯特才聽他嘆了口氣，翻開一張紙並按下原子筆。

「這是事實嗎？」

「是事實。」

「好，那麼尼德曼和那個札拉千科在哪裡？」

「我還不知道，但一查出來，我會告訴你。過一會，愛莉卡會將一份一九九一年的警察報告交給你，應該說等她拷貝完以後。你可以從報告中得知有關札拉千科和莎蘭德的一切資訊。」

「比方說？」

「例如札拉千科是莎蘭德的父親。例如他是冷戰時期從蘇聯叛逃的職業殺手。」

「俄國的職業殺手？」包柏藍斯基重複他的話。

「國安局裡有一派人在挺他，還包庇他一連串的罪行。」

布隆維斯特聽到包柏藍斯基拉過一張椅子，讓自己換個舒服的姿勢。

「我想你最好來一趟，做個正式的筆錄。」

「抱歉，我現在沒時間。」

「你說什麼？」

「我現在人不在斯德哥爾摩，但一找到札拉千科我就會通知你。」

「布隆維斯特……你不必證明什麼。關於莎蘭德涉嫌一事，我也感到懷疑。」

「不過我只是個單純的私家偵探，對警察的工作一竅不通。」

這樣很幼稚，他知道，但還是沒有等包柏藍斯基回應就掛斷了。然後又打給妹妹安妮卡。

「嗨，小妹。」

「嗨，有什麼新消息嗎？」

「明天我可能會需要一個好律師。」

「你做了什麼？」

「還沒做什麼太嚴重的事，但可能會因爲妨礙警方辦案被捕。不過我打給妳不是爲了這個。反正妳也不能替我辯護。」

「爲什麼？」

「因爲我要妳當莎蘭德的辯護律師，妳顧不上兩個人的。」

布隆維斯特很快地將來龍去脈說一遍。安妮卡始終沉默不語，透著些許不祥。最後終於說道：「你手上有這所有的證明文件……」

「有。」

「我得想一想。莎蘭德眞正需要的是刑事辯護律師。」

「妳最適合了。」

「麥……」

「小妹，聽著，當初可是妳因爲我沒向妳求助而生我的氣喔！」

結束對話後，布隆維斯特思索了片刻，又拿起手機打給潘格蘭。這麼做並無特殊理由，只是覺得應該向老人家說一聲，他正在追查一、兩條線索，希望再過幾個小時整件事便可落幕。

問題是莎蘭德也有線索。

莎蘭德伸手從袋子裡掏出一顆蘋果，眼睛則一直緊盯著農場。她從Corolla拿了一塊腳踏墊鋪在林邊的地上，四肢攤平躺在上面，假髮已經拿掉，並換上有口袋的綠色運動褲、厚厚的毛線衫和加了保暖襯裡的中等長度防風夾克。

哥塞柏加農場距離公路約四百公尺，農場上有兩棟建築，主屋與她相距約一百二十公尺，是一間兩層樓的普通白色木屋，後方七十公尺處有一個棚屋和一間穀倉。從穀倉門口看進去，可以看到一輛白車的引擎蓋，應該是那輛富豪，但太遠了不能確定。

她和主屋之間有一大片泥濘的田野，向右延伸兩百公尺連接著一個水塘。車道從田野間直穿而過，往公路方向沒入一片小樹林。在公路入口處有另一間農舍，似乎已經荒廢，窗戶上還覆蓋著塑膠薄膜。將近六百公尺外有一群建築，是離此最近的住家，主屋後方的樹叢便是用來遮蔽這些鄰居的視線。因此眼前這座農場相當偏僻。

此地離安登湖很近，附近一帶是由冰河沖積成的圓形冰磧地形，田野間有小村莊與濃密林地錯落交替。公路地圖上並未詳細標示這一區，但她從約特堡跟著那輛黑色雷諾走E20公路，接著轉向西朝阿靈索斯地區的梭勒布朗前進。約莫四十分鐘後，那輛車急轉入一條林道，路標寫著哥塞柏加。她又繼續往前開，把車停在車道以北約一百公尺的樹叢裡的一間穀倉後面。

雖然從未聽說過哥塞柏加，但據她研判，這名稱指的應該就是面前的農舍與穀倉。剛才經過路邊的信箱，上面用油漆寫了「郵政信箱六一二號——K．A．波汀」。這名字毫無意義。

她繞行這些建築物一大圈，最後選定這個觀望點，背對著下午的太陽。自從三點半左右就定位後，只發生了一件事。就是四點時，雷諾的駕駛走出屋子，在門口與某個她看不見的人說了幾句話，便駕車離去再也沒有回來。除此之外，農場上再無動靜。她耐心地等候著，並用美樂達八倍率望遠鏡觀察主屋的情形。

布隆維斯特焦躁地用手指敲著餐車桌面。X二〇〇〇列車進了卡春荷站後，已經停了將近一小時，因為有一節車廂發生故障必須進行維修，剛剛也為延誤而廣播道歉。

他無力地嘆口氣，又點了杯咖啡。十五分鐘後，列車終於抖了一下開始啓動。他看看手錶。晚上八點。

早知道就該搭飛機或雇車。

如今太晚出發的感覺益發令他不安了。

晚上六點左右，一樓有個房間的燈亮了，過後不久又亮了一盞油燈。莎蘭德瞥見前門右側有人影晃動，那裡應該是廚房，只不過看不清面孔。

隨後前門開了，那個名叫尼德曼的巨人走出來。他身穿暗色長褲，緊身T恤更突顯了發達的肌肉。她想得沒錯。也再次發現尼德曼的確是虎背熊腰，然而不管羅貝多與蜜莉安有何遭遇，他畢竟還是血肉之軀。尼德曼繞過主屋，走進停放車子的穀倉，拿了一只小袋子出來以後又回到屋內。

不到幾分鐘，他又出現了，身旁多了個年紀較大、拄著拐杖的瘦小男子。由於天色太暗，莎蘭德看不清他的五官，卻感到頸背有一股莫名的寒意。

爸——比——，我來——了——。

她看著札拉千科和尼德曼一路走到棚屋，尼德曼撿起一些柴火之後，兩人一塊回到屋裡關上門。

莎蘭德靜靜躺了幾分鐘，然後放下望遠鏡，後退到完全隱入樹林間，打開軟背包拿出熱水瓶，倒了一點咖啡。她往嘴裡塞一塊糖，開始吸吮起來。接著拿出稍早在前往約特堡途中買的起司三明治，一面吃一面分析情況。

吃完後，她拿出尼米南的波蘭製P—八三瓦那手槍，退出彈匣，檢查槍機與槍膛有無阻塞，然後假裝瞄準。還有六發九毫米的馬卡洛夫子彈，應該夠了。她將彈匣推回定位，讓子彈上膛後，鎖上保險，再把槍放進右邊的夾克口袋。

莎蘭德以繞圈的方式穿過樹林，朝農舍前進。走了大約一百五十公尺，忽然停下正要跨出的腳步。

費瑪在他那本《算術》書頁中的空白處，草草寫了一句「**對此命題我有非常精闢的證明法，但空白處太小寫不下**」。

二次方變成了三次方：（$x^3 + y^3 = z^3$），數百年來，數學家們都在尋找費瑪謎題的答案。懷爾斯於一九九〇年代解開謎底時，已經以全世界最先進的電腦程式研究了十年。

這瞬間她忽然明白了。答案簡單得令人拜服。這是個數字遊戲，一串數字排列重整後恰巧便湊成一個像極了圖示謎題的簡單公式。

費瑪當然沒有電腦，他想出這個定理時，懷爾斯用來解題的運算方式尚未發明出來，因此費瑪絕不可能寫出和懷爾斯一樣的證明。他的解答截然不同。

莎蘭德一時驚訝過度，不得不在一棵倒下的樹樁上稍坐片刻，呆呆注視前方的同時，暗自檢視著方程式。

原來他是這個意思。難怪要讓數學家們想破頭了。

她不禁咯咯笑起來。

哲學家比較可能解開這個謎。

眞希望能認識這個費瑪。

他是個狡猾的魔鬼。

過了一會，她站起來繼續穿越樹林，並始終讓穀倉擋在她與主屋之間。

---

① Villa Villekulla，長襪皮皮居住之處。

② Percy Barnevik（1941-），曾任知名跨國企業艾波比集團（ABB Group）總裁，有歐洲的「傑克．威爾許」之稱。

第三十一章

四月七日星期四

莎蘭德從外面一扇通往舊糞水溝的柵門進入穀倉。農場上沒有牲畜，穀倉裡倒是停了三輛車——向「汽車專家」租的那輛白色富豪、一輛舊福特，和一輛稍微較新的紳寶。更裡面有一柄生鏽的耙子，和農場昔日運作時留下的其他工具。

她徘徊在漆黑的穀倉中，目光凝視著主屋。天色已暗，一樓所有房間的燈都亮了。看不到任何移動的身影，但似乎有電視閃爍的光影。她看看手錶，七點半，晚間新聞「Rapport」的時間。

她很驚訝札拉千科竟選擇住在如此荒涼的地方，如此偏僻的屋子，這不像她印象中那個人。她作夢也想不到會在鄉下一間白色小農舍找到他，若是隱密的鄉間別墅，或是國外的度假區還有可能。他樹立的敵人想必比莎蘭德還要多。這個地方看起來如此不堪一擊，實在令人費解，不過屋裡肯定有武器。

逗留了好一會之後，她溜出穀倉進入微明的暮色中，匆匆穿過院子，同時盡量放輕腳步、背對主屋的正面。這時傳來微弱的音樂聲，她悄悄地繞著屋子走，卻不敢往窗內偷瞄。

莎蘭德下意識裡感到不安。她的前半段人生都活在對屋內那個男人的恐懼中，而後半段，自從企圖殺死他失手後，便一直等待著他再次出現的那一刻。這回她絕對不會再犯錯。

札拉千科也許是個跛腳老人，卻也是受過訓練、身經百戰的殺手，何況還得把尼德曼列入考量。若能在戶外，趁札拉千科沒有防護之際突襲，會理想得多。她一點也不想和他交談，更希望自己手上有一把配備了望遠瞄準器的來福槍。只可惜她沒有來福槍，他也不太可能夜裡出來散步。若想等候更好的機會，就得撤退到林子裡過夜，但她沒有睡袋，儘管晚間氣候溫和，入夜後卻可能會很冷。既然已經唾手可得，她不想冒險讓他再次溜走。她想到蜜莉安，想到母親。

她得進到屋裡去，但這是最糟的情節。沒錯，她大可以上前敲門，等門一開立刻開槍，然後進去找另一個混蛋。可是不管活口是誰都會有所警惕，也很可能持有武器。現在得作風險評估。**有哪些選擇呢？**

她瞥見尼德曼走過一扇窗前的側影，只離她幾公尺遠。他正轉頭和人說話。

他們兩人都在前門左側的房間。

莎蘭德下定了決心，掏出夾克口袋裡的手槍，彈開保險，躡手躡腳地走上門廊。她左手握槍，極度小心翼翼地按下前門手把。門沒鎖。她皺起眉頭遲疑著。這門有兩道安全鎖。

札拉千科不應該沒有鎖門。她頸背開始起雞皮疙瘩。

感覺不對勁。

玄關烏漆抹黑，她瞥見右手邊是通往樓上的階梯，正前方有兩扇門，還有另一扇在左邊，門上方的縫隙有燈光洩出。她靜靜站著傾聽，接著聽見左邊房間裡有人說話和拉椅子的刮擦聲。

她快走兩步過去將門推開，舉槍瞄準……**房裡沒人**。

她聽見背後一陣衣物的窸窣聲，快如蜥蜴般轉過身，正要舉槍就射擊位置，尼德曼已經伸出一隻巨掌像鐵鉗似的鉗住她的脖子，另一手也已緊捏住她握槍的手。她被他掐著脖子舉向空中，活像個布娃娃。

她雙腳懸空踢了幾下，接著扭身踢向尼德曼的胯下，但卻踢中臀部，感覺好像踢到樹幹。由於被捏住脖子，她眼前開始變黑，並不自覺地鬆開手中的槍。

王八蛋！

尼德曼將她往房間另一頭摔去，她砰一聲撞到沙發上，隨即滑落地面。雖然覺得血一股腦湧上腦門，仍踉蹌著站起來，一眼瞅見桌上有個沉重的玻璃菸灰缸，立刻搶過來反手就要丟出去。不料手才甩到一半就被尼德曼抓個正著，她於是用另一手伸入褲子口袋拉出電擊棒，扭過身便插向尼德曼的胯下。

透過尼德曼抓住她的手臂，她可以感覺到一股強大的電擊力道，原以為他會痛得倒地不起，卻沒想到他只是滿臉訝異地低頭看著她。莎蘭德驚恐地瞪大雙眼。他似乎有點不舒服，但即使感覺到疼痛他也不在乎。**這個人不正常**。

尼德曼彎身取過她手中的電擊棒，疑惑地東瞧西瞧，然後才一巴掌揮向她的頭。好像被棍子擊中一般。她摔倒在沙發旁的地板上，抬頭發現尼德曼正好奇地看著她，好像在想她下一步會怎麼做。就像一隻準備要和獵物玩耍的貓。

這時她察覺門口有動靜，轉過頭去。

來人慢慢地走到燈光下。

他拄著一支前臂支撐拐杖，還能看到從褲管底下露出的義肢。左手少了兩根手指。

她抬頭看他的臉，左半邊布滿密密麻麻的疤痕組織，耳朵只剩一小塊，眉毛沒了，而且光頭。在她記憶中，他健壯、靈活，留著波浪黑髮。如今身高一六五公分的他，變得消瘦憔悴。

「你好，爸爸。」她的聲音沒有起伏。

札拉千科則面無表情地看著女兒。

尼德曼扭開天花板的燈。先搜她的身確定沒有其他武器後，鎖上P—八三瓦那的保險，退出彈匣。札拉千科拖著腳步走過他們面前，坐到扶手椅上，拾起遙控器。

莎蘭德的目光落在他身後的電視機上。札拉千科按下遙控器，她看見綠光閃爍的畫面上正是穀倉後面與通往主屋的車道的部分路段。**紅外線攝影機**。**他們已經知道她來了**。

「我正開始在想也許妳不敢靠近。」札拉千科說道：「我們從四點就開始觀察妳。妳幾乎觸動了農場周圍的每個警報器。」

「移動偵測器。」莎蘭德說。

「兩個在路邊，四個在田野另一邊的空地。妳設的觀察點剛好就是我們安裝警報器的位置，從那裡可以最清楚看到農場。通常出現的是麋鹿或是鹿，有時候也會有採莓人太過靠近。不過倒是很少看到有人拿槍溜到前門來。」他停頓了一下。「妳眞以爲札拉千科會毫無防護地待在鄉間小屋裡嗎？」

莎蘭德揉揉頸背，準備起身。

「待在地板上別動。」札拉千科說。

尼德曼不再把玩她的槍，而是靜靜地看著她，挑起一邊眉毛對著她笑。莎蘭德想起羅貝多在電視上那張傷痕累累的臉，心想還是乖乖坐在地上的好。她吐了一口氣，背靠在沙發上。

札拉千科伸出完好的右手。尼德曼從自己的腰帶拔出一把槍，扳上扳機，交給他。莎蘭德發現那是一把席格索耶爾，警察的標準配槍。札拉千科點點頭，尼德曼便轉身穿上夾克，走出房間，莎蘭德聽見前門開了又關上。

「我先警告妳別動蠢念頭，只要妳敢稍微起身，我馬上射穿妳的心臟。」

莎蘭德立刻放鬆下來。恐怕還沒能近得了他的身，她就已經身中兩、三槍了，而且他用的子彈，很可能幾分鐘內便能讓她失血身亡。

「妳這是什麼鬼樣子。」札拉千科說：「就跟他媽的妓女沒兩樣。不過眼睛倒是像我。」

「會痛嗎？」她朝著他的義肢抬了抬下巴。

札拉千科注視著她好一會，才說：「不會，已經不痛了。」

莎蘭德回瞪著他。

「妳眞的想殺我，是嗎？」他問道。

她沒答腔。他卻笑了。

「這些年來我常想到妳，其實幾乎每次照鏡子都會想到妳。」

「你當初就該放過我母親。」

「妳媽是妓女。」

莎蘭德的雙眼變得深沉烏黑。「她不是妓女，她在超市當收銀員，賺錢賺得很辛苦。」

札拉千科又笑了。「妳愛怎麼想都行，但我就知道她是妓女。她想盡辦法一下就懷孕，想逼我娶她。我怎麼可能娶一個妓女？」

莎蘭德順著槍管看過去，只希望他能鬆懈一秒鐘。

「用汽油彈很聰明，也讓我很恨妳。但經過這麼久，無所謂了。不需要爲妳白費力氣。但妳偏偏不肯順其自然。」

「少廢話了。畢爾曼要你來收拾我。」

「那完全是另一回事。他想要妳手上的一支帶子，所以我作了一筆小交易。」

「你以爲我會把帶子給你？」

「是的，親愛的女兒，我相信妳會給我。妳不知道只要尼德曼一開口，大家會有多配合，尤其當他啓動電鋸鋸下妳一隻腳的時候。對我來說，這樣的補償倒是很恰當——以腳還腳。」

莎蘭德想到蜜莉安在倉庫裡落到尼德曼手中的情形，札拉千科卻誤會了她的表情。

「妳不必擔心，我們並不打算把妳分屍。不過妳告訴我，畢爾曼強暴妳了嗎？」

她沒說話。

「唉呀，他肯定嘗到很可怕的滋味。我看報上說妳好像是個女同志，這也不令人意外。因爲不可能有男人會想要妳。」

莎蘭德仍然沒吭聲。

「也許應該叫尼德曼搞搞妳，妳看起來好像很想要。」他想了一下。「只不過尼德曼不跟女孩做愛，不，他不是玻璃，只是不做愛。」

「那麼你何不自己動手？」莎蘭德以挑釁的語氣說。

靠近一點。出個差錯。

「不必了，多謝妳。這樣太變態。」

接著兩人都沉默了片刻。

「我們在等什麼？」莎蘭德問道。

「我的夥伴馬上就會回來，他只是開車出去辦點事。妳妹妹呢？」

莎蘭德聳聳肩。

「回答我。」

「我不知道，老實說我也不在乎。」

他又笑起來。「好個姊妹愛，喔？卡蜜拉一直都比較有腦子，妳只是個一文不值的垃圾。不過我得承認，能再次這麼近看妳，我感到很滿意。」

「札拉千科，」她說：「你這個令人厭惡的王八蛋！畢爾曼是尼德曼殺的嗎？」

「當然了。尼德曼是個完美的軍人，不只服從命令，必要時也會主動採取行動。」

「你是在哪挖掘他的？」

札拉千科用一種奇特的眼神覷著女兒，張嘴似乎想說什麼，卻又臨時打住。他瞄瞄前門，然後微笑看著莎蘭德。

「意思是妳還沒查出來？」他說：「據畢爾曼說，妳應該是個不錯的調查員。」說到這裡札拉千科放聲大笑。「九〇年代初，我被妳的小炸彈炸傷在西班牙療養期間，我們常常混在一起。當時二十二歲的他成了我的手和腳。他不是手下……我們是夥伴關係。事業經營得很成功。」

「性交易。」

「我們可以說是多樣化經營，提供許多不同的商品與服務。我們的經營型態一直都是隱身幕後，從不露面。不過妳肯定查出尼德曼的身分了吧。」

莎蘭德不明白他的意思。

「他是妳哥哥。」札拉千科說。

「不。」莎蘭德一時透不過氣來。

札拉千科再度笑了，但槍管仍不偏不倚正對著她。

「其實應該說是妳同父異母的哥哥。」札拉千科說道：「一九七〇年我到德國出任務，一時消遣的結果。」

「你讓自己的兒子變成殺人犯。」

「不，我只是幫助他了解自己的潛力。在我開始訓練以前，他早就有殺人的能力。而等我走了以後，他還會長長久久地經營家庭事業。」

「他知道我們是同父異母的兄妹嗎？」

「當然知道，不過妳要是想以手足之情打動他，勸妳趁早死心。我才是他的家人，妳只是天邊的一陣雜音。而且妳的兄弟不只他一個，另外在其他國家還至少有四個兄弟和三個姊妹。其中有個男的是個笨蛋，但有另一個確實很有潛力，現在負責管理塔林那邊的業務。不過還是只有尼德曼眞正遺傳到札拉千科的基因。」

「這個家庭事業，我想我那些姊妹應該都沒份吧。」

札拉千科聽了面露詫異之色。

「札拉千科……你只是個憎恨女人的平凡傢伙。爲什麼要殺死畢爾曼？」

「畢爾曼是個白癡，聽說妳是我女兒，他不敢置信。他是這個國家裡頭極少數知道我背景的人之一。老實說，他忽然找上門的時候我有點緊張，不過後來一切都進展得很順利。他死了，妳也揹了黑鍋。」

「可是為什麼殺他？」

「其實不是事先計畫好的。本來留一扇通往國安局的後門總是會有用處，儘管我已經多年用不上，又儘管他是個白癡。沒想到安斯赫得那個記者不知從哪打聽到他和我之間有關係，打了電話去，當時尼德曼剛好在他家。畢爾曼緊張得像發瘋一樣，尼德曼只好當機立斷。他的決定相當正確。」

先前的疑慮經父親這麼一證實，莎蘭德的心像顆石頭似的往下沉。達格發現了關連。她和達格與蜜亞談了一個多小時。她很快就對那個女人有好感，但對男記者則較為冷淡，他太像布隆維斯特了——一個不切實際、討人厭的慈善家，自以為以一本書就能改變一切。但她知道他的立意良善。

她去找他們結果也是徒然，他們無法指引她找到札拉千科。達格發現這個名字之後開始挖掘，卻無法證實他的身分。

反倒是她犯了無可彌補的大錯。她知道畢爾曼與札拉千科之間必然有關連，於是問了一些關於畢爾曼的問題，想確定達格有沒有看過他的名字。他沒有，但這些問題立刻激起他的懷疑，並開始將焦點鎖定畢爾曼，向她提出一連串的問題。

她說得很少，但他已察覺到莎蘭德也是事件中的一角，並了解到自己手中握有她想要的資訊。因此他們約好復活節過後再見面詳談，然後莎蘭德便回家睡覺去了。一覺醒來竟就看到晨間新聞報導安斯赫得某公寓中有兩人遭殺害。

她只給了達格一則有用的資訊，她說出了畢爾曼的名字。他肯定是在她一離開後就打電話給畢爾曼。她是關係人。如果她沒有去找達格，他和蜜亞現在都還活得好好的。

札拉千科說：「妳絕對想不到，當警察開始為了命案追捕妳的時候，我們有多驚訝。」

莎蘭德咬著嘴唇。

札拉千科打量著她，問道：「妳是怎麼找到我的？」

她聳聳肩沒說話。

「莎蘭德……尼德曼很快就會回來。我可以叫他把妳的骨頭一根根打斷，直到妳回答爲止。妳就省了我們的麻煩吧。」

「郵政信箱。我從租車中心追查到尼德曼的車，然後等到那個乳臭未乾的小子出現拿信。」

「啊哈。這麼簡單。多謝啦，我會記得。」

槍口依然對準她的胸口。

「你眞以爲事情會就這樣平息？」莎蘭德說道：「你犯了太多錯，警察會抓到你的。」

「我知道。畢約克昨天打電話來，說有個《千禧年》的記者在到處打探，遲早會查出什麼。我們可能得對那個傢伙下手。」

「人可多著了。」莎蘭德說：「光是《千禧年》就有布隆維斯特、總編輯愛莉卡、一個編輯祕書，和其他六、七個人。另外還有阿曼斯基和米爾頓保全的幾個員工。還有巡官包柏藍斯基和每個參與辦案的人。你得殺多少人才能不讓事情曝光？不可能的，他們會抓到你。」

札拉千科對她露出微笑，一個可怕扭曲的笑容。

「那又如何？我沒有殺人，沒有絲毫對我不利的鑑識跡證。他們想指認誰就去指認好了。相信我……就算他們徹底搜查這間屋子，也絕對找不出蛛絲馬跡能證明我涉及任何不法活動。把妳關進精神病院的是國安局，不是我，而他們若想擱置所有文件應該很簡單。」

「尼德曼。」莎蘭德提醒道。

「明天一早，尼德曼就要出國散心一陣子，無論進展如何，他都會等到事情結束。」

札拉千科得意地看著莎蘭德。

「妳還是主要嫌犯，所以最好就此消失吧。」

將近一個小時後尼德曼才回來，腳上還穿著靴子。

莎蘭德斜瞄著這個據父親說是她同父異母哥哥的男人，卻看不出絲毫相似之處，兩人甚至有著天壤之別。但她非常強烈地感覺到尼德曼有點不對勁。他的身材、那柔弱的臉孔和尚未完全變聲的聲音，都像是某種基因缺陷。他很明顯對電擊棒毫無感覺，雙手又那麼巨大，尼德曼全身上下看起來都不太正常。

札拉千科的家人什麼基因缺陷都有，她痛苦地暗想。

「準備好了？」

尼德曼點點頭，伸手欲取過席格索耶爾手槍。

「我和你一起去。」札拉千科說。

尼德曼略感遲疑。「要走很遠。」

「我還是要去。拿我的夾克來。」

尼德曼聳聳肩，只好順他的意。當札拉千科穿上夾克，走進另一個房間那一會，尼德曼開始在手槍上動手腳，莎蘭德看他旋上一個轉接器，似乎是個自製的滅音器。

「好了，走吧。」札拉千科在門口說。

尼德曼彎下腰拉莎蘭德起身。她直視他的雙眼。

「我也要殺了你。」她說。

「無論如何，妳眞的很有自信。」她父親說。

尼德曼相當親切地對她微微一笑，然後推著她從前門走出院子。他從背後緊掐住她的脖子，手指幾乎都能碰到一起了。她就這樣被帶往穀倉後面的樹林。

他們走得很慢，偶爾尼德曼會停下來等札拉千科。兩人都拿著明亮的手電筒。到了樹林邊，尼德曼鬆開莎蘭德的脖子，改以手槍指著她的背。

他們沿著崎嶇小徑走了大約四百公尺，莎蘭德跌跤兩次，但都被扶了起來。

「這裡右轉。」尼德曼說。

又走了十五公尺後，來到一處空地。莎蘭德看到地面有個洞，藉著尼德曼的手電筒光線還看到一支鐵鍬插在土堆中，這才明白尼德曼的任務是什麼。他將她推向洞口，她腳下一個踉蹌整個人趴倒在地，雙手深深埋入鬆散的沙土。她站起來，眼神空洞地望著他。札拉千科還在慢慢走，尼德曼耐心等著，槍口正對她的胸口。

札拉千科上氣不接下氣，過了一分多鐘才得以開口說話。

「我應該要說點什麼，但對妳好像無話可說。」他說道。

「我無所謂。」莎蘭德說：「我跟你也沒什麼好說。」她對他撇嘴一笑。

「那就做個了結吧。」札拉千科說。

「不過我很慶幸我這輩子做的最後一件事，就是讓你從此蹲大牢。」莎蘭德說道：「警察今晚就會到了。」

「少吹牛了，我早預料到妳會虛張聲勢。妳就是來這裡殺我，如此而已，根本沒有對誰說過什麼。」

莎蘭德笑得更開了，但忽然間露出惡毒的表情。

「我讓你看樣東西好嗎，爸爸？」

她緩緩將手放入左邊褲袋，拿出一個長方形物體。尼德曼仔細留神她的一舉一動。

「過去那一小時你所說的話，全都透過網路電台廣播出去了。」

她舉起那台Palm Tungsten T3的ＰＤＡ。

札拉千科深深皺起眉頭。

「讓我瞧瞧。」他說著伸出自己健全的手。

莎蘭德將ＰＤＡ挑高丟向他，在半空中便被他一把抓住。

「胡扯。」札拉千科說：「這只是普通的ＰＤＡ。」

當尼德曼俯身看她的電腦時，莎蘭德抓起一把沙撒向他的眼睛。他一時看不清，卻直覺地開了一槍。莎蘭德已經往旁邊移了兩步，子彈只是從她原先的位置破空而過。她立刻抄起鐵鍬，往他持槍的手揮去，鐵鍬尖銳的邊緣重重打在他的指節上，只見席格索耶爾手槍順著一條大大的拋物線往外飛出，掉入灌木叢中。他的食指被劃出一道深長的傷口，鮮血噴濺。

他應該痛得大叫才對。

尼德曼受傷的手不靈活，另一隻手又拚命想揉眼睛。她唯一打贏這場仗的機會就是讓他嚴重受傷，而且愈快愈好，否則若是硬碰硬，她就輸定了。跑進樹林需要五秒鐘時間。於是她再次將鐵鍬掄過肩頭，一面扭動手把試圖以邊緣出擊，可惜方位沒抓準，砸到尼德曼的臉是鐵鍬的扁平面。

才短短幾天鼻梁就斷了兩次，尼德曼氣得直嘟囔。雖然眼睛仍被沙刺激得睜不開，他卻不斷揮舞右臂，讓莎蘭德無法近身。她一不小心絆到樹根，跌倒在地，但隨即彈跳起身。尼德曼暫時還無法行動。

我可以辦得到。

她剛往矮樹叢跨出兩步，眼角餘光便瞥見——**嗒嗒**——札拉千科舉起手來了。

那個老混蛋也有武器。

察覺這一點，她心上彷彿啪地挨了一鞭。

就在槍擊發那一瞬間她改變了方向，子彈擦過她臀部外側，她也因急速轉身而失去平衡。

並不覺得痛。

第二顆子彈擊中她的背部，被左肩胛骨給擋下，一陣椎心刺痛竄遍全身。

她雙腳一軟跪了下去，有幾秒鐘動彈不得，但能意識到札拉千科就在她身後六、七公尺處。她奮力鼓起最後一絲力氣，頑強地挺身而起，搖搖擺擺走向樹叢隱蔽處。

札拉千科有足夠的時間瞄準。

第三顆子彈打中她左耳頂端下方約兩公分處，穿透頭蓋骨，導致顱內形成放射環狀的爆裂，鉛塊最後卡在大腦皮質下方約五公分處的灰質內。

對莎蘭德而言，這些都是純理論的醫學細節。因爲子彈立刻造成嚴重創傷，她最後只感覺一片血紅的衝擊隨即轉爲白光。

然後變成黑暗。

喀嗒。

札拉千科還想再開一槍，但雙手抖得太厲害無法瞄準。**差點就被她逃走了**。接著發現她死了，才放下武器，此時的他因全身充滿腎上腺素而抖個不停。他低頭看著槍，剛才本想把槍留在屋裡，但結果還是拿了放在夾克口袋，彷彿需要一個護身符。**怪物**。他們兩個大男人，一個還是持有席格索耶爾的尼德曼。**竟還差點讓這個賤人逃走**。

他瞄一眼女兒的屍體，在手電筒照射下有如沾了血的布偶。他將手槍鎖上保險、塞入外套口袋後，朝尼德曼走過去，只見他無助地站著，被沙土蒙住的雙眼淚流不止，手和鼻子上則流著血。「我的鼻子好像斷了。」他說。

「笨蛋，」札拉千科罵道：「她差點就逃走了。」

尼德曼不停揉著眼睛，雖然不痛卻猛流淚，讓他幾乎目不能視。

「站直了，該死的東西。」札拉千科不屑地搖著頭。「要是沒有我，你該怎麼辦？」

尼德曼絕望地直眨眼。札拉千科一跛一跛走到女兒屍體旁邊，拉住她的夾克衣領，把她拖進墓穴，這其實只是地上一個洞，小得就連莎蘭德也無法直直躺入。他將她的身體舉高，讓她雙腳垂入洞口，一鬆手她便整個人掉落下去，面朝下縮成胎兒般的姿勢，雙腿屈起。

「把洞塡好就可以回家了。」札拉千科下令道。

半盲的尼德曼花了好一會功夫才鏟土將洞填滿，剩下的沙土則一次次用力往四周空地推開攤平。

札拉千科一邊看著尼德曼工作一邊抽菸，身子還在顫抖，不過腎上腺素已經開始消退。她走了，他頓時覺得鬆了口氣，到今天他仍會想起那許多年前，當她丟擲汽油彈時的眼神。

到了九點半，札拉千科拿手電筒四下照了照，才表示滿意。他們又花了一點時間，在樹叢中找到席格索耶爾手槍，才返回農舍。札拉千科感到無比欣慰。他爲尼德曼料理傷口，由於鐵鏟割得很深，還得找來針線縫合——這是他十五歲在新西伯利亞軍校中學會的技能。至少不必注射麻藥。但傷勢若是太嚴重，尼德曼有可能得上醫院。他先用木板將他手指固定住，包紮起來，明天早上看情形再說。

處理完後，他拿了罐啤酒喝，尼德曼則在浴室裡一再地沖洗眼睛。

第三十二章

四月七日星期四

晚上九點剛過，布隆維斯特抵達了約特堡中央車站，X二〇〇〇列車彌補了一些延誤的時間，但還是遲了。最後一小時的車程中，他不斷地打電話聯絡租車公司。起先想在阿靈索斯找輛車，在那兒下車，但辦公室已經下班。最後他好不容易透過城裡的飯店訂房中心，租到一輛福斯，可以在耶恩廣場取車。他決定不去嘗試約特堡複雜的市區交通與難以理解的售票系統，因此搭計程車前往。

取車後，發現置物箱內沒有地圖，便到一家加油站買了一份地圖、一支手電筒、一瓶礦泉水，並且外帶一杯咖啡，將紙杯放在儀表板的杯架上。當他駛離市區上路前往阿靈索斯時，已經過了十點半。

有隻狐狸停下來，浮躁地東張西望。牠知道這底下埋了什麼，但不遠處似乎有隻粗心的夜行動物正窸窸窣窣朝這兒而來，狐狸立刻提高警覺，步步為營。但繼續獵捕之前，牠抬起後腿撒了泡尿，為自己的地盤做記號。

包柏藍斯基通常不會在深夜打電話給同僚，但這次不得不破例。他拿起電話撥了茉迪的號碼。

「對不起這麼晚打電話來，妳睡了嗎？」

「這不重要。」

「我剛剛看完畢約克的報告。」

「你一定也和我一樣，一開始看就放不下來吧。」

「茉迪……妳怎麼看？妳怎麼解釋現在發生的事？」

「我認爲莎蘭德試圖保護自己和母親，不受某個爲國安局工作的沙文主義瘋子傷害，但卻被畢約克——你應該記得這是嫖客名單中一個很醒目的名字——關進精神病院。他獲得了一些人的協助，其中包括泰勒波利安醫師，我們對莎蘭德精神狀態的評估有一部分便是根據這位醫師的證詞。」

「這完全改變了我們對她的了解。」

「也說明了很多事。」

「茉迪，明天早上八點妳來接我好嗎？」

「當然。」

「我們要到斯莫達拉勒去找畢約克談談。我詢問過，他現在還在病假中。」

「我已經迫不及待了。」

貝克曼看著妻子站在客廳窗邊，凝視外面的水景，手裡拿著手機，知道她在等布隆維斯特的電話。她顯得如此不快樂，他忍不住走過去摟住她。

「布隆維斯特已經成年了。」他說：「不過妳要是這麼擔心，就該打電話報警。」

愛莉卡嘆氣道：「幾小時前就該報警了。不過我不是因爲這個不快樂。」

「是我應該知道的事嗎？」

「有件事我一直瞞著你，瞞著麥可，也瞞著雜誌社的所有人。」

「隱瞞？隱瞞什麼？」

她轉身面向丈夫，告訴他《瑞典晨間郵報》要挖她過去當總編輯。貝克曼詫異地揚起眉頭。

「我不明白妳為什麼不告訴我。」他說：「那是天大的好消息啊，恭喜了！」

「只是我覺得自己像個叛徒。大概吧。」

「麥可會理解的。時機到了，每個人都得往前走，而現在就是妳的時機。」

「我知道。」

「妳下定決心了嗎？」

「對，下定決心了，只是還沒有勇氣告訴任何人。而且我好像是趁著大亂之際離開。」

貝克曼不捨地將妻子擁入懷中。

阿曼斯基揉揉眼睛，望著戶外的夜色。

「我們應該告訴包柏藍斯基。」他說。

「不行。」潘格蘭說：「無論是包柏藍斯基或任何公家人員都從未對她伸出援手，她的事就讓她自己解決吧。」

阿曼斯基看著莎蘭德的前任監護人，仍感到不可思議，相較於聖誕節期間最後一次見面，他的進步實在神速。雖然口齒仍不清晰，但眼中已出現新的活力。這個男人還流露出一種前所未見的憤怒。潘格蘭對他說出布隆維斯特所拼湊出來的來龍去脈。阿曼斯基震驚不已。

「她打算殺死自己的父親。」

「有可能。」潘格蘭冷靜地說。

「又或者是札拉千科打算殺死她。」

「這也有可能。」

「難道我們就這樣枯等？」

「阿曼斯基……你是個好人。可是不管莎蘭德做了什麼或沒做什麼，不管她此刻是生是死，你都毋須負責。」

潘格蘭猛然敞開雙臂，喪失已久的協調性瞬間恢復了，就好像過去這幾星期的戲劇性變化，使他遲鈍的感覺重新復甦。

「我從未同情過任何私自行刑的人，但我也從不知道有誰有這麼好的理由。也許這話聽起來有點憤世嫉俗，但不管你我怎麼想，今晚會發生的事終究會發生，打從她出生那天起就已注定。而剩下的就是我們得設想好，假如莎蘭德成功生還，我們該如何面對她。」

阿曼斯基嘆了口氣，臉色陰沉地看著老律師。

「如果接下來她得坐十年牢，至少是她自己選擇的路。我依然還是她的朋友。」潘格蘭說。

「我一直都不知道你對人性的觀點這麼開放。」

「我自己也不知道。」他說。

蜜莉安眼睜睜盯著天花板。夜燈開著，醫院收音機低聲播放著〈開往中國的慢船〉。

前一天，她醒來便發現自己躺在羅貝多送她來的醫院。她一直睡得不安穩，睡了醒，醒了又睡，不太知道過了多少時間。醫生說她腦震盪，總之需要好好休養，因爲鼻梁骨折、斷了三根肋骨，還全身瘀青。左邊眉稜腫得太厲害，眼睛幾乎只剩一條縫。一改換姿勢就痛。一吸氣也痛。脖子也會痛，他們替她戴上護頸，以防萬一。醫師向她保證一定能完全康復。

傍晚時分醒來時，羅貝多就坐在床邊。他咧著嘴對她笑一笑，問她感覺如何。她很好奇自己的樣子是不是也和他一樣糟。

她問了一些問題，他都回答了。不知爲什麼，說他和莎蘭德是好朋友似乎一點也不奇怪。他是個驕傲的魔鬼，而莎蘭德喜歡驕傲的魔鬼正如她痛恨自大的笨蛋一樣。兩者之間差異非常細微，但羅貝多屬於前者。

如今她知道爲什麼他會忽然莫名其妙衝進倉庫。聽到他如此頑固地追蹤那輛廂型車，她很驚訝，而得知警方正在倉庫周圍的樹林裡挖尋屍體，則令她惶恐。

「謝謝你救了我一命。」她說。

他搖搖頭，默默坐了一會。

「我曾經試著解釋給布隆維斯特聽，他不太能明白。但我想妳應該可以了解，因爲妳也打拳。」

她知道他的意思。不在場的人絕無法想像和一個沒有痛覺的怪物打鬥是什麼情形。她想到自己當時的無助。

之後她只是拉住他纏著繃帶的手，兩人好一會都沒說話。已經沒有什麼好說的。她再次醒來時，他已經走了。她希望莎蘭德能有消息。

她才是尼德曼要找的人。

蜜莉安很擔心她會被抓到。

莎蘭德無法呼吸，沒有時間概念，只知道自己被槍射中，還被埋在地下——了解到這一點主要是憑靠直覺而非理性思考。左手臂派不上用場，因爲只要動一塊肌肉，肩膀便感到陣陣疼痛，而且她也游離在模糊的意識之間。**我得呼吸一點空氣**。頭抽痛得像要爆炸，這種感覺她從未有過。

右手剛好壓在臉下面，因此她下意識地開始撥開鼻子和嘴巴的泥土。土質鬆散，也很乾。最後好不容易在臉前方騰出拳頭大小的空間。

她不知道自己已經埋在這裡多久，但最後理出一個清晰的思緒後，不禁驚恐萬分。她無法呼吸，無法動彈，泥土有如千斤頂般壓著她。**他竟然活埋我**。

她試圖移動一隻腳，肌肉卻幾乎使不出力。接著她犯了個錯，不該試圖站立。她用頭一頂，想直起身子，太陽穴立刻像觸電般刺痛。**我不能吐**。她這麼一想隨即陷入模糊的意識。

再度能思考時，她小心地感受身體還有哪些部位能運作，結果發現四肢當中唯一能移動一、兩公分的只有臉部前方的右手。**我得呼吸點空氣**。空氣就在她上方，就在墓穴上方。

莎蘭德開始搔抓。她用一邊手肘撐住，好不容易挪出小小的空間，然後以手背將土撥開，擴大面前的範圍。**我得用挖的**。

她發現自己形成的胎兒姿勢當中有一個窟窿，就在手肘與膝蓋之間，她能存活多半就是仰賴圈在這裡頭的空氣。於是她拚命前後扭動上半身，感覺到有土壤掉落身子下方的空隙，胸口的壓力減輕了些。手臂能動了。

她在半清醒狀態下，一分鐘一分鐘地慢慢努力，先抓開面前的沙土，再一把一把撥進下方的窟窿。慢慢地手臂終於得到解放，進而得以移開頭頂上的土，一公分一公分地擴大頭部四周的空間。她摸到硬硬的東西，像是抓到小樹根或樹枝，接著繼續往上抓，土中仍然充滿空氣，並不十分硬實。

狐狸回窩途中來到莎蘭德的墓穴旁停下。剛才抓到兩隻田鼠正得意著，忽然感覺到有什麼東西出現，狐狸立刻全身凍結，豎耳傾聽，鬍鬚和鼻子微微顫動。

莎蘭德的手指彷彿某種沒有生命的東西從土裡伸出來。現場若有任何人看到，反應很可能會像狐狸一樣立即飛奔而逃。

莎蘭德感覺到涼涼的空氣順著手臂而下。她又能呼吸了。

接下來又花了半小時才爬出墓穴。左手不能動，讓她覺得奇怪，但仍使勁地用右手繼續抓土與沙。挖土需要一點輔助工具。她於是將手臂縮入洞中，從胸前口袋費力地弄出菸盒，打開之後當勺子用。她一勺勺將土刮鬆後甩開，到最後終於能夠移動右肩，往上撐破土層。隨後她又刮下更多沙與土，直到頭終於能伸直。現在右手臂和頭都已伸出地面，再鬆解開部分上半身後，便能開始一公分一公分慢慢往上扭動，接著就在那一瞬間，土地鬆開了她的雙腳。

她閉著眼睛爬出墓穴，並一直爬到肩膀撞到樹幹，才緩緩轉身靠在樹幹上，用手背擦去眼睛部位的泥土，然後睜開雙眼。四周一片漆黑，空氣冰冷，她卻流著汗。她覺得腦子裡、左肩上和臀部都隱隱作痛，但並未花費精神去釐清原因，只是靜靜地坐了十分鐘，喘息著。後來忽然想到不能待在這裡。

她費力地站起身後，開始天旋地轉。

隨即一陣噁心，便彎身吐了起來。

吐完後她開始走，卻不知道自己走的是哪個方向。左腿疼痛難忍，還不斷絆跤跪倒，引發頭部一次比一次更劇烈的刺痛。

不知走了多久以後，眼角忽然瞥見光線，便跟著轉向。直到站在院子裡的棚屋邊，才發現自己直接回到札拉千科的農舍來了。她像個醉漢般搖晃著。

感應偵測器裝在車道和空地。她是從另一邊來的，他們應該沒有發現。

她感到迷惑。她知道以自己目前的狀況絕不可能應付尼德曼和札拉千科，便愣愣地望著白色農舍。

嗒嗒。木頭。**嗒嗒**。火。

她幻想著一罐汽油和一根火柴。

她費盡力氣轉向棚屋，腳步蹣跚地往一道用橫木閂起的門走去，好不容易才以右肩頂起木閂。門閂落地時撞到門邊，發出砰一聲巨響，她連忙閃進暗處四下觀望。

這裡是柴房，不會有汽油罐。

坐在廚房餐桌前的札拉千科聽到木閂跌落的聲音，馬上抬起頭來，然後拉開窗簾望向漆黑的戶外。幾秒鐘後，眼睛才調適過來。現在風吹得更猛了。氣象預報說這個週末會有暴風雨。接著他看見柴房的門半開著。

下午他和尼德曼去拿了點柴火，其實並不需要，當時只是爲了向莎蘭德證明她來對地方了，以便引她現身。

顯然是尼德曼沒把門閂好，有時候他眞是笨得無可救藥。札拉千科瞄了一眼客廳的門，尼德曼正在沙發上打盹。本想叫醒他，但再一想還是算了。

要找到汽油，莎蘭德得到停放車子的穀倉去。她靠著一塊劈柴椿，發出粗重的喘息聲。她得休息一下。但坐不到一分鐘，就聽到札拉千科拖著義肢一頓一頓的腳步聲。

由於光線太暗，布隆維斯特在梭勒布朗北方的梅爾比走錯了路。他沒有轉向諾瑟布羅，而是持續往北走，就在快到特洛丘那時才發現錯了，連忙停車查看地圖。

他咒罵了一聲，立即掉頭往南駛回諾瑟布羅。

就在札拉千科進入柴房的前一秒，莎蘭德右手抓起劈柴椿上的斧頭，雖然無力舉過肩頭，仍以一手往上甩，將全身力量放在沒有受傷的臀部上，身子轉了半圈。

札拉千科一打開電燈開關，斧刃便掃過他右半邊的臉，砸碎了顴骨還嵌入額頭幾公分深。他不知道怎麼回事，但大腦隨即意識到疼痛，他立刻如著魔般大聲嚎叫。

尼德曼驚跳起來，一時惶惶然。他聽見一聲尖叫，起初不相信那是人的聲音。從外面傳來的。後來才聽出是札拉千科，便飛快地起身。

莎蘭德兩腳站定，再次揮動斧頭，不料身子卻不聽使喚。原本打算將斧頭插進父親的腦袋，卻因爲精疲力竭，只擊中他的膝蓋正下方，與預定的目標相差十萬八千里。然而由於斧頭沉重，一砍中便緊緊卡住，當札拉千科往柴房內倒下時，還順勢將斧頭從她手中扯落。他不斷地喘息尖叫。

她彎下身抓住斧柄時，腦子裡彷彿電光閃爍，地面開始搖晃。她不得不坐下來，然後伸出手摸摸他的夾克口袋。槍還在，她努力地在地面搖晃之際集中視線。

是一把點二二口徑的布朗寧。

簡直是童子軍玩的手槍。

所以她才會還活著。如果打中她的是尼德曼那把席格索耶爾或子彈威力更強的左輪手槍，她的頭骨早已破一個大洞。

這時候，她聽見尼德曼踉踉蹌蹌地接近，隨後巨大的身影便塡滿了柴房的門框。他忽然停住，睜大不解的雙眼瞪著眼前的景象。札拉千科像中邪似的哀嚎，滿臉鮮血，膝蓋上還插著一把斧頭。在他身旁的地板上坐著一個滿身血漬、髒兮兮的莎蘭德，看起來好像從恐怖電影跑出來的人物，這種情節已經在尼德曼心中上演過太多次了。

沒有痛覺、壯得像坦克一樣的他，向來怕黑。

他親眼看過黑暗中的怪物，還有一股模糊的恐懼也一直潛伏窺伺著他，如今終於現形了。

地上那個女孩已經死了，那是無庸置疑的。

他親手埋了她。

因此地上那東西不是女孩，而是從墳墓另一頭回來的幽靈，單憑人力或人類所知的武器絕無法制伏。

人體已經開始轉變成殭屍。她的皮膚變成像蜥蜴般的護甲，外露的牙齒變成尖尖的獠牙，以便大塊大塊撕咬獵物的肉。有如爬蟲的舌頭向外射出，舔著嘴巴邊緣，血淋淋的雙手長出十公分長的鋒銳利爪。他可以看見她眼中閃著光，可以聽見她低聲咆哮，還看見她繃緊肌肉準備撲向他的喉頭。

他清楚地看到她身後有一條尾巴蜷曲起來，開始拍打地板，顯然是不祥預兆。

接著她舉起手槍開火，子彈緊貼著尼德曼的耳旁擦過，他能感覺到空氣的爆裂，並看見她嘴裡噴出火來。

受不了了。

他停止思考。

轉身拔腿就逃。她又開了一槍沒打中，卻似乎讓他跑得更快。他跳過一道籬笆，被田野的黑暗所吞沒後，仍死命地奔向大馬路。

莎蘭德愕然看著他消失不見。

她拖著腳步走到門口，往黑暗中凝神細看，但看不到他。過了一會，札拉千科不再尖叫，卻因過度震驚躺在地上呻吟。她打開手槍查看，裡頭只剩一發子彈，很想直接射進札拉千科的腦子。但隨即想到尼德曼還在外頭暗處，最好還是留著。其實光只有一顆點二二的子彈還不夠，不過有總比沒有好。

她花了五分鐘才將門閂放到定位，然後跌跌撞撞穿過院子進入屋內，在廚房的餐具櫃上看見電話，於是撥了一個已經兩年沒撥的號碼。轉入了答錄機。

你好，我是麥可．布隆維斯特，現在無法接聽電話，請留下你的姓名電話，我會盡快回電。

嗶。

「莫─爾─可兒，」她叫了一聲，聽到自己的聲音黏糊糊的，便嚥了一下口水。「麥可，我是莎蘭德。」

接著便不知該說些什麼。

只好掛上電話。

尼德曼的席格索耶爾已經拆解開來，擺在她面前的桌上等候清理，一旁則是尼米南那把P─八三瓦那。她將札拉千科的布朗寧扔在地上，歪斜著身子走過去拿起瓦那，檢查彈匣。此外她也發現自己的PDA，便隨手收進口袋。然後一跳一跳地來到水槽邊，用一個不乾淨的杯子裝冷水，一連喝了四杯。喝完後抬起頭，從牆上一面刮鬍用的舊鏡子裡看見自己的臉，嚇得差點開槍。她看到的與其說是人，還不如說是野獸。分明就是一個張著嘴、面孔扭曲變形的瘋女人，渾身是土，臉和脖子上布滿一顆顆血和土凝結成的硬塊。她總算知道尼德曼在柴房裡看見什麼了。

她朝鏡子走去，忽然留意到自己拖行著左腳。被札拉千科第一顆子彈打中的臀部有劇痛感。第二顆子彈打中肩膀，癱瘓了她的左手臂。很痛。

不過頭部的痛更是劇烈到讓她走路搖搖晃晃。她慢慢舉起右手，摸索著後腦杓，用手指可以感覺到子彈穿入的凹口。

當她碰觸到頭骨的洞，赫然驚覺她正摸著自己的大腦，這樣的傷勢太嚴重，她恐怕就快死了，又或者應該已經死了。她想不通爲什麼自己還能站著。

她感到既痲木又疲憊，不確定自己是要暈倒或是睡著，但還是努力走到廚房長凳直躺下來，讓沒有受傷的右側頭部靠在軟墊上。

她得躺下休息，恢復力氣，卻也知道此時睡著太冒險，因爲尼德曼還逍遙在外，遲早會回來，札拉千科也遲早會設法從柴房脫困，拖著身軀回到主屋。但她再也沒有力氣直立。她覺得好冷。最後喀嗒一聲彈開手槍的保險。

尼德曼站在梭勒布朗到諾瑟布羅之間的公路上，猶豫不決。他一個人。四下漆黑。他開始重新理性思考，對於自己逃走感到很羞愧。雖然不明白怎麼可能發生這種事，但合理的結論是她肯定沒死。**她肯定不知用什麼方法把自己給挖出來。**

札拉千科需要他。他應該回到屋裡扭斷她的脖子。

在此同時，尼德曼也強烈感覺到一切都完了，他早就有這種感覺。事情早已開始出錯，打從畢爾曼找上他們的那一刻，事情便一錯再錯。札拉千科一聽到莎蘭德的名字，就完全變了樣，還把自己這麼多年來諄諄告誡他的關於小心謹慎等等原則，全都拋諸腦後。

尼德曼遲疑著。

札拉千科需要有人照顧。

如果她還沒殺死他的話。

這會有一些問題。

他咬咬下唇。

他和父親的夥伴關係已經持續多年，一直都很順利。他存了點錢，也知道札拉千科的錢財藏在哪。讓事業繼續運作的資源與才能，他都具備，所以就此離開不再回頭，才是理智的做法。若真要說札拉千科強塞給他什麼觀念，那就是一碰到自覺無法處理的情況，要隨時能夠一走了之，不要感情用事。這是生存的基本原則。**倘若敗局已定，就不要再白費力氣。**

她不是靈異現象，卻是個壞消息。她是他同父異母的妹妹。

他低估了她。

尼德曼心煩意亂，一面想去擰斷她的脖子，一面又想繼續在黑夜中奔逃。

護照和皮夾就放在褲袋裡，他不想回頭，農場上沒有他需要的東西。

也許除了一輛車吧。

正躊躇之際，忽然看見山坡另一邊有車燈接近。他轉過頭去，如今他只需要一輛車載他到約特堡。

莎蘭德有生以來——至少打從小時候開始——第一次無法掌控自己的情況。這些年來，她一直被捲入打鬥、遭到虐待，並在公私兩面都受到不平等待遇。她身心遭受的打擊遠遠多過任何人所能承受。

但每次她總能反抗。她曾拒絕回答泰勒波利安的問題，而每當遭受任何肢體暴力，她也總能偷偷逃離。

鼻梁斷了死不了。

但頭上有個洞還怎麼活？

這回她無法再拖著身子回家躺到床上，蒙頭大睡兩天，然後若無其事地下床，回歸正常生活。

傷勢太嚴重，她無法獨自處理。如今已精疲力竭，身體再也不聽差遣了。

我得睡一會，她心想。但又忽然想到如果不顧一切閉上眼睛，很可能永遠不會再醒來。她分析這個結果，卻逐漸了解到自己已不在乎，反而似乎暗暗被這個念頭所吸引。**休息吧，不要再醒來**。

她最後想到的是蜜莉安。

原諒我，蜜莉安。

當她閉上眼時，手裡仍握著尼米南的槍，保險已經彈開。

布隆維斯特老遠就藉著車燈看到尼德曼，而且一眼就認出來，像他這樣身高兩公尺多、髮色淺淡的龐然巨物，要想認不得都難。尼德曼揮舞著雙臂朝他奔來。布隆維斯特慢慢減速，一面伸手到電腦袋外側口袋，掏出在莎蘭德書桌上發現的那把科特一九一一手槍。他在距離尼德曼五公尺處停下，關掉引擎後才開門下車。

「謝謝你願意停車。」尼德曼氣喘吁吁地說：「我出……出車禍了。你能不能順路載我進市區？」他的聲音尖得出奇。

「當然了，我可以負責把你送進城裡。」布隆維斯特說著舉槍對準尼德曼。「趴到地上去。」

今晚的尼德曼眞是災難不斷。他困惑地瞪著布隆維斯特。

尼德曼絲毫不怕那把手槍和握槍的人，反而是很尊重武器。他這一生都和武器與暴力爲伍，因此認爲若有人拿槍指著他，應該就是準備要開槍了。他瞇起眼睛，試圖打量手槍背後的人，但因車燈之故只看見一團黑影。**是警察？聽口氣不像。警察通常會表明身分。至少電影都是這麼演的。**

他衡量著自己的機會。如果出手攻擊，可以把槍奪下沒問題。但那人聽起來很冷靜，又站在車門後面，他可能至少會挨上一顆子彈，也或許兩顆。如果閃得夠快，也許對方會射偏，或至少沒射中重要器官，但就算保住性命，中彈以後也會妨礙或甚至阻止他成功逃脫。最好還是等候較適當的時機。

「**馬上趴下！**」布隆維斯特吼道。

他將槍口移開幾公分，朝水溝裡射了一槍。

「下一發會打中你的膝蓋。」布隆維斯特以宏亮而清晰的命令口吻說道。

尼德曼只得跪下來，眼睛被車燈刺得睜不開。

「你是誰？」他問道。

布隆維斯特另一手伸進車門內的置物袋，取出加油站買來的手電筒，對著尼德曼的臉照射。

「雙手反背。」布隆維斯特喝令道：「雙腳打開。」

他耐心等到尼德曼心不甘情不願地照做。

「我知道你是誰。只要你敢做出任何愚蠢舉動，我就會無預警開槍。我現在瞄準了你肩胛骨下方的肺。你也許能制服我……但你也會付出代價。」

他說完將手電筒放在地上，取下腰帶打了個活結，這正是二十多年前，他在基魯那服役接受步兵訓練時學得的手法。他站在巨人的兩腳之間，將活結套入他的雙臂，在手肘上方拉緊。這個巨無霸尼德曼事實上已經無計可施。

接下來呢？布隆維斯特環視四周。在這條暗夜的公路上，確確實實只有他們兩人。羅貝多對尼德曼的描述毫不誇張，的確巨大無比，只是問題在於：這麼大塊頭的人怎會在半夜裡像被鬼追一樣地狂奔呢？

「我在找莎蘭德，你應該見過她了。」

尼德曼沒有回答。

「莎蘭德在哪裡？」

尼德曼用古怪的眼神瞧他一眼。他不明白在這個一切都出錯的夜裡，自己發生了什麼事。

布隆維斯特只好聳聳肩，走回車旁打開後車廂，找到一綑纏得很整齊的繩索。不能將雙手綁起的尼德曼留在路中央，於是他張望了一下，發現車燈照亮了前方三十公尺路邊的一塊交通標誌：「**小心麋鹿**」。

「起來。」

他用槍口抵住尼德曼的脖子帶到標誌牌底下，逼他爬下水溝，並要他背靠著標誌立桿坐下。尼德曼猶豫不從。

「一切都很簡單。」布隆維斯特說：「你殺了達格和蜜亞，他們是我的朋友，所以我不會放你上路，要麼你坐下來讓我捆綁，要麼就讓我射你的膝蓋，你自己選。」

尼德曼坐了下來。布隆維斯特拿起拖曳繩繞過他的脖子，將頭固定在桿子上，然後用十五公尺長的繩子緊緊捆繞住他的胸膛和腰部，另外還留一段繩子將他的前臂綁在桿子上，最後再打上幾個平結完成這場手工作業。

忙完後，他又問了一遍莎蘭德在哪裡，仍未得到答覆，只好聳聳肩留下尼德曼。直到回到車上後，他才感覺到腎上腺素的流動，也才意識到自己剛才所做的事。蜜亞那張臉的影像在他眼前閃現。

布隆維斯特點了根菸，就著瓶口喝了點水，雙眼直視麋鹿標誌牌下那個置身於黑暗中的人形。翻看地圖後，發現再往前不到一公里便可到達波汀農場的岔路口。他發動引擎，從尼德曼身旁駛過。

他緩緩駛過插著哥塞柏加路標的路口，將車停在北邊一百公尺處一間穀倉旁的林道上，然後拿著手槍，打開手電筒。他發現泥巴裡有新鮮的輪胎印，判定稍早有另一輛車停在同一地點，但並未多想。他往回走到哥塞柏加的路口，拿手電筒照著信箱。**郵政信箱六一二號——K・A・波汀**。於是沿路往前走。

看到波汀農舍的燈光時，已接近午夜。他定定站了幾分鐘，但除了一般夜晚常聽到的聲音外，什麼也沒聽見。他沒有走直接通往農場的道路，而是沿著田邊，從穀倉的方向走向主屋，來到距離約三十公尺左右，停下來站在院子裡。他繃緊了全身的神經。尼德曼在大馬路上奔跑的事實，已足以證明這裡發生了可怕的事。

穿越院子到一半時，忽然聽到一個聲響。他立刻轉身單腳跪下，舉起手槍。花了幾秒鐘才分辨出聲音來自一棟附屬建築。有人在呻吟。他快速穿過草地，停在棚屋旁，從屋角可以窺見裡頭亮著一盞燈。

他仔細聆聽，棚屋中有人走動。他將槍舉在胸前，用左手取下門閂、拉開門，迎面而來是一對驚恐的眼睛和一張鮮血淋漓的臉。地板上有一把斧頭。

「老天爺！」他低呼。

接著他看見了義肢。

札拉千科。

莎蘭德肯定來找過他，但無法想像發生了什麼事。他於是關上門，重新架上門閂。

札拉千科人在柴房，尼德曼被綁起手腳丟在前往梭勒布朗的公路旁，布隆維斯特於是急忙跑過院子前往農舍。也許還存在著可能造成危險的第三者，但屋子似乎沒人，幾乎有如空屋。他槍口朝下，慢慢地推開前門，走進幽暗的玄關後，看見廚房透出一方亮光。此時只聽到牆上時鐘的滴答聲。到了廚房門口，他看見莎蘭德躺在廚房長凳上。

霎時間他彷彿嚇呆了，站在原地愣愣地看著她血肉模糊的軀體，隨後注意到她手裡握著一把槍，垂在長凳邊。他走到她身旁，雙腳跪下來，想到自己如何發現達格與蜜亞的屍體，以為她也死了。這時忽然發現她胸口微微起伏著，並聽見微弱的咻咻呼吸聲。

他伸出手小心地想鬆開她手中的槍，不料才一眨眼她的手已緊握住槍把，兩隻眼睛各裂出一條細縫，瞪視著他好一會，視線無法聚焦。接著她以細若游絲的聲音說了幾個字，他好不容易才勉強聽懂。

王八蛋小偵探布隆維斯特。

她眼睛一閉，鬆開手中的槍。他把槍放到地上，拿出手機，撥了緊急求助電話。

Eurasian Publishing Group
圓神出版事業機構
用心與你對話・視野無限寬廣
寂寞出版社
Solo Press
www.booklife.com.tw reader@mail.eurasian.com.tw

Cool 030

玩火的女孩【寂寞創社十週年紀念版】

作　　者／史迪格・拉森（Stieg Larsson）
譯　　者／顏湘如
發 行 人／簡志忠
出 版 者／寂寞出版股份有限公司
地　　址／台北市南京東路四段50號6樓之1
電　　話／（02）2579-6600・2579-8800・2570-3939
傳　　真／（02）2579-0338・2577-3220・2570-3636
總 編 輯／陳秋月
主　　編／李宛蓁
責任編輯／朱玉立
美術編輯／金益健
行銷企畫／張鳳儀・范綱鈞
印務統籌／劉鳳剛・高榮祥
監　　印／高榮祥
校　　對／李宛蓁・朱玉立
排　　版／陳采淇
總 經 銷／叩應有限公司
郵撥帳號／18707239
法律顧問／圓神出版事業機構法律顧問　蕭雄淋律師
印　　刷／祥峰印刷廠
2009年08月　初版
2018年08月　二版　2021年11月　二刷

Flickan som lekte med elden

定價 420 元　ISBN 978-986-96018-1-8

在她的世界裡，這是世事的自然法則。
身為女孩的她是合法的獵物，尤其她又穿著破舊的黑皮夾克，
眉毛上穿洞，身上刺青，而且毫無社會地位。

——《龍紋身的女孩》

國家圖書館出版品預行編目資料

玩火的女孩／史迪格・拉森（Stieg Larsson）著；
顏湘如 譯. -- 二版. -- 臺北市：寂寞，2018.08
560面；14.8×20.8公分. --（Cool；30）
譯自：Flickan som lekte med elden
ISBN 978-986-96018-1-8（平裝）
881.357　　　　107009649